Sarah Lark es el seudónimo de una exitosa autora alemana que reside en Almería. Durante muchos años trabajó como guía turística, gracias a lo cual descubrió su amor por Nueva Zelanda, cuyos paisajes asombrosos han ejercido desde siempre una atracción casi mágica sobre ella. Ha escrito diversas sagas, como la Trilogía de la Nube Blanca, la Trilogía del Kauri o la Trilogía del Fuego, de las que ha vendido, en total, más de un millón y medio de ejemplares solo en lengua española. Sus últimas novelas, *Bajo cielos lejanos*, *El año de los delfines* y *El secreto de la casa del río*, han recibido también el favor del público.

www.sarahlark.es

Saga de la Nube Blanca
En el país de la nube blanca
La canción de los maoríes
El grito de la tierra
Una promesa en el fin del mundo

Trilogía del Kauri
Hacia los mares de la libertad
A la sombra del árbol Kauri
Las lágrimas de la diosa maorí

Trilogía del Fuego
La estación de las flores en llamas
El rumor de la caracola
La leyenda de la montaña de fuego

Saga del Caribe

La isla de las mil fuentes

Las olas del destino

Otros títulos

Bajo cielos lejanos

La llamada del crepúsculo

El año de los delfines

El secreto de la casa del río

Papel certificado por el Forest Stewardship Council®

Título original: *Im Land der weißen Wolke*

Primera edición en este formato: junio de 2021

Printed in Spain – Impreso en España

ISBN: 978-84-1314-343-9
Depósito legal: B-6.665-2021

Impreso en Black Print CPI Ibérica
Sant Andreu de la Barca (Barcelona)

BB 4 3 4 3 9

En el país de la nube blanca

SARAH LARK

Traducción de Susana Andrés

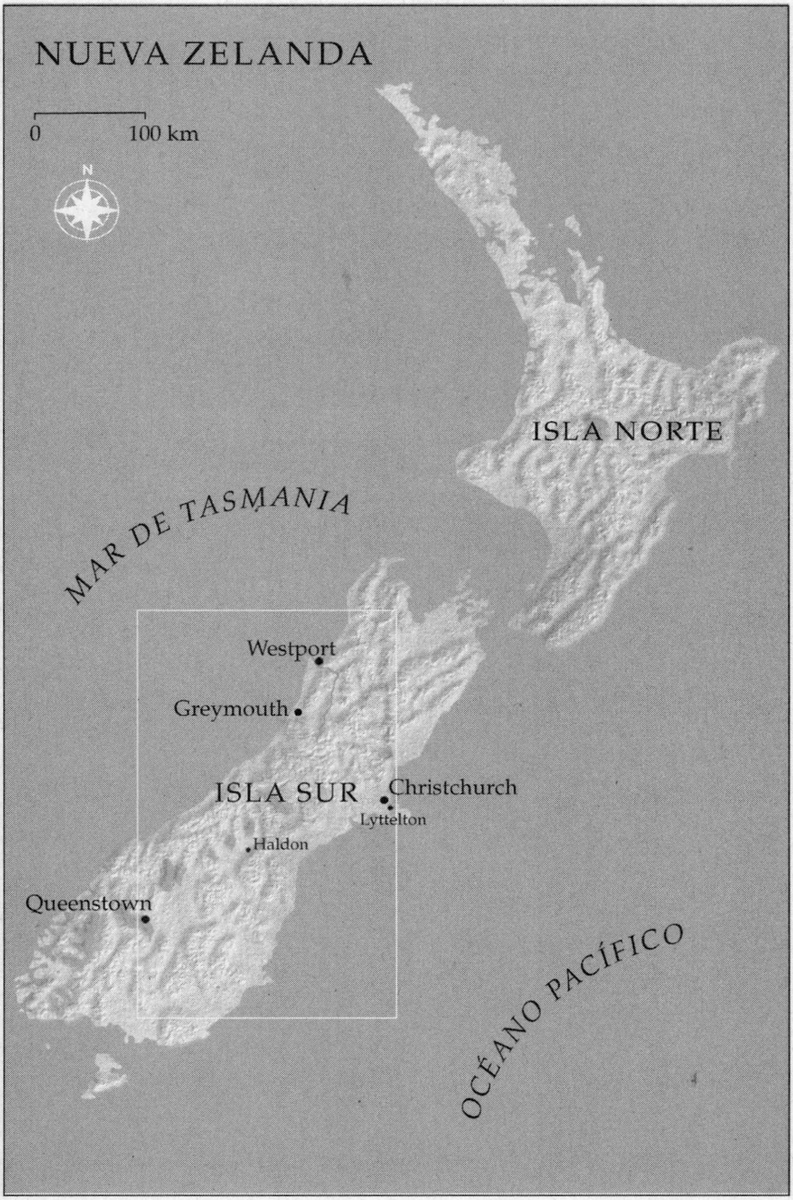

NUEVA ZELANDA

0 100 km

N

ISLA NORTE

MAR DE TASMANIA

Westport

Greymouth

ISLA SUR

Christchurch

Lyttelton

Haldon

Queenstown

OCÉANO PACÍFICO

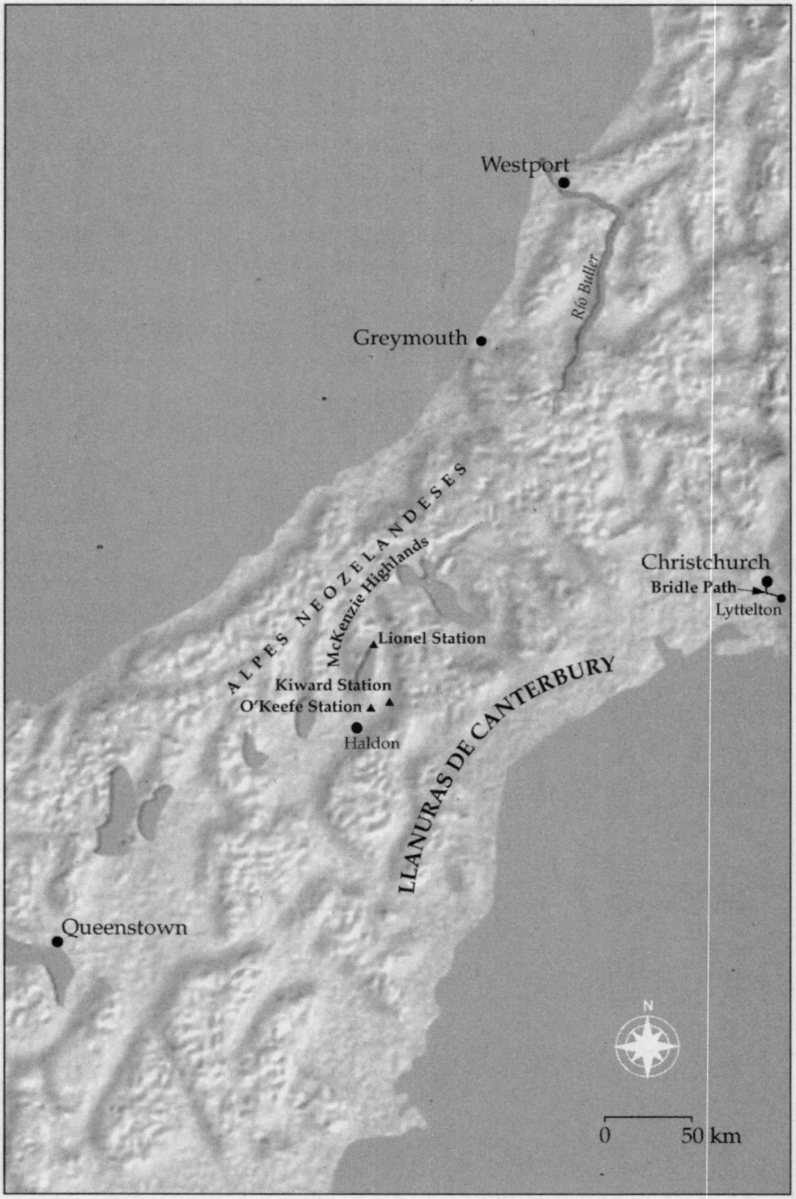

Westport

Río Buller

Greymouth

ALPES NEOZELANDESES

McKenzie Highlands

Christchurch

Bridle Path

Lyttelton

Lionel Station

Kiward Station

O'Keefe Station

Haldon

LLANURAS DE CANTERBURY

Queenstown

N

0 50 km

LA PARTIDA

Londres, Powys, Christchurch

1852

1

> La iglesia anglicana de Christchurch, Nueva Zelanda, busca mujeres jóvenes y respetables, versadas en las tareas domésticas y la educación infantil, que estén interesadas en contraer matrimonio cristiano con miembros de buena reputación y posición acomodada de nuestra comunidad.

La mirada de Helen se detuvo brevemente en el discreto anuncio de la última página de la hoja parroquial. La maestra había hojeado unos momentos el cuadernillo mientras sus alumnos se ocupaban en silencio de resolver un ejercicio de gramática. Helen hubiera preferido leer un libro, pero las constantes preguntas de William interrumpían incesantemente su concentración. También en ese momento volvió a levantarse de los deberes la pelambrera castaña del niño de once años.

—Miss Davenport, en el tercer párrafo, es «qué» o «que».

Helen dejó a un lado su lectura con un suspiro y por enésima vez en esa semana explicó al jovencito la diferencia entre el pronombre relativo y la conjunción. William, el hijo menor de Robert Greenwood, quien la había contratado, era un niño encantador, pero no precisamente de grandes dotes intelectuales. Necesitaba de ayuda en todas las tareas, olvidaba las explicaciones de Helen más rápido de lo que ella tardaba en dárselas y sólo sabía adoptar una conmovedora apariencia de desamparo y engatusar a los adultos con su vocecilla dulce e infantil de soprano. Lucinda, la madre de William, siempre mordía el anzuelo. Cuando el niño se le ponía zalamero y le proponía que hicieran cualquier cosa juntos, Lucinda suprimía de forma sistemática todas las clases que Helen había programado. Ésa era la causa de que William todavía fuera incapaz de leer con fluidez y de que hasta los más sencillos ejercicios de ortografía le exigieran un esfuerzo excesivo. De ahí que fuera impensable que el joven cursara estudios superiores en Eaton u Oxford, como soñaba su padre.

George, de dieciséis años de edad, el hermano mayor de William, ni siquiera se tomaba la molestia de fingir que entendía. Puso los ojos significativamente en blanco y mostró un pasaje en el libro de texto en el que se ponía como ejemplo exactamente la frase a la que William iba dando vueltas desde hacía ya media hora. George, un chico larguirucho y espigado, ya había terminado el ejercicio de traducción del latín. Siempre trabajaba deprisa, aunque no sin cometer errores. Las disciplinas clásicas le aburrían. George estaba impaciente por formar parte un día de la compañía de importación y exportación de su padre. Soñaba con viajar a países lejanos y realizar expediciones a los nuevos mercados de las colonias que, bajo la soberanía de la reina Victoria, se abrían casi cada hora. No cabía duda de que George había nacido para ser comerciante. Ya ahora demostraba ser diestro en la negociación y sabía sacar partido de su considerable encanto. Con él conseguía incluso embaucar a Helen y reducir las horas de clase. También ese día hizo un intento de ese tipo cuando, finalmente, William comprendió de qué trataba el ejercicio, o, al menos, dónde podía copiar la respuesta. Helen fue a coger el cuaderno de George para corregirlo, pero el muchacho lo retiró con un gesto provocador.

—Oooh, Miss Davenport, ¿de verdad quiere usted que lo discutamos ahora? ¡Hace un día demasiado bonito para estar en clase! Vayamos mejor a jugar un partido de cróquet... Debe mejorar su técnica. En caso contrario no podrá participar en las fiestas del jardín y ninguno de los jóvenes caballeros se fijará en usted. Así nunca hará fortuna casándose con un conde y tendrá que dar clases a casos perdidos como Willy hasta el fin de sus días.

Helen puso los ojos en blanco, dirigió la mirada fuera de la ventana y frunció el ceño a la vista de las nubes negras.

—No es mala idea, George, pero amenazan nubes de lluvia. Cuando nos hayamos ido de aquí y estemos en el jardín descargarán justo encima de nuestras cabezas y eso no me hará en absoluto más atractiva para los caballeros de la nobleza. ¿Pero cómo has llegado a pensar que yo tenga tales intenciones?

Helen intentó adoptar una expresión marcadamente indiferente. Sabía hacerlo muy bien: cuando se trabajaba como institutriz en una familia londinense de la clase alta lo primero que se aprendía era a dominar las propias expresiones del rostro. La función que Helen desempeñaba en casa de los Greenwood no era ni la de un miembro de la familia ni tampoco la de una empleada corriente. Participaba en las comidas y, a menudo, también en las actividades que la familia realizaba en el tiempo libre, pero evitaba manifestar opiniones personales si no se las solicitaban o llamar la atención de otro modo. Ésta era la razón por la que no hiciera al caso que en las fiestas del jardín Helen se mezclara despreocupadamente con los invitados más jóvenes. En lugar de ello, se mantenía apartada, charlaba cordialmente con las señoras y vigilaba con discreción a sus alumnos. Como es natural, su mirada rozaba de vez en cuando los rostros de los invitados varones más jóvenes y, a veces, se abandonaba a un breve y romántico ensueño en el que paseaba con un apuesto vizconde o baronet por el jardín de la casa de sus señores. ¡Pero era imposible que George se hubiera percatado de ello!

George se encogió de hombros.

—¡Bueno, siempre está leyendo anuncios de matrimonio! —contestó con insolencia, señalando con una sonrisa conciliadora la hoja parroquial. Helen se enfadó consigo misma por haberla dejado abierta junto a su pupitre. Era innegable que George, aburrido, había echado un vistazo mientras ella ayudaba a William.

—Y sin embargo, es usted muy guapa —añadió George, adulador—. ¿Por qué no iba a casarse con un baronet?

Helen puso los ojos en blanco. Sabía que debería reprender a

George, pero el chico más bien la divertía. Si seguía así, al menos con las damas, llegaría lejos, y también en el mundo de los negocios serían apreciadas sus hábiles alabanzas. No obstante, ¿le serían de algún provecho también en Eaton? Por lo demás, Helen se mantenía inmune a tan torpes cumplidos. Era consciente de no poseer una belleza clásica. Sus rasgos eran armoniosos, pero poco llamativos: la boca un poco pequeña, la nariz demasiado afilada y los ojos, grises y serenos, tenían una mirada demasiado escéptica y, sin lugar a dudas, demasiado experimentada para despertar el interés de un joven y rico vividor. El atributo más espléndido de Helen era su cabello sedoso, liso y largo hasta la cintura, cuyo color castaño intenso adquiría unos sutiles tonos rojizos por efecto de la luz. Tal vez pudiera causar sensación con él si lo dejara flotar al viento a menudo, como hacían algunas muchachas durante las comidas campestres o las fiestas en el exterior a las que asistía Helen acompañando a los Greenwood. Durante un paseo con sus admiradores, las más osadas entre las jóvenes *ladies* aprovechaban el pretexto de tener demasiado calor y se sacaban el sombrero o fingían que el viento les arrancaba el tocado cuando un joven las llevaba en bote de remos por el lago de Hyde Park. Entonces agitaban sus cabellos, libres como por azar de cintas y horquillas, y dejaban que los hombres admirasen el esplendor de sus bucles.

Helen nunca se hubiera prestado a eso. Hija de un párroco, había recibido una estricta educación y desde que era una niña llevaba el cabello trenzado y recogido. Además, había tenido que crecer deprisa: su madre había muerto cuando ella tenía doce años, por lo que el padre había delegado sin más en su hija mayor la dirección de los asuntos domésticos y la educación de los tres hermanos más jóvenes. El reverendo Davenport no se interesaba por los problemas que surgían entre la cocina y el dormitorio infantil, lo único que le interesaba eran las tareas para con su comunidad y la traducción e interpretación de textos religiosos. A Helen le había dedicado atención únicamente cuando lo acompañaba en esas tareas, y sólo refugiándose en el estudio de su padre podía ella escapar a la intensa agitación de la casa familiar. De este modo se había dado casi de forma natural el hecho de que Helen leyera la Biblia en griego mientras sus hermanos justo empezaban a estudiar el abecedario. Con una bonita caligrafía escribía los sermones de su padre y copiaba los borradores de los artículos para los boletines de su gran comunidad de Liverpool. No le quedaba más tiempo para otras distracciones. Mientras que Susan, la hermana menor de Helen, aprovechaba los bazares benéficos y los picnics de la iglesia para conocer sobre todo a jóvenes notables de la comunidad, Helen colaboraba en la venta de artículos, preparaba tartas y servía el té.

Lo que sucedió era previsible: Susan se casó, ya a los diecisiete años, con el hijo de un reputado médico, mientras que tras la muerte de su padre Helen se vio obligada a ocupar un puesto de profesora particular. Con su salario contribuía también en los estudios de Derecho y Medicina de sus dos hermanos. La herencia paterna no alcanzaba para financiar una formación adecuada para los jóvenes, que, por añadidura, no hacían grandes esfuerzos por terminar pronto sus estudios. Con un asomo de rabia, Helen recordó que su hermano Simon había vuelto a suspender un examen la semana anterior.

—Los baronets suelen casarse con baronesas —respondió un poco disgustada con la observación de George—. Y en lo que aquí respecta... —señaló la hoja parroquial—, he leído el artículo, no el anuncio.

George se guardó la respuesta, pero sonrió de forma significativa. El artículo trataba de los beneficios de la aplicación del calor en casos de artritis. Algo seguramente de gran interés para los miembros de edad avanzada de la comunidad, pero era seguro que Miss Davenport todavía no sufría de dolores articulares.

De todos modos, su profesora consultaba ahora el reloj y decidió dar por concluida la clase de la tarde. En apenas una hora se serviría la cena. Y si bien George necesitaba como mucho cinco minutos para peinarse y cambiarse para la comida y Helen no mucho más, en el caso de William, quitarle la bata escolar manchada de tinta y ponerle un traje presentable siempre requería de más tiempo. Helen daba gracias al cielo de al menos no verse obligada a preocuparse del aspecto de William. De eso se encargaba una niñera.

La joven institutriz acabó la clase con unas observaciones generales sobre la importancia de la gramática, a las cuales los dos niños prestaron a medias atención. Justo después, William se levantó de golpe encantado, sin dedicar ni una mirada más a su cuaderno y sus libros de texto.

—¡Tengo que enseñarle corriendo a mamá lo que he pintado! —informó, con lo que consiguió dejar en manos de Helen la tarea de recoger sus cosas. Ella no podía arriesgarse a que William acudiera llorando a su madre y le notificara de cualquier atroz injusticia de su profesora. George lanzó una mirada al torpe dibujo de William, que su madre seguramente no tardaría en recibir entre exclamaciones de entusiasmo, y alzó los hombros resignado. A continuación recogió deprisa sus cosas antes de marcharse. Helen notó que, entretanto, le lanzaba una mirada compasiva. Se sorprendió pensando en la anterior observación de George: «Si no encuentra marido, tendrá que dar clases a casos perdidos como Willy hasta el fin de sus días.»

Helen tomó la hoja parroquial. En realidad quería tirarla, pero luego se lo pensó mejor. Casi con disimulo se la metió en un bolsillo y se la llevó a la habitación.

Robert Greenwood no disponía de mucho tiempo para su familia, sin embargo, la cena con la esposa y los hijos era para él sagrada. La presencia de la joven institutriz no le incomodaba. Al contrario, solía encontrar estimulante incluir a Miss Davenport en la conversación y conocer sus opiniones sobre los acontecimientos mundiales, la literatura y la música. Era obvio que Miss Davenport entendía más de esos asuntos que su esposa, cuya educación clásica dejaba que desear. Los intereses de Lucinda se limitaban al cuidado del hogar, idolatrar a su hijo menor y colaborar con el comité femenino de diversas organizaciones benéficas.

También esa noche, Robert Greenwood sonrió amigablemente a Helen cuando entró y le acercó la silla una vez que hubo saludado respetuosamente a la joven profesora. Helen devolvió la sonrisa, pero se guardó de incluir en este gesto también a la señora Greenwood. En ningún caso debía despertar la sospecha de que flirteaba con su patrón, incluso si se trataba de un hombre sin duda atractivo. Era alto y delgado, tenía un rostro alargado e inteligente y unos ojos castaños y escrutadores. El traje marrón con la cadena de reloj de oro le sentaba soberbio y sus modales no iban a la zaga de aquellos propios de los caballeros de familias nobles con quienes los Greenwood mantenían tratos comerciales. No obstante, no eran del todo aceptados en esos círculos, donde se los consideraba unos advenedizos. El padre de Robert Greenwood había levantado su floreciente empresa prácticamente de la nada y su hijo había aumentado la fortuna y se esforzaba por conseguir el reconocimiento social. Para ello había contraído matrimonio con Lucinda Raiford, que procedía de una familia noble venida a menos; consecuencia ello de la afición del padre por los juegos de azar y las carreras de caballos, según se murmuraba en la alta sociedad. Lucinda se las apañaba con la burguesía a regañadientes y tendía a alardear como reacción al descenso de categoría social. Así pues, las reuniones y fiestas en el jardín de los Greenwood siempre resultaban un poco más opulentas que acontecimientos similares en las residencias de otros notables de la sociedad londinense. Las otras damas se beneficiaban de ello, aunque no dejaran de criticarlo.

También ese día Lucinda se había arreglado de un modo un poco demasiado solemne para la sencilla cena familiar. Llevaba un elegante vestido de seda color lila y su doncella había debido de pasar horas ocupada en el peinado. Lucinda charlaba sobre una reunión del comité femenino del orfanato local en la que había participado esa tarde; no obstante, no obtuvo una gran respuesta. Ni Helen ni el señor Greenwood estaban especialmente interesados.

—¿Y qué habéis hecho vosotros en este día tan bonito? —preguntó finalmente la señora Greenwood a su familia—. A ti no necesito preguntártelo, Robert, seguramente la jornada ha girado en torno a negocios, negocios y más negocios. —Dirigió a su marido una mirada que pretendía ser afectuosa.

La señora Greenwood opinaba que su marido les prestaba muy poca atención a ella y sus tareas sociales. Éste hizo una mueca involuntaria. Posiblemente estaba a punto de dar una respuesta desagradable, pues sus negocios no sólo alimentaban a la familia, sino que hacían también posible la colaboración de Lucinda en los diversos comités de damas. En cualquier caso, Helen dudaba de que la señora Greenwood hubiera sido elegida por sus notables cualidades organizativas antes que a causa de los generosos donativos de su esposo.

—He mantenido una interesante conversación con un productor de lana de Nueva Zelanda, y... —empezó Robert con la mirada puesta en su hijo mayor; pero Lucinda simplemente siguió hablando, mientras en esta ocasión dedicaba su mirada indulgente a William sobre todo.

—¿Y vosotros, queridos hijos? Seguro que habéis estado jugando en el jardín, ¿no es cierto? William, cariño, ¿has vuelto a ganar a George y a Miss Davenport en el cróquet?

Helen permanecía con la mirada clavada en su plato, pero percibió con el rabillo del ojo que George parpadeaba de una forma típica en él, y levantaba la vista al cielo, como si pidiera la ayuda de un ángel comprensivo. De hecho, William sólo había conseguido una única vez obtener más puntos que su hermano mayor y en una ocasión en que George estaba muy resfriado. Normalmente, hasta Helen lanzaba la bola a los aros con mayor destreza, si bien se daba peor maña que la que tenía para dejar ganar al más pequeño. La señora Greenwood apreciaba su gesto, mientras que el señor Greenwood se lo recriminaba cuando advertía el engaño.

—¡El chico debe acostumbrarse a que la vida está jalonada de duros fracasos! —afirmaba con severidad—. Debe aprender a perder, sólo entonces acabará ganando.

Helen dudaba de que William pudiera salir alguna vez airoso fuera cual fuese el ámbito en que se moviera, pero su tenue asomo de compasión hacia el desgraciado niño pronto se quedó en nada ante el siguiente comentario de éste.

—¡Ay, mamá, Miss Davenport no nos ha dejado jugar! —se lamentó William con una expresión llena de desolación—. Nos hemos quedado todo el día en casa estudiando, estudiando y estudiando.

Como era de esperar, la señora Greenwood lanzó de inmediato una mirada de desaprobación a Helen.

—¿Es eso cierto, Miss Davenport? Ya sabe usted que los niños necesitan aire fresco. A esta edad no pueden quedarse todo el día sentados leyendo libros.

Helen estaba furiosa, pero no debía acusar a William de mentiroso. Para su alivio, intervino George.

—No es verdad. William ha salido a pasear como cada día después de comer. Pero ha llovido un poco y no quería estar fuera. El aya, de todos modos, lo ha llevado al parque, pero ya no hemos tenido tiempo de jugar al cróquet antes de la clase.

—Por eso William ha estado pintando —añadió Helen intentando cambiar de tema. Tal vez la señora Greenwood se pusiera a hablar del dibujo, «digno de exhibirse en un museo», de su hijo y se olvidara del paseo. Sin embargo, la estrategia no funcionó.

—Aun así, Miss Davenport: si el tiempo no acompaña al mediodía, debe hacer un descanso por la tarde. Los círculos que un día frecuentará William conceden casi tanta importancia a la forma física como al estímulo de la mente.

William parecía disfrutar de que dieran una reprimenda a su maestra y Helen pensó de nuevo en el anuncio...

Pareció como si George leyera los pensamientos de su institutriz. Como si la conversación con William y su madre no hubiera existido, retomó la última observación de su padre. Helen ya se había percatado varias veces de este artificio en padre e hijo y solía admirar la elegante transición. En esta ocasión, sin embargo, el comentario de George la hizo enrojecer.

—Miss Davenport se interesa por Nueva Zelanda, padre.

Helen tragó saliva con esfuerzo, cuando todas las miradas se dirigieron a ella.

—¡En serio? —preguntó Robert Greenwood, con calma—. ¿Está pensando usted en emigrar? —Soltó una risa—. En tal caso, Nueva Zelanda constituye una buena elección. No hace un calor desmedido ni hay pantanos donde se dé la malaria como en la India. Nada de indígenas sanguinarios como en América. Nada de colonos descendientes de criminales como en Australia...

—¿De verdad? —preguntó Helen, alegrándose de reconducir la conversación a un terreno neutral—. ¿Nueva Zelanda no se colonizó con presidiarios?

El señor Greenwood movió la cabeza.

—Ni hablar. Las comunidades que hay allí fueron fundadas casi sin excepción por cristianos británicos de gran tenacidad y así sigue siendo todavía hoy. Es obvio que con ello no quiero decir que no se encuentren allí individuos dignos de desconfianza. Sobre todo en los campos de balleneros de la costa Oeste debieron de perderse algunos timadores y las colonias de esquiladores tampoco están formadas por muchos hombres honrados. Pero Nueva Zelanda no es, con toda seguridad, ningún depósito de escoria social. La colonia todavía es joven. Hace sólo unos pocos años que se independizó...

—¡Pero los nativos son peligrosos! —intervino George. Era evidente que también él quería ahora alardear de sus conocimientos y, Helen ya lo sabía por sus clases, tenía por los conflictos bélicos una debilidad y una memoria notables—. Hace algún tiempo todavía había altercados, ¿no es verdad, papá? ¿No contaste que a uno de tus socios comerciales le habían quemado toda la lana?

El señor Greenwood respondió complaciente con un gesto afirmativo a su hijo.

—Así es, George. Pero ya pasó..., pensándolo bien hace diez años de eso, incluso si todavía rebrotan escaramuzas de manera ocasional, no se deben, en principio, a la presencia de los colonos. A este respecto, los nativos siempre fueron dóciles. Más bien se cuestionó la venta de tierras..., y ¿quién niega que en tales casos nuestros compradores de tierras no perjudicaran a algún que otro jefe tribal de linaje? No obstante, desde que la reina envió allí a nuestro buen capitán Hobson como teniente gobernador, tales conflictos no existen. Ese hombre es un estratega genial. En 1840 hizo firmar a cuarenta y seis jefes de tribu un contrato por el cual se declaraban súbditos de la reina. La Corona tiene desde entonces derecho de retracto en todas las ventas de tierra.

»Desafortunadamente, no todos tomaron parte y no todos los colonos son pacíficos. Ésta es la razón de que a veces se produzcan pequeños tumultos. Pero, esencialmente, el país es seguro... Así que ¡no hay nada que temer, Miss Davenport! —El señor Greenwood le guiñó el ojo a Helen.

La señora Greenwood frunció el entrecejo.

—¿No estará considerando realmente la idea de abandonar Inglaterra, Miss Davenport? —preguntó molesta—. ¿No pensará en serio contestar a ese anuncio indescriptible que ha publicado el párroco en la hoja de la comunidad? Contra la recomendación expresa de nuestro comité de damas, debo subrayar.

Helen luchaba de nuevo contra el rubor.

—¿Qué anuncio? —quiso saber Robert, y se dirigió directamente a Helen, que sólo respondía con evasivas.

—Yo..., yo no sé muy bien de qué se trata. Era sólo una nota...

—Una comunidad de Nueva Zelanda busca muchachas que deseen casarse —explicó George a su padre—. Al parecer en ese paraíso de los mares del Sur escasean las mujeres.

—¡George! —lo reprendió la señora Greenwood escandalizada.

El señor Greenwood se echó a reír.

—¿Paraíso de los mares del Sur? No, el clima es más bien comparable al de Inglaterra —corrigió a su hijo—. Pero no es ningún secreto que en ultramar hay más hombres que mujeres. Exceptuando tal vez Australia, donde ha caído la escoria femenina de la sociedad: estafadoras, ladronas, prost..., bueno, chicas de costumbres ligeras. Pero si se trata de una emigración voluntaria, nuestras damas son menos amantes de la aventura que los señores. O bien van allí con sus esposos o no van. Un rasgo típico del carácter del sexo débil.

—¡Ahí está! —dio la razón la señora Greenwood a su marido, mientras Helen se mordía la lengua. No estaba en absoluto tan convencida de la superioridad masculina. Le bastaba mirar a William o pensar en la carrera eternamente prolongada de su propio hermano. Bien escondido en su habitación, Helen guardaba incluso un libro de la feminista Mary Wollstonecraft, pero no iba a mencionar nada al respecto: la señora Greenwood la habría despedido de inmediato—. Sin la protección de un hombre, va contra la naturaleza femenina aventurarse en un sucio barco de emigrantes, alojarse en un país extraño y probablemente desempeñar tareas que Dios ha encomendado a los varones. ¡Y enviar a mujeres cristianas a ultramar para que se casen allí raya sin duda en la trata de mujeres!

—Bueno, pero no envían a las mujeres sin prepararlas —intervino Helen—. El anuncio prevé contactos epistolares previos. Y se hablaba expresamente de caballeros de buena reputación y bien situados.

—Pensaba que no había visto el anuncio —se mofó el señor Greenwood, pero la sonrisa indulgente quitó severidad a las palabras.

Helen volvió a ruborizarse.

—Yo..., bueno, tal vez le he echado una rápida ojeada...

George sonrió con ironía.

La señora Greenwood pareció no haber escuchado en absoluto la breve conversación. Ya hacía tiempo que se ocupaban de otro aspecto de la problemática neozelandesa.

—Mucho más engorroso que la falta de mujeres en las colonias me parece el problema con el servicio —declaró—. Hoy hemos discutido detalladamente al respecto en el comité del orfanato. Es manifiesto que las mejores familias de... ¿cómo era que se llamaba ese sitio? ¿Christchurch? En cualquier caso, no encuentran allí un personal como es debido. Escasean sobre todo las sirvientas.

—Lo cual podría interpretarse como un síntoma secundario de la falta de mujeres general —observó el señor Greenwood. Helen reprimió una sonrisa.

—Sea como fuere, el comité enviará a algunas de nuestras huérfanas —prosiguió Lucinda—. Tenemos cuatro o cinco criaturas aplicadas, de unos doce años, que ya son lo suficientemente mayores como para ganarse por sí mismas el sustento. En Inglaterra no encontramos ninguna colocación para ellas. Si bien la gente prefiere aquí muchachas mayores; allí estarán encantados con ellas...

—Esto me produce una impresión más clara de tráfico de mujeres que el arreglo de matrimonios —objetó el señor Greenwood a su esposa.

Lucinda le lanzó una mirada envenenada.

—¡Actuamos sólo en interés de las niñas! —protestó y dobló con amaneramiento su servilleta.

Helen tenía serias dudas acerca de ello. Probablemente nadie se había tomado la molestia de enseñar a esas niñas ni siquiera un mínimo de las habilidades que en las casas de buena posición se esperaba de una sirvienta. En este sentido podía emplearse a esas pobres criaturas como ayudantes de cocina, como mucho, y, en tales casos, las cocineras preferían, claro está, campesinas fuertes en lugar de niñas de doce años mal alimentadas procedentes de un hospicio.

—En Christchurch las niñas tendrán perspectivas de encontrar un buen empleo. Y, naturalmente, nosotras las enviamos sólo a familias de muy buena reputación.

—Naturalmente —observó Robert, burlón—. Estoy seguro de que mantendréis con los futuros señores de las niñas una correspondencia tan amplia al menos como la que mantendrán las jóvenes damas casaderas con sus futuros esposos.

La señora Greenwood frunció la frente indignada.

—¡Robert, tú no me tomas en serio! —reprendió a su marido.

—Claro que te tomo en serio, cariño mío —contestó sonriendo el señor Greenwood—. ¿Cómo podría atribuir al honorable comité del orfanato otra cosa que no fueran las mejores y más virtuosas intenciones? Además, no iréis a enviar a ultramar a vuestras pequeñas discípulas sin ninguna vigilancia. Tal vez entre las jóvenes damas que desean contraer matrimonio se encuentre una persona merecedora de confianza que, por una pequeña contribución del comité en el coste del viaje, pueda ocuparse de las niñas...

La señora Greenwood no se manifestó al respecto y Helen se quedó de nuevo con la mirada clavada en su plato. Apenas había tocado el sabroso asado en cuya preparación la cocinera con certeza había empleado medio día. No obstante, sí se había percatado de la mirada de reojo, divertida e inquisitiva, que el señor Greenwood le había lanzado durante esa última intervención. Todo ello planteaba preguntas totalmente nuevas. Por ejemplo, Helen no había tenido en cuenta que un viaje a Nueva Zelanda había, era evidente, que pagarlo. ¿Podría no dejarle remordimientos que lo pagara su futuro esposo? ¿O adquiriría éste con ello derechos sobre una mujer que en realidad sólo le corresponderían cuando cara a cara le diera el consentimiento?

No, toda esa historia de Nueva Zelanda era una locura. Helen tenía que sacársela de la cabeza. No estaba destinada a tener su propia familia. ¿O sí?

No, ¡no debía pensar más en ello!

Pero en realidad, Helen Davenport no hizo más que dar vueltas a este asunto durante los días que siguieron.

2

—¿Desea ver ahora el rebaño o bebemos antes una copa?

Lord Terence Silkham saludó a su visitante estrechándole enérgicamente la mano, a lo que Gerald Warden respondió de forma no menos firme. Lord Silkham no sabía demasiado bien cómo debía imaginarse a un hombre al que la unión de ganaderos de Cardiff había anunciado como el «Barón de la Lana» de ultramar. Sin embargo, la persona que tenía frente a él no le desagradó. El hombre se había vestido para el clima de Gales de forma práctica pero, no obstante, a la moda. Los *breeches* tenían un corte elegante y eran de una tela de calidad, la gabardina de confección inglesa. Unos ojos azul claro lo miraban en el rostro amplio y algo anguloso, en parte oculto por el sombrero de alas anchas típico del lugar. Bajo aquél asomaba un cabello castaño y abundante, ni más corto ni más largo que el que era corriente en Inglaterra. Dicho en pocas palabras, nada en el aspecto de Gerald Warden recordaba ni de lejos a los cowboys de las novelitas que ocasionalmente leían algunos empleados de servicio, y para horror de su esposa ¡también su rebelde hija Gwyneira! El autor de tales porquerías de libros plasmaba las luchas sangrientas de los colonos americanos con indígenas furibundos, y las torpes ilustraciones mostraban a jóvenes audaces con largas y enredadas melenas, sombrero Stetson, pantalones de piel y botas de extraña forma, a las que estaban sujetas unas espuelas ostentosamente largas. Para más inri, los vaqueros no tardaban en recurrir a su arma, que llamaban «Colt» y guardaban en pistoleras que llevaban sujetas a un cinturón holgado.

El invitado de Lord Silkham no llevaba ninguna arma a la cintura, sino una petaca de whisky que sacó en ese momento y ofreció a su anfitrión.

—Diría que esto bastará al principio como refuerzo —respondió Gerald Warden con una voz profunda, agradable y acostumbrada a mandar—. Sirvámonos otras bebidas durante las negociaciones, cuando haya visto las ovejas. Y en lo que a esto respecta, mejor que nos pongamos pronto en camino antes de que llueva. Sírvase, por favor.

Silkham asintió y bebió un buen trago de la petaca. ¡Un *scotch* de primera categoría! Nada de matarratas de baratillo. El *lord* pelirrojo y de alta alcurnia consideró también ese detalle una virtud de su visitante. Hizo un gesto con la cabeza a Gerald, tomó su sombrero y su fusta y emitió un leve silbido. Como si hubieran estado aguardándolo, aparecieron volando tres vivaces perros guardianes negros y blancos y marrones y blancos procedentes del rincón del establo en el que se habían resguardado del tiempo inestable. Era evidente que ardían en ganas de reunirse con los jinetes.

—¿No está usted acostumbrado a la lluvia? —preguntó Lord Terence mientras montaba su caballo. Un sirviente le había llevado un sólido Hunter, mientras él saludaba a Gerald Warden. El caballo de Gerald parecía todavía fresco, si bien esa mañana ya había recorrido el largo trecho de Cardiff hasta Powys. Con seguridad se trataba de un caballo alquilado, pero procedía sin duda de uno de los mejores establos de la ciudad. Otro indicio más de por qué le adjudicaban el título de barón de la lana. Warden no era, con toda certeza, un aristócrata, pero sí parecía ser rico.

Éste sonreía ahora y se deslizó también sobre la silla de su elegante caballo zaino.

—Al contrario, Silkham, al contrario...

Lord Terence tragó saliva, pero decidió no tomarse a mal la falta de respeto con que le había hablado el otro. De donde fuera que procedía el hombre, los *milord* y *milady* eran, por lo visto, un género desconocido.

—Tenemos trescientos días de lluvia al año, aproximadamente. Para ser exactos, el tiempo en las llanuras de Canterbury es idéntico al de aquí, al menos en verano. Los inviernos son más suaves, pero basta para que la lana sea de primera calidad. Y la buena hierba engorda a las ovejas. ¡Tenemos hierba en abundancia, Silkham! ¡Hectáreas y hectáreas! Las llanuras son un paraíso para los ganaderos.

En esa época del año, tampoco se podían quejar en Gales de la falta de pastos. Un verdor exuberante cubría como una alfombra de terciopelo la colina y se extendía hasta las montañas lejanas. También los caballos salvajes disfrutaban ahora de él y no precisaban bajar a los valles para pacer en los pastizales de Silkham. Sus ovejas, todavía sin esquilar, estaban redondas como globos. Los hombres contemplaron con regocijo un rebaño de ovejas al que habían descendido a las proximidades de la casa señorial para parir.

—¡Hermosos animales! —los alabó Gerald Warden—. Más robustos que los Romney y Cheviot. Con ellos debe suministrar lana de una calidad, como mínimo, igual de buena.

Silkham afirmó.

—Ovejas Welsh Mountain. En invierno corren casi libres por las montañas. No es fácil que algo acabe con ellas. ¿Y dónde se encuentra su paraíso de rumiantes? Debe disculparme, pero Lord Bayliff sólo me habló de «ultramar».

Lord Bayliff era el presidente de la unión de criadores de ovejas y había puesto a Warden en contacto con Silkham. El barón de la lana, así había aparecido en la carta, tenía intención de adquirir unas ovejas con pedigrí para mejorar con ellas su propia cría en ultramar.

Warden soltó una carcajada.

—¡Y éste es un concepto muy amplio! Déjeme adivinar..., probablemente ya veía usted sus ovejas en algún sitio del Salvaje Oeste taladradas por las flechas de los indios. No debe preocuparse al respecto. Los animales permanecerán seguros en suelo del Imperio británico. Mi propiedad se encuentra en Nueva Zelanda, en las llanuras de Canterbury, en la isla Sur. ¡Hasta donde la vista alcanza, todo son pastos! Es muy similar a esto, pero más extenso, Silkham, mucho más extenso sin punto de comparación.

—Bueno, ésta no es precisamente una pequeña granja —protestó Lord Terence indignado. ¡Qué se figuraba este tipo, imaginar Silkham Farm como una granja de nada!—. Tengo unas treinta hectáreas de pastos.

Gerald Warden le sonrió con ironía.

—Kiward Station tiene alrededor de cuatrocientas —replicó con superioridad—. Aun así, no todo está desmontado, todavía queda mucho trabajo por hacer. Pero es una hermosa propiedad. Y si además llega un lote de cría de las mejores ovejas, un día se revelará como un filón. Romney y Cheviot cruzadas con Welsh Mountain: el futuro está ahí, hágame caso.

Silkham no lo contradijo. Era uno de los mejores ganaderos de Gales, cuando no de toda Gran Bretaña. No cabía duda de que los animales criados por él mejorarían cualquier tipo de población. Entretanto veía también los primeros ejemplares del rebaño que había previsto para Warden. Todas eran ovejas jóvenes que hasta el momento todavía no habían parido. Además de dos jóvenes carneros de la mejor casta.

Lord Terence silbó a los perros, que corrieron de inmediato a reunir las ovejas que pacían dispersas por el enorme prado. Para ello rodearon los animales a una distancia relativamente grande y se ocuparon de que de forma casi inadvertida las ovejas quedasen orientadas en línea directa respecto a los hombres. Durante la tarea no permitieron en ningún momento que el rebaño echara a correr. En cuanto éste se puso en movimiento en la dirección deseada, los perros se sentaron en el suelo y quedaron al acecho por si alguno de los animales se separaba del grupo. Si esto sucedía, el perro pertinente intervenía al instante.

Gerald Warden contemplaba fascinado la autonomía con que procedían los perros.

—Increíble. ¿De qué raza son? ¿Sheepdogs?

Silkham movió la cabeza afirmativamente.

—Border collies. Llevan en la sangre la guía del ganado y apenas necesitan adiestramiento. Y éstos no son casi nada. Debería ver a *Cleo*: una perra sagaz que gana un concurso tras otro. —Silkham se puso a buscarla—. ¿Dónde se habrá metido? De hecho quería traerla con nosotros. En cualquier caso se lo he prometido a mi señora. Para que Gwyneira no volviera... ¡Oh, no! —El *lord* había estado mirando alrededor en busca de la perra, pero en ese momento su mirada se posó en un caballo y su jinete que, procedentes de la vivienda, se acercaban velozmente. Para ello no se tomaba la molestia de utilizar los senderos entre los grupos de ovejas o de abrir las puertas y pasar por ellas. En lugar de eso, el fuerte caballo zaino saltaba sin vacilar por encima de las vallas y los muros que limitaban los rebaños de Silkham. Cuando estuvo más cerca, Warden divisó también una pequeña sombra negra que se esforzaba por mantener el paso de caballo y jinete. El perro unas veces saltaba sobre los obstáculos, otras escalaba por los muros como si fueran escaleras o bien se limitaba a deslizarse por debajo de los listones inferiores de las vallas. Sea como fuere, ese animal diligente y que movía la cola estaba al final delante del jinete junto al rebaño y tomó la dirección del trío. Las ovejas casi parecían leerle los pensamientos. Como respondiendo a una única orden de la perra, los animales se reunieron en un grupo compacto y se detuvieron delante de los hombres sin excitarse ni un solo minuto durante el proceso. Con toda tranquilidad, las ovejas volvieron a hundir las cabezas en el pasto, observadas por los tres perros pastores de Silkham. El pequeño recién llegado se acercó al *lord* en busca de aprobación y parecía que el amistoso rostro de collie resplandecía. Aun así, la perra no miraba directamente a los hombres. Su mirada se dirigía, antes bien, al jinete del caballo zaino que se ponía al paso y se detenía justo detrás de los varones.

—¡Buenos días, padre! —dijo una voz cristalina—. Te quería traer a *Cleo*. He pensado que la necesitarías.

Gerald Warden alzó a su vez la vista hacia el joven con el

propósito de dedicarle unas palabras de elogio por su elegante cabalgada *parforce*. Pero se contuvo cuando advirtió la silla para damas, además de un vestido de amazona gris oscuro y desgastado, así como el abundante cabello rojo vivo descuidadamente atado en la nuca. Era posible que la muchacha se hubiera recogido los cabellos castamente antes del paseo, como era usual, pero no podía haberse esforzado demasiado en ello. De otro modo no se habrían soltado todos los rizos en tal impetuosa cabalgada.

Lord Silkham miraba poco entusiasmado. Pese a ello, recordó presentar a la muchacha en ese momento.

—El señor Warden..., mi hija Gwyneira. Y su perra *Cleopatra*, el pretexto de su aparición. ¿Qué haces aquí, Gwyneira? Si no recuerdo mal, tu madre dijo algo de una clase de francés hoy por la tarde...

Por regla general Lord Terence no solía tener en la cabeza los horarios de su hija, pero Madame Fabian, la profesora francesa que daba clases particulares a Gwyneira, padecía una fuerte alergia a los perros. Por esta causa, Lady Silkham ponía cuidado en recordarle continuamente a su marido que alejara a *Cleo* del entorno de su hija antes de la clase, lo que no era fácil. La perra se pegaba a su ama y ambas eran como uña y carne y sólo se la podía separar de ella para alguna tarea de carea especialmente interesante.

Gwyneira encogió los hombros en un ademán encantador. Estaba sentada de forma impecable, recta pero cómoda y totalmente segura en el caballo, y sujetaba serena por las bridas su pequeña y fuerte yegua.

—Sí, era lo previsto. Pero la pobre *madame* ha tenido un fuerte ataque de asma. Tuvimos que llevarla a la cama, no podía pronunciar ni una palabra. ¿De qué le vendrá? Madre se preocupó tan concienzudamente de que no se acercara ningún animal...

Gwyneira intentaba permanecer impasible y fingir lamentarlo, pero su expresivo rostro reflejaba cierto triunfo. Warden tenía ahora tiempo de observar a la muchacha más de cerca: poseía una tez muy clara y con una ligera tendencia a las pecas, un rostro en forma de corazón que habría obrado un efecto ingenuamente dulce si la boca hubiera sido menos llena y ancha, lo que proporcionaba a los rasgos de Gwyneira cierta sensualidad. Sobre todo destacaban en el rostro los grandes ojos, insólitamente azules. Azul índigo, recordó Gerald Warden. Así lo llamaban en las clases de pintura en que su hijo malgastaba la mayoría del tiempo.

—¿Y no habrá entrado por casualidad *Cleo* en el salón después de que la sirvienta haya eliminado cualquier pelo de perro antes de que *madame* osara salir de sus estancias? —preguntó Silkham con severidad.

—Ah, no creo —opinó Gwyneira con una dulce sonrisa que dio al color de sus ojos un tono más cálido—. Antes de la clase la he llevado personalmente al establo y le he ordenado por favor que te esperase allí. Pero cuando volví, todavía estaba sentada delante del box de *Igraine*. ¿Habrá presentido algo? Los perros son a veces muy sensibles...

Lord Silkham recordó el vestido de terciopelo azul oscuro que llevaba Gwyneira durante la comida. Si había llevado a *Cleo* así vestida y se había acuclillado junto a ella para darle esas indicaciones, se le habrían prendido tantos pelos del perro como para dejar a *madame* fuera de combate durante tres semanas.

—Ya hablaremos más tarde de esto —señaló Silkham con la esperanza de que su esposa asumiría entonces los papeles de fiscal y juez. En ese momento, delante de una visita, no quería seguir regañando a Gwyneira—. ¿Qué opina usted de las ovejas, Warden? ¿Responden a lo que usted se había imaginado?

Gerald Warden era consciente de que, al menos para guardar las formas, debía ahora ir de un animal a otro y examinar la calidad de la lana, las construcciones y el estado del pienso. En realidad, no le cabía la menor duda de que las ovejas eran de primera calidad. Todas eran grandes, sanas y estaban bien alimentadas, y su lana volvía a crecer de forma regular tras la esquila. Lord Silkham no se permitiría en ninguna circunstancia, sobre todo por cuestión de honor, engañar a un comprador de ultramar. Más bien le ofrecería los mejores animales para salvaguardar su fama de ganadero también en Nueva Zelanda. En este sentido, la mirada de Gerald se posó en primer lugar en la insólita hija de Silkham. Le parecía mucho más interesante que los animales de cría.

Gwyneira había descendido sin ayuda de la silla. Una amazona tan airosa como ella seguramente también podría montar en la silla sin un punto de apoyo. En el fondo, Gerald estaba sorprendido de que hubiera elegido la silla lateral; probablemente prefería la de caballero. Pero tal vez eso habría sido la gota que hacía rebosar el vaso. Lord Silkham no parecía encantado de ver a la muchacha, y sus modales frente a la institutriz francesa se ajustaban poco a los propios de una damisela.

A Gerald, por el contrario, le gustó la muchacha. Contempló con satisfacción la figura delicada, pero lo suficientemente redondeada en los lugares adecuados. No cabía duda de que la muchacha había completado su desarrollo aunque era muy joven, apenas mayor de diecisiete años. Gwyn tampoco parecía ser infantil en absoluto; las damas adultas no mostraban tanto interés por caballos y perros. En cualquier caso, el modo en que Gwyneira trataba a los animales estaba muy alejado del frívolo comportamiento femenino. En ese momento rechazaba sonriendo al caballo que intentaba apoyar su expresiva cabeza sobre el hombro de ella. La yegua era claramente más pequeña que el Hunter, sumamente robusta, pero elegante. El cuello arqueado y el lomo corto de la yegua le recordaron los caballos españoles y napolitanos que le habían ofrecido, entre otros, en sus viajes por el continente. Sin embargo, los había encontrado en general, para Kiward Station, demasiado grandes y tal vez también demasiado sensibles. No habría podido exigirles que recorrieran Bridle Path, desde el muelle hasta Christchurch. Sin embargo, ese caballo...

—Tiene usted un caballo muy bonito, *milady* —observó Gerald Warden—. Acabo de admirar su estilo de salto. ¿Participa también en cacerías con él?

Gwyneira hizo un gesto afirmativo. Al mencionar su yegua los ojos brillaron de igual modo que cuando hablaba de la perra.

—Es *Igraine* —dijo con naturalidad—. Es un Cob. Los caballos típicos de la región, muy seguro de paso y tan bueno para el tiro como para la carrera. Crecen en libertad en la montaña. —Gwyneira señaló las escabrosas montañas que se elevaban al fondo del pastizal: un entorno salvaje que requería sin duda una naturaleza robusta.

—Pero no es la típica montura para damas, ¿verdad? —dijo Gerald riéndose. Ya había visto cabalgar en Inglaterra a otras jóvenes *ladies*. La mayoría prefería ligeros purasangre.

—Depende de si la dama sabe montar —replicó Gwyneira—. Y no me puedo quejar... ¡*Cleo*, apártate de una vez de mis pies! —ordenó a la pequeña perra después de casi tropezar con ella—. ¡Lo has hecho bien, todas las ovejas están ahí! Pero en realidad no ha sido una tarea difícil. —Se volvió hacia Silkham—: ¿Puede reunir *Cleo* a los carneros, padre? Se aburre.

Pero Lord Silkham quería mostrar primero las ovejas para la cría. Y también Gerald se forzó entonces a contemplar con más detalle los animales. Entretanto, Gwyneira dejó pastar al caballo y rascó suavemente a la perra. Al final, su padre aceptó la sugerencia:

—Está bien, Gwyneira, enséñale el perro al señor Warden. Sólo estás deseando presumir un poco. Venga, Warden, debemos cabalgar un trecho. Los jóvenes carneros están en la colina.

Como Gerald había supuesto, Silkham no hizo ningún movimiento para ayudar a su hija a subir a lomos del caballo. Gwyneira dominaba la difícil tarea de poner primero el pie izquierdo en el estribo y luego colocar elegantemente la pierna derecha sobre el cuerno de la silla de montar, llena de gracia y de naturalidad, mientras la yegua permanecía tan quieta como una estatua. Una vez se hubo acomodado, a Gerald le complacieron sus elevados y elegantes movimientos. Le gustaban la muchacha y el caballo en igual medida, del mismo modo en que le fascinaba la perrita tricolor. Durante el paseo para llegar a los carneros, se enteró de que Gwyneira había adiestrado ella misma a la perra y que había ganado ya distintos concursos de perros guardianes.

—Los pastores ya no me aguantan más —explicó Gwyneira con una sonrisa ingenua—. Y la Asociación de Mujeres ha planteado la pregunta de si es decente en realidad que una chica presente a un perro. Pero ¿qué hay de indecente en ello? Sólo doy alguna vuelta por ahí y de vez en cuando abro y cierro una valla.

Efectivamente, bastaban unos pocos gestos con la mano y una orden susurrada para que el bien adiestrado perro pastor del *lord* partiera a cumplir su tarea. Al principio, Gerald Warden no vio ninguna oveja en la gran área, cuya cerca había abierto con facilidad Gwyneira desde su silla, en lugar de limitarse a saltar por encima. También entonces demostró su eficacia el caballo más pequeño: a Silkham y Warden les hubiera resultado difícil inclinarse desde sus altos animales.

Cleo y los otros perros necesitaron sólo unos pocos minutos para reunir el rebaño, si bien los jóvenes carneros eran más respondones que las tranquilas ovejas. Algunos se separaron mientras los guiaban o se enfrentaron belicosos a los perros, pero los pastores no se sintieron por ello desconcertados. *Cleo* movía encantada la cola cuando acudió de nuevo, tras una breve llamada, junto a su ama. Todos los carneros estaban a una distancia relativamente corta. Silkham señaló a Gwyneira dos de ellos, que *Cleo* separó del resto a una velocidad vertiginosa.

—Había previsto estos dos para usted —explicó Lord Silkham a su visitante—. Los mejores animales con pedigrí, de una casta de primera categoría. También puedo enseñarle después a los padres. En otras circunstancias habrían criado conmigo y habrían obtenido un buen número de premios. Pero así... Pienso que mencionarán mi nombre como criador de ganado en las colonias. Y esto es para mí más importante que la próxima condecoración en Cardiff.

Gerald Warden afirmó pensativo.

—Puede confiar en ello. ¡Hermosos animales! ¡Apenas puedo esperar a ver los descendientes del cruce con mis Cheviot! ¡Aunque deberíamos hablar también de los perros! No es que no tengamos en Nueva Zelanda perros pastores. Pero un animal como esa perra y además un macho que fuera adecuado valen su peso en oro.

Gwyneira, que daba unas caricias de reconocimiento a su

perra, oyó el comentario. Al segundo se volvió enfadada y dijo furiosa al neozelandés:

—¡Si quiere comprar mi perra, es mejor que trate conmigo, señor Warden! Pero ya se lo digo ahora: no podrá comprar a *Cleo* ni por todo su dinero. Sin mí no va a ningún lugar. Tampoco podría darle órdenes, porque no obedece a todo el mundo.

Lord Silkham movió la cabeza con desaprobación.

—Gwyneira, ¿qué modales son ésos? —preguntó con severidad—. Claro que podemos vender un par de perros al señor Warden. No tiene por qué ser tu preferido. —Dirigió la vista a Warden—. De todos modos, le aconsejaría un par de animales jóvenes de la última camada, señor Warden. *Cleo* no es el único perro con el que ganamos competiciones.

«Pero el mejor», pensó Gerald. Y para Kiward Station lo mejor era justo suficientemente bueno. En los establos y en casa. ¡Si las muchachas de sangre azul fueran tan fáciles de adquirir como los carneros! Cuando los tres regresaban a caballo hacia la casa, Warden ya estaba urdiendo sus planes.

Gwyneira se vistió con sumo cuidado para la cena. Tras el asunto con *madame* no quería volver a llamar la atención. Su madre le había echado una buena reprimenda. Además ya se sabía de memoria sus sermones: si seguía comportándose de forma tan asilvestrada y pasaba más tiempo en los establos y a lomos del caballo que en sus clases, nunca encontraría un pretendiente. Era innegable que los conocimientos de francés de Gwyneira dejaban que desear. Y eso también se aplicaba a sus habilidades como ama de casa. Los trabajos manuales de la joven nunca daban la impresión de que fueran a servir para decorar el hogar: de hecho, el párroco permitía incluso que desaparecieran discretamente en los bazares de la iglesia en lugar de ofrecerlos para su venta. Tampoco tenía la muchacha mucho sentido para planificar grandes banquetes y dar respuestas concretas a preguntas de la cocinera tipo: «Salmón o perca.» Gwyneira se limitaba a comer lo que se servía en la mesa; no obstante, sabía qué tenedor y cuchara debía emplear en cada plato, pero todo eso le parecía en el fondo una tontería. ¿Para qué adornar los platos durante horas si en pocos minutos ya se había comido todo? ¡Y luego el asunto de los arreglos florales! Hacía pocos meses que entre las obligaciones de Gwyneira se contaba la decoración con ramos de flores del salón y el comedor. Lamentablemente, su sensibilidad no solía satisfacer las expectativas, por ejemplo cuando recogió flores silvestres y las puso en un jarrón a su gusto. Lo encontraba bonito, pero su madre casi se había desmayado ante tal visión. Aún con mayor motivo cuando descubrió entre las hierbas una araña que había pasado inadvertida. Desde entonces, Gwyneira cortaba las flores bajo la vigilancia del jardinero del jardín de rosas de Silkham Manor y las arreglaba con ayuda de *madame*. Sin embargo, la joven también había evitado ese día tal fastidiosa tarea. Los Silkham no sólo tenían a Gerald Warden como invitado, sino también a la hermana mayor de Gwyneira, Diana, y su esposo.

Diana amaba las flores y desde su matrimonio se ocupaba casi exclusivamente de cultivar los jardines de rosas más excéntricos y mejor cuidados de toda Inglaterra. En esa ocasión había llevado a su madre una selección de las flores más bonitas e inmediatamente las había distribuido con habilidad en jarrones y en cestas. Gwyneira suspiró. A ella nunca le saldría tan bien. Si para elegir esposa los hombres se dejaban guiar realmente por eso, moriría solterona. No obstante, Gwyneira tenía la sensación de que los adornos florales les resultaban totalmente indiferentes tanto a su padre como a Jeffrey, el esposo de Diana. Tampoco los bordados de Gwyneira habían alegrado hasta el momento la vista de ningún varón; excepto la del poco entusiasmado párroco. ¿Por qué no podía mejor impresionar a los jóvenes caballeros con sus auténticas virtudes? En la caza, por ejemplo, causaba admiración: Gwyneira solía ir en pos del zorro más deprisa y obteniendo mejores resultados que el resto de los cazadores. No obstante, esto atraía tan poco a los hombres como su habilidoso trato con los perros pastores. Aunque los caballeros expresaban su reconocimiento, en su mirada había algo de desaprobación y en los bailes nocturnos bailaban con otras jóvenes. Pero eso también podía estar relacionado con la exigua dote de Gwyneira. La muchacha no se hacía ilusiones: siendo la tercera hija no podía esperar gran cosa. Especialmente porque su hermano vivía a costa del padre. John Henry «estudiaba» en Londres. Gwyneira tan sólo se preguntaba qué disciplina. Mientras todavía vivía en Silkham Manor no había sacado más provecho de las ciencias que su hermana pequeña y las facturas que mandaba desde Londres eran demasiado altas como para que respondieran sólo a la adquisición de libros. El padre pagaba siempre sin rechistar y como mucho murmuraba algo sobre «sentar la cabeza», pero Gwyneira tenía claro que tanto dinero procedía de su dote.

A pesar de estas contrariedades no se preocupaba demasiado por su futuro. Por ahora se sentía bien y en algún momento su dinámica madre también conseguiría un marido para ella. Ya ahora las invitaciones nocturnas de sus padres casi se limitaban a matrimonios conocidos que, por pura casualidad, tenían hijos de la edad adecuada. A veces ya se hacían acompañar por los jóvenes, con más frecuencia aparecían sólo los padres y todavía más frecuentemente acudían sólo las madres a tomar el té. Gwyneira odiaba esto en especial, pues ahí se comprobaban todas las habilidades que se suponían imprescindibles en las muchachas para dirigir una casa de alta posición. Se esperaba que Gwyneira sirviera con elegancia el té; tarea en la cual había, por desgracia, quemado a Lady Bronsworth. Se quedó pasmada cuando su madre precisamente contó durante tal ardua transacción la solemne mentira de que la misma Gwyneira había preparado los pastelillos.

Tras el té se echaba mano del bastidor de bordar, mientras Lady Silkham, para mayor seguridad, pasaba a Gwyneira con disimulo el suyo, donde la obra de arte de *petit-point* ya estaba casi concluida, y se conversaba sobre el último libro del señor Bulwer-Lytton. Esa lectura era para la joven más bien un somnífero: todavía no había conseguido leer hasta el final ni aunque fuera uno solo de esos ladrillos. De todos modos conocía algunas palabras como «edificante» y «una expresividad sublime» que siempre podía formular en ese contexto. Naturalmente, las señoras hablaban además de las hermanas de Gwyneira y de sus maravillosos maridos, con lo que expresaban urgentemente la esperanza de que pronto también Gwyneira tuviera la suerte de encontrar un partido igual de bueno. La misma joven no sabía si era eso lo que ella deseaba. Encontraba a sus cuñados aburridos y el marido de Diana era casi tan viejo como para ser su padre. Corría la voz de que tal vez ésa fuera la razón por la que el matrimonio todavía no hubiera sido bendecido con hijos, asunto en el que Gwyneira no veía demasiado claro las relaciones. No obstante, también se excluían de la cría las ovejas más viejas... Se rio para sus adentros cuando comparó al gélido marido de Diana, Jeffrey, con el carnero *Cesar*, que su padre acababa de excluir a su pesar de la cría.

¡Y luego estaba Julius, el marido de Larissa! Si bien procedía de una de las mejores familias de la nobleza era terriblemente incoloro y exangüe. Gwyneira recordaba que su padre había murmurado tras la primera presentación algo de «consanguineidad». Al menos, Julius y Larissa ya tenían un hijo..., con el aspecto de un fantasma. No, ninguno de ellos era como el hombre que soñaba Gwyneira. ¿Sería mejor la oferta en ultramar? Ese Gerald Warden daba una impresión muy vital aunque, naturalmente, era demasiado viejo para ella. Pero al menos sabía de caballos y no se había ofrecido a ayudarla a montar. ¿Podrían montar la mujeres en Nueva Zelanda en sillas de caballero? Gwyneira se sorprendía a veces soñando con las noveluchas del servicio. ¿Cómo sería echar una carrera a caballo con uno de esos apuestos cowboys americanos? ¿Mirarlo con el corazón desbocado en un duelo con pistolas? ¡Y las mujeres de los pioneros también recurrían en el Oeste a las armas! Gwyneira hubiera preferido un fuerte rodeado por indios antes que el jardín de rosales de Diana.

En esos momentos se estaba embutiendo por vez primera en un corsé que todavía la ceñía con más fuerza que esa antigualla que llevaba al cabalgar. Odiaba tales torturas, pero cuando miró el espejo se sintió satisfecha con el talle extremamente esbelto. Ninguna de sus hermanas era tan grácil. Y el vestido de seda azul cielo le quedaba de maravilla. Reforzaba el brillo de sus ojos y acentuaba la luminosa cabellera rojiza. Lástima que tuviera que recogérsela. ¡Y qué agotador para la doncella, que ya estaba preparada a su lado con peine y horquillas! El cabello de Gwyneira era ondulado por naturaleza y cuando había humedad en el aire, lo que solía suceder casi siempre en Gales, se encrespaba especialmente y era difícil de dominar. A menudo, Gwyneira debía permanecer sentada sin moverse durante horas hasta que la doncella lo había domado del todo. Y esos momentos de inmovilidad le resultaban más difíciles que otros cualesquiera.

Gwyneira se instaló en la silla de peinar con un suspiro y se preparó para media hora de aburrimiento. Sin embargo, su mirada se posó en el discreto folletín que descansaba junto a los peines y otros instrumentos que había sobre la mesa. *En manos del piel roja*, rezaba el sensacionalista título.

—He pensado que *milady* desearía un poco de entretenimiento —observó la joven doncella, y sonrió a Gwyneira por el espejo—. ¡Pero es muy terrorífico! Sophie y yo no hemos podido dormir en toda la noche después de habérnoslo leído la una a la otra!

Gwyneira ya había tomado el folletín. Ella no se asustaba tan fácilmente.

Mientras tanto Gerald Warden se aburría en el salón. Los caballeros estaban tomando una copa antes de comer. Lord Silkham acababa de presentarle a su yerno Jeffrey Riddleworth. Le explicó a Warden que Lord Riddleworth había servido en la colonia de la Corona en la India y que había regresado hacía apenas dos años a Inglaterra en posesión de importantes condecoraciones. Diana Silkham era su segunda esposa, la primera había fallecido en la India. Warden no se atrevió a preguntar de qué, pero con bastante seguridad la dama había muerto a causa de la malaria o de la picadura de una serpiente. Siempre que hubiera dispuesto de mucho más arrojo y ganas de acción que su marido. En todo caso, Riddleworth parecía no haber abandonado los alojamientos del regimiento durante toda su estancia en la colonia. Del país sólo podía contar que, salvo en los refugios ingleses, todo era ruido y suciedad. Consideraba a los nativos sin excepción un hato de desarrapados, en primer lugar a los maharajás, y, en cualquier caso, todo estaba infestado de tigres y serpientes fuera de las ciudades.

—Una vez hasta tuvimos una culebra en nuestro alojamiento —explicó Riddleworth asqueado mientras se retorcía su esmerado bigote—. Naturalmente, de inmediato maté a esa bestia de un disparo, aunque el culi me dijo que no era venenosa. Pero ¿puede uno fiarse de esa gente? ¿Cómo ocurre en su país, Warden? ¿Controla su servicio a esos engendros repugnantes?

Gerald pensó divertido que seguramente los disparos de Riddleworth en el interior de la casa habían causado más desperfectos que los que podría haber originado jamás un auténtico tigre. No creía que el pequeño y bien alimentado coronel fuera capaz de acertar de un tiro a la cabeza de una serpiente. En cualquier caso, era evidente que ese hombre había elegido el país equivocado como esfera de acción.

—El servicio necesita a veces..., hummm..., familiarizarse con las costumbres —respondió Gerald—. Solemos emplear a nativos para quienes el estilo de vida inglés resulta completamente ajeno. Pero no tenemos nada que ver con serpientes y tigres. En toda Nueva Zelanda no hay ninguna serpiente. Y en su origen tampoco había mamíferos. Fueron los misioneros y colonos los que introdujeron en las islas el ganado doméstico, perros y caballos.

—¿No hay animales salvajes? —preguntó Riddleworth frunciendo el entrecejo—. Vamos Warden, no querrá hacernos creer que antes de la colonización aquello estaba como en el cuarto día de la creación.

—Hay pájaros —informó Gerald Warden—. Grandes, pequeños, gordos, delgados, que vuelan y que corren..., ah, sí, y un par de murciélagos. Salvo esto, insectos, claro está, pero tampoco son peligrosos. Si quiere que lo maten en Nueva Zelanda, *milord*, tiene que esforzarse. A no ser que recurra a ladrones de dos patas con armas de fuego.

—Probablemente también a otros con machetes, dagas y sables, ¿no? —preguntó riendo Riddleworth—. Bien ¡cómo puede alguien desplazarse por propia voluntad a esos lugares vírgenes es para mí una incógnita! Yo me sentí contento de poder abandonar las colonias.

—Nuestros maoríes suelen ser pacíficos —replicó Warden con tranquilidad—. Un pueblo extraño..., fatalista y fácil de contentar. Cantan, bailan, tallan madera y no conocen ningún armamento digno de mención. No, *milord*, estoy seguro de que antes se hubiera usted aburrido en Nueva Zelanda que asustado.

Riddleworth ya estaba dispuesto a aclarar, airado, que durante su estancia en la India no había tenido, naturalmente, ni una gota de miedo. Sin embargo, la llegada de Gwyneira interrumpió a los caballeros. La muchacha entró en el salón y descubrió desconcertada que su madre y su hermana no estaban entre los presentes.

—¿Llego demasiado pronto? —preguntó Gwyneira en lugar de saludar primero a su cuñado, como era conveniente.

Éste también puso la oportuna cara de ofendido, mientras Gerald Warden apenas si podía apartar la vista de la figura de la joven. La muchacha ya le había parecido antes hermosa, pero ahora, vestida de ceremonia, reconoció que se trataba de una auténtica belleza. La seda azul acentuaba su tez clara y su vigoroso cabello rojizo. El peinado sobrio destacaba el corte noble de su rostro. ¡Y además de todo ello esos labios audaces y los luminosos ojos azules con su expresión despierta, casi provocadora! Gerald estaba arrebatado.

Sin embargo, esa mujer no encajaba ahí. Era incapaz de imaginársela al lado de un hombre como Jeffrey Riddleworth. Gwyneira pertenecía más al tipo de las que se colgaban una serpiente alrededor del cuello y domesticaban a un tigre.

—No, no, eres puntual, hija mía —respondió Lord Terence, consultando el reloj—. Son tu madre y tu hermana quienes se retrasan. Es probable que hayan vuelto a demorarse demasiado tiempo en el jardín...

—¿No estaba usted en el jardín? —preguntó Gerald Warden a Gwyneira. De hecho, antes se la hubiera imaginado a ella al aire libre que a su madre, quien, en el momento de conocerla, le había parecido algo afectada y aburrida.

Gwyneira se encogió de hombros.

—No tengo afición por las rosas —reconoció, aunque con ello volvió a despertar la indignación de Jeffrey y seguramente también la de su padre—. Si fueran verduras o algo que no pinchara...

Gerald Warden rio ignorando las expresiones avinagradas de Silkham y Riddleworth. El barón de la lana encontraba encantadora a la joven. Evidentemente no era la primera a la que sometía a un discreto examen durante el viaje a su antiguo hogar, pero hasta ahora ninguna de las jóvenes *ladies* inglesas se había comportado de forma tan natural y desenvuelta.

—¡Vaya, vaya, *milady*! —bromeó con ella—. ¿Me está usted confrontando realmente con los inconvenientes de las rosas inglesas? ¿Acaso se esconden espinas bajo la piel blanca como la leche y los cabellos cobrizos?

La expresión de «rosa inglesa», extendida en las islas británicas para referirse al tipo de muchacha de piel blanca y pelirroja, también era conocida en Nueva Zelanda.

En realidad, Gwyneira debería de haberse ruborizado, pero sólo sonrió.

—En cualquier caso, resulta más seguro ponerse guantes —observó, y vio con el rabillo del ojo que su madre tomaba aire.

Lady Silkham y su hija mayor, Lady Riddleworth, acababan de llegar y habían oído el breve intercambio de palabras entre Warden y Gwyneira. Ninguna de las dos sabía, al parecer, lo que más tenía que impresionarlas: si la insolencia de Warden o la aguda réplica de Gwyneira.

—Señor Warden, mi hija Diana, Lady Riddleworth. —Lady Silkham decidió al final limitarse a obviar el asunto. Aunque el hombre no tenía buenos modales en sociedad, había prometido a su marido el pago de una pequeña fortuna por un rebaño de ovejas y una camada de perros jóvenes. Esto aseguraría la dote de Gwyneira y daría mano libre a Lady Silkham para casar pronto a la muchacha antes de que se divulgara entre los posibles pretendientes que tenía una lengua muy suelta.

Diana saludó ceremoniosamente al visitante de ultramar. En la mesa le habían asignado el puesto junto a Gerald Warden, lo que él pronto lamentó. La cena con los Riddleworth fue más que aburrida. Mientras Gerald daba pequeñas entradas y fingía escuchar con atención las explicaciones de Diana sobre el cultivo de rosas y las exposiciones florales, seguía observando a Gwyneira. Salvo por su forma de hablar sin tapujos, su comportamiento era impecable. Sabía cómo comportarse en sociedad y conversaba educadamente, aunque era obvio que se aburría con Jeffey, su compañero de mesa. Respondió con sinceridad a las preguntas de su hermana sobre sus progresos en conversación en francés y el estado de la estimada Madame Fabian. Esta última lamentaba profundamente no asistir a la cena por motivos de salud. En caso contrario hubiera tenido el placer de conversar con su anterior y favorita alumna Diana.

Fue al servir el postre cuando Lord Riddleworth volvió a la pregunta anterior. Era evidente que entretanto la conversación en la mesa también lo estaba enervando a él. Diana y su madre habían procedido durante ese tiempo a intercambiarse información sobre conocidos comunes que encontraban «atractivos» y a cuyos «bien educados» hijos tomaban en consideración para una unión con Gwyneira.

—Todavía no nos ha contado cómo fue a parar a ultramar, señor Warden. ¿Fue por encargo de la Corona? ¿Tal vez en el séquito del fabuloso capitán Hobson?

Gerald Warden negó con la cabeza mientras reía y permitió que el sirviente volviera a llenarle la copa de vino. Hasta el momento había sido contenido con ese excelente vino. Se ofrecería después suficiente cantidad del espléndido *scotch* de Lord Silkham y, por poco que asomara la oportunidad de ejecutar sus planes, necesitaba tener la cabeza despejada. Una copa vacía atraería, por otra parte, la atención. Así que dio su conformidad al sirviente, pero luego tomó su vaso de agua.

—Viajé allí veinte años antes que Hobson —dio como respuesta—. En una época en que todavía la isla era más salvaje que ahora. Especialmente en las estaciones de pesca de la ballena y de caza de focas...

—¡Pero usted es criador de ovejas! —intervino Gwyneira con entusiasmo. ¡Por fin un tema interesante!—. ¿De verdad ha pescado ballenas?

Gerald rio.

—Que si participé en la captura de ballenas..., *milady*. Durante tres años embarqué en el *Molly Malone*...

No quería explicar nada más al respecto, pero ahora Lord Silkham frunció el entrecejo.

—Ah, no me venga con éstas, Warden. ¡Sabe demasiado de ovejas para que yo dé crédito a esas historias de bandidos! ¡Eso no lo habrá aprendido en un buque ballenero!

—Claro que no —respondió Gerald impasible. El halago lo dejó indiferente—. De hecho procedo de los Yorkshire Dales, y mi padre era pastor...

—¡Pero fue en pos de la aventura! —Era Gwyneira. Le brillaban los ojos de emoción—. Dejó la noche y la niebla y abandonó su país y...

Una vez más, Gerald Warden se sintió a un mismo tiempo divertido y cautivado. Sin duda alguna ésta era la muchacha adecuada, incluso si era consentida y sus imaginaciones eran totalmente falsas.

—Antes de nada fui el décimo de once hijos —la corrigió—. Y no quería pasar mi vida cuidando de las ovejas de otras personas. Con trece años, mi padre quería que me pusiera a trabajar a sueldo. Sin embargo, en lugar de eso, me enrolé como grumete. He visto la mitad del mundo. Las costas de África, América, el Cabo..., navegamos hasta el mar del Norte. Y finalmente hacia Nueva Zelanda. Y es lo que más me gustó. Ni tigres ni serpientes... —Guiñó el ojo a Lord Riddleworth—. Un país en gran parte todavía sin explorar y un clima como el de mi hogar. A fin de cuentas uno busca sus raíces.

—¿Y luego pescó ballenas y cazó focas? —preguntó la joven una vez más, incrédula—. ¿No empezó enseguida con las ovejas?

—Las ovejas no se obtienen de la nada, señorita —respondió riendo Gerald Warden—. Como he experimentado de nuevo hoy mismo. ¡Para adquirir las ovejas de su padre uno tiene que haber matado a más de una ballena! Y pese a que la tierra era barata, los jefes de tribu maoríes tampoco la regalaban...

—¿Los maoríes son los nativos? —preguntó curiosa Gwyneira.

Gerald Warden hizo un gesto afirmativo.

—El nombre significa «cazador de moa». Los moas eran unas aves enormes, pero los cazadores eran por lo visto demasiado diligentes. En cualquier caso, esos animales se han extinguido. Los inmigrantes nos llamamos, dicho sea de paso, «kiwis». El kiwi también es un ave. Un animal curioso, cargante y muy vivaz. El kiwi no puede pasar inadvertido. En Nueva Zelanda está por todas partes. Pero no me pregunte ahora a quién se le ocurrió la idea de denominarnos precisamente kiwis.

Una parte de los comensales se echó a reír, sobre todo Lord Silkham y Gwyneira. Lady Silkham y los Riddleworth estaban más bien indignados de compartir mesa con un antiguo pastor y ballenero por mucho que se hubiera convertido, con el tiempo, en un barón de la lana.

Lady Silkham no tardó en levantarse de la mesa y se retiró con sus hijas al salón, con lo que Gwyneira se separó de mala gana del círculo de caballeros. Por fin la conversación había virado hacia un tema más interesante que la monótona sociedad y las increíblemente aburridas rosas de Diana. Anhelaba ahora retirarse a sus estancias, donde le esperaba la mitad todavía sin leer de *En manos del piel roja*. Los indios acababan de secuestrar a la hija de un oficial de la caballería. Pero ante Gwyneira todavía quedaban al menos dos tazas de té en compañía de sus parientes femeninas. Suspirando, se abandonó a su destino.

En la sala de caballeros, Lord Terence había ofrecido puros. Gerald Warden también dio en esa ocasión probadas muestras de su conocimiento al escoger la mejor clase de habanos. Lord Riddlerworth tomó uno de la caja al azar. A continuación pasaron una tediosa media hora discutiendo acerca de las decisiones que había tomado la reina en relación a la agricultura británica. Tanto Silkham como Riddleworth lamentaban que la reina se decantara por la industrialización y el comercio exterior en lugar de fortalecer la economía tradicional. Gerald Warden se manifestó sólo con vaguedad al respecto. En primer lugar no tenía muchos conocimientos y en segundo, le resultaba bastante indiferente. El neozelandés volvió a animarse cuando Riddleworth lanzó una mirada triste al ajedrez, que esperaba preparado en una mesa auxiliar.

—Lástima que hoy no podamos volver a nuestra partida, pero es obvio que no queremos aburrir a nuestro invitado —observó el *lord*.

Gerald Warden entendió los matices. Si él fuera un auténtico caballero, intentaba comunicarle Riddleworth, se retiraría a sus aposentos en ese momento alegando algún pretexto. Pero Gerald no era un *gentleman*. Ya había representado suficiente tiempo ese papel; así que pausadamente debían ir al asunto.

—¿Por qué no nos aventuramos en lugar de eso a un pequeño juego de cartas? —sugirió con una sonrisa ingenua—. Seguro que también se juega al blackjack en los salones de las colonias ¿no es así, Riddleworth? ¿O prefiere usted otro juego? ¿Póquer?

Riddleworth lo miró horrorizado.

—¡Se lo ruego! Blackjack..., póquer..., eso se juega en las tabernuchas de las ciudades portuarias, pero no entre caballeros.

—Bien, a mí no me importaría jugar una partida —respondió Silkham. No parecía ponerse del lado de Warden por cortesía; sino que, de hecho, miraba con apetencia hacia la mesa de cartas—. Solía jugar con frecuencia durante mi período militar, pero aquí no se encuentra ningún círculo social en el que no se hable de forma profesional sobre ovejas y caballos. ¡En pie, Jeffrey! Puedes ser el primero en repartir. Y no seas tacaño. Sé que tienes un salario generoso. ¡A ver si recupero algo de la dote de Diana!

El *lord* habló sin rodeos. Durante la cena había hecho honores al vino y a continuación no había tardado en beberse el primer *scotch*. En esos momentos indicó ansioso a los otros hombres que tomaran asiento. Gerald se sentó satisfecho, Riddleworth todavía enojado. De mala gana tomó las cartas y las barajó con torpeza.

Gerald puso su copa a un lado. Debía mantenerse completamente despierto. Advirtió complacido que el achispado Lord Terence enseguida abría con una apuesta realmente alta. Gerald permitió de buen grado que ganara. Media hora más tarde descansaba una pequeña fortuna en monedas y billetes delante de Lord Terence y Jeffrey Riddleworth. El último había perdido algo la reticencia, aunque todavía no mostraba entusiasmo por el juego. Silkham se servía alegremente whisky.

—¡No gaste usted el dinero de mis ovejas! —advirtió a Gerald—. Acaba de perder otra camada de perros.

Gerald Warden rio.

—Quien no arriesga, no gana —contestó, subiendo de nuevo la apuesta—. ¿Qué pasa, Riddleworth, continúa?

El coronel tampoco estaba sobrio, pero era desconfiado por naturaleza. Gerald Warden sabía que tarde o temprano tenía que desembarazarse de él, a ser posible sin perder demasiado dinero. Cuando Riddleworth apostó una vez más su ganancia sólo a una carta, Gerald cerró.

—¡Blackjack, amigo mío! —casi se lamentó, mientras dejaba el segundo as sobre la mesa—. ¡A ver si se me acaba la mala racha! ¡Otra más! ¡Venga Riddleworth, recoja su dinero duplicado!

Riddleworth se levantó disgustado.

—No, yo lo dejo. Ya tendría que haberlo hecho antes. Ya se sabe: lo que el agua trae, el agua lo lleva. No pienso darle más cancha. Y tú también deberías dejarlo, padre. Así conservarás al menos un pequeño beneficio.

—Hablas como mi mujer —observó Silkham, y su voz ya

sonaba vacilante—. ¿Y qué significa eso de pequeño beneficio? Antes no he continuado. ¡Todavía tengo todo mi dinero! ¡Y me acompaña la fortuna! Hoy es, desde luego, mi día de suerte, ¿no es así, Warden? ¡Hoy estoy realmente de suerte!

—Entonces te deseo que sigas disfrutando —respondió Riddleworth con tono agrio.

Gerald Warden respiró aliviado cuando salió de la habitación. Ahora tenía vía libre.

—¡Entonces duplique sus ganancias, Silkham! —animó al *lord*—. ¿A cuánto ascienden ahora? ¿Quince mil en total? Maldita sea, ¡hasta ahora me ha birlado más de diez mil libras! Si duplica, obtendrá sin dificultad otra vez el precio de sus ovejas!

—Pero..., si pierdo, me quedaré sin nada —dijo pensativo el *lord*.

Gerald Warden se encogió de hombros.

—Es el riesgo. Pero podemos seguir con cantidades pequeñas. Mire, le doy una carta y yo cojo otra. Mira cuál es y yo destapo la mía..., y usted decide. Si no desea apostar, no pasa nada. ¡Pero yo también puedo negarme una vez haya visto mi carta! —Warden sonrió.

Silkham recibió la carta dubitativo. ¿Acaso no contravenía las reglas esta posibilidad? Un *gentleman* no debía buscar escapatorias ni temer el riesgo. Casi con disimulo, lanzó, sin embargo, una mirada a la carta.

¡Un diez! Exceptuando el as, no podía ser mejor.

Gerald, que era banca, destapó su carta. Una dama. Valía tres puntos. Un comienzo realmente poco prometedor. El neozelandés frunció el entrecejo y pareció dudar.

—Al parecer mi buena suerte brilla por su ausencia —suspiró—. ¿Cómo lo tiene usted? ¿Seguimos o lo dejamos?

De repente, Silkham estaba extremadamente ansioso por seguir jugando.

—¡Pido otra carta! —declaró.

Gerald Warden miró su dama con resignación. Pareció luchar consigo mismo, pero repartió otra carta.

El ocho de picas. En total eran dieciocho puntos. ¿Sería suficiente? Silkham empezó a sudar. Pero si ahora cogía otra carta, corría el riesgo de pasarse. Farol. El *lord* intentaba mantener un rostro inexpresivo.

—Me planto —dijo conciso.

Gerald descubrió otra carta. Un ocho. Hasta el momento eran once puntos. El neozelandés volvió a coger las cartas.

Silkham esperaba con toda su alma que cogiera el as. Gerald se habría pasado entonces. Pero sus posibilidades tampoco eran malas. Sólo un ocho o un diez podían salvar al barón de la lana.

Gerald cogió carta: otra reina.

Expulsó aire con fuerza.

—Si ahora pudiera ser vidente... —suspiró—. Da igual, no puede usted tener menos de quince, no puedo imaginármelo. ¡Voy a arriesgarme!

Silkham tembló cuando Gerald cogió la última carta. El riesgo de pasarse era enorme. Pero cayó el cuatro de corazones.

—Diecinueve —contó Gerald—. Y me planto. ¡Las cartas sobre la mesa, *milord*!

Sikham descubrió resignado su mano. Un punto por debajo. ¡Había estado tan cerca!

Gerald Warden pareció opinar lo mismo.

—¡Por un pelo, *milord*, por un pelo! Esto clama por una revancha. Sé que estoy loco, pero no podemos dejar esto así. ¡Otra partida más!

Silkham sacudió la cabeza.

—No tengo más dinero. No eran sólo las ganancias, sino toda la apuesta. Si sigo perdiendo, me meteré en un serio problema. No se hable más, lo dejo.

—¡Pero se lo ruego, *milord*! —Gerald barajó las cartas—. ¡Cuanto mayor es el riesgo, más divertido es el juego!, y la apuesta..., espere, ¡juguemos con las ovejas! ¡Sí, las ovejas que me quiere vender! Incluso si va mal, no pierde nada. Pues si yo ahora no me hubiera recuperado para comprar las ovejas tampoco habría tenido usted el dinero. —Gerald Warden mostró una sonrisa triunfal y dejó que las cartas se deslizaran con agilidad por sus manos.

Lord Silkham vació su vaso y se dispuso a levantarse. Se tambaleó un poco, pero las palabras todavía surgieron nítidas de sus labios:

—¡Podría sucederle, Warden! ¿Veinte de las mejores ovejas de cría de esta isla por unos pocos trucos de cartas? No, lo dejo. Ya he perdido demasiado. Entre ustedes, en tierras salvajes, estos juegos tal vez sean muy corrientes, pero aquí mantenemos la cabeza fría.

Gerald Warden alzó la botella de whisky y se sirvió de nuevo.

—Lo tenía por más valiente —se lamentó—. O mejor dicho, por más emprendedor. Pero tal vez eso sea típico de nosotros los kiwis: en Nueva Zelanda sólo vale el hombre que se atreve a algo.

Lord Silkham frunció el entrecejo.

—A los Silkham no se les puede reprochar cobardía. Siempre hemos luchado valientemente, hemos servido a la Corona y... —Era evidente que al *lord* le costaba mantenerse en pie al mismo tiempo que encontrar las palabras adecuadas. Se dejó caer de nuevo en su butaca. Sin embargo, todavía no estaba borracho. Por el momento aún podía plantarle cara a ese buscavidas.

Gerald Warden rio.

—También nosotros servimos a la Corona en Nueva Zelanda. La colonia se está convirtiendo en un factor económico de importancia. A la larga, devolveremos a Inglaterra todo lo que la Corona ha invertido en nosotros. En eso, la reina es más valiente que usted, *milord*. Juega su juego y gana. ¡Vamos, Silkham! ¡No irá a dejarlo ahora! ¡Un par de cartas buenas y duplica el precio de las ovejas!

Con estas palabras, arrojó a la mesa dos cartas boca abajo delante de Silkham. Ni el mismo *lord* supo por qué las cogió. El riesgo era demasiado grande, pero el beneficio tentador. Si realmente ganaba, la dote de Gwyneira no sólo estaría garantizada, sino que sería lo suficientemente elevada para satisfacer a las mejores familias de la región. Mientras tomaba las cartas con lentitud, vio a su hija en el papel de baronesa..., quién sabe, tal vez incluso de dama de la corte de la reina.

Un diez. Buena carta. Si la otra sólo..., el corazón de Silkham latía con fuerza cuando después del diez de diamantes, destapó el diez de picas... Veinte puntos. Imbatible.

Miró a Gerald con aire triunfal.

Gerald Warden levantó la primera carta del montón. As de picas. Silkham gimió. Pero eso no significaba nada. La próxima carta podía ser un dos o un tres y entonces había grandes posibilidades de que Warden se pasara.

—Todavía puede abandonar —dijo Gerald.

Silkham rio.

—Oh, no, amigo mío, no es así como hemos apostado. ¡Haga ahora su juego! ¡Un Silkham cumple con su palabra!

Gerald tomó con parsimonia otra carta.

De repente Silkham deseó haber barajado él mismo. Por otra parte..., había estado observando a Gerald mientras lo hacía y no había ocurrido nada erróneo. Pasara lo que pasase en ese momento no podía reprochar a Warden que lo hubiera engañado.

Gerald Warden destapó la carta.

—Lo siento, *milord*.

Silkham contempló como hipnotizado el diez de corazones que yacía frente a él sobre la mesa. El as contaba por once, el diez completaba el veintiuno.

—Entonces sólo me queda darle la enhorabuena —dijo el *lord* ceremoniosamente. En su vaso todavía había whisky y lo terminó de un trago. Cuando Gerald iba a servirle de nuevo, puso la mano sobre el vaso.

»Ya he tomado demasiado, gracias. Es hora de que deje... de beber y de jugar antes de que mi hija pierda toda la dote y también mi hijo se quede sin nada. —La voz de Silkham sonó velada. Intentó levantarse de nuevo.

—Me lo imaginaba... —observó Gerald en un tono distendido y se llenó al menos su vaso—. La muchacha es la más joven, ¿no es cierto?

Silkham asintió con amargura.

—Sí. Y antes ya he casado a otras dos hijas mayores. ¿Tiene idea de lo que cuesta eso? Esta última boda me arruinará. Sobre todo ahora que he perdido la mitad de mi capital.

El *lord* quería marcharse, pero Gerald sacudió la cabeza y levantó la botella de whisky. La tentación dorada cayó pausadamente en el vaso de Silkham.

—No, *milord* —dijo Gerald—, no podemos dejar esto así. No era mi intención arruinarlo o dejar sin dote a la pequeña Gwyneira. Arriesguémonos con una última partida. Pongo en juego otra vez las ovejas. Si usted gana esta vez, todo quedará como estaba.

Silkham rio sarcástico.

—¿Y qué me apuesto yo? ¿El resto de mis ovejas? ¡Olvídese!

—Y... ¿qué tal la mano de su hija?

Gerald Warden habló serena y tranquilamente, pero Silkham se sobresaltó como si Warden lo hubiera abofeteado.

—¡Se ha vuelto usted loco! ¿No puede pedir en serio la mano de Gwyneira? Esa muchacha podría ser su hija.

—Justo eso es lo que desearía de todo corazón. —Gerald intentó poner tanta franqueza y calidez en su voz y en su mirada como le era posible—. Mi petición no es, claro está, para mí, sino para mi hijo Lucas. Tiene veintidós años, es mi único heredero, bien educado, de buena apariencia y diestro. Puedo imaginarme a Gwyneira perfectamente a su lado.

—¡Pero yo no! —replicó Silkham con rudeza, tropezó y buscó apoyo en su butaca—. Gwyneira pertenece a la alta nobleza. ¡Podría casarse con un barón!

Gerald Warden rio.

—¿Casi sin dote? Y no se engañe usted, he visto a la muchacha. No es exactamente aquello por lo que la madre de un baronet perdería la cabeza.

Lord Silkham montó en cólera.

—¡Gwyneira es una belleza!

—Cierto —lo tranquilizó Gerald—. Y no me cabe duda de que es el honor de toda cacería del zorro. ¿Pero se desenvolvería tan bien en un palacio? Es una joven indómita, *milord*. Le costará el doble de dinero casar a esta muchacha.

—¡Se lo exijo! —protestó Silkham.

—Se lo exijo yo a usted. —Gerald Warden levantó las cartas—. Vamos, esta vez baraja usted.

Silkham cogió su vaso. Los pensamientos bullían en su mente. Todo esto iba en contra de las buenas costumbres. No podía apostarse a su hija jugando a cartas. Ese Warden había perdido el juicio. Por otra parte..., tal trato no podía ser válido. Las deudas del juego eran deudas de honor, pero la joven no era una apuesta admisible. Si Gwyneira decía que no, nadie podía forzarla a subirse en un barco rumbo a ultramar. Y no había que llegar tan lejos. Esta vez ganaría. Su suerte tenía que cambiar de una vez.

Silkham barajó las cartas, no concienzudamente como antes, sino con rapidez, como con prisa, como si quisiera dejar a sus espaldas ese juego degradante.

Lanzó una carta a Gerald casi con rabia. Agarró el resto de la baraja entre sus temblorosas manos.

El neozelandés destapó su mano sin mostrar emoción. As de corazones.

—Esto es... —Silkham no dijo más. En lugar de eso se sirvió. Diez de picas. No estaba mal. El *lord* intentó repartir con tranquilidad, pero la mano le temblaba tanto que la carta cayó a la mesa delante de Gerald antes de que el neozelandés pudiera cogerla.

De momento, Gerald Warden ni siquiera intentó tapar la carta. Impasible colocó la sota de corazones junto al as.

—Blackjack —anunció serenamente—. ¿Cumplirá usted su palabra, *milord*?

3

Helen sentía algo más que un ligero latir en el corazón cuando se presentó en el despacho del párroco de la comunidad de St. Clement. Sin embargo, no era la primera vez que estaba allí, y de hecho solía sentirse muy a gusto en ese lugar que tanto se parecía al despacho de su padre. El reverendo Thorne era, además, un viejo amigo del fallecido reverendo Davenport. Un año antes le había proporcionado a Helen el empleo en el hogar de los Greenwood e incluso había albergado en su casa familiar a los hermanos de ésta algunas semanas antes de que, primero Simon y luego John, encontraran una habitación en la asociación de estudiantes. Los jóvenes se habían mudado encantados, pero Helen no se había mostrado muy entusiasmada con ello. Mientras que Thorne y su esposa no sólo alojaban a sus hermanos sin cobrarles, sino que también los vigilaban un poco, el alojamiento en la asociación costaba dinero y facilitaba a los estudiantes cierta diversión no necesariamente provechosa para su progreso en los estudios.

Helen se había quejado con frecuencia de ello al reverendo. La joven pasaba casi todas sus tardes libres en casa de los Thorne.

Pero en la visita de ese día no esperaba sosegarse mientras tomaba el té con el clérigo y su familia ni que de su despacho surgiera el alegre y sonoro «Entra con Dios» con el que el reverendo solía dar la bienvenida a sus feligreses. Una vez que Helen por fin hubo hecho de tripas corazón y golpeó la puerta, desde el despachó sonó, en cambio, una voz femenina acostumbrada al mando. En las dependencias del reverendo se encontraba esa tarde Lady Juliana Brennan, esposa de un segundo teniente retirado de la compañía de William Hobson, antes miembro fundador de la comunidad anglicana de Christchurch y desde hacía poco un nuevo pilar de la sociedad londinense. La dama había respondido al escrito de Helen y acordado con ella esa cita en el despacho de la comunidad. Quería a toda costa examinar ella primero a las mujeres «respetables, versadas en las tareas domésticas y la educación infantil» que se habían presentado a su anuncio antes de allanarles el camino hacia los «miembros de buena reputación y de posición acomodada» de la colonia de Christchurch. Por fortuna era tolerante en el examen. Helen sólo disponía de una tarde libre cada dos semanas y de mala gana habría pedido permiso para una ausencia extra a la señora Greenwood. Lady Brennan, sin embargo, enseguida estuvo de acuerdo, cuando Helen le propuso la tarde del viernes para ese encuentro.

Llamó en ese momento a la joven y observó con satisfacción que Helen, ya al entrar, se inclinaba respetuosamente.

—Deje esas cosas, jovencita, no soy la reina —señaló, sin embargo, con frialdad, haciendo enrojecer a Helen.

Y aun así, ésta se percató de las similitudes entre la severa reina Victoria y la también regordeta y vestida de negro Lady Brennan. Ambas parecían sonreír sólo en situaciones excepcionales y tomarse la vida en general como un fardo divino, sobre todo, en la que era evidente que se había de sufrir. Helen se esforzó por manifestarse igual de rígida e inexpresiva. Había comprobado ya en el espejo si, durante el trayecto por las calles londinenses, a merced del viento y la lluvia, se había desprendido aunque fuera una diminuta mecha de su cabello recogido en un moño. De todos modos, la mayor parte del severo peinado estaba cubierta por un sombrero modesto, azul oscuro, que apenas la había protegido de la lluvia y en esos momentos estaba empapado. Al menos había podido dejar el abrigo, igualmente mojado, en el vestíbulo. Llevaba debajo una falda de paño azul y una blusa clara, almidonada con esmero. Helen quería a toda costa causar una buena, y en la media de lo posible distinguida, impresión. Lady Brennan no debía tomarla en ningún caso por una frívola aventurera.

—¿Así que quiere emigrar? —preguntó la dama sin más preámbulos—. La hija de un párroco, con una buena colocación, según veo. ¿Qué es lo que la seduce en ultramar?

Helen meditó con cuidado la contestación.

—No me atrae la aventura —contestó—. Estoy contenta en mi puesto de trabajo y mis patrones me tratan bien. Pero cada día veo la felicidad que reina en su familia y ansío de corazón hallarme yo también un día en el centro de tal preciada compañía.

Esperaba que la señora no considerase exageradas sus palabras. La misma Helen casi podría haberse echado a reír cuando había preparado esta respuesta. A fin de cuentas, los Greenwood no eran precisamente un ejemplo de armonía y lo último que ansiaba Helen era un retoño como William.

Sin embargo, Lady Brennan no pareció impresionada por la respuesta de Helen.

—¿Y no ve aquí, en su lugar de nacimiento, ninguna posibilidad para ello? —preguntó—. ¿Cree que no va a encontrar a ningún esposo que satisfaga sus pretensiones?

—No sé si mis pretensiones son demasiado grandes —contestó Helen con prudencia. De hecho tenía previsto plantear después algunas preguntas sobre los «miembros de buena reputación y posición acomodada» de la comunidad de Christchurch—. Pero mi dote es sin lugar a dudas reducida. No puedo ahorrar mucho, *milady*. Hasta ahora he tenido que ayudar a mis hermanos en sus estudios y no me queda nada. Y ya tengo veintisiete años. No me queda mucho tiempo para encontrar esposo.

—¿Y sus hermanos ya no precisan de su ayuda? —quiso saber Lady Brennan. Era obvio que suponía que Helen quería zafarse de las obligaciones familiares emigrando. No estaba equivocada. Helen estaba sumamente harta de financiar a sus hermanos.

—A mis hermanos ya les falta poco para acabar los estudios

—afirmó. No era mentira: si Simon volvía a suspender sería expulsado de la universidad y John no se hallaba en mejor situación—. Pero no veo ninguna posibilidad de que después me paguen ellos la dote. Ni un profesor de Derecho ni un médico asistente ganan mucho dinero.

Lady Brennan hizo un gesto afirmativo.

—¿No echará luego en falta a su familia? —inquirió adusta.

—Mi familia estará compuesta por mi marido y, ¡Dios lo quiera!, por nuestros hijos —respondió con firmeza—. Quiero estar junto a mi esposo cuando construya su casa, en el extranjero. Allí no tendré tiempo de añorar mi antiguo hogar.

—Parece firmemente decidida —observó la mujer.

—Espero que Dios me guíe en mi camino —contestó Helen con humildad, inclinando la cabeza. Las preguntas sobre los hombres deberían esperar. ¡Lo principal era que ese dragón con puntillas negras la siguiera ayudando! Y si los caballeros de Christchurch eran examinados con tanto detalle como las mujeres de allí, nada podría salir mal en realidad. Al menos Lady Brennan se mostraba ahora más abierta. Reveló incluso un poco sobre la comunidad de Christchurch:

—Una colonia floreciente, fundada por colonos selectos, elegidos por la Iglesia de Inglaterra. En breve, la ciudad será obispado. Se planea construir una catedral, así como una universidad. No echará nada en falta, hija mía. Incluso las calles llevan nombres de obispados ingleses.

—Y el río que recorre la ciudad se llama Avon, como la ciudad natal de Shakespeare —añadió Helen. Los últimos días había estado buscando todos los libros accesibles relacionados con Nueva Zelanda, lo que incluso había atraído la cólera de la señora Greenwood: William se había aburrido como una ostra en la Biblioteca de Londres cuando Helen explicó a los niños cómo desenvolverse en esa enorme institución. George debía de haber entendido que la razón para visitar la biblioteca sólo era un pretexto, pero no había traicionado a Helen y el día anterior incluso se había ofrecido para devolver en su tiempo libre los libros que Helen había tomado prestados.

—Exacto —convino satisfecha Lady Brennan—. Debe contemplar algún día el Avon en las tardes de verano, hija mía, cuando la gente está en la orilla y observa las regatas de remos. Uno se siente entonces como en la buena y vieja Inglaterra.

Tales explicaciones tranquilizaron a Helen. Aunque estaba firmemente decidida a emprender la aventura, ello no significaba que en ella bullera un auténtico espíritu de pionera. Deseaba una casa acogedora y urbana y un círculo de amistades cultivadas, algo más pequeño y menos lujoso que el hogar de los Greenwood, pero no obstante familiar. Tal vez el «hombre de posición acomodada» fuera un funcionario de la Corona o un pequeño comerciante. Helen estaba dispuesta a darle una oportunidad.

Pese a todo, cuando abandonó el despacho con la carta y la dirección de un tal Howard O'Keefe, agricultor de Haldon, Canterbury, Christchurch, se sentía un poco insegura. Nunca había vivido en el campo; sus experiencias se limitaban a unas vacaciones con los Greenwood en Cornwall. Habían visitado allí a una familia amiga y todo había trascurrido de forma sumamente civilizada. Sin embargo, en la casa de campo del señor Mortimer nadie había mencionado la palabra «granja» y el señor Mortimer tampoco se había calificado de «agricultor», sino... *gentlemanfarmer*, recordó Helen por fin, tras lo cual se sintió mejor. En efecto, de este modo se había denominado a sí mismo el conocido de los Greenwood. Y lo mismo se ajustaría seguramente a Howard O'Keefe. Helen no podía en absoluto imaginarse a un sencillo granjero como un miembro bien situado de la mejor sociedad de Christchurch.

Helen habría preferido leer la carta a O'Keefe allí mismo, pero se esforzó por apaciguarse. En ningún caso debía abrir el sobre ya en el vestíbulo del reverendo y en la calle se habría mojado. Así que llevó a casa la carta sin abrir y se limitó a alegrarse de la hermosa y clara caligrafía del sobre. ¡No, así no podía escribir un granjero sin educación! Helen meditó brevemente sobre si debía permitirse una calesa para volver a casa de los

Greenwood, pero al final se dijo que ya no valía la pena. Iba a hacerse tarde y sólo tendría tiempo para desprenderse del sombrero y el abrigo antes de que se sirviera la cena. Con la preciosa carta en el bolsillo, llegó deprisa a la mesa e intentó evitar la mirada curiosa de George. ¡El muchacho no era tonto! Seguro que sospechaba dónde había pasado Helen la tarde. La señora Greenwood, por el contrario, seguro que no se figuraba nada, y no preguntó cuando Helen le informó de su visita al párroco.

—Ah, sí, yo también tengo que ver al reverendo la semana que viene —dijo la señora Greenwood distraída—. A propósito de las huérfanas para Christchurch. Nuestro comité ha seleccionado seis niñas, pero el reverendo cree que la mitad de ellas es demasiado joven para que las enviemos solas a hacer el viaje. No es que tenga nada contra el reverendo, ¡pero a veces es poco realista! No calcula simplemente lo que cuestan aquí las niñas, mientras que allí podrían ganarse la vida...

Helen no hizo comentarios a la intervención de la señora Greenwood y tampoco el señor Greenwood parecía ese día estar de humor para peleas. Posiblemente disfrutaba del ambiente amable que reinaba en la mesa, atribuible con toda certeza al hecho de que William estaba muy cansado. Puesto que se habían suspendido las clases y el aya había pretextado otros menesteres, se había encomendado a la sirvienta más joven que jugara con él en el jardín. La dinámica jovencita lo había agotado jugando a pelota, pero al final había sido benévola, dejándole ganar. En esos momentos estaba, por lo tanto, tranquilo y contento.

También Helen puso el cansancio como excusa para escaquearse de las conversaciones posteriores a la cena. Normalmente, en general por cortesía, pasaba media hora más con los Greenwood frente a la chimenea trabajando en sus labores de bordado, mientas la señora Greenwood informaba acerca de sus interminables reuniones del comité. Ese día, se retiró enseguida y ya en el camino de su habitación sacó la carta del bolsillo. Por fin tomó solemnemente asiento en su mecedora, el único mueble de la casa paterna que se había llevado a Londres, y desplegó la carta.

En cuanto leyó las primeras palabras, se conmovió.

Muy estimada *lady*:

Apenas si oso dirigirle la palabra, tan inconcebible me resulta que yo pueda despertar su atención. El modo que he elegido para ello es seguramente poco convencional, pero vivo en un país todavía joven en el que, aunque tenemos en alta consideración las viejas costumbres, debemos encontrar nuevas e inauditas soluciones cuando algún problema nos encoge el corazón. En mi caso se trata de una profundamente sentida soledad y un ansia que no me permite conciliar el sueño. Si bien resido en una casa confortable, ésta carece de la calidez que sólo una mano femenina puede crear. El paisaje que me rodea es de una belleza y extensión infinitas, pero a tal esplendor parece faltarle el núcleo que lleve luz y amor a mi vida. Dicho en pocas palabras: sueño con una persona que quiera compartir la existencia conmigo, que participe en mis logros en la construcción de mi granja, pero que también esté dispuesta a ayudarme, a soportar los contratiempos. Sí, ansío a una mujer que esté dispuesta a unir su destino con el mío. ¿Acaso es usted esa mujer? Ruego a Dios que me conceda una mujer amorosa cuyo corazón puedan ablandar estas palabras. No obstante, usted deseará que le proporcione algo más que una vaga idea de mis pensamientos y deseos. Pues bien, me llamo Howard O'Keefe y, como el nombre ya le indica, tengo raíces irlandesas. Pero son muy lejanas. Apenas si puedo contar todavía los años que vago lejos de mi hogar natal por un mundo a veces hostil. Querida mía, ya no soy un adolescente inexperimentado. He vivido y sufrido mucho. Pero ahora he encontrado en las llanuras de Canterbury, en las estribaciones de los Alpes neozelandeses, un hogar. Mi granja es pequeña, pero la cría de ovejas tiene futuro en este país y estoy seguro de que soy capaz de alimentar a una familia. Deseo que la mujer que esté a mi lado sea experimentada y cariñosa, diestra en los asuntos domésticos y dispuesta a criar a nuestros hijos de acuerdo con los principios cristianos. La apoyaré en tales menesteres de buena fe y con toda la convicción de un amante esposo.

¿Podría darse la posibilidad quizá, respetada lectora, de que usted compartiera una parte de tales deseos y ansias? Si es así, ¡escríbame! Beberé sus palabras como agua en el desierto. Ya por la buena voluntad de haber leído mis palabras tiene usted para siempre un lugar en mi corazón.

Su más devoto afecto,

HOWARD O'KEEFE

Al concluir la lectura, Helen tenía lágrimas en los ojos. ¡Qué maravillosamente escribía ese hombre! ¡Con qué precisión expresaba lo que a Helen tantas veces le preocupaba! También a ella le faltaba ese punto central en la vida. También ella ansiaba sentirse, en algún lugar, realmente en casa, poseer una familia propia y un hogar que no estuviera administrando para otros, sino al que dar por sí misma cara y forma. Bueno, no es que hubiera pensado exactamente en una granja, más bien en una casa de ciudad. Sin embargo, siempre había que contraer pequeños compromisos, sobre todo cuando alguien se embarcaba en tal aventura. Y en la casa de campo de los Mortimer se había sentido a gusto. Incluso había sido agradable que por las mañanas la señora Mortimer apareciera riendo en el salón con un cestito de huevos frescos y un colorido ramo de flores del jardín en la mano. Helen, que solía levantarse temprano, había ayudado a la señora Mortimer a vestir la mesa y había disfrutado de la mantequilla fresca y la cremosa leche de las vacas de los mismos Mortimer. También el señor Mortimer le había causado una buena impresión cuando regresaba de su paseo matinal por los prados, fresco y hambriento por el aire frío, tostado por el sol. Así de dinámico y atractivo se imaginaba Helen a su Howard. ¡Su Howard! ¡Cómo sonaba! ¡Cómo lo percibía! Helen casi se puso a bailar por su diminuta habitación. ¿Podría llevarse la mecedora a su nuevo hogar? Qué emocionante sería contar a sus hijos ese momento en que las palabras de su padre llegaron a Helen por vez primera y ya la conmovieron en su interior...

Muy estimado señor O'Keefe,

Hoy he leído su carta con gran alegría y afecto. También yo he emprendido el camino hacia nuestro conocimiento de forma vacilante, pero en Dios está saber por qué une a dos personas cuyos mundos están separados. Con la lectura de su carta, los kilómetros que nos separan parecen, sin embargo, fundirse cada vez más deprisa. ¿Es posible que en nuestros sueños ya nos hayamos encontrado una y otra vez? ¿O son quizá las experiencias y las ansias comunes las que nos acercan el uno al otro? Yo tampoco soy ya una muchacha joven, la muerte de mi madre me obligó temprano a adquirir responsabilidades. Ésta es la razón por la que esté versada en la administración de una casa grande. He criado a mis hermanos y estoy actualmente empleada como institutriz en una casa señorial de Londres. Esto me ocupa muchas horas del día, pero en las nocturnas siento, no obstante, el vacío de mi corazón. Vivo en una casa activa de una ciudad ruidosa y poblada, pero a pesar de todo me sentía condenada a la soledad hasta que me sorprendió su llamada hacia ultramar. Todavía me siento insegura acerca de si debo atreverme a seguirle. Todavía desearía saber más sobre el país y su granja, pero sobre todo acerca de usted, Howard O'Keefe. Me sentiría dichosa de poder proseguir nuestra correspondencia. Ojalá tenga usted también la sensación de haber hallado un alma cercana. Ojalá sienta usted también, al leer mis palabras, un asomo de esa calidez y seguridad que deseo dar... a un amante esposo y, si Dios lo quiere, a un tropel de espléndidos hijos en su joven y nuevo país.

De momento así lo espero de corazón.

Suya,

HELEN DAVENPORT

Helen había depositado la carta en correos justo al día siguiente y, a pesar suyo, su corazón latía con mayor fuerza los días después, cada vez que veía el buzón frente a la vivienda.

Apenas si lograba esperar a concluir la clase matinal y precipitarse en el salón, donde el ama de llaves dejaba cada mañana el correo para la familia y también para Helen.

—No tiene que angustiarse tanto, todavía no puede haber respondido —observó George una mañana, tres semanas después, cuando Helen, de nuevo con el rostro encendido y gesto nervioso cerró los libros en cuanto divisó al cartero por la ventana del estudio—. Un barco tarda tres meses en llegar a Nueva Zelanda. Para el transporte del correo esto significa: tres meses de ida y tres meses de vuelta. En caso de que el destinatario conteste al instante y el barco zarpe de regreso inmediatamente. Ya ve, puede pasar medio año antes de que reciba noticias de él.

¿Seis meses? Helen podría haberlo calculado ella misma; pero ahora estaba impresionada. ¿A la vista de esos plazos, cuánto tiempo pasaría hasta que el señor O'Keefe y ella llegaran a un acuerdo? ¿Y cómo sabía George...?

—¿Cómo se te ocurre lo de Nueva Zelanda, George? ¿Y quién es «él»? —preguntó con severidad—. ¡A veces eres un impertinente! Voy a ponerte un castigo que te mantendrá suficientemente ocupado.

George rio travieso.

—¡Quizás es que leo sus pensamientos! —respondió con insolencia—. Al menos lo intento. Pero alguno se me escapa. ¡Oh, me gustaría saber quién es «él»! ¿Un oficial de Su Majestad en la división de Wellington? ¿O un barón de la lana en la isla Sur? Lo mejor sería un comerciante de Christchurch o Dunedin. Entonces mi padre no la perdería de vista y yo siempre sabría cómo le va. Pero, naturalmente, no debería ser curioso, en absoluto en asuntos tan románticos. Así que deme ya el trabajo de castigo. Lo empezaré con humildad y además blandiré el látigo para que William siga escribiendo. Así tendrá tiempo para salir y echar un vistazo al buzón.

Helen se había puesto roja como un tomate. Pero debía conservar la calma.

—Tu fantasía es excesiva —observó—. Sólo estoy esperando una carta de Liverpool. Una tía se ha puesto enferma.

George sonrió con ironía.

—Dígale que se mejore de mi parte —le dijo muy educadamente.

En efecto, la respuesta de O'Keefe se hizo esperar casi seis meses después del encuentro con Lady Brennan, y Helen ya estaba a punto de abandonar sus esperanzas. En su lugar, le llegó una nota del reverendo Thorne. Le pedía que acudiera a tomar el té el próximo viernes que tuviera libre. Tenía, le comunicó, asuntos importantes que discutir con ella.

Helen no se esperaba nada bueno. Probablemente se tratara de John o Simon. ¡A saber qué habrían vuelto a hacer! Era posible que la paciencia del decano hubiera llegado realmente a su límite. Helen se preguntaba qué sería de sus hermanos en caso de que realmente los expulsaran de la universidad. Ninguno de los dos había realizado jamás trabajos físicos. Así que lo único que cabía considerar era un puesto como empleado de un despacho, si bien, al principio, como ayudantes. Y ambos lo considerarían, con toda certeza, por debajo de su dignidad. Helen deseaba estar ya lejos. ¿Por qué no escribía ese Howard de una vez? ¡Y por qué eran los barcos tan lentos si había vapores y uno ya no tenía que estar a merced de que los vientos fueran favorables!

El reverendo y su esposa acogieron a Helen con el mismo afecto de siempre. Era un precioso y cálido día de primavera y la señora Thorne había dispuesto la mesa del té en el jardín. Helen respiró profundamente el perfume de las flores y disfrutó del silencio. Aunque el jardín de los Greenwood era más espléndido y perfumado que el diminuto jardín del reverendo, allí no tenía ni un minuto de tranquilidad.

Con los Thorne, por el contrario, uno podía permanecer en silencio. Los tres disfrutaron tranquilamente de sus tés, de las rebanadas de pan con pepino en vinagre de la señora Thorne y de los pastelillos que ella misma había preparado. Luego, no obstante, el reverendo se dispuso a entrar en materia.

—Helen, quiero hablar con toda franqueza. Espero que no

se lo tome a mal. Por supuesto todo lo que aquí sucede se mantiene en la confidencialidad, sobre todo las conversaciones entre Lady Brennan y las jóvenes... visitas. Pero Linda y yo sabemos, por supuesto, de qué se trata. Y deberíamos haber estado ciegos para que su visita a Lady Brennan nos hubiera pasado inadvertida.

El rostro de Helen iba pasando del rojo al blanco. Así que el reverendo quería discutir sobre eso. Seguramente era de la opinión que deshonraba la memoria de su padre abandonando a su familia y renunciando a su actual existencia para embarcarse en una aventura con un desconocido.

—Yo...

—Helen, no somos los guardianes de su conciencia —aclaró con afabilidad la señora Thorne, descansando apaciguadora la mano sobre el brazo de la joven—. Incluso puedo comprender muy bien lo que lleva a una muchacha a dar este paso y, de ninguna manera, desestimamos el compromiso de Lady Brennan. El reverendo no habría puesto entonces el despacho a su disposición.

Helen se tranquilizó un poco. ¿No iban a echarle un sermón? ¿Pero entonces qué querían de ella los Thorne?

El reverendo retomó la palabra casi a disgusto.

—Sé que la siguiente pregunta es vergonzosamente indiscreta y apenas si me atrevo a plantearla. Pero, Helen, ¿ha... esto... resultado ya algo de su solicitud con Lady Brennan?

Helen se mordió los labios. ¿Por qué, Dios mío, quería saberlo el reverendo? ¿Acaso conocía algo acerca de Howard O'Keefe que ella debiera saber? ¿Se había dejado engañar, Dios no lo quisiera, por un embaucador? ¡Jamás se repondría de tal deshonra!

—He contestado a una carta —respondió tensa—. Salvo esto no ha pasado nada más.

El reverendo calculó con brevedad el tiempo transcurrido entre el anuncio y la fecha actual.

—Claro que no, Helen, sería imposible. Por una parte, habrían tenido que darse algo más que vientos favorables durante la travesía. Por otra, el joven debería prácticamente haber estado esperando el barco en el muelle y haber entregado de inmediato su carta al siguiente capitán. El correo va mucho más despacio, hágame caso. Mantengo de forma periódica un intercambio epistolar con un hermano de Dunedin.

—Pero... pero si lo sabe, ¿qué es lo que desea? —consiguió decir Helen—. En caso de que realmente surja algo entre el señor O'Keefe y yo, pasará un año o más. Primero...

—Habíamos pensado en agilizar un poco el asunto quizás —intervino la señora Thorne, evidentemente la mitad más pragmática de la pareja, yendo al quid de la cuestión—. Lo que el reverendo quería preguntarle en realidad es... ¿le llegó al corazón la carta de ese señor O'Keefe? ¿Podría usted realmente imaginarse emprendiendo un viaje así por ese hombre y rompiendo con todos sus vínculos?

Helen se encogió de hombros.

—La carta era maravillosa —reconoció sin poder evitar que una sonrisa se esbozara en sus labios—. Vuelvo a leerla todas las noches. Y sí, puedo imaginarme comenzando una nueva vida en ultramar. Es mi única oportunidad de formar una familia. Y espero vivamente que Dios me guíe en mi camino..., que fuera él quien me permitió leer ese anuncio..., quien me permitió recibir esa carta y ninguna otra más.

La señora Thorne asintió.

—Tal vez Dios dirija las cosas en su beneficio —dijo con ternura—. Mi marido quiere hacerle una sugerencia.

Cuando abandonó la casa de los Thorne una hora después y se encaminó hacia la de los Greenwood, Helen no sabía si debía bailar de alegría o encogerse de miedo ante su propio valor. En el fondo de su interior bullía de emoción, pues algo era seguro: ya no podría dar marcha atrás. En ocho semanas aproximadamente su barco zarparía rumbo a Nueva Zelanda.

Helen todavía recordaba literalmente la explicación del reverendo Thorne:

—Se trata de las niñas huérfanas que la señora Greenwood y

su comité quieren enviar a toda costa a ultramar. Todavía no son adolescentes: la mayor tiene trece años y la más joven sólo once. Las niñas ya se mueren de miedo cuando piensan en encontrar una colocación aquí en Londres. ¡Y ahora las envían a Nueva Zelanda, con gente totalmente extraña! Además, los niños no tienen nada mejor que hacer en el orfanato que tomarles el pelo. Hablan todo el día de naufragios y piratas que secuestran a niñas. La pequeña está del todo convencida de que acabará en el estómago de unos caníbales y la mayor fantasea con la idea de que podrían venderla a un sultán de Oriente para que fuera su amante.

Helen rio, pero los Thorne permanecieron serios.

—También nosotros lo encontramos divertido, pero las niñas se lo creen —dijo con un suspiro la señora Thorne—. Dejando aparte que la travesía no está exenta de peligros. La ruta hacia Nueva Zelanda siempre está cubierta sólo por veleros, pues es un trayecto demasiado largo para los vapores. Así pues, dependen de que el viento sea favorable y pueden producirse motines, incendios, epidemias...

»Entiendo muy bien que las niñas tengan miedo. Cuanto más cercana está la fecha del viaje, más histéricas se ponen. La mayor ya ha pedido que le den la extremaunción antes de partir. Como es natural, las damas del comité no saben nada de esto. No saben lo que provocan en las niñas. Yo, por el contrario, sí lo sé, y es un carga para mi conciencia.

El reverendo manifestó su acuerdo.

—Y no menos para la mía. Por esta razón les he dado un ultimátum a las damas. El orfanato pertenece de hecho a la comunidad, lo que significa que soy el director nominal. Las damas precisan pues de mi conformidad para enviar a las niñas. Y mi conformidad depende de que envíen con las huérfanas a una persona que se cuide de ellas. Ahí es donde interviene usted, Helen. He propuesto a las damas que una de las muchachas que desean contraer matrimonio y que también han solicitado Christchurch viaje con los gastos pagados por la comunidad. Como contrapartida, la muchacha en cuestión asumirá el cuidado de las pequeñas. Ya se ha recibido el donativo para ello, el importe está pues garantizado.

La señora Thorne y el reverendo aguardaron con interés la aprobación de Helen. Ésta pensó en que el señor Greenwood ya había tenido semanas atrás una idea similar y se preguntó quién era el donante. Pero a fin de cuentas era lo mismo quien fuera. ¡Había otras cuestiones que le parecían mucho más impostergables!

—¿Y yo sería esa cuidadora? —preguntó indecisa—. Pero yo..., como les he dicho, todavía no sé nada del señor O'Keefe...

—Lo mismo les sucede a las otras solicitantes, Helen —observó la señora Thorne—. Además son todas muy jóvenes, apenas mayores que sus pequeños alumnos. Como mucho, sólo una, que supuestamente trabaja como niñera, tiene experiencia con niños. ¡Con lo que me pregunto qué buena familia empleará como niñera a una joven que no ha cumplido los veinte años! Algunas de esas muchachas, además, me parecen de..., bueno, más bien de dudosa reputación. Lady Brennan tampoco se ha decidido del todo respecto a si debe dar su bendición a todas las solicitantes. Usted, por el contrario, es una persona estable. No tengo el menor inconveniente en confiarle las niñas. Y el riesgo es limitado. Incluso si no se llega a un acuerdo de matrimonio, una mujer joven con sus cualificaciones enseguida encontrará colocación.

—Al comienzo se alojará con mi colaborador —explicó el reverendo Thorne—. Estoy seguro de que puede proporcionarle una colocación en una buena familia en caso de que el señor O'Keefe no resulte ser el..., bien, el esposo que parece ser. Es usted quien debe tomar la decisión, Helen. ¿Desea de verdad abandonar Inglaterra, o la idea de emigrar era sólo una fantasía? Si da ahora su conformidad, zarpará el 18 de julio a bordo del *Dublin* desde Londres hasta Christchurch. Si se niega..., esta conversación no habrá tenido lugar.

Helen respiró hondo.

—Sí —dijo.

4

Gwyneira no reaccionó a la inaudita petición de mano de Gerald Warden ni la mitad de horrorizada que su padre se temía. Después de que madre y hermana respondieran con ataques de histeria a la mera insinuación de casar a la muchacha en Nueva Zelanda (si bien no parecían estar del todo decididas sobre qué destino era peor, si la desventajosa alianza con el burgués Lucas Warden o el destierro en tierras salvajes), Lord Silkham también había contado con las lágrimas y lamentos de Gwyneira. La muchacha pareció además divertida, cuando Lord Terence le contó el asunto con el funesto juego de cartas.

—¡Naturalmente, no tienes que ir —lo suavizó enseguida—. Algo así va contra todas las buenas costumbres. Pero he prometido al señor Warden que al menos consideraría su propuesta...

—¡Ya, ya, padre! —le reprochó Gwyneira, amenazándolo con un dedo mientras se reía—. ¡Las deudas de juego son deudas de honor! De ésta no te libras tan fácilmente. Al menos deberías ofrecerle mi equivalente en oro..., o unas cuantas ovejas más. Tal vez lo prefiera. ¡Inténtalo!

—¡Gwyneira, tienes que tomártelo en serio! —la amonestó su padre—. Ya se entiende que he intentado disuadir al hombre...

—¿De verdad? —preguntó curiosa Gwyneira—. ¿Cuánto le has ofrecido?

A Lord Terence le rechinaron los dientes. Sabía que era una costumbre odiosa, pero Gwyneira siempre lo desesperaba.

—Naturalmente, no he ofrecido nada en absoluto. He apelado al entendimiento y sentido del honor de Warden. Pero tales atributos no parecen estar demasiado anclados en él... —Silkham hundió la cabeza entre los hombros.

—¡Entonces quieres casarme, sin el menor escrúpulo, con el hijo de un jugador! —determinó divertida Gwyneira—. Pero en serio, padre, según tu opinión, ¿qué debo hacer? ¿Rechazar la proposición de matrimonio? ¿O aceptarla de mala gana? ¿Debo ser arrogante o humilde? ¿Llorar o gritar? ¡Tal vez podría huir! Ésta sería, sin la menor duda, la solución más digna. Si desaparezco en la noche y envuelta en la niebla, ¡te habrás librado del asunto! —Los ojos de Gwyneira brillaban al imaginar una aventura así. Incluso hubiera preferido dejarse raptar a escaparse sola...

Silkham apretó los puños.

—¡Yo tampoco lo sé, Gwyneira! Por supuesto me resultaría penoso que rechazaras la proposición. Pero también me parece igual de penoso que te sientas obligada a aceptar. Y nunca me perdonaría que fueras desdichada allí. Por eso te pido..., bueno, tal vez podrías..., cómo decirlo, ¿estudiar con benevolencia la proposición?

Gwyneira hizo un gesto de resignación.

—De acuerdo. Entonces estudiémosla. Pero para ello deberíamos ir a buscar a mi posible suegro, ¿no? Y quizá también a madre... O mejor no, sus nervios no lo soportarían. Se lo diremos a madre después. Entonces, ¿dónde está el señor Warden?

Gerald Warden había estado esperando en una habitación contigua. Encontraba entretenidos los acontecimientos que ese día se desarrollaban en casa de Silkham. Lady Sarah y Lady Diana ya habían pedido seis veces sus frasquitos de sales; además se quejaban de forma alternativa de tener los nervios alterados y de sentir debilidad. Las doncellas apenas salían de su estado de excitación. En esos momentos, Lady Silkham descansaba en su salón con una bolsa de hielo sobre la frente, mientras en la habitación de los invitados Lady Riddleworth imploraba a su marido que hiciera algo, como retar a Warden, para salvar a Gwyneira. Como era comprensible, el coronel se sentía poco inclinado a ello. Se limitó a castigar al neozelandés con su desprecio. Salvo esto, no pareció desear nada con mayor intensidad que abandonar la casa de sus suegros cuanto antes.

La misma Gwyneira se tomó el asunto con manifiesta tranquilidad. Aunque Silkham no se había atrevido a convocar a Warden justo después de la conversación con ella, habría sido inevitable oír un arranque temperamental de la apasionada muchacha. Cuando convocaron a Warden a la sala de caballeros, encontró también a Gwyneira sin lágrimas y con las mejillas encendidas. Era justo lo que había esperado. Su proposición le había resultado sorprendente, pero con toda seguridad tampoco era reacia a ella. Ansiosa, dirigió sus fascinantes ojos azules al hombre que de forma tan inusual había pedido su mano.

—¿Tiene quizás algún retrato o algo similar? —Gwyneira no se anduvo con rodeos y fue directa al grano. Warden la encontró tan encantadora como el día anterior. Su sencilla falda azul acentuaba su esbelta figura y la blusa con volantes la hacía parecer mayor, pero esta vez no se había esforzado por recoger su espléndida melena roja. La doncella había enlazado detrás de la cabeza dos mechones con una cinta azul para que el cabello no cayera sobre el rostro de su señora. El resto descendía ondulado y suelto cubriendo gran parte de la espalda.

—¿Un retrato? —preguntó Gerald Warden desconcertado—. Bueno... Planos... Debo de tener un dibujo, mientras discutía sobre algunos detalles de la casa con un arquitecto inglés...

Gwyneira rio. No pareció nada impresionada ni tampoco asustada.

—¡No de su casa, señor Warden! ¡De su hijo! De..., hummm, Lucas. ¿No tiene un daguerrotipo o una fotografía.

Gerald Warden hizo un gesto negativo con la cabeza.

—Lo siento, *milady*. Pero Lucas le gustará. Mi fallecida esposa era una belleza y todos dicen que Lucas tiene su misma cara. Y es alto, más alto que yo, pero de complexión más delgada. Tiene los cabellos de un rubio ceniza, ojos grises... ¡y está muy bien educado, Lady Gwyneira! Me ha costado una fortuna, un profesor privado de Inglaterra tras otro... A veces pienso que yo, que nosotros..., exageramos un poco. Lucas es..., bueno, la gente está, en cualquier caso, encantada con él. Y Kiward Station también le gustará, Gwyneira. La casa está concebida según el modelo inglés. No se trata de una cabaña de madera normal, no, es una casa señorial, construida con arenisca gris. ¡Lo más exquisito! Y los muebles los hice llevar de Londres, de las mejores carpinterías. Confié en un decorador para la elección, para no cometer ningún error. No echará nada en falta, *milady*. Es cierto que el personal no está tan bien adiestrado como las doncellas de aquí, pero nuestros maoríes son serviciales y se dejan instruir. Si lo desea, podemos plantar un jardín de rosas...

Se detuvo cuando Gwyneira hizo una mueca. El jardín de rosas más bien parecía horrorizarla.

—¿Podré llevarme a *Cleo*? —preguntó la joven.

La perrita había permanecido sin moverse debajo de la mesa, pero levantó la cabeza cuando oyó su nombre. Con la mirada interrogante típica de un collie que Gerald ya conocía, alzó la vista hacia Gwyneira.

—¿Y a *Igraine* también?

Gerald Warden reflexionó unos segundos antes de recordar que Gwyneira hablaba de su yegua.

—Gwyneira, ¡el caballo no! —se entremetió Lord Silkham furioso—. ¡Te comportas como una niña! ¡Se trata de tu futuro y tú sólo te preocupas de tus juguetes!

—¿Tratas a mis animales como si fueran juguetes? —replicó visiblemente enojada por la observación de su padre—. ¿Un perro pastor que gana todos los concursos y el mejor caballo de cacería de Powys?

Gerald Warden aprovechó la oportunidad.

—*Milady*, puede usted llevarse todo lo que desee —la sosegó, poniéndose así de su parte—. La yegua será una joya para mis establos. Además debería pensar en adquirir un semental adecuado. Y la perra..., bien, usted recordará que ayer mostré interés en ella.

Gwyneira todavía estaba irritada, pero consiguió dominarse e incluso bromear.

—Esto es lo que escondía —observó con una risa pícara, pero con la mirada fría—. La proposición de matrimonio tenía sólo este objeto, quitarle a mi padre el perro pastor galardonado con premios. Lo entiendo. Pero estudiaré su proposición con benevolencia. A lo mejor yo le resulto más preciada que él. Al menos usted, señor Warden, parece diferenciar un caballo de carreras de un juguete. Permítame ahora por favor que me retire. Discúlpame tú también, padre. Debo meditar sobre todo esto. Nos veremos a la hora del té, creo.

Gwyneira salió corriendo, todavía llena de una rabia incierta pero ardiente. Sus ojos también se llenaron entonces de lágrimas, aunque no permitiría que nadie las viera. Como siempre, cuando estaba furiosa y tramaba vengarse, despedía a su doncella, se acurrucaba en el rincón más apartado de su cama con dosel y corría las cortinas. *Cleo* se cercioraba de que los sirvientes realmente habían desaparecido. Una vez hecho esto se colaba por una rendija y luego se acurrucaba contra su ama para consolarla.

—En cualquier caso, ahora ya sabemos lo que opina mi padre de nosotros —señaló Gwyneira, acariciando el suave pelaje de *Cleo*—. Tú eres un juguete y yo, una apuesta en el blackjack.

Antes, cuando su padre le había explicado lo de la apuesta, no le había parecido tan mal. En realidad había encontrado divertido que también su progenitor por una vez se pasara de la raya, y quizás esa petición de matrimonio no era demasiado seria. Por otra parte, a Lord Silkham tampoco le hubiera ido bien que Gwyneira se negara simplemente a tomar nota de la proposición de Warden. Dejando aparte que su padre se había jugado sin más su futuro, a fin de cuentas Warden había ganado las ovejas, con o sin Gwyneira. Y el beneficio de las ovejas ¡era su dote! Pero Gwyneira no hubiera insistido en casarse. Por el contrario, en realidad le gustaba Silkham Manor y le hubiera encantado asumir la dirección de la granja un día. Sin duda alguna, lo habría hecho mejor que su hermano, a quien del campo sólo le interesaban la caza y las carreras *point to point*. Siendo niña, Gwyneira había visto con optimismo tal futuro: quería vivir en la granja con su hermano para ocuparse de todo, mientras John Henry se entregaba a las diversiones. Entonces, los dos niños lo habían considerado una buena idea.

—¡Yo seré jinete de carreras! —había declarado John Henry—. ¡Y criaré caballos!

—¡Y yo me encargaré de las ovejas y los ponis! —comunicó Gwyneira a su padre.

Mientras los hijos fueron pequeños, Lord Silkham se había reído de eso y había llamado a su hija «mi pequeña administradora». Pero cuanto mayores fueron haciéndose los niños, con más respeto hablaban de Gwyneira los trabajadores de la granja, más a menudo vencía *Cleo* a los perros pastores de John Henry en las competiciones y menos le agradaba a Silkham ver a su hija en los establos.

¡Y había dicho que para él su trabajo allí era un juego! Furiosa, Gwyneira estrujó la almohada. Pero luego empezó a cavilar. ¿Había querido decir eso Lord Silkham? ¿No era más bien que consideraba a Gwyneira como una rival para su hermano y la herencia? ¿Un escándalo como mínimo y una traba en su iniciación como futuro propietario? Si ése era el caso, ¡no cabía duda de que no tenía ningún futuro en Silkham Manor! Con o sin dote, a más tardar antes de que su hermano saliera el año próximo de la universidad, su padre la casaría. De todos modos, su madre presionaba; estaba impaciente por desterrar a su indómita hija de una vez por todas delante de una chimenea junto al bastidor de bordar.

Y respecto a su situación financiera, Gwyneira no podía ser exigente. Con toda certeza no iban a encontrar a ningún joven *lord* con una propiedad comparable a Silkham Manor. Podría darse por satisfecha si un hombre como el coronel Riddleworth se interesaba por ella. Y era probable que acabara incluso en una casa en la ciudad a través del matrimonio con un segundo o tercer hijo de una familia noble que se abría paso a duras penas en Cardiff como médico o abogado. Gwyneira pensó en reuniones diarias para tomar el té, en reuniones con el comité de obras benéficas..., y se estremeció.

¡Pero también estaba la proposición de matrimonio de Gerald Warden!

Hasta el momento sólo había considerado el viaje hacia Nueva Zelanda como una fantasía. Muy emocionante, pero del todo imposible. Sólo la idea de unirse a un hombre del lado opuesto de la Tierra (un hombre al que su padre había descrito en no más de veinte palabras) le parecía un despropósito. Pero en esos momentos pensó seriamente en Kiward Station. Una granja de la que sería el ama, una mujer pionera como las de los folletines. Seguro que Warden exageraba en la descripción del salón y del esplendor de la casa señorial. A fin de cuentas quería causar una buena impresión en sus padres. Probablemente la explotación de la granja todavía estaba en ciernes. Tenía que ser así, porque si no Warden no hubiera necesitado comprar las ovejas. Gwyneira trabajaría codo con codo junto a su marido. Podría ayudarlo a reunir las ovejas y plantar un huerto donde crecieran auténticas hortalizas en lugar de esas aburridas rosas. Ya se veía sudando detrás de un arado del que tiraba un fuerte Cob Hengst por encima de una tierra todavía sin roturar.

Y Lucas..., bueno, al menos era joven y se suponía que de buen aspecto. No podía pedir más. En un matrimonio en Inglaterra, el amor tampoco hubiera desempeñado ningún papel.

—¿Qué piensas de Nueva Zelanda? —preguntó a su perra, haciéndole cosquillas en la tripa. *Cleo* la miró extasiada y le dedicó una sonrisa de collie.

Gwyneira sonrió a su vez.

—¡Pues bien! ¡Aprobado por unanimidad! —sonrió para sus adentros—. Esto significa... que tenemos que consultar también con *Igraine*. Pero ¿qué te apuestas a que dirá que sí cuando le contemos lo del semental?

La elección del ajuar de Gwyneira constituyó una lucha larga y tenaz entre la joven y Lady Silkham. Una vez que ésta se hubo repuesto de los numerosos desmayos que siguieron a la decisión de Gwyneira, se ocupó de los preparativos con su acostumbrado fervor. Durante la tarea se lamentó sin fin y con exceso de palabras de que esta vez el acontecimiento no tuviera lugar en Silkham Manor, sino en algún sitio «en tierras salvajes». Las vivas descripciones de Gerald Warden de su casa señorial en las llanuras de Canterbury produjeron, al menos en ella, más admiración que en su hija. Además, para su alivio, Gerald participó activamente en todas las cuestiones referentes al ajuar.

—¡Es obvio que su hija necesita un espléndido traje de novia! —aseguró, por ejemplo, después de que Gwyneira hubiera rechazado, ya sólo de palabra, un vestido de volantes blanco con una cola kilométrica de ensueño—, pero deberá ir a caballo a la boda y tanta pompa sería simplemente un fastidio.

»Celebraremos el acto o en la iglesia de Christchurch o, lo que yo personalmente preferiría, en el marco de una ceremonia doméstica en mi granja. En el primer caso, la ceremonia sería como tal, más solemne, claro está; pero para la recepción posterior será complicado alquilar los espacios adecuados y el personal adiestrado. En este sentido, espero poder convencer al reverendo Baldwin para que se desplace a Kiward Station. Allí podré hacer los honores a los invitados en una atmósfera más elegante. Invitados ilustres, se entiende. Asistirá el teniente gobernador, representantes destacados de la Corona, el colectivo de comerciantes..., la mejor sociedad de Canterbury al completo. Ésta es la razón por la que el vestido de Gwyneira nunca será lo suficientemente costoso. ¡Estarás preciosa, hija mía!

Gerald dio a Gwyneira unos suaves golpecitos en el hombro y se retiró para ir a hablar con Lord Silkham acerca del envío de caballos y ovejas. Ambos hombres habían acordado con igual satisfacción no volver a mencionar el funesto juego de cartas. Lord Silkham enviaba a ultramar el rebaño de ovejas y los perros como dote de Gwyneira, mientras que Lady Silkham presentaba el compromiso matrimonial con Lucas Warden como un enlace sumamente conveniente con una de las familias más antiguas de Nueva Zelanda. Y de hecho era cierto: los abuelos maternos de Lucas habían pertenecido a los primeros colonos de la isla Sur. Si se cuchicheó al respecto en los salones, las habladurías no llegaron por lo menos a oídos ni de la dama ni de sus hijas.

A Gwyneira le hubiera resultado indiferente. Se arrastraba de mala gana, de todos modos, a las muchas reuniones para tomar el té, en las que sus supuestas «amigas» celebraban con hipocresía su «emocionante» emigración para después poner por las nubes a sus futuros esposos en Powys o en la ciudad. En cuanto no había visitas, la madre de Gwyn insistía en que hiciera las pruebas de los vestidos y que permaneciera después durante horas haciendo de maniquí para la costurera. Lady Silkham mandó tomar medidas para los vestidos de la ceremonia y de la tarde, se ocupó de adquirir elegante ropa de viaje y apenas si podía creer que Gwyneira fuera a necesitar los primeros meses en Nueva Zelanda vestidos ligeros de verano antes que ropa de invierno. Sin embargo, al otro lado del globo terráqueo, en el otro hemisferio, como Gerald no se cansaba de asegurarle, las estaciones del año estaban invertidas.

En cualquier caso, siempre tenía que mediar cuando un nuevo conflicto por «otro vestido de tarde o un tercer vestido de montar» se agravaba.

—¡No puede ser —se alteraba Gwyneira— que en Nueva Zelanda me inviten a tantas reuniones para el té como en Cardiff! Usted ha dicho que es una tierra nueva, señor Warden. En parte sin explotar. ¡Allí no necesitaré vestidos de seda!

Gerald Warden sonreía a ambas adversarias.

—Miss Gwyneira, en Kiward Station encontrará los mismos círculos sociales que aquí, no se preocupe —respondió, aunque sabía, por supuesto, que era Lady Silkham quien se preocupaba por ello—. Sin embargo, las distancias son mucho más grandes. El vecino más próximo con quien nos relacionamos vive a sesenta y cinco kilómetros de distancia. No se hacen visitas para el té de la tarde. Además, la construcción de carreteras todavía está en pañales. Por esa razón preferimos el caballo al carro para visitar a los vecinos. No obstante, esto no significa que nuestros contactos sociales sean menos civilizados. Más bien tiene que prepararse para visitas de varios días y no visitas cortas, y para ello, es obvio, necesita la indumentaria adecuada.

»Además, ya he reservado nuestro billete para el barco. Viajaremos el 18 de julio a bordo del *Dublin* desde Londres hasta Christchurch. Se acondicionará una parte de los espacios destinados a las cargas para los animales. ¿Quiere acompañarme esta tarde a ver el semental dando un paseo a caballo? Creo que en los últimos días no ha salido del vestidor.

Madame Fabian, la institutriz francesa de Gwyneira, se preocupaba sobre todo por el estado de emergencia cultural de las colonias. Lamentaba en todas las lenguas disponibles que Gwyneira no pudiera proseguir su formación musical, aunque tocar el piano fuera la única actividad reconocida en sociedad para la que la muchacha mostraba al menos una pizca de talento. También en este tema, Gerald podía atemperar los ánimos: claro que había un piano en su casa. Su fallecida mujer era una intérprete excelente y había enseñado a su hijo el arte de tocar el piano. Según decían, Lucas era un pianista notable.

Sorprendentemente, fue asimismo Madame Fabian, más que cualquier otra persona, quien obtuvo más información del neozelandés sobre el futuro esposo de Gwyneira. La profesora, una amante del arte, se limitó a plantear las preguntas correctas: siempre que se trataba de conciertos, libros, teatro y galerías de arte de Christchurch se mencionaba el nombre de Lucas. Al parecer, el prometido de Gwyneira era sumamente cultivado y dotado para el arte. Pintaba, componía y mantenía una amplia relación epistolar con científicos británicos, en la que se trataba sobre todo de seguir investigando el extraordinario mundo animal de Nueva Zelanda. Gwyneira esperaba poder compartir este interés, si bien el resto de las inclinaciones de Lucas descritas casi le resultaba un poco raro. Del heredero de una granja de ovejas en ultramar ella había esperado, de hecho, menos actividades artísticas. Con toda certeza, los cowboys de los folletines no habían tocado un piano en su vida. Pero tal vez Gerald Warden también exageraba en eso. No cabía duda de que el barón de la lana intentaba mostrar el mejor aspecto de su granja y su familia. ¡La realidad sería más cruda y emocionante! En cualquier caso, Gwyneira olvidó sus partituras cuando al final llegó el momento de embalar su ajuar en arcones y cajas.

Para sorpresa de todos, la señora Greenwood reaccionó con toda tranquilidad ante la noticia de Helen. En efecto, George debía de todos modos ir a la universidad, por lo que no necesitaba ninguna profesora particular, y William...

«En lo que respecta a William, tal vez buscaré después alguna ayuda algo más permisiva —pensó la señora Greenwood—. Todavía es muy infantil y esto hay que tenerlo en consideración.»

Helen se contuvo y le dio dócilmente la razón, mientras ya estaba pensando en sus nuevas alumnas a bordo del *Dublin*. La señora Greenwood le había permitido en un acto de generosidad prolongar la salida de la misa del domingo para que fuera a la escuela dominical a conocer a las niñas. Tal como esperaba, estaban pálidas, desnutridas y asustadas. Todas llevaban batas de color gris, limpias pero muy remendadas, bajo las cuales ni siquiera la mayor, Dorothy, mostraba todavía ninguna forma femenina. La niña ya tenía trece años y había pasado diez de su corta vida con su madre en el hospicio. Muy al principio, la madre de Dorothy había estado empleada en algún lugar, pero la niña ya no recordaba nada más. Se acordaba todavía de que en algún momento su madre había caído enferma y al final había muerto. Desde entonces vivía en el orfanato. Antes del viaje a Nueva Zelanda estaba muerta de miedo, pero, por otra parte, también estaba preparada para hacer todo lo imaginablemente posible para contentar a sus futuros señores. Dorothy había empezado a aprender a leer y escribir en el orfanato, pero se esforzaba mucho para recuperar el retraso que llevaba. Helen decidió en silencio seguir con su aprendizaje en el barco. Enseguida sintió simpatía por esa niña delicada y de cabello oscuro que seguramente se convertiría en una belleza al crecer, cuando la alimentaran bien y cuando por fin ya no hubiera razón para que se doblegase ante todo el mundo con la espalda inclinada como un perrito apaleado. Daphne, la segunda de las mayores, era más vivaz. Daphne se las había arreglado sola por las calles y no cabía duda de que había sido más una cuestión de suerte que no de inocencia que al final no la cogieran en compañía de algún ladrón y la encontraran enferma y agotada debajo de un puente. En el orfanato la trataban con severidad. La profesora parecía considerar su cabello, de un rojo vivo, un signo infalible de gusto, de avidez por la vida, y la castigaba siempre que mostraba una expresión pícara. Daphne era la única de las seis niñas que se había presentado voluntaria para que la enviaran a ultramar. Éste no era en absoluto el caso de Laurie y Mary, hermanas gemelas procedentes de Chelsea y no mayores de diez años. No eran las más inteligentes, pero cuando hubieron comprendido lo que se pretendía de ellas reaccionaron bien y de forma casi complaciente. Laurie y Mary se creían todo lo que los niños malos del orfanato les habían contado sobre los terribles peligros del viaje por mar y apenas podían dar crédito al hecho de que Helen emprendiera el viaje sin grandes reparos. Elizabeth, por el contrario, una niña soñadora, de doce años y con una larga melena rubia, encontraba romántico encaminarse al encuentro de un esposo desconocido.

—¡Oh, Miss Helen, será como un cuento! —susurró. Elizabeth ceceaba un poco y eso la convertía en continuo objeto de burla, así que sólo en raras ocasiones alzaba la voz—. ¡Un príncipe que la está esperando! ¡Seguro que se consume y sueña cada noche con usted!

Helen rio e intentó liberarse del abrazo de su alumna más joven, Rosemary. Se suponía que Rosie tenía once años, pero Helen calculó que esa niña totalmente amedrentada no debía tener más de nueve. No podía explicarse quién había tenido la idea de que esa criatura trastornada iba a ganarse de algún modo la vida por sí misma. Hasta entonces, Rosemary se había mantenido pegada a Dorothy. Sin embargo, en el momento en que se presentó un adulto amable, cambió sin transición a Helen. Ésta encontraba tranquilizador sentir la manita de Rosie en la suya, pero sabía que no debía fomentar la dependencia de la pequeña:

los niños ya estaban adjudicados a señores de Christchurch y por ello no podía en absoluto alimentar en Rosie las esperanzas de que podría quedarse con ella después del viaje.

Además, el propio destino de Helen también era totalmente incierto. Todavía seguía sin saber nada de Howard O'Keefe.

No obstante, Helen preparó una especie de dote. Invirtió sus pocos ahorros en dos vestidos nuevos y en prendas interiores y adquirió ropa de cama y de mesa para su nuevo hogar. Por una modesta cantidad también podía llevarse su querida mecedora y Helen pasó horas embalándola con primor. Con objeto de luchar contra su nerviosismo, emprendió pronto los preparativos del viaje y, básicamente, ya estaba lista cuatro semanas antes de comenzar la travesía. Sólo retrasó casi hasta el final la desagradable tarea de comunicar la partida a su familia. No obstante, en algún momento ya no pudo demorarla más. La reacción fue la esperada: la hermana de Helen se mostró sorprendida y los hermanos enfadados. Si Helen ya no estaba dispuesta a pagar su mantenimiento, tendrían que volver a refugiarse en casa del reverendo Thorne. Helen pensaba que eso sería beneficioso para ambos y así se lo hizo saber con bastante crudeza.

En cuanto a su hermana, ni por un segundo Helen prestó importancia a sus diatribas. Susan expuso largamente, empero, cuánto añoraría a su hermana, y en algunos lugares la carta mostraba incluso huellas de lágrimas que más bien eran causadas por el hecho de que los gastos de los estudios de John y Simon recaerían ahora sobre las espaldas de Susan.

Cuando ésta y su esposo se decidieron a viajar a Londres para «discutir una vez más sobre el asunto», Helen no respondió al supuesto dolor por la separación de la hermana. En lugar de ello explicó que su emigración no alteraría para nada su relación con Susan. «Hasta ahora no nos hemos escrito más de dos veces al año —le dijo Helen con cierta malicia—. Ya tienes bastante trabajo con tu familia y a mí pronto me sucederá igual.»

¡Si al menos hubiera por fin un motivo concreto para creerlo!

Howard, no obstante, seguía guardando silencio. Apenas

una semana antes de la partida de Helen, cuando ya hacía tiempo que había dejado de acechar cada mañana la llegada del cartero, George le llevó un sobre con muchos sellos de colores.

—Aquí lo tiene, Miss Davenport —dijo el niño emocionado—. Puede abrirlo ahora mismo. Le prometo que no me chivaré y que tampoco miraré por encima del hombro. Juego con William, ¿vale?

Helen estaba con sus alumnos en el jardín, acababa de concluir la hora de clase. William estaba ocupado en lanzar la pelota sin método alguno a través de los aros del cróquet.

—¡George, no tienes que decir «vale»! —le reprendió Helen como era habitual, mientras que cogía la carta con una precipitación impropia—. ¿De dónde has sacado ese modo de hablar? ¿De una de esas noveluchas que lee el personal? No dejes que anden rondando por ahí. Si William...

—William no sabe leer —la interrumpió George—. Los dos lo sabemos, Miss Davenport, da igual lo que crea mi madre. ¿Leerá ahora la carta? —La expresión del fino rostro de George era insólitamente seria. Helen había contado más bien con su habitual sonrisa irónica.

¿Pero qué podía pasar? Incluso si le contaba a su madre que ella, Helen, leía cartas privadas durante la clase, en una semana ya estaría navegando, si es que no...

Helen abrió el sobre con manos temblorosas. Si el señor O'Keefe no mostraba ningún interés más en ella...

Mi muy estimada Miss Davenport:

Imposible expresar con palabras cuánto han conmovido mi alma sus líneas. Desde que recibí su carta pocos días atrás, ya no me he separado de ella. Me acompaña a todos sitios, durante mi trabajo en la granja, durante los escasos viajes a la ciudad: cada vez que la palpo siento consuelo y reboso de alegría por el hecho de que en algún lugar, lejos de aquí, un corazón late por mí. Y debo admitir que en las tristes horas de mi soledad, la acerco con disimulo a mis labios. Este papel que usted ha tocado, que su aliento ha rozado, es para mí tan sagrado como los pocos recuerdos de mi familia que todavía hoy conservo como tesoros.

¿Pero qué nos sucederá? Respetadísima Miss Davenport, lo que ahora haría con más agrado sería gritarle: ¡venga! ¡Dejemos ambos a nuestras espaldas la soledad! ¡Desprendámonos de nuestra antigua piel de desesperación y oscuridad! ¡Empecemos de nuevo los dos juntos!

Estoy impaciente por que emanen los primeros aromas de la primavera. La hierba empieza a reverdecer, los árboles echan brotes. ¡Cuánto me agradaría compartir con usted este paisaje, esta arrebatadora sensación del despertar de una nueva vida! Para ello, sin embargo, son precisas reflexiones menos elevadas que un afecto naciente. Me gustaría enviarle el dinero para la travesía, estimada Miss Davenport..., qué digo, ¡queridísima Helen! No obstante, esto tendrá que esperar hasta que mis ovejas hayan dado a luz y se puedan calcular los beneficios de la granja para este año. A fin de cuentas, en ningún caso deseo cargar nuestra vida en común con deudas desde el principio.

¿Comprende usted, estimada Helen, estos reparos? ¿Puede, quiere esperar usted, hasta que por fin pueda llamarla? No hay nada en el mundo que desee más ardientemente.

Quedo su más devoto afecto,

HOWARD O'KEEFE

El corazón de Helen latía tan deprisa que por primera vez en su vida creyó que iba a necesitar un frasquito de sales. ¡Howard la quería, la amaba! Y ella ahora le iba dar la más hermosa de las sorpresas. ¡En lugar de una carta, sería ella quien corriera a su encuentro! ¡Le estaba infinitamente agradecida al reverendo Thorne! ¡Estaba infinitamente agradecida a Lady Brennan! Sí, incluso a George, que le había llevado la noticia...

—¿Ya..., ya ha terminado con la lectura, Miss Davenport? Absorta como estaba, Helen no había advertido que el muchacho todavía estaba a su lado.

—¿Ha recibido buenas noticias?

En realidad no parecía que George fuera a alegrarse con ella. Tenía, por el contrario, una expresión turbada.

Helen lo miró preocupada, pero era incapaz de ocultar su dicha.

—¡Las mejores noticias que se puedan recibir! —contestó extasiada.

George no le devolvió la sonrisa.

—Entonces... ¿quiere de verdad casarse con usted? ¿No..., no ha dicho que tiene usted que quedarse donde está? —preguntó con un tono neutro de voz.

—¡Pero George! ¿Cómo iba a hacerlo? —Helen se sentía tan feliz que olvidó por completo que hasta el momento siempre había negado a sus alumnos su ofrecimiento al mencionado anuncio—. ¡Congeniamos de maravilla! Un joven en extremo cultivado, que...

—¿Más cultivado que yo, Miss Davenport? —la interrumpió el adolescente—. ¿Está segura de que es mejor que yo? ¿Más inteligente? ¿Más leído? Porque..., si se trata sólo de amor, entonces... yo..., entonces él no puede amarla más que yo...

George le volvió la espalda, asustado de su propia intrepidez. Helen tuvo que agarrarle por los hombros y darle la vuelta para mirarlo de nuevo a los ojos. Él pareció estremecerse cuando ella lo tocó.

—Pero George, ¿qué estás diciendo? ¿Qué sabes tú del amor? ¡Tienes dieciséis años! ¡Eres mi alumno! —replicó Helen consternada, y en ese mismo instante supo que estaba diciendo una tontería. ¿Por qué no podía alguien a los dieciséis años experimentar un sentimiento profundo?—. Escucha, George, a Howard y a ti ¡nunca os he comparado! —empezó de nuevo—. O nunca os he visto como competidores. Además yo no sabía que tú...

—¡Usted no podía saberlo! —En los ojos castaños de George se reflejó algo así como esperanza—. Yo tendría..., tendría que habérselo dicho. Ya antes del asunto de Nueva Zelanda. Pero no me atreví...

Helen casi sonrió. El adolescente parecía tan joven y vulnerable, tan grave en su infantil enamoramiento. ¡Tendría que haberlo notado antes! Visto a posteriori se habían producido muchas situaciones que lo indicaban.

—Fue lo más correcto y normal, George —respondió ahora apaciguadora—. Tú mismo te has dado cuenta de que eres demasiado joven para estas cosas y en circunstancias normales no hubieras dicho nada. Ahora nos olvidaremos de lo que ha pasado...

—Soy diez años más joven que usted, Miss Davenport —la interrumpió George—. Y está claro que soy su alumno, ¡pero ya no soy un niño! Voy a empezar la carrera y en un par de años seré un respetado comerciante. Nadie preguntará entonces mi edad ni la de mi esposa.

—Pero yo sí la pregunto —contestó con dulzura Helen—. Deseo un hombre de mi edad que se ajuste a mí. Lo siento, George...

—¿Y cómo sabe usted que la persona que ha escrito esa carta satisface sus expectativas? —preguntó atormentado el muchacho—. ¿Por qué lo quiere a él? ¡Es la primera carta que recibe de él! ¿Ha mencionado su edad? ¿Sabe si puede alimentarla y vestirla de forma conveniente? ¿Si hay algo de lo que puedan hablar los dos? Siempre ha conversado bien conmigo y mi padre. Si me espera..., sólo un par de años, Miss Davenport, hasta que concluya mis estudios. ¡Por favor, Miss Davenport! ¿Por favor, deme una oportunidad!

El joven le cogió la mano sin poder dominarse.

Helen se liberó de él.

—Lo siento, George. No es que no me gustes, al contrario. Pero soy tu profesora y tú eres mi alumno. De esta relación no puede salir nada más..., y en un par de años, pensarás de una forma totalmente distinta.

Helen se planteó por un instante si Richard Greenwood habría sospechado algo del amor ciego de su hijo. ¿Debía tal vez agradecer su generoso donativo para el billete del barco a que quería demostrar al joven que su locura no tenía futuro?

—¡Nunca pensaré de otro modo —dijo George apasionadamente—. ¡En cuanto sea adulto, en cuanto pueda alimentar a una familia, me tendrá a su disposición! ¡Si sólo esperase, Miss Davenport!

Helen negó con la cabeza. Debía poner punto final a esa conversación ya.

—George, incluso si te amara, no puedo esperar. Si quiero formar una familia, debo aprovechar ahora la oportunidad. Howard es esa oportunidad. Y seré una buena y fiel esposa para él.

George la miró desesperado. Su delicado rostro reflejaba todas las penas de una pasión despechada y Helen casi creyó distinguir en los rasgos todavía indefinidos del joven el destello del hombre en el que un día se convertiría. El hombre sabio y digno de amor que no se precipitaba en sus compromisos y que cumplía sus promesas. A Helen le habría gustado abrazar al joven para consolarlo, pero, por supuesto, ni se lo planteó.

Esperó en silencio hasta que George volvió la espalda. Helen ya contaba con que asomaran unas lágrimas infantiles, no obstante George le devolvió la mirada con serenidad y firmeza.

—¡Siempre la amaré! —declaró—. Siempre. No importa dónde esté ni lo que haga. No importa dónde esté yo ni lo que yo haga. La amo sólo a usted. No lo olvide jamás, Miss Davenport.

5

El *Dublin* era un barco imponente, incluso cuando todavía no había desplegado todas sus velas. A Helen y las huérfanas les pareció tan grande como una casa y, de hecho, durante los próximos tres meses, el *Dublin* albergaría a más gente que un gran edificio de viviendas de alquiler. Helen esperaba que los barcos no fueran igual de peligrosos ni amenazaran ruina, y que al menos se controlaran antes de la partida las aptitudes para navegar de los que se dirigían a Nueva Zelanda.

Los patrones de los barcos debían demostrar a los controladores que los camarotes estaban correctamente ventilados y que contaban con suficientes provisiones a bordo. Parte del abastecimiento todavía se estaba cargando ese día y Helen ya sospechaba lo que les aguardaba cuando vio los barriles de carne salada, los sacos llenos de harina y patatas y los paquetes de pan tostado de los almacenes. Ya había oído decir que la comida en el barco no tenía nada de variada, al menos para los pasajeros de la entrecubierta. A los ocupantes de los camarotes de primera clase se les trataba de otro modo. Se decía que hasta tenían un cocinero a bordo.

Un oficial de barco y un médico de la tripulación controlaron el embarque del «pueblo llano». El último hizo un breve examen a Helen y las niñas, palpó las frentes de éstas, posiblemente para confirmar que ninguna tuviera fiebre y pidió que le enseñaran la lengua. Como no halló nada fuera de lo normal, dio su aprobación al oficial, que a continuación tachó los nombres de la lista.

—Camarote uno en popa —anunció, y apremió a Helen y las niñas para que pasaran. Las siete avanzaron a tientas a través de los pasillos estrechos y oscuros del vientre del barco, que además estaban atiborrados de personas inquietas con sus trastos. Helen no llevaba mucho equipaje, pero incluso su pequeña maleta de viaje le pesaba cada vez más. Las niñas todavía iban más ligeras; sólo llevaban la ropa de noche y un vestido de repuesto en un hatillo.

Por fin encontraron el camarote y las niñas entraron a trompicones dando un suspiro de alivio. Hasta Helen se decepcionó al ver el diminuto cuartito que iba a hacer las veces de su casa durante tres meses. El mobiliario de esa habitación, pequeña y oscura en extremo, estaba compuesto de una mesa, una silla y seis literas, una menos para colmo, según Helen comprobó horrorizada. Por fortuna, Mary y Laurie estaban acostumbradas a compartir cama. Éstas tomaron posesión de inmediato de una de las literas intermedias y se acurrucaron allí, apretujándose la una contra la otra. Todavía tenían miedo del viaje. El enorme gentío y el ruido que había a bordo las asustaba.

Helen se sintió todavía más molesta por el penetrante olor a ovejas, caballos y otros animales que ascendía desde la cubierta inferior. Justo al lado y debajo de donde se alojaba la institutriz se habían instalado corrales para ovejas y cerdos, así como compartimentos para una vaca y dos caballos. Helen encontró todo ello desalentador y decidió ir a quejarse. Indicó a las niñas que esperasen en el camarote y se encaminó de nuevo hacia la cubierta. Por fortuna había un camino más corto para llegar al aire libre que el que recorría la entrecubierta y por el que habían llegado: delante del camarote de Helen unas escaleras conducían hacia arriba. Entretanto se habían colocado unas rampas provisionales para cargar los animales. En la popa del barco no se veía, sin embargo, a ningún miembro de la tripulación. Al contrario que el acceso del otro extremo, éste no estaba vigilado. No obstante, también rebosaba de familias de emigrantes que arrastraban sus equipajes a bordo y que entre llantos y gemidos se despedían de sus allegados. El ruido y la aglomeración resultaban insoportables.

Sin embargo, la muchedumbre se apartó en las pasarelas por las que se embarcaría la carga y el ganado. La causa fue fácil de reconocer: en ese momento estaban cargando dos caballos y uno de ellos estaba asustado. El hombre musculoso y de baja estatura, cuyos tatuajes en los dos brazos indicaban que pertenecía a la tripulación, se esforzaba en sujetar al animal. Helen pensó si el hombre estaría condenado a realizar esa tarea, ajena a su profesión marinera, como castigo. Era evidente que no tenía experiencia con los caballos, pues manejaba al vigoroso semental sin la menor pericia.

—Venga, diablo negro, que no tengo todo el tiempo del mundo —rugía al animal que, sin embargo, no reaccionaba ante tales palabras. Al contrario, el caballo negro tiraba hacia atrás, con las orejas gachas de enfado. Parecía decidido firmemente a no poner ni un solo casco sobre la rampa, que oscilaba peligrosamente.

El segundo caballo, que Helen sólo distinguió de forma vaga detrás del primero, parecía más tranquilo. Al menos la muchacha que lo guiaba tenía más agallas. Para su sorpresa, Helen distinguió a una delicada joven vestida con un elegante traje de montar. Esperaba impaciente con la cuerda de una yegua marrón y robusta en la mano. Cuando el semental siguió sin dar muestras de querer avanzar, intervino.

—Así no se hace, ¡déjeme a mí! —Helen contempló maravillada cómo la joven *lady* le cedía sin más ni más la yegua a uno de los emigrantes que esperaban y le cogía el semental al marinero. Helen imaginó que el animal se soltaría, a fin de cuentas el hombre apenas si había conseguido sujetarlo. En lugar de ello, el caballo negro se sosegó enseguida cuando la muchacha acortó la cuerda con habilidad y le habló con delicadeza.

—Muy bien, ahora iremos paso a paso, *Madoc*. Yo voy delante y tú vas detrás. ¡Y no intentes atropellarme!

Helen contuvo la respiración mientras el semental seguía, en efecto, a la joven *lady*, tenso, pero portándose extremadamente bien. La muchacha lo elogió y acarició cuando ya estuvo seguro a bordo. El semental manchaba de espuma el traje de montar de terciopelo azul oscuro, pero la joven no parecía darse cuenta de ello.

—¿Y usted qué hace con la yegua? —gritó por el contrario al marinero que permanecía abajo, con unos modales poco dignos de una dama—. ¡*Igraine* no le hará nada! ¡Limítese a subir!

La yegua zaina se mostraba a ojos vistas más tranquila que el joven semental, aunque también ella hacía escarceos. El marinero cogió la cuerda por el extremo. Su expresión era la misma que si estuviera sosteniendo en equilibrio un cartucho de dinamita. No obstante embarcó al animal y Helen se dispuso a presentar su queja. Mientras la muchacha y el hombre conducían a los caballos directamente por delante de su camarote a la cubierta baja, Helen se dirigió al marinero.

—Es probable que no sea culpa suya, pero alguien debe tomar cartas en este asunto. Es imposible que nos instalemos junto a los establos. ¡El olor es tan molesto que resulta casi insoportable! ¿Y qué sucederá si los animales se sueltan? Entonces nuestras vidas correrían peligro.

El marinero se encogió de hombros.

—Yo no puedo hacer nada, señora. Órdenes del capitán. El ganado viene. Y el reparto de camarotes es el mismo: los hombres que viajan solos, delante; las familias en el medio, y las mujeres que viajan solas, detrás. Puesto que ustedes son las únicas mujeres que viajan sin compañía no puede cambiarse con nadie. Confórmese con esto.

Corrió jadeante detrás de la yegua, que se apresuraba de forma evidente para seguir al semental y la joven *lady*. Ésta colocó primero al caballo negro y luego al marrón en dos compartimentos vecinos, donde los ató con firmeza. Cuando volvió a aparecer llevaba la falda de terciopelo azul cubierta de briznas de heno y paja.

—¡Qué ropa tan poco práctica! —gruñó la muchacha, e intentó cepillársela. Luego abandonó la empresa y se volvió hacia Helen—. Siento que los animales la molesten. Pero no pueden bajar, están desmontando las rampas..., lo que no carece de peligro. Si se hunde el barco nunca podré sacar de aquí a *Igraine*. Pero el capitán insiste en ello. Al menos cada día se hará limpieza. Y el olor de las ovejas no es tan fuerte una vez que están secas. Además, uno se acostumbra...

—¡Nunca me acostumbraré a vivir en un establo! —la interrumpió Helen con un tono majestuoso.

La muchacha rio.

—¿Dónde está su espíritu pionero? Usted quiere emigrar, ¿no es así? Bueno, a mí no me importaría cambiar mi camarote por el suyo. Pero duermo arriba del todo. El señor Warden ha alquilado el camarote salón. ¿Son todas hijas suyas?

Arrojó una mirada a las niñas, que al principio se habían parapetado, prudentes, en el camarote pero ahora se asomaban con cautela y un poco curiosas al oír la voz de Helen. Daphne, sobre todo, miraba interesada tanto los caballos como el elegante traje de la joven.

—Claro que no —respondió Helen—. Me ocupo de las niñas sólo durante la travesía. Son huérfanas... ¿Y todos estos animales son suyos?

La joven rio.

—No, sólo los caballos..., uno de los caballos, para ser más precisa. El semental es del señor Warden. Al igual que las ovejas. No sé a quién pertenecen los otros animales, pero tal vez se puedan ordeñar las vacas. Entonces tendríamos leche fresca para las niñas. Se diría que podrían necesitarla.

Helen asintió con tristeza.

—Sí, están muy desnutridas. Espero que sobrevivan al largo viaje, se habla mucho de epidemias y de mortandad infantil. Pero al menos llevamos a un médico a bordo. Esperemos que domine su oficio. Por cierto, mi nombre es Helen Davenport.

—Gwyneira Silkham —contestó la muchacha—. Y éstos son *Madoc* e *Igraine*... —Presentó a los caballos con tanta naturalidad como si fueran los invitados a una reunión para tomar el té—. Y *Cleo*... ¿dónde se habrá vuelto a meter? Ah, ahí está. Ya está haciendo amistades.

Helen siguió la mirada de Gwyneira y distinguió a un ser pequeño y peludo que parecía sonreír amistosamente. Pese a ello mostraba unos dientes impresionantemente grandes que enseguida incomodaron a Helen. Se asustó cuando vio a Rosie al lado del animal. La niñita se arrimaba con la misma confianza a su pelaje como a los pliegues de la falda de Helen.

—¡Rosemary! —la llamó Helen alarmada. La niña se sobresaltó y dejó al perro. Éste se puso boca arriba encantado y levantó la pata suplicante.

Gwyneira rio haciendo a su vez un gesto apaciguador con la mano.

—Deje que la niña juegue tranquilamente con él —dijo con serenidad—. A *Cleo* le encantan los niños, no le hará nada. Bueno, ahora debo marcharme. El señor Warden estará esperando. Y en realidad yo no debería estar aquí, sino dedicando algo de tiempo a mi familia. Por eso han venido ex profeso mis padres y hermanos a Londres. Otra tontería más. He visto a mi familia durante diecisiete años cada día. Con esto está todo dicho. Pero mi madre no para de llorar y mis hermanas se lamentan con ella.

»Mi padre se lanza reproches a sí mismo porque me envía a Nueva Zelanda y mi hermano tiene tanta envidia que se me lanzaría al cuello. Apenas si puedo esperar a que zarpemos. ¿Y usted? ¿Nadie la acompaña? —Gwyneira miró a su alrededor. La entrecubierta bullía de seres llorosos y quejumbrosos. Se entregaban los últimos regalos y se daban los saludos finales. El viaje separaría a muchas de esas familias para siempre.

Helen sacudió la cabeza. Se había puesto en camino con una calesa, totalmente sola desde casa de los Greenwood. El día anterior habían ido a recoger la mecedora, la única pieza voluminosa.

—Voy a reunirme con mi marido en Christchurch —respondió, como si quisiera justificar la ausencia de sus allegados. No quería que esa joven rica y, como era evidente, privilegiada, sintiera pena por ella.

—¿Ah, sí? ¿Entonces su familia ya está en Nueva Zelanda? —preguntó Gwyneira entusiasmada—. En tales circunstancias debe explicármelo, yo todavía no he estado nunca... ¡pero ahora de verdad que tengo que irme! ¡Hasta mañana, niñas, no os mareéis! ¡Ven, *Cleo*!

Gwyneira se volvió para marcharse, pero la pequeña Dorothy se agarró a ella. Tiró de su falda con timidez.

—Perdone, *miss*, pero lleva el vestido muy sucio. Su mamá la regañará.

Gwyneira rio, pero luego miró preocupada a su alrededor.

—Tienes razón. Se pondrá histérica. Soy imposible. Ni siquiera en la despedida puedo comportarme como es debido.

—Se lo puedo cepillar, *miss*. Sé cómo tratar el terciopelo. —Dorothy alzó la vista diligente hacia Gwyneira y le señaló vacilante la silla de su camarote.

La muchacha tomó asiento.

—¿Dónde has aprendido, pequeña? —preguntó sorprendida mientras la niña se afanaba con habilidad con la chaqueta y el cepillo de la ropa de Helen. Por lo visto, la había observado antes cómo ésta depositaba los utensilios de aseo en el diminuto armario que correspondía a cada litera.

Helen suspiró. Al comprar ese caro cepillo no había pensado justamente en utilizarlo para eliminar las manchas de estiércol.

—En el orfanato solemos recibir donativos de ropa. Pero no nos la quedamos, la venden. Claro que antes hay que limpiarla y yo siempre ayudo a hacerlo. Lo ve, *miss*, ¡ahora ya está bonito otra vez! —Dorothy sonrió con modestia.

Gwyneira buscó en sus bolsillos una moneda para recompensar a la niña, pero no encontró ninguna, el vestido era todavía demasiado nuevo.

—Mañana os traeré un regalo, lo prometo —le comunicó a Dorothy cuando se disponía a marcharse—. Y un día serás una buena ama de casa. ¡O la doncella de gente muy refinada! ¡Nos vemos! —Gwyneira saludó a Helen y a las niñas cuando subió con ligereza al puente.

—¡Esto no se lo cree ni ella —dijo Daphne, y escupió detrás de la joven—. Esa gente no hace más que promesas y luego no se la ve más. Debes procurar que suelten algo de inmediato, Dot, o no sacarás nada.

Helen alzó los ojos al cielo. ¿Qué había sido de esas «niñas selectas, aplicadas y educadas para ser diligentes sirvientas»? En cualquier caso, era el momento de actuar con severidad.

—¡Daphne, limpia eso de inmediato! Miss Gwyneira no tiene ninguna obligación con vosotras. Dorothy se ha ofrecido ella misma a prestarle un servicio. Era cortesía y no negocio. ¡Y las señoritas no escupen! —Helen buscó un cubo.

—¡Pero si no somos señoritas! —replicaron Laurie y Mary con unas risitas.

—Cuando lleguemos a Nueva Zelanda, lo seréis —les prometió Helen—. Al menos os comportaréis como tales.

Decidida, empezó con la educación.

Gwyneira suspiró cuando las últimas pasarelas del muelle del *Dublin* se recogieron. Las horas de la despedida habían sido agotadoras, sólo el torrente de lágrimas de su madre había empapado tres pañuelos. Se añadieron los lamentos de sus hermanas y la actitud contenida pero melancólica de su padre, más propia de una ejecución que de una boda. Y encima la evidente envidia de su hermano la sacó de sus casillas. ¡Habría dado su herencia en Gales a cambio de la aventura de su hermana! Gwyn reprimió una risita histérica. Qué pena que John Henry no pudiera casarse con Lucas Warden.

Pero el *Dublin* por fin iba a zarpar. Un zumbido, fuerte como un viento tempestuoso, dio a conocer que las velas estaban puestas. Esa tarde el barco saldría por el canal de la Mancha y navegaría en dirección al Atlántico. Gwyneira hubiera permanecido gustosa junto a sus caballos, pero, como es obvio, eso no se hacía. Así que se quedó como una buena chica en la cubierta y despidió con su pañuelo más grande a su familia hasta que la costa casi se perdió de vista. Gerald Warden se percató de que no vertía ni una sola lágrima.

Las pequeñas discípulas de Helen lloraron amargamente.

La atmósfera en la entrecubierta era, al menos, más tensa que la de los viajeros ricos. Para los emigrantes más pobres el viaje significaba, con seguridad, una despedida para siempre. Además, la mayoría viajaba hacia un futuro mucho más incierto que Gwyneira y sus compañeros de viaje de la cubierta superior. Helen palpó la carta de Howard en el bolsillo mientras consolaba a las niñas. A ella, al menos, la esperaban...

No obstante, durmió mal la primera noche en el barco. Las ovejas todavía no estaban secas; la sensible nariz de Helen percibía todavía el olor a estiércol y a lana mojada. Las niñas tardaron una eternidad en dormirse e incluso así se asustaban ante cualquier ruido. Cuando Rosie se apretujó por tercera vez en la cama de Helen, ésta no tuvo ánimos ni, sobre todo, energía para volver a enviar a la niña a su cama. También Laurie y Mary se estrechaban la una contra la otra y, a la mañana siguiente, Helen encontró a Dorothy y Elizabeth juntas en un rincón de la litera de la primera. Sólo Daphne durmió profundamente y sin interrupciones; si soñó, sus sueños debieron de ser bonitos, pues sonreía cuando Helen decidió despertarla.

La primera mañana en el mar resultó ser inesperadamente agradable. El señor Greenwood había advertido a Helen que las primeras semanas del viaje podían ser tormentosas, pues entre el canal de la Mancha y el golfo de Vizcaya solía predominar el mar agitado. Ese día, sin embargo, el tiempo concedió a los emigrantes un favor de gracia. El cielo brillaba algo pálidamente tras el día de lluvia, y el mar relucía de un gris acerado bajo una luz mortecina. El *Dublin* se desplazaba cómodo y tranquilo sobre la superficie plana del agua.

—Ya no veo más costa —susurró amedrentada Dorothy—. Si ahora nos hundimos no nos encontrará nadie. Entonces nos ahogaremos todos.

—También te habrías ahogado si el barco se hubiera hundido en el puerto de Londres —señaló Daphne—. A fin de cuentas no sabes nadar y antes de que hubieran rescatado a toda la gente de la cubierta superior ya haría tiempo que te habrías ahogado.

—¡Tú tampoco sabes nadar! —replicó Dorothy—. ¡Te ahogarías igual que yo.

Daphne rio.

—¡Yo no! Una vez me caí en el Támesis, cuando era pequeña, pero salí chapoteando. La mierda siempre flota, dijo mi *pare*.

Helen decidió interrumpir la conversación no sólo por razones pedagógicas.

—¡Esto lo dijo tu «padre», Daphne! —la corrigió—. Incluso si no se expresó de forma poco elegante. Y ahora deja de atemorizar a las demás o no tendrán ganas de desayunar. Podemos ir a recoger el desayuno ahora. Entonces, ¿quién va a la cocina? ¿Dorothy y Elizabeth? Muy bien. Laurie y Mary se ocuparán del agua del aseo..., ah, sí, señoritas, ¡vamos a lavaros! Una *lady* se mantiene limpia y arreglada también cuando viaja.

Cuando una hora más tarde Gwyneira corrió a la entrecubierta para ver sus caballos se encontró con un cuadro inaudito. El área exterior de los camarotes estaba desierta, la mayoría de los pasajeros estaban ocupados desayunando o inmersos en el dolor de la separación. Sin embargo, Helen y las niñas habían sacado la mesa y la silla. Helen se sentaba a la mesa como una auténtica dama, erguida y orgullosa. Delante de ella, sobre la mesa, se hallaba un servicio improvisado compuesto por un plato de hojalata, una cuchara curvada, un tenedor y un cuchillo romo. Dorothy servía a Helen la comida de una bandeja imaginaria, mientras Elizabeth manejaba una vieja botella como si dentro hubiera un noble vino que vertía con elegancia.

—¿Qué hacéis? —preguntó Gwyneira pasmada.

Dorothy hizo diligente una reverencia.

—Practicamos cómo comportarnos a la mesa, Miss Gwyn... Gwyn...

—Gwyneira. Pero podéis llamarme sin problema Gwyn. Y ahora... ¿qué estáis practicando? —Gwyneira miró a Helen recelosa. El día anterior la joven institutriz le había parecido totalmente normal; pero tal vez estuviera chiflada.

Helen enrojeció un poco ante la mirada de Gwyneira, pero enseguida se repuso.

—Esta mañana he comprobado que los modales de las niñas

a la mesa dejan mucho que desear —explicó—. En el orfanato las cosas deben de hacerse como en una jaula de animales de presa. Las niñas comen con los dedos y a dos carrillos como si estuvieran frente a la última comida de la Tierra.

Dorothy y Elizabeth bajaron avergonzadas la vista al suelo. A Daphne le impresionó menos la reprimenda.

—En otro caso, es posible que no hubieran sobrevivido —señaló Gwyneira—. Cuando veo lo delgadas que están... Pero ¿qué es esto? —señaló de nuevo la mesa. Helen corrigió un poco la colocación del cuchillo.

—Enseño a las niñas cómo comportarse como una dama a la mesa y además les muestro las características de un servicio correcto —explicó—. No creo probable que encuentren colocación en casas más grandes, donde tendrían la posibilidad de especializarse como doncellas, cocineras o criadas. La situación del personal en Nueva Zelanda es sumamente mala. Así que daré a las niñas una formación lo más completa posible durante el trayecto, para que puedan ser útiles a sus señores en la mayor cantidad de aspectos posible.

Helen dirigió una amable inclinación a Elizabeth, quien acababa de servir agua a la perfección en una taza de café. La niña recogió las gotas que eventualmente se habían derramado con una servilleta.

Gwyneira no salía de su asombro.

—¿Útiles? —preguntó—. ¿Estas niñas? Ayer ya quería preguntar por qué las envían a ultramar, pero ahora lo entiendo... ¿Me equivoco si sospecho que en el orfanato se querían librar de ellas y que nadie en Londres busca a una chica de servicio pequeña y mal alimentada?

Helen le dio la razón.

—Cuentan cada céntimo. Alojar a un niño durante un año en el orfanato, alimentarlo, vestirlo y escolarizarlo cuesta tres libras. La travesía cuesta cuatro, pero de este modo se han desprendido de una vez por todas de las niñas. En caso contrario deben ocuparse, al menos de Rosemary y las mellizas, dos años más como mínimo.

—Pero los niños de hasta doce años pagan sólo la mitad del viaje —añadió Gwyneira, sorprendiendo a Helen. ¿Se había informado realmente esta chica rica de los precios de la entrecubierta?—. Y sólo las niñas de trece años, como mucho, pueden trabajar.

Helen puso los ojos en blanco.

—En la práctica también con doce, pero juraría que al menos Rosemary no ha pasado de los ocho años. Pero está usted en lo cierto: Dorothy y Daphne tuvieron que pagar, en efecto, el precio completo. Si bien es probable que las respetables *ladies* del orfanato las hayan rejuvenecido un poco para el viaje...

—Y en cuanto lleguemos, las niñas envejecerán como por arte de magia para que se las pueda contratar como si tuvieran trece años. —Gwyneira rio y rebuscó en los bolsillos de su amplio vestido de entrecasa, sobre el que sólo se había echado una ligera capa—. El mundo es malo. Tomad, chicas, tomad algo de comida como debe ser. Está muy bien que juguéis a servir, pero eso no os engordará. ¡Tomad!

La joven les ofreció encantada, a manos llenas, unas magdalenas y panecillos dulces del día. Las niñas se olvidaron al momento de los modales que acababan de aprender y se lanzaron sobre tales manjares.

Helen intentó restaurar el orden y repartir al menos los dulces de forma equitativa. Gwyneira resplandecía.

—No ha sido mala idea, ¿verdad? —le preguntó a Helen, cuando las seis niñas se sentaron en el borde de un bote salvavidas mientras iban dando bocaditos, siguiendo las instrucciones, y no comían con la boca llena—. En la cubierta superior sirven una comida como en el Grand Hotel, pensé en sus flacos ratoncitos. Así que me guardé un poco de desayuno. ¿Le parece bien?

Helen asintió.

—En cualquier caso no engordarán gracias a nuestra alimentación. Las porciones no son especialmente abundantes y debemos ir nosotras mismas a recogerlas en la cocina del barco. Las mayores se comen la mitad en el camino, sin contar con que entre las familias de emigrantes hay un par de pilluelos desvergonzados. Todavía están intimidados, pero preste atención: dentro de dos o tres días acecharán a las niñas y les pedirán el peaje. Pero al menos habremos resistido un par de semanas. Y yo intento enseñarles algo. Es más de lo que hasta ahora ha hecho nadie.

Mientras las niñas comían primero y luego jugaban con *Cleo*, las dos jóvenes pasearon charlando arriba y abajo de la cubierta. Gwyneira era curiosa y quería saber todo lo posible de su nueva conocida. Al final, Helen le contó acerca de su familia y de su empleo con los Greenwood.

—¿Entonces no es que usted ya esté viviendo realmente en Nueva Zelanda? —preguntó Gwyn un poco decepcionada—. ¿No dijo ayer que su esposo la estaría esperando?

Helen se ruborizó.

—Bueno..., mi futuro esposo. Yo..., seguramente lo encontrará tonto, pero viajo para casarme allí. Con un hombre que, hasta ahora, sólo conozco por carta... —Avergonzada, bajó la vista al suelo. Por primera vez fue de verdad consciente, al contárselo a otra persona, de la monstruosidad de su aventura.

—Entonces le sucede lo mismo que a mí —dijo Gwyneira como si nada—. Y el mío ni siquiera me ha escrito.

—¿Usted también? —preguntó Helen sorprendida—. ¿Acude a contraer matrimonio con un desconocido?

Gwyn se encogió de hombros.

—Bueno, desconocido no lo es. Se llama Lucas Warden y su padre ha pedido formalmente mi mano para él... —Se mordió los labios—. Bastante formalmente —se corrigió—. En principio todo es correcto. Pero en lo que respecta a Lucas..., espero que quiera casarse de verdad. Su padre no me ha revelado que él lo hubiera pedido antes...

Helen rio, pero Gwyneira estaba casi seria. En las últimas semanas se había percatado de que Gerald Warden no era un hombre que preguntase demasiado. El barón de la lana tomaba deprisa y a solas sus decisiones, y podía reaccionar con bastante mal humor si otra persona se entrometía. De esa manera había conseguido durante las semanas de su estancia en Europa realizar una enorme tarea de organización. Desde la compra de ovejas a través de distintos acuerdos con importadores de lana, conversaciones con arquitectos y especialistas para la excavación de pozos hasta la petición de mano para su hijo, todo lo había resuelto con frialdad y a una velocidad que quitaba la respiración. En el fondo a Gwyneira le gustaba ese proceder decidido, pero a veces le daba un poco de miedo. Para con sus obligaciones, Warden tenía una vena colérica, y para los tratos comerciales mostraba a veces una clase de astucia que, sobre todo a Lord Silkham, no le agradaba. Según la opinión de Silkham, el neozelandés había engañado en toda regla al criador del pequeño semental *Madoc*..., y también era cuestionable que las cosas hubieran ido como debían en el juego de cartas para pedir la mano de Gwyneira. Ésta se preguntaba a veces cuál sería la postura de Lucas al respecto. ¿Era tan resuelto como su padre? ¿Administraba en la actualidad la granja con igual eficacia e intransigencia? ¿O también tenía Gerald por objetivo acortar la estancia en Europa mediante una negociación precipitada y con ello abreviar en lo que fuera posible el control en solitario de Lucas sobre Kiward Station?

En ese momento Gwyneira contaba a Helen, a su vez, una versión ligeramente suavizada de las relaciones comerciales de Gerald con su familia que habían llevado a la proposición de matrimonio.

—Sé que me caso en una granja floreciente, de cuatrocientas hectáreas de tierra y con cinco mil ovejas de propiedad que todavía tiene que crecer —concluyó—. Sé que mi suegro mantiene relaciones sociales y comerciales con las mejores familias de Nueva Zelanda. Es evidente que es rico, si no no podría haberse permitido este viaje y todo lo demás. Pero sobre mi futuro esposo, no sé nada.

Helen escuchaba con atención, pero le resultaba difícil compadecerse de Gwyneira. En realidad Helen estaba tomando dolorosamente conciencia de que su nueva amiga estaba mejor informada sobre su futura vida que ella misma. Howard no le había comunicado nada sobre el tamaño de su granja ni de su ganado, ni sobre sus contactos sociales. Respecto a su situación financiera, sólo sabía que no tenía deudas, pero que no podía permitirse gastos de mayor envergadura, como el dinero para un viaje a Europa, aunque fuera en la entrecubierta. ¡Al menos escribía cartas preciosas! Ruborizándose de nuevo, Helen sacó del bolsillo el escrito, que ya estaba totalmente gastado de tanto leerlo, y se lo tendió a Gwyneira. Las dos mujeres habían tomado asiento entretanto al borde del bote salvavidas. Gwyneira leyó con curiosidad.

—Pues sí, escribir sí sabe... —dijo al final reservada, plegando la carta.

—¿Encuentra algo raro? —preguntó Helen temerosa—. ¿No le gusta la carta?

Gwyneira se encogió de hombros.

—A mí no es a quien debe gustarle. Si tengo que serle sincera, la encuentro un poco ampulosa. Pero...

—¿Pero? —la urgió Helen.

—Bueno, lo que encuentro extraño..., nunca hubiera pensado que un granjero escribiera cartas tan bonitas. —Gwyneira se volvió. Encontraba la carta más que extraña. Resultaba obvio que Howard O'Keefe podía ser un hombre muy cultivado. También su padre era a un mismo tiempo un *gentleman* y un granjero; eso no era inusual en la Inglaterra rural y en Gales. Pero pese a toda su formación, Lord Silkham nunca había utilizado unas fórmulas tan rebuscadas como ese Howard. Además, en las negociaciones matrimoniales entre nobles se intentaba poner las cartas sobre la mesa. Las futuras parejas debían saber lo que les esperaba y en este caso Gwyneira echaba en falta datos sobre la situación económica de Howard. También le parecía extraño que no pidiera una dote o que no renunciara al menos expresamente a ella.

Claro que el hombre no había contado con que Helen tomara el próximo barco para arrojarse en sus brazos. Tal vez esas lisonjas eran útiles sólo en las primeras tomas de contacto. Pero no cabía duda de que lo encontraba extraño.

—Es precisamente muy sentimental —defendió Helen a su

futuro esposo—. Escribe justo como yo lo había deseado. —Sonrió feliz y ensimismada.

Gwyneira respondió con otra sonrisa.

—Está bien —dijo, pero se propuso en silencio preguntar a su suegro cuando se presentara la ocasión acerca de Howard O'Keefe. A fin de cuentas, también criaba ovejas. Cabía la posibilidad de que ambos hombres se conocieran.

Por de pronto, sin embargo, no lo consiguió: las horas de las comidas, que constituían el marco adecuado para realizar tales pesquisas de urgencia se suspendieron en su mayoría a causa del fuerte oleaje. El buen tiempo del primer día de viaje se había revelado engañoso. En cuanto llegaron al Atlántico, el viento cambió de golpe y el *Dublin* navegaba luchando contra la lluvia y la tormenta. Muchos pasajeros estaban mareados y por esa razón preferían evitar las comidas o llevárselas a sus camarotes. Gerald Warden y Gwyneira, empero, no se veían afectados por el mareo, pero si no había convocada ninguna cena oficial solían comer a horas distintas. Gwyneira lo hacía con un objetivo: su futuro suegro habría acabado por no consentir que ordenara tan abundantes cantidades de comida para hacérselas llegar a las pequeñas discípulas de Helen. A Gwyn, por el contrario, le habría gustado abastecer de comida a todos los demás pasajeros de la entrecubierta. Al menos los niños necesitaban cualquier alimento que pudieran recibir para mantenerse más o menos calientes. Aunque era pleno verano y la temperatura exterior, pese a la lluvia, no demasiado baja. Con la mala mar, sin embargo, el agua entraba en los camarotes de la entrecubierta y todo estaba húmedo, no había ni un lugar seco en el que poder sentarse. Helen y las niñas se congelaban con la ropa mojada, pero pese a eso la institutriz mantuvo firmemente las clases diarias de sus discípulas. Los otros niños del barco no recibían durante ese período ninguna clase. El médico del barco, que debía cumplir la tarea de maestro, también estaba mareado y se aturdía con abundante ginebra del botiquín.

Por lo demás, las condiciones en la entrecubierta lo eran todo menos agradables. Debido a la tormenta, en el área de las familias y de los caballeros, los lavabos rebosaban y por esa razón la mayoría de los pasajeros apenas si se lavaban. Con las actuales temperaturas reinantes hasta la misma Helen no tenía ganas de lavarse, pero persistió en que sus niñas utilizaran una parte de la ración diaria de agua para su higiene corporal.

—Me gustaría lavar también los vestidos, pero es que no se secan, no hay nada que hacer —se lamentó, por lo que Gwyneira prometió prestarle un vestido de recambio. Su camarote estaba caldeado y perfectamente aislado. Incluso con el más feroz oleaje, el agua no penetraba para echar a perder las mullidas alfombras y los elegantes muebles tapizados. Gwyneira tenía mala conciencia, pero no podía pedir a Helen que ella y las niñas fueran a sus aposentos. Gerald jamás lo habría permitido. Así que, como mucho, se llevaba a Dorothy o a Daphne con el pretexto de tener que arreglar algo de sus vestidos.

—¿Por qué no das la clase abajo, con los animales? —preguntó al final, después de encontrar a Helen temblando de nuevo en la cubierta, donde las niñas estaban leyendo por turnos *Oliver Twist*. En la cubierta inferior hacía frío, pero al menos estaba seca y el aire fresco era más agradable que la atmósfera húmeda de la entrecubierta—. Cada día se limpia, por mucho que los marineros maldigan. El señor Warden comprueba que las ovejas y caballos están bien alojados. Y el intendente de víveres es meticuloso con los animales de matanza. A fin de cuentas, no los carga para que enfemen y tengan que lanzar la carne por la borda.

Tal como quedó demostrado, los cerdos y las aves servían como provisiones vivas a los pasajeros de la primera clase y las vacas se ordeñaban, en efecto, cada día. Los viajeros de la entrecubierta, empero, no veían ninguno de tales manjares, hasta que Daphne sorprendió a un joven que por las noches ordeñaba a escondidas. Sin el menor reparo lo delató, no sin antes observarlo e imitar los movimientos para obtener ella misma la leche. Desde ese día, las niñas tuvieron leche fresca. Y Helen fingía no darse cuenta de nada.

Así pues, Daphne aprobó de inmediato, entusiasmada, la sugerencia de Helen. Mientras ordeñaba y robaba huevos, ya hacía tiempo que se había percatado de que hacía mucho más calor en los establos improvisados situados bajo la cubierta. Los grandes cuerpos de los bueyes y caballos desprendían un calor consolador y la paja era mullida y solía estar más seca que los colchones de sus literas. Al principio, Helen se resistió, pero luego dio su consentimiento. En total, dio clases en el establo durante tres semanas, hasta que el intendente la descubrió, sospechó que robaba los víveres y la sacó de allí echando pestes. Entretanto, el *Dublin* había dejado atrás el golfo de Vizcaya. El mar se apaciguó y aumentaron las temperaturas. Los pasajeros de la entrecubierta sacaron aliviados los vestidos y la ropa de cama mojada para que se secaran al sol. Alabaron a Dios por el buen tiempo, pero la tripulación les advirtió que pronto llegarían al océano Índico y maldecirían el sofocante calor.

6

Y entonces, cuando la primera y fatigosa parte del viaje se había superado, la vida social a bordo del *Dublin* se animó.

El médico del barco asumió por fin sus tareas de profesor, por lo que los hijos de los emigrantes tuvieron otra cosa que hacer que fastidiarse unos a otros y molestar a sus padres y, sobre todo, a las niñas de Helen. Estas últimas tuvieron la oportunidad de destacar en las clases y Helen se sintió orgullosa de ellas. Al principio había esperado contar con algo de tiempo libre gracias a las horas de enseñanza, pero luego prefirió supervisar las tareas. Ya el segundo día, las chismosas de Mary y Laurie volvieron de clase con unas noticias preocupantes.

—Daphne le ha dado un beso a Jamie O'Hara —informó jadeante Mary.

—Y Tommy Sheridan quería tocar a Elizabeth, pero ella le ha dicho que la esperaba un príncipe y entonces todos se han echado a reír —añadió Laurie.

Helen llamó primero a capítulo a Daphne, quien no mostró el menor sentimiento de culpabilidad.

—Jamie me ha dado a cambio un buen trozo de salchicha —dijo con toda tranquilidad—. La han traído de casa. Y todo fue muy rápido, ¡no tiene ni idea de dar un beso de verdad!

Helen estaba horrorizada de los conocimientos a ojos vistas más profundos de Daphne. La reprendió con severidad pese a que sabía que no iba a conseguir nada con ello. El sentido de la moral y decencia de Daphne sólo se aguzaría, quizás, a largo plazo. Así que Helen asistía primero a la clase de las niñas y luego ella misma asumió cada vez más obligaciones en la escuela y en la preparación de las misas dominicales. El médico del barco se lo agradecía: él no tenía madera ni de maestro ni de predicador.

Por las noches casi cada día había música en la entrecubierta. Los viajeros se habían resignado a la pérdida de su antiguo hogar o encontraban cierto consuelo en cantar viejas melodías en inglés antiguo, irlandés y escocés. Algunos se habían embarcado con su instrumento, así que se oía el sonido de violines, flautas y armónicas. Los viernes y sábados había baile y de nuevo Helen tuvo que refrenar a Daphne, sobre todo. Permitía de buen grado que las mayores escucharan la música y también contemplaran el baile durante una hora. Después, sin embargo, debían meterse en cama, a lo que Dorothy se prestó sensatamente, mientras que Daphne buscaba excusas para quedarse y llegó incluso a marcharse a hurtadillas después de ir a la cama pensando que Helen dormía.

En la cubierta superior las actividades sociales transcurrían de forma más cultivada. Se interpretaban conciertos y obras de teatro, y, por supuesto, las cenas se celebraban de forma solemne en el comedor. Gerald Warden y Gwyneira compartieron mesa con un matrimonio londinense cuyo hijo más joven estaba estacionado en una guarnición en Christchurch y pensaba establecerse definitivamente allí. El joven tenía la intención de casarse y entrar en el comercio de la lana. Había pedido a su padre que le concediera un anticipo de la herencia. El señor y la señora Brewster —dos personas en la cincuentena, dinámicas y resolutivas— habían comprado sin demora los billetes para viajar a Nueva Zelanda. Antes de desprenderse del dinero, tronó la señora Brewster, quería echar un vistazo al lugar y, sobre todo, a su futura nuera.

—Peter nos ha escrito que es medio maorí —dijo la señora Brewster vacilante—. Y que es tan bonita como una de esas muchachas de los mares del Sur que a veces se ven en cuadros. Pero no sé, una nativa...

—Puede ser muy práctico para la compra de tierras —intervino Gerald—. A uno de mis conocidos le regalaron en una ocasión la hija de uno de los jefes de tribu y con ella diez hectáreas de los mejores pastos. Mi amigo se enamoró de inmediato. —Gerald guiñó un ojo de forma expresiva.

El señor Brewster soltó una estruendosa carcajada a causa de la broma y Gwyn y la señora Brewster sonrieron más bien de manera forzada.

—Además, la hija podría ser la amiguita de su hijo —siguió reflexionando Gerald—. Debería de tener unos quince años ahora, una edad apta para el matrimonio entre los nativos. Y las mestizas suelen ser preciosas. Los maoríes de pura sangre por el contrario..., vaya, no son de mi gusto. Demasiado bajos, demasiado achaparrados y después están los tatuajes..., pero a cada uno lo suyo. En materia de gustos no hay disputas.

A partir de las preguntas de los Brewster y las respuestas de Gerald, Gwyneira adquirió algo más de conocimiento respecto a su futura tierra de acogida. Hasta el momento el barón de la lana había hablado sobre todo de las posibilidades económicas de la cría de ganado y de los pastos de las llanuras de Canterbury, pero ahora oía por vez primera que toda Nueva Zelanda se componía de dos grandes islas y que Christchurch y Canterbury estaban situadas en la isla Sur. Oyó hablar de montañas y fiordos, pero también del bosque de lluvia similar a una jungla, de las estaciones de los balleneros y de la búsqueda de oro. Gwyneira recordó que Lucas, por lo que le habían dicho, investigaba sobre la flora y la fauna de la región, así que sustituyó en el acto sus sueños de arar y sembrar junto a su esposo por la fantasía casi igual de excitante de emprender expediciones a territorios todavía sin explotar de las islas.

En algún momento, no obstante, se agotó tanto la curiosidad de los Brewster como las ganas de contar de Gerald. Era evidente que éste conocía bien Nueva Zelanda, pero animales y paisajes sólo le interesaban por lo que suponían desde el punto de vista económico. A la familia Brewster parecía sucederle lo mismo. Para ellos lo más importante era si el lugar era seguro y si emprender un negocio allí arrojaría beneficios. Mientras se discutía sobre tales cuestiones se mencionaron los nombres de distintos comerciantes y granjeros, y Gwyneira aprovechó la oportunidad de ejecutar el plan por largo tiempo acariciado y preguntar inocentemente por un *gentlemanfarmer* de nombre O'Keefe.

—Tal vez lo conozca. Debe de vivir en algún lugar de las llanuras de Canterbury.

La reacción de Gerald Warden la sorprendió. Su futuro suegro se puso colorado al instante y pareció que los ojos se le salían de las órbitas a causa de la excitación.

—¿O'Keefe? ¿Un terrateniente? —Gerald escupió estas palabras y resopló escandalizado—. ¡Conozco a un pillo y usurero llamado O'Keefe! —siguió vociferando—. Una escoria que debería ser devuelta a Irlanda de inmediato. ¡O hacia Australia, a las colonias de reclusos que es de donde procede! ¡Granjero y *gentleman*! ¡Qué gracia! Olvídese, Gwyneira; ¿dónde ha escuchado ese nombre?

Gwyneira hizo un gesto apaciguador con la mano. El señor Brewster, por su parte, se apresuró a volver a llenar de whisky el vaso de Gerald. Al parecer esperaba que tuviera un efecto calmante. La señora Brewster se había sobresaltado de verdad cuando Warden empezó a gritar.

—Seguro que debo de referirme a otro O'Keefe —se apresuró a decir Gwyneira—. Una joven de la entrecubierta, una institutriz inglesa, se ha prometido a él. Dice que es uno de los notables de Christchurch.

—¿Ah, sí? —preguntó Gerald con desconfianza—. Es raro que se me haya pasado por alto. Un terrateniente en la región de Christchurch que con este condenado hijo de perra..., oh, discúlpenme, señoras..., tenga la mala fortuna de compartir nombre debería resultarme, sin lugar a dudas, conocido. O'Keefe es un sujeto de dudosa reputación.

—O'Keefe es un nombre muy frecuente —lo tranquilizó el

señor Brewster—. Es absolutamente posible que haya dos O'Keefe en Christchurch.

—Y el señor O'Keefe de Helen escribe cartas muy bonitas —añadió Gwyneira—. Debe de ser muy cultivado.

Gerald soltó una escandalosa carcajada.

—Bueno, entonces seguro que se trata de otro. ¡El viejo Howie apenas si logra escribir su nombre sin faltas! Pero Gwyn, no me gusta que vayas a la entrecubierta. Mantén la distancia con la gente de allí, también con supuestas institutrices. La historia me resulta sospechosa, así que no hables más con ella.

Gwyneira frunció el ceño. El resto de la tarde estuvo enfadada y en silencio. Más tarde, en su camarote, su cólera fue verdaderamente en aumento.

¿Qué se figuraba Warden? La evolución desde «*milady*» hasta «Lady Gwyneira» y ahora al breve «Gwyn» y el desenfadado tuteo y mando sobre lo que debía hacer había sucedido bastante deprisa. ¡Se negaba rotundamente a romper el contacto con Helen! La joven era la única persona en todo el barco con la que podía charlar con franqueza y sin temor. Pese a sus distintos orígenes sociales e intereses, ambas se estaban haciendo cada vez más amigas.

Además, Gwyn les había tomado cariño a las seis niñas. En especial le entusiasmaba la seria Dorothy, pero también la soñadora Elizabeth, la pequeña Rosie, y también la algo turbia, pero sin duda lista y vivaracha, Daphne. Le hubiera encantado llevárselas a las seis a Kiward Station y en realidad había planeado hablar con Gerald sobre contratar al menos a una nueva sirvienta. Por el momento no le parecía oportuno, pero todavía quedaba mucho tiempo y Warden sin duda se calmaría. Más dolores de cabeza le producía lo que acababa de escuchar sobre Howard O'Keefe. Bien, el apellido era frecuente, y que hubiera dos O'Keefe en la región no era, sin lugar a dudas, nada insólito. ¿Pero dos Howard O'Keefe?

¿Qué tenía Gerald en contra del futuro esposo de Helen?

Gwyn hubiera compartido con agrado sus reflexiones con Helen, pero se contuvo. ¿De qué hubiera servido torpedear la paz interior de su amiga y atizar sus miedos? Al fin y al cabo, todo eso no eran más que vanas especulaciones.

Entretanto hacía un calor casi agobiante a bordo del *Dublin*. El sol brillaba sin piedad en el cielo. En un principio, los emigrantes disfrutaron de él, pero ahora, tras casi ocho semanas en el barco, los ánimos cambiaron. Mientras que el frío de la primera semana había provocado más bien apatía, la gente cada vez estaba más excitada a causa del calor y el bochorno.

En la entrecubierta, los tripulantes se peleaban y se enfadaban por naderías. Se produjeron las primeras peleas entre los hombres, incluso entre viajeros y miembros de la tripulación cuando alguien creía que le habían dado gato por liebre en el reparto de las porciones de comida o agua. El médico empleaba ginebra en abundancia para limpiar las heridas y calmar los ánimos. Además, en casi todas las familias se producían desacuerdos; la inactividad forzada era enervante. Sólo Helen mantenía la tranquilidad y el orden en su camarote. Seguía ocupando a las niñas en las interminables tareas de aprendizaje acerca de las labores en una casa de la clase alta. A Gwyneira misma le daba vueltas la cabeza cuando las escuchaba.

—¡Dios mío, tengo suerte de librarme! —agradecía sonriente a su destino—. ¡Nunca hubiera sido la señora idónea para administrar una casa así! Me hubiera olvidado sin cesar de la mitad de las cosas. Y sería incapaz de mandar a la sirvienta a que limpiara la plata cada día. ¡Es un trabajo inútil por completo! ¿Y por qué hay que doblar de manera tan complicada las servilletas? De todos modos se utilizan cada día.

—Es una cuestión de belleza y decoro —le comunicó Helen con determinación—. Además, pronto deberás poner cuidado en todo esto. Ya que, según he oído, te aguarda una casa señorial en Kiward Station. Tú misma me has contado que el señor Warden se ha guiado por la arquitectura de las casas de campo inglesas para construir la suya y se ha hecho decorar las habitaciones por un interiorista londinense. ¿Crees que ha renunciado a una cubertería de plata, candelabros, bandejas y fruteros? ¡Y la mantelería forma parte de tu ajuar!

Gwyneira suspiró.

—Debería de haberme casado en Tejas. Pero en serio, yo creo..., espero..., que el señor Warden exagere. Puede que sea un *gentleman*, pero debajo de todos esos elegantes modales se esconde un tipo bastante rudo. Ayer ganó el señor Brewster jugando al blackjack. Bueno, ganó..., lo desplumó como a un ganso de navidad. Y al final los otros caballeros lo acusaron de hacer trampas. ¡En vista de ello quería desafiar a Lord Barrington! Te lo digo, parecía una tabernucha del puerto. Al final, el mismo capitán tuvo que pedir que se moderasen. En realidad es probable que Kiward Station sea un fortín y yo misma tenga que ordeñar las vacas.

—¡Ya te gustaría! —rio Helen, que en ese tiempo ya había llegado a conocer bien a su amiga—. Pero no te engañes. Eres y sigues siendo una dama, en caso de duda incluso en el establo de las vacas; y esto también sirve para ti, Daphne. Nada de ir deambulando por ahí de forma negligente sólo porque en ese momento no te estoy mirando. En lugar de eso puedes peinar a Miss Gwyneira. Se nota que no tiene doncella. En serio, Gwyn, se te encrespa el pelo como si te lo hubieran peinado con tenacillas. ¿Es que no te lo arreglas nunca?

A las órdenes de Helen y con un par de indicaciones adicionales de Gwyneira sobre la última moda, tanto Dorothy como Daphne se habían convertido en unas doncellas de cámara realmente hábiles. Ambas eran corteses y habían aprendido cómo ayudar a una *lady* a la hora de vestirse y a peinarla. No obstante, Helen se había planteado algunas veces no enviar a Daphne sola a los aposentos de Gwyneira pues no confiaba en la niña. Creía que era absolutamente posible que Daphne aprovechara cualquier oportunidad para robar. Pero Gwyneira la tranquilizaba.

—No sé si es honrada, pero con toda seguridad no es tonta. Si roba aquí, se descubrirá. ¿Quién podría ser sino ella y dónde iba a esconder el objeto robado? Mientras esté en el barco, se comportará. No me cabe la menor duda.

La tercera de las mayores, Elizabeth, se mostraba asimismo

complaciente y era encantadora y de una honradez sin tacha. No obstante, no se mostraba diestra en exceso. Le gustaba más leer y escribir que los trabajos manuales. Eso era para Helen causa de muchas preocupaciones.

—En el fondo debería seguir yendo a la escuela y más tarde, quizás, a una escuela para profesores —le dijo a Gwyneira—. Eso también sería de su agrado. Le gustan los niños y tiene mucha paciencia. ¿Pero quién se haría cargo de los costes? ¿Y hay en Nueva Zelanda un instituto adecuado? Como sirvienta es un caso perdido. Cuando tiene que fregar el suelo, inunda la mitad y se olvida del resto.

—Tal vez fuera una buena nodriza —pensó la pragmática Gwyn—. Es probable que yo pronto necesite una...

Helen enseguida se sonrojó ante tal observación. No le gustaba nada pensar en dar a luz y, sobre todo, en la procreación en el contexto de su inminente matrimonio. Una cosa era maravillarse del refinado estilo epistolar de Howard y pensar en su adoración. Pero la idea de dejarse tocar por ese hombre totalmente desconocido... Helen tenía una idea vaga sobre lo que ocurría entre un hombre y una mujer por las noches, pero esperaba más dolores que alegrías. ¡Y ahora Gwyneira se refería despreocupadamente a tener hijos! ¿Querría hablar de este asunto? ¿Sabría más al respecto que Helen? La institutriz se preguntaba sobre cómo abordar el tema sin infringir de modo lamentable los límites de la decencia con la primera palabra. Y, claro está, sólo podía hacerlo cuando las niñas no estuvieran cerca. Con alivio comprobó que Rosie jugaba junto a ellas con *Cleo*.

Gwyneira tampoco podría haber contestado a esas preguntas apremiantes. Aunque hablaba en modo abierto de tener niños, sin embargo no dedicaba el menor pensamiento a las noches con Lucas. No tenía ni la menor idea de lo que la esperaba: su madre sólo le había explicado, avergonzada, que correspondía al destino de una mujer soportar esas cosas con humildad. Si Dios quería, sería correspondida por ello con un hijo. No obstante, Gwyn se preguntaba a veces si realmente podía considerarse una dicha tener a un bebé llorando y con la cara enrojecida, pero no se hacía ilusiones. Gerald Warden esperaba de ella que le diera lo más pronto posible un nieto. No iba a negarse..., no, cuando supiera cómo hacerlo.

El viaje por mar se prolongaba. En primera clase se luchaba contra el aburrimiento: a fin de cuentas ya hacía tiempo que se habían intercambiado todas las cortesías y se habían contado todas las historias. Los pasajeros de la entrecubierta se peleaban más por los crecientes problemas de supervivencia. La alimentación, frugal e incompleta, provocó enfermedades y síntomas carenciales, la angostura de los camarotes y el calor constante de esos días favorecían que todo se hallara infestado de bichos. Mientras, los delfines acompañaban el barco y a menudo también se veían peces grandes como tiburones. Los hombres de la entrecubierta hacían planes para matarlos con arpones o anzuelos, pero sólo rara vez llevaban a cabo la empresa con éxito. Las mujeres anhelaban un mínimo de higiene y empezaron a lavar a sus hijos y la ropa con el agua de lluvia. Helen, no obstante, encontró esta solución insuficiente.

—Con el agua sucia las cosas todavía se ensucian más —protestaba a la vista del agua almacenada en un bote salvavidas.

Gwyneira hizo un gesto de impotencia.

—Al menos no tenemos que beberla. El capitán dice que tenemos suerte con el tiempo. Y por ahora no hay calma chicha, aunque lentamente estaremos en la... en la... zona de calma. El viento no sopla como debería y a los barcos se les acaba el agua.

Helen asintió.

—Los marineros cuentan que esta zona se llama también la Latitud de los Caballos porque antes solían sacrificarse los caballos que estaban a bordo para no morir de hambre.

Gwyneira resopló.

—Antes de sacrificar a *Igraine* ¡me como a los marineros! —exclamó—. Pero lo dicho, parece que estamos de suerte.

Por desgracia, la suerte del *Dublin* iba a acabarse pronto. Si bien el viento siguió soplando, una insidiosa enfermedad amenazó la vida de los pasajeros. Al principio sólo un marinero se quejó de tener fiebre, lo que nadie se tomó muy en serio. El médico del barco reconoció el peligro cuando se le presentaron los primeros niños con fiebre y una erupción. La enfermedad entonces se propagó como un reguero de pólvora en la entrecubierta.

Al comienzo, Helen esperaba que sus niñas no se vieran afectadas, puesto que, salvo en las horas de clase diarias, tenían poco contacto con los demás niños. Gracias a las aportaciones de Gwyneira y a las expediciones periódicas de Daphne en busca del botín en los establos de las vacas y en el gallinero, se encontraban en un estado general mucho mejor que los otros niños emigrantes. Sin embargo, Elizabeth tuvo fiebre, y poco después la siguieron Laurie y Rosemary. Daphne y Dorothy enfermaron, pero sólo ligeramente, y Mary, para sorpresa de Helen, no se contagió pese a compartir todo el tiempo la cama con su melliza, a la que abrazaba estrechamente y cuya posible pérdida lloraba con anticipación. La fiebre fue benigna con Laurie, mientras que Elizabeth y Rosemary oscilaron varios días entre la vida y la muerte. El médico las trató como a todos los demás enfermos con ginebra, con lo que los respectivos titulares de la patria potestad debían decidir por sí mismos si el remedio debía administrarse de forma externa o interna. Helen se decidió por los lavados y compresas y así consiguió al menos que las pequeñas enfermas sintieran un poco de frescor. En la mayoría de las familias, por el contrario, el aguardiente acababa en la barriga del padre y la atmósfera, ya de por sí irritada, se volvió explosiva.

Al final murieron doce niños a causa de la epidemia, y de nuevo las lágrimas y las lamentaciones reinaron en la entrecubierta. El capitán celebró al menos una conmovedora misa de difuntos en la cubierta principal a la que asistieron todos los pasajeros sin excepción. Gwyneira, con el rostro arrasado por las lágrimas, tocaba el piano, pero sus buenas intenciones superaban con toda claridad su pericia. Sin partituras estaba desvalida. Al final, Helen se encargó de tocar y algunos de los pasajeros de la entrecubierta también recurrieron a sus instrumentos. Las canciones y el llanto de esos seres humanos se extendieron lejos sobre el mar y, por primera vez, emigrantes ricos y pobres se unieron en una comunidad. Se consolaron juntos y unos días después de la misa el ambiente general era más suave y pacífico. El capitán, un hombre tranquilo y experimentado, estableció a partir de entonces que la misa dominical se celebraría para todos en la cubierta principal. El tiempo ya no constituía ningún obstáculo. Era mucho más caluroso que frío y lluvioso. Sólo al doblar el cabo de Buena Esperanza se produjo una tormenta y se embraveció el mar; luego el viaje transcurrió con tranquilidad.

Mientras, Helen ensayaba canciones religiosas con sus discípulas. Dado que la interpretación de una coral un domingo por la mañana había resultado especialmente exitosa, el matrimonio Brewster la hizo partícipe de una conversación con Gerald y Gwyneira. Felicitaron con vehemencia a la joven por sus discípulas y al final Gwyneira aprovechó la oportunidad de presentar a su amiga y su futuro suegro como era debido.

Sólo esperaba que Warden no empezara de nuevo a despotricar, pero esta vez no perdió la compostura, sino que se mostró encantador. Intercambió con tranquilidad las cortesías de rigor con la joven y alabó el canto de las niñas.

—Así que quiere casarse... —gruñó cuando ya no tenían más que decir.

Helen asintió solícita.

—Sí, señor, si Dios quiere. Confío en que el Señor me guíe por la senda de un matrimonio feliz... ¿Tal vez no le resulte desconocido mi futuro esposo? Se llama Howard O'Keefe, de Haldon, Canterbury. Tiene una granja.

Gwyneira contuvo la respiración. Tal vez sí debería haberle contado a Helen el último estallido de Gerald, cuando se mencionó a su prometido. Pero no había razón para preocuparse. Ese día, Gerald se mantuvo bajo control de forma inquebrantable.

—Espero que conserve su fe —observó con una sonrisa fingida—. A veces el Señor se burla de la forma más insospechada de sus ovejas más ingenuas. Y en lo que respecta a su pregunta... no. Un *gentleman* llamado Howard O'Keefe me resulta totalmente desconocido.

El *Dublin* surcaba ahora el océano Índico, la penúltima travesía, la más larga y la más peligrosa del viaje. Aunque las aguas pocas veces se embravecían, la ruta discurría por mar abierto. Hacía semanas que los pasajeros no divisaban tierra y, según Gerald Warden, las costas más próximas estaban a cientos de millas de distancia.

La vida a bordo se iba normalizando y, gracias al clima tropical, todos permanecían más tiempo en cubierta en lugar de ir apretados como sardinas en los camarotes. De este modo la rígida división entre primera clase y entrecubierta se relajaba de forma cada vez más sorprendente. Junto a las misas se organizaban también conciertos y danzas comunes. Los hombres de la entrecubierta siguieron desarrollando su técnica de pesca y al final triunfaron. Cazaron tiburones y barracudas con arpones y atraparon albatros utilizando cañas con una especie de anzuelos y pescados que arrastraban tras el barco como cebos. El aroma de la carne de pez o el ave a la parrilla se extendía entonces por toda la cubierta y a las familias que no participaban se les hacía la boca agua. Helen recibía muestras de cariño. Como profesora disfrutaba de gran consideración y en el tiempo transcurrido casi todos los niños de la entrecubierta sabían leer y escribir mejor que sus padres. Además, Daphne solía obtener astutamente una porción de pescado o carne. Cuando Helen no la sometía a una estrecha vigilancia, se colaba entre los pescadores durante la captura, elogiaba su arte y conseguía entre pestañeos y morritos atraer la atención. Los hombres jóvenes en especial mendigaban sus favores y a veces se dejaban convencer para realizar peligrosas pruebas de valor. Daphne aplaudía, en apariencia encantada, cuando sus héroes se quitaban las camisas, zapatos y medias para dejar que el grupo de hombres vociferantes los descendieran hasta el agua. Ni Helen ni Gwyneira tenían la sensación de que Daphne realmente se preocupara por ninguno de los jóvenes.

—Espera a que les muerda un tiburón —observó Gwyneira cuando un joven e intrépido escocés se colgó boca abajo en el torrente de agua y luego dejó que el *Dublin* lo arrastrara como un cebo en un anzuelo—. Apuesto a que no tendría el menor escrúpulo en comerse luego al animal.

—Ya es hora de que el viaje llegue a su fin —suspiró Helen—. En caso contrario, de maestra me convertiré en celadora. Estas puestas de sol, por ejemplo..., son preciosas y románticas, pero, claro, del mismo modo las ven también los jóvenes y las muchachas. Elizabeth está entusiasmada con Jamie O'Hara, al que Daphne dejó hace tiempo, cuando se le acabaron todas las salchichas. Y cada día unos tres jóvenes acosan a Dorothy para que contemple con ellos el mar fosforescente durante la noche. Gwyneira rio y jugó con el sombrero que la protegía del sol.

—Daphne, por su parte, no busca al príncipe de sus sueños en la entrecubierta. Ayer me pidió si podía ver la puesta de sol desde la cubierta superior porque ahí la vista era mucho mejor. Así estuvo acechando al joven vizconde Barrington como un tiburón a un cebo.

Helen puso los ojos en blanco.

—¡Habría que casarla pronto! Oh, Gwyn, siento un miedo espantoso cada vez que pienso que dentro de sólo dos o tres semanas entregaré a las niñas a una gente extraña y tal vez nunca más volveré a verlas.

—¡Pues no querías librarte de ellas! —replicó riendo Gwyneira—. Y al menos saben leer y escribir. Os podéis enviar cartas. ¡Y nosotras también! Si al menos supiera cuál es la distancia entre Haldon y Kiward Station. Los dos están en las llanuras de Canterbury, pero ¿dónde está cada cosa? No quiero perderte, Helen. ¿A que sería bonito que pudiéramos visitarnos la una a la otra?

—Lo haremos seguro —contestó Helen confiada—. Howard debe de vivir cerca de Christchurch, si no no pertenecería a su comunidad. Y es probable que el señor Warden tenga muchas cosas que hacer en la ciudad. Nos veremos, Gwyn, ¡seguro!

7

En efecto, el viaje se acercaba ahora a su fin. El *Dublin* surcaba el mar de Tasmania entre Australia y Nueva Zelanda, los pasajeros de la entrecubierta se superaban unos a otros rumoreando acerca de a qué distancia se encontraban del nuevo país. Algunos ya acampaban en la cubierta antes de la salida del sol para ser los primeros en divisar su nuevo hogar.

Elizabeth se entusiasmó cuando Jamie O'Hara la despertó una vez con tal propuesta, pero Helen le ordenó con firmeza que se quedara en cama. Sabía por Gwyneira que todavía tardarían dos o tres días en divisar tierra y entonces el capitán les informaría en el momento oportuno.

Por fin ocurrió, incluso a la clara luz de la mañana. El capitán hizo aullar las sirenas del barco y en cuestión de segundos todos los pasajeros se reunieron en la cubierta principal. Gwyneira y Gerald estaban, cómo no, en primera fila, pero al principio no veían más que nubes. Una capa blanca de algodón extendida a lo largo ocultaba la vista de la tierra. Si los marineros no hubieran asegurado a los viajeros que la isla del Sur se ocultaba ahí detrás, el fenómeno de la nube no habría despertado especial atención.

Sólo cuando se acercaron a la costa, se fueron dibujando las montañas en la niebla, peñas de contorno escarpado, tras las cuales se amontonaban de nuevo las nubes. Era algo raro, como si la montaña estuviera suspendida en un blanco luminoso de algodón.

—¿Estará siempre tan nublado? —preguntó Gwyneira poco entusiasmada. Por bonita que fuera la vista, podía imaginarse muy bien lo húmedo y frío que sería el paseo a caballo por el desfiladero que separaba Christchurch de los embarcaderos de las naves de alta mar. Según le había explicado Gerald, el puerto se llamaba Lyttelton. El recinto todavía estaba en construcción y una fatigosa cuesta conducía a las primeras casitas. Para llegar al mismo Christchurch había que ir a pie o a caballo, pero el camino era a veces tan escarpado y difícil que unos expertos en el lugar debían tirar de los animales por la brida. De ahí que el camino recibiera el nombre de Bridle Path, Paso de la Brida.

Gerald sacudió la cabeza.

—No. Es más bien inusual que se ofrezca tal visión al viajero. Y seguro que trae suerte... —Sonrió contento a ojos vistas de volver a contemplar su hogar—. Al fin y al cabo se dice que el país se presentó precisamente así a los viajeros de la primera canoa, que transportaba a gente de Polinesia hacia Nueva Zelanda. De ahí procede el nombre maorí de Nueva Zelanda: *aotearoa*, la tierra de la gran nube blanca.

Helen y sus niñas miraban fascinadas el espectáculo de la naturaleza.

Daphne, sin embargo, parecía intranquila.

—No hay casas —observó pasmada—. ¿Dónde están los diques y las instalaciones portuarias? ¿Dónde están los campanarios? ¡Sólo veo nubes y montañas! No tiene nada en común con Londres.

Helen intentó sonreír animosa, pese a que compartía en el fondo la sorpresa de Daphne. También ella se había criado en la ciudad y tal desmesura de la naturaleza le resultaba ajena. No obstante, ella al menos había contemplado diversos paisajes ingleses, mientras que las niñas sólo conocían las calles de la gran urbe.

—Claro que no es Londres, Daphne —le explicó—. Aquí las ciudades son mucho más pequeñas. Pero también Christchurch tiene su campanario, que se convertirá en una catedral como la abadía de Westminster. Además no puedes ver casas simplemente porque no atracamos justo en la ciudad. Debemos..., hummm, debemos caminar un poco, hasta...

—¿Caminar un poco? —Gerald Warden había escuchado sus palabras y rio sonoramente—. Sólo puedo desearle, Miss Davenport, que su estupendo prometido le envíe un mulo. En caso contrario gastará hoy mismo la suelas de sus zapatitos de ciudad. Bridle Path es un angosto paso montañoso, resbaladizo y húmedo a causa de la niebla. Y cuando la bruma se levanta hace un calor de mil demonios. Pero mira, Gwyneira, ¡ahí está Lyttelton Harbour!

Las gentes del *Dublin* compartieron la excitación de Gerald cuando la niebla dejó a la vista una recogida bahía en forma de pera. Según Gerald esa dársena natural era de origen volcánico. La bahía estaba rodeada de montañas y ahora se distinguían también un par de casas y pasarelas de desembarco.

—No tema usted —dijo jovialmente el médico del barco a Helen—. Desde hace poco hay un servicio de lanzadera que va una vez al día desde Lyttelton hasta Christchurch. Allí podrá alquilar un mulo. No tendrá que escalar como los primeros colonos.

Helen titubeó. Tal vez ella pudiera alquilar un mulo, pero ¿qué iba a hacer con las niñas?

—¿A qué... a qué distancia está? —preguntó indecisa, mientras el *Dublin* se aproximaba ahora veloz a la costa—. ¿Y debemos llevar nosotras todo el equipaje?

—Como guste —respondió Gerald—. Puede enviarlo también por barco, río Avon arriba. Pero, por supuesto, eso cuesta dinero. La mayoría de los nuevos colonos arrastra sus cosas por el Bridle Path. Son casi veinte kilómetros.

Helen decidió de inmediato que transportaran sólo su querida mecedora. Ella misma llevaría el resto del equipaje como los demás inmigrantes. Podía recorrer veinte kilómetros, ¡seguro que podía hacerlo! Aunque, naturalmente, nunca lo había intentado antes...

Entretanto, la cubierta principal se había vaciado: los pasajeros se precipitaban a sus camarotes para empaquetar sus pertenencias. Ahora que por fin habían alcanzado su destino querían desembarcar lo antes posible. En la entrecubierta reinaba un alboroto similar al del día de la partida.

En primera clase se procedía de forma más sosegada. En general, el equipaje era entregado: los servicios de los transportistas se hacían cargo de los señores y conducían tierra adentro, con mulos, a personas y mercancías. La señora Brewster y Lady Barrington ya temblaban, empero, antes del viaje a caballo por el Paso. Ninguna estaba acostumbrada a montar en caballo o mulo, y, por añadidura, habían escuchado cuentos horripilantes sobre los peligros del camino. Gwyneira, por el contrario, estaba impaciente por subir a lomos de *Igraine*, razón ésta por la que no tardó en enzarzarse en una encarnizada discusión con Gerald.

—¿Quedarnos una noche más aquí? —preguntó perpleja cuando él le explicó que iban a alojarse en el modesto pero recientemente accesible hostal de Lyttelton—. ¿Y por qué?

—Porque será imposible descargar los animales antes de entrada ya la tarde —respondió Gerald—. Y porque debo pedir arrieros para llevar las ovejas por el Paso.

Gwyneira sacudió la cabeza sin comprender.

—¿Que necesita ayuda para eso? Yo sola puedo guiar las ovejas. Y también contamos con dos caballos. No tenemos que esperar a los mulos.

Gerald soltó una sonora carcajada y Lord Barrington intervino de inmediato.

—¿Quiere conducir las ovejas por el Paso, señorita? ¿A caballo como un cowboy americano? —Al *lord* le pareció, con mucho, el mejor chiste que había oído en mucho tiempo.

Gwyneira puso los ojos en blanco.

—Naturalmente, no soy yo misma quien guía a las ovejas —observó—. Eso lo hacen *Cleo* y los otros perros que el señor Warden ha comprado a mi padre. Es cierto que los animales todavía son jóvenes y no han sido suficientemente adiestrados. Pero son sólo treinta ovejas. Eso lo consigue *Cleo* sin la menor ayuda, si así debe ser.

La perrita había oído su nombre y abandonó su rincón para acercarse de inmediato. Moviendo la cola y con unos ojos radiantes de entusiasmo y devoción se detuvo ante su dueña. Gwyn la acarició y le informó de que por fin hoy concluiría el aburrimiento en el barco.

—Gwyneira —protestó Gerald irritado—, no he comprado esas ovejas y perros y los he transportado por medio mundo para que se caigan en el próximo precipicio que encuentren. —Odiaba que un miembro de su familia se pusiera en ridículo. Y aun más cuando cuestionaba sus indicaciones o simplemente las ignoraba—. No conoces Bridle Path. Es un camino traicionero y peligroso. Ningún perro puede guiar él solo las ovejas por allí ni tampoco puedes limitarte a recorrerlo a caballo. He pedido que esta noche preparasen unos corrales para las ovejas. Mañana haré que conduzcan a los caballos y tú irás en mulo.

Gwyneira echó imperiosa la cabeza hacia atrás. Odiaba que menospreciaran sus aptitudes y las de sus animales.

—*Igraine* va por cualquier camino y tiene el paso más seguro que cualquier mulo —aseguró con voz firme—. Y *Cleo* jamás ha perdido una oveja, tampoco le pasará hoy. Espere y verá cómo esta tarde estaremos en Christchurch.

Los hombres siguieron riéndose, pero Gwyneira estaba firmemente decidida. ¿Para qué tenía el mejor perro pastor de Powys, cuando no de todo Gales? ¿Y para qué se habían estado criando durante siglos caballos diestros y de paso seguro? Gwyneira ardía en deseos de demostrárselo a los hombres. ¡Éste era un mundo nuevo! Aquí no permitiría que le hicieran adoptar el papel de la mujercita modosa que seguía las órdenes de los hombres sin rechistar.

Helen se sentía totalmente mareada cuando al fin, hacia las tres de la tarde, puso pie en suelo neozelandés. La tambaleante pasarela de desembarco no le pareció mucho más segura que las planchas del *Dublin*, pero se balanceó intrépidamente sobre ella y por fin llegó a tierra firme. Se había sacado tal peso de encima que se habría hincado de rodillas y besado el suelo, como habían hecho sin complejos la señora O'Hara y otros cuantos colonos. Las niñas de Helen y los demás niños de la entrecubierta danzaban por ahí alegremente y sólo con esfuerzo se los pudo apaciguar para que pudieran, junto con los otros supervivientes del viaje, rezar una oración de gracias. Sin embargo, Daphne seguía decepcionada. Las pocas casas que bordeaban la bahía de Lyttelton no se correspondían con su idea de una ciudad.

Helen ya había encargado el transporte de la mecedora en el barco. En esos momentos ascendía despacio, con la bolsa de viaje en una mano y la sombrilla apoyada en el hombro, por una amplia vía de acceso hacia las primeras casitas. Las niñas la seguían dóciles con su hatillo. Encontró la subida hasta allí agotadora, pero no peligrosa o en absoluto intolerable. Si no empeoraba, superaría el camino hasta Christchurch. Pese a todo, por fin llegaron al centro de la colonia de Lyttelton. Había un pub, una tienda y un hotel que parecía digno de confianza. Pero, claro está, sólo los ricos se beneficiarían de él. Los pasajeros de la entrecubierta que no quisieran partir de inmediato hacia Christchurch, podían alojarse en las sencillas barracas y tiendas. Muchos nuevos colonos aprovecharon esa posibilidad. Otros emigrantes tenían parientes en Christchurch y habían acordado con ellos que les enviaran animales de carga tan pronto llegara el *Dublin*.

Helen albergaba leves esperanzas cuando vio que los mulos del transportista aguardaban delante del bar. Aunque Howard todavía no sabría nada de su llegada, habían comunicado al párroco de Christchurch, el reverendo Baldwin, que las seis huérfanas llegarían con el *Dublin*. Tal vez había tomado medidas para lo que quedaba de su viaje. Helen se informó con los muleros, pero ninguno de ellos había recibido indicaciones al respecto. Sabían que tenían que recibir unas mercancías para el reverendo Baldwin, y también les habían dado aviso de los Brewster, pero el párroco no había mencionado a las pequeñas.

—Ya veis, niñas, no nos queda otro remedio que ir caminando —dijo Helen, resignándose al final a su destino—. Y cuanto antes mejor, así lo habremos dejado a nuestras espaldas.

A Helen no le parecieron lugar seguro las tiendas y barracas que habrían podido constituir una alternativa a la excursión. Era evidente que hombres y mujeres dormían también ahí separados, pero no había puertas que pudieran cerrarse y seguro que en Lyttelton reinaba la misma escasez de mujeres que en Christchurch. ¿Quién sabía lo que se les ocurriría a los hombres si les servían una mujer y seis niñas en bandeja de plata?

Helen partió pues junto a otras familias de inmigrantes que también querían emprender de inmediato la marcha hacia Christchurch. Entre ellas estaban los O'Hara y Jamie se ofreció caballerosamente a cargar las pertenencias de Elizabeth junto con las suyas. Pero su madre se lo prohibió de forma categórica: los O'Hara transportaban todos sus enseres domésticos por las montañas y todos tenían más que suficiente que llevar. En un caso así, la resuelta mujer decidió que la cortesía era un lujo superfluo.

Pasados los primeros kilómetros bajo el sol, Jamie pensaría como ella. La niebla se había disipado, tal como Gerald había predicho, y Bridle Path estaba expuesto a un cálido sol primaveral. Para los inmigrantes, esto seguía siendo difícil de entender. En casa, en Inglaterra, ya se contaba en esos momentos con las primeras tormentas de otoño, pero ahí en Nueva Zelanda la hierba acababa de empezar a brotar y el sol a subir cada vez más. En efecto, la temperatura era muy agradable, pero subir por la larga pendiente con la ropa de abrigo del viaje resultaba abrumador, pues muchos de los viajeros se habían puesto varias prendas una encima de la otra para llevar un fardo más pequeño. Incluso los hombres pronto empezaron a jadear. Por otra parte, también los tres meses de inactividad en el mar habían menoscabado la condición física de los trabajadores más fuertes. Así que el camino no sólo se fue haciendo cada vez más empinado, sino también más peligroso. Las niñas lloraban de miedo cuando tenían que pasar por el borde de un cráter. Mary y Laurie se abrazaban con tal desesperación la una a la otra que casi corrían el peligro de caerse a causa de ello. Rosemary se colgaba de la falda de Helen y escondía la cabeza en los pliegues de su vestido cuando el precipicio se abría demasiado peligrosamente. La misma Helen ya hacía tiempo que había cerrado la sombrilla. La necesitaba de bastón de paseo y ya no tenía energía suficiente para apoyarla en el hombro con elegancia y feminidad. Ese día no le importaba su cutis.

Tras una hora de marcha, los caminantes estaban cansados y sedientos, pero ya habían recorrido más de tres kilómetros.

—En lo alto de la montaña venden refrescos —consoló Jamie a las niñas—. Al menos eso es lo que han dicho en Lyttelton. Y en el transcurso de la subida hay albergues donde tomarse un respiro. Sólo tenemos que llegar arriba, luego lo peor ya habrá pasado. —Y dicho esto emprendía con resolución el nuevo trecho y las niñas lo seguían por el suelo pedregoso.

Durante el ascenso, Helen no tuvo apenas tiempo de contemplar el paisaje, pero lo que vio era desalentador. Las montañas eran peladas, grises y ralas.

—Piedra volcánica —comentó el señor O'Hara, quien ya había trabajado en la minería. Pero Helen recordó la «montaña infierno» de una balada que su hermana a veces cantaba. Precisamente así, yermo, descolorido e interminable, había imaginado el telón de fondo de la condena eterna.

Gerald Warden había podido descargar sus animales una vez que todos los pasajeros hubieron desembarcado; pero también los hombres de la agencia de transportes acababan de preparar sus mulos para emprender la marcha.

—¡Lo lograremos antes de que oscurezca! —garantizaron a las temerosas *ladies* que acababan de subirse a lomos de los mulos—. Son unas cuatro horas. A eso de las ocho de la noche ya habremos llegado a Christchurch. Puntuales para la cena en el hotel.

—¡Lo ve! —dijo Gwyneira a Gerald—. Podemos ir con ellos. Aunque está claro que solos iríamos más deprisa. A *Igraine* no le gustará ir trotando detrás de los mulos.

Para disgusto de Gerald, Gwyneira ya había ensillado los caballos mientras él controlaba el desembarco de las ovejas. Gerald logró a duras penas contenerse para no largarle una reprimenda. De todos modos estaba de mal humor. No había nadie que supiera tratar a las ovejas, no había corrales preparados y el rebaño se desparramaba de forma pintoresca por la colina de Lyttelton. Los animales disfrutaban de la libertad tras el largo tiempo transcurrido en el vientre del barco y brincaban revoltosos como corderitos por la escasa hierba del poblado. Gerald riñó a dos marineros que lo habían ayudado a descargar los animales y les ordenó con energía que los reunieran y vigilaran mientras él organizaba la construcción de un corral provisorio. Los hombres, sin embargo, consideraron que su tarea ya estaba concluida. Con la insolente respuesta de que eran gente de mar y no pastores se dirigieron al bar que acababa de inaugurarse poco tiempo atrás. Tras el largo período de abstinencia a bordo, estaban sedientos de alcohol. Las ovejas de Gerald no eran asunto suyo.

En cambio sonó en ese momento un estridente silbido que no sólo dio un susto enorme a Lady Barrington y la señora Brewster, sino también a Gerald y los muleros. Además, el sonido no procedía de cualquier niño de la calle, sino de una joven dama de sangre azul que hasta ahora se había comportado de forma juvenil y bien educada. Otra Gwyneira se reveló en ese momento. La joven se había percatado del problema de Gerald con las ovejas y puso remedio sin dilación. Silbó a su perrita y *Cleo* obedeció entusiasmada. Como un pequeño relámpago negro corrió a toda velocidad colina arriba y abajo y rodeó a las ovejas, que pronto se agruparon. Como guiados por una mano invisible, los animales se dirigieron en formación hacia Gwyneira, que esperaba tranquila, al contrario de los jóvenes perros de Gerald, que en realidad iban a ser transportados en cajas por barco hasta Christchurch. Cuando sintieron el olor de las ovejas, los pequeños collies se comportaron de forma tan salvaje que rompieron sin esfuerzo las livianas cajas de planchas de madera. Los seis animales brincaron fuera y se abalanzaron de inmediato sobre el rebaño. Sin embargo, antes de provocar el pavor entre las ovejas, los perros se dejaron caer en el suelo como si cumplieran una orden. Jadeando excitados, con sus rostros inteligentes y expectantes de collie vueltos hacia el rebaño, permanecieron tendidos, listos para intervenir cuando una oveja se saliera de la fila.

—¿Lo ve? —dijo Gwyneira con calma—. Los cachorros dan estupendos resultados. Con ese gran macho fundaremos aquí una línea por la que a los ingleses se les caerá la baba. ¿Nos ponemos en marcha, señor Gerald?

Sin esperar su respuesta, se montó asimismo en la yegua. *Igraine* hacía escarceos excitada. También ella ansiaba ponerse por fin en acción. El marinero que había aguantado al joven semental, entregó aliviado el nervioso animal a Gerald.

Gerald oscilaba entre la cólera y la admiración. La actuación de Gwyneira había sido impresionante, pero eso no le daba derecho a desacatar sus órdenes. Y ahora no podía silbar de vuelta sin quedar mal ante los Brewster y los Barrington.

Tomó de mala gana las riendas del pequeño semental. Había cruzado más de una vez Bridle Path y conocía el peligro. Emprender el camino ya entrada la tarde siempre suponía un riesgo. Incluso cuando no se guiaba ningún rebaño de ovejas y sobre un dócil mulo en lugar de a lomos de un joven caballo macho apenas domado.

Por otra parte, no sabía dónde meter las ovejas en Lyttelton. Al final, su inepto hijo no había tomado medidas para alojarlas en el puerto. Y en el presente era seguro que no encontraría a nadie que construyera un corral antes de que oscureciera. Los dedos de Gerald se contrajeron de rabia alrededor de la brida. ¡Cuándo aprendería Lucas a pensar más allá de las paredes de su estudio!

Gerald apoyó iracundo un pie en el estribo. Naturalmente, a lo largo de su dinámica vida había aprendido a manejar un caballo de forma aceptable, pero no era su medio de locomoción favorito. Cruzar Bridle Path a lomos de un joven semental era para Gerald algo similar a una prueba de valor, y odiaba a Gwyneira precisamente porque lo forzaba a hacerlo. El espíritu rebelde de la joven, que a Gerald tanto le había gustado mientras iba dirigido contra su padre, resultaba ahora a ojos vistas escandaloso.

Gwyneira, que lo precedía relajada y alegre a la grupa de la yegua, nada sospechaba de los pensamientos de Gerald. Se alegraba más bien de que su futuro suegro no hubiera dicho nada sobre la silla para caballero que había colocado a *Igraine*. Su padre habría armado un alboroto de mil demonios si se hubiera aventurado a abrirse de piernas encima de un caballo en compañía. Sin embargo, Gerald no pareció advertir cuán indecoroso resultaba que así sentada la falda de su vestido de montar se deslizara hacia arriba y dejara al descubierto los tobillos. Gwyneira intentó tirar de la falda hacia abajo, pero luego se olvidó del asunto. Ya tenía trabajo suficiente con *Igraine*, que ansiaba ponerse delante de los mulos y recorrer el Paso a galope. Los perros, a su vez, no necesitaban ninguna vigilancia. *Cleo* ya sabía de qué se trataba y guiaba el rebaño de ovejas con destreza también en el sendero, cuando el camino se estrechaba. Los perros jóvenes la seguían por tamaño y provocaron que la señora Brewster incluso bromeara al respecto:

—Me recuerdan un poco a Miss Davenport y sus niñas huérfanas.

Helen se hallaba al límite de sus fuerzas, cuando, dos horas después de haberse puesto en marcha, oyó el sonido de unos cascos a sus espaldas. El camino seguía ascendiendo y continuaba sin haber nada más que un paisaje montañoso, yermo e inhóspito. Así y todo, uno de los emigrantes les dio ánimos. Pocos años atrás se había embarcado y en 1836 había llegado a esa región en una de las primeras expediciones, había escalado Port Hills y se había enamorado de tal modo de la vista de las llanuras de Canterbury que regresaba ahora con su mujer y los hijos para asentarse ahí. Anunciaba en ese momento a su agotada familia el final del ascenso. Sólo unos pocos recodos más en el camino y llegarían a la cima.

El camino, sin embargo, seguía siendo estrecho y escarpado,

y los muleros no podían adelantar a los caminantes. Tras éstos se sucedían las quejas. Helen se preguntó si Gwyneira estaría entre los jinetes. Se había percatado de la diferencia de opiniones entre ella y Gerald y tenía curiosidad por saber quién había ganado la pelea. Su fino olfato pronto le indicó que Gwyneira debía de haberse impuesto. No había duda de que olía a oveja y, puesto que se avanzaba con lentitud, también llegaban desde atrás balidos de protesta.

Y entonces, por fin llegaron al lugar más alto del Paso. En una especie de plataforma, los tenderos que habían montado los puestos de refrescos esperaban a los caminantes. Ahí era tradición descansar para disfrutar ya con calma de la primera vista del nuevo hogar. Sin embargo, Helen no mostró ningún interés al principio. Se limitó a arrastrarse a uno de los puestos y aceptó una gran jarra de cerveza de jengibre. Sólo una vez que hubo bebido se dirigió al punto desde el que se contemplaba el panorama y donde ya se habían detenido fascinadas muchas más personas.

—¡Qué bonito! —susurró Gwyneira arrebatada. Todavía iba a la grupa de su caballo y podía mirar por encima de los demás inmigrantes. Helen, por el contrario, sólo disfrutó de una visión limitada desde la tercera fila. No obstante, fue suficiente para dar un fuerte impulso a su entusiasmo. Lejos, a sus pies, el paisaje montañoso cedía lugar a una pradera de un verde delicado a través de la cual serpenteaba un riachuelo. En la orilla opuesta se hallaba la colonia de Christchurch; pero era totalmente diferente de la ciudad floreciente que Helen había esperado. Era cierto que se reconocía un pequeño campanario, pero ¿no habían hablado de una catedral? ¿No iba a convertirse ese lugar en sede episcopal? Helen había contado al menos con que estaría en obras, pero no había nada a la vista. Christchurch no era más que un conjunto de casitas de colores, la mayoría de madera y sólo unas pocas de la arenisca de que había hablado el señor Warden. Recordaba mucho a Lyttelton, la pequeña ciudad portuaria que acababan de dejar. Y era probable que no ofreciera mucho más en cuanto a comodidades y vida social.

Gwyneira, por el contrario, apenas si lanzó al lugar un segundo vistazo. Era diminuto, sí, pero ella ya estaba acostumbrada a los pueblos de Gales. Lo que le fascinaba era el interior del país. Una pradera casi infinita se extendía bajo el sol de la tarde ya avanzada y tras las llanuras se elevaban majestuosas las montañas cubiertas en parte de nieve. Estaban con toda seguridad a kilómetros y kilómetros de distancia, pero el aire era tan nítido que parecía como si estuvieran al alcance de la mano. Unos niños incluso extendieron los brazos hacia ellas.

La vista recordaba al paisaje de Gales o de algunas otras partes de Inglaterra en las que el prado delimitaba el paisaje de las colinas. Ésta era la causa por la que el entorno les parecía vagamente familiar tanto a Gwyneira como a muchos otros inmigrantes. Sin embargo, todo era más claro, más grande, más extenso. Ni corrales ni muros recortaban el paisaje y sólo de vez en cuando se distinguía alguna casa. Gwyneira experimentó un sentimiento de libertad. Aquí podría galopar sin límites y las ovejas podrían desperdigarse por un territorio enorme. Nunca más volvería a oír que la hierba no era suficiente o que debía reducirse el número de animales. ¡Había tierra en abundancia!

La ira de Gerald contra la joven se disipó al ver su rostro radiante. Reflejaba el mismo sentimiento de felicidad que también él sentía cada vez que miraba esa tierra. Aquí Gwyneira se sentiría como en casa. Tal vez no amara a Lucas, pero seguro que sí amaría esa tierra.

Helen llegó a la conclusión de que tenía que apañárselas. Eso no era lo que ella había imaginado, pero por otra parte todos le habían asegurado que Christchurch era una comunidad floreciente. La ciudad crecería. En algún momento habría escuelas y bibliotecas; tal vez incluso podría contribuir en su construcción. Howard parecía ser un hombre interesado en la cultura, sin duda la apoyaría. Y sobre todo: no tenía que amar ese país, sino a su esposo. Encajó resuelta su decepción y se dirigió a las niñas.

—En marcha, niñas. Ya habéis tomado vuestro refresco, ahora debemos continuar. Pero cuesta abajo es más fácil. Y al menos ahora tenemos nuestra meta a la vista. Venid, vamos a hacer una apuesta. Quien llegue antes a la próxima hostería, tendrá una limonada de más.

La siguiente hostería no se encontraba muy lejos. Ya en las estribaciones de la montaña se hallaban las primeras casas. El camino se ensanchaba y los jinetes pudieron adelantar a los caminantes. *Cleo* pasó junto a los colonos guiando el rebaño de ovejas y Gwyn fue tras ella montada sobre *Igraine*, que seguía con sus escarceos. Poco antes, en las sendas realmente peligrosas, los caballos se habían comportado al menos de forma modélicamente sosegada. Incluso el pequeño *Mardoc* se encaramaba con habilidad por los pedregosos caminos y Gerald no tardó en sentirse más seguro. Entretanto había decidido borrar de su memoria el desagradable episodio con Gwyneira. De acuerdo, la chica había impuesto su voluntad, pero eso no tenía por qué volver a suceder. Había que poner freno al carácter indómito de esa princesita galesa. A ese respecto, Gerald era, no obstante, optimista: Lucas exigiría a su esposa un comportamiento impecable y Gwyneira había sido educada para vivir junto a un *gentleman*. Tal vez prefiriese las cacerías y el adiestramiento de los perros, pero a la larga se rendiría a su destino.

Los viajeros llegaron al río Avon a la postrera luz del día y los jinetes pronto lo cruzaron. Todavía había tiempo suficiente para cargar las ovejas en el transbordador antes de que los caminantes llegaran, de modo que los acompañantes de Helen sólo maldijeron el hecho de que el transbordador se hubiera ensuciado con el sirle de las ovejas y no la demora.

Las muchachas londinenses contemplaron extasiadas el agua del río, clara como el cristal, pues hasta ese momento sólo habían visto las turbias y malolientes aguas del Támesis. Llegada a ese punto, a Helen le daba todo igual: sólo ansiaba una cama. Esperaba que el reverendo al menos fuera hospitalario con ella. Debía de haber preparado algo para las niñas, era imposible que ese mismo día las enviara a las casas de sus señores.

Agotada, Helen preguntó delante del hotel y del establo de

alquiler por dónde llegar a la casa parroquial. Vio entonces a Gwyneira y el señor Warden que acababan de salir de los establos. Habían provisto a los animales de un buen alojamiento y ahora les esperaba una cena de celebración. Helen sintió muchísima envidia de su amiga. ¡Cuánto le hubiera agradado refrescarse primero en la habitación limpia de un hotel y sentarse después a una mesa ya servida! Pero todavía tenía por delante la marcha a través de las calles de Christchurch y luego las negociaciones con el párroco. Las niñas murmuraban a sus espaldas y las pequeñas lloraban de agotamiento.

Por fortuna, el camino hasta la iglesia no era largo. Hasta entonces no había grandes distancias en Christchurch. Helen sólo tuvo que doblar tres esquinas con las niñas para llegar ante la puerta de la casa parroquial. Comparado con la casa del padre de Helen y la de los Thorne, el edificio de madera pintado de amarillo presentaba un aspecto mísero, pero la iglesia contigua no resultaba más representativa. Al menos, una bonita aldaba de latón, representando la cabeza de un león, decoraba la puerta de la casa. Daphne la golpeó con resolución.

Al principio no sucedió nada. Luego apareció en el umbral una muchacha de rostro ancho y expresión desabrida.

—¿Y vosotras qué queréis? —preguntó con grosería.

Todas las niñas, excepto Daphne, retrocedieron asustadas. Helen dio un paso hacia delante.

—Primero queremos desearle unas buenas noches, *¡¡miss!!* —contestó resoluta—. Y luego quisiera hablar con el reverendo Baldwin. Mi nombre es Helen Davenport. Lady Brennan debe de haberme mencionado en alguna de sus cartas. Y ellas son las niñas que el reverendo solicitó en Londres para darles aquí una colocación.

La joven asintió y se mostró algo más amable. No obstante, de su boca no salió ningún saludo y siguió lanzando miradas de desaprobación a las niñas huérfanas.

—Creo que mi madre la esperaba mañana. Voy a avisarle.

La joven se disponía a marcharse, pero Helen la retuvo.

—Miss Baldwin, las niñas y yo tenemos a nuestras espaldas

un viaje de dieciocho mil millas. ¿No cree que la cortesía exige que nos haga pasar y nos invite a tomar asiento? —La muchacha hizo una mueca.

—Puede usted entrar —contestó—. Pero las crías no. Váyase a saber qué bichos traerán después del viaje en la entrecubierta. ¡Estoy segura de que mi madre no querrá que entren en casa!

Helen estaba furiosa, pero se contuvo.

—Entonces también yo espero fuera. He compartido el camarote con las niñas. Si ellas tienen bichos, yo también los tengo.

—Como usted quiera —respondió indiferente la muchacha. Se internó en la casa arrastrando los pies y cerró la puerta tras de sí.

—¡Una auténtica *lady*! —dijo Daphne riendo con ironía—. Algo en sus clases debe de haber entendido mal, Miss Davenport.

En realidad, Helen debería haberla reprendido, pero le faltaba la energía. Y si el comportamiento cristiano de la madre semejaba al de la hija necesitaría un poco de fuerza para enfrentarse a ella.

Al menos la señora Baldwin apareció enseguida y se esforzó también por comportarse con gentileza. Era más baja y no tan regordeta como su hija. Sobre todo, no tenía esa cara redonda. En lugar de ello, sus rasgos eran más aquilinos, con ojos pequeños y juntos y una boca que debía forzar para sonreír.

—¡Qué sorpresa, Miss Davenport! Claro que la señora Brennan ha hablado de usted, y de forma muy positiva, si me permite la observación. Entre, por favor, Belinda ya está preparándole la habitación de invitados. Bueno, y a las niñas también tendremos que alojarlas una noche. Aunque... —Meditó unos minutos y pareció repasar mentalmente una lista—. Los Lavender y la señora Godewind viven cerca. Puedo enviar a alguien enseguida. Tal vez quieran recibir a sus niñas hoy mismo. El resto puede dormir en el establo. Pero, por favor, entre, Miss Davenport. Fuera hace frío.

Helen suspiró. Hubiera aceptado con agrado la invitación, pero era indudable que así no se hacían las cosas.

—Señora Baldwin, también las niñas tienen frío. Han recorrido una distancia de veinte kilómetros y necesitan una cama y comida caliente. Y hasta que no sean entregadas a sus señores, están bajo mi responsabilidad. Así se acordó con la dirección del orfanato y para eso me pagan. Enséñeme pues el alojamiento de las niñas primero y luego aceptaré de buen grado su hospitalidad.

La señora Baldwin hizo una mueca, pero no dijo nada más. En lugar de ello hurgó en los bolsillos de un amplio delantal que cubría un vestido informal pero caro, sacó una llave y condujo a las niñas y a Helen a una esquina de la casa. Había allí un establo para un caballo y una vaca. El henil contiguo desprendía un olor aromático y estaba acogedoramente equipado con un par de mantas. Helen se rindió a lo inevitable.

—Ya habéis oído, niñas. Hoy por la noche dormiréis aquí —les explicó a las pequeñas—. Extended bien vuestras sábanas para que después no llevéis los vestidos llenos de heno. Seguro que en la cocina tenéis agua para lavaros. Yo me encargaré de que esté a vuestra disposición. Y luego volveré para comprobar que os habéis preparado como unas buenas cristianas para la noche. Primero a lavarse, luego a rezar. —Helen quería dar una impresión de severidad, pero no lo consiguió del todo ese día. Tampoco ella habría tenido ningunas ganas de desvestirse a medias en ese establo y de lavarse con agua fría. En consecuencia, el control de esa noche no sería demasiado estricto. Las niñas tampoco parecieron tomarse las indicaciones excesivamente en serio. En lugar de responder a su profesora con un solícito «Sí, Miss Helen», la asaltaron con más preguntas.

—¿No nos van a dar nada de comer, Miss Helen?

—¡Yo no puedo dormir en la paja, Miss Helen, me da asco!

—¡Seguro que hay pulgas!

—¿No podemos ir con usted, Miss Helen? ¿Y qué pasará con esa gente que a lo mejor viene? ¿Vienen a recogernos, Miss Helen?

Helen suspiró. Durante todo el viaje había intentado preparar a las niñas para la inminente separación el día después de la llegada. Al mismo tiempo, tampoco quería poner a la señora Baldwin todavía más contra ella y las niñas. Así que respondió de forma evasiva.

—Instalaos primero y descansad. Todo lo demás llegará, no os preocupéis. —Acarició consoladora los cabellos rubios de Laurie y Mary. Era evidente que las niñas estaban al borde de sus fuerzas. Dorothy hizo incluso la cama de Rosemary, que se durmió enseguida. Helen le hizo un gesto de reconocimiento.

—Luego vendré a veros otra vez —anunció—. ¡Prometido!

8

—Las niñas daban la impresión de estar bastante mal criadas —observó la señora Baldwin con expresión amarga—. Espero que sean realmente útiles a sus futuros señores.

—¡Son niñas! —suspiró Helen. ¿Acaso no había mantenido ya esta conversación con la señora Greenwood, del orfanato de Londres?—. En el fondo sólo dos de ellas son lo suficientemente mayores para trabajar. Pero todas son aplicadas y diligentes. No creo que nadie se vaya a quejar.

La señora Baldwin pareció contentarse por lo pronto con estas palabras. Condujo a Helen a la habitación de invitados y por primera vez en ese día la joven recibió una sorpresa agradable. La habitación era luminosa y estaba limpia, decorada con tapetes de florecitas y cortinas al estilo de las casas de campo. Helen suspiró aliviada. Había encallado en un entorno rural, pero no lejos de la civilización. Además apareció entonces la chica regordeta con una gran jarra de agua caliente que vació en la palangana de loza de Helen.

—Refrésquese un poco primero, Miss Davenport —indicó la señora Baldwin—. La esperamos después para cenar. No tenemos nada especial, no estábamos preparados para recibir invitados. Pero si desea pollo y puré de patatas...

Helen sonrió.

—Tengo tanta hambre que me comería el pollo y las patatas crudas. Y las niñas...

La señora Baldwin estuvo a punto de perder la paciencia.

—¡Ya nos cuidaremos de las niñas! —respondió con frialdad—. La veré después, Miss Davenport.

Helen se tomó su tiempo para lavarse a fondo, soltarse el cabello y volver a recogérselo. Pensó en si valía la pena cambiarse de ropa. Helen sólo tenía unos pocos vestidos y, por añadidura, dos de ellos estaban sucios. En realidad había reservado sus mejores ropas para el encuentro con Howard. Por otra parte, tampoco podía presentarse a la cena con los Baldwin desaliñada y sudada como se sentía. Al final se decidió por el vestido de seda azul oscuro. Un vestido de fiesta sería sin duda el apropiado para la primera noche en su nuevo hogar.

Acababa de servirse la comida cuando Helen entró en el comedor de los Baldwin. También ahí superó el mobiliario sus expectativas. El aparador, la mesa y las sillas eran de teca maciza y artísticamente tallada. O bien los Baldwin habían traído los muebles de Inglaterra, o bien Christchurch disponía de excelentes ebanistas. El último pensamiento la consoló. En caso necesario podría acostumbrarse a vivir en una cabaña de madera si el interior resultaba acogedor.

El retraso le produjo cierto malestar, pero, exceptuando a la hija de los Baldwin, una maleducada se mirase por donde se mirase, todos se levantaron para darle la bienvenida. Además de la señora Baldwin y Belinda, estaban sentados a la mesa el reverendo y un joven vicario. El reverendo Baldwin era un hombre alto y enjuto, de aspecto sumamente severo. Iba vestido de manera formal (su terno de paño marrón oscuro resultaba casi demasiado solemne para una cena familiar) y no sonrió cuando Helen le tendió la mano. En lugar de eso pareció someterla a un examen con la mirada.

—¿Es usted hija de un colega? —preguntó con una voz sonora, susceptible sin duda de llenar el espacio de la iglesia.

Helen asintió y habló de Liverpool.

—Sé que las circunstancias de mi llegada a su casa son un tanto peculiares —reconoció ruborizándose—. Pero todos seguimos la senda del Señor y no siempre nos indica los caminos ya trillados.

El reverendo Baldwin asintió.

—Es absolutamente cierto, Miss Davenport —contestó con gravedad—. Quién lo sabrá mejor que nosotros. Tampoco yo había contado con que mi Iglesia me enviaría al fin del mundo. Pero éste es un lugar muy prometedor. Con la ayuda de Dios haremos de él una ciudad cristiana y vital. Probablemente ya sepa que Christchurch va a convertirse en sede episcopal...

Helen asintió solícita. Presentía por qué el reverendo Baldwin no había rechazado su puesto en Nueva Zelanda cuando se diría que no había abandonado de buen grado Inglaterra. Parecía ambicioso; aunque sin los contactos que sin duda se precisaban en Inglaterra para ocupar un obispado. Ahí, por el contrario..., Baldwin sin duda abrigaba esperanzas. ¿Sería tan buen pastor de almas como inteligente estratega en la política eclesiástica?

No obstante, el joven vicario que estaba al lado de Baldwin le resultó sin matices más simpático. Sonrió a Helen con franqueza cuando Baldwin le presentó como William Chester y le estrechó la mano con calidez y amabilidad. Chester era de complexión delicada, delgado y pálido, con un rostro común y huesudo, en el que destacaban una nariz demasiado larga y una boca demasiado ancha. Pero todo eso se compensaba con unos ojos castaños, vivaces e inteligentes.

—El señor O'Keefe ya se ha referido a usted de forma elogiosa —dijo solícito, después de que hubo tomado asiento al lado de Helen y servido generosamente puré de patatas y pollo—. Estaba tan contento de su carta..., apuesto a que en los próximos días, en cuanto se entere de la llegada del *Dublin*, se presentará aquí. Esperaba otra carta. ¡Qué sorpresa se llevará cuando sepa que ya ha llegado usted! —El vicario Chester parecía tan entusiasmado como si fuera él el responsable de la unión de la joven pareja.

—¿En los próximos días? —preguntó Helen decepcionada. Había pensado que conocería a Howard al día siguiente. Enviar un mensaje a su casa no debería de ser tan difícil.

—Bueno, las noticias no llegan tan deprisa a Haldon —contestó Chester—. Debe contar con una semana de espera. Pero puede que sea más rápido. ¿No ha llegado hoy Gerald Warden con el *Dublin*? Su hijo mencionó que estaba en camino. ¡No se preocupe!

—Y en lo que concierne a su prometido, es usted sinceramente bienvenida —aseguró la señora Baldwin, pese a que su rostro reflejaba cualquier cosa menos sinceridad.

Helen, no obstante, se sentía insegura. ¿Acaso Haldon no estaba en los alrededores de Christchurch? ¿Hasta adónde iba a prolongarse todavía su viaje?

Se disponía a preguntarlo, cuando la puerta se abrió de par en par. Sin disculparse ni saludar, Daphne y Rosemary entraron corriendo. Las dos se habían soltado el pelo para dormir y en los bucles castaños de Rosie había briznas de heno prendidas. Las mechas rojas y rebeldes de Daphne enmarcaban su rostro como envolviéndolo en llamas. Y también sus ojos despedían chispas cuando contempló la mesa del reverendo, abastecida en abundancia. A Helen de inmediato le remordió la conciencia. Por la expresión de Daphne, todavía no habían dado nada de comer a las niñas.

Sin embargo, era evidente que en ese momento tenían otras preocupaciones. Rosemary corrió hacia Helen y la agarró por la falda.

—¡Miss Helen, Miss Helen, se están llevando a Laurie! ¡Por favor, haga algo! Mary está gritando y llorando, y Laurie también.

—¡Y también quieren llevarse a Elizabeth! —se lamentó Daphne—. Por favor, Miss Helen, ¡haga algo!

Helen se puso en pie de un brinco. Si Daphne, por lo general tranquila, estaba tan alarmada, algo horrible debía de estar sucediendo.

Miró con recelo a los comensales.

—¿Qué está pasando? —preguntó.

La señora Baldwin puso los ojos en blanco.

—Nada, Miss Davenport. Ya le dije que hoy mismo podíamos contactar con dos de los futuros señores de las huérfanas. Han llegado para recoger a las niñas. —Sacó una hoja del bolsillo—. Lea: Laurie Alliston va con los Lavender y Elizabeth Beans con la señora Godewind. Todo como debe ser. No entiendo por qué se ha armado tanto alboroto. —Lanzó una mirada de censura a Daphne y Rosemary. La pequeña lloró. Daphne, por el contrario, devolvió la mirada con sus ojos centelleantes.

—Laurie y Mary son mellizas —explicó Helen. Estaba enfurecida, pero se obligó a conservar la serenidad—. Nunca las habían separado. No entiendo por qué las alojan en familias distintas. Debe de haber un error. Y Elizabeth no querrá irse sin haberse despedido. Por favor, acompáñeme, reverendo, y aclare este asunto. —Helen decidió no perder más tiempo con la insensible señora Baldwin. Las niñas formaban parte del ámbito de las competencias del reverendo, así que ya era hora de que se ocupase de una vez de ellas.

Por fin el párroco se puso en pie, si bien era visible que lo hacía de mala gana.

—Nadie nos ha informado de lo de las mellizas —explicó cuando entró circunspecto en el establo—. Claro que era obvio que se trataba de hermanas, pero es del todo imposible alojarlas en la misma casa. Aquí apenas se encuentra servicio inglés. Hay una lista de espera para estas niñas. No podemos conceder dos niñas a una sola familia.

—Pero una sola no será de utilidad, las niñas se pegan la una a la otra como lapas —razonó Helen.

—Tendrán que separarse —replicó con sequedad el reverendo.

Delante del establo esperaban dos vehículos, uno de ellos era una camioneta de reparto ante la cual esperaban aburridos dos pesados caballos bayos. El otro vehículo era un cabriolé negro y elegante tirado por un brioso palafrén que apenas podía quedarse quieto. Un hombre alto y chupado lo sostenía relajadamente por la brida y le iba dirigiendo susurros apaciguadores. Sacudiendo la cabeza miraba una y otra vez al establo, donde no cesaban los llantos y lamentos de las niñas. Helen creyó distinguir compasión en su mirada.

En los cojines del pequeño asiento se hallaba una delicada y anciana dama. Iba vestida de negro y sus cabellos, blancos como la nieve y recogidos con esmero bajo una toca, contrastaban de forma sugerente. También su tez era muy clara, como de porcelana, y unas arrugas minúsculas le cruzaban la cara dándole la textura de una seda antigua. Delante de ella se encontraba Elizabeth haciendo una educada reverencia. La anciana dama parecía conversar amistosa y benévolamente con la niña. Sólo de vez en cuando, ambas miraban inquietas y con pena hacia el establo.

—Jones —dijo finalmente la dama al conductor, cuando Helen y el reverendo se acercaban—. ¿Puede entrar y poner remedio a esas lamentaciones? Nos resulta muy incómodo. ¡Esas niñas lloran a lágrima viva! Averigüe de qué se trata y ponga solución al problema.

El conductor ató las riendas al pescante y se levantó. No parecía muy entusiasmado. Consolar el llanto infantil no debía de estar comprendido entre sus quehaceres habituales.

Entretanto, la anciana dama advirtió al reverendo Baldwin y lo saludó con afecto.

—Buenas noches, reverendo. Es un placer verlo. Pero no deseo entretenerle, es evidente que ahí dentro se reclama su presencia. —Señaló al establo, tras lo cual el conductor volvió a ocupar su sitio, suspirando aliviado. Si el mismo reverendo se ocupaba del asunto, él ya no era necesario.

Baldwin pareció reflexionar acerca de si debía proceder a la debida presentación de Helen y la dama antes de internarse en el establo. Luego desestimó la idea y se encaminó al centro del tumulto.

En medio del griterío, Mary y Laurie se mantenían abrazadas y sollozando mientras una mujer robusta intentaba separarlas. Un individuo de hombros anchos, pero de actitud pacífica estaba de pie al lado, impotente. También Dorothy parecía indecisa respecto a si debía actuar o limitarse a suplicar y rogar.

—¿Por qué no se lleva a las dos? —preguntaba desesperada—. Por favor, ya ve que así no conseguirá nada.

El hombre parecía ser de la misma opinión. Con un tono de urgencia, se dirigió a su esposa.

—Sí, Anna, al menos tendríamos que pedirle al reverendo

que nos dé a las dos niñas. La pequeña todavía es muy joven y tierna. No puede hacer sola el trabajo pesado. Pero si las dos se ayudan...

—Si se quedan juntas, se limitarán a cotillear y no harán nada —respondió la mujer sin compasión. Helen contempló unos ojos azules y fríos en un rostro despejado y autocomplaciente—. Sólo pedimos una, y sólo nos llevaremos una.

—Entonces lléveme a mí —se ofreció Dorothy—. Soy más alta y más fuerte.

Anna Lavender pareció satisfecha con esta solución. Observó con agrado la complexión, a primera vista más sólida, de Dorothy.

Pero Helen sacudió la cabeza.

—Obras como una auténtica cristiana, Dorothy —intervino, mirando de soslayo a los Lavender y al reverendo—. Pero esto no soluciona el problema, sino que lo aplaza tan sólo por un día. Mañana vendrán tus nuevos señores y Laurie tendrá que marcharse con ellos. No, reverendo, señor Lavender, tenemos que buscar una solución para que las mellizas permanezcan juntas. ¿No hay dos familias vecinas que hayan solicitado servicio? Así al menos las niñas podrían verse en su tiempo libre.

—¡Y pasar todo el día lloriqueando sin descanso por estar juntas! —espetó la señora Lavender—. ¡Ni hablar! Me llevo a esta niña o a otra. Pero sólo a una.

Helen pidió ayuda al reverendo con la mirada. Sin embargo, éste no mostró indicios de apoyarla.

—En el fondo, sólo puedo dar la razón a la señora Lavender —dijo por el contrario—. Cuanto antes separen a las niñas, mejor. Así que callad de una vez, Laurie y Mary. Dios os ha traído a las dos juntas a este país, una muestra de clemencia por su parte, también podría haber elegido a una y dejado a la otra en Inglaterra. Pero ahora os guía por senderos distintos. No es una separación para siempre, os reuniréis de nuevo en la misa del domingo o en las grandes festividades de la iglesia. Dios os tiene en Su pensamiento y sabe lo que se hace. Nosotros nos sentimos en la obligación de seguir su mandato.

»Serás para los Lavender una buena criada, Laurie. Y Mary se marcha mañana con los Willard. Las dos son familias buenas y cristianas. Os darán de comer, os vestirán de forma conveniente y llevaréis una vida decente. Laurie, no tienes nada que temer si ahora eres obediente y te vas con los Lavender. Pero si no hay otro remedio, el señor Lavender te dará unos buenos azotes.

El señor Lavender no daba en absoluto la impresión de ser un hombre que pegara a niñas pequeñas. Por el contrario, miraba con franca compasión a Mary y Laurie.

—Escucha, pequeña, vivimos en Christchurch —se dirigió apaciguador a la llorosa niña—. Y todas las familias de los alrededores vienen de vez en cuando aquí para comprar y para ir a misa. No conozco a los Willard, pero seguro que podemos ponernos en contacto con ellos. Cuando vengan, te daremos el día libre y podrás pasarlo todo entero con tu hermana. ¿Te sirve esto de consuelo?

Laurie asintió, pero Helen se preguntó si de verdad entendía de qué se trataba. A saber dónde vivían esos Willard: el que el señor Lavender ni siquiera los conociera no era buena señal. ¿Y serían ellos tan comprensivos con su pequeña sirvienta como él? ¿Se llevarían a Mary a la ciudad cuando sólo iban de vez en cuando a comprar?

En cualquier caso, Laurie parecía ahora vencida por el agotamiento y la pena. Se dejó separar de su hermana sin rechistar. Dorothy tendió al señor Lavender el hatillo de la niña. Helen le dio un beso de despedida en la frente.

—¡Todas te escribiremos! —le prometió.

A Helen se le partió el corazón cuando los Lavender se llevaron a la niña. Y para colmo oyó entonces que Daphne le murmuraba a Dorothy:

—Ya te había dicho que Miss Helen no podía hacer nada —susurró la niña—. Es buena, pero le pasa como a nosotras. Mañana vendrá un tipo y se la llevará, y tiene que ir a casa de ese señor Howard, como Laurie a la de los Lavender.

Helen bullía de indignación, pero ésta pronto se convirtió en un profundo sentimiento de inquietud. Daphne no se equivocaba. ¿Qué iba hacer si Howard no se casaba con ella? ¿Qué sucedería si él no le gustaba? No podía volver a Inglaterra. ¿Habría realmente allí puestos para institutrices o profesoras?

Helen apartó de sí ese pensamiento. Hubiera preferido acurrucarse en un rincón y llorar como solía hacer de pequeña. Pero eso concluyó cuando murió su madre. A partir de entonces tuvo que ser fuerte. Y eso significaba armarse de paciencia y dejar que le presentaran a la anciana dama que al parecer se encontraba allí a causa de Elizabeth.

El reverendo adoptó de nuevo una afectada gravedad. Al menos en este caso no había estallado ningún drama. Al contrario, Elizabeth se veía animada y contenta.

—Miss Helen, ésta es la señora Godewind. —La niña procedió a las presentaciones antes de que el reverendo pudiera expresar palabra—. ¡Viene de Suecia! Está muy al norte, todavía más lejos de aquí que Inglaterra. Todo el invierno está nevando, ¡todo el invierno! Su esposo era capitán de un gran barco y a veces se iba con él de viaje. ¡Ha estado en la India! ¡Y en América! ¡Y en Australia!

La señora Godewind se rio del entusiasmo de Elizabeth. Tenía un rostro enérgico que no respondía a su edad.

Helen le tendió la mano amistosamente.

—Hilda Godewind. Así que usted es la profesora de Elizabeth. La pone por las nubes, ¿lo sabía? Y a un tal Jamie O'Hara. —Guiñó un ojo.

Helen respondió también con una sonrisa y un gesto de complicidad y se presentó con su nombre completo.

—¿Debo entender que desea tomar a Elizabeth a su servicio? —se informó luego.

La señora Godewind asintió.

—Si Elizabeth así lo desea. No quiero arrancarla de aquí como acaba de hacer esa gente con la otra pequeña. ¡Es repugnante! De todos modos, había pensado que las niñas eran mayores...

Helen asintió. Habría abierto su corazón a esa simpática y pequeña dama. Estaba definitivamente al borde de las lágrimas. La señora Godewind la examinó con la mirada.

—Ya veo que todo esto no es de su agrado —observó—. Además está usted tan agotada como las niñas... ¿Han cruzado a pie Bridle Path? ¡Es inadmisible! ¡Deberían de haberles enviado mulos! Y yo también debería haber venido mañana. A las niñas seguro que les habría gustado pasar otra noche juntas. Pero cuando me dijeron que tenían que dormir en un establo...

—Yo iré encantada con usted, señora Godewind —intervino Elizabeth radiante—. Y mañana mismo empezaré a leerle *Oliver Twist*. Imagínese, Miss Helen, la señora Godewind no conoce *Oliver Twist*. Le he contado que lo habíamos leído durante el viaje.

La señora Godewind convino amablemente.

—Entonces recoge tus cosas, pequeña, y despídete de tus amigas. A usted también le gusta, Jones, ¿no es cierto? —Se dirigió a su conductor quien, claro está, asintió con diligencia.

Poco después, cuando Elizabeth ya se había acomodado con su hatillo junto a la señora Godewind y las dos proseguían su animada conversación, el conductor se dirigió a Helen en un aparte.

—Miss Helen, esta niña ofrece una buena impresión, pero ¿es realmente de confianza? Me rompería el corazón que la señora Godewind sufriera un desengaño. Ha puesto tantas ilusiones en la pequeña inglesa...

Helen le aseguró que no podía imaginarse a otra niña más lista y agradable.

—¿Necesita entonces la niña como compañía? Me refiero a que..., para eso suelen contratarse a jóvenes mayores y más cultivadas.

El sirviente le dio la razón.

—Sí, pero primero hay que encontrarlas. Y la señora Godewind tampoco puede permitirse grandes gastos, sólo cuenta con una pequeña pensión. Mi esposa y yo administramos la casa, pero mi mujer es maorí, sabe..., puede peinarla, cocinar y ocuparse de ella, pero leerle en voz alta y contarle historias no sabe. Por eso pensamos en una muchacha inglesa. Vivirá conmigo y mi esposa y ayudará un poco en el cuidado de la casa, pero sobre todo le hará compañía a la señora Godewind. Puede estar segura de que no le faltará nada.

Helen asintió confiada. Al menos Elizabeth estaría en buenas manos. Un diminuto rayo de luz al final de un día horrible.

—Venga pasado mañana a tomar el té con nosotros —la invitó la señora Godewind, antes de que el cabriolé se pusiera en marcha.

Elizabeth agitó la mano feliz.

A Helen, por el contrario, ya no le quedaban fuerzas para entrar en el establo y consolar a Mary ni tampoco para reanudar la conversación en torno a la mesa del reverendo Baldwin. Sin embargo, todavía tenía hambre, pero se consoló con la idea de que los restos se emplearían, con algo de suerte, en beneficio de las niñas. Se disculpó cortésmente y se fue a la cama. Mañana apenas si podría ser peor.

Al día siguiente el sol brillaba radiante sobre Christchurch y lo impregnaba todo de una luz cálida y amable. Desde la habitación de Helen se abría una fascinante vista panorámica de la cadena montañosa que limitaba las llanuras de Canterbury y las calles de la pequeña ciudad se veían a la luz del sol limpias y acogedoras. De la sala del desayuno de los Baldwin salía el aroma de pan recién horneado y té. A Helen se le hizo la boca agua. Esperó que ese buen comienzo fuera un buen presagio. No cabía duda de que el día anterior simplemente se había figurado que la señora Baldwin era desagradable e insensible, su hija huraña y mal educada y el reverendo Baldwin mojigato y totalmente indiferente al bienestar de las niñas de su parroquia. A la luz del nuevo día, juzgaría con mayor benevolencia a la familia del pastor, seguro. Pero primero tenía que ir a ver a las niñas.

En el establo se encontró con el vicario Chester, que consolaba en vano a la todavía llorosa Mary. La pequeña lloraba y preguntaba entre gemidos por su hermana. Ni siquiera tomó el pastelito que el joven sacerdote le tendió como si un poco de azúcar pudiera aliviar toda la pena del mundo. La niña parecía completamente extenuada, era evidente que no había conciliado el sueño. Helen no pensaba en entregar de inmediato a la niña a otra gente extraña.

—Si Laurie llora tanto y tampoco come nada, los Lavender seguro que la enviarán de vuelta —dijo esperanzada Dorothy.

Daphne alzó la mirada al cielo.

—No te lo crees ni tú. Esa vieja la reñirá o la encerrará en el armario de las escobas. Y si no come, se alegrará de ahorrarse una comida. Es más fría que el morro de un perro, esa pájara...

»Oh, buenos días, Miss Helen. Espero que al menos usted haya dormido bien. —Daphne miró con los ojos brillantes a su profesora sin mostrar el menor respeto y no hizo ningún gesto de disculpa por lo de "pájara".

—Tal como viste tú misma ayer —contestó Helen en un tono gélido—, no tuve la menor posibilidad de ayudar a Laurie. Pero voy a intentar hoy entrar en contacto con la familia. Exceptuando lo dicho, sí, he dormido muy bien, y seguro que tú también. A fin de cuentas, sería la primera vez que te hubieras dejado influir por los sentimientos de tus semejantes.

Daphne inclinó la cabeza.

—Lo siento, Miss Helen.

Helen se sorprendió. ¿Había alcanzado, por así decirlo, un logro educacional?

Ya entrada la mañana, aparecieron los futuros señores de la pequeña Rosemary. Helen ya estaba asustada antes de la entrega, pero esta vez experimentó una agradable sorpresa. Los McLaren, un hombre bajito y gordinflón con una cara amable y mofletuda, y su no menos bien alimentada esposa, que parecía una muñeca con sus mejillas rojas como manzanas y sus ojos redondos y azules, llegaron hacia las once a pie. Resultó que la panadería de Christchurch era de su propiedad: los panecillos frescos y los pastelillos de té, cuyo aroma había despertado a Helen por la mañana, eran de su producción. Puesto que el señor McLaren empezaba a trabajar antes del amanecer y se iba por consiguiente temprano a la cama, la señora Baldwin no había querido molestar a la familia el día anterior y esperó a informarla de la llegada de la niña a la mañana del día siguiente temprano. En ese momento habían cerrado la tienda para recoger a Rosemary.

—¡Dios mío, pero si todavía es una niña! —exclamó asombrada la señora McLaren cuando la amedrentada Rosemary hizo una reverencia ante ella—. Y antes tendremos que darte unas cuantas papillas, ¿verdad fideíto? ¿Cómo te llamas?

La señora McLaren se dirigió primero con cierto reproche a la señora Baldwin, quien recibió la objeción sin comentarios. Pero cuando habló con Rosemary, se acuclilló afable delante de la niña y le sonrió.

—Rosie... —susurró la pequeña.

La señora McLaren le acarició el pelo.

—Qué nombre tan bonito. Rosie, había pensado que quizá te gustaría vivir con nosotros y ayudarme un poco en el cuidado de la casa y en la cocina. Y es obvio que también en la pastelería. ¿Te gusta preparar pasteles, Rosemary?

Rosie reflexionó.

—Me gusta comer pasteles —respondió.

Los McLaren rieron, él como si cloqueara y ella como en un alegre falsete.

—Es la mejor condición previa —declaró con seriedad el señor McLaren—. Sólo a quien le gusta comer bien, sabe también cocinar bien. ¿Qué piensas, Rosie, te vienes con nosotros?

Helen suspiró aliviada cuando Rosemary asintió con determinación. Los McLaren tampoco parecían estar muy sorprendidos de que a su casa llegara más bien una niña acogida y no una criada.

—En Londres también adiestré a un joven del orfanato —resolvió el enigma el señor MacLaren poco después. Habló un poco más con Helen mientras su mujer ayudaba a Rosie a recoger sus cosas—. Mi patrón había pedido un niño de catorce años para que arrimara el hombro con nosotros. Y nos enviaron a un renacuajo que parecía tener diez años. Sin embargo, era un jovencito diestro. La patrona lo alimentó bien y con el tiempo se ha convertido en un oficial panadero reconocido. ¡Si nuestra Rosie también da tan buen resultado, no nos quejaremos de los gastos de crianza! —Sonrió a Helen y tendió una bolsa con pan a Dorothy que había traído para las niñas en especial—. ¡Pero reparte bien, chica —la exhortó—. Ya sabía que habría más niños aquí y la esposa del pastor no es conocida precisamente por su generosidad.

Daphne enseguida tendió la mano con avidez hacia los pasteles. Era probable que todavía no hubiese desayunado, al menos, no lo suficiente. Mary, por el contrario, seguía estando desconsolada y todavía lloró más cuando Rosemary también se fue.

Helen decidió distraer un poco a las niñas y les anunció que ese día darían clase como en el barco. Mientras no estuvieran con sus familias, era mejor que siguieran aprendiendo en vez de haraganear. En atención al hecho de que se encontraban en casa de un pastor, Helen escogió en esa ocasión la Biblia como lectura.

Daphne empezó a leer con desgana la historia de las bodas de Caná y cerró gustosa el libro cuando la señora Baldwin apareció poco después. La acompañaba un hombre alto y rechoncho.

—Miss Davenport, es muy loable que se entregue a la edificación de las niñas —declaró la esposa del párroco—. Pero entretanto debería haber hecho callar de una vez a esta niña.

Miró malhumorada a la llorosa Mary.

—Pero ahora da igual. Éste es el señor Willard y se llevará a Mary Alliston a su granja.

—¿Va a vivir sola con un granjero? —exclamó Helen.

La señora Baldwin alzó la mirada al cielo.

—¡No, por Dios! ¡Sería una indecencia! No, no, es indudable que el señor Willard tiene esposa y siete hijos.

El señor Willard asintió orgulloso. Parecía muy simpático. Su rostro, surcado de arrugas de expresión, mostraba también las huellas de un arduo trabajo al aire libre que debía cumplirse fuera cual fuese el tiempo que hacía. Sus manos eran como garras encallecidas y bajo la ropa se percibían los músculos.

—Los mayores ya trabajan duro en los campos conmigo

—explicó el granjero—. Pero mi mujer necesita que la ayuden con los pequeños. En el cuidado de la casa y del establo también, claro está. Y a ella no le gustan las mujeres maoríes. Sus hijos deben ser educados, según ella, por cristianos decentes. ¿Quién es nuestra sirvienta? Tendrá que ser fuerte, a ser posible, el trabajo es pesado.

El señor Willard pareció igual de horrorizado que Helen cuando la señora Baldwin le señaló a Mary.

—¿La pequeña? ¡Está usted de broma, señora Baldwin! ¡Sería como tener un octavo hijo en casa!

La señora Baldwin lo miró con severidad.

—Si no la pone entre algodones, será capaz de realizar un trabajo duro. En Londres nos han garantizado que todas las niñas han cumplido ya los trece años y que están disponibles sin restricciones. Así pues, ¿se la lleva o no?

El señor Willard pareció dudar.

—A mi esposa le urge que la ayuden —dijo mirando a Helen y casi disculpándose—. En Navidad dará a luz a nuestro próximo hijo, alguien tendrá que echarle una mano. Venga, ven pequeña, ya nos las apañaremos. Venga, vamos, ¿a qué esperas? ¿Y por qué lloras? ¡Dios mío, no tengo ningunas ganas de cargar con más problemas! —Sin volver la vista a Mary, el señor Willard salió del establo. La señora Baldwin le puso a la niña el hatillo en la mano.

—Ve con él. ¡Y sé una criada obediente! —dijo a Mary. Ésta no replicó. Únicamente lloraba. Lloraba y lloraba.

—Esperemos que al menos su esposa muestre un poco de compasión —suspiró el vicario Chester. Había presenciado la escena tan impotente como Helen.

Daphne resopló con rabia.

—¡Mostrar compasión cuando lleva ocho críos colgados de las faldas! —respondió al sacerdote—. Y ese hombre cada año le hace uno más. Pero dinero no tienen, y lo poco que hay se lo bebe él. Así se le atraganta a uno la compasión. Ni siquiera ellos mismos dan pena.

El vicario Chester la miró horrorizado. Era evidente que se estaba preguntando en ese mismo instante cómo esa niña se desenvolvería en las funciones de sumisa sirvienta en la casa de uno de los dignos notables de Christchurch. Helen, por el contrario, ya no se sorprendía ante los estallidos de Daphne y se percató de que cada vez los comprendía mejor.

—Pero Daphne, Daphne, el señor Willard no da la impresión de malgastar el dinero emborrachándose —llamó a la niña a la moderación. A partir de ahí, ya no podía censurar a Daphne, no cabía la menor duda de que tenía toda la razón. La señora Willard no cuidaría de Mary. Ya tenía bastantes hijos propios como para preocuparse por ella. La pequeña criada no sería más que mano de obra barata. También el vicario debía de ser de la misma opinión. En cualquier caso, no puso ninguna objeción a las insolentes palabras de Daphne, sino que hizo el breve ademán de bendecirla antes de abandonar el establo. Sin duda, ya había descuidado durante mucho tiempo sus tareas y el reverendo le amonestaría por ello.

Helen quería volver a abrir la Biblia, pero ni ella ni sus discípulas tenían en el fondo ningún interés por textos edificantes.

—Siento curiosidad por saber qué nos espera —dijo Daphne al final, poniendo palabras a los pensamientos de las niñas que quedaban—. La gente debe de vivir bastante lejos si todavía no se han presentado para recoger a sus esclavas. ¡Practica otra vez cómo se ordeñan las vacas, Dorothy! —Señaló la vaca del pastor, a la que con certeza había descargado de algunos litros de leche la noche anterior. La señora Baldwin no había permitido en absoluto que las niñas se beneficiaran de los restos de la cena, sino que les habían enviado una sopa clara y un poco de pan duro al establo. No cabía la menor duda de que las niñas no echarían de menos la acogedora casa del reverendo.

9

—¿Cuánto se tarda a caballo desde Kiward Station hasta Christchurch? —preguntó Gwyneira. Estaba con Gerald Warden y los Brewster sentada a una mesa provista de un abundante desayuno en el White Hart Hotel. Éste no era elegante, pero sí correcto, y tras el agotador día anterior había dormido profundamente en una cómoda cama.

—Bueno, depende del hombre y del caballo —respondió Gerald con jovialidad—. Debe de haber unos ochenta kilómetros, con las ovejas necesitaremos dos días. Pero un correo que tenga prisa y que cambie un par de veces de caballo durante el trayecto tardaría fácilmente pocas horas. El camino no está pavimentado, aunque sí es bastante plano. Un buen jinete irá al galope.

Gwyneira se preguntaba si Lucas Warden sería un buen jinete... ¡y por qué demonios no se había presentado a caballo ya el día anterior para conocer a su novia en Christchurch! Claro que tal vez todavía no supiera que el *Dublin* había llegado. Sin embargo, su padre le había comunicado la fecha de salida, y era por todos conocido que los barcos precisaban entre setenta y cinco y ciento veinte días para realizar la travesía. El *Dublin* había estado ciento cuatro días navegando. ¿Por qué Lucas no la estaba esperando ahí? ¿O no estaba en absoluto ansioso por conocer a su futura esposa? La misma Gwyneira habría preferido partir hoy mejor que mañana para llegar a su nuevo hogar y encontrarse por fin cara a cara con el hombre a quien se había prometido sin conocerlo. ¡A Lucas debería ocurrirle lo mismo!

Gerald rio cuando ella realizó la observación pertinente.

—Mi Lucas tiene paciencia —señaló—. Y sentido del estilo y las grandes entradas en escena. Es probable que ni en sus sueños más osados podría imaginarse el primer encuentro contigo en un sudado traje de montar. En eso es muy *gentleman*...

—¡Pero eso a mí no me importaría! —replicó Gwyneira—. Y podría haberse instalado en el hotel y cambiarse de ropa si cree que tanto me importan las formalidades.

—Creo que este hotel no tiene clase —gruñó Gerald—. No te impacientes, Gwyneira, Lucas te gustará.

Lady Barrington sonrió y dejó a un lado los cubiertos con afectación.

—En realidad es muy bonito que un joven se imponga cierta contención —observó—. A fin de cuentas no estamos entre salvajes. En Inglaterra tampoco habría conocido usted a su futuro esposo en un hotel, sino tomando el té en su casa o en la de él.

Gwyneira tuvo que darle la razón, pero no se animaba, simplemente, a renunciar a sus sueños de esposo pionero y emprendedor, de granjero y caballero apegado a la tierra y con afán de investigador. ¡Lucas tenía que ser distinto de los lánguidos vizcondes y baronets de su tierra!

No obstante, volvió a alimentar esperanzas. Tal vez esa timidez no tenía nada que ver con el mismo Lucas, sino que se remontaba a una educación en exceso distinguida. Sin duda consideraba a Gwyneira tan estirada y complicada como habían sido sus institutrices y profesoras particulares. Tanto más cuanto ella era, además, noble. Seguro que Lucas temía dar algún paso en falso en su presencia. Puede que hasta tuviera algo de miedo de ella.

Gwyn intentó consolarse con estos pensamientos, aunque no lo consiguió del todo. En su caso, la curiosidad habría vencido con rapidez el miedo. Pero tal vez Lucas era de verdad tímido y necesitaba cierto tiempo para prepararse. Gwyneira pensó en su experiencia con los perros y los caballos: los animales más tímidos y reservados solían ser los mejores cuando se conseguía acceder a ellos. ¿Por qué iba a ser distinto con los seres humanos? Cuando conociera a Lucas, él se explayaría.

No obstante, la paciencia de Gwyneira iba a seguir poniéndose a prueba. No había posibilidad de que Gerald Warden partiera ese mismo día a Kiward Station, como ella deseaba en silencio. En lugar de eso, debía resolver algunos asuntos todavía en Christchurch y organizar el transporte de los muebles y otros objetos domésticos que había adquirido en Europa. Todo ello, según informó a la decepcionada joven, le llevaría uno o dos días con toda certeza. Mientras tanto, debía tranquilizarse, seguro que el largo viaje la había agotado.

A Gwyneira, la travesía más bien la había aburrido. Lo que menos deseaba era permanecer más tiempo inactiva. Así que decidió dar un paseo a caballo por la mañana, lo que provocó una nueva pelea con Gerald. Empezó bien: cuando ella le informó de que iba a ensillar a *Igraine*, al principio Gerald no dijo nada. Sólo cuando la señora Brewster observó horrorizada que no podía permitirse que una dama montara sin compañía, el barón de la lana se echó atrás. En ningún caso autorizaría a su futura nuera hacer algo que en los círculos distinguidos se considerase indecoroso. Por desgracia no había allí ningún mozo de cuadras y, claro está, ninguna doncella propiamente dicha que pudiera acompañar a la joven a dar un paseo a caballo. Tal pretensión ya le pareció extraña al propietario del hotel: en Christchurch, así lo dejó bastante claro la señora Brewster, no se montaba a caballo por placer, sino para llegar a algún sitio. El hombre podía comprender el razonamiento de Gwyneira de querer mover al caballo tras tanto tiempo de inactividad en el barco, pero en ningún caso estaba preparado ni era capaz de facilitarle compañía para ello. Al final, Lady Barrington sugirió que su hijo Charles fuera con ella, y éste enseguida estuvo dispuesto a salir de paseo con *Madoc*. Aun así, el vizconde de catorce años no era la carabina ideal, pero Gerald ni pensó en ello y la señora Brewster guardó silencio para no enojar a Lady Barrington. Durante toda la travesía, Gwyneira había considerado al joven Charles bastante aburrido, pero por suerte éste reveló ser un buen jinete y suficientemente discreto. No confesó pues a su escandalizada madre que la silla de amazona de Gwyneira ya había llegado hacía tiempo, sino que corroboró lo que la joven decía respecto a que, lamentablemente, sólo se disponía de sillas de caballero. Y luego se comportó como si no pudiera manejar a *Madoc*: dejó que el semental se precipitara fuera del patio del hotel y así dio a Gwyn la oportunidad de seguirlo sin mayores discusiones sobre el decoro. Los dos rieron cuando dejaron Christchurch a sus espaldas a trote ligero.

—¡A ver quién llega antes a esa casa! —gritó Charles, poniendo a *Madoc* a galope. No lanzó ni una mirada a las faldas recogidas de Gwyn. Una carrera a caballo por un prado sin fin parecía seducirlo decisivamente más que las formas de una mujer.

Hacia mediodía estaban los dos de vuelta y se habían divertido mucho. Los caballos bufaban satisfechos, *Cleo* parecía mostrar de nuevo una sonrisa de oreja a oreja y Gwyn encontró incluso el momento para arreglarse la falda antes de cruzar la ciudad.

—Con el tiempo se me ocurrirá algo —murmuró, cubriéndose castamente el tobillo derecho con la falda. Por supuesto, al hacerlo la parte izquierda del vestido subió más—. Tal vez baste con hacer un corte por detrás.

—Funcionará siempre que no sople el viento —sonrió con ironía su joven acompañante—. Y mientras no galope. En ese caso se le subirá la falda y se le verá..., hummm..., bueno..., lo que sea que lleve debajo. Es probable que mi madre se desmaye.

Gwyneira soltó una risita.

—Es cierto. Ah, me encantaría ponerme unos pantalones y ya está. ¡Los hombres no os dais cuenta de la suerte que tenéis!

Por la tarde, exactamente a la hora del té, salió en busca de Helen. Como era obvio, corría el riesgo de tropezar en el camino con Howard O'Keefe, lo que con toda certeza Gerald desaprobaría. Pero, en primer lugar, se moría de curiosidad y, en segundo lugar, Gerald no podía en modo alguno oponerse a que presentara sus respetos al párroco. A fin de cuentas, ese hombre iba a casarla, así que la visita de presentación era un deber de cortesía.

Gwyn enseguida encontró la casa parroquial y, como era de esperar, le dispensaron una acogida muy calurosa. En efecto, la señora Baldwin se desvivía haciendo cumplidos a su visitante como si ésta perteneciera al menos a la casa real. Helen, sin embargo, no pensaba que esto se debiera a sus orígenes nobles. Los Baldwin no rendían pleitesía a la familia Silkham, para ellos la eminencia era Gerald Warden. Por otra parte, parecían asimismo conocer bien a Lucas. Y mientras que hasta el momento se habían mantenido reservados en sus observaciones sobre Howard O'Keefe, sus alabanzas respecto al futuro esposo de Gwyneira no podían ser mayores.

—¡Un joven extremadamente cultivado! —elogió la señora Baldwin.

—¡Sumamente educado y muy instruido! ¡Un hombre muy maduro y serio! —añadió el reverendo.

—¡Profundamente interesado en el arte! —intervino el vicario Chester con los ojos centelleantes—. ¡Leído, inteligente! La última vez que estuvo aquí mantuvimos por la noche una conversación tan animada que casi me olvidé de la misa de la mañana.

Tales descripciones desanimaban a Gwyn cada vez más. ¿Dónde estaba su granjero, su cowboy, su héroe de folletín? Por otra parte, no había allí ninguna mujer a la que liberar de las garras de los pieles rojas. Pero en tal caso, ¿habría pasado las noches charlando con el párroco su osado pistolero en lugar de salvarla?

Helen también guardaba silencio. Se preguntaba por qué Chester no dedicaba ninguna alabanza similar a Howard. Además, los llantos de Laurie y Mary no se le iban de la cabeza. Se preocupaba por las niñas que quedaban y que todavía esperaban a sus señores en el establo. De nada servía que ya hubiera vuelto a ver a Rosemary. Por la tarde, la pequeña se había presentado en la casa del párroco haciendo una reverencia y sintiéndose muy importante con un cesto lleno de pastelillos para el té. Hacer los recados era la primera tarea que le había encomendado la señora McLaren y estaba sumamente orgullosa de poder satisfacer a todas las partes.

—Rosie da la impresión de estar contenta —se alegró también Gwyneira, que había presenciado la llegada de la pequeña. —Ojalá a las otras les fuera tan bien...

Con la excusa de salir a tomar algo de aire fresco, Helen acompañó al exterior a su amiga y en tales circunstancias ambas jóvenes pudieron por fin pasear por las relativamente anchas calles de la ciudad y conversar con franqueza. Helen casi perdió el control. Con ojos llorosos habló a Gwyneira de Mary y Laurie.

—Y no tengo la sensación de que lleguen a superarlo —concluyó—. El tiempo cura las heridas, pero en este caso... Creo que esto las matará, Gwyn. Todavía son demasiado pequeñas. ¡Y no soporto a esos santurrones de los Baldwin! El reverendo podría haber hecho algo por las niñas. Tiene una lista de espera de las familias que buscan sirvienta. Seguro que habrían encontrado dos casas vecinas. En lugar de eso, envían a Mary con esos Willard. Se exige demasiado de la pequeña. ¡Siete hijos, Gwyneira! Y un octavo que está en camino. Mary debe ocuparse de la asistencia en el parto.

Gwyneira suspiró.

—¡Si yo hubiera estado allí! Tal vez el señor Gerald podría hacer algo. Seguro que Kiward Station precisa de personal. Y yo necesito una doncella. Mira qué pelo, se suelta cuando me lo recojo yo sola.

El aspecto de Gwyneira era en efecto un poco desarreglado.

Helen sonrió entre lágrimas y se encaminó de nuevo hacia la casa de los Baldwin.

—Ven —la invitó a entrar—. Daphne puede arreglarte el peinado. Y si hoy no viene nadie a buscarla a ella y a Dorothy, tal vez deberías hablar en serio con el señor Warden. Te apuesto que los Baldwin le obedecen si pide a Daphne o a Dorothy.

Gwyneira asintió.

—¡Y tú podrías llevarte a la otra! —sugirió—. El cuidado a fondo de una casa precisa de una sirvienta, así debería entenderlo Howard. Debemos ponernos de acuerdo, quién se lleva a Dorothy y quién se enfrenta con la afilada lengua de Daphne...

Antes de que una partida de blackjack diera respuesta a tal pregunta, las dos llegaron a la casa parroquial, ante la cual aguardaba un carruaje. Helen tomó conciencia de que su hermoso plan no iba a ejecutarse. En el patio, la señora Baldwin ya estaba conversando con una pareja de edad avanzada, mientras Daphne esperaba diligente al lado. La niña parecía un dechado de virtudes. Su vestido estaba inmaculado y el cabello tan bien recogido y tan bien peinado como Helen raras veces lo había visto. Daphne debía de haberse arreglado especialmente para ese encuentro con sus señores; al parecer, antes se había informado sobre la pareja. Su imagen pareció impresionar sobre todo a la mujer, quien, a su vez, iba vestida de forma pulcra y modesta. Bajo el sombrerito decentemente adornado con un diminuto velo, asomaba un rostro despejado y unos ojos castaños y sosegados. Su sonrisa era franca y amistosa, y era evidente que no cabía en sí de alegría por la suerte que el destino le había deparado con su nueva sirvienta.

—Salimos justo anteayer de Haldon, y ayer ya deseábamos ponernos en camino. Pero entonces mi modista quiso hacer un par de retoques en mi pedido y le dije a Richard: quedémonos un poco más y disfrutemos de una cena en el hotel. Richard estaba entusiasmado cuando esa gente tan interesante habló de que el *Dublin* acababa de llegar, así que pasamos una velada muy animada. Y qué bien que a Richard se le ocurriera preguntar aquí de inmediato por nuestra chica. —Mientras hablaba, la dama mostraba una expresión vivaz y se servía de las manos para dar más realce a sus palabras.

Helen la encontró simpatiquísima. Richard, su esposo, parecía más serio, pero también amistoso y bonachón.

—Miss Davenport, Miss Silkham, señor y señora Candler —les presentó a la señora Baldwin, interrumpiendo así el torrente de palabras de la señora Candler que, a ojos vistas, le resultaba cansino—. Miss Davenport ha acompañado a las niñas durante la travesía. Ella puede contarles más acerca de Daphne que yo. Así pues, me limito a dejarles en sus manos y me voy a buscar los documentos que necesitan. Después podrán llevarse a la niña.

La señora Candler se dirigió de inmediato con la misma actitud comunicativa que había adoptado antes con la esposa del pastor. Helen no se tomó la molestia de sonsacar al matrimonio información alguna sobre el futuro puesto de trabajo de Daphne. De hecho, los dos le ofrecieron un esbozo de su actual vida en Nueva Zelanda. El señor Candler contó con amenidad sus primeros años en Lyttelton, que antes todavía se conocía con el nombre de Port Cooper. Gwyneira, Helen y las niñas escucharon fascinadas sus historias sobre la pesca de la ballena y la caza de focas. El mismo señor Candler no se había arriesgado, sin embargo, a hacerse a la mar.

—No, no, eso era para locos que no tenían nada que perder. Pero yo ya tenía por ese entonces a mi Olivia y los chicos: no iba a pelearme con peces gigantes cuyo único deseo era saltarme al cuello. Además, según cómo, me daban pena esos bichos. Sobre todo las focas, con esa mirada tan mansa...

En lugar de ello, el señor Candler había gestionado una pequeña tienda que había dado tal rendimiento que más tarde, siendo los primeros colonos que se establecieron en las llanuras de Canterbury, se permitieron la compra de una bonita parcela de tierra para construir una granja.

—Pero enseguida me di cuenta de que las ovejas no eran lo mío —reconoció con franqueza—. La cría de animales no tiene para mí mucho interés y para mi Olivia tampoco. —Lanzó una cariñosa mirada a su esposa—. Así que volvimos a venderlo todo y pusimos una tienda en Haldon. Eso es lo que nos gusta, ahí hay vida y se gana dinero, y el lugar crece. Allí se encuentran las mejores perspectivas para nuestros chicos.

Los «chicos», los tres hijos de los Candler, tenían ahora entre dieciséis y veintiún años. Helen percibió un brillo en los ojos de Daphne cuando el señor Candler los mencionó. Si la niña se comportaba con inteligencia y sacaba provecho de sus atractivos, uno de ellos cedería con certeza a sus encantos. Y si bien Helen nunca había podido imaginarse a su peculiar discípula como sirvienta, sin lugar a dudas ocuparía el lugar adecuado como esposa de un comerciante, considerada y respetada por los clientes varones.

Helen ya iba a alegrarse de corazón por Daphne, cuando la señora Baldwin reapareció en el patio, delante de los establos, acompañada en esta ocasión por un hombre alto y de espaldas anchas, rostro de rasgos angulosos y unos inquisitivos ojos azul claro. Comprendieron con la velocidad de un rayo la escena que se desarrollaba en el patio, pasearon brevemente la mirada por los Candler, con lo cual los ojos del hombre se detuvieron de forma evidente más tiempo en la señora Candler que en su esposo; luego vagaron hacia Gwyneira, Helen y las niñas. Era evidente que Helen no atrajo su atención. Parecía encontrar mucho más interesantes a Gwyn, Daphne y Dorothy. Sin embargo, bastó con su mirada huidiza para desasosegar a Helen de forma especialmente dolorosa. Tal vez se debía a que no la miró a la cara como un caballero, sino que pareció someter a examen su silueta. Pero eso tal vez podía ser una equivocación o fruto de su imaginación..., Helen examinó al hombre con desconfianza, aunque no había nada que reprocharle. Incluso tenía una sonrisa atractiva, si bien algo falsa.

En cualquier caso, Helen no fue la única que reaccionó con inquietud. Con el rabillo del ojo, vio que Gwyn retrocedía ante el hombre de forma instintiva y la vivaz señora Candler llevaba su rechazo escrito con nitidez en el rostro. Su marido la rodeó suavemente con el brazo como si quisiera dejar claro su derecho de propiedad. El hombre hizo una expresiva mueca, como si se hubiera percatado del gesto.

Cuando Helen miró a las niñas, vio que Daphne parecía alarmada. Dorothy miraba con temor. Sólo la señora Baldwin parecía no percatarse de la extraña sensación que irradiaba el recién llegado.

—Y bien, aquí tenemos también al señor Morrison —lo presentó impasible—. El futuro señor de Dorothy Carter. Saluda, Dorothy, el señor Morrison quiere llevarte de inmediato.

Dorothy ni se movió. Parecía helada de miedo. Su rostro empalideció y las pupilas se le dilataron.

—Yo... —La niña empezó a hablar sofocada, pero el señor Morrison la interrumpió con una sonora risa.

—No tan deprisa, señora Baldwin, primero quiero echar un vistazo a la gatita. A fin de cuentas no puedo llevar a mi mujer la primera criada que encuentre. Entonces tú eres Dorothy...

El hombre se aproximó a la niña, que seguía sin moverse, tampoco cuando le apartó un mechón del cabello del rostro y, como sin querer, le acarició la tierna piel del cuello.

—Bonita. Mi esposa estará encantada. ¿También eres diestra con las manos, pequeña Dorothy? —La pregunta pareció inofensiva, pero hasta a Helen, inexperta por entero en cuestiones de sexo, le resultó evidente que ahí yacía algo más que interés por los conocimientos de Dorothy en trabajos manuales. Gwyneira, quien al menos había leído una vez la palabra «lascivia», se percató de la expresión casi voraz de los ojos de Morrison.

—Enséñame las manos, Dorothy...

El hombre desenlazó los dedos que Dorothy había unido al cruzar temerosa las manos y avanzó cauteloso por la mano derecha. El gesto se acercaba más a una caricia que a un examen de las durezas de la piel. Sujetó la mano demasiado tiempo, pero sin sobrepasar los límites de la decencia. En algún momento, la misma Dorothy salió de su inmovilismo. Retiró la mano con rudeza y dio un paso atrás.

—¡No! —exclamó—. No, yo..., yo no voy con usted..., no me gusta. —Asustada de su propio valor, bajó la mirada.

—¡Pero Dorothy, Dorothy! ¡Si no me conoces! —El señor Morrison se acercó a la niña, que bajo su mirada inquisitiva se encogió, sobre todo cuando siguió la reprimenda de la señora Baldwin.

—¡Qué comportamiento es éste, Dorothy! Pide perdón ahora mismo.

Dorothy sacudió la cabeza con vehemencia. Prefería morir antes que ir con ese hombre. No podía describir con palabras las imágenes que pasaban por su cabeza al ver esos ojos ávidos. Las imágenes del hospicio con su madre en brazos de un hombre al que ella debía llamar «tío». Recordó difusamente sus manos duras y nervudas que un día la tocaron, se introdujeron bajo su vestido... Dorothy había llorado por eso y había querido resistirse. Pero el hombre había seguido, le había acariciado zonas de su cuerpo que no podían mencionarse y que ni siquiera descubría en su totalidad cuando se lavaba. Dorothy pensó que iba a morirse de vergüenza; pero entonces llegó su madre, poco antes de que el dolor y el miedo le resultaran insoportables. Había apartado al hombre y protegido a su hija. Más tarde abrazó a Dorothy, la meció, la consoló y le advirtió de los peligros.

—¡Nunca debes permitirlo, Dottie! ¡No dejes que nunca te toquen, da igual lo que te prometan a cambio de ello! No permitas que te traten así. Esto ha sido por mi culpa. Tendría que haberme dado cuenta de cómo te miraba. ¡Nunca te quedes sola con los hombres aquí! ¡Nunca! ¿Me lo prometes?

Dorothy lo había prometido y había cumplido su palabra hasta que poco después la madre murió. Luego la habían llevado al orfanato, donde se encontraba a salvo. Pero este hombre la miraba ahora con más lascivia todavía que el tío. Y ella no podía negarse. No debía, le pertenecía, el mismo reverendo la castigaría si se negaba a ello. Debería partir de inmediato con ese Morrison. En su coche, a su casa...

Dorothy sollozó.

—¡No! No, no voy. ¡Miss Helen, ayúdeme! No me envíe con él. Señora Baldwin, por favor... ¡por favor!

La niña se inclinó hacia Helen buscando protección y huyó hacia la señora Baldwin cuando Morrison se le acercó sonriente.

—¿Pero, qué le pasa? —preguntó con aparente asombro, cuando la esposa del pastor se desprendió con brusquedad de Dorothy—. ¿Está enferma? La llevaremos de inmediato a la cama...

Dorothy arrojó una mirada casi enloquecida alrededor.

—¡Es el demonio! ¿Es que nadie lo ve? Miss Gwyn, por favor, Miss Gwyn! ¡Lléveme con usted! Necesita una doncella. Por favor, ¡haré todo lo demás! No quiero dinero, no...

Desesperada, la niña se hincó de rodillas delante de Gwyneira.

—Dorothy, cálmate —dijo Gwyn vacilante—. Con placer se lo consultaré el señor Warden.

Morrison pareció enfadarse.

—¿Podríamos abreviar ahora? —preguntó con rudeza, ignorando a Helen y Gwyneira y dirigiéndose sólo a la señora Baldwin—. ¡Esta niña está fuera de sí! Pero mi mujer necesita ayuda, así que me la llevo de todos modos. ¡Ahora no me dé a ninguna otra! He venido a caballo ex profeso desde las llanuras...

—¿Ha venido a caballo? —preguntó Helen—. ¿Cómo quiere llevarse a la niña?

—En el caballo, detrás de mí, está claro. Se lo pasará bien. Sólo tienes que agarrarte fuerte, pequeña...

—Yo... ¡no lo haré! —balbuceó Dorothy—. Por favor, por favor, no me exija que lo haga. —Estaba ahora de rodillas delante de la señora Baldwin, mientras Helen y Gwyn contemplaban horrorizadas y el señor y la señora Candler se mantenían a distancia.

—¡Esto es horrible! —dijo la señora Candler al final—. ¡Pero diga algo, señora Baldwin! Si la niña no quiere de ninguna de las maneras, debe buscarle otra colocación. Estaremos encantados de llevárnosla. Seguro que en Haldon dos o tres familias más precisan de su ayuda.

Su esposa asintió vehemente.

El señor Morrison tomó una bocanada de aire.

—¿No irá a ceder a los caprichos de esta pequeña? —preguntó a la señora Baldwin con expresión incrédula.

Dorothy sollozaba.

Daphne había seguido la escena con expresión impasible hasta entonces. Sabía con exactitud lo que le esperaba a Dorothy, pues había vivido tiempo suficiente en la calle (y sobrevivido), para saber con más precisión que Helen y Gwyn lo que la mirada de Morrison revelaba. Hombres como ése no podían permitirse ninguna sirvienta en Londres. Pero para eso encontraban a niños suficientes en las orillas del Támesis que por un mendrugo de pan lo hacían todo. Como Daphne. Sabía perfectamente cómo evadirse del miedo, el dolor y la vergüenza, cómo separar la mente del cuerpo cuando un hombre repugnante como ése quería «jugar» un rato. Era fuerte. Pero Dorothy se desmoronaría.

Daphne miró a Miss Helen, quien justo aprendía (demasiado tarde, para Daphne) que nada podía cambiar el curso del mundo, ni siquiera comportarse como una dama. Luego miró a Miss Gwyn, quien todavía tenía que aprenderlo. Pero ésta sí era fuerte. En otras circunstancias, tal vez como mujer de un poderoso barón de la lana, podría hacer algo. Pero todavía no había llegado tan lejos.

Y luego los Candler. Gente encantadora y amable que por una vez en la vida podían dar a la pequeña Daphne, salida del arroyo, una oportunidad. Sólo con que jugara sus cartas con un poco de destreza, se casaría con uno de sus herederos y llevaría una vida respetable, tendría hijos y se convertiría en una de las «notables» del lugar. Daphne casi se habría echado a reír. Lady Daphne Candler, sonaba a uno de esos cuentos de Elizabeth. Demasiado bonito para ser verdad.

Daphne se desprendió bruscamente de su ensoñación y se dirigió a su amiga.

—Levántate, Dorothy. ¡Deja de llorar! —la riñó—. Es insoportable que te comportes así. Por mí, podemos cambiar. Vete tú con los Candler. Yo iré con él... —Daphne señaló el señor Morrison.

Helen y Gwyn contuvieron la respiración, mientras el señor Candler cogía aire. Dorothy alzó la cabeza con lentitud y mostró su cara llorosa, roja e hinchada. El señor Morrison arrugó el ceño.

—¿Es un juego? ¿Las cuatro esquinas? ¿Quién ha dicho que yo vaya cambiando de chica? —preguntó iracundo—. ¡A mí me han prometido ésta! —Agarró a Dorothy, que gritó despavorida.

Daphne se lo quedó mirando, mientras que la sombra de una sonrisa se dibujaba en su hermoso rostro. Como por descuido pasó la mano por su sobrio peinado y desprendió un mechón de su radiante cabello rojo.

—No será en perjuicio suyo —susurró al tiempo que el bucle le caía sobre el hombro.

Dorothy corrió a abrazarse a Helen.

Morrison soltó una risa irónica, y esta vez sin falsedades.

—Bueno, si es así... —Y fingió como si quisiera ayudar a Daphne a recoger de nuevo su cabello—. Una gatita roja. Mi esposa estará encantada. Y seguro que serás una buena criada para ella. —Su voz era suave como la seda, pero Helen tuvo la sensación de que sólo con ese sonido se ensuciaba. A las otras mujeres pareció producirles el mismo efecto. Sólo la señora Baldwin permanecía insensible a los sentimientos, de cualquier tipo que fueran. Frunció el ceño con desaprobación y pareció reflexionar seriamente acerca de si podía permitir el intercambio de las niñas. A continuación, sin embargo, tendió a los Candler el documento que tenía preparado de Dorothy.

Daphne sólo arrojó una breve mirada antes de seguir al hombre.

—Y bien, Miss Helen —preguntó la niña—. ¿Me he comportado... como una dama?

Helen la abrazó sin decir palabra.

—¡Te quiero y rezaré por ti! —susurró cuando la dejó partir.

Daphne rio.

—Le agradezco el cariño. Puede prescindir de la oración —dijo con amargura—. Esperemos primero a ver qué carta se saca su Dios de la manga para usted.

Una vez que se hubo librado de la cena con los Baldwin mediante manidas excusas, Helen lloró toda la noche hasta caer rendida. Hubiera abandonado la casa parroquial de inmediato y se habría cubierto en el establo con la manta que Daphne había olvidado a causa del nerviosismo. Sólo con ver a la señora Baldwin, se habría echado a gritar, y las oraciones del reverendo le resultaban como un insulto al Dios a quien su padre había servido. ¡Tenía que salir de ahí! ¡Si al menos pudiera pagarse una habitación en el hotel! Y aunque no fuera del todo decente, si pudiera salir al encuentro de su futuro esposo sin intermediarios ni carabinas... Pero no podía tardar mucho. Dorothy y los Candler ya iban camino de Haldon. Al día siguiente Howard sería informado de su llegada.

ALGO ASÍ COMO EL AMOR...

Llanuras de Canterbury

1852-1854

1

Gerald Warden y su convoy avanzaron lentamente, aunque *Cleo* y los jóvenes perros pastores guiaban las ovejas con paso ligero. Gerald, sin embargo, había tenido que alquilar tres carros para transportar a Kiward Station todas sus adquisiciones en muebles y otros enseres domésticos, entre los que se contaba el inmenso ajuar de Gwyneira compuesto de muebles accesorios, plata y delicadas mantelerías y ropa de cama. En lo que a ese tema respecta, Lady Silkham no había sido avara e incluso se había servido de parte de las existencias de su propia dote. Gwyneira ya se había dado cuenta al desembarcar de cuántos objetos de valor, en el fondo inútiles, había empaquetado su madre en arcones y cestas: objetos que ni en Silkham Manor se habían utilizado en treinta años. Gwyn no se explicaba qué debía hacer con ellos ahí, en el fin del mundo, pero Gerald parecía venerar tales cachivaches y pretendía, a toda costa, llevárselo todo a Kiward Station. Así que en esos momentos tres parejas de caballos y mulos de tiro se arrastraban por el camino embarrado tras la lluvia que conducía a las llanuras de Canterbury, lo que retrasaba notablemente el viaje. Eso no les gustaba en absoluto a los briosos caballos de carreras e *Igraine* avanzaba contenida toda la mañana. Pero para su sorpresa, Gwyneira no se aburría en absoluto: estaba fascinada ante la infinita extensión de tierra por la que cabalgaba, la sedosa alfombra de hierba en la que las ovejas se habrían detenido con agrado y la visión de las majestuosas montañas al fondo.

Después de que hubiera vuelto a llover en los últimos días, el cielo era tan claro ese día como tras su llegada y las montañas parecían estar de nuevo tan cerca que uno sentía la tentación de tocarlas. La tierra era allí, cerca de Christchurch, bastante plana, pero se volvía a ojos vistas más accidentada. La pradera, sobre todo, se extendía hasta donde alcanzaba la vista, interrumpida sólo por alguna hilera de arbustos o algunos peñascos que surgían del verdor de forma tan inesperada como si un niño gigante hubiera salpicado el paisaje con ellos. De vez en cuando tenían que atravesar arroyos y ríos, que de todos modos no solían ser tan impetuosos, por lo que podían vadearse sin correr peligro. A veces debían rodear pequeñas colinas, pero eran recompensados por la visión repentina de un lago pequeño y de aguas cristalinas, donde se reflejaban el cielo o las formaciones rocosas. La mayoría de esos lagos, dijo Warden, eran de origen volcánico, pero en esos días no quedaba ningún volcán activo en las inmediaciones.

Cerca de los lagos y los ríos aparecían de modo ocasional modestas granjas en cuyos prados pastaban ovejas. Cuando los colonos descubrían a los jinetes, acostumbraban a salir de las casas y los establos con la esperanza de charlar un poco. No obstante, Gerald se detenía poco con ellos y no aceptaba ninguna de sus invitaciones para tomarse un descanso y refrescarse.

—Si empezamos así, todavía no habremos llegado a Kiward Station ni pasado mañana —dijo cuando Gwyneira le recriminó su aspereza. A ella misma le hubiera gustado echar un vistazo en una de esas bonitas casas de madera, pues suponía que su futuro hogar se asemejaría a ellas. Sin embargo, Gerald se detenía siempre y por un breve espacio de tiempo a las orillas de un río o junto a unos arbustos, de lo contrario, apremiaba para seguir avanzando. Sólo la tarde del primer día de viaje pidió alojamiento en una granja que era manifiestamente más grande y estaba mejor cuidada que las casas de los colonos que se hallaban al borde del camino.

—Los Beasley son gente acomodada. Lucas y su hijo mayor compartieron profesor particular durante un tiempo, los invitamos con frecuencia —le explicó Gerald a Gwyneira—. Beasley se embarcó largo tiempo como primer oficial. Es un navegante fabuloso. Pero no tiene mano con la cría de ovejas, en caso contrario habrían llegado más lejos. Su esposa, sin embargo, quería una granja a toda costa. Procede de la Inglaterra rural. Y Beasley se abre ahora camino con la agricultura. Un *gentlemanfarmer*... —Sonó en la boca de Gerald un poco despectivo. Pero luego sonrió—. Con acento en *gentleman*. Pero pueden permitírselo, así que ¿qué más da? Y se preocupan por hacer un poco de vida cultural y social. El año pasado incluso organizaron una cacería del zorro.

Gwyneira frunció el entrecejo.

—¿No dijo que no había zorros?

Gerald sonrió con ironía.

—Por ello se resintió el conjunto. Pero sus hijos son unos buenos corredores. Ellos pusieron la cola.

Gwyneira se echó a reír. Ese señor Beasley parecía ser original, al menos tenía vista para los caballos. No cabía duda de que los purasangre que pastaban en el *paddock* frente a la casa habían sido importados de Inglaterra y también la concepción del jardín del acceso recordaba a la de los antiguos ingleses. En efecto, Beasley resultó ser un caballero rubicundo y hospitalario que a Gwyneira le evocó vagamente a su padre. También él residía en sus tierras en vez de ocuparse de destripar terrones con sus propias manos, para lo que carecía de la destreza que se adquiere a través de generaciones, así como para dirigir con eficacia desde el salón el funcionamiento de la granja. Puede que el acceso fuera elegante, pero las vallas de los recintos de los caballos habrían necesitado una mano de pintura. Gwyneira también se percató de que ya se había consumido la hierba y de que las cubas de agua estaban sucias.

Beasley pareció alegrarse sinceramente de la visita de Gerald. Descorchó de inmediato su mejor botella de whisky y se deshizo en cumplidos, alternando los dirigidos a la belleza de Gwyneira, con los dedicados a la habilidad de los perros pastores y a la lana de las ovejas Welsh Mountain. También su esposa, una elegante dama de mediana edad, dio una cariñosa bienvenida a la muchacha.

—¡Tiene que ponerme al día de la moda en Inglaterra! Pero primero le enseñaré mi jardín. Tengo el honor de cultivar las rosas más bonitas de las llanuras. Pero no me ofenderé si usted me aventaja, *milady*. Seguro que se ha traído los esquejes más hermosos del jardín de su madre y los ha estado cuidando durante todo el viaje.

Gwyneira tragó saliva. A Lady Silkham ni se le había ocurrido darle a su hija esquejes de los rosales. No obstante, la joven admiraba en esos momentos, como es debido, las flores que se parecían a las de su madre y hermana como dos gotas de agua. La señora Beasley casi se desvaneció cuando Gwyn mencionó esta apreciación de paso y dejó caer el nombre de «Diana Riddleworth». Al parecer, que la comparasen con la famosa flor era para la señora Beasley la coronación de su carrera como cultivadora de rosas. La joven no quiso enturbiar su alegría. Era seguro que, por su parte, no alimentaba la ambición de aventajar a la señora Beasley en el cuidado de esas flores. De todos modos, mucho más que las rosas le interesaban las plantas autóctonas que crecían alrededor del cuidado jardín.

—Ah, ésos son los *cabbage-trees* —le explicó la señora Beasley bastante indiferente, cuando Gwyneira señaló una planta parecida a una palmera—. Semejan a las palmeras, pero pertenecen a las liliáceas. Crecen como la mala hierba. Cuídese de tener muchas en el jardín, hijita. Aquellas de allí también...

Señaló un arbusto florido que en realidad a Gwyneira le gustaba más que las rosas de la señora Beasley. Las flores brillantes y rojas como el fuego ofrecían un atractivo contraste con las hojas de un verde intenso y se desplegaban con magnificencia tras la lluvia.

—Un rata —dijo la señora Beasley—. Crecen silvestres por toda la isla. No hay manera de acabar con ellos. Ponga atención en que no crezcan entre las rosas. Y mi jardinero no es de gran ayuda. No entiende por qué algunas plantas se cuidan y otras se arrancan.

Resultó que todo el personal doméstico de los Beasley estaba compuesto por maoríes. Sólo habían contratado a un par de aventureros blancos, que aseguraban tener experiencia, para las ovejas. Ahí vio la muchacha, por vez primera, a un nativo de pura cepa y al principio se asustó un poco. El jardinero de la señora Beasley era bajo y macizo. Tenía el cabello oscuro y rizado y la tez de un moreno claro, aunque estropeada en el rostro por los tatuajes, o eso pensó al menos Gwyneira. Al hombre, en sí, debían de gustarle los zarcillos y púas que había permitido que le grabaran, dolorosamente, en la piel. Cuando la joven se acostumbró a su aspecto, encontró simpática su expresión. Dominaba totalmente los modales corteses, la saludó con una profunda inclinación y sostuvo el portalón del jardín al paso de las señoras. Su ropa no se diferenciaba en nada de la de los empleados blancos, pero Gwyneira supuso que así lo ordenaban los Beasley. Antes de que los blancos aparecieran, los maoríes se habrían vestido con toda certeza de otra manera.

—¡Gracias, George! —le dijo la señora Beasley llena de benevolencia cuando él cerró el portalón tras las mujeres.

Gwyneira se asombró.

—¿Se llama George? —preguntó desconcertada—. Había pensado que..., pero tal vez sus empleados estén bautizados y tengan nombres ingleses, ¿no es así?

La señora Beasley se encogió de hombros.

—Francamente, lo ignoro —confesó—. No vamos a misa de forma regular. Significaría un día de viaje a Christchurch. Por eso los domingos hacemos sólo una pequeña oración nosotros y el personal de la casa. Pero no tengo la menor idea de si asisten porque son cristianos o porque yo se lo exijo...

—Pero si se llama George... —insistió Gwyn.

—Ay, hijita, soy yo quien le ha puesto ese nombre. Nunca aprenderé la lengua de esta gente. Sólo sus nombres ya resultan impronunciables. Y a él no le importa, ¿verdad, George?

El hombre asintió y sonrió.

—Nombre auténtico Tonganui —dijo él, señalándose a sí mismo ya que Gwyneira seguía estando perpleja—. Significa «hijo del dios del mar».

No sonaba muy cristiano, pero a Gwyneira tampoco le pareció un nombre impronunciable. Decidió que en ningún caso cambiaría los nombres del personal a su servicio.

—¿Dónde han aprendido los maoríes inglés, en realidad? —le preguntó Gwyneira a Gerald cuando prosiguieron su viaje al día siguiente. Los Beasley los despidieron con pesar, pero comprendieron que Gerald quisiera ver cómo andaban las cosas en Kiward Station tras el largo viaje. De Lucas no habían podido contar gran cosa, excepto las acostumbradas alabanzas. Durante la ausencia de Gerald no parecía que hubiera desatendido la granja. Al menos no había honrado a los Beasley con su visita.

Esa mañana, Gerald estaba de mal humor. Los dos hombres habían bebido whisky en abundancia, mientras que Gwyneira, consciente del largo viaje que les quedaba y que tenían a sus espaldas, se fue a dormir pronto. El monólogo de la señora Beasley sobre las rosas la había aburrido y ya había tomado nota en Christchurch de que Lucas era un hombre cultivado y un compositor dotado, y que, a mayor abundamiento, prestaba sin pausa atención a las últimas obras de Edward Bulwer-Lytton y similares genios de la literatura.

—Ah, los maoríes... —contestó Gerald de mala gana a su pregunta—. Nunca se sabe lo que entienden y lo que no entienden. Siempre pescan algo de sus señores y las mujeres se lo enseñan a sus hijos. Quieren ser como nosotros. Es muy útil.

—¿No van a la escuela? —preguntó Gwyneira.

Gerald rio.

—¿Y quién iba a dar clases a los maoríes? La mayoría de las mujeres de los colonos se alegran cuando consiguen inculcar un poco de civilización a sus propios hijos. De todos modos hay un par de misiones y la Biblia también está traducida al maorí. Si te urge enseñar a un par de diablillos negros el inglés de Oxford, no seré yo quien te ponga trabas.

En verdad, eso no le urgía a Gwyneira, pero tal vez se abriera ahí para Helen un nuevo campo laboral. Sonrió al pensar en su amiga, que todavía estaba instalada en la casa de los Baldwin en Christchurch. Howard O'Keefe aún no se había movido; pero el vicario Chester le aseguraba cada día que no había motivo de preocupación. No era nada seguro que le hubiera llegado ya la noticia de la llegada de Helen, y luego también tenía que estar disponible.

—¿Qué significa «disponible»? —había preguntado Helen—. ¿No tiene ningún personal de servicio en la granja?

El vicario no había contado nada al respecto. Gwyn deseaba que a su amiga no la esperase ninguna sorpresa desagradable.

Gwyneira, por su parte, estuvo al principio muy contenta con su nuevo hogar. Ahora, como las montañas estaban más cerca, el paisaje se hacía más escarpado y variado, si bien seguía siendo un lugar ideal y agradable para las ovejas. Hacia mediodía, Gerald le comunicó, radiante de alegría, que acababan de cruzar la frontera de Kiward Station y que a partir de ese momento se desplazaban por un terreno de su propiedad. Para Gwyneira ese lugar era el jardín del Edén: hierba en abundancia, agua potable, buena y limpia para los animales, un par de árboles de vez en cuando e incluso un bosquecillo que daba sombra.

—Lo dicho, todavía no está todo desmontado —explicó Gerald, mientras paseaba la mirada por el paisaje—. Pero podemos dejar una porción del bosque. Es de madera noble en parte, sería una pena quemarlo. Incluso puede que llegue a tener valor. Es posible que el río permita el transporte en balsa. Pero primero dejemos los árboles. Mira, ¡ahí tenemos las primeras ovejas! Me pregunto, de todos modos, qué estará haciendo aquí el ganado. Ya hace tiempo que tendrían que haberlo llevado a la montaña...

Gerald frunció el entrecejo. Con el tiempo Gwyneira había llegado a conocerlo lo suficiente para saber que estaba tramando un terrible castigo para el culpable. En general no tenía complejos a la hora de comunicar tales reflexiones entre sus oyentes, pero ese día se contuvo. ¿Se debía a que Lucas era el responsable? ¿Evitaba hablar mal de su hijo delante de su prometida, justo antes de su primer encuentro?

Gwyneira apenas si podía controlar su impaciencia. Quería ver la casa y, sobre todo, a su futuro esposo. En los últimos kilómetros se imaginó cómo salía sonriente a su encuentro desde el edificio principal de una vistosa granja como la de los Beasley. Entretanto pasaron junto a los edificios anejos de Kiward Station. Gerald había mandado construir refugios para las ovejas y cobertizos por todo su territorio. Gwyneira lo encontraba muy prudente y ya se maravillaba por la dimensión de las instalaciones. En Gales el número de ovejas de que era propietario su padre, unas cuatrocientas, se consideraba importante. ¡Pero ahí los animales se contaban por miles!

—Y bien, Gwyneira, estoy impaciente por saber qué opinas.

Era entrada la tarde y Gerald mostraba un rostro resplandeciente cuando acercó su caballo a *Igraine*. La yegua acababa de sacar los cascos de los habituales caminos enlodados y los había colocado en un acceso pavimentado que partía de un pequeño lago y rodeaba una colina. Dos pasos más y se reveló la visión del edificio principal de la granja.

—¡Ya hemos llegado, Lady Gwyneira! —dijo Gerald con orgullo—. ¡Bienvenida a Kiward Station!

Si bien ya debería de haber estado preparada, Gwyneira casi se cayó del caballo. Ante ella, a la luz del sol, en medio de una pradera infinita y con esos Alpes como telón de fondo, divisó una casa señorial inglesa. No era tan grande como Silkham Manor y tenía menos torrecillas y edificios anexos, pero era comparable a ella desde cualquier punto de vista. Kiward Station era en el fondo incluso más bonita porque había sido planificada a la perfección por un arquitecto, en vez de sufrir las modificaciones y ampliaciones habituales en la mayoría de las residencias inglesas. Como Gerald había dicho, la casa estaba construida con arenisca gris. Disponía de miradores y grandes ventanales, algunos dotados de pequeños balcones, delante se desplegaba un extenso camino de acceso con parterres que, sin embargo, todavía carecían de flores. Gwyneira decidió plantar arbustos de rata. Amenizarían la fachada y además no precisaban de grandes cuidados.

Pero por lo demás, todo se le antojaba como un sueño. Seguro que iba a despertarse y confirmar que ese inaudito blackjack nunca se había jugado. En lugar de eso su padre la habría casado con uno de esos nobles galeses gracias a la dote obtenida con la venta de ovejas y ahora tomaría posesión de una casa señorial en Cardiff.

Sólo el personal, que ahora se alineaba como en Inglaterra para dar la bienvenida a su señor ante la puerta de entrada, desentonaba en el cuadro. Si bien los sirvientes llevaban librea y las sirvientas delantales y cofia, el color de su piel era oscuro y muchos rostros estaban tatuados.

—Bienvenido, señor Gerald —saludó a su señor un hombrecillo achaparrado mientras exhibía una gran sonrisa en su rostro amplio que constituía el «lienzo» ideal para los tatuajes típicos. Abarcó con grandes ademanes el cielo todavía azul y la tierra bañada por el sol—. ¡Y bienvenida, *miss*! ¡Ya ve: *rangi*, el cielo, brilla de alegría por su llegada y regala a la tierra, *papa*, una sonrisa porque camina sobre ella!

Gwyneira se sintió conmovida por ese sincero saludo. Tendió al hombrecillo la mano de forma espontánea.

—Éste es Witi, nuestro criado —le presentó Gerald—. Y éste es el jardinero, Hoturapa, y la sirvienta y la cocinera, Moana y Kiri.

—Miss... Gwa... ne... —Moana quería hacer una reverencia y presentar un saludo educado, pero era indudable que el nombre celta le resultaba impronunciable.

—Miss Gwyn —abrevió Gwyneira—. Llámame simplemente Miss Gwyn.

A ella no le resultó difícil memorizar el nombre de los maoríes y decidió aprender lo antes posible un par de fórmulas de cortesía en su lengua.

Así que ése era el personal de servicio. A Gwyneira le pareció bastante reducido para una casa tan grande. ¿Y dónde estaba Lucas? ¿Por qué no estaba allí para saludarla y darle la bienvenida?

—¿Pero dónde se ha...? —iba a plantear la joven la acuciante pregunta sobre su futuro esposo; pero Gerald se le adelantó. Y parecía tan poco entusiasmado por la ausencia de Lucas como Gwyn.

—¿Dónde se ha metido mi hijo, Witi? Podría empezar a mover el trasero hacia aquí y conocer a su futura esposa..., oh, quería decir..., que es natural que Miss Gwyn espere con impaciencia que le presente sus respetos...

El sirviente rio.

—El señor Lucas marcharse a caballo, a controlar las cercas. El señor James decir que alguien de la casa tiene que autorizar comprar el material para corral caballos. Tal como está, los caballos no quedar dentro. El señor James muy enfadado. Por eso el señor Lucas marcharse.

—¿En lugar de recibir a su padre y a su prometida? ¡Esto empieza bien! —vociferó Gerald.

Gwyneira, no obstante, lo encontró excusable. No habría tenido ni un minuto de tranquilidad si hubieran metido a *Igraine* en un cercado donde no estuviera segura. Y una cabalgada de control por los prados se ajustaba mejor al hombre de sus sueños que el leer y tocar el piano.

—Pues sí, Gwyneira, no nos queda otro remedio que armarnos de paciencia —se serenó al final Gerald—. Quizá no sea en absoluto tan negativo, en Inglaterra tampoco te habrías presentado por primera vez a tu futuro esposo en traje de montar y con el cabello descubierto.

Él mismo encontraba que Gwyneira, de nuevo con los bucles sueltos y el rostro algo enrojecido por el sol de la cabalgada, estaba encantadora, pero Lucas podría ser de otra opinión...

—Kiri te mostrará tu habitación y te ayudará a refrescarte y a peinarte. Nos reuniremos todos en una hora para tomar el té. A las cinco mi hijo ya debería de haber vuelto, no suele prolongar por más tiempo sus salidas a caballo. Así vuestro primer encuentro se realizará con toda la solemnidad que es de esperar.

Los deseos de Gwyneira eran más bien otros, pero se conformó con lo irremediable.

—¿Puede coger alguien mis maletas? —preguntó mirando al servicio—. Oh, no, ésta es demasiado pesada para ti, Moana. Gracias, Hotaropa... ¿Hoturapa? Disculpa, pero ahora no me acuerdo. ¿Cómo se dice «gracias» en maorí, Kiri?

Helen se había instalado de mala gana con los Baldwin. Por muy detestable que le pareciera la familia, hasta la llegada de Howard no le quedaba otra alternativa. Así que se esforzó para ser amable. Se ofreció al reverendo Baldwin para poner por escrito los textos para las hojas dominicales y llevarlos luego a la imprenta. Alivió a la señora Baldwin de algunas tareas e intentó ser útil en los trabajos domésticos, de los cuales asumió las labores de costura y el control de los deberes escolares de Belinda en casa. Esto último la convirtió en un brevísimo lapso de tiempo en la persona más odiada de la casa. A la muchacha no le sentaba bien que la vigilara y se quejaba a su madre en cuanto se le presentaba la oportunidad. Con ello, Helen se percató claramente de lo flojo que debía de ser el profesorado en la recién abierta escuela de Christchurch. Pensó en ofrecerse para un puesto allí si la relación con Howard fracasaba. El vicario Chester, no obstante, seguía infundiéndole ánimos: podía pasar tiempo antes de que comunicaran a O'Keefe la noticia de su llegada.

—Bien, los Candler no irán a enviarle un mensaje a la granja. Es probable que esperen a que él vaya a comprar a Haldon y hasta que eso ocurra pueden pasar dos días. Pero cuando sepa que está usted aquí, vendrá seguro.

Eso suponía para Helen un dato más sobre el que pensar. Entretanto se había hecho a la idea de que Howard no vivía justo al lado de Christchurch. Obviamente, Haldon no era un suburbio, sino una ciudad independiente y asimismo floreciente. Helen también podía adaptarse a eso. Sin embargo, el vicario decía ahora que la granja de Howard también se hallaba en las afueras de Haldon. ¿Dónde iba pues a vivir? Le hubiera gustado hablar al respecto con Gwyn; tal vez ella podría sondear al señor Gerald con discreción. Pero Gwyn había partido el día anterior hacia Kiward Station. Helen no tenía la menor idea de cuándo volvería a ver a su amiga y de si realmente lo haría.

Al menos esa tarde tenía un bonito plan por delante. La señora Godewind había repetido su invitación y su cabriolé con el cochero Jones en el pescante esperaba a Helen puntualmente a la hora del té para recogerla. Jones la miró radiante y la ayudó con unos modales perfectos a subir en el carruaje. Incluso consiguió formular una frase elogiosa sobre su nuevo vestido de tarde de color lila. A continuación, durante el trayecto a la casa, se deshizo en alabanzas sobre Elizabeth.

—Nuestra Missus se ha convertido en otra persona, Miss Davenport, no lo creería. Cada día parece estar más joven, ríe y bromea con la muchacha. Y Elizabeth es una niña tan encantadora..., siempre se esfuerza por ayudar a mi esposa y siempre está de buen humor. ¡Y vaya si sabe leer la pequeña! Por mis barbas, que siempre que puedo intento buscarme un trabajo en la casa cuando la pequeña le está leyendo a la señora Godewind. Lo hace con una voz y una entonación tan bonitas, que se diría que forma parte de la historia.

Elizabeth tampoco había olvidado las lecciones de Helen sobre cómo servir y comportarse en la mesa. Vertió el té con habilidad y primor y repartió los pasteles; mientras tanto parecía encantada con su nuevo vestido azul y su pulcra y blanca cofia.

Se puso a llorar, no obstante, cuando oyó las noticias sobre Laurie y Marie y también pareció deducir más de la versión suavizada de la historia de Daphne y Dorothy de lo que Helen había pensado. Elizabeth era una soñadora, pero también a ella la habían recogido de las calles de Londres. Vertió amargas lágrimas por Daphne y mostró su mayor confianza en su nueva señora, a la que inmediatamente pidió ayuda.

—¿No podemos enviar al señor Jones y recoger a Daphne? ¿Y a las mellizas? Por favor, señora Godewind, seguro que encontramos aquí trabajo para ellas. ¡Algo podrá hacerse!

La señora Godewind sacudió la cabeza.

—Por desgracia no, hija mía. Esa gente ha firmado unos contratos de trabajo con el orfanato, como yo. Las niñas no pueden marcharse simplemente de allí. Y nos meteremos en un gran problema si además les ofrecemos un empleo provisional. Lo siento, querida, pero las niñas deben arreglárselas para sobrevivir. Aunque por lo que me está contando —prosiguió la señora Godewind dirigiéndose a Helen—, no me preocupa la pequeña Daphne. Ella se abrirá camino. Pero las mellizas..., hummm, es triste. Sírvenos un poco más de té, Elizabeth. Rezaremos una oración por ellas, tal vez Dios al menos vele por estas niñas.

Pero Dios estaba barajando las cartas de Helen, mientras ella permanecía sentada en el acogedor salón de la señora Godewind y ambas disfrutaban de los pastelillos de la panadería del señor y la señora McLaren. El vicario Chester ya la estaba esperando impaciente delante de la casa de los Baldwin, cuando Jones le abrió a la joven la puerta del carruaje.

—¿Dónde se había metido, Miss Davenport? Ya casi habían abandonado toda esperanza de poder presentarla hoy. Está usted preciosa, ¡como si lo hubiera sospechado! Y ahora venga, ¡deprisa! El señor O'Keefe aguarda en el salón.

La puerta de entrada a Kiward Station conducía primero a un espacioso vestíbulo en el que los invitados dejaban los abrigos y las damas podían arreglarse un momento el cabello. Gwyneira observó divertida un armario de espejo con la obligatoria bandeja de plata para dejar las tarjetas de visita. ¿Quién hacía en ese lugar tales visitas de cumplido? En realidad debería pensarse que no habría visitas que se presentaran sin invitación ni nadie que fuera un extraño. Y cuando en efecto un desconocido acudía por equivocación, ¿acaso Lucas y su padre no esperarían hasta que la sirvienta se lo hubiera comunicado a Witi, quien a su vez pondría en conocimiento de ello a los señores de la casa? Gwyneira pensó en las familias de los granjeros que se habían precipitado fuera de sus hogares sólo para poder ver a los extranjeros y en el franco entusiasmo de los Beasley cuando los visitaron. Allí nadie les había pedido una tarjeta. También a los maoríes les debía de resultar desconocido el intercambio de tarjetas de presentación. Gwyneira se preguntaba cómo se lo habría explicado Gerald a Witi.

Del vestíbulo se pasaba a otro recibidor escasamente amueblado, también éste sin duda inspirado en el concepto y utilidad de las casas señoriales británicas. Ahí podían esperar los invitados en un ambiente agradable a que el señor de la casa tuviera tiempo para recibirlos. Ya había allí una chimenea y un aparador con un servicio de té decorado, las butacas y sofás adecuados estaban en el equipaje de Gerald. Quedaba bonito, pero para qué serviría era un misterio, al menos para Gwyneira.

La muchacha maorí, Kiri, la condujo luego a buen paso al salón, cuya decoración con muebles pesados y de estilo inglés antiguo ya parecía concluida. Si no hubiera habido una puerta que daba a una gran terraza casi habría parecido tétrico. En cualquier caso, no respondía a la última moda, pues los muebles y alfombras más bien se parecían a antigüedades. ¿Se trataba quizá del ajuar de la madre de Lucas? Si era así, su familia debía de haber sido acomodada. Pero de todos modos eso era reciente. Gerald debía de ser un criador de ovejas de éxito, con toda certeza había sido antes un audaz marino y no cabía duda de que era el jugador más experimentado que había salido de las estaciones balleneras. Pero para construir una casa como Kiward Station en plena naturaleza virgen se necesitaba más dinero que el que podía ganarse con la pesca de ballenas y las ovejas. Seguro que la herencia de la señora Warden también se había invertido allí.

—¿Viene, Miss Gwyn? —preguntó con amabilidad Kiri, aunque con tono algo preocupado—. Tengo que ayudarla, pero también hacer té y servir. Moana no es buena con el té, mejor nosotras preparadas antes de que ella romper las tazas.

Gwyneira rio. Esto se lo podía perdonar del todo a Moana.

—Esta vez, yo misma serviré el té —le explicó a la sorprendida muchacha—. Es una vieja costumbre inglesa. Es una de las aptitudes inexcusables para casarse.

Kiri se la quedó mirando con el ceño fruncido.

—¿Ustedes preparadas para el hombre cuando hacer té? Para nosotras importante la primera sangre del mes...

Gwyneira se ruborizó al momento. ¿Cómo podía hablar Kiri con tanta franqueza de algo que no podía ni mentarse? Por otra parte, Gwyneira agradecía cualquier información. Tener la menstruación era una condición previa para casarse, también eso era válido en su cultura. La joven todavía recordaba con exactitud cómo su madre había suspirado cuando le llegó el momento a Gwyneira. «Ay, hija mía —le había dicho—, ahora también tú sufres esta condena. Tendremos que buscarte un esposo.»

Pero cómo se relacionaba todo eso, nadie se lo había explicado. Gwyneira reprimió el impulso de echarse a reír fuera de control cuando pensó en la cara que ponía su madre ante tales cuestiones. Una vez que Gwyn había abordado los posibles paralelismos con el celo en los perros, Lady Silkham pidió sus sales de olor y se retiró todo el día a su habitación.

Gwyneira buscó a *Cleo*, que, como era habitual, iba en pos de ella. Kiri pareció encontrarlo un poco extraño, pero no comentó nada al respecto.

Una amplia y ondulada escalera ascendía desde el salón hacia los aposentos de la familia. Para sorpresa de Gwyneira, sus habitaciones ya estaban totalmente amuebladas.

—Habitaciones ser para la esposa del señor Gerald —le explicó Kiri—. Pero luego ella morir. Siempre vacías. Pero ahora el señor Lucas arreglarlas para usted.

—¿El señor Lucas ha amueblado las habitaciones para mí? —preguntó la muchacha asombrada.

Kiri asintió.

—El señor Lucas elegir muebles del almacén y... ¿cómo decir? ¿Telas para ventanas...?

—Cortinas, Kiri —la ayudó Gwyneira, que no salía de su asombro. Los muebles de la fallecida señora Warden eran de madera clara, las alfombras de color rosa viejo, beige y azul. Además, Lucas u otra persona había elegido unas estimables cortinas de color rosa viejo con cenefas beige azulado y las había drapeado delante de las ventanas y de su lecho. La ropa de cama era de un lino blanco como la nieve; y la cubierta de día de color azul daba un toque acogedor. Junto al dormitorio había un vestidor y un pequeño salón, también exquisitamente amueblado con unas butaquitas, una mesa para el té y un pequeño costurero. Sobre la repisa de la chimenea se hallaban dispuestos los habituales marquitos, candelabros y cuencos de plata. En uno de los marcos había un daguerrotipo de una mujer delgada y de cabello claro. Gwyneira tomó la imagen en la mano y la observó con atención. Gerald no había exagerado. Su fallecida esposa había sido toda una belleza.

—¿Desvestirse ahora, Miss Gwyn? —la urgió Kiri.

Gwyneira asintió y procedió con la joven maorí a desempaquetar sus baúles. Llena de respeto ante las telas nobles, Kiri sacó a la luz los vestidos de fiesta y de tarde de Gwyneira.

—¡Qué bonitos, Miss Gwyn! ¡Tan suaves y finos! Pero usted delgada, Miss Gwyn. ¡No bueno para tener niños!

Desde luego, Kiri no se andaba con rodeos. Gwyneira le explicó riendo que en realidad no estaba tan delgada, sino que lo parecía gracias a su corsé. Para llevar el vestido de seda que había elegido, el corsé todavía debía ceñirse más. Kiri se esforzó de buena fe cuando Gwyneira le enseñó cómo manejarlo, pero era evidente que temía hacer daño a su nueva señora.

—No pasa nada, Kiri, estoy acostumbrada —gimió Gwyn—. Mi madre solía decir que para presumir hay que sufrir.

Kiri pareció comprender al principio. Con una sonrisa turbada se llevó la mano a su rostro tatuado.

—¡Ah, bueno! Es como *moku*, ¿sí? ¡Pero cada día!

Gwyneira asintió. En principio era cierto. Su cintura de avispa era tan poco natural y dolorosa como los adornos permanentes que Kiri lucía en el rostro. De todos modos, ahí en Nueva Zelanda, Gwyn pensó que relajaría bastante las costumbres. Una de las chicas debería aprender a ensanchar los vestidos, luego no necesitaría mortificarse de ese modo ciñéndoselos. Y cuando estuviera embarazada...

Kiri la ayudó con destreza a ponerse el traje de seda azul, pero peinarla le costó más. Desenredar los rizos de Gwyneira y recogerlos bien era una tarea muy difícil. Era evidente que Kiri todavía no lo había hecho nunca. Al final, Gwyn colaboró de forma activa, y si bien el resultado no correspondía según las normas estrictas al arte del peinado y Helen sin duda habría estado horrorizada, Gwyn se encontró atractiva de verdad. Habían conseguido recoger gran parte de su magnífica melena color rojo dorado; pero el par de rizos que a pesar de ello iban a su aire y revoloteaban alrededor de su cara conferían a sus rasgos más delicadeza y juventud. La tez de la muchacha brillaba tras la cabalgada al sol, sus ojos centellaban de expectación.

—¿Ha llegado ya el señor Lucas? —preguntó a Kiri.

La chica se encogió de hombros. ¿Cómo iba a saberlo ella? A fin de cuentas había pasado todo el tiempo con Gwyneira.

—¿Cómo es el señor Lucas, Kiri? —Gwyn sabía que su madre la habría reprendido con dureza por hacer tal pregunta: no se forzaba al personal a que cotilleara acerca de sus señores. Pero Gwyneira no podía dominarse.

Kiri se encogió de hombros y puso los ojos en blanco al mismo tiempo, lo que resultó divertido.

—¿El señor Lucas? No sé. Es *pakeha*. Para mí todos iguales. —Era evidente que la joven maorí nunca se había planteado cuáles eran los atributos especiales de la persona que le daba trabajo. Pero luego, cuando vio la expresión de decepción de Gwyneira volvió a reflexionar—. El señor Lucas... es amable. Nunca gritar, nunca enfadarse. Amable. Sólo un poco delgado.

2

Helen no sabía cómo había ocurrido, pero ahora no podía demorar el encuentro con Howard O'Keefe de ninguna de las maneras. Nerviosa, se arregló el vestido y se repasó el peinado. ¿Debía quitarse el sombrerito o dejárselo puesto? Al menos había un espejo en el recibidor de la señora Baldwin y Helen le lanzó una mirada insegura antes de examinar al hombre que se sentaba en el sofá. En ese momento estaba de todos modos de espaldas, ya que el tresillo de la señora Baldwin miraba hacia la chimenea. Así que Helen al menos tuvo tiempo de echar un breve y disimulado vistazo a su figura antes de hacer acto de presencia. Howard O'Keefe parecía corpulento y tenso. A ojos vistas cohibido, mantenía en equilibrio en sus manos grandes y callosas una tacita delicada del servicio de té de la señora Baldwin.

Helen ya se disponía a carraspear para advertir a la esposa del párroco y al visitante. Pero entonces vio a la señora Baldwin. La esposa del pastor reía inexpresiva como siempre, pero se comportaba con cordialidad.

—¡Oh, ya está aquí, señor O'Keefe! Ya ve, sabía que no estaría mucho tiempo fuera. Entre, Miss Davenport. Quiero presentarle a alguien. —La voz de la señora Baldwin adquirió un tono casi risueño.

Helen se acercó. El hombre se levantó del sofá con tal brusquedad que casi tiró de la mesa el servicio de té.

—¿Miss..., hummm, Helen?

Helen tuvo que alzar la vista hacia su futuro esposo. Howard O'Keefe era alto y corpulento, no era un hombre gordo, pero sí de complexión robusta. También el corte de su rostro era más bien rudo, pero no carente de afabilidad. La tez morena y acartonada expresaba largos años de trabajo al aire libre. Estaba surcada por profundas arrugas que marcaban un rostro cargado de expresividad, si bien en esos momentos dibujaban en sus rasgos una expresión de asombro e incluso de admiración. En sus ojos de un azul acerado se leía aprobación: Helen parecía gustarle. A ella, a su vez, le llamó la atención sobre todo su cabello. Era oscuro, abundante y estaba pulcramente cortado. Seguramente había hecho una visita al barbero antes del primer encuentro con su futura esposa. No obstante, ya clareaba por las sienes. Era evidente que Howard era mayor de lo que Helen había imaginado.

—Señor..., señor O'Keefe... —dijo con un tono apagado, y acto seguido se habría dado un cachete por ello. Él la había llamado «Miss Helen» y ella podría haber respondido ya con un «señor Howard».

—Yo..., hum, bueno, ¡ya está usted aquí! —exclamó Howard algo brusco—. Esto..., hum, ¡ha sido una sorpresa!

Helen se preguntó si se trataba de una crítica. Se sonrojó.

—Sí. Las..., hum, circunstancias. Pero yo..., me alegro de conocerle.

Tendió la mano a Howard. Él la estrechó con firmeza.

—Yo también me alegro. Siento haberla hecho esperar.

¡Ah, a eso se refería! Helen sonrió aliviada.

—No importa, señor Howard. Me han dicho que podía tardar algo de tiempo hasta que recibiera la noticia de que había llegado. Pero ahora ya está usted aquí.

—Ahora estoy aquí.

Howard también sonrió, suavizando con ello y haciendo más atractivo su rostro. Por el refinado estilo de sus cartas, Helen había contado, no obstante, con una conversación más ingeniosa. Pero bueno, tal vez era tímido. Helen tomó las riendas de la conversación.

—¿De dónde viene exactamente, señor Howard? Había pensado que Haldon estaba más cerca de Christchurch. Pero se trata en efecto de una ciudad en sí. ¿Su granja se encuentra algo alejada...?

—Haldon está junto al lago Benmore —explicó Howard, como si eso le dijera algo a Helen—. No sé si todavía puede llamarse ciudad. Pero hay un par de tiendas. Puede comprar allí las cosas más importantes. Lo necesario, vaya.

—¿Y cuánto se tarda en llegar? —quiso saber Helen, sintiéndose como una tonta. Ahí estaba ella con el hombre con quien posiblemente iba a casarse, y conversaba sobre distancias y tiendas de pueblo.

—Dos días justo con el coche de caballos —respondió Howard tras una breve reflexión. Helen hubiera preferido un dato en kilómetros, pero no quiso insistir. En lugar de eso se quedó callada, por lo que siguió una molesta pausa. Entonces Howard carraspeó.

—Y... ¿ha tenido usted un buen viaje?

Helen suspiró aliviada. Por fin una pregunta que le permitía contar algo. Describió la travesía con las niñas.

Howard asintió.

—Hum. Un viaje largo...

Helen deseaba que también él contara algo de su propia partida, pero él permaneció callado.

Por fortuna, el vicario Chester se unió en ese momento a su compañía. Mientras saludaba a Howard, Helen tuvo tiempo de recuperar el control y de examinar un poco más de cerca a su futuro esposo. La ropa del granjero era sencilla. Llevaba unos pantalones de montar de piel que seguramente le habían acompañado en muchas cabalgadas y una chaqueta encerada sobre una camisa blanca. La hebilla del cinturón, espléndidamente adornada y de latón, era el único objeto de valor de su vestuario, llevaba además una cadenita de plata en torno al cuello de la cual pendía una piedra verde. Su actitud había sido tensa y vacilante, pero al relajarse ahora, ganaba en firmeza y seguridad en sí mismo. Sus movimientos adquirían soltura, casi eran gráciles.

—¡Pero explíquele a Miss Helen algo de su granja! —lo animó el vicario—. De los animales, por ejemplo, de la casa...

O'Keefe se encogió de hombros.

—Es una casa bonita, *miss*. Muy sólida, yo mismo la he construido. En cuanto a los animales..., bueno, tenemos un mulo, un caballo, una vaca y un par de perros. Y, naturalmente, ovejas. ¡Unas mil!

—Pero son..., son muchas —observó Helen, y deseó ardientemente haber escuchado con mayor atención las inagotables historias de Gwyneira sobre la cría de ovejas. ¿Cuántas ovejas había dicho que tenía el señor Gerald?

—No son muchas, *miss*, pero serán más. Y hay tierra suficiente, ya llegará. Cómo..., hum, ¿cómo lo hacemos entonces?

Helen frunció el ceño.

—¿Cómo hacemos el qué, señor Howard? —preguntó Helen, arreglándose un mechón del cabello que se había desprendido de su sobrio peinado.

—Bueno... —Howard jugueteó cohibido con su segunda taza de té—. Lo de la boda...

Con el permiso de Gwyneira, al final Kiri se retiró en dirección a la cocina para correr en ayuda de Moana. Gwyn empleó los últimos minutos que le quedaban antes de la hora del té para inspeccionar a fondo sus aposentos. Todo estaba impecablemente colocado, hasta los artículos de aseo reunidos con primor en el vestidor. Gwyneira admiró los peines de marfil y los cepillos a juego. El jabón olía a rosa y tomillo, con certeza no era un producto de origen maorí; el jabón quizá procediera de Christchurch o fuera importado de Inglaterra. También emanaba un agradable perfume de un cuenco de pétalos secos, colocado en su salón. No cabía duda, ni siquiera un ama de casa perfecta del tipo de su madre o su hermana Diana habría podido arreglar de forma tan acogedora una habitación como... ¿Lucas Warden? ¡Gwyneira no lograba creerse que un hombre fuera el responsable de tal maravilla!

Entretanto, ya no podía contener su impaciencia. Se dijo que no tenía que esperar hasta la hora del té, tal vez ya hacía tiempo que Lucas y Gerald estaban en el salón. Gwyneira se encaminó por los pasillos cubiertos de valiosas alfombras hacia la escalera y oyó voces irritadas que resonaban por la casa procedentes de la sala de estar.

—¿Puedes explicarme por qué justo hoy tenías que ir a controlar esos cercados? —bramaba Gerald—. ¿No podía esperar a mañana? ¡La muchacha pensará que no te interesa nada!

—Disculpa, padre. —La voz tenía un tono sereno y cultivado—. Pero el señor McKenzie insistía. Y era urgente. Los caballos ya se han escapado tres veces...

—¿Que los caballos qué? —vociferó Gerald—. ¿Que se han escapado tres veces? ¿Significa que he pagado a tres hombres durante tres días sólo para que vuelvan a atrapar a esos jamelgos? ¿Por qué no has intervenido antes? Seguro que McKenzie quería repararlos de inmediato. Y hablando de corrales... ¿Por qué no estaba Lyttelton preparado para las ovejas? Si no hubiera sido por tu futura esposa y sus perros tendría que haber pasado la noche vigilando yo mismo los animales.

—Tenía mucho que hacer, padre. Debía acabar el retrato de madre para el salón. Y tenía que ocuparme también de las habitaciones de Lady Gwyneira.

—Lucas, ¡cuándo aprenderás de una vez que las pinturas al óleo no se escapan, a diferencia de los caballos! Respecto a los aposentos de Gwyneira... ¿has arreglado tú mismo la habitación? —Gerald parecía tan poco capaz de entenderlo como la misma Gwyneira.

—¿Y quién si no? ¿Una de las chicas maoríes? Se hubiera encontrado con unas esteras de palma y un fogón abierto. —Ahora también Lucas parecía un poco enojado. De todos modos, sólo cuanto puede permitirse dejarse ir un *gentleman* en sociedad.

Gerald suspiró.

—Está bien, esperemos que sepa apreciarlo. Y ahora no nos peleemos, bajará en cualquier momento...

Gwyneira consideró que le estaba dando la entrada. Bajó la

escalera con paso reposado, la espalda recta y la cabeza erguida. Había practicado durante días tal aparición para su puesta de largo. Ahora por fin servía para algo.

Como era de esperar, en el salón los hombres se quedaron en silencio. Del fondo de las escaleras oscuras emergió la delicada silueta de Gwyneira envuelta en una seda azul claro como si estuviera plasmada en un óleo. Su rostro irradiaba luminosidad, las mechas de cabello que revoloteaban alrededor parecían, a la luz de las velas, hebras de oro y cobre. La boca de la muchacha esbozó una tímida sonrisa. Había entrecerrado levemente los ojos, lo que no le impidió indagar entre las largas pestañas rojas. Sólo tenía que echar un vistazo a Lucas antes de la debida presentación.

Lo que vio le hizo difícil mantener su solemne actitud. Casi se hubiera abandonado a contemplar arrebatada, con los ojos y la boca abiertos, ese perfecto ejemplar del género masculino.

Gerald no había exagerado al describir a Lucas. Su hijo encarnaba la esencia de un *gentleman*, dotado, además, con todos los atributos de la belleza viril. El joven era alto, superaba a ojos vistas en estatura a su padre, y era delgado, pero musculoso. No era larguirucho como el joven Barrington ni compartía la endeble finura del vicario Chester. No cabía duda de que Lucas practicaba deporte, si bien no tanto como para tener el cuerpo musculoso de un atleta. Su rostro delgado era inteligente, pero sobre todo armonioso y noble. A Gwyneira le trajo el recuerdo de las estatuas de los dioses griegos que flanqueaban el camino al jardín de rosas de Diana. Los labios de Lucas estaban recortados con delicadeza, ni muy anchos y sensuales, ni tampoco delgados y resecos. Los ojos eran claros y de un gris tan intenso como nunca había visto Gwyneira. Por lo general, los ojos grises tendían al azul, pero los de Lucas parecían ser la mezcla sólo del negro y el blanco. Tenía el cabello rubio, algo ondulado, y lo llevaba corto, como estaba de moda en los salones londinenses. Iba vestido según la convención y había elegido para ese encuentro un terno de color gris y de paño de primera calidad. Calzaba asimismo unos lustrosos zapatos cerrados de color negro.

Cuando Gwyneira se acercó, él le sonrió, confiriendo a su

rostro un atractivo aun mayor. Los ojos, empero, permanecieron inexpresivos.

Al final se inclinó y tomó con los dedos largos y delgados la mano de Gwyneira para insinuar un perfecto besamanos.

—*Milady*... Estoy encantado.

Howard O'Keefe miraba extrañado a Helen. Era claro que no entendía por qué su pregunta la había sorprendido.

—¿Cómo..., con la boda? —consiguió balbucear ella—. Yo..., yo pensaba... —Helen apresó unas mechas de su cabello.

—Pensé que había venido para casarse conmigo —respondió Howard, casi un poco enojado—. ¿No nos hemos entendido?

Helen sacudió la cabeza.

—Sí, claro que sí. Pero así tan de repente. Nosotros..., nosotros no sabemos nada el uno del otro. Nor... normalmente sucede que el hombre primero le hace la... la corte a su futura esposa y luego...

—Miss Helen, de aquí a mi granja hay dos días a caballo —dijo Howard con determinación—. No esperará realmente que realice este viaje varias veces sólo para llevarle flores. En lo que a mí respecta, necesito una mujer. La he visto a usted y me gusta...

—Gracias —susurró Helen ruborizándose.

Howard no reaccionó en absoluto.

—Por mi parte está todo claro. La señora Baldwin me ha dicho que es usted muy maternal y hogareña, y eso me gusta. No necesito saber más. Si usted tiene que preguntarme algo, hágalo, por favor, le responderé gustosamente. Pero luego deberíamos hablar de..., hum..., formalidades. El reverendo Baldwin nos casaría, ¿no? —dirigió esta pregunta al vicario Chester, que asintió solícito.

Helen pensó angustiada en qué preguntas hacer. ¿Qué debía saberse de un hombre con quien iba a contraer matrimonio? Así que empezó por la familia.

—¿Procede usted de Irlanda, señor Howard?

O'Keefe asintió.

—Sí, Miss Helen. De Connemara.

—¿Y su familia...?

—Richard y Bridie O'Keefe, mis padres, y cinco hermanas..., o más, me marché pronto de casa.

—¿Por qué..., el lugar no permitía alimentar a tantos niños? —preguntó Helen con cautela.

—Se podría decir así. En cualquier caso, a mí no me consultaron.

—¡Oh, lo siento, señor Howard! —Helen reprimió el impulso de poner la mano sobre el brazo del hombre para consolarlo. Naturalmente, ése era el «difícil destino» al que se había referido en sus cartas—. ¿Y se vino enseguida a Nueva Zelanda?

—No, yo he..., hum, dado muchas vueltas.

—Puedo imaginármelo —respondió Helen, aunque no tenía ni la menor idea de por dónde vagaría un joven repudiado por su familia y todavía sin haber alcanzado la madurez—. ¿Y durante todo ese tiempo..., durante todo ese tiempo nunca pensó en casarse? —Helen se ruborizó.

O'Keefe se encogió de hombros.

—Por donde yo me he movido, no había muchas mujeres, *miss*. Estaciones de pesca de ballenas, cazadores de focas. Una vez, sin embargo... —Su rostro adquirió una expresión más suave.

—¿Sí, señor Howard? Disculpe si resulto inquisitiva, pero yo... —Helen anhelaba despertar un sentimiento en su interlocutor que quizá le hiciera un poco más fácil valorar a Howard O'Keefe.

El granjero sonrió con franqueza.

—De acuerdo, Miss Helen. Quiere conocerme. Pero no hay mucho que explicar. Ella se casó con otro..., lo que quizá sea la razón de que quiera arreglar deprisa este asunto ahora. Me refiero a nuestro asunto...

Helen se tranquilizó. Así que no era falta de corazón, sino únicamente un miedo comprensible a que ella pudiera abandonarlo como hizo la primera muchacha que entonces amó. De todos modos, no acababa de entender cómo ese hombre parco en palabras y de aspecto tosco podía escribir cartas tan maravillosas, pero ahora creía comprenderlo mejor. Howard O'Keefe era como un lago de aguas agitadas bajo una superficie serena.

Sin embargo, ¿quería ahora precipitarse a ciegas? Helen examinaba febrilmente las alternativas. No podía seguir viviendo por más tiempo con los Baldwin, no entenderían por qué le daba largas a Howard. Y el mismo Howard consideraría el retraso como un rechazo y tal vez se echaría para atrás. ¿Y entonces? ¿Una colocación en la escuela local, que en absoluto era segura? ¿Enseñar a niñas como Belinda Baldwin y convertirse así paso a paso en una solterona? No podía arriesgarse. Howard tal vez no fuera lo que ella se había imaginado, pero era un hombre franco y honrado, le ofrecía una casa y un hogar, deseaba formar una familia y trabajaba duro para sacar adelante la granja. No podía pedir más.

—Bien, señor Howard. Pero al menos debe darme uno o dos días para prepararme. Una boda así...

—Por supuesto que organizaremos una pequeña ceremonia —intervino la señora Baldwin melosa—. Seguro que quiere que asistan Elizabeth y las otras niñas que se han quedado en Christchurch. Su amiga Miss Silkham ya se ha marchado...

Howard frunció el ceño.

—¿Silkham? ¿Esa aristócrata? ¿Esa Gwenevere Silkham que iba a casarse con el hijo del viejo Warden?

—Gwyneira —le corrigió Helen—. Exactamente ella. Nos hemos hecho amigas durante el viaje.

O'Keefe se volvió hacia la joven y el rostro amable que había mostrado hasta entonces se contrajo de cólera.

—Que quede totalmente claro, Helen, ¡a mi casa no invitas a un Warden! ¡No, mientras yo viva! ¡Mantente lejos de esa chusma! El viejo es un timador y el joven un blando. Y la chica no debe de ser mejor, o no se dejaría comprar. Toda esa gentuza debería ser eliminada. Así que no te atrevas a traerla a mi granja. Puede que yo no tenga el dinero del viejo, pero mi escopeta dispara igual de fuerte.

Después de dos horas de conversación, Gwyneira se sentía más agotada que si hubiera pasado ese tiempo a lomos de un caballo o en un criadero donde adiestrar perros. Lucas Warden abordaba todos los temas en los que la habían introducido en el salón de su madre, pero las pretensiones del joven eran con toda claridad más elevadas que las de Lady Silkham.

La velada había empezado bien. Gwyneira había conseguido servir el té a la perfección, pese a que todavía le temblaban las manos. La primera visión de Lucas la había superado sin más. Al final, sin embargo, el joven *gentleman* no le brindó más oportunidades de que se emocionara. No daba muestras de ansiar contemplarla, de rozar sus dedos como por azar, mientras ambos por pura casualidad asieron a la vez el azucarero, o de mirarla a los ojos aunque fuera por un segundo de más. En lugar de ello, durante la conversación la mirada de Lucas se mantuvo obstinadamente prendida en el lóbulo de la oreja izquierda de la joven y sus ojos sólo destellaban eventualmente cuando planteaba alguna pregunta que le apremiara en especial.

—He oído que toca usted el piano, Lady Gwyneira. ¿En qué pieza ha estado usted trabajando últimamente?

—Oh, mi conocimiento del piano es muy incompleto. Sólo toco para entretenerme, señor Lucas. Yo..., yo me temo que estoy muy poco dotada... —Una mirada desconcertada de arriba abajo y un ligero fruncimiento del ceño. La mayoría de hombres hubiera dado por concluido el tema con un cumplido. No así Lucas.

—No puedo imaginármelo. No si le produce placer. Todo lo que hacemos con alegría acaba saliéndonos bien, estoy convencido. Conoce el «Pequeño cuaderno de notas» de Bach? Minuetos y danzas, sería el adecuado para usted. —Lucas sonrió.

Gwyneira intentó recordar quién había compuesto los *Estudios* con que tanto la había torturado Madame Fabian. Al menos le sonaba el nombre de Bach. ¿No había compuesto música religiosa?

—¿Al verme piensa en cantos corales? —preguntó con picardía. Tal vez la conversación podía descender a un nivel de intercambio relajado de cumplidos y bromas. A Gwyneira le habría resultado más conveniente que hablar de arte y cultura. Lucas, de todos modos, no mordió el anzuelo.

—¿Por qué no, *milady*? Los cantos corales se inspiran en la celebración de los coros de ángeles en alabanza de Dios. ¿Quién no iba a loar a Dios por una criatura tan hermosa como usted? En cuanto a Bach, me fascina la claridad casi matemática de la composición unida a una fe profunda y sin vacilaciones. Naturalmente, la música sólo alcanza relieve en un marco adecuado. ¡Lo que yo daría por escuchar un concierto de órgano en una de las grandes catedrales de Europa! Es...

—Iluminador —observó Gwyneira.

Lucas asintió alborozado.

Después de la música se entusiasmó con la literatura contemporánea, sobre todo las obras de Bulwer-Lytton, («edificantes» comentó Gwyneira), para pasar luego a su tema favorito: la pintura. Le entusiasmaban tanto los motivos mitológicos de los artistas renacentistas («sublimes», comentó Gwyn) como también los juegos de luz y sombra de las obras de Velázquez y Goya. «Refrescantes» improvisó Gwyneira, que no había oído hablar de ello.

Pasadas dos horas, Lucas parecía estar encantado con ella, Gerald luchaba a ojos vistas con el cansancio y lo único que quería Gwyneira era salir de allí. Al final, se tocó levemente las sienes y miró a los hombres.

—Me temo que tras la larga cabalgada y el calor de la chimenea me duele de cabeza. Debería respirar un poco de aire fresco.

Cuando hizo el gesto de levantarse, Lucas también se puso en pie de un brinco.

—Claro que deseará usted descansar antes de la cena. ¡Es culpa mía! Hemos prolongado demasiado la hora del té con esta emocionante conversación.

—En realidad prefiero dar un pequeño paseo —dijo Gwyneira—. No demasiado lejos, sólo hasta los establos para ver a mi caballo.

Cleo ya correteaba entusiasmada a su alrededor. También la perrita se había aburrido. Su ladrido complacido reanimó a Gerald.

—Deberías acompañarla, Lucas —indicó a su hijo—. Enseña los establos a Miss Gwyn y vigila que los pastores no hagan comentarios lascivos.

Lucas lo miró indignado.

—Por favor, tales expresiones en presencia de una *lady*...

Gwyneira se esforzó por ponerse roja, pero en el fondo buscaba una excusa para rechazar la compañía de Lucas.

Éste, a su vez, también formuló sus reservas.

—No sé, padre, si una salida así no supera los límites de la decencia —intervino—. No puedo quedarme a solas con Lady Gwyneira en las caballerizas... —Gerald resopló.

—Es probable que en las caballerizas reine ahora tanto movimiento como en un bar. Con este tiempo, los cuidadores del ganado se quedan al calor y juegan a cartas. —Avanzada la tarde había empezado a llover.

—Justo por esta razón, padre. Mañana los mozos se desvivirían por contar que el señor se ha refugiado en los establos para realizar actos indecorosos. —Lucas parecía avergonzarse sólo ante la idea de ser objeto de tales habladurías.

—¡Oh, ya me las arreglaré yo sola! —dijo enseguida Gwyneira. No temía a los trabajadores, a fin de cuentas también se había ganado el respeto de los pastores de su padre. Y el tosco lenguaje de los ovejeros le resultaría mucho más agradable ahora que proseguir la edificante conversación de un *gentleman*. Era posible que, camino del establo, la sometiera a un examen de arquitectura—. Ya encontraré los establos.

En realidad se habría puesto un abrigo, pero prefería despedirse de inmediato, antes de que a Gerald se le ocurriera alguna otra excusa.

—Ha sido sumamente con... confortante charlar con usted, señor Lucas —se despidió sonriendo a su futuro esposo—. ¿Nos veremos en la cena?

Lucas asintió y se levantó para hacer una nueva inclinación.

—Qué duda cabe, *milady*. En un hora larga se servirá en el comedor.

Gwyneira corrió a través de la lluvia. No quería ni pensar

lo que el agua haría con su vestido de seda. Y, sin embargo, poco antes hacía un tiempo muy bonito. Bueno, sin lluvia, la hierba no crecía. El clima húmedo de su nuevo hogar era ideal para la cría de ovejas y ella ya estaba acostumbrada a él en Gales. Sólo que allí no habría salido a caminar por el barro con un vestido elegante; en Gales había caminos adoquinados que conducían a los establos. Sin embargo, en Kiward Station todavía no era así: sólo el acceso estaba pavimentado. Si Gwyneira hubiera tenido que decidir habría mandado pavimentar primero el espacio que había frente a los establos en lugar del camino de acceso, magnífico aunque pocas veces utilizado, hacia la entrada principal. Pero Gerald tenía otras prioridades y Lucas también con toda seguridad. Tal vez él también cultivara un jardín de rosas...

Gwyneira se alegró de que saliera una luz clara de los establos. No había sabido al final dónde encontrar un farol para el establo. De los cobertizos y caballerizas también salían voces. Era evidente que en efecto los ovejeros se hallaban ahí reunidos.

—¡Blackjack, James! —gritó justo entonces alguien con una risa—. ¡A bajarse los pantalones, amigo! Hoy me voy a quedar con tu paga.

«Mientras no jueguen a otra cosa», pensó Gwyneira; tomó aire y abrió la puerta del establo. El pasillo que se extendía delante de ella conducía a la izquierda a las caballerizas y se ensanchaba a la derecha en una cochera en la que los hombres estaban sentados alrededor de un fuego. Gwyneira contó cinco, todos muchachos rudos que no parecían haberse lavado todavía. Algunos llevaban barba o al menos no se habían molestado en afeitarse en los últimos tres días. Junto a un hombre alto y delgado, con el rostro muy moreno, algo anguloso pero surcado de arrugas de expresión, se habían acurrucado tres jóvenes perros pastores.

Otro hombre le tendía una botella de whisky.

—¡Salud!

Así que ése era James, el que acababa de perder la partida.

Un gigante moreno que estaba barajando las cartas alzó la vista por casualidad y distinguió a Gwyneira.

—Eh, chicos, ¿hay fantasmas? Por lo general sólo veo señoritas tan guapas después de la segunda botella de whisky.

Los hombres rieron.

—¡Cuánto esplendor en nuestro modesto hogar! —dijo el hombre que acababa de repartir la botella con una voz ya no demasiado firme—. Un... ¡un ángel!

De nuevo se echaron a reír.

Gwyneira no sabía qué responder.

—Callaos, ¡la estáis asustando! —tomó la palabra el hombre de más edad. Era evidente que todavía estaba sobrio. Rellenaba la pipa—. No es ni un ángel ni un fantasma, sino simplemente la joven *lady*. La que ha traído el señor Gerald para que el señor Lucas... ¡ya sabéis!

Risas sofocadas.

Gwyneira decidió tomar la iniciativa.

—Gwyneira Silkham —se presentó. También hubiera tendido la mano a los hombres, pero por el momento ninguno de ellos hizo el gesto de levantarse—. Quería ver a mi caballo.

Entretanto, *Cleo* había ido a husmear por el establo, saludó a los pequeños perros pastores y corrió meneando la cola de un hombre a otro, pero se detuvo junto a James, que la acarició con destreza.

—¿Y cómo se llama esta damita? ¡Magnífico animal! Ya he oído hablar de ella, así como de las maravillas de su propietaria guiando las ovejas. Permítame, James McKenzie.

El hombre tendió la mano a Gwyneira. La miró fijamente con sus ojos castaños. El cabello también era castaño, abundante y algo revuelto, como si se lo hubiera estado tocando de nervios durante la partida.

—¡Eh, James! No te lances —bromeó uno de los otros—. ¡Es propiedad del jefe, ya lo has oído!

McKenzie puso los ojos en blanco.

—No haga caso de estos canallas, no tienen cultura. Pero aun así están bautizados: Andy McAran, Dave O'Toole, Hardy Kennon y Poker Livingston. El último tiene mucho éxito en el blackjack...

Poker era el rubio, Dave el hombre con la botella y Andy el gigante de cabello oscuro y más edad. Hardy parecía ser el más joven y ese día ya había bebido demasiado whisky para dar ningún tipo de signos de vida.

—Siento que todos estemos un poco alegres —dijo McKenzie con franqueza—. Pero cuando el señor Gerald nos hace llegar una botella para festejar el feliz regreso...

Gwyneira sonrió con benevolencia.

—Está bien. Pero pongan cuidado en apagar bien el fuego después. No vaya a ser que me prendan fuego a los establos.

Mientras tanto, *Cleo* saltó hacia McKenzie, que enseguida siguió rascándola con dulzura. Gwyn recordó que McKenzie había preguntado el nombre de la perra.

—Ésta es *Silkham Cleopatra*. Y los pequeños *Silkham Daisy*, *Silkham Dorit*, *Silkham Dina*, *Daffy*, *Daimon* y *Dancer*.

—Vaya ¡todos nobles! —se asustó Poker—. ¿Tenemos que hacer una reverencia siempre que los veamos? —Amistosamente, pero con firmeza, separó a *Dancer*, que justo quería mordisquear sus cartas.

—Ya tendría que haberlo hecho al recibir a mi caballo —replicó impasible Gwyneira—. Tiene un árbol genealógico más largo que el de todos nosotros.

James McKenzie rio y sus ojos centellaron.

—¿Pero no siempre debo llamar por su nombre completo a los animales, no?

También la picardía brilló entonces en los ojos de Gwyneira.

—Con *Igraine* debe averiguarlo usted mismo —respondió—. Pero la perra no es arrogante. Responde al nombre de *Cleo*.

—¿Y a qué responde usted? —preguntó McKenzie, con lo cual deslizó una mirada complacida pero no ofensiva por el cuerpo de Gwyneira. Ella se estremeció. Tras el paseo por la lluvia empezaba a tener frío. McKenzie se dio cuenta enseguida.

—Espere, le daré una capa. Se acerca el verano, pero fuera la atmósfera todavía es desapacible. —Cogió un abrigo encerado—. Tenga, por favor, *miss*...

—Gwyn —dijo Gwyneira—. Muchas gracias. ¿Y dónde está ahora mi caballo?

Igraine y *Madoc* estaban bien alojados en unos compartimentos limpios, pero la yegua piafó impaciente cuando se le acercó Gwyneira. El lento paseo de la mañana no la había cansado, se moría por más actividad.

—Señor McKenzie —dijo Gwyneira—, me gustaría salir a cabalgar mañana, pero el señor Gerald piensa que no sería decoroso que lo hiciera sola. No quiero ser una carga para nadie, ¿pero existe quizá la posibilidad de acompañarlos a usted y sus hombres en alguna tarea? ¿A inspeccionar los cercados, por ejemplo? Me agradaría también mostrarle cómo están adiestrados los perros jóvenes. Tienen por naturaleza el instinto para guiar las ovejas, pero con un par de pequeños trucos su conocimiento todavía puede mejorarse.

McKenzie sacudió la cabeza con pesar.

—En principio aceptamos con agrado su ofrecimiento, por supuesto, Miss Gwyn. Pero para mañana ya tenemos la orden de ensillar dos caballos para su paseo. —McKenzie sonrió con ironía—. Seguro que lo prefiere a una salida de inspección con un par de pastores sin lavar.

Gwyn no sabía qué decir, o peor, no sabía qué pensaba. Al final se dominó.

—Es una buena noticia —respondió.

3

Lucas Warden era un buen jinete, si bien no le apasionaba montar. El joven *gentleman* estaba cómoda y correctamente sentado a la silla, sostenía las riendas con seguridad y sabía mantener el caballo tranquilo junto a su acompañante para hablar con ella de vez en cuando. Para sorpresa de Gwyneira, sin embargo, no tenía caballo propio y tampoco mostraba la menor curiosidad por probar el nuevo semental, mientras Gwyn se moría de ganas de hacerlo desde que Warden había adquirido el caballo. De todos modos, hasta el momento no le habían permitido montar en *Madoc* con el argumento de que un semental no era caballo para una dama. Sin embargo, era evidente que el pequeño potrillo negro tenía un temperamento más tranquilo que la obstinada *Igraine*, aunque era posible que no estuviera acostumbrado a las sillas laterales. A ese respecto, no obstante, Gwyneira era optimista. Los pastores, que a falta de lacayos también hacían las veces de mozos de cuadra, no tenían ni idea de decencia. Así que Lucas tuvo que ordenar ese día al sorprendido McKenzie que preparase la yegua de Gwyneira pero con la silla de amazona. Para sí pidió uno de los caballos de la granja que, si bien eran por lo general más altos, también eran más ligeros que los otros. La mayoría de ellos parecían ser realmente briosos, pero la elección de Lucas recayó en el animal más tranquilo.

—Así podré intervenir si *milady* se encuentra en dificultades y no cabrá la posibilidad de que tenga que pelearme con mi propio caballo —explicó al pasmado McKenzie.

Gwyneira puso los ojos en blanco. Si de verdad tropezaba con dificultades, lo más seguro era que desapareciera con *Igraine* en el horizonte antes de que el tranquilo caballo blanco de Lucas llegara. Aun así, conocía el razonamiento por los manuales de urbanidad y fingió valorar los desvelos de Lucas. El paseo a caballo por Kiward Station transcurrió, pues, de forma muy armoniosa. Lucas charló con Gwyneira sobre las cacerías de zorro y demostró su sorpresa por el hecho de que la joven participara en concursos de perros.

—Esto me parece una actividad bastante..., hum, poco convencional para una joven *lady* —balbuceó indulgente.

Gwyneira se mordió levemente los labios. ¿Empezaba ya Lucas a ponerla bajo su tutela? Entonces más le valía darle un chasco de inmediato.

—Tendrá que conformarse con eso —respondió ella con frialdad—. También resulta bastante poco convencional responder a una proposición matrimonial viajando a Nueva Zelanda. Y aun más cuando todavía no se conoce al futuro esposo.

—*Touché!* —rio Lucas, pero luego adoptó un aire de gravedad—. Debo reconocer también que al principio yo tampoco aprobé el comportamiento de mi padre. No obstante, aquí es realmente difícil arreglar una unión conveniente. Entiéndame bien, Nueva Zelanda no fue ocupada por timadores como Australia, sino por personas honradas. Pero la mayoría de los colonos..., bueno, carecen de clase, educación y cultura. En este sentido me considero más que dichoso por haber aprobado esta proposición de matrimonio poco convencional que me ha llevado a una novia tan encantadora y poco convencional. ¿Puedo esperar que yo también satisfaga sus aspiraciones, Gwyneira?

Gwyn asintió, aunque tuvo que hacer un esfuerzo por sonreír.

—Estoy gratamente sorprendida de haber encontrado aquí a un *gentleman* tan perfecto como usted —dijo—. Tampoco habría podido hallar en Inglaterra un esposo más cultivado e instruido.

Eso era sin duda cierto. En los círculos de la nobleza rural en los que se había movido Gwyneira se disponía de cierta formación básica, pero en los salones era más frecuente hablar de carreras de caballos que acerca de las cantatas de Bach.

—Naturalmente, debemos conocernos mejor el uno al otro antes de fijar una fecha para la boda —declaró Lucas—. De otra forma no sería un enlace conveniente, como ya he explicado a mi padre. Si por él fuera, ya habría fijado la fecha de la ceremonia para pasado mañana.

Gwyneira pensó, empero, que ya era hora de pasar a los actos, pero le dio la razón, claro, y dijo que aceptaría encantada la invitación de Lucas de visitar su taller esa tarde.

—Es obvio que sólo soy un pintor sin importancia, pero espero poder seguir evolucionando —dijo mientras recorrían al paso un tramo que invitaba al galope—. Estoy trabajando en la actualidad en un retrato de mi madre. Le hemos destinado un lugar en el salón. Por desgracia tengo que pintarlo a partir de daguerrotipos, pues apenas si la recuerdo. Murió cuando yo todavía era pequeño. Al ir trabajando, sin embargo, cada vez acuden a mi memoria más recuerdos y me siento más próximo a ella. Es una experiencia sumamente interesante. Me gustaría pintarla también a usted en alguna ocasión, Gwyneira.

Gwyneira asintió sin mucho entusiasmo. Su padre había mandado hacer un retrato de ella antes de la partida y posar le había resultado un aburrimiento mortal.

—Ardo en deseos sobre todo de conocer su opinión sobre mi trabajo. Seguro que en Inglaterra ha visitado usted muchas galerías y está mucho mejor informada sobre las nuevas tendencias que nosotros, aquí en el fin del mundo.

Gwyneira sólo esperaba que se le ocurrieran también para eso un par de observaciones impactantes. De hecho, la noche anterior ya había agotado las provisiones adecuadas para el caso, pero tal vez los cuadros precisaran de nuevas ideas. En realidad nunca había visto una galería por dentro y las nuevas tendencias en el terreno del arte le eran por entero indiferentes. Sus antepasados, al igual que sus vecinos y amigos, habían acumulado en el transcurso de las generaciones suficientes cuadros para decorar sus paredes. Las imágenes mostraban sobre todo abuelos y caballos y, en el fondo, su calidad se juzgaba según el criterio de «similitud». Y era la primera vez que oía esos conceptos como «incidencia de la luz» y «perspectiva» sobre los que Lucas hablaba sin parar.

Le encantaban, sin embargo, los paisajes por los que paseaban a caballo. Por la mañana estaba nublado, pero ahora salía el sol y la bruma se disipaba de Kiward Station como si la naturaleza ofreciera así a Gwyneira un regalo especial. Como era de esperar, Lucas no la condujo por las estribaciones de la montaña, donde las ovejas pastaban en libertad, pero el terreno que estaba justo al lado de la granja era maravilloso. El lago reflejaba las formaciones de nubes en el cielo y las peñas que sobresalían en el prado hacían pensar en unos dientes enormes que acabasen de hincarse en la alfombra de hierba o en un ejército de gigantes que fueran a cobrar vida de un momento a otro.

—¿No hay ninguna leyenda en la que el protagonista sembrara piedras y luego crecieran soldados de ellas para su ejército? —preguntó Gwyneira.

Lucas se mostró encantado con la imagen.

—En realidad no son piedras, sino dientes de dragón que Jasón, en la mitología griega, llevó a la tierra —la corrigió—. Y el ejército de hierro que creció de ellos se alzó contra él. Ah, es maravilloso conversar con gente con una formación clásica del mismo nivel, ¿no lo siente usted también así?

Gwyneira había pensado más bien en los círculos de piedra que se encontraban en su tierra natal y en torno a los cuales su nodriza le había contado tiempo atrás historias de aventuras. Si recordaba bien, las sacerdotisas habían hechizado allí a los soldados romanos o algo así. Pero seguro que esas leyendas no eran para Lucas lo bastante clásicas.

Entre las piedras pastaban las primeras ovejas de la propiedad de Gerald: ovejas para la cría que hacía poco habían parido. Gwyneira estaba fascinada con los, en líneas generales, muy bonitos corderos. De todos modos, Gerald tenía razón: una inyección de sangre de ovejas Welsh Mountain mejoraría la calidad de la lana.

Lucas frunció el entrecejo cuando Gwyn explicó que debían dejar que uno de los machos de Gales montara enseguida las ovejas.

—¿Es costumbre entre las jóvenes *ladies* inglesas expresarse tan..., sin rodeos..., sobre asuntos del sexo?

—¿Y cómo expresarse sino? —En realidad, Gwyneira nunca había relacionado la decencia y la cría de ovejas. No tenía ni idea de cómo la mujer engendraba un hijo, pero había visto más de una vez, sin que nadie dijera nada, cómo se montaban las ovejas.

Lucas se sonrojó un poco.

—Bueno, este..., hum..., la totalidad de este ámbito ¿no constituye un tema de conversación extraño entre las damas?

Gwyneira se encogió de hombros.

—Mi hermana Larissa cría Highland Terrier y mi otra hermana cultiva rosas. Hablan todo el día de eso. ¿Qué diferencia hay con las vacas?

—¡Gwyneira! —Lucas se puso rojo como un tomate—. Bueno, dejemos este tema aparte. ¡Sabe Dios que no es decente en nuestra actual situación! Contemplemos mejor un poco más cómo juegan los corderos. ¿A que son bonitos?

En realidad, Gwyneira los habría considerado más desde el punto de vista de los beneficios que reportaría la lana, pero como todos los corderos recién nacidos eran, sin duda alguna, una monada, dio la razón a Lucas y no puso reparos cuando poco después el joven propuso concluir pausadamente el paseo a caballo.

—Creo que ya ha visto usted lo suficiente para desenvolverse ahora sola por Kiward Station —dijo mientras ayudaba a Gwyneira a desmontar delante de los establos. Ésta aceptó la observación como una más de sus extravagancias. Era evidente que Lucas no se oponía a que su prometida saliera sola a caballo. Al menos no había abordado el tema de la «señorita de compañía» ya fuera porque había pasado por alto este capítulo del manual de urbanidad o porque no podía ni imaginarse que una muchacha deseara pasear sola a lomos de su caballo.

En cualquier caso, Gwyneira pronto aprovechó la oportunidad. En cuanto Lucas se dio la vuelta, se dirigió al pastor de edad más avanzada que recogió su caballo.

—Señor McAran, mañana por la mañana quiero ir a dar un paseo sola. Prepáreme por favor el nuevo semental para las diez, con la silla del señor Gerald.

La boda de Helen con Howard O'Keefe no se organizó de forma tan poco solemne como al principio había temido la joven. Para no tener que celebrar la ceremonia en una iglesia totalmente vacía, el reverendo Baldwin la incluyó en la misa del domingo, por lo que al final se formó una cola bastante larga de personas que desfilaron delante de Helen y Howard para felicitarles. El señor y la señora McLaren hicieron cuanto pudieron para dar carácter solemne a la celebración y para decorar la iglesia. La señora Godewind contribuyó con flores que ella misma y Elizabeth reunieron en unos espléndidos ramos. El señor y la señora McLaren compraron a Rosemary un vestidito de domingo de color rosa que daba el aspecto a la niña, que iba arrojando flores, de un capullito de rosa. El señor McLaren se encargó de conducir a la novia al altar y Elizabeth y Belinda Baldwin siguieron a Helen como damas de honor. Helen había esperado volver a ver a las otras niñas con motivo de la misa, pero ninguna de las familias que vivían más alejadas se presentó al servicio dominical. Tampoco los señores de Laurie hicieron acto de presencia. Helen estaba inquieta, pero no quería amargarse el gran día. Se había conformado con el precipitado enlace matrimonial y estaba firmemente decidida a vivirlo lo mejor posible. Además, en los últimos dos días había podido observar con detalle a Howard, pues había permanecido en la ciudad y los Baldwin lo habían invitado prácticamente a todas las comidas. Al principio, el arrebato de cólera que había sufrido cuando se mencionó a los Warden había extrañado a Helen, incluso la había amedrentado, pero cuando ese tema no se abordaba, parecía ser una persona equilibrada. Aprovechó la estancia en la ciudad para realizar abundantes compras para la granja, por lo que parecía que sus finanzas no iban del todo mal. Con el traje de domingo de *tweed* gris que se había puesto para el enlace, su aspecto era elegante, aunque era obvio que la tela no se ajustaba a la época del año y el hombre así equipado sudaba a mares.

Helen, a su vez, llevaba un vestido de verano de color verde primavera que había mandado hacer a medida en Londres pensando en su boda. Un vestido de puntillas blanco habría sido, claro está, más bonito, pero lo había descartado por ser un gasto innecesario. A fin de cuentas, nunca más volvería a ponerse un vestido de seda de ensueño. Ese día, el brillante cabello de Helen bajaba suelto por su espalda, un peinado que la señora Baldwin miraba con recelo, pero que tanto la señora McLaren como la señora Godewind habían aprobado. Habían apartado la melena del rostro de Helen sólo con una cinta en la frente y la habían adornado con flores. La misma Helen pensó que nunca había estado tan bonita, e incluso Howard, pese a ser parco en palabras, se superó con otro cumplido: «Está usted..., oh, muy hermosa, Helen.»

Helen jugueteaba con sus cartas, que todavía llevaba consigo. ¿Cuándo dejaría su esposo de una vez de reprimirse y repetiría esas bellas palabras cara a cara?

El enlace en sí fue muy solemne. El reverendo Baldwin se reveló como un fabuloso predicador capaz de cautivar en su totalidad a sus feligreses. Cuando habló del amor «en los buenos y malos días» hasta la última mujer de la iglesia lloró y los hombres se sonaron la nariz. Sin embargo, la elección de la madrina provocó cierta amargura. Helen habría deseado que lo fuera la señora Godewind, pero la señora Baldwin se impuso enseguida y hubiera sido muy descortés rechazar su ofrecimiento. Al menos su padrino, el vicario Chester, era muy de su agrado.

Howard dio una sorpresa cuando recitó sus votos con una voz firme y segura, y casi contempló con cariño a Helen mientras lo hacía. A la misma Helen no le salió tan perfecto porque rompió a llorar.

Pero entonces sonó el órgano, la comunidad cantó y Helen se sintió en extremo feliz cuando del brazo de su esposo salió de la iglesia. Fuera ya les esperaban para felicitarles por el enlace.

Helen besó a Elizabeth y se dejó abrazar por la llorosa señora McLaren. Para su sorpresa, también aparecieron la señora Beasley y toda la familia O'Hara, aunque los últimos no pertenecían a la Iglesia anglicana. Helen estrechó manos, lloró y rio al mismo tiempo, hasta que al final sólo quedó una joven que Helen nunca había visto antes. Buscó a Howard con la mirada (tal vez la mujer había asistido a causa de él), pero Howard conversaba en ese momento con el párroco. Parecía no haberse percatado de la última persona que iba a felicitarlos.

Helen le sonrió.

—Sé que es imperdonable, ¿pero puedo preguntarle de qué la conozco? En estos últimos días me han pasado tantas cosas nuevas...

La mujer le sonrió con calidez. Era de baja estatura y dulce, y había algo infantil en su rostro común y el fino cabello rubio que llevaba pulcramente recogido bajo una cofia. Su ropa se ajustaba al modesto uniforme para la misa del domingo de un ama de casa de Christchurch.

—No debe disculparse, usted no me conoce —respondió—. Sólo quería presentarme porque... tenemos algo en común. Mi nombre es Christine Lorimer. Yo fui la primera.

Helen la miró sorprendida.

—¿La primera qué? Venga, vayamos a la sombra. La señora Baldwin ha preparado unos refrescos en la casa.

—No quiero importunarla —replicó enseguida la señora Lorimer—. Pero soy, por así decirlo, su predecesora. La primera que llegó de Inglaterra para casarse aquí.

—Qué interesante —se asombró Helen—. Pensaba que la primera era yo. Se decía que las otras mujeres no habían recibido respuesta a su solicitud y yo también viajé sin haber fijado una cita directa.

La mujer asintió.

—Yo también, más o menos. Tampoco contesté a un anuncio. Pero tenía veinticinco años y ninguna perspectiva de encontrar marido. ¿Cómo iba a hacerlo sin dote?

»Vivía con mi hermano y su familia, a la que él alimentaba más mal que bien. Intenté contribuir con algo de dinero como costurera, pero no era muy hábil. Tengo mala vista y en las fábricas no me aceptaron. Luego mi hermano y su mujer pensaron en emigrar. ¿Pero qué iba a ser de mí? Se nos ocurrió escribir al párroco del lugar una carta para saber si no habría un cristiano decente en Canterbury que buscara esposa. Nos respondió una tal señora Brennan. Muy decidida. Lo quería saber todo sobre mí. Pero debí de gustarle. En cualquier caso, recibí una carta del señor Thomas Lorimer. Y qué voy a contarle, ¡enseguida me enamoré!

—¿En serio? —preguntó Helen, que no quería reconocer de ninguna manera que a ella le había pasado exactamente lo mismo—. ¿Con una carta?

La señora Lorimer rio por lo bajo.

—¡Ah, sí! ¡Escribía tan bien! Todavía me sé las palabras de memoria: «Sí, ansío a una mujer que esté dispuesta a unir su destino con el mío. Ruego a Dios que me conceda una mujer amorosa cuyo corazón puedan ablandar estas palabras.»

Helen abrió los ojos como platos.

—Pero... pero esto es de mi carta —se inquietó—. ¡Es justo lo que Howard me escribió a mí! No puedo creer lo que me está contando, señora Lorimer. ¿Es una broma de mal gusto?

La mujercita la miró consternada.

—¡Oh, no, señora O'Keefe! ¡En ningún caso pretendía herirla! ¡No podía sospechar que habían vuelto a hacerlo!

—¿Vuelto a hacer qué? —preguntó Helen, aunque ya presentía algo.

—Bueno, lo de las cartas —prosiguió Christine Lorimer—. Mi Thomas es un hombre de buen corazón. De verdad, no podría imaginarme un mejor esposo. Pero es carpintero, no es hombre de muchas palabras ni tampoco sabe escribir cartas románticas. Dice que lo intentó una y otra vez, pero que ninguna de las cartas que me dirigía le gustaba lo suficiente para enviármela. A fin de cuentas, quería conmoverme, ya sabe. Y bien, se dirigió al vicario Chester...

—¿El vicario Chester ha escrito las cartas? —preguntó Helen, que no sabía si ponerse a llorar o a reír. Al menos algo tenía ahora claro: la hermosa caligrafía de un sacerdote. La perfecta elección de las palabras y la falta de información práctica que Gwyneira había advertido. Y, claro está, el llamativo interés del pequeño vicario porque el reclutamiento de novias tuviera éxito.

—¡No hubiera pensado que se atrevieran a hacerlo de nuevo! —dijo la señora Lorimer—. Porque les eché a los dos una buena reprimenda cuando me enteré de ese asunto. Oh, lo lamento tanto, señora O'Keefe. Su Howard debería de haber tenido la oportunidad de contárselo él mismo. ¡Pero ahora voy a llamar a capítulo a ese vicario Chester! ¡Éste me va a oír!

Christine Lorimer se puso en marcha con determinación, mientras Helen se quedaba atrás meditabunda. ¿Quién era el hombre con el que acababa de casarse? ¿Le había ayudado Chester realmente a expresar con palabras sus sentimientos o en el fondo a Howard le daba igual el cómo atraer a su futura esposa al fin del mundo?

Pronto lo sabría. Pero no estaba del todo segura de si quería saberlo.

El carro llevaba ocho horas traqueteando por caminos enlodados. Helen tenía la sensación de que el viaje nunca acabaría. Además, ese paisaje sin límites la deprimía. Durante más de una hora no habían pasado junto a ninguna casa. Encima, el carruaje en el que Howard transportaba desde Christchurch y en dirección a Haldon a su esposa, las pertenencias de ésta y sus propias compras era el medio de locomoción más incómodo que la muchacha había jamás empleado. La espalda le dolía a causa del asiento sin suspensión y la fina llovizna que caía sin cesar le provocaba malestar en todo el cuerpo. Howard tampoco contribuyó de forma alguna en hacerle más soportable el viaje, durante el cual le habló poco. Llevaba al menos media hora sin dirigirle la palabra; como mucho, gruñía alguna orden al caballo zaino o al mulo gris que tiraban del carro.

Así que Helen disponía de todo el tiempo del mundo para abandonarse a sus pensamientos, que no eran los más alegres. Lo de las cartas no pasaba de ser un problema mínimo. El día anterior Howard y el vicario se habían disculpado por la mentirijilla, pero la consideraban un pecado venial. Al menos habían llevado el asunto a buen término: Howard tenía esposa y Helen esposo. Peor era la noticia que Helen había recibido por la noche de boca de Elizabeth. La señora Baldwin no había contado nada, tal vez porque se avergonzaba o para no inquietar a Helen, pero Belinda Baldwin no había podido mantener la boca cerrada y había confesado a Elizabeth que ya el segundo día la pequeña Laurie se había escapado de la casa de los Lavender. La habían encontrado enseguida, desde luego, y reprendido con dureza, pero, al día siguiente, Laurie había vuelto a intentarlo. La segunda vez le habían pegado. Y ahora, después del tercer intento, permanecía encerrada en el armario de las escobas.

«¡A pan y agua!», había exclamado teatralmente Belinda.

Esa mañana, antes de la partida, Helen había hablado con el reverendo sobre ese asunto. Como era natural, él le había prometido que iría a ver cómo andaban las cosas con Laurie. Pero ¿cumpliría su palabra cuando Helen no estuviera ahí para recordarle sus obligaciones?

Y luego estaba, era evidente, el viaje con Howard. Helen todavía había pasado la noche anterior púdicamente en su cama, en casa de los Baldwin. Ni se planteaban acoger en la casa parroquial a Howard y éste no podía o no quería permitirse una noche en el hotel.

—Pasaremos toda la vida juntos —había dicho, dándole un torpe beso en la mejilla a Helen—. No vendrá de esta noche.

Helen se sintió aliviada, pero también un poco decepcionada. Sea como fuere, ella hubiera preferido las comodidades de una habitación de hotel al jergón de mantas en el carro entoldado que posiblemente la esperaba durante el viaje. Había guardado el camisón bueno en la parte superior de la maleta de viaje, pero le resultaba un misterio saber dónde se vestiría y desvestiría con decencia. Aparte de esto, lloviznaba sin cesar, y su vestido —y sin duda las mantas— estaba frío y mojado. Fuera lo que fuese lo que la esperaba durante la noche, las condiciones no eran las mejores para salir airosa.

Sin embargo, Helen se ahorró la cama improvisada en el carro. Poco antes de que oscureciera, cuando ya estaba del todo agotada y lo único que deseaba era que el traqueteo del carro cesara de una vez, Howard se detuvo delante de una modesta granja.

—Aquí podremos alojarnos —dijo a Helen, y la ayudó caballerosamente a bajar del pescante—. Conozco al hombre, Wilbur, de Port Cooper. Se ha casado ahora también y se ha establecido.

Un perro ladró en el interior y Wilbur y su esposa salieron curiosos a ver quién los visitaba.

Cuando el hombrecillo nervudo reconoció a Howard se puso a gritar y lo abrazó con vigor. Ambos se palmearon en la espalda, recordaron las aventuras que habían emprendido juntos en el pasado y de buena gana hubieran descorchado la primera botella bajo la lluvia.

Helen buscó la ayuda de la esposa. Para su tranquilidad, la sonrisa de ésta era franca y acogedora.

—Usted debe de ser la nueva señora O'Keefe. Apenas si podíamos dar crédito a la noticia de que Howard iba a casarse. Pero entre, por favor, estará congelada. Y el traqueteo de estos carros... Viene de Londres, ¿verdad? ¡Seguro que está más acostumbrada a los coches de punto! —La mujer rio, como si no hubiera dicho en serio el último comentario—. Me llamo Margaret.

—Helen —se presentó. Al parecer aquí no se entretenían en formalidades. Margaret era un poco más alta que su marido, delgada y de aspecto algo abatido. Llevaba un vestido gris, sencillo y varias veces remendado. El mobiliario de la granja a la que había acompañado a Helen era bastante sencillo: mesas y sillas de madera basta y una chimenea abierta en la que también se cocinaba. Pero la comida, que borboteaba en una gran marmita, desprendía un olor muy apetitoso.

—Estáis de suerte, acabamos de matar un pollo —confesó Margaret—. No era el más joven, pero seguro que todavía da una sopa como Dios manda. Siéntese junto al fuego, Helen, y deje que se sequen sus ropas. Aquí tiene café y ya encontraré también un traguito de whisky.

Helen se quedó pasmada. En su vida había bebido whisky, pero Margaret no parecía ver nada malo en ello. Le tendió a continuación un vaso esmaltado lleno de café amargo como la hiel que debía de haber hervido largo tiempo al fuego. Helen no se atrevió a pedir azúcar ni leche, pero Margaret puso solícita los dos frente a ella en la mesa.

—Sírvase mucho azúcar, le levantará los ánimos. ¡Y un chorrito de whisky!

En efecto, el destilado mejoró el sabor del café. Y la mezcla con azúcar y leche era en conjunto bebible. Además se suponía que el alcohol aliviaba las penas y relajaba los músculos contraídos. Visto así, Helen podía considerarlo una medicina. No dijo que no cuando Margaret le sirvió por segunda vez.

En cuanto hubieron concluido la sopa de pollo, Helen lo veía todo como a través de una tenue bruma. Había recuperado el calor y la habitación iluminada por el fuego tenía un aire acogedor. Si debía sufrir ahí lo «impronunciable»... ¿Por qué no?

La sopa también contribuyó a levantarle los ánimos. Estaba estupenda, aunque le provocaba al mismo tiempo cansancio. Helen hubiera preferido acostarse, pero era evidente que Margaret disfrutaba conversando con ella.

Aun así, Howard también parecía tener ganas de irse a dormir pronto. Había vaciado algunos vasos con Wilbur y soltó una carcajada cuando éste le propuso una partida de cartas.

—No, querido amigo, por hoy nada más. Tengo otro plan estrechamente relacionado con la encantadora mujer que me ha llegado desde mi antiguo hogar.

Se inclinó con galantería delante de Helen, que de inmediato se sonrojó.

—Entonces, ¿dónde podemos retirarnos? Ésta es..., por así decirlo... ¡nuestra noche de bodas!

—¡Oh, entonces os tenemos que tirar el arroz! —gritó Margaret—. No sabía que la unión era tan reciente. Por desgracia no puedo ofreceros una cama de verdad. Pero en el establo hay heno fresco suficiente, estará caliente y mullido. Esperad, os daré sábanas y mantas, las vuestras seguro que están húmedas de la lluvia del viaje. Y una linterna, para que podáis ver algo..., aunque, la primera vez es bonito a oscuras.

Soltó una risita.

Helen estaba horrorizada. ¿Iba a tener que pasar la noche de bodas en un establo?

No obstante, la vaca mugió hospitalaria cuando Helen y Howard (ella cargada de mantas y él con la linterna) entraron en el cobertizo. Se estaba relativamente caliente allí. Con el tiro de Howard se albergaban en el establo la vaca y tres caballos. Los cuerpos de los animales caldeaban algo el espacio, pero también lo llenaban de un olor penetrante. Helen extendió las mantas encima del heno. ¿Habían pasado ya tres meses desde que se había sentido molesta sólo por la lejana cercanía de un corral de ovejas? Con toda certeza Gwyneira encontraría esta historia divertida; Helen, por el contrario..., si era franca, todavía sentía miedo.

—¿Dónde... puedo desvestirme aquí? —preguntó con timidez. Era imposible que se desnudara delante de Howard y en medio del establo.

Howard frunció el entrecejo.

—¿Estás loca, mujer? Haré todo lo posible para que no pases frío, pero éste no es sitio para camisones de puntillas. Por la noche refresca y además seguro que hay alguna pulga en el heno. Déjate la ropa puesta.

—Pero..., pero si nosotros... —Helen estaba de color escarlata.

Howard rio complacido.

—Ya me preocuparé yo de eso. —Con toda tranquilidad se soltó la hebilla del cinturón—. Y ahora, tápate con las mantas para que no te enfríes. ¿Te ayudo a aflojar el corsé?

Era evidente que Howard no hacía todo eso por vez primera. Y tampoco parecía sentirse inseguro, al contrario, su rostro expresaba una alegría anticipada. Sin embargo, Helen rechazó su ayuda, ya podía desatarse los cordones sola. Pero para ello tenía que desabrocharse el vestido, lo que no era fácil porque se cerraba por la espalda. Se sobresaltó cuando sintió los dedos de Howard, que desabrochó un botón tras otro con habilidad.

—¿Mejor así? —preguntó él con una especie de sonrisa.

Helen asintió. Sólo deseaba que la noche pasara pronto. Luego se tendió con desesperada determinación sobre el lecho de heno. Quería dejarlo a sus espaldas, daba igual lo que la aguardara. Se puso en silencio boca arriba y cerró los ojos. Las manos se le crisparon en las sábanas una vez que se hubo cubierto con las mantas. Howard se deslizó junto a ella al tiempo que se aflojaba el cinturón. Helen sintió sus labios en el rostro. Su esposo le besaba las mejillas y la boca. No pasaba nada, ya se lo había permitido antes. Pero entonces intentó introducir la lengua entre sus labios. Helen se tensó de inmediato, pero luego se relajó cuando él notó su reacción y desistió. En lugar de ello la besó en el cuello, le bajó el vestido y el corpiño y empezó torpemente a acariciar el principio de sus pechos.

Helen apenas se atrevía a tomar aire, mientras que Howard respiraba cada vez más deprisa hasta empezar a jadear. Helen se preguntaba si eso era normal y se llevó un susto de muerte cuando él le arremangó el vestido.

Tal vez en un lecho más cómodo hubiera resultado menos doloroso. Pero, por otra parte, un entorno más íntimo habría empeorado el asunto. Así la situación tenía algo de irreal. No se veía nada en absoluto y las mantas, al igual que las voluminosas faldas de Helen, que ahora llevaba subidas hasta las caderas, le impedían al menos la vista de lo que Howard estaba haciendo con ella. ¡Ya era lo suficiente terrible sentirlo! Su esposo le metió algo entre las piernas, algo duro, animado y vivo. Era horrible y asqueroso, y además dolía. Helen gritó cuando algo en su interior pareció desgarrarse. Notó que sangraba, lo que no impidió que Howard siguiera atormentándola. Parecía poseído, gemía y se movía rítmicamente dentro y fuera, casi parecía disfrutar con ello. Helen tuvo que apretar los dientes para no gritar de dolor. Al final sintió una oleada de humedad caliente y segundos después Howard pareció desmoronarse sobre ella. Ya había pasado. Su esposo se echó a un lado. Su respiración, todavía agitada, pronto se calmó. Helen emitió un leve suspiro mientras se arreglaba las faldas.

—La próxima vez no te hará tanto daño —la consoló Howard, besándole torpemente la mejilla. Parecía estar satisfecho con ella. Helen se esforzó por no apartarse de él. Howard tenía el derecho de hacer lo que había hecho con ella. Era su esposo.

4

El segundo día de viaje todavía fue más agotador que el primero. A Helen le dolía tanto el vientre que apenas podía sentarse. Además se sentía de tal modo avergonzada que no quería ni mirar a Howard. Incluso el desayuno había sido una tortura en la casa de sus anfitriones. Margaret y Wilbur no se ahorraron indirectas ni bromas, a las que Howard respondía de buen humor. Sólo hacia el final de la comida, Margaret se percató de la palidez y la falta de apetito de Helen.

—¡Irá a mejor, pequeña! —le dijo cuando los varones salieron a enganchar los caballos y se quedaron a solas—. El hombre tiene que abrirte primero. Hace daño y sangra un poco. Pero después se desliza adentro y deja de doler. Hasta puede llegarte a gustar, ¡hazme caso!

Helen jamás encontraría el gusto a esa cosa, de eso estaba convencida. Pero si a los hombres les gustaba, había que permitírselo para mantenerlos de buen humor.

—Y sin eso no hay niños —añadió Margaret.

Helen apenas si podía imaginar que tal indecencia, el miedo y el dolor, dieran como fruto un niño; pero recordó las historias de la antigua mitología. También ahí había mujeres deshonradas que luego daban a luz. Tal vez era algo totalmente normal. Y no era indecente, a fin de cuentas estaban casados.

Helen se forzó por dirigirse a Howard con serenidad y preguntar acerca de sus tierras y animales. Apenas escuchaba las respuestas, pero él no debía pensar, en ningún caso, que estaba enfadada. Era innegable que él no se avergonzaba de lo que había sucedido la noche anterior.

Entrada la tarde, cruzaron por fin los límites de la granja de Howard. Había que atravesar un arroyo que en esa época, sin embargo, estaba enfangado. El carro pronto se quedó atascado, así que Helen y Howard tuvieron que bajar a empujar. Cuando por fin subieron de nuevo al pescante, estaban mojados y el dobladillo de la falda de Helen pesaba a causa del barro. Pero enseguida apareció a la vista la granja y Helen se olvidó de golpe de todas las preocupaciones por su vestido, los dolores e incluso el miedo a la noche siguiente.

—Ya hemos llegado —dijo Howard, y detuvo el tiro delante de una cabaña. También se la podría haber denominado benévolamente construcción de tablas pues estaba burdamente levantada mediante troncos—. Entra tú, yo iré a ver si todo va bien en el establo.

Helen se había quedado de piedra. ¿Ésta iba a ser su casa? Hasta los establos de Christchurch eran más confortables, ni qué decir de los de Londres.

—Venga, adelante. No está cerrada. Aquí no hay ladrones.

En casa de Howard no había nada que robar. Cuando Helen, todavía muda, abrió la puerta, vio tal estancia que, en comparación, hasta la cocina de Margaret resultaba acogedora. La casa se componía en total sólo de dos habitaciones: una combinación de cocina y sala de estar, que con una mesa, cuatro sillas y un arcón estaba pobremente amueblada. La cocina disponía de un mobiliario mejor; a diferencia de la de Margaret tenía un auténtico fogón. Al menos, Helen no tendría que cocinar en un fuego abierto.

Abrió nerviosa la puerta de la habitación contigua: como esperaba, se trataba de la habitación de Howard. No, de su habitación, se corrigió. Y debería arreglarla sin falta para que resultara más agradable.

Hasta el momento sólo contenía una cama toscamente construida, chapucera y con ropa basta. Helen dio gracias al cielo por sus compras en Londres. Tendría mejor aspecto con la nueva ropa de cama. En cuanto Howard le llevara la bolsa cambiaría las sábanas.

Howard entró con una cesta de leña bajo el brazo. Sobre los leños llevaba en equilibrio un par de huevos.

—¡Atajo de vagos, esos diablos maoríes! —gruñó—. Hasta ayer bien que han ordeñado la vaca, pero hoy no. Está con las ubres hinchadas, el pobre animal, y se está muriendo de dolor. ¿La podrás ordeñar? A partir de ahora será de todos modos una de tus tareas, así que mejor que te acostumbres enseguida.

Helen se lo quedó mirando desconcertada.

—Tengo que ordeñarla... ¿ahora?

—Bueno, si esperamos a pasado mañana por la mañana la vaca habrá reventado —dijo Howard—. Pero puedes ponerte ropa seca antes, traeré tus cosas. Si no te morirás de frío en esta habitación. Aquí tienes las cerillas.

Lo último sonó como una orden. Pero Helen tenía primero que resolver el problema con la vaca.

—Howard, no sé ordeñar —confesó—. Nunca lo he hecho.

Howard frunció el ceño.

—¿Qué significa que nunca has ordeñado? —preguntó—. ¿No hay vacas en Inglaterra? En la carta decías que durante años te habías encargado de administrar la casa de tu padre.

—¡Pero vivíamos en Liverpool! En el centro de la ciudad, junto a la iglesia. ¡No teníamos ganado!

Howard la miró enfadado.

—Pues entonces procura aprender. Hoy todavía lo haré yo. Limpia el suelo mientras tanto. El viento lo ha llenado todo de polvo. Y luego ocúpate del fuego. Ya he traído la leña, sólo tienes que encenderlo. Pon cuidado en apilar bien la leña o se nos llenará la cabaña de humo. Eso sí sabrás hacerlo..., ¿o es que no había cocinas en Liverpool?

Helen renunció a poner objeciones ante la expresión despectiva de Howard. Todavía le enojaría más si le explicaba que en Liverpool contaban con una chica para hacer las tareas más duras de la casa. Las obligaciones de Helen se habían limitado a educar a sus hermanos pequeños, ayudar en la parroquia y dirigir el grupo de estudio de la Biblia. ¿Y qué diría si le describía la casa de sus patrones en Londres? Los Greenwood tenían una cocinera, un criado que encendía los fogones y criadas que se anticipaban a cualquier deseo de sus señores. Y Helen como institutriz, a quien, pese a no pertenecer al ámbito de los señores, nadie le había exigido que tocara un trozo de leña.

Helen ignoraba cómo iba a apañárselas con todo eso; pero tampoco se le ocurría ninguna solución.

Gerald Warden se mostró muy complacido de que Gwyneira y Lucas se pusieran de acuerdo tan deprisa. Fijó la fecha del enlace para el final de semana de Adviento. Sería pleno verano y la celebración podría tener lugar en el jardín, que, por otro lado, habría sin duda que arreglar. Hoturapa y dos maoríes más que había contratado con motivo del acontecimiento trabajaban duro para plantar las semillas y plantones que Gerald había traído de Inglaterra. Un par de plantas autóctonas también encontraron su sitio en el jardín que Lucas supervisaba con tanta atención. Puesto que los arces y castaños tardaban demasiado tiempo en alcanzar la altura necesaria, hubo que recurrir a la fuerza a las hayas del sur, palmeras de Nikau y *cabagge-trees* para que los invitados de Gerald pudieran pasear a la sombra en el tiempo previsto. A Gwyneira no le importaba. Encontraba la flora y la fauna autóctonas interesantes: por fin un ámbito en que sus preferencias y las de su futuro esposo coincidían. Por otra parte, las investigaciones de Lucas se limitaban sobre todo a los helechos e insectos, que era lo que abundaba en las lluviosas regiones occidentales de la isla. Gwyneira sólo podía admirar su variedad y sus formas afiligranadas en los bien elaborados dibujos del mismo Lucas. Si bien, la primera vez que se encontró con un ejemplar de una especie de insectos del lugar, Gwyneira, que estaba curada de espantos, casi dejó escapar un grito. Lucas corrió enseguida a su lado como un atento *gentleman*. Lo que vio, no obstante, pareció más bien alegrarle que repugnarle.

—¡Es un weta! —dijo entusiasmado, y empujó con un palito el animal de seis patas que Hoturapa acababa de desenterrar en el jardín—. Son quizá los insectos más grandes del mundo. No es raro que midan ocho centímetros o más de longitud.

Gwyneira era incapaz de compartir el regocijo de su prometido. Si al menos el animal hubiera tenido el aspecto de una mariposa o de una abeja o de un avispón... Pero el weta más bien se parecía a un saltamontes grasiento y de brillo viscoso.

—Pertenecen al orden de los ortópteros —señaló Lucas, sentando cátedra—. Dicho con mayor exactitud, a la familia de los *Ensifera*. Además del weta de caverna, que forma parte de los *Rhaphidophoridae*...

Lucas se sabía las denominaciones en latín de todos los subgrupos del weta. Aun así, Gwyneira encontraba los nombres maoríes de los animales mucho más acertados. Kiri y su gente llamaban al weta *wetapunga*, «Dios de las cosas feas».

—¿Pican? —preguntó Gwyneira. El animalito no parecía ser especialmente vivaz, sino que avanzaba con parsimonia cuando Lucas lo empujaba. Sin embargo disponía de un imponente aguijón en el abdomen. Gwyneira guardó la debida distancia.

—No, no, por lo general son inofensivos. Como mucho muerden. Es tan poco peligroso como la picadura de una abeja —explicó Lucas—. El aguijón es..., debe..., bueno, significa que es una hembra y... —Lucas se volvió, como siempre que se trataba de un tema alusivo a lo «sexual».

—Es para poner huevos, Miss Gwyn —aclaró Hoturapa de forma incidental—. Esta gorda y grasienta pronto poner huevos. Muchos huevos, cien, doscientos... Mejor no llevar a casa, señor Lucas. No los huevos en casa.

—¡Por Dios! —Sólo la idea de compartir la casa con doscientos descendientes de ese animal tan poco simpático le ponía a Gwyn los pelos de punta—. Déjalo aquí. Si se va corriendo...

—No correr, Miss Gwyn. Saltar. Hop, y ya tener un *wetapunga* en la falda.

Gwyneira retrocedió otro paso por prudencia.

—Entonces lo dibujaré aquí mismo, in situ —se resignó Lucas con cierto pesar—. Me hubiera gustado llevármelo al despacho y compararlo directamente con las ilustraciones del manual. Pero bastará con mi dibujo. Sin duda, le interesará saber, Gwyneira, que se trata de un weta de suelo o de los árboles...

Pocas veces le había importado algo tan poco a la joven.

—¿Por qué no se interesará por ovejas como su padre? —preguntó poco después al paciente público formado por *Cleo* e *Igraine*. Gwyneira se había retirado al establo y estaba almohazando su yegua mientras Lucas dibujaba el weta. El caballo había sudado durante la cabalgada de la mañana y la muchacha no se privaba de alisar el pelaje, que entretanto casi se había secado—. ¡O por los pájaros! Seguro que no se quedan tanto tiempo quietos para poderlos dibujar!

Gwyneira encontraba el mundo de los pájaros del lugar más interesante que aquel de los insectos que prefería Lucas. Los trabajadores de la granja le habían enseñado algunas especies en lo que iba de tiempo. La mayoría de la gente conocía bien su nuevo hogar; pernoctar al aire libre era frecuente cuando había que acompañar las ovejas, lo que permitía familiarizarse con las aves corredoras nocturnas. James McKenzie, por ejemplo, le había enseñado los nombres que los inmigrantes europeos daban a las aves: el pájaro kiwi era pequeño y regordete y Gwyn lo encontró muy exótico con su plumaje marrón que casi parecía pelo y por el pico, que a veces utilizaba como «tercera pata», demasiado largo en proporción con el cuerpo.

—Tiene además algo en común con su perra —dijo jovial McKenzie—. Puede oler. ¡Es una rareza entre los pájaros!

McKenzie solía acompañar a Gwyneira a cabalgar por la región. Como era de esperar, ella pronto se había ganado el respeto entre los pastores. Los hombres ya se quedaron encantados la primera vez que les mostró las habilidades de *Cleo* para guiar el ganado.

—¡Por mis barbas que ese perro hace el trabajo de dos pastores! —se admiró Poker, y se inclinó para dar unas palmaditas de reconocimiento en la cabeza de *Cleo*—. ¿Los pequeños también serán así?

Gerald Warden confió a cada hombre el adiestramiento de uno de los nuevos perros. No cabía duda de que era mejor que el animal se adiestrara enseguida con el pastor que después iba a impartirle las órdenes. Pero en la práctica, McKenzie era casi el único que se encargaba de trabajar con los perros jóvenes, con la ayuda de McAran y el joven Hardy como mucho. A los demás trabajadores les resultaba demasiado aburrido ir repitiendo las órdenes continuamente y además consideraban superfluo tener que recoger las ovejas sólo para que se entrenaran los perros pastores.

McKenzie, por el contrario, mostraba interés y un talento notable para el trato con los animales. Bajo su dirección, el joven *Daimon* pronto asumió las tareas de *Cleo*. Gwyneira supervisaba los ejercicios, aunque Lucas lo desaprobaba. Gerald, sin embargo, la dejaba hacer. Sabía que los perros adquirían cada día más valor y eran más provechosos para la granja.

—Tal vez pueda hacer usted, con motivo de la boda, una pequeña demostración, Gwyn —dijo Gerald, complacido tras haber visto de nuevo en acción a *Cleo* y *Daimon*—. Será de interés para la mayoría de los asistentes... ¡qué digo, los otros granjeros se pondrán verdes de envidia cuando vean esto!

—¡Con el vestido de bodas no puedo guiar los perros! —dijo Gwyneira riendo. Disfrutó con el halago, puesto que en casa siempre tenía la sensación de ser una inepta sin remedio. Hasta el momento todavía recibía el trato de una invitada, pero era previsible que en breve, como señora de Kiward Station, se le exigiría justo lo que ya había odiado en Silkham Manor: la dirección de una casa grande y señorial, con personal de servicio y todo ese tinglado. Por añadidura, ahí ninguno de los empleados estaba del todo adiestrado. En Inglaterra se podía disimular la falta de talento organizativo si se empleaba a mayordomos o amas de llaves capacitados, no se ahorraba un céntimo con el personal y sólo se acogía gente con referencias de primera clase. Entonces la administración de la casa funcionaba sola. Ahí, por el contrario, se esperaba que Gwyneira instruyera al servicio maorí y para ello le faltaba el entusiasmo y la capacidad de persuasión.

—¿Por qué limpiar plata cada día? —preguntaba Moana, por ejemplo, con toda la lógica del mundo en opinión de Gwyn.

—Porque si no lo haces pierde el brillo —respondía Gwyn. Hasta eso llegaba.

—¿Por qué coger hierro, pierde el color? —Afligida, Moana daba vueltas a la plata en su mano—. ¡Coger madera! Es simple, lavar y limpia. —La muchacha miraba a Gwyneira buscando aprobación.

—La madera no es... insípida —contestó Gwyn, recordando la respuesta de su madre—. Y se desgasta cuando la has utilizado un par de veces.

Moana se encogió de hombros.

—Entonces sólo cortar nuevo cubierto. Es fácil, yo enseñar *miss*.

Tallar la madera era un arte que los indígenas de Nueva Zelanda dominaban muy bien. Gwyneira había visto poco tiempo atrás el poblado maorí que pertenecía a Kiward Station. No estaba muy lejos, pero se hallaba escondido tras unas peñas y un bosquecillo al otro lado del lago. Tal vez no lo hubiera encontrado nunca si no le hubiesen llamado la atención unas mujeres lavando la ropa, así como una horda de niños casi desnudos que se bañaban en el lago. Al ver a Gwyneira, esa gente morena y de baja estatura se había retirado con timidez, pero durante el siguiente paseo a caballo repartió dulces entre los niños desnudos y se ganó su confianza. Las mujeres la invitaron a su campamento mediante gestos y Gwyn admiró sus casas dormitorio, sus asadores y sobre todo la casa de asambleas decorada en abundancia con piezas talladas.

Paso a paso iba entendiendo las primeras palabras maoríes. *Kia ora* significaba «buenos días». *Tane*, «hombre»; *wahine*, «mujer». Se enteró de que no se daban las gracias, sino que la gratitud se demostraba con hechos, y que, para saludarse, los maoríes no se estrechaban las manos, sino que se frotaban la nariz. Este ceremonial recibía el nombre de *hongi* y Gwyneira lo practicó con unos niños risueños. Lucas estaba horrorizado cuando ella se lo explicaba y Gerald la amonestó:

—En ningún caso debemos confraternizar demasiado. Son primitivos y debemos conocer nuestros límites.

—Creo que siempre es bueno que nos podamos entender mejor —replicó Gwyn—. ¿Por qué tienen que aprender los primitivos el lenguaje de los civilizados? ¡Debería de ser mucho más fácil al revés!

Helen estaba de cuclillas junto a la vaca e intentaba persuadirla. Se diría que era un animal afable, lo que no siempre resultaba evidente, si había entendido bien a Daphne en el barco. Se suponía que al ordeñarlas había que poner atención en que no dieran coces. Sin embargo, ni siquiera la vaca más solícita podía dar leche por sí sola. Helen era necesaria..., pero, simplemente, no conseguía salir airosa de la tarea. Poco importaba cómo tirase ni amasase la ubres, de ahí no salían nunca más de una o dos gotas. Cuando lo hacía Howard parecía muy fácil. Aunque sólo se lo había enseñado una vez y todavía estaba disgustado por el desastre del día anterior. Cuando regresó de ordeñar, el fogón había convertido la habitación en una cueva llena de humo. Con los ojos llenos de lágrimas, Helen estaba agachada delante del monstruo de hierro y, claro está, todavía no había barrido. En un silencio obstinado, Howard había encendido el horno y la chimenea, cascado dos huevos en una sartén de hierro y servido a Helen la comida a la mesa.

—¡A partir de mañana, tú cocinas! —declaró mientras lo hacía y sonaba como si realmente ya no hubiera ahora perdón posible. Helen se preguntaba qué iba a cocinar. Excepto leche y huevos, tampoco habría nada en casa el día siguiente.

»Y tienes que hacer pan. Hay cereales en el armario. Además de judías, sal..., ya te las apañarás. Entiendo que hoy estás cansada, Helen, pero así no me sirves para nada.

Por la noche se había repetido la misma experiencia del día anterior. En esta ocasión, Helen llevaba su camisón más bonito y ambos yacían entre sábanas limpias, pero la experiencia no fue más agradable. Helen estaba llagada y horrorosamente avergonzada. El rostro de Howard, reflejo de pura lascivia, la atemorizaba. Pero esta vez, al menos, sabía que pasaría pronto. Una vez concluido el acto, Howard se dormía enseguida.

Esa mañana se había puesto en camino para inspeccionar los rebaños de ovejas. Le comunicó a Helen que no llegaría antes del atardecer. Y que para entonces esperaba una casa caldeada, una buena comida y las habitaciones limpias.

Helen no conseguía ordeñar. Pero en ese momento, cuando tiraba desesperada de la ubre de la vaca, oyó una risita apagada procedente de la puerta del establo. Oyó unos cuchicheos. Helen se habría asustado si las voces no hubieran sonado claras e infantiles. Así que se limitó a ponerse en pie.

—Salid, os estoy viendo —advirtió.

Otra risita.

Helen fue hacia la puerta, pero sólo pudo distinguir a dos figuras pequeñas y oscuras que salían corriendo como un rayo por la puerta entreabierta.

De todos modos, los niños no irían muy lejos, eran demasiado curiosos.

—No os haré nada —gritó Helen—. ¿Qué queríais, robar huevos?

—¡Nosotros no robar, *missy*! —protestó una vocecita escandalizada. Helen había herido en su honor a alguien. De detrás de la esquina del establo surgió una personita morena, vestida sólo con una falda.

—Ordeñar cuando señor Howard fuera.

¡Ajá! Helen debía a ambos la pelea del día anterior.

—¡Pero ayer no ordeñasteis! —dijo con severidad—. El señor Howard estaba muy enfadado.

—Ayer *waiata-a-ringa*...

—Danza —completó el segundo niño, en esta ocasión varón, vestido con un taparrabos—. Todo el pueblo bailar. ¡No tiempo para vacas!

Helen renunció a explicarles que una vaca tenía que ordeñarse diariamente sin tener en cuenta las festividades. A fin y al cabo ella tampoco lo había sabido hasta el día anterior.

—Pero hoy podéis ayudarme —dijo en vez de eso—. Podéis enseñarme cómo se hace.

—¿Cómo se hace? —preguntó la niña.

—Ordeñar. Lo de la vaca —suspiró Helen.

—¿Tú no saber ordeñar? —De nuevo risitas.

—Entonces, ¿tú qué hacer aquí? —preguntó con una sonrisa irónica el niño—. ¿Robar huevos?

Helen tuvo que reír. El pequeño no había nacido ayer. Pero no podía tomárselo a mal. Helen encontró muy guapos a los dos niños.

—Soy la nueva señora O'Keefe —se presentó—. El señor Howard y yo nos hemos casado en Christchurch.

—¿El señor Howard casar con *wahine* que no ordeñar?

—Bueno, tengo otras cualidades —contestó Helen riendo—. Por ejemplo sé hacer caramelos. —En realidad no sabía, pero siempre había sido el último recurso para convencer a sus hermanos de que hicieran algo. Y Howard tenía en casa sirope. Con los otros ingredientes tendría que improvisar, pero en ese momento debía atraer a los niños al establo—. ¡Claro que sólo para niños buenos!

El concepto de «bueno» no parecía significar mucho para los dos maoríes, pero sí conocían la palabra «caramelos». El pacto no tardó en cerrarse. Helen también se enteró de que se llamaban Rongo Rongo y Reti y que procedían de un poblado maorí situado junto al río. Los dos ordeñaron la vaca en un abrir y cerrar de ojos, encontraron huevos en lugares donde Helen no había buscado y luego la siguieron curiosos al interior de la casa. Como confitar el sirope para los caramelos hubiera durado horas, Helen decidió servir a los niños crepes de sirope. Los dos contemplaron fascinados cómo movía la masa y le daba la vuelta en la sartén.

—Como *takakau*, pan sin levadura —observó Rongo.

Helen vio su oportunidad.

—¿Sabes hacerlo, Rongo? Me refiero al pan sin levadura. ¿Me enseñas cómo se hace?

En realidad fue fácil. No se necesitaba más que cereal y agua. Helen esperaba que esto satisficiera las exigencias de Howard, al menos era algo de comida. Para su sorpresa, también encontraron algo comestible en el abandonado huerto de la parte posterior de la casa. En la primera inspección, Helen no había descubierto nada que se ajustara a su idea de verdura, pero Rongo y Reti removieron la tierra sólo un par de minutos y mostraron con orgullo unas raíces indefinibles. Helen preparó un potaje con ellas que sabía sorprendentemente bien.

Por la tarde, la joven limpió la habitación mientras Rongo y Reti inspeccionaban la dote. Los libros despertaron especialmente su atención.

—¡Esto es magia! —dijo Reti con gravedad—. No coger, Rongo, o tú ser devorado.

Helen rio.

—¿Cómo se te ocurre algo así, Reti? Sólo son libros que contienen historias. No son peligrosos. Cuando hayamos acabado aquí, os leeré algo en voz alta.

—Pero las historias están en la cabeza de *kuia* —dijo Rongo—. El contador de cuentos.

—Bien, pero cuando se sabe escribir, las historias fluyen de la cabeza por el brazo y la mano hacia el libro —dijo Helen—, y todo el mundo puede conocer la historia, no sólo aquel a quien el *kuia* se la cuenta.

—¡Magia! —concluyó Reti.

Helen sacudió la cabeza.

—Que no. Mira, así se escribe tu nombre. —Cogió una hoja de papel de cartas y escribió primero el nombre de Reti y luego el de Rongo. Los niños la contemplaban boquiabiertos—. ¿Veis?, ahora podéis leer vuestros nombres. También podemos escribir todo lo demás. Todo lo que sabemos decir.

—¡Pero entonces tienes poder! —dijo con seriedad Reti—. ¡El contador de cuentos tiene poder!

Helen rio.

—Sí. ¿Sabéis una cosa? Os enseñaré a leer. A cambio, vosotros me enseñaréis cómo ordeñar la vaca y lo que se cultiva en el huerto. Le preguntaré al señor Howard si hay libros en vuestra lengua. Yo aprendo maorí y vosotros mejoráis vuestro inglés.

5

Gerald acabaría teniendo razón. La boda de Gwyneira sería el acontecimiento social más esplendoroso que las llanuras de Canterbury habían conocido jamás. Los invitados de granjas alejadas e incluso de la División de Dunedin se pusieron en marcha días antes. La mitad de Christchurch también estaría presente. Las habitaciones de invitados de Kiward Station pronto se llenaron hasta los topes, pero Gerald mandó levantar tiendas alrededor de la casa para que todos tuvieran un sitio confortable en el que dormir. Contrató al cocinero del hotel de Christchurch para ofrecer a los invitados una cocina que les resultara familiar pero que al mismo tiempo fuera selecta. Mientras, Gwyneira debía enseñar a las chicas maoríes a servir a la perfección, algo que superaba sus conocimientos. Entonces se le ocurrió que con Dorothy, Elizabeth y Daphne habría personal bien formado en el entorno. La señora Godewind puso de buena gana a Elizabeth a su disposición; los Candler, los señores de Dorothy, estaban invitados y podían llevar a la muchacha con ellos. Gerald no tenía ni idea de dónde se encontraba la granja de los Morrison, así que no había esperanzas de ponerse en contacto con Daphne. La señora Baldwin aseguraba, sin embargo, que lo había intentado, pero que no había recibido respuesta de los Morrison. Gwyneira volvió a pensar con pena en Helen. Tal vez ella sabía algo de su discípula perdida. No obstante seguía sin tener noticias de su amiga y tampoco ella había tenido ni el tiempo ni la oportunidad de seguirle la pista.

Al menos Dorothy y Elizabeth daban la impresión de estar contentas. Con los uniformes azules para la boda, con delantales de puntillas y la cofia, estaban guapas y aseadas, y tampoco habían olvidado ni una pizca de su formación. Aun así, Elizabeth dejó caer dos platos de valiosa porcelana a causa del nerviosismo, pero Gerald no se dio cuenta, a las chicas maoríes les daba igual y Gwyneira miró hacia otro lado. Le preocupaba más *Cleo*, que obedecía con reservas a James McKenzie. Esperaba que todo saliera bien en la demostración de los perros pastores.

Hacía un día espectacular, por lo que el enlace se celebró en un baldaquín construido para la ocasión en el jardín donde todo reverdecía y daba flores. Gwyneira conocía la mayoría de las plantas de Inglaterra. La tierra era fértil y, a ojos vistas, estaba preparada para abrirse a toda la nueva flora y fauna que los inmigrantes le aportaran.

El vestido de boda inglés de Gwyneira atrajo miradas y comentarios elogiosos. Elizabeth en particular estaba entusiasmada.

—¡Yo también querré uno así cuando me case! —suspiró nostálgica, si bien ya no se desvivía por Jamie O'Hara, sino por el vicario Chester.

—¡Te lo prestaré! —dijo Gwyn con generosidad—. ¡Y a ti también, Dot, por supuesto!

Dorothy se recogía el cabello en lo alto, lo que hacía mucho más hábilmente que Kiri y Moana, aunque no tan bien como Daphne. Dorothy no dijo nada sobre el generoso ofrecimiento de Gwyneira, pero Gwyn había advertido que observaba con interés al hijo más joven de los Candler. Ambos encajaban por la edad..., tal vez sucediera algo en unos pocos años.

Gwyneira fue una novia preciosa y Lucas no le iba a la zaga vestido para la ceremonia. Llevaba un frac gris pálido que conjugaba perfectamente con el color de sus ojos y, como era de esperar, su comportamiento fue impecable. Mientras que Gwyn se atascó dos veces, Lucas pronunció los votos de fidelidad al matrimonio con voz firme y sosegada, puso el valioso anillo en el dedo de su esposa y la besó tímidamente en la boca cuando se lo indicó el reverendo Baldwin. Gwyneira se sintió decepcionada de una forma rara, aunque se dominó de inmediato. Pues ¿qué esperaba? ¿Que Lucas la tomara entre sus brazos y la besara con pasión como hacían los cowboys con las felizmente salvadas protagonistas de las revistuchas?

Gerald no cabía en sí de orgullo por la joven pareja. Champán y whisky corrían a raudales. Los distintos platos que componían el menú estaban deliciosos, los invitados entusiasmados y llenos de admiración. Gerald resplandecía de felicidad, mientras que Lucas, sorprendentemente, mostraba indiferencia, lo que a Gwyneira la enojó un poco. ¡Al menos podría haber fingido que estaba enamorado de ella! Pero era algo que no se podía ni esperar. Gwyn intentó desprenderse de sus fantasías irrealizables y románticas; aun así esa calma indiferente de Lucas la irritaba. Por otra parte, ella parecía ser la única que percibía el extraño comportamiento de su esposo. Los invitados sólo tenían palabras elogiosas para ellos y ponderaban la buena pareja que hacían el novio y la novia. Tal vez ella esperase demasiado.

Gerald anunció por fin la demostración de los perros pastores y los invitados lo siguieron a la parte posterior de la casa, frente a los establos.

Gwyneira miró con melancolía a *Igraine*, que estaba con *Madoc* en un cercado, hacía días que no había logrado cabalgar y la situación no parecía que fuera a mejorar en el futuro. Como era costumbre ahí, algunos de los invitados permanecerían durante días en la casa y habría que hacerles los honores y entretenerlos.

Los pastores habían reunido un rebaño de ovejas para la demostración y James McKenzie se dispuso a impartir indicaciones a los perros. Primero, *Cleo* y *Daimon* tenían que salir en busca de las ovejas que pastaban en libertad por el terreno contiguo a la casa. Para ello se requería una posición de partida que se situaba exactamente frente al pastor. *Cleo* dominaba esta tarea a la perfección, pero Gwyneira se dio cuenta de que se colocaba demasiado a la derecha de McKenzie. Gwyn midió la distancia con la mirada y captó también la de su perra: *Cleo* la miraba esperando órdenes, no daba ninguna muestra de reaccionar a las indicaciones de McKenzie. En lugar de ello aguardaba las órdenes de su ama.

Bueno, esto no iba a ocasionar ningún desbarajuste. Gwyneira se colocó en la primera fila de los espectadores, no muy alejada de McKenzie. Éste dio la orden a los perros de hacerse cargo del rebaño, por lo general el punto crítico de tales demostraciones. *Cleo* formó su grupo con habilidad y *Daimon* colaboró de maravilla. McKenzie lanzó como de paso una mirada desafiante a Gwyneira y ella le contestó con una sonrisa. El capataz de Gerald había hecho un trabajo excelente en el adiestramiento de *Daimon*. La misma Gwyn no lo hubiera hecho mejor.

Cleo guio el rebaño hacia el pastor con una precisión modélica, así que, de momento, el hecho de que mirase a Gwyneira en lugar de a James no planteaba ningún problema. En el trayecto hacia ellos debía pasar obligatoriamente por un portón y las ovejas tenían que entrar. *Cleo* se movía a un tiempo regular y *Daimon* vigilaba a los animales que escapaban. Todo transcurrió a la perfección hasta que, pasado el portón, tenían que conducir el rebaño detrás del pastor. *Cleo* miró a Gwyneira con desconcierto. ¿Realmente tenía que guiar a los animales por todo ese gentío que se había colocado detrás de su ama? Gwyneira se percató de la desorientación de *Cleo* y supo que debía actuar de inmediato. Se arremangó con toda tranquilidad las faldas, dejó a los invitados y se encaminó hacia James.

—¡Aquí, *Cleo*!

La perra guio de inmediato el rebaño a la cerca que se había instalado a la izquierda de James. Ahí, el perro tenía que separar del rebaño a una oveja previamente señalada.

—¡Ella primero! —le susurró Gwyn a James.

Él había estado casi tan desconcertado como la perra, pero sonrió cuando Gwyneira se le acercó. Silbó a *Daimon* y le indicó una oveja. *Cleo* se quedó obedientemente sentada, mientras el joven perro sacaba a la oveja. *Daimon* cumplió bien con su tarea, pero tuvo que hacer tres intentos.

—¡Ahora yo! —gritó Gwyn en el ardor de la competición—. *¡Shedding, Cleo!*

Cleo saltó y separó su oveja en el primer intento.

El público aplaudió.

—¡Hemos ganado! —exclamó Gwyn riendo.

James McKenzie contempló su rostro resplandeciente. Las mejillas estaban sonrosadas, los ojos brillaban triunfales y la sonrisa era arrebatadora. Antes, en el altar, su expresión no reflejaba ni la mitad de felicidad que ahora.

También Gwyn percibió un destello en los ojos de McKenzie y se sintió confusa. ¿Qué era? ¿Orgullo? ¿Admiración? ¿O justo aquello que durante todo el día echaba en falta en la mirada de su esposo?

Pero ahora los perros tenían una última tarea que cumplir. Al silbido de James guiaron las ovejas a un corral. McKenzie tenía que cerrar el portón detrás de ellas y la labor habría concluido.

—Entonces, ya me voy —dijo Gwyn afligida cuando él se puso en camino hacia el portón.

McKenzie sacudió la cabeza.

—No, eso le corresponde al vencedor.

Cedió el paso a Gwyneira, que ni siquiera se dio cuenta de que el borde de su vestido se arrastraba por el polvo. Cerró la puerta triunfal. *Cleo*, que hasta el final de su tarea estaba esperando y vigilando responsablemente las ovejas, se arrojó a Gwyneira pidiendo indicaciones. Gwyneira la elogió y se percató, sintiéndose culpable, que eso había dado el golpe de gracia al vestido de novia.

—No ha sido muy convencional —observó Lucas de mal humor cuando su esposa por fin regresó a su lado. Era evidente que los invitados se lo habían pasado en grande y la colmaron de elogios, pero su esposo no parecía muy impresionado—. ¡Estaría bien que en adelante te comportaras más como corresponde a una dama!

Entretanto había refrescado demasiado para permanecer en el jardín, aunque ya era hora de abrir el baile. Un cuarteto de cuerda tocaba en el salón, Lucas se percató de que se deslizaban frecuentes errores en la interpretación. Gwyn no se dio ni cuenta. Dorothy y Kiri habían limpiado a toda prisa el vestido y dejó que Lucas la condujera a través de las notas de un vals. Como era de prever, el joven Warden era un bailarín consumado, pero también Gerald se deslizaba con agilidad por la pista. Gwyn bailó primero con su suegro, luego con Lord Barrington y el señor Brewster. Los Brewster habían llegado esta vez con su hijo y su joven esposa, y la pequeña maorí era, en efecto, tan cautivadora como la habían descrito.

Entretanto, a Lucas volvía a tocarle el turno, y en algún momento a Gwyn le empezaron a doler los pies de tanto bailar. Al final le pidió que la acompañara a la terraza para tomar un poco de aire fresco. Dio un sorbo a una copa de champán y pensó en la noche que le esperaba. El asunto no podía postergarse más ahora. Hoy pasaría lo que «te hacía mujer», como su madre le había dicho.

De los establos también salía música. Los trabajadores de la granja estaban de fiesta, aunque no con un cuarteto de cuerda y un vals, ahí el violín, la armónica y el *tin whistle* interpretaban alegres danzas populares. Gwyneira se preguntó si también McKenzie tocaba uno de esos instrumentos. Y si era bueno con *Cleo*, que esa noche permanecía encerrada. Lucas no estaba entusiasmado con el hecho de que la perrita anduviera pegada a los talones de su esposa. Tal vez le habría permitido un perrito faldero, pero, según su opinión, el establo era el lugar de una perra guardiana de ganado. Esa noche Gwyn cedía; pero mañana volverían a repartirse las cartas. Y James cuidaría bien de *Cleo*..., Gwyn pensó en sus manos fuertes y morenas acariciando suavemente el pelaje de la perra. Los animales lo querían..., y ella ahora debía ocuparse de otros asuntos.

El festejo estaba en pleno apogeo cuando Lucas propuso a su esposa que se retirasen.

—Más tarde los hombres estarán borrachos e insistirán en acompañarnos a la habitación nupcial —dijo—. Quisiera ahorrarnos sus obscenidades.

Gwyneira estuvo de acuerdo. Ya estaba harta de bailar y quería dar el asunto por zanjado. Oscilaba entre el miedo y la curiosidad. Según las indicaciones de su madre, le haría daño. Sin embargo, en las novelas baratas, la mujer se sumergía encantada en los brazos del cowboy. Gwyn se dejaría sorprender.

Los invitados al casamiento despidieron a la pareja con gran alboroto, pero sin lamentables y desvergonzados comentarios, y Kiri ya estaba en su puesto para ayudar a Gwyneira a quitarse el vestido de boda. Lucas besó con pudor a su esposa en la mejilla delante de sus aposentos.

—Tómate tu tiempo para los preparativos, cariño mío. Vendré cuando estés lista.

Kiri y Dorothy desvistieron a Gwyneira y le soltaron el pelo. Kiri rio y bromeó todo el tiempo mientras lo hacía, mientras que Dorothy sollozaba. La muchacha maorí parecía alegrarse con franqueza por Gwyn y Lucas y sólo mostraba sorpresa por el hecho de que hubieran abandonado tan pronto la fiesta. Entre los maoríes compartir el lecho con toda la familia era signo de que el enlace se había consumado. Cuando Dorothy se enteró, todavía se puso a llorar más.

—¿Qué es lo que te da tanta pena, Dot? —preguntó Gwyneira irritada—. Parece un entierro.

—No lo sé, pero mi mamá siempre lloraba en las bodas. Tal vez traiga suerte.

—Llorar no traer suerte, ¡reír traer suerte! —la contradijo Kiri—. Bien, usted preparada, *miss*. Muy bonita. Nosotras irnos ahora y llamar puerta del señor Lucas. ¡Guapo hombre, el señor Lucas! Muy amable. Sólo un poco delgado. —Rio por lo bajo cuando tiró de Dorothy para salir.

Gwyneira se repasó de arriba abajo. Su camisón estaba confeccionado con unas puntillas sumamente delicadas, sabía que le quedaba bien. ¿Pero, qué debía hacer ahora? No podía recibir a Lucas ahí en su tocador. Y si había entendido bien a su madre, el asunto se desarrollaba en la cama...

Gwyn se tendió en ella y se cubrió con la colcha de seda. En realidad era una pena que no se viera el camisón. ¿Acaso Lucas retiraría la manta...?

Contuvo la respiración cuando oyó que se movía el pomo.

Lucas entró con una lámpara en la mano. Parecía desconcertado porque Gwyn todavía no había apagado la luz.

—Cariño, creo que nosotros..., que sería más decente si bajáramos la luz.

Gwyneira asintió. Lucas tampoco era una visión especialmente sublime en camisa de noche larga. Ella siempre se había imaginado las camisas de noche de los hombres, bueno..., un poco más viriles.

Lucas se tendió junto a ella debajo de la colcha.

—Intentaré no hacerte daño —le susurró, besándola con suavidad en el cuello. Gwyneira se quedó quieta mientras él la cubría de besos y acariciaba los hombros, el cuello y los pechos. A continuación se subió la camisa. Respiraba más deprisa y también Gwyneira notó que la invadía la excitación, que aumentaba cuando los dedos palpaban esas zonas más íntimas de su cuerpo que ni ella misma había explorado todavía. Su madre siempre le había indicado que llevara una camisa incluso al bañarse y ella no había osado siquiera mirar con atención su vientre: el vello rojo y crespo, todavía más crespo que el de su piel. Lucas la acariciaba con suavidad y Gwyneira sentía un agradable, excitante hormigueo. Finalmente, él retiró la mano, se colocó encima de ella y Gwyneira sintió entre las piernas su miembro, que se hinchó y endureció y se introdujo en las profundidades de esas zonas del cuerpo que para ella eran todavía inexploradas. De repente Lucas pareció encontrar resistencia y relajarse.

—Lo siento, cariño, pero ha sido un día muy agotador —se disculpó.

—Pero era muy bonito... —respondió con prudencia Gwyneira, y lo besó en la mejilla.

—Tal vez podamos intentarlo mañana otra vez...

—¡Si así lo deseas! —contestó Gwyn, a un mismo tiempo desconcertada y aliviada. Su madre había exagerado en exceso el asunto de las obligaciones conyugales. Realmente, lo que había sucedido no era razón para compadecerse de alguien.

—Entonces me despido ahora —anunció Lucas, tenso—. Creo que dormirás mejor sola.

—Si así lo deseas... —dijo Gwyneira—. ¿Pero no es lo normal que un hombre y una mujer pasen juntos la noche de bodas?

Lucas asintió.

—Tienes razón. Me quedaré aquí. La cama es lo bastante ancha.

—Sí. —Gwyn le dejó sitio solícita y se acurrucó en el lado izquierdo. Lucas se tendió rígido e inmóvil en el derecho.

—Que pases una buena noche, cariño.

—Buenas noches, Lucas.

A la mañana siguiente, Lucas ya se había levantado cuando Gwyneira se despertó. Witi le había dejado un traje de mañana claro en el vestidor de Gwyn. El joven ya estaba vestido para bajar a desayunar.

—No me importa esperarte, cariño —dijo, y parecía incómodo al contemplar a Gwyneira, que se había levantado de la cama con su camisón de puntillas—. Pero tal vez sea mejor si soporto yo solo los comentarios sicalípticos de nuestros invitados.

Gwyneira no sentía en realidad ningún temor de volver a ver tan pronto por la mañana a los más empedernidos bebedores de la noche anterior, pero le dio la razón.

—Por favor, envíame a Kiri, y, si es posible, también a Dorothy para que me ayuden a vestir y a peinar. Seguro que hoy todavía tendremos que vestirnos de fiesta, así que alguien tendrá que encorsetarme —dijo afable.

Lucas pareció sentirse de nuevo mal con el tema del corsé. Pero Kiri ya esperaba delante de la puerta. Sólo había que llamar a Dorothy.

—¿Y qué cuenta, *mistress*? ¿Ha sido bonito?

—Por favor, seguid llamándome *miss*, tú y las demás —pidió Gwyn—. Lo prefiero.

—Como guste, Miss Gwyn. ¡Pero ahora contar! ¿Cómo ha ido? Primera vez no siempre bonito. ¡Pero luego mejor, *miss*! —dijo Kiri con vehemencia, mientras preparaba el vestido de Gwyn.

—Bueno..., bonito... —murmuró Gwyn. También en este

aspecto el asunto estaba sobrevalorado. No encontraba ni bonito ni espantoso lo que Lucas le había hecho por la noche. Aunque era práctico que un hombre no pesara demasiado. Se rio al pensar en Kiri, a quien le gustaban sin duda más los hombres gruesos.

Kiri ya había ayudado a Gwyn a ponerse un vestido de verano blanco con florecitas de colores, cuando apareció Dorothy. Ésta se encargó del peinado, mientras Kiri cambiaba la ropa de la cama. Gwyn lo encontró exagerado, a fin de cuentas sólo había dormido entre las sábanas. De todos modos no quiso decir nada, tal vez fuera una costumbre maorí. Dorothy había dejado de llorar, pero estaba silenciosa y no miraba de frente a Gwyn.

—¿Se encuentra bien, Miss Gwyn? —preguntó preocupada.

Gwyn asintió.

—Claro, ¿por qué no? Qué bonito con el pasador, Dorothy. ¡Kiri, fíjate!

Kiri parecía estar por el momento ocupada en otros asuntos. Con expresión preocupada miraba las sábanas. Gwyn se percató cuando Dorothy salió de la habitación a ordenar el desayuno.

—¿Qué pasa Kiri? ¿Qué buscas en las sábanas? ¿Ha perdido algo el señor Lucas? —Gwyn pensaba en un adorno o tal vez en la alianza. Era un poco grande para los delgados dedos de Lucas.

Kiri sacudió la cabeza.

—No, no, *miss*. Es sólo..., es no sangre en la sábana... —Avergonzada y perpleja miró a Gwyn.

—¿Por qué iba a haber sangre? —preguntó Gwyneira.

—Después primera noche siempre sangre. Hacer primero un poco de daño, luego sangre y luego ser bonito.

Gwyn empezó a sospechar que se había perdido algo.

—El señor Lucas es muy..., muy delicado —contestó vagamente.

Kiri asintió.

—Y seguro que también cansado después fiesta. No estar triste, mañana seguro sangre.

Gwyneira decidió plantearse ese problema cuando volviera a surgir. Lo primero que hizo fue ir a desayunar. Lucas ya estaba conversando con los invitados con suma cordialidad. Bromeaba con las damas, encajaba los chistes de los caballeros con buen humor y se mostró tan atento como siempre cuando Gwyn se reunió con él. Las horas siguientes transcurrieron con la conversación habitual y dejando aparte las palabras de la irremediablemente sensiblera señora Brewster, «¡Es tan valiente, niñita! ¡Tan alegre! Pero el señor Warden es también un hombre tan considerado», nadie mencionó la noche anterior.

Al mediodía, mientras la mayoría de los invitados descansaba, Gwyn por fin tuvo tiempo para ir a los establos a visitar su caballo y sobre todo para reencontrarse con su perra.

Los pastores la saludaron a voces.

—Ah, señora Warden. ¡Felicidades! ¿Ha pasado una buena noche? —preguntó Poker Livingston.

—Es evidente que mejor que la que ha pasado usted, señor Livingston —contestó Gwyneira. Los hombres parecían todos bastante resacosos—. Pero me alegro de que hayan bebido en abundancia a mi salud.

James McKenzie la observaba con más curiosidad que deseo. En su mirada parecía haber compasión. A Gwyn le resultaba difícil leer en sus profundos ojos castaños, cuya expresión cambiaba sin cesar. Mientras, el joven esbozó de nuevo una sonrisa cuando advirtió cómo *Cleo* saludaba a su ama.

—¿Y se han enfadado con usted? —preguntó McKenzie.

Gwyn sacudió la cabeza.

—¿Por qué ? ¿Por la competición? Qué va. ¡El día de su boda una joven todavía puede pasarse de la raya! —Le hizo un guiño—. Pero a partir de mañana mi esposo me atará corto. Nuestros invitados ya me tiran de la rienda. Siempre hay alguien que requiere algo de mí. Hoy tampoco podré ir a pasear a caballo.

McKenzie pareció sorprenderse de que quisiera ir a caballo, pero no dijo nada al respecto. Su mirada inquisitiva cedió el paso de nuevo a un destello travieso en los ojos.

—Entonces tiene que encontrar la oportunidad de escaparse de ellos. ¿Qué tal si mañana a esta hora le ensillo el caballo? Es cuando la mayoría de las damas se echan una siestecita.

Gwyn asintió encantada.

—Buena idea. Pero no a esta hora, tengo cosas que hacer en la cocina supervisando que se recoja todo después de la comida y que se prepare el té. La cocinera insiste en ello... Sabe Dios por qué. Pero podría ser por la mañana temprano. Si me prepara a *Igraine* a las seis de la mañana, podré salir a pasear antes de que los invitados se levanten.

James pareció desconcertado.

—Pero qué dirá el señor Lucas si usted... Disculpe, no es algo que me incumba...

—Y al señor Lucas tampoco —contestó Gwyn despreocupada—. Si no desatiendo mis tareas de anfitriona, puedo ir a galopar cuando me apetezca.

«No se trata de las tareas de anfitriona», le rondó a James por la cabeza, pero se contuvo de hacer ese comentario. En ningún caso pretendía tomarse familiaridades con Gwyneira. Sin embargo, no tenía la impresión de que la noche de bodas hubiera transcurrido de forma muy apasionada.

Por la noche, Lucas volvió a visitar a Gwyneira. Ahora que ya sabía lo que la esperaba, disfrutó incluso de sus suaves caricias. Se estremeció cuando él le besó los pechos y el roce de la suave piel bajo el vello del pubis le resultó más excitante que la primera ocasión. Esta vez atisbó también el miembro de Lucas, grande y duro; pero éste volvió a relajarse como la noche anterior. Gwyneira experimentó una extraña sensación de insatisfacción que no consiguió explicarse. Pero tal vez eso fuera normal. Ya lo averiguaría.

A la mañana siguiente, Gwyn se pinchó el dedo con una aguja de coser, se apretó hasta que sangró y manchó con la sangre las sábanas. Kiri no debía pensar que tal vez Lucas y ella estaban haciendo algo mal.

6

Helen se acostumbró en cierta forma a la vida con Howard. Lo que por las noches sucedía en el lecho conyugal siempre le resultaba desagradable, pero entretanto había llegado a considerarlo desvinculado de su otra vida cotidiana y durante el día trataba a Howard con normalidad.

Pero no siempre era fácil. Howard alimentaba ciertas expectativas sobre su esposa y se enfurecía pronto cuando Helen no respondía a ellas. Montaba incluso en cólera cuando ella expresaba sus deseos o requería otros muebles o mejores utensilios de cocina, pues las cazuelas y sartenes se habían gastado y ensuciado de tal modo con los restos de comida que de nada servía restregarlas.

—La próxima vez que vayamos a Haldon —la consolaba una y otra vez. Al parecer, era un lugar demasiado alejado para viajar hasta allí por un par de cacharros de cocina, especias y azúcar.

Pero Helen ansiaba desesperadamente entrar en contacto con la civilización. Tenía miedo a la vida en plena naturaleza virgen, por mucho que Howard le asegurase que no había animales peligrosos en las llanuras de Canterbury. Además añoraba intercambios de opiniones y conversaciones profundas. Con Howard apenas si se podía hablar de otra cosa que no fuera el trabajo en la granja. Tampoco estaba dispuesto a contar más sobre su vida anterior en Irlanda o en las estaciones balleneras. Ese tema estaba cerrado. Helen ya sabía lo que había de saber y Howard no tenía ningunas ganas de seguir hablando de ello.

El único rayo de luz en su desconsolada existencia eran los niños maoríes. Reti y Rongo aparecían casi cada día y después de que Reti se hubiera jactado en el pueblo de sus recién adquiridas aptitudes para la lectura (ambos niños aprendían deprisa y ya podían recitar todo el alfabeto e incluso escribir y leer sus nombres) otros niños se les unieron.

—¡También nosotros estudiar magia! —declaró un muchacho con gravedad, y Helen escribía más hojas con nombres extraños como Ngapini o Wiramu. A veces le sabía mal por su costoso papel de cartas. Pero, por otra parte, no le encontraba otra utilidad. Escribía ansiosa cartas a sus parientes y los Thorne en Inglaterra y también a las chicas en Nueva Zelanda. Pero mientras no fueran a Haldon era imposible enviarlas por correo. Quería aprovechar la visita a la pequeña población para comprar una edición de la Biblia en maorí. Howard le había contado que la Sagrada Escritura ya estaba traducida y a Helen le hubiera gustado estudiarla. Si aprendía un poco de maorí, tal vez podría entender a las madres de los niños. Rongo la había llevado una vez al poblado y todos habían sido muy amables. Pero sólo los hombres, que a menudo trabajaban con Howard o que se encargaban de conducir los rebaños a los pastos o de recogerlos, balbucían algunas palabras en inglés. Los niños lo habían aprendido de sus padres y entretanto un matrimonio de misioneros había hecho una breve aparición en el pueblo.

—Pero ellos no amables —explicó Reti—. Siempre mover dedo y decir: «¡Uy, uy, pecado, pecado!» ¿Qué es pecado, Miss Helen?

Helen amplió a partir de entonces los contenidos de las clases y leyó primero la Biblia en inglés. Al hacerlo, se le plantearon unos extraños problemas. La historia de la creación, por ejemplo, confundió profundamente a los niños.

—¡No, no, lo otro! —dijo Rongo, cuya abuela era una respetada contadora de historias—. Primero estaban *papatuanuku*, la tierra, y *ranginui*, el cielo. Y se querían tanto que no querer separarse. ¿Comprende? —Rongo hizo un gesto entonces tan obsceno que a Helen se le heló la sangre en las venas. De todos modos la ingenuidad del chico era total—. Pero niños de los dos querían que en el mundo haber pájaros y peces y nubes y luna y todo. Por eso separarse. Y *papa* llora y llora y salen los ríos y el mar y el lago. Pero un día deja de llorar. *Rangi* siempre llorar, casi cada día...

La lágrimas de *rangi*, así lo había contado en una ocasión anterior Rongo, caían del cielo en forma de lluvia.

—Es una historia muy bonita —murmuró Helen—. Pero ya sabéis que los *pakeha* proceden de grandes regiones extranjeras, donde todo está congelado y blanco. Y estas historias de la Biblia fueron contadas por el Dios de Israel a los profetas y son la verdad.

—¿Sí, Miss Helen, Dios las contó? ¡Para nosotros un dios no hablar! —Reti estaba fascinado.

—¡Ahí está! —contestó Helen con un asomo de mala conciencia. A fin de cuentas, pocas veces se atendían sus oraciones.

Los invitados de Gwyneira por fin se marcharon y la vida en Kiward Station volvió a la normalidad. Gwyn esperaba recuperar con ello la relativa libertad de que había disfrutado los primeros días en la granja. Y así sucedió hasta cierto grado: Lucas no le daba ningún tipo de directivas. Ni siquiera censuró que *Cleo* volviera a dormir en los aposentos de Gwyneira cuando él visitaba a su esposa.

Las primeras noches la perrita se convirtió en un auténtico fastidio, pues creía que Gwyneira era maltratada y protestaba con fuertes ladridos. La regañaron y volvieron a enviarla a su propia manta. Lucas lo aguantaba sin quejarse. Gwyn se preguntaba el motivo y no podía desprenderse de la sensación de que su esposo se sentía culpable frente a ella. En sus encuentros todavía no había sufrido dolores ni derramado nada de sangre.

Por el contrario: con el tiempo disfrutaba de las caricias y a veces se sorprendía, tras la partida de Lucas, tocándose y disfrutando de la sensación que le producía frotarse y acariciarse a sí misma, con lo cual notaba que se humedecía. Sin embargo, no había presencia de sangre. Con el transcurso del tiempo se volvió más audaz e investigó más a fondo con los dedos, intensificando con ello sus sensaciones. Seguramente sucedería lo mismo si Lucas introdujera su miembro, lo que era evidente que intentaba sin poder conservar su dureza el tiempo suficiente. Gwyn se preguntaba por qué no se ayudaba con la mano.

Al principio, Lucas la visitaba todas las noches tras acostarse, luego las visitas se fueron espaciando cada vez más. Introducía el asunto siempre con la amable pregunta: «¿quieres que volvamos a probarlo hoy otra vez, cariño?», y nunca protestaba si Gwyn se negaba. Hasta el momento, Gwyn encontraba que la vida matrimonial carecía de problemas.

Gerald, por el contrario, le complicaba la existencia. Insistía ahora con firmeza en que asumiera las tareas de un ama de casa: Kiward Station debía ser dirigida como una mansión europea. Witi se habría transformado en un discreto mayordomo, Moana en una cocinera perfecta y Kiri en la imagen de una sirvienta. Los empleados maoríes eran por lo general serviciales y honrados, querían a su nueva señora y se esforzaban por anticiparse a todos sus deseos. Pero Gwyn creía que todo debía permanecer como estaba, incluso si algunas cosas necesitaban pasar por un proceso de aclimatación. Las chicas, por ejemplo, se negaban a llevar zapatos en la casa. Les apretaban. Kiri enseñó a Gwyn las ampollas y rozaduras que le habían salido en los pies después de una larga jornada laboral con los zapatos de piel, que no tenía costumbre de calzar. Tampoco encontraban prácticos los uniformes y de nuevo Gwyn debía darles la razón. Esa ropa les daba calor en verano, incluso ella sudaba en sus voluminosas faldas. La muchacha, no obstante, estaba acostumbrada a sufrir en nombre de la decencia. Las jóvenes maoríes, por supuesto, no lo comprendían. Lo más complicado surgía cuando Gerald expresaba deseos concretos que, por lo general, se remitían al menú que hasta ahora, Gwyneira debía reconocerlo, resultaba más bien limitado. La cocina de los maoríes no era especialmente variada. Moana cocía a fuego lento boniatos y verduras o asaba carne o pescado con especias exóticas. Si bien el sabor era peculiar, solían ser platos sabrosos. Gwyneira, que no sabía cocinar, se los comía sin rechistar. Gerald, por el contrario, insistía en que se ampliara el menú.

—Gwyneira, quiero que en el futuro te ocupes de forma más intensiva de la cocina —dijo una mañana durante el desayuno—. Estoy cansado de estos platos maoríes y me gustaría volver a comer un estofado irlandés como es debido. ¿Podrías por favor comunicárselo a la cocinera?

Gwyn asintió con la mente ya puesta en su plan de encerrar esa mañana, con McKenzie y los perros de menor edad, los rebaños de ovejas en un corral. Algunos animales jóvenes ya habían abandonado los prados de la montaña y vagaban en las zonas de pasto cercanas a la granja, de modo que el rebaño se alborotaba a causa sobre todo de los jóvenes carneros. Por esa razón, Gerald había ordenado a los pastores que reunieran a los animales y los llevaran de vuelta a la montaña, lo que era un proceso fatigoso. Sin embargo, con los nuevos perros pastores la tarea estaría concluida en un día y Gwyneira quería observar los primeros intentos para conseguirlo. De todas formas, eso no le impediría hablar un momento con Moana sobre la comida del mediodía.

—Para hacer el *irish stew* se pone col y cordero, ¿no? —preguntó a los presentes.

—¿Qué, si no? —gruñó Gerald.

Gwyn tenía la vaga idea de que se apilaban el uno sobre el otro y se cocían.

—Todavía hay cordero, y col... ¿tenemos col en el huerto, Lucas? —preguntó vacilante.

—¿Qué crees que son esas hojas grandes y verdes que forman repollos? —preguntó enojado Gerald.

—Yo, hum... —Hacía tiempo que Gwyneira había comprobado que el trabajo en el huerto no le parecía nada especial por mucho que los resultados fueran comestibles. Simplemente no tenía paciencia para esperar hasta que las semillas se convirtieran en repollos o pepinos y pasar mientras tanto horas interminables arrancando malas hierbas. Ése era el motivo de que pocas veces prestara atención al huerto; Hoturapa ya se encargaba de ello.

Moana se sintió bastante desconcertada cuando Gwyn le encomendó la tarea de cocinar col y carne de cordero a la vez.

—Nunca haberlo hecho —dijo. La col era, además, un ingrediente desconocido por completo para la joven—. ¿Cómo saber?

—Como..., bueno, como un cocido irlandés justamente. Hervir es sencillo, luego ya verás —dijo Gwyn. Estaba como unas castañuelas ante la posibilidad de escapar a los establos donde James ya la esperaba con *Madoc* ensillado. Gwyneira alternaba ahora los dos caballos.

Los perros jóvenes dieron estupendos resultados e incluso Gerald se deshizo en alabanzas cuando la mitad de los pastores ya volvía con Gwyneira al mediodía. Las ovejas se habían reunido con éxito y Livingston y Kennon las conducían de vuelta a las montañas con ayuda de tres perros. *Cleo* saltaba complacida junto a su ama y *Daimon* permanecía junto a McKenzie. Los dos jinetes se sonreían de vez en cuando. Disfrutaban del trabajo compartido y Gwyn pensaba en ocasiones que podía entenderse de forma tan natural y sin palabras con el trabajador de cabello castaño..., como sólo lo hacía con *Cleo*. James siempre sabía con exactitud qué oveja tenía pensada para separarla o volver a reunirla al rebaño. Parecía presentir lo que quería hacer y solía silbar a *Daimon* justo en el momento en que Gwyneira iba a solicitar ayuda.

En ese momento le cogió el semental delante de los establos.

—Márchese ya, Miss Gwyn, o no tendrá tiempo de cambiarse antes de la comida. El señor Gerald ya se está frotando las manos... Ha pedido un plato de su viejo hogar, ¿no?

Gwyneira asintió, al tiempo que sintió cierto temor. ¿Estaba Gerald realmente tan obsesionado con ese estofado irlandés para hablar de ello con los trabajadores de la granja? ¡Ojalá fuera de su agrado!

A Gwyneira le habría gustado probar el plato antes de entrar, pero era cierto que tenía prisa y apenas si consiguió cambiarse el vestido de montar por uno informal antes de que la familia se reuniera para comer. En el fondo, Gwyn consideraba que todo ese trajín con la ropa era superfluo. Gerald siempre se presentaba a la comida con la misma ropa con que supervisaba los trabajos en los establos o en los pastos. A Lucas, por el contrario, le gustaba crear un ambiente elegante durante las horas de las comidas y Gwyneira no quería pelearse con él. Llevaba en esos momentos un vestido precioso de color azul claro con bordados amarillos en la falda y las mangas. Se había arreglado a medias el cabello y lo había recogido con unas peinetas.

—Hoy vuelves a estar cautivadora, cariño mío —observó Lucas. Gwyn le sonrió.

Gerald contempló la escena con satisfacción.

—¡Los tortolitos! —señaló contento—. Así que no tardaremos en celebrar que tenemos descendencia, ¿verdad, Gwyneira?

Gwyn no sabía qué responder. Si de sus esfuerzos con Lucas dependía, no fracasarían. Si una se quedaba embarazada con las cosas que hacían de noche en su habitación, por ella no había problemas.

Lucas, sin embargo, se ruborizó.

—¡Sólo llevamos un mes casados, padre!

—Bueno, un tiro es suficiente, ¿no? —Gerald soltó una carcajada. Lucas parecía molesto y Gwyneira no volvió a entender nada. ¿Qué relación había entre tener niños y disparar un tiro?

No obstante, Kiri apareció con una bandeja y puso fin a la molesta conversación. Tal como le había enseñado Gwyneira, la muchacha se colocó a la derecha del señor Gerald y sirvió primero al señor de la casa y luego a Lucas y Gwyneira. Procedió con habilidad, Gwyneira no encontró nada que criticar y devolvió una sonrisa de aprobación a Kiri cuando ésta, al acabar de servir, se situó obedientemente junto a la mesa por si precisaban de sus servicios.

Gerald arrojó una mirada de incredulidad a la sopa clara, de un tono rojo amarillento, en la que flotaban unas hojas de col y unos trozos de carne, antes de explotar.

—¡Por todos los demonios, Gwyn! Era una col de primera categoría y la mejor carne de cordero de este rincón del globo terrestre. ¡Tampoco tiene que ser tan difícil cocinar un estofado como Dios manda! Pero no, lo dejas todo en manos de esa chiquilla maorí y hace con ello lo mismo que nos tragamos cada día. Haz el favor de enseñarle cómo se hace, Gwyneira.

Kiri se sentía herida, Gwyn ofendida. Para ella el cocido sabía estupendamente bien, tenía además un sabor exótico. No tenía ni idea de con qué especias le había dado ese gusto Moana. Ni tampoco de la receta original para el cocido de col y cordero que al parecer Gerald en tanta estima tenía.

Lucas se encogió de hombros.

—Tendrías que haber contratado a una cocinera irlandesa, padre, no a una princesa galesa —dijo en tono sarcástico—. Es evidente que Gwyneira no está familiarizada con la cocina.

El joven tomó con toda tranquilidad otra cucharada de estofado. Tampoco a él parecía molestarle el sabor, pero Lucas no se interesaba mucho en la alimentación. Siempre parecía contento de poder retirarse tras las comidas a leer sus libros o a trabajar en el taller.

Gwyneira probó de nuevo el plato e intentó recordar el sabor del *irish stew*. En casa pocas veces servía su cocinera ese plato.

—Creo que se prepara sin boniatos —dijo a Kiri.

La joven maorí frunció el entrecejo. Era probable que le resultara inimaginable que se sirviera cualquier plato que fuera sin boniatos.

Gerald montó en cólera.

—No cabe la menor duda de que se prepara sin boniatos! Tampoco se entierra para cocinarlo o se envuelve en hojas o lo que sea que estas mujeres indígenas hagan para envenenar a sus señores. ¡Haz el favor de explicárselo, Gwyn! En algún sitio debe de haber un libro de cocina. Puede que hasta haya uno traducido. ¡Con la Biblia sí se dieron prisa!

Gwyn suspiró. Había oído que las mujeres maoríes de la isla

Norte utilizan fuentes subterráneas o la actividad volcánica para cocer los alimentos. Pero en Kiward Station no había nada parecido y nunca había sorprendido a Moana y a las otras mujeres maoríes cavando hoyos para cocinar. Pero lo del libro de cocina sí que era una buena idea.

Gwyn pasó la tarde con la Biblia maorí, la inglesa y el libro de recetas de la fallecida esposa de Gerald en la cocina. Sin embargo, sus estudios comparativos tuvieron un éxito limitado. Al final arrojó la toalla y se marchó a los establos.

—Ahora sé cómo se dice en maorí «pecado» y «justicia divina» —dijo a los hombres mientras hojeaba la Biblia. Kennon y Livingston acababan de llegar de los pastos de montaña y esperaban sus caballos, mientras que McKenzie y McAran limpiaban los arreos—. Pero la palabra «tomillo» no sale.

—Posiblemente sepa igual con incienso y mirra —observó McKenzie.

Los hombres rieron.

—Dígale al señor Gerald simplemente que la gula es un pecado —le aconsejó McAran—. Pero para más seguridad, hágalo en maorí. Si lo intenta en inglés, puede cortarle la cabeza.

Gwyneira ensilló la yegua con un suspiro. Ahora necesitaba aire fresco. Hacía un tiempo demasiado bonito para andar entre libros.

—¡No me servís de nada! —riñó a los hombres, que todavía reían burlones mientras sacaba del establo a *Igraine*—. Si mi suegro pregunta por mí, decidle que estoy recogiendo hierbas. Para su estofado.

Gwyneira llevó su caballo al paso primero. Siempre la tranquilizaba la vista de la extensa superficie de tierra ante el impactante telón de los Alpes. Las montañas parecían de nuevo estar tan próximas como si pudieran alcanzarse en una hora a caballo y Gwyneira se divertía trotando hacia ellas y poniéndose una de las cimas como meta. Sólo cuando habían pasado dos horas y no parecía haberse acortado la distancia, dio la vuelta. ¡Ésa era la vida que le gustaba! ¿Pero, qué iba a hacer con la cocinera maorí? Gwyneira necesitaba con urgencia ayuda femenina. Sin embargo, la mujer blanca más cercana vivía a más de treinta kilómetros.

¿Estaría bien visto en sociedad hacer una visita a la señora Beasley cuando sólo había pasado un mes tras la boda? Pero tal vez bastara con una escapada a Haldon. Hasta el momento, Gwyneira todavía no había visitado la ciudad, pero ya era hora. Debía llevar cartas al correo, quería comprar un par de tonterías y, sobre todo, ver otros rostros que los de su familia, el personal doméstico maorí y los pastores. En los últimos tiempos estaba un poco harta de todos, incluso de James. Pero él la podría acompañar a Haldon. ¿No había dicho el día anterior que tenía que ir a recoger un pedido en los Candler? Gwyn se animó con la idea de la excursión. Y seguro que la señora Candler sabría cómo preparar el cocido irlandés.

Igraine galopaba de buen grado de vuelta al hogar. Tras la larga cabalgada la llamaba el comedero. La misma Gwyneira también estaba hambrienta cuando al final condujo a su caballo al establo. De las habitaciones de los hombres salía el aromático olor a carne y especias. Gwyn no pudo contenerse. Esperanzada, golpeó a la puerta.

Era evidente que ya la esperaban. Los hombres se hallaban sentados otra vez alrededor de un fuego abierto y se pasaban una botella. Sobre las llamas borbotaba una olla de la que salía un aromático olor. ¿Acaso no era...?

Todos los hombres resplandecían como si celebraran la navidad y O'Toole, el irlandés, le tendió sonriendo un plato de *irish stew*.

—Aquí tiene, Miss Gwyn. Déselo a las chicas maoríes. Enseguida se adaptan a todo. Puede que consigan prepararlo igual.

Gwyneira dio complacida las gracias. Ése era con toda certeza justo el plato que Gerald esperaba. Olía tan bien que lo que más le habría gustado a la joven hubiera sido pedir una cuchara y vaciar ella misma el plato. Pero se contuvo. No tocaría el precioso estofado antes de dárselo a probar a Kiri y Moana.

Así que lo dejó bien colocado sobre una bala de paja mientras desensillaban a *Igraine* y luego se lo llevó con cuidado afuera.

Estaba en ello cuando casi tropezó con McKenzie, que la esperaba a la puerta del establo con un ramo de hojas que le tendió a Gwyn tan solemnemente como si fuera un ramo de flores.

—*Taima* —dijo con una sonrisa franca y guiñando el ojo—. En lugar de incienso y mirra.

Gwyneira tomó sonriendo el ramito de tomillo. No sabía por qué el corazón le latía tan deprisa.

Helen se alegró cuando Howard anunció por fin que el viernes irían a Haldon. Había que herrar al caballo otra vez, lo que al parecer era la razón para encaminarse a la ciudad. Según los cálculos de Helen, Howard debió de enterarse de su llegada porque estaría en el herrero.

—¿Con qué frecuencia se hierra a un caballo así? —preguntó con cautela.

Howard se encogió de hombros.

—Depende, en la mayoría de los casos entre seis y diez semanas. Pero los cascos del caballo bayo crecen lentamente, aguanta doce semanas con unas herraduras. —Satisfecho, dio unas palmadas a su caballo.

Helen hubiese preferido un caballo al que le crecieran más rápido los cascos y no pudo reprimir un comentario a propósito.

—Me gustaría estar más a menudo con gente.

—Puedes coger el mulo —dijo su esposo con generosidad—. Hay ocho kilómetros hasta llegar a Haldon, en dos horas estás ahí. Si te vas en cuanto hayas ordeñado, por la tarde podrás volver cómodamente y con tiempo para hacer la comida.

Por lo que Helen había observado en lo que llevaban juntos, Howard no podía renunciar de ninguna manera a una comida caliente por la noche. Sin embargo, era fácil de contentar: tanto se comía el pan ácimo como una crepe, unos huevos revueltos como un potaje. El que Helen apenas supiera preparar más platos no le molestaba, pero Helen tenía pensado pedir a la señora Candler en Haldon un par de recetas más. El menú se le estaba haciendo monótono incluso a ella misma.

—Podrías matar un pollo un día —sugirió Howard cuando le habló de ello. La muchacha se horrorizó, así como de la idea de ponerse en camino ella sola a lomos del mulo hacia Haldon—. Te fijas ahora en el camino —dijo impasible—. Si no también puedes aparejar el mulo...

Ni Gerald ni Lucas tenían nada en contra de que Gwyneira se fuera con McKenzie a Haldon. Sin embargo, Lucas no acababa de comprender por qué ella lo encontraba tan emocionante.

—Te decepcionará, cariño. Es una sucia e insignificante ciudad con sólo una tienda y un bar. Nada de cultura, ni siquiera una iglesia...

—¿Y no hay médico? —preguntó Gwyneira—. En caso de que yo realmente...

Lucas se sonrojó. Gerald, por el contrario, estaba entusiasmado.

—¿Ya ha sucedido, Gwyneira? ¿Han aparecido los primeros síntomas? Si es así iremos a buscar, claro está, a un médico de Christchurch. No correremos ningún riesgo con esa partera de Haldon.

—Padre, antes de que llegase el médico de Christchurch, ya haría tiempo que habría llegado el bebé —observó Lucas sarcástico.

Gerald le lanzó una mirada de reprobación.

—Haré llegar al médico con antelación. Vivirá aquí lo que sea necesario, da igual lo que cueste.

—¿Y los demás pacientes? —planteó Lucas—. ¿Crees que los dejará simplemente en la estacada?

Gerald resopló.

—Es una cuestión de cantidad, hijo mío. ¡Y el heredero de los Warden vale la suma que sea!

Gwyneira se mantuvo al margen. No habría reconocido en absoluto los signos de un embarazo. ¿Cómo saber lo que se sentía? Además, en esos momentos estaba contenta de viajar a Haldon.

James McKenzie pasó a recogerla justo después del desayuno. Había atado dos caballos a un carro largo y pesado.

—Si fuera a caballo, llegaría antes —le planteó, pero a Gwyneira no le importaba sentarse en el pescante al lado de McKenzie y disfrutar del paisaje. Cuando supiera el camino, podría ir a caballo más a menudo a Haldon; pero hoy ya estaba contenta con el viaje en carro. McKenzie era, asimismo, un interesante interlocutor. Sabía los nombres de las montañas que se recortaban en el horizonte, y de los ríos y lagos que cruzaban. Con frecuencia conocía tanto los nombres maoríes como los ingleses.

—¿Habla bien el maorí, verdad? —preguntó maravillada Gwyn.

McKenzie sacudió la cabeza.

—Creo que nadie habla realmente bien el maorí. Los indígenas nos lo ponen demasiado fácil. Se contentan con aprender cualquier palabra en inglés. ¿A quién le gusta pelearse con palabras como *taumatawhatatangihangakoauauotamateaturipukkapikimaungahoroukupokaiwhenuakitanatahu*?

—¿Qué? —rio Gwyneira.

—Es una montaña en la isla Norte. Incluso para los maoríes es un trabalenguas. Pero se vuelve más fácil con cada vaso de whisky, ¡hágame caso! —James le guiñó el ojo de lado y volvió a esbozar su sonrisa audaz.

—¿Así que la ha aprendido al fuego del campamento? —preguntó Gwyn.

James asintió.

—He dado bastantes vueltas y he trabajado en muchas granjas de ovejas. Estando de viaje me he alojado con frecuencia en poblados maoríes, son muy hospitalarios.

—¿Por qué no ha trabajado en la pesca de la ballena? —se interesó Gwyn—. Con eso seguro que se gana más. El señor Gerald...

James hizo una mueca.

—El señor Gerald es también un buen jugador de cartas —observó.

Gwyneira se sonrojó. ¿Era posible que la historia de la partida de cartas entre Gerald Warden y su padre se supiera también allí?

—Por lo general, tampoco en la pesca de la ballena se gana una fortuna —siguió hablando McKenzie—. No me interesaba. Entiéndame bien, no soy un hombre delicado, pero todo ese forcejeo entre sangre y grasa..., no. Pero soy un buen trasquilador, lo aprendí en Australia.

—¿En Australia no viven únicamente convictos? —preguntó Gwyn.

—No sólo. También descendientes de los presidiarios e inmigrantes totalmente normales. Y no todos los convictos son criminales peligrosos. Ahí ha acabado algún pobre tipo que ha robado un pan para sus hijos. O los irlandeses que se alzaron contra la Corona. Solían ser hombres muy decentes. Hay canallas por todas partes y, yo por mi parte, no he conocido en Australia más que en otras partes de la Tierra.

—¿Y dónde estuvo además? —preguntó curiosa Gwyn, en quien McKenzie siempre despertaba admiración.

Él sonrió.

—En Escocia. Soy de ahí. Un auténtico Highlander. Pero no un *lord* de un clan, mi estirpe siempre fue del montón. Sabía de ovejas, no de espadas largas.

A Gwyneira le dio un poco de pena. Un guerrero escocés habría resultado casi tan interesante como un cowboy americano.

—¿Y usted, Miss Gwyn? ¿De verdad ha crecido en un castillo como cuentan? —James volvió a mirarla de reojo. Pero no daba la impresión de que fuera a interesarse por los chismorreos. Gwyn tenía la impresión de que se interesaba francamente por ella.

—Crecí en una casa señorial —le comunicó—. Mi padre es *lord*, aunque no uno de los que pertenecen al consejo de la Corona. —Rio—. En cierto modo tenemos algo en común: los Silkham también están más relacionados con las ovejas que con las espadas.

—Pero usted..., disculpe que le pregunte, pero siempre pensaba... ¿Las *ladies* no se casan en realidad con los *lores*?

Era bastante indiscreto, pero Gwyneira decidió no tomárselo a mal.

—Las *ladies* deben casarse con *gentlemen* —contestó de forma indefinida; pero entonces le pudo el genio—. Y claro que en Inglaterra todos criticaban porque mi esposo sólo es un «barón de la lana», sin título de nobleza. Pero como suele decirse: es bonito poder decir qué caballo de raza te pertenece. Pero a lomos de papeles no hay quien cabalgue.

James casi se cayó del pescante de la risa.

—No diga esta frase en sociedad, Miss Gwyn. Se pondría en evidencia para toda la eternidad. Pero ahora voy comprendiendo que en Inglaterra resultaba un poco difícil encontrar un *gentleman* para usted.

—¡Había aspirantes a montones! —mintió Gwyneira ofendida—. Y el señor Lucas todavía no se ha quejado.

—¡Entonces sí sería tonto y ciego! —soltó James, pero antes de que pudiera seguir con su comentario, Gwyn divisó un asentamiento en una llanura bajo la sierra hacia la que se dirigían.

—¿Es Haldon? —preguntó.

James asintió.

Haldon tenía el mismo aspecto que las ciudades de los pioneros que se describían en las noveluchas de Gwyn: una tienda de baratillo, un barbero, un herrero, un hotel y un bar, sólo que aquí se llamaba pub y no saloon. Todo estaba repartido en casas de madera de uno o dos pisos pintadas de colores.

James detuvo el carro delante de la tienda de los Candler.

—Haga con tranquilidad sus compras —dijo—. Primero cargaré la madera, luego iré al barbero y al final me beberé una cerveza en el pub. Así que no tenemos ninguna prisa. Si tiene ganas, puede tomar un té con la señora Candler.

Gwyneira le dirigió una sonrisa cómplice.

—A lo mejor me confía un par de recetas. Últimamente el señor Gerald ha pedido *yorkshire pudding*. ¿Sabe usted cómo se hace?

James sacudió la cabeza.

—Me temo que ni siquiera O'Toole lo sepa. Entonces, hasta pronto, Miss Gwyn.

Él le tendió la mano para ayudarla a bajar del pescante y Gwyn se preguntó por qué ese contacto despertaba la misma sensación que sólo experimentaba cuando se acariciaba en secreto.

7

Gwyneira cruzó la polvorienta calle del pueblo que la lluvia probablemente convertiría en un agujero enfangado y entró en la tienda de artículos diversos de los Candler. La señora Candler estaba en ese momento distribuyendo caramelos de colores en diferentes tarros, pero parecía dispuesta a interrumpir esta actividad. Saludó radiante a Gwyneira.

—¡Qué sorpresa, señora Warden! ¡Y qué suerte! ¿Tiene tiempo para tomar una taza de té? Dorothy lo está preparando. Está detrás con la señora O'Keefe.

—¿Con quién? —preguntó Gwyneira, y su corazón dio un brinco—. ¿No será Helen O'Keefe? —Apenas si podía dar crédito a lo que estaba oyendo.

La señora Candler asintió complacida.

—Ah, sí, todavía la recuerda como Miss Davenport. Mi marido y yo tuvimos que comunicar a su futuro esposo que había llegado. Y por lo que he oído, todo sucedió a la velocidad de un rayo en Christchurch y se la llevó enseguida. Pase detrás, señora Warden. Yo iré enseguida, en cuanto vuelva Richard.

«Detrás» se refería a la sala de estar de los Candler, que lindaba directamente con el espacioso local de la tienda. No tenía, sin embargo, un aspecto provisional, sino que disponía de muebles valiosos y elegidos con gusto, de maderas autóctonas. Unas grandes ventanas dejaban entrar la luz y ofrecían la vista al almacén de madera de la parte posterior de la casa, donde James recogía el pedido en ese momento. El señor Candler le estaba ayudando a cargarlo.

¡Y en el salón estaba, en efecto, Helen! Se hallaba sentada en una hamaca forrada de terciopelo verde y charlaba con Dorothy. Cuando vio a Gwyn, dio un brinco. Su rostro reflejaba una mezcla de incredulidad y alegría.

—¡Gwyn! ¿Eres tú o eres un fantasma? Hoy me encuentro con más seres humanos que en las doce semanas anteriores. ¡Poco a poco creo ver fantasmas!

—¡Podríamos pellizcarnos la una a la otra! —contestó riendo Gwyn.

Las amigas se abrazaron.

—¿Desde cuándo estás aquí? —preguntó Gwyn una vez que se hubo desenlazado de Helen—. Habría venido mucho antes de haber sabido que iba a encontrarte.

—Me casé hace apenas tres meses —respondió Helen tensa—. Pero hoy es el primer día que vengo a Haldon. Vivimos... bastante lejos...

No sonaba muy entusiasta. Pero ahora había que saludar a Dorothy. La muchacha acababa de entrar con una tetera y enseguida dispuso otra taza para Gwyneira. Mientras, Gwyn tuvo la oportunidad de observar más de cerca a su amiga. Helen, en efecto, no parecía muy feliz. Había adelgazado y su tez clara, que había protegido cuidadosamente en el barco, estaba ajada y bronceada a causa del sol. También sus manos estaban encallecidas y llevaba las uñas más cortas que antes. Hasta la ropa se había estropeado. Aunque el vestido había sido lavado y almidonado con primor, el dobladillo estaba sucio de barro.

—Nuestro arroyo —se disculpó Helen cuando advirtió la mirada de Gwyneira—. Howard quería venir con el carro grande, porque ha de llevarse material para el cercado. Los caballos pueden con el carro, pero cuando pasamos por el arroyo tenemos que empujar.

—¿Por qué no construís un puente? —preguntó Gwyneira. En Kiward Station solía pasar constantemente por puentes nuevos.

Helen se encogió de hombros.

—Es probable que Howard no tenga dinero. Ni gente. Uno no puede construir solo un puente. —Asió la taza de té. Sus manos temblaban un poco.

—¿No tenéis gente? —preguntó Gwyneira desconcertada—. ¿Ni siquiera maoríes? ¿Y cómo os arregláis con la granja? ¿Quién se encarga del huerto, quién ordeña las vacas?

Helen se quedó con la mirada fija. En sus bonitos ojos grises apareció una mezcla de orgullo y desesperación.

—¿Quién va a ser?

—¿Tú? —preguntó Gwyneira alarmada—. No puedes decirlo en serio. ¿Pues no se trataba de un *gentlemanfarmer*?

—Tacha el *gentleman*..., con lo que no me refiero a que Howard no sea un hombre honrado. Me trata bien y trabaja duro. Pero es un granjero, ni más ni menos. Visto de esta forma, tu señor Gerald tenía razón. Howard lo odia tanto como a la inversa. Entre los dos debió de pasar algo... —Helen hubiera cambiado de tema; no le gustaba hablar de forma negativa sobre su marido. Por otra parte, si ni siquiera aludía a lo que pasaba, ¡nadie le prestaría ayuda!

Pero Gwyn no abordó el asunto. La contienda entre O'Keefe y Warden le daba totalmente lo mismo. Quien le importaba era Helen.

—¿Tienes al menos vecinos que puedan ayudarte o a quienes pedir consejo? ¡Tú no puedes con todo! —Gwyn volvió al tema del trabajo en la granja.

—Tengo capacidad para aprender —susurró Helen—. Y vecinos..., bueno, un par de maoríes. Los niños vienen cada día a clase y son muy cariñosos. Pero... pero exceptuándolos a ellos, sois las primeras personas blancas a quienes veo desde... desde la llegada a la granja. —Helen intentó dominarse, pero luchaba por contener las lágrimas.

Dorothy la estrechó para consolarla. Gwyneira por el contrario ya estaba urdiendo planes para ayudar a su amiga.

—¿A qué distancia está la granja de aquí? ¿No puedo ir a visitarte alguna vez?

—A ocho kilómetros —contestó Helen—. Pero naturalmente, no sé en qué dirección...

—Tiene que aprenderlo, señora O'Keefe. Si no distingue los puntos cardinales, aquí está perdida. —La señora Candler entró con pastelillos de té de la tienda. Una mujer del lugar los preparaba y los vendía allí—. Desde aquí su granja está al Oeste. La suya también, claro, señora Warden. Aun así, no del todo en línea recta. Desde la calle Mayor sale un camino. Pero puedo explicárselo. Y su esposo lo sabe seguro.

Gwyn quería explicar que era mejor no preguntar a ningún Warden qué camino conducía a un O'Keefe, pero Helen aprovechó la oportunidad para cambiar de tema.

—¿Y cómo es tu Lucas? ¿Es en efecto el *gentleman* del que habían hablado?

Distraída por un momento, Gwyneira miraba a través de la ventana. James había acabado de cargar la leña y sacaba el carro del patio. Helen notó que los ojos de Gwyn se iluminaban cuando miraba al hombre que estaba en el pescante.

—¿Es ése? ¿Ese joven atractivo que está en el carro? —preguntó Helen con una sonrisa.

Gwyn parecía no poder desprender la vista de él, pero se repuso.

—¿Sí? Perdona, estaba mirando la carga. El hombre del pescante es el señor McKenzie, nuestro capataz. Lucas es..., Lucas sería..., bueno, sólo la idea de venir hasta aquí en un carro de tiro y de cargar la madera sin ayuda...

Helen miró ofendida. Howard seguro que cargaba el material para el cercado él mismo.

Gwyn se corrigió enseguida cuando percibió la expresión de Helen.

—Oh, Helen, naturalmente no lo digo como un desprecio..., estoy segura de que el señor Gerald echaría una mano. Pero Lucas es una especie de esteta, ¿comprendes? Escribe, pinta, toca el piano. Sin embargo, casi nunca se deja ver por la granja.

Helen frunció el ceño.

—¿Y cuando la herede?

Gwyneira se quedó atónita. A la Helen que había conocido dos meses atrás nunca se le habría ocurrido una pregunta así.

—Creo que el señor Gerald espera otro heredero... —suspiró.

La señora Candler examinó con atención a Gwyn.

—Por ahora no se nota nada —dijo riendo—. Pero hace sólo un par de semanas que se ha casado. Debe darle un poco de tiempo. ¡Formaban los dos una hermosa pareja de novios!

Y así empezó una larga exaltación de la fiesta de bodas de Gwyneira. Helen escuchaba en silencio, aunque Gwyn de buena gana le habría preguntado cómo había ido su propia boda. Después de todo le urgía hablar de muchas cosas con su amiga. A ser posible, mejor a solas. La señora Candler era amable, pero con certeza también era el centro y piedra angular de todos los chismorreos del pueblo.

Ésta se mostró, no obstante, más que dispuesta a ayudar a las dos jóvenes mujeres con recetas y otros consejos sobre cómo administrar la casa:

—Sin levadura no puede hacer pan —dijo la señora Candler a Helen—. Tenga, le daré un poco. Y ahí tengo un producto de limpieza para su vestido. Debe poner en remojo el dobladillo o se estropeará. Y usted, señora Warden, necesita moldes para las magdalenas, si no no serán como las pastas de té originales de Inglaterra que desea el señor Gerald...

Helen incluso adquirió una Biblia en maorí. La señora Candler tenía un par de ejemplares en reserva. Los misioneros habían encargado las Biblias en una ocasión, pero los maoríes no mostraron mucho interés.

—La mayoría no sabe leer —dijo la señora Candler—. Además tienen sus propios dioses.

Mientras Howard cargaba, Gwyn y Helen encontraron un par de minutos de tiempo para hablar entre ellas.

—Creo que tu señor O'Keefe tiene una buena apariencia —observó Gwyn. Lo había visto desde la tienda hablando con Helen. Ese hombre se correspondía más a la imagen que ella se había formado de un emprendedor pionero que el distinguido Lucas—. ¿Te gusta el matrimonio?

Helen se ruborizó.

—No creo que sea algo que tenga que gustar. Pero es... soportable. Ay, Gwyn, ahora volverán a pasar meses hasta que nos veamos de nuevo. Quién sabe si vendrás a Haldon el mismo día que yo...

—¿No puedes venir sola? —preguntó Gwyn—. ¿Sin Howard? Para mí no es difícil, con *Igraine* estoy aquí en menos de dos horas.

Helen suspiró y le contó lo del mulo.

—Si supiera montar a caballo...

Gwyneira resplandeció.

—¡Claro que sabrás! ¡Yo te enseñaré! En cuanto pueda, Helen, te haré una visita. ¡Ya encontraré el camino!

Helen quería decirle que Howard no quería que entrara ningún Warden en la casa, pero se contuvo. Si Howard y Gwyn realmente se encontraban, ya se le ocurriría algo. Pero casi todo el día solía estar ocupado con las ovejas y cabalgaba a las montañas para buscar a los animales dispersos y ocuparse de los cercados. En general no llegaba a casa antes del anochecer.

—¡Te espero! —dijo Helen esperanzada.

Las amigas se besaron en las mejillas y Helen salió corriendo.

—Pues sí, las esposas de los pequeños granjeros no tienen una vida fácil —dijo la señora Candler apenada—. Trabajo duro y un montón de niños. La señora O'Keefe tiene suerte de que su esposo ya sea mayor. No le hará más de ocho o nueve hijos. Ella tampoco es muy joven. Espero que le vaya bien. A esas granjas aisladas nunca llega una comadrona...

James McKenzie apareció poco después para recoger a Gwyneira. Guardó contento las compras de ella en el carro y la ayudó a subir al pescante.

—¿Ha pasado un buen día, Miss Gwyn? El señor Candler me ha dicho que se ha encontrado con una amiga.

Para alegría de Gwyn, McKenzie sabía el camino de la granja de Helen. Silbó entre dientes cuando la joven se lo preguntó.

—¿Quiere ir a casa de los O'Keefe? ¿Meterse en la boca del lobo? No se lo cuente al señor Gerald. Me mata si se entera de que le he explicado cómo llegar.

—Lo habría preguntado en otro lugar —dijo Gwyn tranquila—. ¿Pero qué les ha pasado? Para el señor Gerald, el señor Howard es el demonio propiamente dicho y al parecer lo mismo sucede a la inversa.

James rio.

—No se sabe con exactitud. Se rumorea que fueron socios. Pero luego se separaron. Algunos dicen que por dinero; otros, que por una mujer. En cualquier caso, sus tierras son colindantes, pero Warden se llevó la mejor parte. La parcela de O'Keefe es muy montañosa. Y el hombre tampoco procede de familia de pastores, aunque se supone que viene de Australia. Es todo muy oscuro. Sólo ellos mismos deben de saberlo con precisión, pero ¿llegarán a soltarlo alguna vez? Ah, ahí está el desvío... —James detuvo el coche junto a un camino que giraba a la izquierda en dirección a las montañas—. Se entra por aquí. Puede orientarse con aquellas rocas. Y luego siempre seguir el camino, sólo hay uno.

»A veces es difícil de encontrar, sobre todo en verano, cuando no se ven las huellas del carro. Hay que cruzar algunos arroyos, hay uno que casi es un río. Y una vez que se haya orientado, seguro que hay caminos más directos entre las granjas. Pero al principio es mejor que tome éste de aquí. ¡No vaya a extraviarse!

Gwyneira no se extraviaba tan fácilmente. Además, *Cleo* e *Igraine* habrían encontrado sin lugar a dudas el camino a Kiward Station. Por eso estaba de buen humor cuando, tres días más tarde, se puso en marcha para visitar a su amiga. Lucas no tenía reparos en que viajara a Haldon, pero tenía por el momento otros motivos de preocupación.

Gerald Warden no sólo había decidido que Gwyn se tomara con más seriedad las labores de un ama de casa, también opinaba que Lucas debía implicarse más a fondo en el negocio de la granja de una vez por todas. Así que cada día le imponía algunas tareas que debía cumplir con los empleados, y con mucha frecuencia se trataba de actividades que al esteta le hacían enrojecer o que provocaban peores reacciones. La castración de los jóvenes carneros, por ejemplo, le produjo tales vómitos que dejó inservible al señor Lucas para el resto del día, como contó a los pastores Hardy Kennon en torno al fuego, mondándose de risa.

Fuera como fuese, ese día Lucas se había puesto en camino con McKenzie para conducir los carneros a los pastos de montaña. Ahí permanecerían los animales durante los meses de verano y luego los sacrificarían. La posible supervisión de esto último ya horrorizaba ahora a Lucas.

A Gwyneira le habría gustado salir con ellos, pero la detuvo una especie de intuición. Lucas no necesitaba ver la soltura con que ella trabajaba con los pastores: quería evitar a toda costa que surgiera la misma competitividad que se había dado con su hermano. Además, no tenía ningunas ganas de cabalgar en la silla de amazona. Había perdido la costumbre de utilizar la silla lateral y tras varias horas seguro que acabaría doliéndole la espalda.

Igraine avanzaba a paso ligero y, tras una hora larga, Gwyneira había llegado al desvío que conducía a la granja de Helen. A partir de ahí quedaban todavía tres kilómetros que se presentaban, no obstante, difíciles. El camino se hallaba en un estado lamentable. Gwyneira se horrorizó ante la idea de recorrerlo con un carro tan pesado como el de Howard. No era extraño que la pobre Helen pareciera agotada.

A *Igraine*, claro está, no le importaba el camino. La vigorosa yegua estaba acostumbrada a terrenos pedregosos y el frecuente paso por los arroyos la divertía y refrescaba. Para las condiciones de Nueva Zelanda hacía un caluroso día de verano y la yegua sudaba. *Cleo*, por el contrario, intentaba encontrar las zonas donde no había agua. Gwyneira se reía cada vez que no lo conseguía y la perrita, en un salto fallido, se veía obligada a chapotear en el agua fría, momentos en que alzaba la vista ofendida hacia su ama.

Finalmente se vislumbró la casa, aunque Gwyneira apenas si podía creer que esa cabaña de madera fuera realmente la granja de O'Keefe. Pero tenía que serlo; en el cercado que había delante pastaba el mulo. Al divisar a *Igraine* soltó un sonido extraño que empezó como un relincho y acabó como un bramido. Gwyneira sacudió la cabeza. Curioso animal. No entendía por qué algunos los preferían a los caballos.

Ató la yegua a la valla y salió en busca de Helen. En el establo sólo encontró la vaca. Pero luego oyó el estridente grito de una mujer en la casa. Se trataba, por supuesto, de Helen. Gritaba tan horrorizada que a Gwyn se le heló la sangre en las venas. Asustada buscó un arma para defender a su amiga, pero decidió ayudarse con la fusta y correr a salvarla.

No había atacante a la vista. Helen daba más bien la impresión de haber estado barriendo cándidamente la habitación, hasta que la visión de algo la había dejado de piedra.

—¡Helen! —la llamó Gwyn—. ¿Qué pasa?

Helen no hizo ningún gesto para saludarla o volverse hacia ella. Seguía mirando horrorizada algo que había en un rincón.

—¡Allí..., allí..., allí! ¿Qué es eso, por el amor de Dios? ¡Socorro, salta! —Helen retrocedió espantada y casi tropezó con una silla. Gwyneira la agarró y descubrió el saltamontes grasiento y brillante que continuaba botando frente a ellas. Se trataba de un ejemplar espléndido, sin duda de diez centímetros de largo.

—Es un weta —explicó calmada—. Seguramente un weta de suelo, pero también podría ser un weta de los árboles que se ha extraviado. En cualquier caso, no se trata de un weta gigante, ésos no saltan.

Helen la contempló como si se hubiera escapado de un manicomio.

—Y es macho. A no ser que quieras darle un nombre... —rio Gwyneira—. No pongas esa cara, Helen. Son asquerosos, pero no hacen nada. Saca el bicho fuera...

—¿No..., no..., no lo podemos... matar? —preguntó Helen temblorosa.

Gwyn sacudió la cabeza.

—Es imposible. No hay forma de acabar con ellos. Supuestamente ni cuando se hierven..., lo que yo, de todos modos, todavía no he intentado. Lucas puede pronunciar conferencias sobre este bicho durante horas. Son, por así decirlo, sus animales favoritos. ¿Tienes un vaso o algo por el estilo? —Gwyneira había observado en una ocasión cómo Lucas atrapaba con habilidad un weta poniendo un tarro de mermelada al revés sobre el enorme insecto—. ¡Nuestro! —exclamó regocijada—. Si conseguimos tapar el tarro podría llevárselo a Lucas como regalo.

—¡No bromees, Gwyn! Pensaba que era un caballero. —Helen se iba sobreponiendo, aunque seguía mirando con fascinación y horror al gigantesco insecto cautivo.

—Esto no excluye su interés por los artrópodos —señaló Gwyn—. Los hombres tienen preferencias raras...

—Y que lo digas. —Helen pensó en los placeres nocturnos de Howard. Casi cada día se entregaba a ellos cuando su esposa no tenía la regla, la cual, de todos modos, se había interrumpido hacía poco: lo único positivo de la vida matrimonial.

—¿Preparo un té? —preguntó Helen—. Howard prefiere el café, pero he comprado té para mí. Darjeeling, de Londres. —Su voz adquirió un tono melancólico.

Gwyneira echó un vistazo a la habitación escasamente amueblada. Las dos sillas tambaleantes, la bandeja limpia pero gastada, sobre la que reposaba la Biblia en maorí. La olla borbotante sobre la sórdida cocina. No era la atmósfera ideal para tomar el té. Pensó en la acogedora casa de la señora Candler. Entonces sacudió la cabeza con determinación.

—Ya prepararemos el té después. Ahora ensillas el mulo... En total te doy..., digamos que tres horas de clase de montar. Luego nos encontraremos en Haldon.

El mulo se mostró poco dispuesto a cooperar. Cuando Helen intentaba cogerlo, escapaba e intentaba morderla. Suspiró aliviada cuando aparecieron Reti, Rongo y dos niños más. El rostro sofocado de Helen, sus protestas y su desesperación por capturar al animal fueron un nuevo motivo para provocar las risas de los maoríes, pero Reti ya había puesto el cabestro en unos segundos.

También echó una mano a su profesora para poner la silla, mientras Rongo daba al animal unos boniatos. Pero luego ya no había ayuda que sirviera. Helen debía encaramarse sola a la grupa.

Gwyneira se sentó sobre la valla del corral mientras Helen intentaba que el animal caminara. Los niños de nuevo se dieron codazos y se pusieron a reír cuando al principio el mulo no hizo ningún movimiento, ni siquiera el de poner un casco delante del otro. Sólo cuando Helen le propinó una fuerte patada en el flanco, soltó una especie de gemido y se puso a caminar. Pero Gwyneira no estaba satisfecha.

—¡Así no se hace! Cuando le das la patada no avanza, sólo se enfada. —Gwyneira se inclinaba sobre la cerca de madera como un pastor y subrayaba sus explicaciones moviendo con determinación la fusta. Su única concesión al decoro consistía en subir los pies y esconderlos bajo la falda de amazona, lo que hacía bastante insegura su postura. Sin embargo, ese número de equilibrio era innecesario. Seguramente, los sonrientes niños no habrían dedicado una segunda mirada a las piernas de Gwyneira, aunque no hubieran estado totalmente concentrados en lo que se desarrollaba en el *paddock*. Sus madres deambulaban constantemente descalzas, con las faldas a media pierna o desnudas.

Pero Helen ya no tenía tiempo para pensar más en ello. Debía concentrarse en guiar a su testarudo mulo por el corral. Para su sorpresa no resultaba tan difícil mantenerse encima de él, la vieja silla de Howard le prestaba suficiente seguridad. Si bien, lamentablemente, el animal se empeñaba en detenerse junto a cada brote de hierba.

—¡Si no lo golpeo, no se mueve nada! —se quejó, e hincó de nuevo los talones en las costillas del mulo—. Quizá..., si me dieras ese palito... ¡Le podría pegar!

Gwyneira puso los ojos en blanco.

—¿Quién te ha contratado como educadora? Pegar, dar patadas... ¡A tus niños no los tratas así! —Arrojó una mirada a los risueños maoríes que disfrutaban a ojos vistas de la lucha que mantenía su profesora—. Tienes que querer al animal, Helen. Consigue que te ayude de buen grado. Venga, dile algo amable.

Helen suspiró, reflexionó y se inclinó de mala gana hacia delante.

—¡Qué orejitas más monas y suaves tienes! —dijo con voz arrulladora, e intentó acariciar las inmensas orejas de cucurucho del mulo. El animal respondió al acercamiento con un intento furioso de morderle la pierna. Helen casi se cayó del mulo del susto y Gwyneira de la valla de la risa.

—¿Quererme? —resopló Helen—. ¡Me aborrece!

Uno de los niños maoríes mayores hizo un comentario que fue contestado con risas por los otros, mientras Helen se ponía roja.

—¿Qué ha dicho? —preguntó Gwyn.

Helen se mordió los labios.

—Sólo es una cita de la Biblia —murmuró.

Gwyn asintió maravillada.

—Entonces, si consigues que estos mocosos citen la Biblia de forma voluntaria, tendrías que hacer mover un burro. El mulo es tu único billete para Haldon. ¿Qué significa eso en realidad? —Gwyneira agitó la fusta, pero era evidente que no tenía intención de dársela a su amiga para que estimulara al mulo.

Helen se dio cuenta de que tenía que bautizar a ese animal...

Tras la hora de clase se bebieron un té y Helen habló de sus pequeños discípulos.

—Reti, el mayor, es muy despierto, pero bastante insolente. Y Rongo Rongo es cautivadora. En general son niños buenos. Todo el pueblo es cordial.

—Ya sabes bastante bien maorí, ¿verdad? —preguntó admirada Gwyn—. Yo sólo sé, por desgracia, un par de palabras. Pero no consigo aprender la lengua. Cuesta demasiado.

Helen se encogió de hombros, pero agradeció el elogio.

—Antes ya había aprendido idiomas, por eso me resulta más fácil. Además, salvo con ellos, no hay nadie con quien pueda hablar. Si no quiero aislarme del todo, tengo que aprenderlo.

—¿No hablas con Howard? —preguntó Gwyn.

Helen asintió.

—Sí, pero..., pero..., no tenemos mucho en común...

De repente Gwyneira experimentó un sentimiento de culpabilidad. Cuánto disfrutaría su amiga de las largas conversaciones de Lucas sobre arte y cultura, dejando aparte el tocar el piano y la pintura... Debería sentirse agradecida por tener un marido tan cultivado. Pero en general se aburría con él.

—Las mujeres del pueblo son también muy atentas —prosiguió Helen—. Me pregunto si alguna de ellas será comadrona...

—¿Comadrona? —exclamó Gwyn—. ¡Helen! No me digas... ¡No puedo creérmelo! ¿Estás embarazada, Helen?

Helen alzó la vista turbada.

—No lo sé con exactitud. Pero la señora Candler así lo ha considerado y me ha hecho un par de observaciones. Además, a veces me siento... especial. —Se sonrojó.

Gwyn quería saberlo todo con detalle.

—¿Howard hace..., me refiero a si hace sus..., que...?

—Creo que sí —susurró Helen—. Cada noche lo hace. No sé si conseguiré acostumbrarme a eso.

Gwyn se mordió los labios.

—¿Por qué no? Me refiero a... ¿te hace daño?

Helen la miró como si hubiera perdido la razón.

—Claro, Gwyn. ¿Tu madre no te lo ha contado? Pero las mujeres debemos soportarlo. ¿Cómo es que me lo preguntas? ¿A ti no te duele?

Gwyneira titubeó, hasta que Helen, avergonzada, abandonó el tema. Pero la reacción había confirmado sus sospechas. Algo no iba bien entre Lucas y ella. Por primera vez se preguntó si algo en ella no funcionaba...

Helen llamó al mulo *Nepumuk* y lo mimó con zanahorias y boniatos. Sólo unos pocos días después resonó un bramido de saludo en cuanto salió de la puerta, y en el *paddock* el mulo se dejó poner enseguida y sin rodeos el cabestro... A fin de cuentas, antes y después tenía su golosina. Tras la tercera clase de hípica

Gwyneira se sentía muy satisfecha y, en algún momento, Helen se sintió simplemente con ánimos para ensillar a *Nepumuk* y dirigirse a Haldon. Experimentaba la sensación de haber cruzado como mínimo un océano cuando al final guio al mulo por las calles del pueblo. El animal corrió directo hacia el herrero, pues allí solían esperarlo avena y paja. El herrero se comportó con amabilidad y prometió a Helen guardar el animal mientras ella visitaba a la señora Candler. Ésta y Dorothy no ahorraron elogios y Helen meditó sobre su recién adquirida libertad.

Por la noche premió a *Nepumuk* con una ración extra de avena y maíz. Ante el agradecido sonido que emitió el animal, Helen ya no encontró tan difícil que le cayera simpático.

8

El verano se acercaba a su fin y en Kiward Station la temporada de cría había sido un éxito. Todas las ovejas destinadas a ello estaban preñadas; el nuevo semental había montado a tres yeguas y el pequeño *Daimon* a todas las perras listas para ello de la granja e incluso a algunas de otras granjas. Hasta el vientre de *Cleo* se redondeó. Gwyneira se alegraba por los carneros. Respecto a sus propios intentos de quedar embarazada, hasta el momento no había cambios, si bien ahora Lucas sólo dormía una vez a la semana con ella. Y siempre sucedía lo mismo: Lucas era cortés y atento, y se disculpaba cuando pensaba que podía haber sido brusco de algún modo con ella, pero nada le dolía ni nada sangraba, y, encima, las indirectas del señor Gerald la sacaban de sus casillas. Su suegro opinaba que tras unos cuantos meses de matrimonio con una mujer joven y sana ya podía contarse con un embarazo. Esto reforzó a Gwyn en la idea de que algo le ocurría a ella. Finalmente, se sinceró con Helen.

—A mí me daría igual, pero el señor Gerald es horrible. Ahora ya habla de eso delante del personal y de los pastores. Dice que debería pasar menos tiempo en los establos y dedicarme más a mi marido. Entonces tendría un bebé. ¡Pero no voy a quedarme embarazada viendo pintar a Lucas!

—Pero él... ¿te visita de forma periódica? —preguntó Helen con prudencia. Ella misma estaba ahora segura de que algo había cambiado en ella, aunque nadie había confirmado todavía su embarazo.

Gwyneira asintió y se tiró del lóbulo de la oreja.

—Sí, Lucas se esfuerza. Debo de ser yo. Si sólo supiera a quién preguntar...

A Helen se le ocurrió una idea. Debía ir al poblado maorí en breve y allí... No sabía por qué, pero en ese lugar sentía menos vergüenza de hablar con las mujeres indígenas sobre su posible embarazo que la que sentiría al consultar a la señora Candler u otra mujer del lugar. ¿Por qué no comentar también el problema de Gwyneira si surgía la oportunidad?

—¿Sabes? Le preguntaré a la hechicera maorí —dijo decidida—. La abuela de la pequeña Rongo. Es muy amable. La última vez que estuve con ella me regaló un trozo de jade en agradecimiento por las clases que doy a los niños. Los maoríes la consideran una *tohunga*, una mujer sabia. Tal vez sepa algo de estas cosas de mujeres. Lo máximo que puede hacer es decirme que no.

Gwyneira era escéptica.

—En realidad no creo en los hechiceros —respondió—, pero vale la pena intentarlo.

Matahorua, la *tohunga* maorí, recibió a Helen delante del *wharenui*, la casa de asambleas adornada con abundantes tallas de madera. Era una construcción bien ventilada, cuya arquitectura se inspiraba en el ser vivo, según había informado Rongo a Helen. El caballete encarnaba la espina dorsal y las tablas de la cubierta las costillas. Delante del edificio había un asador cubierto, el *kauta*, donde se cocinaba para todos, pues los maoríes viven en estrecha comunidad. Dormían juntos en grandes dormitorios que no estaban divididos en habitaciones individuales y no contenían prácticamente muebles.

Matahorua indicó a Helen una piedra que sobresalía del suelo de hierba junto a la casa para que tomara asiento sobre ella.

—¿Cómo poder ayudar? —preguntó sin dar rodeos.

Helen rebuscó en su vocabulario, que se basaba en su mayoría en el de la Biblia y los dogmas religiosos.

—¿Qué hacer cuando no embarazo? —preguntó, esperando haber omitido el «sin mancha» realmente.

La anciana rio y la colmó de un aluvión de palabras ininteligibles.

Helen hizo un gesto de no comprender.

—¿Cómo no bebé? —preguntó Matahorua intentando expresarse en inglés—. ¡Tú sí esperas bebé! En invierno, cuando mucho frío. Yo ayudar cuando tú querer. ¡Bebé guapo, sano!

Helen no podía entenderlo. Así que era cierto... ¡iba a tener un hijo!

—Yo ayudar cuando tú querer —se ofreció una vez más Matahorua con amabilidad.

—Yo..., gracias, tú eres... bienvenida —respondió con esfuerzo Helen.

La hechicera sonrió.

Pero Helen debía intentar volver a su pregunta anterior. Lo probó otra vez en maorí.

—Yo embarazo —dijo y señaló su vientre, con lo cual apenas se sonrojó ahora—. Pero amiga no embarazo. ¿Qué hacer?

La anciana se encogió de hombros y volvió a dar abundantes explicaciones en su lengua materna. Al final hizo señas a Rongo Rongo, que estaba jugando al lado con otros niños.

La pequeña se acercó despreocupada y se mostró abiertamente dispuesta a prestar sus servicios de traductora. Helen, sin embargo, se puso roja de vergüenza de tener que plantear a un niño tales asuntos, pero Matahorua no parecía ver ningún problema en ello.

—Esto ella no puede decirlo —explicó Rongo una vez que la *tohunga* hubo repetido sus palabras—. Puede haber muchas causas. En el hombre, en la mujer, en los dos... Tiene que ver a la mujer, o mejor, al hombre y la mujer. Así sólo puede adivinar. Y adivinar no sirve.

Matahorua regaló un nuevo trozo de jade a su amiga.

—Amigos de Miss Helen siempre bienvenidos —dijo Rongo.

Helen sacó de su bolsa unas patatas de siembra como muestra de agradecimiento. Howard protestaría de que ella regalara la preciosa mercancía, pero la anciana maorí se alegró visiblemente. Con unas pocas palabras indicó a Rongo que recogiera unas hierbas que le tendió a Helen.

—Esto, contra mareos por la mañana. Calentar en agua, beber antes levantarse.

Por la noche, Helen comunicó a su esposo que iba a ser padre. Howard gruñó satisfecho. Era evidente que estaba contento, pero Helen habría deseado un par de palabras más de reconocimiento. El embarazo llevó consigo algo positivo: a partir de ese momento, Howard dejó tranquila a su esposa. Dejó de tocar a su mujer y se acostaba junto a ella como un hermano, lo que para Helen supuso un alivio increíble. La conmovió hasta las lágrimas que al día siguiente Howard apareciera con una taza de té cuando ella todavía estaba en la cama.

—Toma. Es lo que tienes que beber, según la bruja. Y las mujeres maoríes entienden de estas cosas. Tienen hijos como conejas.

Gwyn se alegró también por su amiga, pero al principio no se atrevió a visitar a Matahorua.

—No servirá de nada si Lucas no viene. Puede que haga un conjuro por la pareja o algo así. Por el momento me llevo la piedra de jade, quizá me la cuelgue en una bolsita del cuello. A fin de cuentas, a ti te ha dado suerte.

Gwyneira señaló expresivamente el vientre de Helen y parecía tan esperanzada que Helen prefirió no contarle que tampoco los maoríes creían en hechicerías y amuletos. La piedra de jade debía considerarse más bien como un signo de agradecimiento, de reconocimiento y amistad.

La magia tampoco obró efecto, sobre todo porque Gwyn no se atrevía a que la piedra estuviera colocada en algún sitio demasiado visible junto a su cama o en ella. No quería que Lucas se burlara de sus supersticiones o que se enfadara. En los últimos tiempos intentaba con mayor obstinación que sus esfuerzos sexuales tuvieran un desenlace exitoso. Prescindiendo casi de todas las caricias, intentaba penetrar en Gwyn de inmediato. A veces le hacía realmente daño, pero, a pesar de eso, Gwyn creía que algo en ella no andaba bien.

Comenzaron los días de primavera, pero no era así, los nuevos colonos tuvieron que acostumbrarse a que en marzo ahí, en el hemisferio sur, era otoño y anunciaba el invierno. Lucas cabalgó con James McKenzie y sus hombres para recoger las ovejas de las montañas. Lo hizo muy a pesar suyo, pero Gerald insistió, y para Gwyn apareció la inesperada oportunidad de participar también en la tarea. Con Witi y Kiri tripuló el carro de abastecimiento.

—¡Hay *irish stew*! —informó complacida a los hombres, cuando éstos regresaron la primera noche al campamento. Las chicas maoríes se habían aprendido la receta de memoria y Gwyneira casi habría podido prepararla sola. Ese día, sin embargo, no lo había pasado cociendo rodajas de patatas y col, sino que había salido con *Igraine* y *Cleo* en busca de un par de ovejas que se habían descarriado en las estribaciones de las montañas. James McKenzie se lo había pedido con discreción.

—Sé que el señor Warden no lo ve con buenos ojos, Miss Gwyn, y yo mismo lo haría o encargaría a uno de los chicos que lo hiciera. Pero necesitamos a todos los hombres con los rebaños, somos realmente demasiado pocos. Los últimos años teníamos al menos algún ayudante del campamento maorí. Pero como esta vez viene con nosotros el señor Lucas...

Gwyn sabía a qué se refería y comprendió también los matices. Gerald se había ahorrado los gastos de otro pastor y estaba encantado con ello. Ya lo había oído en la mesa familiar. Lucas, de todos modos, no podía sustituir al experimentado ayudante maorí. El trabajo de la granja no se le daba bien y tampoco resistía demasiado. Ya había sorprendido a Gwyneira al montar el campamento diciéndole que le dolían todos los huesos; y eso que todavía no había empezado la recogida del ganado. Los hombres, claro está, no solían quejarse de la torpeza de su joven jefe, pero Gwyn oía comentarios como: «Hubiéramos ido más deprisa si las ovejas no se nos hubieran escapado tres veces», y eso le daba que pensar. Cuando Lucas estaba inmerso en la contemplación de una formación de nubes o de un insecto, seguro que no sería un par de ovejas pasando al galope lo que lo arrancaría de su observación.

Así que McKenzie lo colocó con otro pastor, por lo que faltaba al menos un hombre. A Gwyneira le encantaba, claro está, ayudar en la tarea. Cuando los hombres regresaron al campamento, *Cleo* condujo al rebaño quince ovejas que habían encontrado en la montaña. La joven estaba un poco preocupada de lo que Lucas podría decir, pero él ni se dio cuenta. Comió en silencio el estofado y se retiró pronto a su tienda.

—Voy a ayudar a recoger —declaró Gwyn con la misma gravedad que si hubiera que lavar los cubiertos de un menú de cinco platos. De hecho dejó los pocos platos y cubiertos a los maoríes y se quedó un poco más en compañía de los hombres, que estaban relatando ahora sus aventuras. Iban pasándose la botella y gracias a ella, como era habitual, las historias fueron haciéndose cada vez más dramáticas y peligrosas.

—Por Dios, si yo no hubiera estado ahí, el carnero lo habría embestido de lleno —reía burlón el joven Dave—. El caso es que el animal corría hacia él y yo grité: «¡Señor Lucas!», pero él seguía sin verlo. Así que silbé al perro y corrió y se puso entre él y el carnero y lo ahuyentó. ¿Pero alguien puede imaginarse que el tipo me dio las gracias? ¡Ni hablar! ¡Se puso a refunfuñar! Dijo que había visto un kea y que el perro había asustado al pájaro. ¡Y ya os digo yo que el carnero casi lo embiste! ¡Entonces le quedaría en los pantalones menos de lo poco que tiene!

El resto de los hombres se pusieron a vocear. Sólo James McKenzie parecía incómodo. Gwyn comprendió que era mejor que se retirase entonces si no quería escuchar más comentarios comprometedores sobre su marido. James la siguió cuando se levantó.

—Lo siento, Miss Gwyn —dijo cuando ambos se introdujeron en la penumbra, lejos de la hoguera. No era una noche oscura: había luna llena y brillaban las estrellas. También el día siguiente sería despejado, un regalo para los pastores que, en caso contrario, debían apañárselas con la niebla y la lluvia.

Gwyneira se encogió de hombros.

—No tiene por qué sentirlo. ¿O se ha dejado embestir también usted por los cuernos del carnero?

James se reprimió la risa.

—Me gustaría que los hombres fueran un poco más discretos...

Gwyneira rio.

—Entonces tendría que explicarles el significado de la discreción. No, no, señor McKenzie. Puedo imaginarme muy bien lo que ha ocurrido y comprendo que la gente esté indignada. El señor Lucas no está..., bueno, no está hecho para estas cosas. Toca muy bien el piano y pinta estupendamente, pero lo que es ir a caballo y conducir ovejas...

—¿Lo ama de verdad? —James se habría abofeteado en el mismo momento en que estas palabras salieron de su boca. No quería preguntarlo. Nunca... Él no tenía nada que ver. Pero también había bebido y el día había sido largo y también había maldecido más de una vez a Lucas Warden.

Gwyneira sabía que se debía a su nombre y posición.

—Respeto y honro a mi marido —respondió con dignidad—. Fui confiada a él por voluntad propia y se porta bien conmigo. —Debería haber añadido que eso no era asunto de McKenzie, pero no lo consiguió. Algo le decía que él tenía derecho a preguntarlo—. ¿Responde esto a su pregunta, señor McKenzie? —preguntó suavemente en lugar de eso.

James McKenzie asintió.

—Lo siento, Miss Gwyn. Buenas noches.

No sabía por qué le tendía la mano. No era normal, y seguramente tampoco conveniente, despedirse con tanta ceremonia después de haber pasado dos horas juntos al lado de la hoguera. A fin de cuentas, al día siguiente por la mañana volverían a verse. Pero Gwyn tomó su mano con toda naturalidad; su mano pequeña y delicada, pero endurecida de cabalgar y del trabajo con los animales, estaba en la del hombre. James apenas si conseguía reprimir el impulso de llevársela a los labios.

Gwyneira mantuvo la vista baja. Era una sensación agradable que la mano del hombre envolviera la suya, una sensación deliciosa, de seguridad. La calidez pareció extenderse por todo su cuerpo, incluso por esos rincones que nada tenían de decentes. Lentamente alzó la vista y advirtió un eco de su placer en los ojos oscuros y penetrantes de McKenzie. Y de repente los dos se echaron a reír.

—Buenas noches, James —dijo Gwyn dulcemente.

En tres días consiguieron conducir el rebaño, más deprisa que nunca. Durante el verano, Kiward Station había perdido pocos animales; la mayoría se encontraba en un estado fabuloso y los carneros fueron muy elogiados. Un par de días después de haber regresado a la granja, *Cleo* parió sus crías. Gwyn contempló fascinada los cuatro diminutos cachorros en la cesta.

Gerald, por el contrario, parecía disgustado.

—Al parecer todo el mundo puede... ¡salvo vosotros! —gruñó, y lanzó una mirada furiosa a su hijo. Lucas salió sin pronunciar palabra. Hacía semanas que las relaciones entre padre e hijo eran tensas. Gerald no podía perdonar a Lucas su incapacidad para realizar las tareas de la granja, y Lucas estaba iracundo con Gerald porque lo forzaba a montar con los hombres. Gwyneira tenía a menudo la sensación de estar entre dos fuegos. Y cada vez tenía más la impresión de que Gerald estaba enfurecido con ella.

Durante el invierno había menos trabajo en los pastizales en el que Gwyneira pudiera colaborar y *Cleo* también estuvo unas semanas sin salir. Así que Gwyn encaminó la yegua con más frecuencia a la granja de los O'Keefe. Durante la conducción del ganado había descubierto un camino a campo traviesa, sin lugar a dudas más corto, y visitaba a Helen varias veces a la semana. Ésta se alegraba de ello. El trabajo en la granja le resultaba más pesado a medida que avanzaba el embarazo y le era casi imposible montar a lomos del mulo. Apenas si iba a Haldon a tomar un té con la señora Candler. Prefería pasar los días estudiando la Biblia en maorí y cosiendo la ropa del bebé.

Seguía, como era habitual, dando clases a los niños maoríes, que le aliviaban de muchas de las tareas. No obstante, pasaba sola la mayor parte del día. Eso se debía también a que Howard salía por las noches a beber una cerveza en Haldon y solía llegar bastante tarde. Gwyneira se sentía preocupada por ello.

—¿Cómo vas a avisar a Matahorua cuando empiece el parto? —preguntó—. No podrás encargarte tú sola.

—La señora Candler quiere enviarme a Dorothy. Pero no me gusta..., la casa es tan pequeña que tendría que dormir en el establo. Y por lo que sé, los niños nacen siempre por la noche. Así que Howard estará aquí.

—¿Seguro? —preguntó Gwyneira asombrada—. Mi hermana tuvo los niños al mediodía.

—Pero los dolores debieron de comenzar por la noche —respondió Helen convencida. En lo que iba de tiempo había aprendido al menos los conceptos básicos del embarazo y la concepción. Después de que Rongo Rongo le contara las historias más osadas en su inglés chapurreado, Helen había reunido todo su valor para pedir a la señora Candler una explicación. Ésta se lo había relatado de forma objetiva. Había dado a luz a tres hijos y no en las condiciones más civilizadas. Helen sabía ahora el modo en que se anunciaba el parto y lo que debía tener preparado.

—Si así lo crees... —Pero Gwyneira no estaba del todo convencida—. Aunque deberías pensarte lo de Dorothy. Ella aguantará un par de noches en el establo; pero tú podrías morirte si tuvieras que dar a luz totalmente sola.

Cuanto más se acercaba el día, más inclinada se sentía Helen a aceptar la oferta de la señora Candler. Howard cada vez estaba menos en casa. El estado de su mujer lo incomodaba y era evidente que ya no compartía de buen grado la cama con ella. Cuando regresaba tarde de Haldon, apestaba a cerveza y whisky y hacía tanto ruido cuando iba a acostarse que Helen dudaba de que llegara a encontrar el camino del poblado maorí. Así que Dorothy se mudó a principios de agosto a su casa. No obstante, la señora Candler se negó a que la muchacha durmiera en el establo.

—Por todos los cielos, Miss Helen, eso no puede ser. Ya veo yo en qué estado se marcha de aquí el señor Howard por las noches. Y usted está..., quiero decir, él tiene... Echará de menos compartir la cama con una mujer, no sé si me entiende. Cuando llegue al establo y encuentre a una adolescente allí...

—¡Howard es un hombre decente! —protestó Helen, defendiendo a su esposo.

—Un hombre decente no deja de ser un hombre —replicó categórica la señora Candler—. Y un hombre decente borracho es tan peligroso como cualquier otro. Dorothy dormirá en casa. Yo hablaré con el señor Howard.

Helen estaba preocupada por el choque de pareceres, pero sus temores eran infundados. Después de haber recogido a Dorothy, Howard se llevó ropa de cama al establo con toda naturalidad y montó allí su campamento.

—No me importa —dijo caballerosamente—. He dormido en sitios peores. Y la reputación de la pequeña debe mantenerse a salvo, en eso la señora Candler tiene razón. ¡Que no caiga en descrédito!

Helen admiraba el sentido de la diplomacia de la señora Candler. Al parecer había argumentado que Helen necesitaba una señorita de compañía y que incluso después del parto Dorothy tampoco podría ocuparse por las noches de Helen y el niño si Howard estaba en la casa.

Así que los últimos días antes del nacimiento, Helen compartía la cabaña con Dorothy y se ocupaba de la mañana a la noche de tranquilizar a la muchacha. Dorothy estaba tan asustada antes del alumbramiento, tanto, que Helen a veces llegó a pensar que su madre tal vez no había muerto de no se sabía qué misteriosa enfermedad, sino del parto de una infeliz hermanita.

Gwyneira, por el contrario, se sentía más o menos optimista, incluso ese día nublado de finales de agosto en que Helen se encontraba especialmente mal y deprimida. Howard ya se había marchado a Haldon por la mañana, quería construir un nuevo cobertizo y ya había llegado por fin la madera para levantarlo. Sin embargo, cargaría el material de construcción y seguramente no regresaría de inmediato, sino que se detendría a tomar una cerveza y echar una partida de cartas. Dorothy ordeñó la vaca mientras Gwyneira hacía compañía a Helen. Tenía la ropa húmeda de la cabalgada entre la niebla y sentía frío. Disfrutaba pues de la chimenea y el té de Helen.

—Ya se encargará Matahorua —respondió a Helen cuando ésta le contaba los temores de Dorothy—. ¡Ay, desearía estar en tu lugar! Sé que en estos momentos te sientes desgraciada, pero deberías ver cómo me va a mí. El señor Gerald cada día hace algún comentario, y no es él el único. También las damas de Haldon me examinan del mismo modo que si fuera una yegua en una feria de ganado... Y Lucas también parece enojado conmigo. ¡Si sólo supiera qué es lo que hago mal! —Gwyneira jugueteaba con la taza de té. Estaba a punto de echarse a llorar.

Helen frunció el entrecejo.

—Gwyn, una mujer no hace nada mal. No lo rechazas, ¿verdad? ¿Le dejas hacer?

Gwyn puso los ojos en blanco.

—¡Y que lo digas! Sé que debo quedarme tranquila. Boca arriba. Y soy amable y lo abrazo y todo... ¿qué más debo hacer?

—Es más de lo que yo he hecho —observó Helen—. Tal vez sólo necesites más tiempo. Eres mucho más joven que yo.

—Pues tendría que ser más fácil —gimió Gwyn—. Al menos eso decía mi madre. ¿No será quizá por culpa de Lucas? ¿Qué significa en realidad que un hombre es un «blando»?

—¡Pero cómo puedes, Gwyn! —Helen estaba horrorizada de oír tal expresión de la boca de su amiga—. Esas cosas no se dicen.

—Los hombres lo dicen cuando hablan de Lucas. Claro que cuando él no los oye. Si supiera qué significa...

—¡Gwyneira! —Helen se puso en pie como si quisiera coger la tetera del fuego. Pero entonces gritó y se llevó la mano al vientre—. ¡Oh, no!

A los pies de Helen se formó un charco.

—¡La señora Candler dice que es así como empieza! —exclamó—. Pero sólo son las once de la mañana. Qué desgracia... ¿Puedes recogerlo tú, Gwyn? —se dirigió vacilante a una silla.

—Es líquido amniótico —dijo Gwyn—. No te preocupes, Helen, no hay nada que temer. Te llevaré a la cama y luego enviaré a Dorothy en busca de Matahorua.

Helen se encogió.

—¡Hace daño, Gwyn, hace mucho daño!

—Pronto pasará —aseguró Gwyneira, cogiendo con determinación a Helen por el brazo y llevándola al dormitorio. Allí ayudó a su amiga a desvestirse y ponerse un camisón, la volvió a tranquilizar y se precipitó al establo para decirle a Dorothy que fuera al poblado maorí. La muchacha se echó a llorar y salió atolondrada del establo. ¡Ojalá que en la buena dirección! Gwyneira pensó en si no habría sido mejor que ella misma hubiera salido a caballo, pero su hermana había necesitado horas para dar a luz a su hijo. Así que con Helen tampoco iría tan deprisa. Y Gwyn le sería sin duda de mayor consuelo que la llorosa Dorothy.

Gwyn limpió la cocina y preparó mientras tanto otro té que llevó a la cama de Helen. Ésta tenía en esos momentos dolores periódicos. Cada dos minutos gritaba y se contraía. Gwyneira la tomó de la mano y le habló para tranquilizarla. Entretanto había transcurrido una hora. ¿Dónde estaban Dorothy y Matahorua?

Helen no parecía percatarse del paso del tiempo, pero Gwyn cada vez estaba más nerviosa. ¿Qué haría si en efecto Dorothy se había perdido? Sólo cuando ya habían pasado más de dos horas, oyó por fin a alguien en la puerta. Con los nervios a flor de piel, Gwyneira se sobresaltó. Pero naturalmente sólo era Dorothy. Seguía llorando. Y no la acompañaba, como era de esperar, Matahorua, sino Rongo Rongo.

—¡No puede venir! —sollozó Dorothy—. Todavía no. Está...

—Llega otro bebé —explicó Rongo con serenidad—. Es difícil. Es pronto y mamá enferma. Debe quedarse. Decir que Miss Helen fuerte, bebé sano. Yo ayudar.

—¿Tú? —preguntó Gwyn. Rongo tenía once años como mucho.

—Sí. Yo ya ver y ayudar *kuia*. ¡En mi familia muchos niños! —advirtió Rongo orgullosa.

Gwyneira no parecía ser la comadrona óptima, pero estaba claro que tenía más experiencia que todas las mujeres y niñas que estaban disponibles.

—Pues bien. ¿Qué hacemos ahora, Rongo? —preguntó.

—Nada —respondió la pequeña—. Esperar. Dura horas. Matahorua dice, cuando estar listo, viene.

—Esto es una auténtica ayuda —gimió Gwyneira—. Pero está bien, esperaremos. —No se le ocurría nada más.

Rongo tenía razón. La espera se prolongó durante horas. A veces iba mal, y Helen gritaba de dolor, luego volvía a tranquilizarse, parecía incluso dormir durante unos minutos. Hacia el anochecer, sin embargo, los dolores aumentaron y aparecieron de forma más seguida.

—Esto normal —señaló Rongo—. ¿Puedo preparar crepe de sirope?

Dorothy estaba escandalizada de que la niña pudiera pensar en comida en esos momentos, pero Gwyn no encontró que fuera mala idea. También ella estaba hambrienta y tal vez podría convencer a Helen para que probara un bocado.

—Ve a ayudarla, Dorothy —ordenó.

Helen la miró desesperada.

—¿Qué pasará con el niño si me muero? —susurró.

Gwyneira le secó el sudor de la frente.

—No te morirás. Y el niño tiene que estar aquí primero antes de que nos planteemos su futuro. ¿Dónde se ha metido tu Howard? ¿No tendría que estar ya llegando? Podría ir a caballo a Kiward Station y decirles que llegaré un poco más tarde. ¡Si no, se preocuparán!

Helen casi se puso a reír a pesar de los dolores.

—¿Howard? Antes de que vaya a Kiward Station tendrían que echarse a volar los cerdos. Quizá podrá ir Reti..., u otro niño...

—No les dejo que monten a *Igraine*. Y el burro conoce tan poco el camino como los niños...

—Es un mulo... —la corrigió Helen, y dio un fuerte suspiro—. No lo llames burro, se lo tomará a mal...

—Sabía que acabarías queriéndolo. Escucha, Helen, ahora voy a subirte el camisón y mirar ahí abajo. Quizás el niño ya se esté asomando...

Helen sacudió la cabeza.

—Lo habría notado. Pero... pero ahora...

Helen sufrió una nueva contracción. Recordó que la señora Candler le había dicho algo de empujar, así que lo intentó y gimió de dolor.

—Puede ser que ahora... —La siguiente contracción no la dejó terminar de hablar. Helen dobló las piernas.

—Es mejor si se pone de rodillas, Miss Helen —señaló Rongo con la boca llena. Entró con un plato de crepes—. Y caminar ayuda. Porque bebé tiene que bajar, ¿comprende?

Gwyneira ayudó a Helen, que gemía y protestaba, a ponerse en pie. Pero sólo consiguió dar un par de pasos antes de derrumbarse a causa del siguiente dolor. Gwyn le levantó el camisón, mientras se arrodillaba y vio algo oscuro entre las piernas.

—¡Ya llega, Helen, ya llega! ¿Qué he de hacer ahora, Rongo? Si ahora se cae, se caerá en el suelo.

—No se cae tan deprisa —contestó Rongo, llevándose a la boca otro trozo de crepe—. ¡Hummm, está muy buena! Miss Helen comer cuando el bebé llegar.

—Quiero volver a la cama —se quejó Helen.

Gwyneira la ayudó, aunque no le parecía una idea muy inteligente. Todo había ido sin lugar a dudas más rápido mientras Helen estaba de pie o de rodillas.

Pero luego no tuvo tiempo para seguir pensando. Helen dio un fuerte chillido, y al instante la coronilla oscura que había visto se convirtió en una cabeza de bebé avanzando hacia el exterior. Gwyneira recordó los numerosos nacimientos de corderos que había observado en su hogar y en los que había ayudado al pastor. Eso tampoco iba a perjudicar. Buscó atrevida la cabecita y tiró, mientras que Helen jadeaba y gritaba a causa del dolor. Expulsó la cabeza, Gwyneira tiró de ella, vio los hombros... Y ahí estaba el bebé y Gwyn vio su carita arrugada.

—Ahora cortar —indicó Rongo tranquilamente—. Cortar cordón. Niño guapo, Miss Helen. ¡Niño!

—¿Un niño? —gimió Helen, e intentó erguirse—. ¿De verdad?

—Eso parece... —dijo Gwyn.

Rongo cogió un cuchillo que había dejado preparado y cortó el cordón umbilical.

—Ahora respirar.

El bebé no sólo respiró, sino que inmediatamente se puso a llorar.

Gwyneira estaba resplandeciente.

—¡Parece que está sano!

—Sano seguro..., yo decir, sano... —La voz procedía de la puerta. Matahorua, la *tohunga* maorí, entró. Para protegerse del frío y la humedad se había envuelto el cuerpo en una manta que llevaba sujeta con un cinturón. Sus numerosos tatuajes se veían con mayor claridad que en otras ocasiones, pues la anciana estaba pálida del frío y quizá también del cansancio.

—Yo sentir, pero el otro bebé...

—El otro bebé... ¿también sano? —preguntó Helen apagadamente.

—No. Muerto. Pero mamá vivir. ¡Tu hijo guapo!

Matahorua tomó el mando. Secó al pequeño y pidió a Dorothy que calentara agua para un baño. Antes depositó al recién nacido en los brazos de Helen.

—Mi hijito... —susurró Helen—. Qué pequeñito es..., lo llamaré Ruben, como mi padre.

—¿Howard no tiene nada que opinar al respecto? —preguntó Gwyneira. En sus círculos era normal que el padre decidiera al menos el nombre del hijo varón.

—¿Dónde está Howard? —preguntó Helen desdeñosa—. Sabía que el niño llegaría uno de estos días. Pero en lugar de quedarse conmigo, está colgado en la barra de una taberna y se bebe el dinero que ha ganado con sus carneros. ¡No tiene ningún derecho a dar un nombre a mi hijo!

Matahorua asintió.

—Es cierto. Es tu hijo.

Gwyneira, Rongo y Dorothy bañaron al bebé. Dorothy había dejado por fin de llorar y no se cansaba de mirar al niño.

—¡Es tan mono, Miss Gwyn! ¡Mire, ya ríe!

Gwyneira pensaba menos en las muecas que hacía el niño que en el modo en que había transcurrido su nacimiento. Aparte de que duraba más tiempo, no se había diferenciado todo lo ocurrido de lo que pasaba cuando se paría un potro o un cordero, ni siquiera la expulsión de la placenta. Matahorua aconsejó a Helen que la enterrara en un lugar particularmente bonito y que plantara allí un árbol.

—*Whenua* a *whenua*..., tierra —dijo.

Helen prometió cumplir con la tradición, mientras Gwyneira seguía meditando.

Si el nacimiento de un ser humano transcurría del mismo modo que el de los animales, tampoco el acto de engendrarlo sería muy diferente. Gwyneira se sonrojó cuando recordó el proceso, pero ahora sus sospechas acerca de qué era lo que Lucas hacía mal eran bastante acertadas...

Al final, Helen yacía feliz en su cama recién cambiada con el niño dormido entre sus brazos. También había mamado, Matahorua insistió en ponérselo a Helen al pecho aunque el proceso le resultara ahora doloroso. Ella habría preferido criar al bebé con leche de vaca.

—Es bueno para bebé. La leche de vaca buena para el ternero —afirmó categóricamente Matahorua.

Otro paralelismo más con los animales. Esa tarde Gwyn había aprendido mucho.

Helen, entretanto, encontró el momento para pensar también en los demás. Gwyn se había comportado de fábula. ¿Qué habría hecho sin su ayuda? Pero ahora tenía por fin oportunidad de devolverle en parte el favor.

—Matahorua —se dirigió a la *tohunga*—. Ésta es la amiga de quien te había hablado hace poco. Aquella que... que no...

—¿Decir la que no tener bebé? —preguntó Matahorua, y lanzó una mirada escudriñadora a Gwyneira, a sus pechos y a su vientre. Lo que vio, pareció gustarle—. Bien, bien —dijo al final—. Guapa mujer. Muy sana. Poder tener muchos bebés, bebés sanos...

—Pero hace mucho que lo intenta —dijo Helen con desespero.

Matahorua se encogió de hombros.

—Intentar con otro hombre —aconsejó impasible.

Gwyneira se preguntaba si ahora ya tenía que marcharse a su casa. Hacía rato que había anochecido, hacía frío y estaba nublado. Por otra parte, Lucas y los demás estarían con el corazón en un puño pensando en dónde se habría metido. ¿Y qué diría Howard O'Keefe cuando llegara, posiblemente borracho, y se encontrara a una Warden en su casa?

Al parecer pronto iba a hallar respuesta a esta última pregunta. Alguien andaba trajinando en el establo. Pero Howard no habría llamado a la puerta de su propia casa. Esa visita, por el contrario, se anunció educadamente.

—¡Abre, Dorothy! —dijó Helen, pasmada.

Gwyn ya estaba a la puerta. ¿Habría ido Lucas a buscarla? Le había hablado de Helen y había reaccionado con simpatía, incluso había expresado el deseo de conocer a la amiga de Gwyn. La pelea entre los Warden y los O'Keefe no parecía importarle.

Sin embargo, ante la puerta, no estaba Lucas, sino James McKenzie.

Sus ojos resplandecieron al ver a Gwyn. Aun así, ya debía de haber distinguido en el establo que estaba allí. A fin de cuentas, *Igraine* la estaba esperando.

—¡Miss Gwyn! ¡Alabado sea Dios, la he encontrado!

Gwyn sintió como el rubor inundaba su rostro.

—Señor James..., entre. Qué amable ha sido de venir a recogerme.

—¿Amable de venir a recogerla? —preguntó irritado—. ¿Se trata de una reunión para tomar el té? ¿Qué se ha creído, estando fuera todo este tiempo sin avisar? El señor Gerald está loco de angustia y nos ha sometido a todos a un minucioso interrogatorio. Yo he contado algo de que tenía una amiga en Haldon a la que quizás había ido a visitar. Y luego he venido hasta aquí antes de que enviara a alguien a casa del señor Candler y supiera...

—¡Es usted un ángel, James! —Gwyneira resplandecía, sin dejarse impresionar por el tono enojado de su voz—. Y no quiero pensar en qué diría el señor Gerald si supiera que acabo de traer al mundo al hijo de su peor enemigo. Venga. ¡Le presento a Ruben O'Keefe!

Helen se sintió avergonzada cuando Gwyn condujo al hombre con toda naturalidad al dormitorio, pero McKenzie se comportó con el mayor respeto, saludó cortésmente y se mostró encantado con el pequeño Ruben. Gwyneira ya había visto con frecuencia ese resplandor en el rostro del hombre. McKenzie siempre se emocionaba cuando nacía un cordero o un potro.

—¿Lo ha hecho usted sola? —preguntó con admiración.

—Helen también ha colaborado un poco —respondió Gwyn riendo.

—¡Sea como sea lo han hecho estupendamente! —James resplandecía—. ¡Las dos! Pero, de todos modos, preferiría acompañarla ahora a casa, Miss Gwyn. También sería lo mejor para usted, *madame*... —Se volvió a Helen—. Su marido...

—No estaría muy entusiasmado de que una Warden hubiera asistido al parto de su hijo. —Helen asintió—. Mil gracias, Gwyn.

—Oh, ha sido un placer. Tal vez puedas devolverme el favor. —Gwyneira le guiñó el ojo. No sabía por qué pero de repente se sentía mucho más optimista en cuanto a un próximo embarazo.

Todo lo que acababa de aprender la había estimulado. Ahora que sabía dónde residía el problema, encontraría una solución.

—Ya he ensillado su caballo, Miss Gwyn —la apremió James—. Ahora hemos de irnos, de verdad...

Gwyneira rio.

—Entonces démonos prisa para que se tranquilice mi suegro —dijo complacida, y en ese momento se dio cuenta de que James no había dicho ni una sola palabra sobre Lucas. ¿Es que su marido no se preocupaba por ella?

Matahoura la miró cuando siguió a McKenzie.

—Con ese hombre, niños sanos —observó.

9

—Una idea excelente del señor Warden, la de celebrar una fiesta en el jardín, ¿verdad? —dijo la señora Candler. Gwyneira acababa de darle la invitación para la fiesta de Año Nuevo. Dado que el cambio de año caía en pleno verano, la fiesta se celebraría en el jardín, con fuegos artificiales a medianoche como punto culminante.

Helen se encogió de hombros. Como siempre, ni su marido ni ella habían recibido ninguna invitación, pero era probable que Gerald no hubiera honrado con ella a ninguno de los pequeños granjeros. Gwyneira tampoco parecía participar del entusiamo. La seguía abrumando la dirección de Kiward Station, y una fiesta exigiría el desarrollo de nuevas tareas organizativas. Ahora estaba ocupada en enseñar a reír al pequeño Ruben poniéndole muecas y haciéndole cosquillas. El hijo de Helen ya tenía cuatro meses y el mulo *Nepumuk* mecía a madre e hijo durante las ocasionales excursiones a la ciudad. En las semanas que siguieron al nacimiento, Helen no se había atrevido a hacer el recorrido y de nuevo había permanecido aislada, pero con el bebé, la soledad en la granja se había suavizado. El pequeño Ruben la mantenía ocupada durante todo el día, y ella estaba encantada con cada uno de sus movimientos. Además, no resultaba un niño difícil. A los cuatro meses ya solía dormir durante toda la noche, al menos cuando podía quedarse en la cama de su madre. A Howard eso no le gustaba nada. Habría preferido volver a sus «placeres» nocturnos con su mujer. Sin embargo, en cuanto se acercaba, Ruben se ponía a chillar. A Helen se le partía el corazón, pero era lo bastante dócil para quedarse tendida y quieta y esperar a que Howard hubiera terminado. Entonces se ocupaba del niño. Pero al hombre no le gustaban ni el sonido de fondo ni la evidente tensión e impaciencia de Helen. En la mayoría de las ocasiones se retiraba en cuanto Ruben se ponía a llorar y cuando por las noches llegaba tarde a casa y encontraba al bebé en los brazos de Helen, se iba a dormir al establo. Si bien esto le causaba remordimientos, Helen le estaba agradecida a Ruben.

Durante el día, el niño casi nunca lloraba, sino que permanecía tranquilo en su cunita mientras Helen daba clases a los niños maoríes. Cuando no dormía, miraba tan serio y atento a la profesora como si ya entendiera lo que decía.

—Será profesor —dijo Gwyneira riendo—. ¡Será como tú, Helen!

No iba del todo desencaminada, al menos por la impresión que producía el bebé. Los ojos de Ruben, en un principio azules, se iban volviendo grises como los de Helen con el tiempo, y sus cabellos se oscurecían como los de Howard, pero eran lisos y sin rizos.

—¡Se parece a mi padre! —confirmaba Helen—. Y se llama como él. Pero Howard está firmemente decidido a que sea granjero y no quiere ni oír hablar de que sea reverendo.

Gwyneira se rio.

—En eso hay otros que ya se han equivocado. Acuérdate del señor Gerald y mi Lucas.

Gwyn recordó de nuevo esta conversación mientras repartía las invitaciones por Haldon. Para ser exactos, la idea de la fiesta de Año Nuevo no era de Gerald, sino de Lucas y había nacido además con objeto de tener a Gerald ocupado y contento. Se percibía en el ambiente que en Kiward Station los ánimos andaban por los suelos y cada mes que pasaba sin que Gwyn quedara embarazada la cosa iba a peor. Gerald reaccionaba de forma francamente agresiva ante la falta de descendencia, incluso si ignoraba, claro está, a cuál de los elementos de la pareja debía hacer responsable de ello. Gwyneira se mantenía la mayoría de las veces a distancia, entretanto había más o menos aprendido a llevar el control de la casa y en estos temas ofrecía a Gerald pocos puntos de ataque. Tenía además una fina intuición para sus humores. Cuando ya por la mañana criticaba las magdalenas recién hechas y se las tomaba con un whisky en lugar de con un té, que era lo más frecuente, ella desaparecía de inmediato en los establos y prefería pasar el día con los perros y las ovejas en lugar de hacer de pararrayos de las iras de Gerald. Sobre Lucas, sin embargo, casi siempre recaía de pleno e inesperadamente la cólera de su padre. Como siempre, el joven vivía en su propio mundo, pero Gerald lo arrancaba de ese mundo constantemente y sin la menor consideración y lo forzaba a hacer algo útil en la granja. Había llegado al extremo de despedazarle un libro con el que lo había encontrado leyendo en su habitación, cuando debería haber estado vigilando el esquileo de las ovejas.

—¡Sólo tienes que limitarte a contar, maldita sea! —dijo furioso Gerald—. ¡Si no, los esquiladores hacen trampas! En el cobertizo número tres acaban de pelearse dos tipos porque los dos exigen el pago del esquileo de cien ovejas y nadie puede mediar porque nadie puede comparar las cantidades. ¡Tú eras el responsable del cobertizo tres, Lucas! A ver cómo te las apañas ahora para arreglar este asunto.

Gwyneira se habría encargado con agrado del cobertizo número tres, pero a ella, como ama de casa, no le incumbía la tarea de controlar a los temporeros que se habían contratado para trasquilar las ovejas. Por eso el abastecimiento de los hombres era estupendo: Gwyneira aparecía una y otra vez con refrescos porque no se cansaba de ver el trabajo de los esquiladores. En Silkham, el esquileo había sido una actividad bastante tranquila: los mismos pastores se encargaban de los pocos cientos de ovejas y acababan en pocos días. Ahí, sin embargo, se trataba de miles de ovejas que eran recogidas en prados lejanos y que juntaban en corrales. El esquileo mismo se realizaba por especialistas a destajo. Los mejores equipos de trabajo conseguían esquilar ochocientos animales al día. En empresas tan grandes como Kiward Station siempre se hacía una apuesta..., y ese año James McKenzie estaba en camino de ganarla. Estaba en estrecha pugna con un esquilador del cobertizo uno, y eso aunque no sólo participaba en la esquila, sino que además controlaba a los esquiladores del cobertizo dos. Cuando Gwyneira pasaba por allí, lo relevaba y le cubría las espaldas. La presencia de la mujer parecía infundirle ánimos: las tijeras planeaban tan veloces por encima de los cuerpos de las ovejas que los animales apenas si conseguían protestar con sus balidos por ese rudo trato.

Lucas encontraba que la forma de tratar las ovejas era bárbara. Sufría al ver que se cogía a los animales, se los arrojaba al suelo boca arriba y los esquilaban a la velocidad de un rayo, con lo que a veces, si el esquilador no era experimentado o si el animal se movía demasiado, le cortaban también la carne. Por añadidura, Lucas no podía soportar el penetrante olor de lanolina que reinaba en los cobertizos de esquileo y dejaba que las ovejas se escaparan en lugar de darles un baño para limpiarles las pequeñas heridas y matar los parásitos.

—Los perros no me hacen caso —se defendía ante un nuevo ataque de ira de su padre—. Obedecen a McKenzie, pero cuando los llamo...

—A esos perros no se los llama, Lucas, ¡se les da un silbido! —explotó Gerald—. Son sólo tres o cuatro silbidos. Ya deberías de haberlo aprendido en lo que llevas de tiempo. ¡Con lo que cultivas tu musicalidad!

Lucas se encogió de hombros, ofendido.

—Padre, un *gentleman*...

—¡No me vengas con el cuento de que un *gentleman* no silba! Estas ovejas financian tu pintura, tu piano y tus así llamados estudios...

Gwyneira, que había escuchado esta conversación por casualidad, escapó al siguiente cobertizo. Odiaba que Gerald pusiera de vuelta y media a su marido delante de ella, y, todavía peor, cuando James McKenzie y otros trabajadores de la granja eran testigos del enfrentamiento. Todo en su conjunto le resultaba lamentable a la joven y parecía además tener un efecto negativo en Lucas y sus «intentos» nocturnos, que cada vez fracasaban con mayor evidencia. Gwyneira, entretanto, intentaba considerar sus esfuerzos conjuntos desde el aspecto de la procreación, pues, a fin de cuentas, el asunto no se diferenciaba de lo que sucedía entre una yegua y un semental. Pero no se hacía ilusiones: el azar debía ponerse muy de su lado. Empezaba a reflexionar sobre alternativas, y una y otra vez recordaba el viejo carnero de su padre al que éste había eliminado por su falta de rendimiento como semental.

«Inténtalo con otro hombre», había dicho Matahorua. Pero en cuanto estas palabras acudían a su mente, Gwyn sentía remordimientos de conciencia. Era totalmente impensable que una Silkham engañara a su esposo.

Y ahora la fiesta en el jardín. Lucas estaba absorto en los preparativos. Sólo planificar los fuegos de artificio exigía días, que él pasaba consultando los catálogos correspondientes para luego hacer el pedido en Christchurch. También él se hizo cargo de la disposición del jardín y de la distribución de las mesas y asientos. En esta ocasión se renunció a un gran banquete; en su lugar se cocieron a fuego lento corderos y carneros, y se prepararon verduras, carne de ave y setas a la piedra, siguiendo la tradición maorí. Las ensaladas y otras guarniciones se hallaban preparadas en largas mesas y se servían al gusto de los invitados. Kiri y Moana habían llegado a dominar esta tarea. Volverían a llevar los bonitos uniformes que les habían confeccionado para la boda. Gwyneira les suplicó que se pusieran zapatos.

Por lo demás se mantenía al margen de los preparativos. Tomar decisiones por encima del padre y el hijo era como andar por la cuerda floja. Lucas disfrutaba planificando la fiesta y ansiaba reconocimiento. Gerald, por el contrario, encontraba los esfuerzos de su hijo «poco varoniles» y hubiera preferido dejarlo todo en manos de Gwyn. Tampoco los trabajadores sabían valorar las tareas domésticas de Lucas, lo que no pasó inadvertido ni a Gwyneira ni a Gerald.

—El blando está plegando servilletas —contestó Poker cuando McKenzie le preguntó dónde había vuelto a meterse Lucas.

Gwyneira fingió no haber oído nada. Entretanto tenía una idea bastante exacta de lo que la palabra «blando» significaba, aunque no podía explicarse cómo deducían los mozos de cuadra el fracaso de Lucas en la cama.

El día de la fiesta, el jardín de Kiward Station brillaba en todo su esplendor. Lucas había encargado farolillos y los maoríes habían colocado antorchas. Durante la recepción de los invitados todavía había, no obstante, luz suficiente para poder admirar los arriates de rosas, los setos recién cortados y los senderos y parcelas de césped entrelazados según el modelo del paisajismo inglés. Gerald había organizado una nueva demostración de perros, pero esta vez no sólo para presumir de la fabulosa capacidad de los animales, sino también como una especie de espectáculo publicitario. Los primeros descendientes de *Daimon* y *Dancer* estaban a la venta y los criadores de ovejas de los contornos pagaban sumas elevadas por los Border collies de pura raza. Incluso los cruzados con los anteriores perros pastores de Gerald eran muy apreciados. Los hombres de Gerald no necesitaron en esa ocasión la ayuda de Gwyneira y *Cleo* para ofrecer un espectáculo perfecto. Los perros jóvenes conducían sin dificultades las ovejas por la pista a las órdenes de los silbidos de McKenzie. Gracias a ello, el elegante vestido de Gwyneira, un sueño de seda azul cielo con trabajos de calado en color dorado, se mantuvo impoluto, y también *Cleo* siguió los acontecimientos desde el borde de la pista, por lo que gimoteaba ofendida. Ya se había separado de los cachorros y la perrita ansiaba asumir nuevas tareas. De todos modos, ese día también se vería desterrada a los establos. Lucas no quería que los perros anduvieran alborotando por la fiesta y Gwyneira ya estaba lo suficientemente ocupada con atender a los invitados. No obstante, el tener que pasear entre la muchedumbre y conversar amablemente con las damas de Christchurch cada vez se parecía más a una carrera de baquetas. Sentía que la observaban y que los invitados contemplaban su cada vez más delgada cintura con una mezcla de curiosidad y compasión. Al principio sólo se trató de algún comentario, pero luego los caballeros (sobre todo) empezaron a beber whisky a conciencia y se les desató la lengua.

—Bien, Lady Gwyneira, ya lleva un año casada —resonó la voz de Lord Barrington—. ¿Cómo llevamos lo de la descendencia?

Gwyneira no sabía qué debía contestar. Se puso tan roja como el joven vizconde, a quien la conducta de su padre le resultaba vergonzosa. Intentó cambiar de tema al instante y preguntó a Gwyneira por *Igraine* y *Madoc*, a los que recordaba con cariño. Hasta el momento no había encontrado en su nuevo hogar ningún caballo que se le pudiera comparar. Gwyn se reanimó enseguida. La cría de caballos había dado al final buenos resultados y el joven Barrington quería comprarse un potro. Así que la muchacha aprovechó la oportunidad de huir de Lord Barrington para acompañar al vizconde a los prados. *Igraine* había dado a luz un mes antes un potrillo macho, negro y hermosísimo y, obviamente, Gerald había acercado también los caballos a la casa para que los invitados pudieran admirarlos.

Junto al *paddock* en el que pastaban las yeguas y los potros, McKenzie vigilaba los preparativos de la fiesta para el personal. Los empleados de Kiward Station tenían ahora quehaceres que llevar a término, pero cuando se hubiera terminado la comida y abierto el baile también ellos podrían divertirse. Gerald había puesto de buen grado a su disposición dos ovejas y abundante cerveza y whisky para la fiesta y en esos momentos también ahí se encendían los fuegos para asar la carne.

McKenzie saludó a Gwyn y al vizconde y ella aprovechó la oportunidad para felicitarlo por el éxito de la demostración.

—Creo que el señor Gerald ya ha vendido hoy cinco perros —dijo con reconocimiento.

McKenzie le devolvió la sonrisa.

—Incomparable, sin embargo, con el espectáculo de su *Cleo*,

Miss Gwyn. Pero a mí me falta, es evidente, el encanto del ama de la perra....

Gwyn apartó la mirada. Él volvía a mostrar ese brillo en los ojos que por una parte le gustaba pero por otra la hacía sentir insegura. ¿Cómo es que le echaba un piropo delante del vizconde? Sospechó que no era muy decoroso por su parte.

—La próxima vez inténtelo con un vestido de novia —contestó, tomándose a broma el asunto.

El vizconde soltó una risa clueca.

—Ése está enamorado de usted, Lady Gwyn —rio con toda la frescura de sus quince años—. Tenga cuidado de que su esposo no lo desafíe.

Gwyneira dirigió al joven una mirada severa.

—¡No diga tales tonterías, vizconde! Ya sabe usted lo deprisa que se extienden las habladurías por aquí. Si naciera un rumor así...

—No se preocupe, su secreto conmigo está bien guardado. —El muy pillo se rio—. Por otra parte, ¿ha hecho ya el corte en su vestido de montar en lo que va de tiempo?

Gwyneira se alegró de que por fin comenzara el baile para librarse de la obligación de estar conversando. Guiada a la perfección, como siempre, bailaba con Lucas sobre la pista que se había instalado expresamente en el jardín. Los músicos que Lucas había contratado eran en esta ocasión mejores que los de la boda. Pero la elección de los bailes resultó ser más convencional. Gwyn casi sintió algo de envidia cuando oyó, procedentes del lugar donde festejaban los empleados, unas alegres melodías. Alguien tocaba el violín, si bien no siempre con corrección, al menos sí con brío.

Gwyneira bailó sucesivamente con los invitados más importantes. En esta ocasión no lo hizo con Gerald, que ya hacía tiempo que estaba demasiado borracho para mantenerse vertical bailando un vals. La fiesta constituía un triunfo indiscutible, aunque Gwyn esperaba que pronto concluyera. Había sido un largo día y el siguiente también debería ocuparse, desde la mañana hasta el mediodía al menos, de entretener a los huéspedes La mayoría se quedaría hasta pasados dos días. Pero antes de poder retirarse, Gwyn todavía debía superar los fuegos artificiales. Lucas se disculpó casi una hora antes para ausentarse con objeto de comprobar una vez más la estructura. El joven Hardy Kennon le prestaría su ayuda si no estaba demasiado borracho. Gwyneira se ocupó del control de las provisiones de champán. Witi ya sacaba las botellas del lecho de hielo en que habían descansado hasta el momento.

—Esperar no matar de un tiro —dijo preocupado. Al sirviente maorí siempre le ponía nervioso el estallido con que saltaba el corcho al abrir las botellas de champán.

—¡Es totalmente inofensivo, Witi! —lo tranquilizó Gwyn—. Si lo haces un poco más a menudo...

—¡Sí, si... tuvié... ramos razo... nes más a me... menu... do! —Era Gerald que en ese momento se tambaleaba de nuevo junto a la barra para descorchar una botella de whisky—. Pero no nos das nin.... ninguna razón de festejar... mi... mi princesa ga... galesa. Había pensado que no serías tan mojigata, pa... parecía como si tuvieras fuego para diez y hasta pudieras encender con él a Lu... Lucas, ¡ese bland... ese témpano! —se corrigió Gerald, con la vista puesta ya en el champán—. Pero un... un año, Gwyn... Gwyneira..., y todavía sin nieto...

Gwyn suspiró aliviada cuando Gerald se vio interrumpido por un cohete que subió siseante al cielo: un lanzamiento de prueba para el espectáculo posterior. A pesar de ello, Witi descorchó las botellas de champán con los ojos entrecerrados por el susto. De repente, Gwyneira se acordó de los caballos. *Igraine* y las otras yeguas nunca habían visto unos fuegos de artificio y el *paddock* era en proporción pequeño. ¿Qué pasaría si los animales se asustaban?

Gwyneira lanzó una mirada al gran reloj que se había sacado para la ocasión al jardín y que ocupaba un lugar a la vista de todos. Tal vez todavía tuviera tiempo para llevar deprisa los caballos a los establos. Se habría abofeteado por haber olvidado dar las indicaciones pertinentes antes. Pidiendo disculpas, Gwyn se apretujó entre la muchedumbre de invitados y corrió a los establos. Pero en el *paddock* sólo quedaba una yegua que McKenzie estaba retirando en ese momento. El corazón de Gwyneira dio un brinco. ¿Es que conseguía leer sus pensamientos?

—Me pareció que los animales estaban inquietos, así que pensé en meterlos —dijo James cuando Gwyn abrió la puerta del establo a él y a la yegua. *Cleo* saltó encantada encima de su ama en cuanto la vio.

Gwyn sonrió.

—¡Qué casualidad, lo mismo había pensado yo!

McKenzie le lanzó una de sus miradas atrevidas, entre bromista y maliciosa.

—Deberíamos pensar a qué se debe esto —dijo—. ¿Tal vez seamos almas gemelas? En la India creen en la reencarnación. Quién sabe, puede que en nuestra última vida fuéramos... —Hizo como si se esforzara en pensar.

—Como buenos cristianos no vamos a perder el tiempo hablando de esto —le interrumpió Gwyn con firmeza, pero James se echó a reír.

Como si se hubieran puesto de acuerdo, ambos llenaron de heno los compartimentos de los caballos, y Gwyn no pudo evitar poner dos zanahorias en el comedero de *Igraine*. Al final, su vestido ya no estaba tan perfecto. Gwyn lo miró apesadumbrada. Bueno, a la luz de los farolillos nadie se daría cuenta.

—¿Está usted listo? Ya que estoy aquí, tal vez debería desear un feliz año nuevo al personal.

James sonrió.

—Tal vez tenga tiempo para bailar un baile. ¿Cuándo empiezan los espectaculares fuegos artificiales?

Gwyn se encogió de hombros.

—En cuanto den las doce y empiece el jaleo. —Sonrió—. Mejor dicho, cuando todo el mundo haya deseado a otro la mayor felicidad del mundo, aunque quizá no lo piense en serio.

—Vaya, vaya, Miss Gwyn. ¿Tan cínica hoy? Pero si es una

fiesta maravillosa. —James la miró inquisitivo. Ella ya conocía esas miradas y le llegaban hasta la médula.

—Sazonada con una buena porción de alegría por el mal ajeno —suspiró—. En los próximos días todos hablarán del caso y el señor Gerald todavía empeorará las cosas con todo lo que dice.

—¿Cómo que alegría por el mal ajeno? —preguntó James—. Kiward Station está en su mejor momento. Con los beneficios que el señor Gerald obtiene ahora de la lana puede dar una fiesta así cada mes. ¿Por qué siempre está tan insatisfecho?

—Bah, no hablemos de eso —murmuró Gwyn—. Empecemos mejor el año con alegría. ¿Ha mencionado usted algo de baile? Mientras no sea un vals...

McAran interpretaba con el violín una jiga llena de brío. Dos sirvientes maoríes tocaban unos tambores, lo que obviamente no encajaba mucho, pero a ojos vistas deleitaba a todo el mundo. Poker y Dave giraban con las chicas maoríes. Moana y Kiri se dejaban llevar riendo al ritmo de esa danza para ellas extraña. Gwyneira desconocía o apenas conocía a las otras dos parejas. Se trataba del servicio de los invitados más distinguidos. La doncella inglesa de Lady Barrington miró con desaprobación cuando los empleados de Kiward Station saludaron alborozados a Gwyneira. James le tendió la mano para conducirla a la pista de baile. Gwyn la tomó y sintió de nuevo esa tierna impresión que le provocaba oleadas de excitación cada vez que tocaba a James. Él le sonrió y la sostuvo cuando ella dio un ligero tropiezo. Luego hizo una reverencia frente a ella, pero eso fue lo único que esa danza tenía en común con los valses que había bailado hasta la saciedad.

«She is handsome, she is pretty, she is the Queen of Belfast City», disfrutaban cantando Poker y unos cuantos hombres más, mientras James hacía revolotear a Gwyneira hasta que ella se mareó. Y cada vez que tras un giro jocoso volaba a los brazos de él, veía ese brillo en sus ojos, de admiración y... ¿qué era eso? ¿Anhelo?

En medio del baile se elevó el cohete que anunciaba el nuevo año y luego se descargó todo el esplendoroso espectáculo de los fuegos artificiales. Los hombres en torno a McAran interrumpieron la jiga y Poker entonó *As old long syne*. Los demás inmigrantes se unieron a ellos y los maoríes tararearon con más emoción que habilidad. Sólo James y Gwyneira no tenían oídos para la canción ni ojos para los fuegos de artificio. La música se había detenido mientras ellos seguían con las manos entrelazadas y sin poder moverse. Ninguno quería desprenderse del otro. Parecían estar en una isla, lejos del ruido y las risas. Sólo estaba él. Sólo estaba ella.

Al final, Gwyn reaccionó. No quería perder esa maravilla, pero sabía que no podía consumarse allí.

—Debemos... ir a ver los caballos —dijo en un tono inexpresivo.

James no soltó su mano por el camino hacia los establos.

—¡Mire! —susurró—. Nunca había visto algo así. ¡Como una lluvia de estrellas!

Los fuegos artificiales de Lucas producían un efecto espectacular. Pero Gwyn sólo veía estrellas en los ojos de James. Lo que estaba haciendo allí era absurdo, estaba prohibido y no tenía nada de decente. Pero de todos modos se apoyó sobre el hombro del joven.

James le apartó dulcemente el cabello que había caído sobre su rostro con la alocada danza. Su dedo paseó liviano como una pluma por su mejilla, sus labios...

Gwyneira tomó una decisión. Era Año Nuevo. Se podía dar un beso a la persona que estuviera al lado. Se puso cuidadosamente de puntillas y besó a James en la mejilla.

—Feliz año nuevo, señor James —dijo en voz baja.

McKenzie la tomó entre sus brazos, lenta, dulcemente. Gwyn podría haberse liberado de su abrazo, pero no lo hizo. Tampoco se desprendió de él cuando los labios de James encontraron los suyos. Gwyneira se entregó al beso con pasión y sin artificios. Era la sensación de haber vuelto a casa, a un hogar donde todavía la aguardaba un mundo lleno de maravillas y sorpresas.

Estaba fascinada cuando él al fin la soltó.

—Feliz año nuevo, Gwyneira —dijo James.

Las reacciones de los invitados a la fiesta, así como las invectivas de Gerald, reforzaron la decisión de Gwyneira de quedarse embarazada aunque fuera sin ayuda de Lucas. Naturalmente, eso no tenía nada que ver con James y el beso de medianoche; eso había sido un patinazo. Al día siguiente la misma Gwyn no sabía qué le había ocurrido. Por suerte, McKenzie se comportaba igual que siempre.

Trataría el asunto del embarazo sin ninguna emoción. Justo como la cría de animales. Con esta idea reprimió una risita boba e histérica. No era momento para tonterías. En lugar de eso había que pensar de forma práctica en quién podía ser el padre de la criatura. Se trataba de un asunto de discreción, pero sobre todo de herencia. Los Warden, Gerald en primer lugar, no podían dudar en ningún momento de que el heredero era de su propia sangre. Con Lucas el asunto tenía otras connotaciones, pero si era sensato guardaría silencio. De todos modos esto no la preocupaba demasiado. Había visto a su marido cauto en exceso, severo y con poco aguante, pero nunca se había mostrado imprudente. Por añadidura era en su propio interés que acabaran de una vez con todas esas indirectas y bromas que se hacían a costa de ellos dos.

Gwyneira se puso a pensar con objetividad qué aspecto tendría el hijo de ella y Lucas. Su madre y todas sus hermanas eran pelirrojas, parecía heredarse. Lucas era rubio claro, pero James de cabello castaño...; aunque Gerald también tenía el pelo castaño. Y tenía ojos castaños. Si el niño se parecía a James se podría asegurar que era igual que su abuelo.

Color de ojos: azul y gris.... y marrón si contaba a Gerald. Estructura corporal..., conjugaba. James y Lucas eran más o menos igual de altos, Gerald claramente más bajo y achaparrado. Ella misma era notablemente más baja. Pero sería un niño con toda seguridad y seguro que se parecería a su padre. Ahora lo que tenía que hacer era convencer a James... ¿Por qué a James en realidad? Gwyneira decidió posponer un poco más la decisión. Tal vez su corazón no latiría tan fuerte mañana cuando pensara en James McKenzie.

Al día siguiente había llegado a la conclusión de que, salvo James, no entraba nadie más en consideración como padre de su hijo. ¿O quizás un extranjero? Pensó en los «cowboys solitarios» de las novelas baratas. Iban y venían y nunca se enteraban de que nacía un niño cuando se sumergían en el heno. ¿Un esquilador quizá? No, eso sí que no podía ser. Además, los esquiladores volvían cada año. No podía ni imaginar qué pasaría si el hombre se iba de la lengua y se jactaba de haber cohabitado con la señora de Kiward Station. No, no había ni que planteárselo. Necesitaba a un hombre conocido, sensato y discreto que, además, sólo transmitiera al niño lo mejor.

Gwyneira volvió a pasar revista con objetividad a diversos candidatos. Los sentimientos, se convencía a sí misma, no desempeñaban ningún papel.

Su elección recayó en James.

10

—Bueno, lo primero de todo... ¡No estoy enamorada de usted!

Gwyneira no sabía si éste era un buen comienzo, pero eso es lo que salió de sus labios cuando se encontró a solas con James McKenzie. Había pasado aproximadamente una semana desde la fiesta. Los últimos invitados se habían ido el día anterior y ese día Gwyneira podía por fin balancearse de nuevo a lomos de un caballo. Lucas había empezado un nuevo cuadro. El jardín resplandeciente de colores lo había inspirado y trabajaba en esos momentos en una escena festiva. En los últimos días, Gerald casi se había dedicado en exclusiva a beber y ahora dormía la borrachera, y McKenzie cabalgaba a las tierras altas para recoger las ovejas que debían ser conducidas a las ferias. Los perros habían tenido que mostrar su talento varias veces en las últimas semanas y habían sido cinco los invitados que habían adquirido en total ocho cachorros. No obstante, las crías de *Cleo* no estaban entre ellos, se quedaban como animales de cría en Kiward Station y acompañaban a su madre cuando conducía las ovejas. Pese a que *Cleo* todavía tropezaba con sus propias patas a veces, su talento no dejaba lugar a dudas.

James se había alegrado de que Gwyneira se hubiera reunido con él para conducir el ganado. Pero prestó atención cuando ella, que cabalgaba a su lado en silencio, respiró hondo para iniciar la conversación. Lo que dijo, pareció divertirle.

—Claro que no está enamorada de mí, Miss Gwyn. Cómo podría ocurrírseme algo así... —dijo, reprimiendo la risa.

—¡No se burle de mí, James! Debo hablar de algo muy serio con usted...

McKenzie pareció afectado.

—¿La he ofendido? No era mi intención. Pensé que también se refería... al beso, quiero decir. Pero si desea que me vaya...

—Olvídese del beso —respondió Gwyneira—. Se trata de otra cosa, señor James..., hum, James... Yo... yo quería pedirle su ayuda.

McKenzie detuvo su caballo.

—Lo que usted desee, Miss Gwyn. Nunca le negaría nada.

Se la quedó mirando fijamente a los ojos, y a ella le resultó difícil seguir hablando.

—Pero es algo..., no es decente.

James rio.

—No me preocupa demasiado la decencia. No soy ningún *gentleman*, Miss Gwyn. Creo que ya habíamos hablado una vez al respecto.

—Es una pena, señor James, porque sobre todo... Lo que quiero pedirle... precisa de la discreción de un *gentleman*.

Gwyneira se sonrojó. ¿Qué pasaría cuando a continuación hablase con mayor claridad?

—Tal vez baste con un hombre de honor —sugirió James—. Alguien que cumpla con su palabra.

Gwyneira reflexionó. Luego asintió.

—Entonces tiene que prometerme que no le dirá a nadie si usted..., nosotros..., lo hacemos o no.

—Sus deseos son órdenes para mí. Haré lo que usted me pida que haga. —James volvía a mostrar ese brillo en los ojos, pero hoy no era tan alegre y malicioso, sino casi una súplica.

—Pero es usted muy imprudente —le reprochó Gwyneira—. Todavía ignora por completo lo que quiero. Imagínese que le exijo que asesine a alguien.

James no pudo evitar echarse a reír.

—¡No se ande con tantos rodeos, Gwyn! ¿Qué quiere? ¿Quiere que mate a su esposo? Valdría la pena pensarlo. Entonces por fin la tendría para mí.

Gwyn le lanzó un mirada horrorizada.

—¡No hable así! ¡Es terrible!

—¿La idea de matar a su marido o la de pertenecerme a mí?

—Nada..., las dos... ¡Ay, ahora ya me ha liado usted! —Gwyneira estaba a punto de arrojar la toalla.

James silbó a los perros, detuvo su caballo y desmontó. Luego ayudó a Gwyneira a bajar de su montura. Ella lo permitió. Sentir sus brazos era excitante y consolador.

—Bien, Gwyn. Ahora nos sentamos aquí y me explica tranquilamente qué es lo que aflige su corazón. Y entonces podré decidir si sí o si no. ¡Y le prometo que no me reiré!

McKenzie desató una manta de su silla, la desplegó y pidió a Gwyneira que tomara asiento.

—Pues bien —dijo ella en voz baja—. Tengo que tener un hijo.

James sonrió.

—Nadie puede forzarla.

—Quiero tener un hijo —se corrigió Gwyneira—. Necesito un padre.

James frunció el entrecejo.

—No entiendo..., pero si está casada.

Gwyneira sentía su cercanía y el calor de la tierra debajo de ella. Era agradable sentarse al sol y era bueno hablar por fin. Sin embargo, no pudo evitar estallar en lágrimas.

—Lucas... no lo consigue. Es un..., no, no puedo decirlo. En cualquier caso..., todavía no he sangrado y nunca me ha hecho daño.

McKenzie sonrió y pasó dulcemente el brazo alrededor de ella. La besó con cautela en la sien.

—No puedo garantizarte, Gwyn, que haga daño. Sería mejor que te gustara.

—Lo principal es que lo hagas bien para que tenga el niño —susurró Gwyneira.

James volvió a besarla.

—Puedes confiar en mí.

—¿Así que tú ya lo has hecho?

James tuvo que reprimir la risa.

—A menudo, Gwyn. Lo dicho, no soy un *gentleman*.

—Bien. Sobre todo tiene que ser rápido. Corremos demasiado riesgo de ser descubiertos. ¿Cuándo lo hacemos? ¿Y dónde?

James le acarició el cabello, le besó la frente y le hizo cosquillas con la lengua en el labio superior.

—No tiene que ser rápido, Gwyneira. Y tampoco puedes estar segura de que funcione la primera vez. Ni siquera aunque lo hagamos todo bien.

Gwyn adoptó un aire receloso.

—¿Por qué no?

James suspiró.

—Mira, Gwyn, tú sabes de animales... ¿Qué sucede con una yegua y un semental?

Ella asintió.

—Si es en la época, basta con una vez.

—Justo, cuando es la época.

—El semental lo nota... ¿Eso significa que tú no lo notas?

James no sabía si tenía que reír o llorar.

—No, Gwyneira. Los seres humanos somos en eso distintos. Siempre disfrutamos del amor, no sólo los días en que la mujer puede quedar embarazada. Así que puede ser que tengamos que intentarlo varias veces.

James miró a su alrededor. Había elegido bien el lugar de la acampada, bastante arriba en la montaña. Nadie pasaría por ahí. El rebaño se había desperdigado para pastar, los perros vigilaban la ovejas. Los caballos estaban atados a un árbol que también les podía dar sombra.

James se puso en pie y tendió la mano a Gwyneira. Cuando ella se levantó sorprendida, él extendió la manta a media sombra. Abrazó a Gwyneira, la levantó y la tendió sobre la manta. Abrió con cuidado la blusa que ella llevaba sobre la ligera falda de montar y la besó. Sus besos la encendieron y sus caricias en las zonas más íntimas de su cuerpo despertaron sensaciones que Gwyneira nunca antes había experimentado y que la transportaban a lugares felices. Cuando al final la penetró, sintió un breve dolor, pero que luego se disolvió en un delirio de los sentidos. Era como si se hubieran estado buscando toda la vida y por fin se hubieran encontrado... Una ampliación del «parentesco de almas» del que hacía poco se había reído. Al final, yacieron uno al lado del otro, medio desnudos y extenuados, pero inmensamente felices.

—¿Tienes algo en contra si tenemos que hacerlo varias veces? —preguntó James.

Gwyneira lo miró radiante.

—Yo diría —respondió, esforzándose por adoptar la debida seriedad— que lo hagamos simplemente cuantas veces sea necesario.

Lo hacían siempre que se les brindaba la oportunidad. Gwyneira, en especial, vivía con el temor a ser descubierta y prefería no correr ni siquiera el menor riesgo. Por otra parte, sólo pocas veces encontraban buenos pretextos para desaparecer juntos, por lo que Gwyneira tardó un par de semanas hasta quedar embarazada. Fueron las semanas más felices de su vida.

Cuando llovía, James la amaba en los cobertizos de la esquila que, una vez cortada la lana de las ovejas, estaban abandonados. Se quedaban abrazados y escuchaban el golpeteo de las gotas de lluvia en la cubierta, se estrechaban el uno contra el otro y se contaban historias. James se rio de la leyenda maorí de *rangi* y *papa* y sugirió que volvieran a hacer el amor para consolar a los dioses.

Cuando brillaba el sol se amaban en las colinas, entre las plantas que formaban extensiones de tussok, acompañados por la melodía regular del sonido que hacían al masticar los caballos que pastaban a su lado. Se besaban a la sombra de las imponentes piedras de las llanuras y Gwyneira contó la historia de los soldados encantados, mientras James afirmaba que los círculos de piedras de Gales formaban parte de un hechizo de amor.

—¿Conoces la leyenda de Tristán e Iseo? Se amaban el uno al otro, pero el esposo de ella no debía descubrirlo, así que los elfos hicieron crecer un círculo de piedra alrededor del lugar donde acampaban en el prado para apartarlos de las miradas del mundo.

Se amaban a la orilla de lagos de montaña helados y de aguas transparentes como el cristal y en una ocasión James logró convencer a Gwyneira de que se metiera con él en el agua completamente desnuda. Gwyn se moría de vergüenza. No recordaba haber estado así desnuda desde su infancia. Pero James le dijo que era tan bonita que *rangi* se pondría celosa si seguía permaneciendo en el suelo firme de *papa*, así que la arrastró al agua dónde ella se abrazó a él gritando.

—¿No sabes nadar? —le preguntó con aire incrédulo.

Gwyneira escupió agua.

—¿Dónde debería de haber aprendido? ¿En la bañera de Silkham Manor?

—¿Has cruzado medio mundo en un barco sin saber nadar? —James agitó la cabeza y la sujetó con firmeza—. ¿Y no tuviste miedo?

—¡Habría tenido más miedo si hubiera tenido que nadar! Y ahora deja de hablar y enséñame. Tampoco puede ser tan difícil. ¡Hasta *Cleo* sabe hacerlo!

Gwyneira aprendió a flotar en el agua en un abrir y cerrar de ojos y luego se tendió en la orilla del lago agotada y con frío, mientras James pescaba unos peces y los asaba a continuación en un hoguera. A Gwyneira le encantaba cuando él encontraba algo comestible en el monte y se lo servía después a ella. Lo llamaba el juego de «Supervivencia en la Naturaleza Virgen» y James lo dominaba de maravilla. Para él, el monte era como su despensa particular. Mataba pájaros y conejos, pescaba peces y recogía raíces y frutas extrañas. Semejaba el pionero de los sueños de Gwyn. A veces se preguntaba cómo sería estar casada con él y administrar una pequeña granja como Helen y Howard. James no la dejaría todo el día sola, sino que compartiría las tareas con ella. De nuevo soñaba con arar con el caballo, con el trabajo a cuatro manos en el huerto y de cómo James enseñaba a un niño pelirrojo a pescar.

Naturalmente desatendía a Helen con toda esa conducta reprobable, pero su amiga nada decía cuando Gwyn, con expresión feliz pero el vestido manchado de hierba, aparecía por su casa, después de que James continuara su camino hacia las montañas.

—Tengo que ir a Haldon, pero ayúdame por favor a cepillarme el vestido. No sé cómo se me ha ensuciado...

Al parecer, Gwyn partía hasta tres veces por semana hacia Haldon: Ella aseguraba que se había unido al club de amas de casa. Gerald se alegraba y ella aparecía con frecuencia con nuevas recetas de cocina que había pedido a toda prisa a la señora Candler. Lucas lo encontraba más bien extraño, pero él tampoco ponía objeciones; de todos modos estaba contento de que lo dejaran tranquilo.

Gwyneira ponía como excusa reuniones de damas y James ovejas descarriadas. Pensaban nombres para sus lugares de encuentro favoritos en el bosque y se esperaban el uno al otro allí, amándose ante el imponente telón de los Alpes en los días claros o bajo una tienda provisional, confeccionada con el abrigo encerado de James, cuando caía la niebla. Gwyn hacía como si se estremeciera de vergüenza ante la mirada curiosa de una parejita de kea que birlaba los restos de su picnic, y una vez James se puso a perseguir medio desnudo a dos kiwis que intentaban desaparecer con la hebilla de su cinturón.

—¡Rateros como las urracas! —exclamó riéndose—. No es extraño que pongan su nombre a los inmigrantes.

Gwyn levantó sorprendida la vista hacia él.

—La mayoría de colonos que conozco son gente muy honorable —dijo.

James asintió furioso.

—Respecto a otros colonos. Pero considera cómo se comportan con los maoríes. ¿Crees que la tierra para Kiward Station se pagó a un precio razonable?

—¿Acaso toda la tierra no pertenece desde el tratado de Waitangi a la Corona? —preguntó Gwyneira—. ¡La reina no se dejará dar gato por liebre!

James rio.

—Esto es poco probable. Por lo que dicen, es muy hábil para los negocios. Pero la tierra sigue perteneciendo a los maoríes. La Corona sólo tiene derecho de retracto. Esto garantiza a la gente, naturalmente, cierto precio mínimo. Pero por una parte, para algunos, el mundo que deseaban no es así; y, por otra, muchos jefes tribales todavía no han firmado el tratado. Por lo que yo sé, los kai tahu, por ejemplo...

—¿Los kai tahu son nuestros empleados? —preguntó Gwyn.

—Ahí lo tienes —observó James—. Naturalmente no son «vuestros empleados». Sólo han cometido la imprudencia de vender al señor Gerald la tierra donde está su poblado porque los engañaron. Esto ya demuestra que no se ha tratado honestamente a los maoríes.

—Parecen estar muy felices —señaló Gwyn—. Conmigo son siempre muy amables. Y a menudo no están allí. —Varias tribus maoríes emprendían largas migraciones hacia territorios de caza o de pesca.

—Todavía no se han dado cuenta de todo el dinero que se les ha estafado —dijo James—. Pero todo esto es un polvorín. En el momento en que los maoríes tengan un jefe que sepa leer y escribir habrá jaleo. Pero ahora olvídate de eso, preciosa. ¿Volvemos a intentarlo?

Gwyn se rio alegre por la forma en que James había hablado. Del mismo modo introducía Lucas sus tareas en el lecho conyugal. ¡Pero qué diferencia entre Lucas y James!

Cuanto más estaba con James, más aprendía Gwyneira a disfrutar del amor físico. Al principio era dulce y tierno, pero cuando percibía que la pasión nacía en Gwyn disfrutaba jugando con la tigresa que al final se le había despertado. A Gwyneira siempre le habían gustado los juegos apasionados y ahora le encantaba cuando James se movía deprisa en su interior y hacía que esa danza íntima entre los dos se convirtiera en un crescendo de pasión. Con cada nuevo encuentro, arrojaba por la borda sus reparos respecto al tema de la decencia.

—¿Funciona también si me pongo yo encima en lugar de al

revés? —preguntó en una ocasión—. Eres bastante pesado, ¿sabes...?

—Has nacido para cabalgar —respondió James riendo—. Siempre lo he sabido. Inténtalo sentada, así tendrás más libertad de movimiento.

—¿Pero en realidad, dónde has aprendido todo esto? —preguntó Gwyn, recelosa cuando embriagada y feliz apoyó la cabeza en el hombro de él y en su interior se iba apaciguando la excitación.

—En verdad no quieres saberlo —respondió él elusivo.

—Sí. ¿Ya habías amado a una mujer? Me refiero de verdad, de corazón... ¿tanto que habrías dado la vida por ella como en los libros? —Gwyneira suspiró.

—No, hasta ahora no. Respecto al amor de tu vida hay poco que se pueda aprender. Más bien es una clase por la que hay que pagar.

—¿Los hombres pueden adquirir esa instrucción? —se sorprendió Gwyn. Debía de ser la única clase en la que James había hecho novillos—. ¿Y las chicas se tiran simplemente al ruedo sin preparación? En serio, James, nadie nos explica lo que nos espera.

James rio.

—Oh, Gwyn, eres tan ingenua, pero te interesa lo esencial. Puedo imaginarme que aquí las plazas de aprendizaje irían muy buscadas. —En los quince minutos que siguieron, James impartió una lección sobre el comercio de la carne. Gwyn oscilaba entre la repugnancia y la fascinación.

—De todos modos, las chicas ganan su dinero propio —dijo al final—. ¡Pero yo insistiría en que los clientes se lavaran antes!

Gwyn apenas si podía dar crédito cuando al tercer mes no tuvo el periodo. Claro que ya había notado algunos indicios: los pechos más hinchados y unos ataques de hambre canina cuando no había ya preparado un plato de col en la mesa. Pero ahora estaba totalmente segura y su primera reacción fue de alegría. Siguió, sin embargo, la amargura de la pérdida inminente. Estaba embarazada, así que no había ninguna razón para seguir engañando a su marido. Aunque el mero pensamiento de no volver a tocar a James, de no volver a tenderse desnuda junto a él, a besarlo y a sentirlo en su interior y gritar en el punto culminante del deseo era para ella como una puñalada en el corazón.

Gwyneira no se decidió a revelar enseguida a James lo que ya sabía. Durante dos días guardó el secreto y conservó como un tesoro las miradas arrobadas y tiernas de James durante la jornada de trabajo. Nunca más volvería a guiñarle el ojo en secreto. Nunca más le diría al pasar «Buenos días, Miss Gwyn» o «Como usted diga, Miss Gwyn» cuando se encontraban en compañía de otros.

Nunca más volvería a robarle un beso fugaz justo cuando nadie miraba y nunca más volvería ella a regañarle por correr tales riesgos.

Seguía postergando el momento de la verdad.

Pero al final no quedó otro remedio. Gwyneira acababa de regresar de un paseo a caballo cuando James le hizo un gesto y le señaló sonriendo un box vacío. Quería besarla, pero Gwyn se desprendió de su abrazo.

—Aquí no, James...

—Pues mañana, en el anillo de los guerreros de piedra. Llevo las ovejas de cría. Si quieres, puedes venir. Ya le he hablado al señor Gerald respecto a que es posible que necesite a *Cleo*. —Guiñó expresivamente un ojo—. No era una mentira. Dejaré que ella y *Daimon* se hagan cargo de las ovejas y nosotros dos podremos jugar a «Supervivencia en la naturaleza virgen».

—Lo siento, James. —Gwyn no sabía cómo empezar—. Pero tenemos que dejarlo...

James frunció el ceño.

—¿Qué es lo que tenemos que dejar? ¿Mañana no tienes tiempo? ¿Se espera otra vez una visita? El señor Gerald no ha dicho nada...

Gerald Warden parecía sentirse cada vez más solo en los últimos meses. Aprovechaba cualquier oportunidad para invitar a más gente a Kiward Station, a menudo comerciantes de lana o nuevos colonos adinerados, a los que podía mostrar durante todo el día su granja modelo y con los que empinaba el codo por las noches.

Gwyneira sacudió la cabeza.

—No, James, es sólo..., estoy embarazada. —Ya lo había dicho.

—¿Estás embarazada? ¡Es maravilloso! —Sin pensarlo, la levantó en el aire y dio una vuelta sobre sí mismo—. Pues sí, ya has engordado —bromeó—. Pronto no podré con los dos.

Cuando descubrió que ella no reía se puso de repente serio.

—¿Qué pasa, Gwyn? ¿Es que no te alegras?

—Claro que me alegro —contestó Gwyn sonrojándose—. Pero me da un poco de pena. Me ha divertido... estar contigo.

James rio.

—Es que no hay ninguna razón para dejarlo. —Quería besarla pero ella lo rechazó.

—No se trata de deseo —dijo con vehemencia—. Se trata de moral. No debemos hacerlo más. —Se lo quedó mirando. En su mirada había tristeza, pero también determinación.

—Gwyn, ¿te estoy entendiendo bien? —preguntó James consternado—. ¿Quieres acabar, tirar todo lo que teníamos juntos? ¡Pensaba que me amabas!

—No se trata en absoluto de amor —contestó Gwyneira en voz baja—. Estoy casada, James. No debo amar a ningún otro hombre. Y desde el principio acordamos que sólo me ayudarías a bendecir mi... mi matrimonio con un hijo. —Odiaba que todo sonara tan lamentable, pero no sabía cómo expresarlo. Y de ningún modo quería echarse a llorar.

—Gwyneira, yo te amo, desde la primera vez que te vi. Es sencillo..., pasa de la misma forma que cae la lluvia o brilla el sol. No se puede evitar.

—Uno puede protegerse de la lluvia —susurró Gwyneira—. Y buscar la sombra cuando brilla el sol. No puedo evitar la lluvia y el calor, pero no hay por qué mojarse o quemarse.

James la atrajo hacia sí.

—Gwyneira, tú también me amas. Ven conmigo. Nos vamos de aquí y empezamos de nuevo en otro lugar...

—¿Y adónde vamos, James? —preguntó sarcástica para no parecer desesperada—. ¿En qué granja de ovejas vas a trabajar cuando se sepa que has secuestrado a la esposa de Lucas Warden? Toda la isla Sur conoce a los Warden. ¿Crees que Gerald te dejará salir adelante?

—¿Estás casada con Gerald o con Lucas? Y da igual con quién de los dos. ¡Conmigo no podrán ni el uno ni el otro! —James apretó los puños.

—¿Ah, no? ¿Y en qué disciplina pretendes batirte con ellos? ¿A puñetazos o a tiros? ¿Y luego huimos a la naturaleza virgen y vivimos de nueces y bayas? —Gwyneira odiaba discutir con él. Habría deseado despedirse pacíficamente con un beso: agridulce y fatal como en una novela de Bulwer-Lytton.

—Pero te gusta la vida en la naturaleza. ¿O has mentido? ¿Te importa más el lujo aquí en Kiward Station? ¿Es importante para ti ser la esposa de un barón de la lana, celebrar grandes fiestas, ser rica? —James intentaba que sus palabras sonaran iracundas, pero las expresaba de una forma más bien amarga.

El cansancio se apoderó de repente de Gwyneira.

—James, no nos peleemos. Ya sabes que todo eso no significa nada para mí. Pero he dado mi palabra. Soy la esposa de un barón de la lana. Pero también la mantendría si fuera la esposa de un mendigo.

—¡Has roto tu promesa cuando te has ido a la cama conmigo! —protestó James—. ¡Ya has traicionado a tu marido!

Gwyneira dio un paso atrás.

—Nunca he compartido una cama contigo, James McKenzie —respondió—. Lo sabes perfectamente. Nunca te hubiera recibido en casa, eso... eso... hubiera... En cualquier caso ha sido totalmente distinto.

—¿Y qué es lo que ha sido? ¡Por favor, Gwyneira! No me digas que sólo me has utilizado como un animal de cría.

Gwyn únicamente quería poner punto final a esa conversación. Ya no podía soportar más tiempo la mirada suplicante de él.

—Te lo consulté, James —dijo con dulzura—. Estabas de acuerdo. Sin condiciones. Y no se trata de lo que yo quiero. Se trata de lo que es correcto. Soy una Silkham, James, no puedo evadirme de mis responsabilidades. Lo entiendas o no lo entiendas. En cualquier caso, es inamovible. A partir de ahora...

—¿Gwyneira? ¿Qué pasa? ¿No tenías que estar conmigo hace un cuarto de hora?

Gwyn y James se separaron cuando Lucas entró en el establo. Sólo raras veces se dejaba ver de forma voluntaria por ahí, pero el día anterior Gwyn le había prometido que a partir de entonces por fin posaría como modelo para un retrato al óleo. En realidad lo hacía sobre todo porque él le daba pena, pues Gerald había vuelto a ponerle de vuelta y media y Gwyn sabía que bastaba una sola palabra para acabar con todo ese tormento. Pero no podía hablar de su embarazo sin antes haber informado a James. Así que se le había ocurrido otra idea para consolar a Lucas. Y además en los meses siguientes tendría tiempo suficiente y tranquilidad para estarse quieta en una silla.

—Ya voy, Lucas. Sólo tenía un... un pequeño problema y el señor McKenzie ya lo ha solventado. Muchas gracias, señor James. —Gwyneira esperaba no tener un aspecto demasiado sofocado y excitado, pero consiguió hablar con calma y sonreír con candidez a James. ¡Si James también hubiera mantenido sus sentimientos bajo control tan bien como ella! Sin embargo, su expresión herida y desesperada partió el corazón de la joven.

Lucas, por fortuna, no se percató de nada. Ante sus ojos no veía más que el retrato de Gwyneira que iba a iniciar en ese instante.

Por la noche, ella informó a Lucas y Gerald de su embarazo.

Gerald Warden no cabía en sí de alegría. Lucas cumplió con sus labores de *gentleman* asegurando a su esposa que estaba sumamente contento y besándola con decoro en la mejilla. Unos días más tarde compró en Christchurch una joya, un valioso collar de perlas. Lucas se lo dio a Gwyneira en señal de reconocimiento y estima. Gerald cabalgó a Haldon para festejar que al final sería abuelo e invitó a todo el bar durante una noche, excepto a Howard O'Keefe, quien por suerte fue lo bastante sensato para dejarle el campo libre. Helen se enteró a través de su marido del embarazo de su amiga, cuyo anuncio en público encontró algo más que lamentable.

—¿Crees que para mí no es lamentable? —preguntó Gwyn cuando, dos días más tarde, visitó a su amiga y verificó que ya sabía la novedad—. Pero él es así. ¡Justo lo contrario de Lucas! Nadie diría que son padre e hijo. —Se mordió los labios en cuanto hubo pronunciado estas palabras.

Helen sonrió.

—Mientras tú estés convencida de ello... —dijo de forma ambigua.

Gwyn le devolvió la sonrisa.

—Sea como fuere, hasta aquí hemos llegado. Debes explicarme con todo detalle cómo me sentiré en los próximos meses para que no cometa ningún error. Y tendré que hacer ropa de ganchillo para el bebé. ¿Crees que en nueve meses aprenderé?

11

El embarazo de Gwyneira transcurrió sin ningún incidente. Incluso las conocidas náuseas de los primeros tres meses fueron clementes y no se produjeron. Así que tampoco se tomó en serio las advertencias de su madre, quien prácticamente desde que había contraído matrimonio le había estado suplicando que dejara de montar a caballo. En lugar de eso, Gwyn iba cada día que hacía bueno a ver a Helen o a la señora Candler... para evitar con ello a James McKenzie. Al principio le dolía cada mirada que le lanzaba y siempre que era posible ambos procuraban no cruzarse. Pero si el encuentro era inevitable, ambos apartaban la vista turbados, esforzándose por no ver el dolor y la aflicción en los ojos del otro.

Así que Gwyn pasaba mucho tiempo con Helen y el pequeño Ruben. Aprendió a ponerle los pañales y a cantarle canciones de cuna mientras Helen hacía chaquetitas de punto de bebé para Gwyneira.

—¡Pero ninguna que sea de color rosa! —dijo Gwyn horrorizada cuando Helen empezó un pelele de colores para aprovechar los restos de lana—. ¡Será un niño!

—¿Cómo lo sabes? —contestó Helen—. También sería bonito que tuvieras una niña.

Gwyneira se horrorizaba ante la idea de no poder dar el deseado heredero varón. Por sí misma nunca se habría preocupado por un niño. Era ahora que cuidaba de Ruben y que cada día se percataba de que el pequeño también tenía ideas claras de lo que quería y no quería, cuando tomó clara conciencia de que no llevaba en su interior sólo al heredero de Kiward Station. Lo que crecía dentro de su vientre era un pequeño ser humano, con su personalidad particular, susceptible asimismo de ser mujer, y al que había ya condenado a vivir con una mentira. Cuando Gwyneira daba vueltas a este pensamiento, sentía que le remordía la conciencia, pues su hijo nunca conocería a su auténtico padre. Así que apartaba de sí esas reflexiones y ayudaba a Helen en sus casi interminables tareas domésticas —Gwyneira sabía ordeñar— y en la escuela de niños maoríes, que iba creciendo. Helen daba clases ahora a dos grupos y Gwyn descubrió admirada entre ellos a tres de los críos desnudos que chapoteaban en el lago de Kiward Station.

—Los hijos del jefe y su hermano —explicó Helen—. Sus padres quieren que aprendan algo, por eso han enviado a los niños a casa de unos parientes del poblado vecino. Un sacrificio bastante grande. Una exigencia para los niños. Cuando añoran su casa vuelven a ella, ¡a pie! ¡Y el pequeño siempre está añorado!

Señaló a un jovencito guapo y con cabellos negros y ondulados.

Gwyneira recordó los comentarios de James respecto a los maoríes y que los niños demasiado listos podían convertirse en un peligro para los blancos.

Helen se encogió de hombros cuando Gwyn se lo contó.

—Si yo no les enseño, lo hará otro. Y si esta generación no aprende, lo hará la próxima. ¡Además, es imposible negarle a un ser humano la educación!

—Bueno, no te emociones. —Gwyneira alzó la mano apaciguadora—. Soy la última persona que te lo impedirá. Pero tampoco estaría bien que estallara una guerra.

—Ah, los maoríes son pacíficos. —Helen rechazó con un gesto tal idea—. Quieren aprender de nosotros. Creo que han observado que la civilización hace la vida más fácil. Además, aquí las cosas funcionan, de todos modos, de una manera distinta a como se desarrollan en otras colonias. Los maoríes no son indígenas. Ellos mismos son inmigrantes.

—¿En serio? —Gwyneira se sorprendió. Nunca lo había oído decir.

—Sí. Claro que están aquí desde hace mucho, muchísimo antes que nosotros —prosiguió Helen—. Pero no desde tiempos inmemoriales. Es decir, llegaron aquí a principios del siglo XIV más o menos. Con siete canoas dobles, eso lo saben con exactitud. Cada familia puede remontarse a sus orígenes por haber ocupado una de esas canoas...

En lo que iba de tiempo, Helen hablaba bien el maorí y escuchaba con atención las historias de Matahoura, que cada vez entendía mejor.

—¿Entonces la tierra no les pertenece? —preguntó esperanzada Gwyneira.

Helen puso los ojos en blanco.

—Si las cosas se ponen realmente mal, es probable que ambas partes reivindiquen el derecho del descubridor. Esperemos que lleguen a un acuerdo de forma pacífica. Bien, y mientras tanto yo les enseño a sumar tanto si a mi esposo o a tu señor Gerald les parece bien como si no.

Aparte de la fría relación entre Gwyneira y James, el ambiente que reinaba en Kiward Station en esos tiempos era estupendo. La perspectiva de tener un nieto había reanimado a Gerald. Volvía a estar más pendiente de la granja, vendía más carneros a otros criadores de ganado y así ganaba mucho dinero. Desmotó otras superficies para ganar más pastizal. Al calcular qué ríos se podían emplear para el transporte y qué maderas tenían valor, incluso Lucas hizo aportaciones útiles. Se quejaba de la pérdida de los bosques, pero no protestaba con suficiente energía pues, a fin de cuentas, estaba contento de que Gerald hubiese dejado de burlarse de él. Nunca planteó la pregunta de cómo había aparecido el niño. Tal vez esperaba que fuera cosa del azar o simplemente no quería saberlo. De todos modos, no había tanta vida en pareja como para que se propiciase una conversación tan desagradable. Lucas suspendió sus visitas nocturnas tan pronto como Gwyneira reveló su embarazo. Así que en realidad sus «intentos» nunca le habían proporcionado placer. Sin embargo, disfrutaba retratando a su bonita esposa. Gwyneira posaba dócilmente para el retrato al óleo y ni siquiera Gerald criticaba esta ocupación. Como madre de las generaciones venideras, el retrato de Gwyneira merecía un lugar de honor junto al cuadro de su esposa Barbara. Todos encontraron el óleo concluido muy bien logrado. Lucas, por su parte, no estaba del todo satisfecho. Pensaba que no había sabido plasmar a la perfección la «enigmática expresión» de Gwyneira y tampoco le parecía óptima la forma de incidir de la luz. No obstante, todas las visitas elogiaron vivamente el cuadro. Lord Brannigan llegó incluso a pedirle a Lucas que pintara un retrato de su esposa. Gwyneira sabía que en Inglaterra se hubiera pagado una buena cantidad por ese trabajo, pero Lucas, naturalmente, habría calificado de denigrante pedir un penique a sus vecinos y amigos.

Gwyn no veía la diferencia entre vender un cuadro y una oveja o un caballo, pero no discutió al respecto y observó aliviada que tampoco Gerald censuraba la falta de espíritu comercial de su hijo. Por el contrario, parecía estar por primera vez casi orgulloso de su vástago. En la casa reinaban una alegría y una armonía sin reservas.

Cuando el nacimiento se fue acercando, Gerald buscó un médico para Gwyneira, pero sus esfuerzos fueron en vano, ya que ello habría significado dejar Christchurch sin especialista durante semanas. Gwyn tampoco encontraba tan malo tener que prescindir de un médico. Después de haber visto a Matahorua trabajando, estaba dispuesta a confiar en una comadrona maorí. Pero Gerald calificó eso de inadmisible y Lucas defendió la misma opinión, incluso con más determinación.

—¡No se trata de que te atienda una salvaje cualquiera! Eres una *lady* y debes ser atendida con las atenciones que corresponden a tu rango social. En sí mismo ya es un riesgo que corres. Deberías dar a luz en Christchurch.

Una vez más esto llevó a Gerald a ponerse en pie de guerra. El heredero de Kiward Station, declaró, vendría al mundo en la granja y en ningún otro lugar.

Al final, Gwyneira le confesó el problema a la señora Candler, aunque temía que le fuera a ofrecer después a Dorothy. La mujer del tendero lo hizo de inmediato, pero aportó una solución todavía mejor.

—La comadrona de Haldon tiene una hija que suele ayudarla. Por lo que yo sé, ya ha asistido sola algunos partos. Pregúntele tan sólo si estaría dispuesta a quedarse un par de días en Kiward Station.

Francine Hayward, la hija de la comadrona, era una joven de veinte años espabilada y optimista. Tenía un abundante cabello rubio, una cara alegre de nariz respingona y unos llamativos ojos de color verde claro. Con Gwyneira se entendió estupendamente a la primera. A fin de cuentas, las dos eran de la misma edad y, después de las dos primeras tazas de té, Francine le confesó a Gwyneira su amor secreto por el hijo mayor de los Candler y Gwyn le contó que de joven había soñado con indios y cowboys.

—En una de las novelas una mujer tiene un hijo mientras los pieles rojas han rodeado la casa. Y está sola con su marido y su hija...

—Tampoco lo encuentro tan romántico —dijo Francine—. Al contrario, sería una pesadilla para mí. Imagínate que el hombre tenga que andar corriendo del tiroteo a los pañales al tiempo que alterna un «Empuja, cariño» con un «Ya te tengo, maldito piel roja».

Gwyneira se echó a reír.

—Algo así jamás acudiría a los labios de mi marido en presencia de una *lady*. Probablemente diría: «Discúlpame un momento, cariño mío, debo eliminar raudamente a uno de esos salvajes.»

Francine estalló en carcajadas.

Puesto que la madre también estaba de acuerdo con el trato, Francine montó a grupas con Gwyneira esa misma tarde y ambas se encaminaron hacia Kiward Station. Sentada cómoda y sin temor sobre el lomo reluciente de *Igraine* tuvo que escuchar la impaciente reprimenda de Lucas:

—¡Qué peligro, ir las dos a caballo! ¡Podríamos haber ido a buscar a la joven dama!

Francine ocupó maravillada una de las habitaciones nobles de invitados. En los días siguientes disfrutó del lujo de no tener nada que hacer salvo acompañar a Gwyneira hasta el nacimiento del «príncipe de la corona». Mientras, ésta embellecía solícita las labores de punto y ganchillo ya listas, bordando coronitas doradas.

—Eres de la nobleza —respondía cuando Gwyneira decía que lo encontraba lamentable—. El bebé seguro que está en algún lugar de la lista de los sucesores al trono británico.

Gwyneira esperaba que Gerald no lo oyera. Creía que el orgulloso abuelo era capaz sin lugar a dudas de atentar contra la vida de la reina y de sus descendientes. Por el momento, Gerald se limitó a incluir la coronita en la marca de fuego de Kiward Station. Hacía poco que había comprado un par de bueyes y necesitaba una marca registrada. Lucas dibujó, siguiendo las indicaciones de Gerald, un blasón en el que se unían la coronita de Gwyneira y un escudo con el que Gerald se remitía al nombre Warden, «guardián».

Francine era divertida y siempre estaba de buen humor. Su compañía le sentó bien a Gwyneira y permitió que no asomara ningún temor al parto. En lugar de eso, Gwyn sintió más bien un ataque de celos: Francine se había olvidado sin demora del joven Candler y no dejaba de poner a James McKenzie por las nubes.

—Estoy segura de que le intereso —decía emocionada—. Cada vez que me ve me pregunta por mi trabajo y por cómo te va. ¡Es tan dulce! Y es evidente que busca temas de conversación que me incumben. ¡Por qué iba a interesarse sino por cuándo vas a dar a luz al bebé!

A Gwyneira se le ocurrieron algunas razones y encontró bastante arriesgado por parte de James que mostrara su interés con tanta claridad. Pero sobre todo suspiraba por él y por su consoladora cercanía. Le hubiera gustado sentir su mano sobre el vientre y compartir la alegría arrebatadora de notar los movimientos del pequeño en su barriga. Cuando el niño se ponía a dar pataditas pensaba en la expresión de alegría de James al ver al recién nacido Ruben y recordaba una escena en la caballeriza, cuando *Igraine* estaba a punto de parir.

—¿Siente al potro, Miss Gwyn? —le había dicho resplandeciente—. Se mueve. ¡Ahora tiene que hablar con él, Miss Gwyn! Así ya reconocerá su voz cuando llegue al mundo.

Ahora hablaba con su bebé, cuyo nido había preparado con tanta perfección. La cuna junto a su cama, una cunita de ensueño de seda azul y amarillo oro que Kiri había colocado siguiendo las indicaciones de Lucas. Incluso ya tenía puesto el nombre: Paul Gerald Terence Warden. Paul por el padre de Gerald.

—Al próximo hijo le podremos poner el nombre de tu abuelo, Gwyneira —concedió Gerald con generosidad—. Pero al principio quiero establecer una tradición determinada...

En el fondo, a Gwyneira le daba igual el nombre. Ahora cada día le pesaba más el niño, ya era hora de que llegara al mundo. Se sorprendió contando los días y comparándolos con sus aventuras del año anterior.

«Si viene hoy, fue concebido junto al lago... Si espera hasta la semana próxima, será un niño de la niebla... Un pequeño guerrero creado en el círculo de piedras...» Gwyneira recordaba cada matiz de las caricias de James y a veces lloraba de añoranza al ir a dormir.

Los dolores comenzaron un día a finales de noviembre, un día que se correspondía al mes de junio en la lejana Inglaterra. Después de la lluvía caída en las últimas semanas, esa mañana el sol resplandecía, las rosas del jardín florecían y todas las flores de colores de primavera, que a Gwyneira le gustaban mucho más, brillaban en todo su esplendor.

—¡Qué bonito es! —exclamaba entusiasmada Francine, que había puesto la mesa de desayuno para su protegida en la ventana del mirador de los aposentos de Gwyneira—. Debo convencer urgentemente a mi madre de que plante un par de flores, en nuestro jardín sólo crecen las verduras. Pero siempre sale una mata de rata.

Gwyneira estaba a punto de replicar que justo al llegar a Nueva Zelanda se había enamorado de uno de esos arbustos con su suntuosa abundancia de flores rojas, cuando notó el dolor. Justo después expulsó el líquido amniótico.

Gwyneira no tuvo un parto fácil. Estaba muy sana y tenía muy bien desarrollada la musculatura del abdomen. En contra de lo que aseguraba su madre, el montar tanto a caballo no había provocado un aborto, sino que había dificultado al niño el paso por la pelvis. Sin embargo, Francine no dejó de asegurarle que todo estaba en orden y el niño perfectamente situado, aunque no pudo evitar con ello que Gwyneira gritara, e incluso soltara improperios. Lucas no la oía. Por fortuna, al menos ahí no lloraba nadie: Gwyn no sabía si habría soportado el gimoteo de Dorothy. Kiri, que ayudaba a Francine, se mantenía serena.

—Niño sano. Decir Matahorua. Siempre tener razón.

Antes del alumbramiento, por el contrario, era un infierno. Gerald, que al principio había estado tenso, luego preocupado, al final del día le gritaba a todo el que se le acercaba. Se emborrachó hasta perder el sentido. Las últimas horas del alumbramiento se quedó dormido en su butaca del salón. Lucas se preocupó y bebió en la justa medida, a su estilo. También él dormitó al final, pero tenía un sueño ligero. En cuanto algo se movía en el pasillo que llevaba a los aposentos de Gwyneira, levantaba la cabeza y, durante la segunda mitad de la noche, Kiri tuvo que darle el parte del último estado de las cosas en varias ocasiones.

—¡El señor Lucas tan atento! —le comunicó a Gwyneira.

James McKenzie, por el contrario, no durmió. Pasó el día con una tensión terrible y por la noche decidió apostarse en el jardín, delante de la ventana de Gwyneira. Así que era el único que oía sus gritos. Impotente, con los puños cerrados y lágrimas en los ojos, esperaba. Nadie le dijo si todo iba bien y con cada lágrima temía por la vida de Gwyn.

Al final, un ser peludo y suave se acercó a él. Otro más relegado al olvido. Francine había expulsado sin piedad a *Cleo* de la habitación de Gwyn, y ni Lucas ni Gerald se habían ocupado de ella. Ahora gimoteaba al oír los gritos de su ama.

—Lo siento, Gwyn, lo siento mucho —susurraba James contra el sedoso pelaje de *Cleo*.

Cuando por fin ambos oyeron otro sonido más bajo, pero más potente y bastante más rebelde, James abrazó a la perra. El recién nacido saludaba los primeros rayos de sol de un nuevo día. Y Gwyn le acompañaba con un último grito lleno de dolor.

James lloró de alivio sobre el suave pelaje de *Cleo*.

Lucas enseguida se despertó cuando Kiri apareció con el niño en los brazos en lo alto de las escaleras. Parecía la estrella de un espectáculo de variedades con plena conciencia de su importancia. Lucas le preguntó directamente por qué Francine misma no le presentaba al bebé, pero todo el rostro de Kiri resplandecía por lo que se podía deducir claramente que tanto la madre como el bebé se encontraban bien.

—¿Todo... en orden? —preguntó él de todos modos como era obligatorio, y se puso en pie para acercarse a la joven.

También Gerald se espabiló.

—¿Ya ha llegado? —preguntó—. ¿Todo ha ido bien?

—¡Sí, señor Gerald! —contestó alegremente Kiri—. Un bebé precioso. ¡Precioso! Pelo rojo como madre.

—Una persona impulsiva —dijo Gerald riendo—. El primer Warden pelirrojo.

—Yo creo no ser «el» —le informó Kiri—. Es «la». Es niña, señor Gerald. ¡Una niña preciosa!

Francine sugirió que llamaran a la niña Paulette, pero Gerald se negó. Paul debía ser conservado para su heredero varón. Lucas, como buen *gentleman*, apareció junto a la cama de su esposa una hora después del alumbramiento con una rosa roja del jardín y le dijo en un tono comedido que encontraba a la niña arrebatadora. Gwyneira sólo asintió. ¿De qué otro modo que no fuera arrebatadora podía encontrarse a esa pequeña criatura que sostenía ahora orgullosa en los brazos? No se hartaba de mirar los diminutos deditos, la naricilla y las largas y rojas pestañas que rodeaban los grandes ojos azules. La pequeña también tenía mucho pelo ya. Sin lugar a dudas, una pelirroja como su madre. Gwyneira acariciaba a su bebé y la pequeñita la cogía del dedo. Sorprendentemente fuerte. Llevaría las riendas con firmeza... Gwyn no tardaría en enseñarle a montar a caballo.

Lucas propuso el nombre de Rose e hizo enviar un enorme ramo de rosas rojas y blancas a la habitación de Gwyneira, que pronto impregnaron el ambiente con su fascinante perfume.

—Pocas veces he visto florecer las rosas de forma tan cautivadora como hoy, querida mía. Es como si el jardín se hubiera engalanado especialmente para recibir a nuestra hija. —Francine le había puesto el bebé en los brazos y él la sostenía con bastante torpeza, como si no supiera qué hacer con él. Repetía las palabras «nuestra hija» de forma natural. No parecía pues albergar ninguna sospecha.

Gwyneira, que pensaba en el jardín de rosas de Diana, le contestó:

—¡Es mucho más bonita que una rosa! ¡Es la más bonita del mundo!

Le volvió a coger la niña. Era una tontería, pero tenía una pizca de celos.

—Entonces tendrás que pensarte tú misma un nombre, cariño mío —dijo Lucas indulgente—. Estoy seguro de que encontrarás uno apropiado. Pero ahora debo dejaros solas, tengo que ocuparme de padre. Todavía no ha encajado que no sea un niño.

Hasta pasadas unas horas, Gerald no pudo reponerse e ir a visitar a Gwyneira y su hija. La felicitó sin gran entusiasmo y contempló al bebé. Sólo cuando la diminuta mano tomó posesión de su dedo y al hacerlo parpadeó, esbozó el hombre una sonrisa.

—Bueno, al menos lo tiene todo —gruñó de mala gana—.

Esperemos que el próximo sea niño. Ahora ya sabéis cómo se hace...

Cuando Warden cerró la puerta tras de sí, *Cleo* se coló dentro de la habitación. Satisfecha de haberlo por fin conseguido, se acercó a la cama de Gwyneira y apoyó las patas delanteras sobre la colcha, mostrando su sonrisa de collie.

—¿Dónde te habías escondido? —preguntó Gwyn encantada mientras la acariciaba—. Mira, voy a presentarte a alguien.

Para horror de Francine permitió que la perra olfateara al bebé. Entonces le llamó la atención un pequeño ramo de flores de primavera que alguien había atado al collar de *Cleo*.

—¡Qué original! —observó Francine cuando Gwyn desató con cuidado el ramito—. ¿Quién podrá ser? ¿Uno de los hombres?

Gwyneira se lo podría haber revelado. No dijo nada pero su corazón estaba inundado de alegría. Él también sabía que su hija había nacido y, naturalmente, había escogido flores silvestres de colores en lugar de cortar rosas.

El bebé estornudó cuando las flores le acariciaron la naricita. Gwyneira rio.

—La llamaré Fleurette.

ALGO ASÍ COMO EL ODIO...

Llanuras de Canterbury, Costa Oeste

1858-1860

1

George Greenwood se había quedado sin aliento tras el ascenso por el Bridle Path. Bebió lentamente la cerveza de jengibre que se podía adquirir en el punto más alto del trayecto entre Lyttelton y Christchurch y disfrutó de la vista sobre la ciudad y las llanuras de Canterbury.

Así pues ése era el país en que vivía Helen. Por eso había abandonado Inglaterra... George tuvo que reconocer que era una tierra hermosa. Christchurch, la ciudad, junto a la cual debía encontrarse su granja, parecía una comunidad floreciente. En calidad de primer asentamiento de Nueva Zelanda había adquirido el último año el título de municipio y ya era también sede episcopal.

George recordó la última carta de Helen en la que informaba, con cierta alegría por el mal ajeno, de que las aspiraciones del antipático reverendo Baldwin no se hubieran visto colmadas. El arzobispo de Canterbury había asignado el obispado a un sacerdote llamado Henry Chitty Harper quien, por esa razón, había dejado su país natal. Tenía familia y parecía haber sido una persona querida en su anterior parroquia. Helen no se había explayado más acerca de su personalidad, lo que a George le sorprendió bastante. A fin de cuentas, ya debía de hacer bastante tiempo que conocía a ese hombre a través de todas las actividades religiosas en las que participaba y siempre describía. Helen Davenport O'Keefe se había unido al círculo de damas que estudiaba la Biblia y se entregaba al trabajo con los niños indígenas. George esperaba que esto no la hubiera vuelto ni tan beata ni tan vanidosa como su propia madre. No obstante, era incapaz de imaginarse a Helen con un vestido de seda en una reunión del comité y las cartas de su antigua institutriz aludían más bien a un contacto personal con los niños y sus madres.

¿Podía realmente imaginarse todavía a Helen? Habían pasado muchos años y él había experimentado un sinfín de vivencias. La universidad, sus viajes por Europa, la India y Australia..., en el fondo todo eso debería de haber bastado para borrar de su memoria la imagen de una mujer mucho mayor que él, con un cabello castaño y brillante y ojos claros y grises. Pero George todavía la tenía en esos momentos ante sí, como si ella se hubiera marchado ayer. El rostro fino, el peinado sobrio, el porte erguido incluso cuando él sabía que estaba cansada. George recordaba su cólera velada y la impaciencia a duras penas contenida en el trato con su madre y su hermano William, pero también su sonrisa disimulada cuando él conseguía atravesar con alguna insolencia la coraza de su control personal. En aquel entonces leía cualquier emoción en sus ojos, detrás de la expresión sosegada y tranquila que mostraba al resto de su entorno. ¡Un fuego que ardía bajo aguas tranquilas para inflamarse tras la lectura de un anuncio delirante del otro extremo del mundo! ¿Amaría realmente a ese Howard O'Keefe?

En sus cartas se refería con gran respeto a su esposo, quien invertía todas sus fuerzas en mejorar su propiedad y en administrarla de forma beneficiosa. Sin embargo, George sabía, leyendo entre líneas, que el hombre no siempre conseguía esos propósitos. A esas alturas, George Greenwood ya llevaba trabajando el tiempo suficiente en el negocio de su padre como para saber que casi todos los primeros colonos de Nueva Zelanda se habían hecho ricos. Tanto daba si se habían concentrado en la pesca, el comercio o la cría de ganado: la empresa florecía. Quien no empezaba con una torpeza total obtenía beneficios, por ejemplo, Gerald Warden en Kiward Station. Visitar al mayor productor de lana de la isla Sur ocupaba uno de los primeros lugares en la lista de actividades que llevaban al hijo de Robert Greenwood a Christchurch. Los Greenwood tenían la intención de abrir ahí una sucursal de su compañía internacional. El comercio de la lana con Nueva Zelanda crecía en interés, y más cuando los barcos de vapor pronto cubrirían la ruta entre Inglaterra y las islas. El mismo George acababa de llegar en un barco impulsado por las tradicionales velas además de por una máquina de vapor. Tales ingenios libraban a los navíos de los humores del viento cuando había calma chicha, y la travesía duraba apenas ocho semanas.

Bridle Path había perdido ahora parte del horror con que Helen lo había descrito en su primera carta a George. Había mejorado hasta el punto en que era posible recorrerlo en carruaje y George habría podido ahorrarse el fatigoso trayecto a pie. No obstante, tras el largo viaje en barco, el joven ansiaba moverse y de alguna manera lo estimulaba pasar por las mismas experiencias que Helen había vivido al llegar. Desde que se había licenciado, George estaba obsesionado con la idea de Nueva Zelanda. Incluso cuando dejaba de recibir por largo tiempo las cartas de Helen, se empapaba de cualquier información disponible acerca del país para sentirse más cerca de ella.

Acometió entonces, descansado, el descenso. ¡Tal vez viera a Helen al mismo día siguiente! Si conseguía alquilar un caballo y la granja se hallaba tan cerca de la ciudad como hacían sospechar las cartas de Helen, nada se oponía a una pequeña visita de cortesía. De todos modos, pronto se pondría en camino a Kiward Station, que se encontraba en las cercanías de la casa de Helen. A fin de cuentas era amiga de la señora de la granja, Gwyneira Warden. Las fincas sólo deberían de estar separadas por un breve viaje en carro.

George dejó a sus espaldas el transbordador que cruzaba el río Avon, así como los últimos kilómetros hasta llegar a Christchurch y se instaló en el hotel del lugar. Modesto pero limpio..., y, por supuesto, su director sabía quiénes eran los Warden.

—Naturalmente, el señor Gerald y el señor Lucas siempre se detienen aquí cuando tienen asuntos que resolver en Christchurch.

Unos señores muy cultivados, sobre todo el señor Lucas y su encantadora esposa. La señora Warden manda confeccionar su ropa en Christchurch, por eso la vemos dos o tres veces al año.

El hotelero, por el contrario, nada sabía de Howard y Helen O'Keefe. Ni se habían alojado allí ni los había conocido en la parroquia.

—Pero eso no es imposible, si son vecinos de los Warden —explicó el hotelero—. Entonces es que pertenecen a Haldon y hace poco que también hay iglesia allí. Venir cada domingo aquí representaría un trayecto demasiado largo.

George recibió tal información sorprendido y preguntó por alguna cuadra que alquilara caballos. Fuera como fuese, al día siguiente haría en primer lugar una visita al Union Bank de Austrália, la primera filial bancaria de Christchurch.

El director del banco se comportó con suma cortesía y se alegró de conocer los planes de Greenwood en Christchurch.

—Hable con Peter Brewster —le aconsejó—. Hasta ahora es él quien se ocupa del comercio lanar de la región. Pero por lo que he oído decir, se siente atraído por Queenstown: la fiebre del oro, ya sabe. Si bien no será el mismo Brewster quien se parta el espinazo buscándolo, sino que más bien tendrá el propósito de comerciar con el preciado metal.

George frunció el ceño.

—¿Lo considera tan lucrativo como la lana?

El banquero se encogió de hombros.

—Si quiere saber mi opinión, la lana crece todos los años. Pero nadie sabe cuánto oro hay en la tierra ahí en Otago. No obstante, Brewster es joven y emprendedor. Además tiene motivos de carácter familiar. La esposa procede de allí, es maorí y ha heredado un montón de tierras. En cualquier caso no creo que se enoje si se hace usted cargo de sus clientes. Eso le simplificaría mucho la creación de su negocio.

George estaba totalmente de acuerdo con él y le dio las gracias por sus indicaciones. Aprovechó, asimismo, la oportunidad para informarse de paso sobre los Warden y los O'Keefe. Sobre los Warden, el director, como era obvio, se deshizo en alabanzas.

—El viejo Warden es un zorro, pero entiende de la cría de ovejas. El hijo es más bien un artista, al que no le interesa la granja. Por eso el viejo espera, en vano hasta el momento, la llegada de un nieto que se implique más en el negocio. La nuera es una belleza, lástima que, al parecer, tenga dificultades para concebir hijos. Por ahora, en casi seis años de matrimonio, sólo ha dado a luz una niña... De todos modos, todavía son jóvenes, hay esperanzas. Y bueno, los O'Keefe... —El director de banco elegía las palabras—. ¿Qué debo decir? Secreto bancario, usted ya me entiende...

En efecto, George entendía. Howard O'Keefe no era un cliente que disfrutara de gran estima. Probablemente tuviera deudas. Y las granjas estaban a dos días a caballo de Christchurch, Helen había mentido, pues, en sus cartas acerca de la vida en la ciudad, o al menos había exagerado mucho. Haldon, la siguiente mayor colonia situada junto a Kiward Station, apenas si era un pueblo. ¿Qué es lo que estaría ocultando y por qué? ¿Acaso se avergonzaba de su forma de vida? ¿Sería posible que no se alegrara de la visita de una persona de ultramar? ¡Pero él tenía que ir a su encuentro! Por todos los demonios, ¡había recorrido dieciocho mil millas para verla!

Peter Brewster era un hombre sociable y enseguida invitó a George a comer en su casa al día siguiente. Esto obligaba al recién llegado a postergar sus planes, pero le pareció imprescindible aceptar. De hecho, el encuentro transcurrió en perfecta armonía. La hermosísima esposa de Brewster sirvió una comida al estilo tradicional maorí con pescado fresco del Avon y unos boniatos exquisitamente condimentados. Sus hijos acosaron al invitado con preguntas sobre la *good old England*, y Peter conocía, naturalmente, tanto a los Warden como a los O'Keefe.

—Pero no se le ocurra preguntar al uno acerca del otro —le

advirtió riendo—, son como perro y gato, y eso que una vez fueron socios. Kiward Station les perteneció a ambos tiempo atrás y el nombre procede de la unión de Kee y Ward. Pero los dos eran jugadores y Howard perdió su parte en el juego. No se sabe con exactitud qué sucedió, pero ambos siguen llevando mal ese asunto.

—Se entiende por la parte de O'Keefe —observó George—. ¡Pero el ganador no debería guardar rencor!

—Lo dicho, no sé nada con exactitud. Y al final también alcanzó para que Howard tuviera una granja. Pero a él le falta el *know-how*. Este año ha perdido prácticamente todos los corderos: los condujo muy pronto a los pastizales de montaña, antes de las últimas tormentas. Siempre se muere un par en la montaña si el invierno arremete de nuevo. ¿Pero subir los rebaños a comienzos de octubre...? ¡Clama al cielo!

George recordó que octubre correspondía allí a marzo, y también en las tierras altas galesas hacía un frío considerable.

—¿Por qué actúa así? —preguntó sin entender. Aunque en realidad se planteaba por qué Helen permitía que su esposo hiciera tal tontería. De hecho, ella nunca se había interesado por el mundo rural, pero tratándose de su supervivencia económica debería de haberse ocupado de ello.

—Ah, es un círculo vicioso —suspiró Brewster, ofreciéndole un cigarro—. O bien la granja es demasiado pequeña o el terreno demasiado pobre para una cantidad tan grande de animales. Pero una menor cantidad no da lo suficiente para vivir, así que se aumenta para ver si hay suerte. En los años buenos la hierba es suficiente, pero en los malos se agota el forraje para el invierno. Hay que comprarlo..., y para ello, una vez más, no hay dinero suficiente. O bien se lleva a los animales a la montaña con la esperanza de que no vuelva a nevar.

»Pero hablemos de algo más alegre. Usted está interesado en que le ceda mis clientes. De acuerdo, con gusto se los presentaré a todos. Seguro que nos pondremos de acuerdo en el traspaso. ¿Estaría usted también interesado eventualmente en nuestra agencia? ¿Despachos y almacenes en Christchurch y Lyttelton?

Puedo alquilarle la casa y garantizarle el derecho a compra... O podemos asociarnos y conservo una parte del negocio como socio sin voz. Esto me protegería en caso de que disminuyera enseguida la fiebre del oro.

Los hombres pasaron la tarde revisando los bienes raíces y George quedó impresionado por la empresa de Brewster. Al final acordaron tratar las condiciones precisas para la cesión después de la excursión de George a las llanuras de Canterbury. Éste se despidió con buen ánimo de su socio y escribió de inmediato una carta a su padre. Greenwood Enterprises nunca había llegado a crear un fideicomiso en un nuevo país con tanta rapidez y facilidad. Ahora lo único que se planteaba era la cuestión sobre cómo dar con un administrador capacitado. El mismo Brewster hubiera sido el ideal, pero quería marcharse...

Por lo pronto, George dejó a un lado tal reflexión. Al día siguiente se marcharía tranquilamente a Haldon. Volvería a ver a Helen.

—¿Otra vez visitas? —preguntó Gwyneira con desagrado. En realidad habría preferido aprovechar ese precioso día de primavera para visitar a Helen. Fleurette llevaba días quejándose de que quería ir a jugar con Ruben; además, a la madre y la niña se les estaba agotando la lectura. A Fleurette le fascinaban los cuentos. Le encantaba que Helen se los leyera y ella misma ya hacía intentos de copiar las letras cuando asistía a las clases.

«¡Igual que su padre!», decía la gente de Haldon cuando Gwyneira volvía a pedir libros para leérselos a la pequeña. La señora Candler siempre encontraba similitudes físicas con Lucas que Gwyn no podía distinguir. A sus ojos, Fleurette no tenía prácticamente nada en común con Lucas. La niña era esbelta y pelirroja como Gwyn, pero el azul original del iris se había convertido a los pocos meses en un castaño claro con unos toques ambarinos. Los ojos de Fleur eran, a su manera, tan fascinantes como los de Gwyneira. El ámbar que había en ellos parecía resplandecer cuando se emocionaba y podía verdaderamente lanzar llamas si la niña montaba en cólera. Y eso sucedía deprisa, como su amante madre debía reconocer. Fleurette no era una niña tranquila y fácil de contentar como Ruben. Era vivaracha, muy exigente y se encolerizaba cuando no conseguía sus propósitos. Entonces juraba como un carretero, se ponía roja y, en caso extremo, escupía. Fleurette Warden, con casi cuatro años de edad, sin lugar a dudas no era una *lady*.

A pesar de ello mantenía una buena relación con su padre. Lucas estaba entusiasmado con su temperamento y cedía con demasiada frecuencia a sus cambios de humor. No hacía ningún intento por educarla, sino que parecía clasificarla en el ámbito de «objetos de investigación de sumo interés». Con el resultado de que Kiward Station ahora tenía dos habitantes cuya pasión era coleccionar wetas, dibujarlos y observarlos. Aun así, Fleur estaba interesada sobre todo en los saltos de esos bichos y encontraba que era una buena idea pintarlos de colores. Gwyneira había desarrollado una habilidad notable para cazar a esos enormes insectos con ayuda de tarros de conservas.

Pero ahora se preguntaba cómo debía explicar a la niña que no iban a emprender la salida prometida.

—¡Sí, otra vez un invitado! —gruñía Gerald—. Si *milady* lo permite. Un comerciante de Londres. Ha pasado la noche en casa de los Beasley y llegará aquí por la tarde. Reginald Beasley ha sido tan amable que ha enviado un mensajero. Así podremos recibir al caballero de forma conveniente. ¡Naturalmente, sólo si eso es del agrado de *milady*!

Gerald se levantó vacilante. Aunque todavía no era mediodía, parecía no estar sobrio desde la noche anterior. Cuanto más bebía, más malintencionados eran sus comentarios acerca de Gwyneira. En los últimos meses ella se había convertido en su objeto de escarnio favorito, lo que sin duda residía en el hecho de que fuera invierno. En esa estación, Gerald se daba más cuenta de que su hijo se escondía en su estudio en lugar de ocuparse de la granja, y tropezaba más a menudo con Gwyneira, quien permanecía más en casa a causa del tiempo lluvioso. En verano, cuando se esquilaban de nuevo las ovejas, nacían los corderos y se emprendían otras labores de la granja, Gerald volvía a concentrarse en Lucas mientras Gwyneira emprendía oficialmente largos paseos a caballo y volaba en realidad a casa de Helen. Si bien Gwyneira y Lucas ya conocían ese ciclo por los últimos años, no por ello les resultaba más llevadero. En realidad sólo había una posibilidad de romper el círculo vicioso. Gwyneira tenía que darle a Gerald por fin el deseado heredero. Sin embargo, las energías de Lucas en este aspecto parecían más bien disminuir con los años. Era así de simple: Gwyneira no le excitaba; por lo que ni pensar en engendrar a un segundo hijo. Y la creciente incapacidad de Lucas para compartir el lecho conyugal hacía imposible repetir el engaño de Fleur. Gwyneira tampoco se hacía ilusiones a este respecto. James McKenzie no volvería a aceptar un acuerdo para ello. Y ella tampoco volvería a conseguir separarse de él a continuación. Después del nacimiento de Fleurette, Gwyneira había tardado meses en superar el dolor de la añoranza y la desesperación que la paralizaba cada vez que veía o tocaba a su amante. No siempre podía evitar esto último, pues hubiera parecido extraño que James dejara de tenderle la mano de repente para ayudarla a bajar del carro o que hubiera dejado de recogerle la silla una vez que ella hubiera llevado a *Igraine* al establo. En cuanto sus dedos se rozaban se producía una explosión de amor y de reconocimiento que apagaba el continuo «nunca más, nunca más» que casi hacía estallar la cabeza de Gwyneira. En algún momento, las cosas mejoraron. Gwyn aprendió a controlarse y los recuerdos empalidecieron. Pero empezarlo todo de nuevo era inconcebible. ¿Y otro hombre? No, no lo conseguiría. Antes de James hubiera dado igual: todos los hombres se parecían más o menos. ¿Pero ahora...? No quedaba ninguna esperanza. Si no sucedía un milagro, Gerald debería resignarse a que Fleur fuera su única nieta.

A la misma Gwyneira no le hubiera importado. Amaba a Fleurette y reconocía tanto su propio ser en ella como todo cuanto había amado en James McKenzie. Fleur era aventurera y lista, tozuda y divertida. Entre los niños maoríes tenía bastantes compañeros de juegos, pues hablaba su lengua con fluidez. Pero a quien más quería era a Ruben, el hijo de Helen. El pequeño, un año mayor que ella, era su héroe y modelo. A su lado conseguía incluso quedarse quieta y en silencio durante la clase de Helen.

Así que hoy no podría ser. Gwyn suspiró y llamó a Kiri para que recogiera la mesa del desayuno. Cabía la probabilidad que a esta última no se le hubiera ocurrido. Hacía poco que se había casado y sólo tenía en mente a su marido. Gwyn únicamente esperaba que les comunicara su embarazo... y que Gerald explotara de nuevo.

Después había que convencer a Kiri para que abrillantara la plata y hablar con Moana acerca de la cena. Algo con cordero. Y un *yorkshire pudding* tampoco estaría mal. Pero primero, Fleur...

Fleurette no había permanecido inactiva mientras sus padres desayunaban. A fin de cuentas quería marcharse pronto, lo que significaba ensillar el caballo o aparejarlo. La mayoría de las veces Gwyneira se limitaba a sentar a su hija delante de ella a lomos de *Igraine*, pero Lucas prefería que «sus damas» fueran en carruaje. Por esa razón había mandado llevar a Gwyn un *dogcart*, que ella manejaba excelentemente. El ligero carruaje de dos ruedas se adaptaba muy bien a todo tipo de terreno e *Igraine* tiraba de él sin esfuerzo por los caminos complicados. Sin embargo, no era posible ir con él a campo traviesa ni tampoco saltar obstáculos. Así que no podía tomar el atajo del bosque. No era pues extraño que Gwyn y Fleur prefiriesen montar sobre la grupa, así que Fleurette tomó ese día también una decisión.

—¿Puedes ensillar a *Igraine*, señor James? —le preguntó a McKenzie.

—¿Con la silla de amazona o con la otra, Miss Fleur? —respondió con gravedad James—. Ya sabe lo que ha dicho su padre.

Lucas consideraba en serio pedir que enviaran un poni desde Inglaterra para que la niña aprendiera a montar con corrección en la silla lateral. Gwyneira replicó que, de todos modos, para cuando el poni llegara, la niña ya habría crecido demasiado. Primero enseñaría a su hija en la silla de caballero con *Madoc*. El semental era muy dócil, pero el problema residía más bien en mantener el secreto.

—Con una silla para personas de verdad —contestó Fleur.

James no pudo reprimir la risa.

—Una silla de verdad, muy bien, *milady*. ¿Irá usted sola de paseo a caballo?

—No, mamá vendrá enseguida. Pero le ha dicho a papá que todavía tiene que hacer de blanco del abuelo. ¿Disparará contra ella de verdad, señor James?

«No, si yo puedo evitarlo», pensó McKenzie furioso. Nadie en la granja ignoraba cómo Gerald atormentaba a su nuera. Al contrario de Lucas, por el que los trabajadores sentían cierta rabia, Gwyneira despertaba compasión. Y a veces los jóvenes se acercaban peligrosamente a la realidad cuando se burlaban de sus patrones. «Sólo con que Miss Gwyn tuviera un hombre como Dios manda... —era el comentario general—. ¡Entonces el viejo ya hubiera sido diez veces abuelo!»

Con bastante frecuencia los tipos se ofrecían en broma como «toros sementales» y se superaban en sugerencias sobre cómo satisfacer a un mismo tiempo a su bonita señora y al suegro de ésta.

James intentaba encajar esas bromas de mal gusto, aunque no siempre le resultaba fácil. Si al menos Lucas se hubiera esforzado por hacer algo útil en la granja... Pero no aprendía nada y cada año se volvía más reacio y desabrido cuando Gerald le obligaba a ocuparse de las cuadras o de los campos.

Mientras ponía la silla a *Igraine*, siguió charlando un poco más con Fleur. Lo ocultaba bien, pero amaba a su hija y no conseguía tratarla como a una Warden. Ese torbellino pelirrojo era su hija, y a él no le importaba lo más mínimo que fuera «sólo» una niña. Esperó pacientemente a que ella hubiera subido a una caja desde la que podía cepillar la cola de *Igraine*.

Gwyneira entró en las cuadras cuando James acababa de apretar la cincha y, como siempre, reaccionó de forma involuntaria a su mirada. Un destello en los ojos, un diminuto toque de rubor en el rostro..., luego de nuevo un férreo control.

—Oh, James, ¿ya ha ensillado el caballo? —preguntó Gwyneira con un tono compungido—. Por desgracia no podré dar el paseo a caballo con Fleur, esperamos visita.

James asintió.

—Ah, sí, ese comerciante inglés. Yo mismo debería haber pensado en que eso le impediría salir. —Se dispuso a desensillar la yegua.

—¿No vamos a ir en caballo a la escuela? —preguntó Fleur ofendida—. ¡Pero entonces me quedaré tonta, mamá!

Era el nuevo argumento para ir, a ser posible cada día, a casa de Helen. Ésta lo había utilizado con un niño maorí al que le gustaba hacer novillos, y a Fleur se le había grabado en la memoria dicha observación.

James y Gwyn no tuvieron otro remedio que echarse a reír.

—Es cierto que no podemos correr ese riesgo —intervino James con fingida seriedad—. Si usted lo permite, Miss Gwyn, yo mismo la llevaré a la escuela.

Gwyn lo miró maravillada.

—¿Tiene tiempo? —preguntó—. Pensaba que quería controlar los corrales para las ovejas de cría.

—Están en el camino —respondió James, y le hizo un guiño. De hecho, los corrales no se encontraban en el camino pavimentado que llevaba a Haldon, sino en el atajo secreto de Gwyneira que pasaba por el monte—. Es obvio que tenemos que ir a caballo. Si engancho el carro, perderé tiempo.

—¡Por favor, mamá! —suplicó Fleur. Y se preparó de inmediato para coger un berrinche si Gwyn se atrevía a negarse.

Por suerte, su madre no era difícil de convencer. De todos modos, sin la niña desilusionada y refunfuñando a su lado le resultaría más fácil realizar una tarea que ya de por sí le desagradaba.

—De acuerdo —contestó—. Que te diviertas. Me gustaría ir con vosotros.

Gwyneira observó con envidia cómo James sacaba su Wallach del establo y colocaba a Fleur en la parte delantera de la silla. La niña estaba bonita y erguida sentada a lomos del caballo y sus bucles rojos se balanceaban al compás de los pasos del animal. James también ocupó sin esfuerzo su sitio en la silla. Cuando ambos emprendieron la marcha, Gwyn se quedó un poco preocupada.

¿Es que nadie salvo ella se percataba del parecido entre el hombre y la niña?

Lucas Warden, el pintor y cultivado observador, siguió a los jinetes con la mirada desde su ventana. Contempló la figura solitaria de Gwyneira en el patio y creyó leer sus pensamientos.

Estaba contento en su mundo, pero a veces..., a veces hubiera querido amar a esa mujer.

2

George Greenwood recibió una amable acogida en las llanuras de Canterbury. El nombre de Peter Brewster pronto le abrió las puertas de los granjeros pero era posible que también le hubieran dado la bienvenida sin recomendación. Tenía la experiencia de los granjeros en Australia y África: quien vivía tan aislado como esos colonos, se alegraba de recibir cualquier visita del mundo exterior. Por eso escuchó paciente las quejas de la señora Beasley sobre el personal de servicio, elogió las rosas de su jardín y dio un paseo por los prados a caballo con su esposo para admirar las ovejas. Los Beasley lo habían hecho todo para convertir su granja en un pedacito de Inglaterra y George no pudo evitar sonreír cuando la señora Beasley le contó sus constantes esfuerzos por desterrar los boniatos de su cocina.

Kiward Station era totalmente distinta, enseguida se percató de ello. La casa y el jardín ofrecían una curiosa mezcla de formas. Por una parte, alguien intentaba imitar al máximo posible la vida de la nobleza rural inglesa; por otra, se percibía una reafirmación de la cultura maorí. En el jardín, por ejemplo, crecían juntos y en armonía los rata y las rosas; bajo los *cabbage-trees* había bancos tallados del típico modo maorí, y el cobertizo de las herramientas estaba cubierto con hojas de palmera de Nikau, siguiendo la tradición indígena. La doncella que abrió la puerta a George llevaba dócilmente un uniforme de servicio, pero iba sin calzado, y el sirviente le saludó con un amistoso *haere mai*, las palabras maoríes de «bienvenido».

George recordó lo que había oído decir de los Warden. La joven señora procedía de una familia de la aristocracia inglesa y era obvio que tenía buen gusto, como demostraba el mobiliario del recibidor. De todos modos parecía más obstinada que la señora Beasley en practicar aquí la anglificación: ¿cuántas veces dejaba una visita su tarjeta en la bandeja de plata que había sobre la delicada mesita? George se tomó la molestia, hecho que recompensó la sonrisa reluciente de la joven dama pelirroja que apareció justo en ese momento. Llevaba un elegante vestido de tarde de color beige con bordados del luminoso tono índigo de sus ojos. No obstante, su tez no se ajustaba a la palidez que estaba de moda entre las señoras londinenses. En lugar de eso, su rostro estaba algo bronceado y era evidente que no intentaba blanquear las pecas. Tampoco el elaborado peinado respondía a las normas establecidas, pues ya se le habían soltado un par de rizos.

—La dejaremos ahí para la eternidad —dijo, dirigiendo la vista a la tarjeta de visita—. ¡Hará feliz a mi suegro! Buenos días y bienvenido a Kiward Station. Soy Gwyneira Warden. Entre y póngase cómodo. Mi suegro pronto estará de vuelta. ¿O prefiere refrescarse ahora y cambiarse para la cena? Habrá un menú especial...

Gwyneira sabía que con esta indirecta sobrepasaba los límites de la buena educación. Pero era probable que ese joven no esperase que en una visita a tierras vírgenes se sirviera una cena de varios platos para la que los anfitriones iban a lucir ropa formal. Si George aparecía con los pantalones de montar y la chaqueta de piel que llevaba en esos momentos, Lucas estaría consternado y Gerald, posiblemente, ofendido.

—George Greenwood —se presentó sonriendo. Por fortuna no parecía fastidiado—. Muchas gracias por la indicación, preferiría lavarme primero. Tiene usted una casa preciosa, señora Warden. —Siguió a Gwyneira al salón y se quedó maravillado ante los impresionantes muebles y la gran chimenea.

Gwyneira asintió.

—Yo, personalmente, la encuentro un poco grande, pero mi suegro la encargó a los más reputados arquitectos. Todos los muebles son de Inglaterra. ¡*Cleo*, sal de la alfombra de seda! ¡Y olvídate de tener las crías aquí!

Gwyn se había dirigido a una rolliza perra collie que descansaba sobre una distinguida alfombra oriental delante de la chimenea. El animal se puso en pie ofendido y trotó a otra alfombrilla que con toda certeza no sería menos valiosa que la primera.

—Se siente muy importante cuando está esperando —explicó Gwyneira, acariciando a la perra—. Pero ya puede sentirse así. Da a luz a los mejores perros pastores del entorno. En lo que va de tiempo, las llanuras de Canterbury rebosan de pequeños *Cleos*. La mayoría formada por nietos; además, dejo que la monten pocas veces. ¡No tiene que engordar!

George se sorprendió. Por lo que habían contado el director del banco y Peter Brewster, la señora de Kiward Station, con sólo una hija, parecía ser una *lady* beata y sumamente distinguida. Pero Gwyneira hablaba ahora con soltura sobre la cría de perros y no sólo permitía que un perro pastor entrara en la casa, sino que se tendiera en una alfombra de seda. Dejando aparte que no había pronunciado palabra sobre los pies sin calzar de las doncellas.

Charlando animadamente, la joven condujo al visitante a la habitación de invitados e indicó a los sirvientes que recogieran sus alforjas.

—Y dile a Kiri, por favor, que se calce. Lucas se pone histérico si sirve la comida así.

—Mami, ¿por qué tengo que ponerme zapatos? ¡Kiri no lleva!

George se encontró con Gwyneira y su hija en el pasillo que daba a su habitación justo cuando se disponía a bajar a cenar. Había hecho lo mejor que podía respecto a su indumentaria. El traje marrón claro estaba un poco arrugado, pero estaba cortado a medida y le sentaba mejor que los pantalones de piel y la chaqueta encerada que había adquirido en Australia.

También Gwyneira y esa niñita arrebatadora y pelirroja que con ella se peleaba iban vestidas con elegancia.

Gwyneira llevaba un traje de noche de color turquesa que no respondía a la última moda, pero con un corte tan impresionantemente distinguido que también hubiera causado sensación en los mejores salones londinenses..., al menos lucido por una mujer tan bella como ella. A la niñita le habían puesto un vestido de tirantes color verde claro que casi quedaba totalmente cubierto por la abundancia de sus bucles cobrizos. Cuando el cabello de Fleur caía suelto, se abría un poco por los lados y se encrespaba como el oropel de un ángel. Al precioso vestidito le correspondían unos zapatos de un sutil color verde, pero era evidente que la niña prefería llevarlos en la mano que en los pies.

—¡Me aprietan! —aseguró.

—¡Fleur, no te aprietan! —contestó la madre—. Hace apenas cuatro semanas que los compramos y casi eran demasiado grandes. ¡Ni siquiera tú creces tan deprisa! E incluso si aprietan: una *lady* soporta un ligero dolor sin quejarse.

—¿Como los indios? Ruben dice que en América tienen unos postes y se hacen daño para divertirse y para ver quién es el más valiente. Se lo ha contado su papá. Pero Ruben cree que es una tontería, como yo.

—Esto en cuanto al tema «comportarse como una *lady*» —observó Gwyneira, y miró a George en busca de ayuda—. Ven, Fleurette. He aquí un *gentleman*. Viene de Inglaterra, como yo y la mamá de Ruben. Si tus modales son distinguidos, tal vez te salude con un besamanos y te llame *milady*. Pero sólo si te pones los zapatos.

—El señor James siempre me llama *milady*, aunque vaya descalza.

—Pero él seguro que no viene de Inglaterra —señaló George, siguiendo el juego—. Y seguro que todavía no ha sido presentado a la reina... —Ese honor se había concedido a los Greenwood el año anterior y la madre de George probablemente viviría de ello el resto de su vida. A diferencia de su hija, a Gwyneira eso no pareció impresionarla.

—¿De verdad? ¿La reina? ¿Has visto a una princesa? —preguntó la niña.

—A todas las princesas —afirmó George—. Y todas llevaban zapatos puestos.

Fleurette suspiró.

—Bueno —respondió, y se calzó los zapatos.

—Muchas gracias —dijo Gwyneira, guiñando el ojo a George—. Me ha sido usted de gran ayuda. En estos momentos, Fleurette no está del todo segura de si quiere ser reina de los indios en el salvaje Oeste o casarse con un príncipe y criar ponis en su castillo. Por añadidura encuentra a Robin Hood sumamente atractivo y piensa en la posibilidad de vivir al margen de la ley. Con lo cual, me temo que se decida por lo último. Por desgracia le gusta comer con los dedos y también practica el tiro con el arco. —Hacía poco que Ruben había construido un arco para él y su pequeña amiga.

George se encogió de hombros.

—Bueno, seguro que *lady* Marian comía con cuchillo y tenedor. Y en el bosque de Sherwood no se llega muy lejos sin zapatos.

—¡Buen argumento! —exclamó Gwyn riendo—. Venga, mi suegro ya estará esperando.

Los tres juntos descendieron armoniosamente la escalera.

James McKenzie había acompañado al salón a Gerald Warden. Esto ocurría pocas veces, pero ese día había que firmar un par de facturas que McKenzie había traído de Haldon. Warden quería solucionarlo pronto: los Candler necesitaban su dinero y McKenzie se marcharía el día siguiente al amanecer para recoger la siguiente entrega. Kiward Station seguía estando en construcción: se estaba edificando un establo para el ganado vacuno. Desde que había estallado la fiebre del oro en Otago, la cría de bueyes florecía: todos los buscadores de oro debían ser abastecidos y no había nada que valorasen más que un buen filete. Los granjeros de Canterbury conducían cada dos meses rebaños enteros de bueyes hacia Queenstown. En esos momentos, el viejo Warden estaba sentado junto a la chimenea y examinaba las facturas. McKenzie contemplaba esa habitación decorada con todo lujo y se preguntaba en vano cómo sería vivir ahí. Entre todos esos muebles relucientes, las suaves alfombras..., con una chimenea que llenaba la habitación de una acogedora calidez y que no había que volver a encender en cuanto se regresaba a casa. A fin de cuentas, ¿para qué se tenían criados? James encontró todo eso tentador, pero bastante ajeno. Él no lo necesitaba ni tampoco aspiraba a ello. Pero tal vez Gwyneira sí. Bueno, cuando consiguiera hacerla suya también él construiría una casa como ésa y vestiría unos trajes como los de Lucas y Gerald Warden.

De la escalera llegaban ahora voces. James alzó la vista con curiosidad. La estampa de Gwyneira con el vestido de noche lo cautivó y su corazón empezó a latir más deprisa, así como ver a su hija, a la que raras veces contemplaba vestida de fiesta. Creyó al principio que el hombre que las acompañaba era Lucas. Un porte erguido, un elegante traje formal de color marrón..., pero luego distinguió a otro individuo bajando la escalera. En realidad debería de haberse percatado antes, pues nunca había visto a Gwyneira reír y bromear de forma tan alegre en compañía de Lucas. Ese caballero parecía divertirla. Gwyneira se burlaba de él, su hija o los dos, y él le devolvía igual de complacido la pulla. En James se despertaron los celos. ¿Quién demonios era ese hombre? ¿Quién le daba derecho para ir tonteando con su Gwyneira?

En cualquier caso, el extranjero tenía buena apariencia. Tenía un rostro delicado, de rasgos bellos e inteligentes, y unos ojos castaños de mirada algo sarcástica. Su cuerpo casi parecía larguirucho, pero era alto y fuerte y se movía con agilidad. Su actitud expresaba confianza en sí mismo y audacia.

¿Y Gwyn? James percibió el destello acostumbrado en sus ojos cuando la vio en el salón. ¿Pero era en realidad la chispa que en cada encuentro se reavivaba de las cenizas de su antiguo amor o sólo se reflejaba la sorpresa en la mirada de Gwyneira? Gwyneira no dejaba adivinar sentimientos si se percataba de la expresión adusta del joven capataz.

—¡Señor Greenwood! —También Gerald Warden se había dado cuenta entretanto de la presencia de los tres en la escalera—. Por favor, disculpe que no estuviera aquí para recibirlo. Pero ya veo que Gwyneira le ha familiarizado con la casa. —Gerald tendió la mano al visitante.

De acuerdo, ése debía de ser el comerciante de Inglaterra cuya llegada había desbaratado los planes del día de Gwyneira. Pero ahora no parecía enojada por ello, sino que indicó a Greenwood con gentileza que tomara asiento.

A James, por el contrario, lo dejó en pie... Los celos de McKenzie se transformaron en ira.

—Las facturas, señor Gerald —señaló.

—Sí, de acuerdo, las facturas. Todo en orden, McKenzie, las firmo enseguida. ¿Un whisky, señor Greenwood? Tiene que contarnos cómo van las cosas en nuestra *Good Old England*.

Gerald estampó una apresurada firma en los documentos y a partir de entonces sólo tuvo ojos para el invitado... y la botella de whisky. La pequeña petaca que siempre llevaba consigo debía de haberse vaciado a principios de la tarde como mínimo y el humor de Gerald iba empeorando de forma proporcional. McAran le había contado a James acerca de una desagradable escena entre Gerald y Lucas en los establos. Se trataba de una vaca que había tenido complicaciones en el parto. Una vez más, Lucas no había estado a la altura de las circunstancias: no soportaba ver la sangre. Por este motivo, encargarle precisamente la cría de los bueyes no había sido la mejor idea del viejo Warden. En opinión de McKenzie, Lucas lo habría hecho mucho mejor ocupándose de la administración de los campos. A Lucas le funcionaba mejor la cabeza que las manos y cuando se trataba del cálculo de beneficios, empleo preciso de abonos y el cálculo de rentabilidad de la maquinaria agrícola siempre pensaba de manera que favorecía los beneficios.

El balido de los animales de cría lo sacaba de quicio y esa tarde la situación se había agravado de nuevo. No obstante, eso era una suerte para Gwyn. Cuando la ira de Gerald se dirigía hacia Lucas, a ella la dejaba en paz. Pero ella cumplía muy bien sus deberes. Este invitado, al menos, parecía estar encantado.

—¿Algo más, McKenzie? —preguntó Gerald, sirviéndose whisky.

James se apresuró a despedirse. Fleur lo siguió cuando se marchaba.

—¿Has visto? —preguntó—. Llevo zapatos como una princesa.

James rio, de nuevo sosegado.

—Son muy bonitos, *milady*. Pero su presencia siempre es arrebatadora sin importar qué zapatos lleve.

Fleurette frunció el entrecejo.

—Esto sólo lo dices tú porque no eres un *gentleman* —dijo—. Los *gentlemen* sólo respetan a una dama si lleva zapatos. Me lo ha contado el señor Greenwood.

En una situación normal, tal comentario habría divertido a James, pero ahora las llamas de su cólera se reavivaban. ¿Cómo se permitía ese tipo enfrentar a la hija con su padre? James apenas si logró dominarse.

—Entonces, *milady*, ponga cuidado en ir con los hombres adecuados en lugar de con grandes nombres sin sangre en las venas y bien trajeados. Pues si el respeto depende de unos zapatos, pronto se perderá.

Dirigió estas palabras a la sorprendida niña, pero llegaron a oídos de Gwyneira, que había ido tras su hija.

Ella lo contempló consternada, pero James le devolvió sólo una mirada sombría y se retiró a los establos. Hoy él también disfrutaría de un buen trago de whisky. ¡Que ella bebiera vino con su rico lechuguino!

El plato principal de la cena se componía de cordero y un gratinado de boniato, lo que confirmó las observaciones de George. Conservar las tradiciones no le importaba demasiado a la dueña de la casa, incluso si la sirvienta llevaba ahora zapatos y servía con toda corrección. Mientras lo hacía, mostraba tanto respeto por el señor de la casa, Gerald Warden, que casi rayaba en el miedo. El caballero de más edad parecía ser colérico y era manifiesto que poseía un temperamento vivo. Charlaba animado, aunque algo bebido, sobre Dios y el mundo y tenía una opinión sobre cualquier tema. El caballero joven, Lucas Warden, producía el efecto contrario, de ser más bien taciturno, casi enfermizo. Cuando su padre defendía ideas demasiado radicales parecía incluso sentir dolor físico. Salvo por eso, el esposo de Gwyneira era simpático, muy bien educado, un perfecto *gentleman*. Corregía afectuosamente, pero con determinación, los modales de su hija a la mesa: se le daba bien el trato con la niña. Fleur no andaba peleándose con él como con su madre, sino que desplegó obediente la servilleta sobre las rodillas y se llevó la carne de cordero a la boca con el tenedor en lugar de cogerla simplemente con las manos, como hacían antes los asilvestrados habitantes del bosque de Sherwood. Pero tal vez eso se debiera también a la presencia de Gerald. De hecho, nadie alzaba la voz en esa familia cuando el viejo estaba allí.

Pese al silencio que lo rodeaba, George se comportó como un buen conversador esa noche. Gerald contaba animadamente anécdotas relativas a la vida en la granja y George vio confirmadas las afirmaciones de la gente de Christchurch. El viejo Warden sabía de ovejas y de obtención de la lana, había tenido buen olfato adquiriendo bueyes y mantenía la granja en buenas condiciones. De todos modos, George mismo hubiera seguido hablando más rato con Gwyneira, y Lucas no le pareció tan aburrido como Peter Brewster y Reginald Beasley habían dado a entender. Gwyneira le había confesado antes que su esposo era el autor del retrato del salón. Se lo dijo vacilante y casi con un poco de ironía, pero George contempló la imagen con suma atención. Él mismo no se hubiera calificado de conocedor del arte, pero en Londres solía acudir invitado a *vernissages* y subastas. Un artista como Lucas Warden habría encontrado allí a sus admiradores y, con algo de suerte, incluso habría alcanzado la fama y la riqueza. George reflexionó si valía la pena llevarse a Londres algunos de los cuadros. Por otra parte corría el riesgo de perder la simpatía de Gerald Warden. Seguramente, lo que menos deseaba el viejo era un artista en la familia.

De todos modos, esa noche la conversación no giró en torno al arte. Gerald se apropió del visitante de Inglaterra todo el rato, bebió toda una botella de whisky mientras tanto, y pareció no darse en absoluto cuenta de que Lucas se despedía lo antes posible. Gwyneira escapó incluso después de la cena a acostar a la niña. Aquí no había pues nodriza, lo que George encontró extraño. A fin de cuentas, el hijo de la casa había recibido, eso era evidente, una educación fundamentalmente inglesa. ¿Por qué Gerald se abstenía en el caso de su nieta? ¿No le había gustado el resultado? ¿O respondía al mero hecho de que Fleurette «sólo» era una niña?

A la mañana siguiente se desarrolló una conversación más definida con la joven pareja Warden. Gerald no bajó a desayunar, o al menos no a la hora acostumbrada. La borrachera del día anterior exigía su tributo. Por esa razón, Gwyneira y Lucas actuaban de forma más desenvuelta. Lucas pidió información sobre la vida cultural londinense y, a ojos vistas, se mostró sumamente contento de que George tuviera algo más que decir que «conmovedor» y «edificante». Ante los elogios al retrato casi pareció crecerse y enseguida invitó al visitante a su taller.

—¡Puede venir cuando guste! Hoy por la mañana supongo que echará un vistazo a la granja, pero por la tarde...

George contestó con cierta vacilación. Gerald le había prometido un paseo a caballo por la granja, y George tenía mucho interés en hacerlo. Eso significaba a fin de cuentas que todas las demás empresas de la isla Sur competirían con Kiward Station. Pero Gerald no daba señales de vida...

—¡Oh, yo puedo dar un paseo a caballo con usted! —se ofreció de forma espontánea Gwyneira, cuando George hizo una prudente observación al respecto—. Claro que Lucas también..., pero ayer no salí de casa en todo el día. Si le resulta agradable mi compañía...

—¿A quién no podría resultarle agradable? —preguntó George galantemente, si bien no esperaba mucho de un paseo a caballo con la joven *lady*. En el fondo había contado con recibir las instrucciones de un experto y con formarse una idea de la cría y de la conducción a los pastizales. Más se sorprendió todavía cuando volvió a encontrarse a Gwyneira poco después en los establos.

—Por favor, ensille a *Morgaine*, señor James —indicó al capataz—. Necesita urgentemente doma, pero cuando está Fleur no me gusta montarla, es demasiado fogosa...

—¿Se refiere a que el joven llegado de Londres le resulta demasiado fogoso? —preguntó el ovejero sarcástico.

Gwyneira frunció el entrecejo. George se preguntó por qué no reprendía a ese desvergonzado tipo.

—Eso espero —se limitó a contestar—. Si no tendrá que cabalgar detrás de mí. Y no se caerá. ¿Puedo dejar a *Cleo* con usted? A ella no le gustará, pero es una cabalgada larga y su estado ya es muy avanzado. —La perrita, que como siempre seguía a Gwyneira, pareció haber comprendido y bajó la cola disgustada.

—¡Serán los últimos cachorros, *Cleo*, te lo prometo! —la consoló Gwyneira—. Iré con el señor George hasta los guerreros de piedra. A ver si descubro un par de carneros jóvenes. ¿Puedo hacer alguna tarea por el camino?

James pareció hacer casi una mueca de dolor ante los comentarios de Gwyn. ¿O era sarcasmo? ¿Reaccionaba así a su ofrecimiento de realizar alguna tarea de la granja?

En cualquier caso, no respondió, mientras que otro trabajador intervino con desenvoltura.

—Ah, sí, Miss Gwyn, uno de los carneros pequeños, el fanfarrón, el que el señor Gerald le ha prometido al señor Beasley, siempre se independiza. Va saltando entre las ovejas de cría y nos vuelve loco el rebaño. ¿Podría conducirlo de vuelta? O mejor, tráigase a los dos de Beasley, así habrá paz ahí arriba. ¿Te parece bien, James?

El capataz asintió.

—La semana que viene tendrán que irse de todos modos. ¿Quiere a *Daimon*, Miss Gwyn?

Al pronunciarse el nombre de *Daimon*, un macho grande, de color blanco y negro, se enderezó.

Gwyneira sacudió la cabeza.

—No, me llevo a *Cassandra* y *Catriona*. A ver cómo se las apañan. Ya hemos practicado suficiente.

Las dos perras tenían el mismo aspecto que *Cleo*. Gwyneira se las presentó a George como las hijas de la perra. También la briosa yegua descendía de dos caballos que ella había traído de Inglaterra. Gwyneira la montaba con silla de caballero y de nuevo pareció intercambiar con el capataz unas miradas extrañas cuando él se la llevó.

—Podría haber montado en silla de amazona —observó Gwyneira. En presencia de una visita de Londres había que salvaguardar la decencia.

George no entendió lo que el hombre contestó, pero Gwyneira enrojeció de ira.

—Venga, está claro que en esta granja fueron muchos los que ayer bebieron demasiado —se adelantó ella enfadada, y puso la yegua a trote. George la siguió desconcertado.

McKenzie se quedó atrás. Se hubiera abofeteado. ¿Cómo podía haberse dejado llevar de este modo? Una y otra vez acudía a su mente la insolente observación que había hecho:

—Disculpe, su hija se refería a que usted prefería sillas para «gente normal». Pero si *milady* hoy desea jugar a ser mujercita...

Era imperdonable. Y si hasta ahora Gwyneira no se había dado cuenta por sí misma de para qué iba a servir tal vez ese lechuguino inglés, a él no le habría costado nada indicárselo.

George estaba sorprendido por el experto recorrido que Gwyneira le había ofrecido una vez que se hubo tranquilizado y que hubo tirado de las riendas de su yegua, de modo que el caballo de alquiler pudiera seguirle el paso. Era evidente que Gwyn conocía el programa de cría de Kiward Station en profundidad y, de memoria, daba datos detallados del origen de los animales actuales y comentaba los éxitos y fracasos de la cría.

—Seguimos criando Welsh Mountains puras y las cruzamos con Cheviots: la mezcla es perfecta. Las dos son de lana gruesa, tipo Down. De las Welsh Mountain se pueden tejer de treinta y seis a cuarenta y ocho madejas con medio kilo de lana cruda; con la de las Cheviot de cuarenta y ocho a cincuenta y seis. Se complementan. La calidad de la lana es regular, mientras que trabajar con Merinas no es tan ideal. Es lo que siempre decimos a la gente que quiere tener Welsh Mountains de pura raza, pero algunos se creen más listos. Las Merinas producen *Fine Wool*, es decir, de sesenta a setenta madejas por cada medio kilo. Muy bien, pero aquí no se pueden criar de pura raza, no son tan resistentes. Y cruzadas con otras razas no dan un resultado regular.

George sólo entendía la mitad de todo ello, pero estaba bastante impresionado, sobre todo cuando llegaron felizmente a las estribaciones de la montaña donde pastaban en libertad los jóvenes carneros. Los frescos perros pastores de Gwyneira reunieron primero el rebaño, luego separaron los dos animales que habían sido adquiridos (que Gwyneira reconoció a la primera) y los condujeron sin dificultad al valle. Gwyn contuvo la yegua y cabalgó al paso de las ovejas. George aprovechó la oportunidad para apartarse por fin del tema «ovejas» y plantear una pregunta que pugnaba por salir de su corazón.

—En Christchurch me han dicho que conoce a Helen O'Keefe... —preguntó con cautela, y poco después fijó una nueva cita con la señora de Kiward Station. Le diría a Gerald que quería viajar a Haldon al día siguiente y Gwyneira lo acompañaría una parte del camino para llevar a Fleur a la escuela de Helen. De hecho, él la seguiría hasta la granja de los O'Keefe.

George tenía el corazón en un puño. ¡Mañana volvería a verla!

3

Si Helen hubiera tenido que describir su existencia en los últimos años, con franqueza y sin las excusas con que se consolaba y esperaba impresionar a los lectores de las cartas que enviaba a Inglaterra, habría elegido la palabra «supervivencia».

Mientras que cuando ella llegó, la granja de Howard todavía parecía ser una empresa prometedora, tras el nacimiento de Ruben iba cuesta abajo. Si bien el número de ovejas de cría había aumentado, la calidad de la lana parecía haber empeorado, las pérdidas en primavera habían sido grandes. Además, hacía un tiempo que, dados los exitosos intentos realizados por Gerald, Howard también intentaba criar ganado vacuno.

—¡Es una locura! —le comentó al respecto Gwyneira a Helen—. Los bueyes necesitan mucha más hierba y forraje en invierno que las ovejas —explicó—. En Kiward Station esto no es un problema. Sólo con la tierra que ahora está roturada podríamos alimentar el doble de ovejas. Pero vuestra tierra es árida, y también está mucho más arriba. Aquí no es tan fértil y las ovejas no se sacian. ¡Y ahora los bueyes! No hay la menor esperanza. Podría intentarse con cabras. Pero lo mejor sería desprenderse de todo este ganado que va corriendo por ahí y empezar de nuevo con dos buenas ovejas. ¡Calidad, no cantidad!

Helen, para quien las ovejas sólo habían sido ovejas hasta el momento, debía escuchar con atención conferencias sobre razas y cruces y, si bien se había aburrido al principio, cada vez escuchaba con más atención cuanto Gwyneira explicaba sentando cátedra. Si había que hacer caso de lo que decía su amiga, al comprar sus ovejas Howard o bien había topado con unos comerciantes de ganado bastante cuestionables o bien simplemente no había querido gastar dinero. En cualquier caso, sus ovejas estaban cruzadas a la buena de Dios y era imposible conseguir una calidad regular de la lana. No importaba el cuidado que se pusiera en la elección de la comida ni que las llevara a los pastizales.

—Ya lo ves en los colores, Helen —señalaba Gwyneira—. Todas son distintas. Las nuestras, por el contrario, se parecen como gotas de agua. Es como debe ser, entonces sí puedes vender grandes cantidades de lana de calidad y te pagan un buen precio por ella.

Helen lo comprendió e intentaba alguna vez influir con prudencia en Howard en ese sentido. Sin embargo, éste se mostraba poco abierto a sus sugerencias. Incluso la reprendía con rudeza cuando ella sólo le hacía una insinuación. No podía soportar las críticas en absoluto y eso dificultaba que estableciera amistades entre ganaderos y comerciantes de lana. En los últimos tiempos se había enemistado con casi todos, salvo con el paciente Peter Brewster, quien, pese a que no le ofrecía ningún precio elevado por su lana de tercera calidad, siempre se la compraba. Helen no se atrevía ni a pensar en qué sucedería cuando los Brewster se mudaran realmente a Otago. Dependerían de su sucesor, y nada podía esperarse de la diplomacia de Howard. ¿Mostraría el hombre comprensión pese a ello o sólo ignoraría la granja en los futuros viajes comerciales?

De todos modos, la familia ya vivía ahora al día, y sin la ayuda de los maoríes, que daban a los pupilos piezas de caza, pescado o verduras para pagar las clases, Helen se habría visto con frecuencia sin saber qué hacer. Pedir ayuda para el cuidado del establo y el mantenimiento de la casa era del todo inconcebible, Howard cada vez exigía más de Helen en el trabajo de la granja porque ni siquiera podía permitirse a un ayudante maorí. Pero por desgracia, Helen no solía salir airosa de tales tareas y

Howard la regañaba con dureza cuando ella se sonrojaba durante los partos de los animales o rompía a llorar cuando se los mataba.

—¡No te pongas así! —gritaba, y la forzaba a mirar y a echar una mano. Helen intentaba tragarse el asco y el miedo y se sometía a sus exigencias haciendo de tripas corazón. No obstante, no podía soportar que tratara a su hijo de la misma forma y eso sucedía cada vez con mayor frecuencia.

Howard apenas si podía esperar a que el chico creciera y se hiciera «útil», si bien ya ahora se notaba que Ruben también se adaptaría poco al trabajo de la granja. Por su aspecto, el niño tenía algún parecido con Howard: era alto, con un cabello oscuro y ondulado, y no cabía duda de que sería un hombre fuerte. Los ojos grises y soñadores eran, sin embargo, de su madre, y la naturaleza de Ruben tampoco respondía a la dureza del negocio de la granja. El niño era el orgullo de Helen: amable, educado y de trato agradable, además de muy inteligente. Con cinco años ya sabía leer bien y devoraba mamotretos como *Robin Hood* e *Ivanhoe*. En la escuela se quedaban pasmados cuando resolvía problemas matemáticos propios de niños de doce y trece años, y, como era natural, hablaba el maorí con fluidez. No obstante, los trabajos manuales no eran lo suyo, incluso la pequeña Fleur era más habilidosa haciendo flechas para el recién construido arco para jugar a Robin Hood y dispararlas con él.

Pero Ruben era aplicado. Cuando Helen le pedía algo se esforzaba para cumplir la tarea cuanto le era posible. El tono rudo de Howard, sin embargo, lo asustaba y las sangrientas historias que su padre le contaba para endurecerle el ánimo lo aterrorizaban. Por esta razón, la relación de Ruben con su padre fue empeorando con los años, y Helen ya preveía un desastre similar al acontecido entre Gerald y Lucas en Kiward Station. Por desgracia, sin disponer de la fortuna que haría posible que Lucas contratara a un hábil administrador.

Cuando Helen reflexionaba sobre todo ello, sentía que su matrimonio no hubiera sido bendecido con más hijos. Si bien Howard reemprendió sus visitas nocturnas tras el nacimiento de Ruben, no volvió a quedarse embarazada. Tal vez a causa de la edad de Helen o al hecho de que Howard no volviera a dormir con ella de forma regular como el primer año de su matrimonio. La manifiesta inapetencia de Helen, la presencia del niño en el dormitorio y el creciente gusto por el alcohol de Howard no eran especialmente estimulantes. El hombre buscaba más a menudo el placer en la mesa de juego del bar de Haldon que en la cama con su esposa. Helen no quería saber nada de si allí había también mujeres y de si alguna ganancia en el juego pasaba tal vez al bolsillo de una prostituta.

Pero ése era un buen día. Howard no había bebido la noche anterior y había ido a caballo a la montaña antes del amanecer para supervisar las ovejas madre. Helen había ordeñado las vacas, Ruben había recogido los huevos y pronto llegarían los niños maoríes a la escuela. Helen esperaba también la visita de Gwyneira. Fleurette se quejaría si no la dejaban ir de nuevo a clase, en realidad todavía era demasiado pequeña, pero ardía en deseos de aprender a leer y no tener que depender más de que le leyera en voz alta su impaciente madre. Aunque su padre tenía más paciencia, los libros que le leía no le gustaban a Fleur. No quería saber nada de niñitas buenas que caían en la pobreza y la desdicha para, a través de la suerte o el azar, volver a salir de algún modo de ellas. Antes hubiera incendiado las casas de esas asquerosas madrastras, padres adoptivos o brujas que alimentado el fuego de la chimenea. Prefería leer las historias de Robin Hood y sus hombres o viajar con Gulliver. Helen sonrió al pensar en ese pequeño torbellino. Parecía increíble que el sosegado Lucas Warden fuera su padre.

A George Greenwood le dolía el costado del cuerpo a causa del trote ligero. Gwyneira se había rendido al principio de la decencia y había pedido que le engancharan el caballo. La elegante yegua *Igraine* tiraba con brío del carro de dos asientos: habría podido ganar cualquier carrera de carruajes. La mayoría de las veces, el caballo de alquiler de George la seguía sólo al trote, pero en general debía esforzarse y daba bastantes sacudidas al jinete. Por añadidura, Gwyneira tenía ganas de hablar y contó muchas cosas sobre Howard y Helen O'Keefe que a George le interesaban vivamente. Por eso intentaba galopar a su lado aunque le doliera todo.

No obstante, poco antes de llegar a la granja, Gwyn tiró de las riendas del caballo. A fin de cuentas no quería atropellar a ninguno de los niños maoríes que iban a la escuela. Ni tampoco debía sucederle nada al pequeño salteador de caminos que los acechaba tras cruzar el arroyo. Al parecer, Gwyneira ya había contado con ello, pero George se llevó un auténtico susto cuando el pequeño de cabello oscuro, con la cara pintada de color verde y una flecha y un arco en la mano, salió de un salto de los arbustos.

—¡Alto ahí! ¿Qué hacéis en mis bosques? ¡Decid vuestros nombres y cuál es vuestra misión!

Gwyneira rio.

—Pero vos ya me conocéis, maestro Robin —respondió ella—. ¡Miradme! ¿Acaso no soy la dama de compañía de Lady Fleurette, la dama de vuestro corazón?

—¡No es cierto! ¡Soy Little John! —cantó Fleur—. ¡Y él es un correo de la reina! —Señaló a George—. ¡Viene de Londres!

—¿Os envía nuestro buen rey Ricardo Corazón de León? ¿O acaso venís de parte de Juan, el traidor? —preguntó Ruben receloso—. ¿O tal vez de la reina Leonor con el tesoro para liberar al rey?

—¡Exacto! —respondió George con gravedad. El pequeño estaba muy gracioso con su disfraz de bandido y empleando esas palabras tan graves—. Y hoy todavía debo dirigirme a Tierra Santa. Así que, ¿nos dejaríais pasar ahora? Sir...

—¡Ruben! —replicó el niño—. Ruben Hood, a su servicio.

Fleur saltó del coche.

—¡No lleva tesoro! —se chivó—. Sólo ha venido a ver a tu mamá. Pero sí que ha llegado de Londres.

Gwyneira prosiguió la marcha. Los niños ya encontrarían solos la granja.

—Era Ruben —le explicó a George—. El hijo de Helen. Un niño espabilado, ¿verdad?

George asintió. «A ese respecto, lo ha hecho bien», pensó. Todavía tenía presente aquella aburrida e interminable tarde con el inútil de su hermano William en que Helen tomó la decisión. Pero antes de que pudiera decir algo, apareció a la vista la granja de los O'Keefe. Ante tal visión George se sintió tan horrorizado como la misma Helen seis años atrás. Y por añadidura, la cabaña ya no era nueva como antes, sino que mostraba los primeros signos de deterioro.

—Ella no se lo había imaginado así —dijo en voz baja.

Gwyneira detuvo su coche delante de la granja y desenganchó la yegua. Mientras, George tuvo tiempo para mirar a su alrededor y observar con detenimiento los pequeños y desperdigados establos, las vacas flacas y el mulo. Vio el pozo en el patio —era evidente que Helen debía cargar con cubos el agua a la casa— y el tajo para la leña. ¿Se ocuparía al menos el señor de la casa del abastecimiento? ¿O tenía que blandir Helen el hacha si quería que la casa estuviera caliente?

—Venga, la escuela está al otro lado. —Gwyneira arrancó a George de sus pensamientos y rodeó el edificio—. Debemos caminar un poco por el monte. Los maoríes han construido un par de chozas en el bosquecillo, entre la casa de Helen y su propio poblado. Pero no se ven desde la casa..., Howard no quiere tener niños cerca. Lo de la escuela, además, no le gusta, preferiría que Helen lo ayudara más en la granja. Pero últimamente así está mejor. Cuando su marido necesita ayuda urgente, Helen le envía uno de sus discípulos de mayor edad. Ellos hacen mucho mejor el trabajo.

Esto sí se lo podía figurar muy bien George. Llegaba a imaginarse a Helen realizando tareas del hogar en caso de urgencia. ¿Pero ayudando a castrar corderos o a parir terneros? ¡Nunca jamás!

El sendero que conducía al bosquecillo se recorría con frecuencia, pero también aquí distinguió George indicios de la triste situación de la granja. En unos corrales había un par de carneros y ovejas de cría, pero los animales se hallaban todos en mal estado: delgados, con la lana sucia y amazacotada. Los cercados estaban desatendidos, el alambre mal tensado y las puertas se salían de los goznes. Ni punto de comparación con la granja de los Beasley y nada que ver con Kiward Station. El conjunto ofrecía un aspecto más que desolador.

No obstante, del bosquecillo salían risas de niños. Allí parecía reinar un buen ambiente.

—Al principio —leía una vocecita cristalina y con un divertido acento— Dios creó el Cielo y la Tierra, *rangi* y *papa*.

Gwyneira sonrió a George.

—Helen vuelve a pelear de nuevo con la versión maorí de la Creación —observó—. Es bastante peculiar, pero ahora los niños la formulan de forma que Helen ya no se ruboriza más.

Mientras se hablaba alegre y tolerantemente de los dioses maoríes ávidos de amor, George espió a través de los arbustos el interior de las cabañas abiertas y cubiertas de palmas. Los niños estaban sentados en el suelo y escuchaban con atención las palabras de una niñita que leía en voz alta los acontecimientos del primer día de la Creación. Luego le tocó el turno al siguiente niño. Y entonces George descubrió a Helen. Estaba sentada en un pupitre improvisado al borde del escenario de la lectura, erguida y delgada, tal como él la conservaba en su recuerdo. El vestido gastado, pero limpio y con el escote cerrado, al menos de perfil era la institutriz correcta y contenida que recordaba. El corazón de George se puso a latir sin control cuando, al llamar a otro de sus alumnos, Helen volvió la cara hacia él..., todavía era bonita y siempre lo sería, más allá de los cambios que sufriera o de lo que envejeciera. Lo último, no obstante, le asustó. Helen Davenport O'Keefe se había marchitado mucho en los últimos años. El sol, que había oscurecido su fina tez blanca, no era algo que le hiciera bien. Además su rostro, antes delgado, era ahora más afilado y con una sombra casi de aflicción. Su cabello, sin embargo, seguía siendo de un color castaño reluciente. Lo llevaba recogido en una gruesa y larga trenza que le caía por la espalda. Un par de mechas se habían desprendido de ella y Helen las apartaba con descuido de su rostro, mientras bromeaba con los alumnos, con mayor frecuencia que cuando les daba clases a William y a él, observó celoso George. A Helen se la veía menos severa que antes, el trato con los niños maoríes parecía divertirla. Y era evidente que su pequeño maese Ruben le hacía bien.

Ruben y Fleurette acababan de reunirse con el grupo. Llegaban demasiado tarde, pero con la esperanza de que Helen no se diera cuenta. Algo, naturalmente, imposible. La profesora interrumpió la clase tras el tercer día de la Creación.

—Fleurette Warden. Me alegro de volver a verte. ¿Pero no crees que una *lady* debe dar cortésmente los buenos días cuando se reúne con un grupo? Y tú, Ruben O'Keefe, ¿te encuentras mal o hay algún motivo para que tengas la cara tan verde? Ve corriendo al pozo y lávate para tener el aspecto de un *gentleman*. ¿Dónde está tu madre, Fleur? ¿O has venido otra vez con el señor McKenzie?

Fleur intentó al mismo tiempo decir que sí y que no con la cabeza.

—Mamá está en la granja con el señor..., algo de Wood —explicó—. Pero yo he venido corriendo porque pensaba que seguiríamos leyendo la historia. La nuestra, no estas viejas tonterías de *rangi* y *papa*.

Helen puso los ojos en blanco.

—Fleur, nunca se ha escuchado lo suficiente la historia de la Creación. Y tenemos a unos niños aquí que todavía no la conocen, el menos no la versión cristiana. Siéntate y escucha con atención. Ya veremos qué sigue después... —Helen se disponía a llamar al siguiente niño, pero Fleur acababa de descubrir a su madre.

—Ahí están mamá y el señor...

Helen miró a través del enramado y pareció quedarse de piedra cuando reconoció a George Greenwood. Primero palideció un momento y luego se ruborizó. ¿Era de alegría? ¿Del susto? ¿De vergüenza? George esperaba que venciera la alegría. Sonrió.

Helen recogió sus libros agitada.

—Rongo... —Su mirada erró por el grupo de niños y se detuvo en una de las muchachas mayores, que hasta el momento no había seguido la clase con especial atención. Al parecer era una de las niñas a quienes les resultaba ajena la historia de la Creación. La muchacha había preferido hojear el libro que también Fleur encontraba más interesante—. Rongo, debo dejaros solos un par de minutos, tengo una visita. ¿Podrías encargarte tú de la clase? Pon atención en que los niños lean correctamente y no cuenten cualquier cosa ni dejen de leer ninguna palabra.

Rongo Rongo asintió y se puso en pie. Plenamente consciente de su importancia como profesora auxiliar, se sentó en el pupitre y llamó a una niña.

Mientras ésta se esforzaba en concentrarse en la lectura de la historia del cuarto día de la Creación, Helen se dirigió a Gwyn y George. George admiró como entonces su actitud. Cualquier otra mujer habría intentado recogerse el pelo precipitadamente, estirarse el vestido o lo que se le hubiera ocurrido para arreglarse un poco. Helen no hizo nada de eso. Se acercó tranquila y erguida al visitante y le tendió la mano.

—¡George Greenwood! ¡Cuánto me alegro de verle!

—¡Miss Helen, me ha reconocido! —respondió él contento—. No lo ha olvidado.

Helen se ruborizó tenuemente. Constató que él había dicho «lo» y no «me». Aludía a la promesa que le hizo entonces, al absurdo enamoramiento del joven y su intento desesperado por evitar que ella comenzara una nueva vida.

—¿Cómo podría haberle olvidado, George? —respondió ella con afecto—. Era usted uno de mis más prometedores alumnos. Y ahora ha hecho su deseo realidad, viajar por el mundo.

—No todo el mundo, Miss Helen... ¿O debo llamarla señora O'Keefe? —George se la quedó mirando con su antigua insolencia en los ojos.

Helen se encogió de hombros.

—Todos me llaman Miss Helen.

—El señor Greenwood ha venido para fundar la filial de su empresa en Christchurch —explicó Gwyneira—. Se hará cargo del comercio lanar de Peter Brewster cuando él y su familia se vayan a Otago...

Helen esbozó una sonrisa un tanto forzada. No estaba claro si esto resultaría ser bueno o malo para Howard.

—Está... muy bien —titubeó—. ¿Y está ahora aquí para conocer a sus clientes? Howard volverá por la tarde...

George la miró con ironía.

—Estoy aquí, sobre todo, para volver a verla a usted, Miss Helen. El señor Howard puede esperar. Ya se lo dije entonces a usted, pero no quiso escuchar.

—George, deberías... ¡desde luego! —La voz de la vieja institutriz.

George esperaba un «¡Eres un impertinente!», pero Helen se contuvo. En lugar de eso pareció asustada porque ella le había tuteado sin querer. George se preguntó si la idea de Gwyneira tenía algo que ver con ello. ¿Tenía miedo Helen del nuevo comprador de lana? Por lo que se decía, no le faltaban razones para ello.

—¿Cómo está su familia, George? —preguntó Helen, intentando entablar una conversación formal—. Me encantaría charlar largo y tendido con usted, pero los niños han recorrido cinco kilómetros para venir a clase y no puedo decepcionarlos. ¿Puede esperar?

George asintió sonriendo.

—Usted sabe que puedo esperar, Miss Helen... —De nuevo una alusión—. Y siempre he disfrutado de sus clases. ¿Puedo participar en ésta?

Helen pareció relajarse.

—La enseñanza todavía no ha hecho daño a nadie —dijo—. Siéntese con nosotros.

Los niños maoríes le dejaron sitio sorprendidos cuando George tomó asiento en el suelo, entre ellos. Helen explicó en inglés y en maorí que era un antiguo alumno que venía de la lejana Inglaterra y que había recorrido el trayecto más largo para llegar a la escuela. Los niños rieron y George volvió a notar que el tono de las clases de Helen se había transformado. Antes bromeaba en muy raras ocasiones.

Los niños saludaron a su nuevo compañero de clase en su lengua, por lo que George aprendió sus primeras palabras en maorí. Tras la clase, también él pudo leer el primer fragmento de la historia de la Creación, mientras, los niños fueron corrigiéndolo entre risas. A continuación, los escolares de mayor edad le hicieron preguntas y George les habló acerca de su período escolar, primero en su casa londinense con Helen y luego en la universidad, en Oxford.

—¿Y qué le gustó más? —preguntó indiscreto uno de los chicos mayores. Helen lo llamaba Reti y hablaba muy bien el inglés.

George rio.

—Las clases con Miss Helen, claro. Cuando hacía buen tiempo nos sentábamos fuera, justo igual que aquí. Y mi madre insistía en que Miss Helen jugara a cróquet con nosotros, pero ella nunca aprendía y siempre perdía. —Le guiñó el ojo a Helen.

Reti no pareció sorprendido.

—Cuando llegó aquí tampoco sabía ordeñar una vaca —reveló—. ¿Qué es el cróquet, señor George? ¿Hay que saberlo si se quiere trabajar en Christchurch? Yo quiero trabajar con los ingleses y hacerme rico.

George archivó con cuidado el comentario. Tendría que hablar con Helen sobre este joven prometedor. Un maorí perfectamente bilingüe podría ser de enorme utilidad en Greenwood Enterprises.

—Si quieres actuar como un *gentleman* y conocer a una *lady* deberías al menos jugar tan bien al cróquet como para poder perder con educación.

Helen puso los ojos en blanco. Gwyneira se percató de cuán joven se la veía de golpe.

—¿Nos puedes enseñar? —preguntó Rongo Rongo—. Seguro que una *lady* también tiene que saber jugar.

—¡A toda costa! —dijo en serio George—. Pero no sé si tendré tanto tiempo. Yo...

—¡Yo os puedo enseñar! —intervino Gwyneira. El juego era una oportunidad inesperada para liberar a Helen antes de la clase—. ¿Qué os parecería si por hoy en lugar de leer y sumar nos ocupáramos de los mazos y los arcos? Yo os enseño cómo se juega y así Miss Helen dispondrá de tiempo para ocuparse de su visita. Seguro que quiere mostrarle la granja.

Helen y George le lanzaron una mirada de agradecimiento. Sin embargo, la institutriz dudaba de que a su amiga le hubiera entusiasmado demasiado el juego lento cuando era más joven, pero sin duda lo dominaba mejor que Helen y George juntos.

—Bien, necesitamos una pelota..., no, no una tan grande, Ruben, una pequeña..., sí, también podemos utilizar esa piedra. Y unos pequeños arcos..., buena idea la de trenzarlos, Tani.

Los niños se afanaban en el asunto cuando Helen y George se alejaron. Helen condujo a su antiguo alumno hacia la casa por el mismo camino por el que éste había llegado con Gwyneira.

El estado de la casa le pareció a George deplorable.

—Mi marido todavía no ha tenido tiempo de arreglar los corrales tras el invierno —se disculpó ella cuando pasaron junto a los cercados—. Tenemos mucho ganado en la montaña, disperso por los prados, y ahora en primavera no dejan de nacer corderos...

George no hizo el menor comentario pese a que conocía lo suaves que eran los inviernos en Nueva Zelanda. Howard bien podía haber reparado los corrales también en la estación fría.

Helen lo sabía, era evidente. Permaneció unos minutos en silencio y luego se volvió de repente hacia él.

—¡Oh, George, me avergüenzo tanto! Qué debe de pensar usted de mí, comparando lo que está viendo aquí con mis cartas...

La expresión de su rostro se le clavó como una espina en el corazón.

—No entiendo lo que dice, Miss Helen —respondió con dulzura—. He visto una granja que... no es grande, no es lujosa, pero está sólidamente construida y arreglada con cariño. Y aunque el ganado no se ve de gran valor, está alimentado y las vacas, ordeñadas. —Le guiñó el ojo—. ¡Y el mulo parece quererla de verdad!

Nepumuk lanzó su habitual y penetrante bramido cuando Helen pasó al lado del *paddock*.

—Sin duda saludaré a su esposo como un caballero que se esfuerza por alimentar bien a su familia y por administrar de forma modélica su granja. No se preocupe, Miss Helen.

La mujer lo miró con incredulidad. Luego sonrió.

—George, lleva usted unas gafas con cristales de color rosa.

Él se encogió de hombros.

—Usted me hace feliz, Miss Helen. Ahí donde está usted sólo veo belleza y bondad.

Helen se puso roja como un tomate.

—George, por favor. Realmente debería de dejar esto...

George le sonrió con ironía. ¿Lo había dejado? En cierto modo, sí, no podía negarlo. Su corazón había latido más fuerte en el reencuentro; se alegraba de volver a ver a Helen, de oír su voz, de su constante equilibrio entre la decencia y la originalidad. Pero ya no luchaba contra el deseo constante de imaginar cómo la besaba y como la amaba físicamente. Eso formaba parte del pasado. Por la mujer que ahora estaba delante de él sentía todavía, en cualquier caso, una vaga ternura. ¿Sucedería ahora lo mismo si ella no lo hubiera rechazado entonces? ¿Hubiera la pasión cedido también el paso a la amistad y al sentido de la responsabilidad? ¿Probablemente antes de que concluyera su carrera y hubiera podido unirse en matrimonio a ella? ¿Y se habría casado realmente con ella o habría esperado que las llamas de su amor volvieran a inflamarse por otra mujer?

George no habría podido responder con toda certeza a ninguna de estas preguntas, salvo la última.

—Cuando digo para siempre, también lo pienso. Pero no voy a molestarla con esto. Tampoco va a fugarse conmigo, ¿no es así? —La vieja mueca insolente.

Helen agitó la cabeza y tendió una zanahoria a *Nepumuk*.

—Nunca podré abandonar a este mulo —bromeó con lágrimas en los ojos. George era tan dulce y todavía tan ingenuo... Qué feliz haría a la muchacha que aceptara su promesa—. Pero entre y hábleme de su familia.

El interior de la cabaña respondía a las expectativas de George: un mobiliario modesto pero acogedor gracias a la mano incansable, pulcra y solícita de un ama de casa. La mesa estaba decorada con un mantel de colores y un jarrón lleno de flores, y unos cojines confeccionados por la misma Helen hacían más cómodas las sillas. Delante de la chimenea había una rueca y la vieja mecedora de Helen, y en una estantería, primorosamente ordenados, sus libros. Incluso había un par de ejemplares nuevos. Regalos de Howard, ¿o tal vez «préstamos» de Gwyneira? Kiward Station contaba con una biblioteca enorme, pese a que George no podía imaginar que Gerald leyera mucho.

George le habló de Londres mientras Helen preparaba el té. Trabajaba dándole la espalda, seguramente no quería que él viera sus manos. Esas manos ásperas y callosas de trabajar, en lugar de los suaves y cuidados dedos de su antigua institutriz.

—Madre sigue dedicándose a sus organizaciones benéficas, sólo ha abandonado el comité del orfanato debido al escándalo que se produjo. Además la culpa a usted. Las damas están totalmente convencidas de que usted echó a perder a las niñas durante la travesía.

—¿Que yo hice qué? —preguntó Helen perpleja.

—En cualquier caso, cito, su «actitud emancipada» habría hecho olvidar a las chicas la humildad y la entrega debidas a quienes las empleaban. Sólo por esa razón podía haberse producido tal escándalo. Sin contar con que le habló del asunto al pastor Thorne. La señora Baldwin no manifestó nada al respecto.

—George, ¡eran niñas pequeñas y trastornadas! Una fue entregada a un delincuente sexual, la otra fue comprada para trabajar como una esclava. Una familia con ocho hijos, George, en la cual una niña de diez años debía ocuparse del trabajo de la casa. Incluso hacer de comadrona. ¡No es extraño que la niña se escapara! Y los llamados señores de Laurie no eran mucho mejores. Todavía escucho las palabras de esa inaceptable señora Lavender: «No, si nos llevamos dos se pasarán todo el día hablando en lugar de trabajar.» Y la niña agotó sus lágrimas de tanto llorar...

—¿Se ha vuelto a oír hablar de las chicas? —preguntó George—. No volvió a escribir.

Sonaba como si el joven supiera de memoria cada una de las cartas de Helen.

Helen sacudió la cabeza.

—Sólo se sabe que Mary y Laurie desaparecieron el mismo día. Justo una semana después de que las separasen. Se sospecha que ya lo habían hablado. Pero yo no lo creo. Mary y Laurie nunca llegaban a acuerdos. La una siempre sabía lo que pensaba la otra, era casi inquietante. Luego no se volvió a saber nada más de ellas. Temo que hayan muerto. Dos niñas solas en tierras vírgenes... no es lo mismo que si hubieran estado viviendo a tres kilómetros de distancia la una de la otra y pudieran reunirse fácilmente. Esos... esos cristianos —escupió las palabras—. Enviaron a Mary a una granja más allá de Haldon y Laurie se quedó en Christchurch. Entre ambos lugares hay ochenta kilómetros de bosque. No puedo ni pensar en qué debieron de hacer las niñas.

Helen sirvió el té y se sentó con George a la mesa.

—¿Y la tercera? —preguntó—. ¿Qué sucedió con ella?

—¿Daphne? Oh, eso fue un escándalo, lo supimos semanas después. Escapó. Pero antes arrojó agua hirviendo a su señor, ese Morrison, en plena cara. Al principio parecía que no iba a sobrevivir. Luego lo consiguió, pero está ciego y tiene el rostro deformado por las cicatrices. Dorothy dice que Morrison tiene ahora el aspecto del monstruo que siempre fue. Lo vio una vez, ya que los Morrison van a comprar a Haldon. La mujer ha rejuvenecido después de que el marido sufriera el... accidente. Se busca a Daphne, pero si no entra justo en la comisaría de Christchurch, no la encontrarán. Si desea saber mi opinión, tenía buenas razones para escapar y para hacer lo que hizo. Lo que ignoro es qué futuro la aguarda...

George se encogió de hombros.

—Es probable que el mismo futuro que la esperaba en Londres. Pobre chica. Pero el comité del orfanato se llevó su merecido, de eso se encargó el reverendo Thorne. Y ese Baldwin...

Helen sonrió casi triunfal.

—Al hombre le han pasado a Harper por delante de las narices. Le han arrebatado el sueño de ser obispo de Canterbury. ¡Siento una alegría por su desgracia carente por completo de piedad cristiana! ¡Pero cuénteme! Su padre...

—Sigue dirigiendo su despacho en Greenwood Enterprises. La compañía crece y se expande. La reina apoya el comercio exterior y se amasan enormes fortunas en las colonias, con frecuencia a costa de los indígenas. He visto cosas... Sus maoríes deberían alegrarse de que tanto los inmigrantes blancos como ellos mismos sean pacíficos. Pero ni mi padre ni yo podemos cambiar la situación: también nosotros nos aprovechamos de la explotación de estos países. Y en Inglaterra mismo florece la industrialización, aun cuando con abusos que me gustan tan poco como el maltrato en ultramar. Las condiciones de trabajo son horribles en algunas fábricas. Pensándolo bien, ningún otro lugar me ha gustado tanto como Nueva Zelanda. Pero me estoy yendo por las ramas...

Mientras George volvía al tema, se dio cuenta de que no sólo había hecho tal comentario para halagar a Helen. Ese país le gustaba de verdad. Las personas rectas y tranquilas, el vasto paisaje con las majestuosas montañas, las extensas granjas con los bien alimentados bueyes y ovejas en los abundantes pastizales..., y Christchurch, que se disponía a ser una típica ciudad inglesa con obispado y universidad en el otro extremo del mundo.

—¿Qué hace William? —preguntó Helen.

George suspiró con un expresivo parpadeo.

—William no fue nunca a la universidad, pero con eso ya contaba seriamente usted.

Helen sacudió la cabeza.

—Tuvo una serie de profesores privados que al principio fueron periódicamente despedidos por mi madre y luego por mi padre porque no le enseñaban nada. Trabaja en la compañía desde hace un año, si es que se puede hablar de trabajar. En el fondo está matando el tiempo, para lo cual no le faltan compañeros, ya sean varones o mujeres. Después de los bares, acaba de descubrir a las mujeres. Lamentablemente son en su mayoría de las que salen del arroyo. No las diferencia, al contrario. Las *ladies* le dan miedo, pero las mujeres de costumbres ligeras le maravillan. A mi padre lo pone enfermo y mi madre todavía no se da cuenta. Pero llegará un día en que...

No siguió hablando, pero Helen sabía lo que pensaba a la perfección: el día que el padre muriese, los dos hermanos heredarían la compañía. Entonces George debería o bien compensar a William (lo que destruiría una empresa como Greenwood) o seguir aguantándolo en la firma. Helen consideraba poco probable que resistiera esto último durante mucho tiempo.

Mientras bebían su té en silencio y ensimismados, se abrió la puerta de entrada y Fleur y Ruben se precipitaron al interior.

—¡Hemos ganado! —Fleurette resplandecía y agitaba un improvisado mazo de cróquet—. ¡Ruben y yo somos los ganadores!

—Habéis hecho trampa —los reprendió Gwyneira, que apareció detrás de los niños. También ella ofrecía un aspecto sofocado y un poco desaseado, pero parecía habérselo pasado en grande—. He visto perfectamente bien cómo empujabas la bola de Ruben por el último arco.

Helen frunció el ceño.

—¿Es verdad, Ruben? ¿Y no has dicho nada?

—Con esos mazos tan raros no es pre... pre... ¿Cómo se dice, Ruben? —defendió Fleur a su amigo.

—Preciso —completó Ruben—. ¡Pero la dirección era la correcta!

George rio.

—Cuando esté de vuelta en Inglaterra os enviaré unos buenos mazos —prometió—. Pero entonces, nada de trampas.

—¿De verdad? —preguntó Fleur.

A Ruben, por el contrario, le rondaban otros asuntos por la

cabeza. Examinó a Helen y a ese visitante de ojos castaños e inteligentes que era de su confianza. Finalmente, se volvió hacia George.

—Tú eres de Inglaterra. ¿Eres tú mi auténtico padre?

Gwyn se quedó sin aire y Helen se ruborizó.

—¡Ruben! Pero qué tonterías dices. ¡Sabes muy bien que sólo tienes un padre! —Se volvió a George para disculparse—. Espero que no piense nada equivocado. Es sólo que Ruben... no tiene muy buenas relaciones con su padre y últimamente alimenta la idea de que Howard..., bueno, de que tal vez tenga otro padre en algún lugar de Inglaterra. Supongo que se debe a que yo le he contado muchas cosas de su abuelo. Ruben se parece mucho a él, ¿sabe? Y esto lo desorienta. Ruben, pide por favor perdón ahora mismo.

George sonrió.

—No debe disculparse. Por el contrario, me siento halagado. A quién no le gustaría guardar parentesco con Ruben Hood, un intrépido aventurero y un destacado jugador de cróquet. ¿Qué piensas, Ruben, me aceptarías como tío? Uno puede tener varios tíos.

Ruben pensaba.

—¡Ruben! ¡Quiere regalarnos unos mazos de cróquet! Está muy bien tener un tío así. Puedes ser mi tío, señor Greenwood. —No cabía duda de que Fleur era una niña práctica.

Gwyneira puso los ojos en blanco.

—Si sigue siendo tan decidida frente a los asuntos financieros, será fácil casarla.

—Yo me caso con Ruben —dijo Fleur—. Y Ruben se casa conmigo, ¿no? —Agitaba el mazo de cróquet. Más le valía a Ruben no rechazar tal pretensión.

Helen y Gwyneira se miraron la una a la otra impotentes. Luego se echaron a reír y George con ellas.

—¿Cuándo puedo hablar con el padre del novio? —preguntó el hombre, mirando la posición del sol—. He prometido al señor Warden volver para la cena y me gustaría mantener mi palabra. Mi conversación con el señor O'Keefe tendrá que esperar hasta mañana. ¿Existe la posibilidad de que me reciba por la mañana, Miss Helen?

Helen se mordió los labios.

—Estaré encantada de informarle y sé que se trata de un asunto prioritario. Pero Howard es a veces..., bueno, obstinado. Si se obsesiona con la idea de que quiere usted imponerle una cita... —Era evidente que le resultaba difícil hablar de la obstinación y falso orgullo de Howard, además de que no podía admitir con cuánta frecuencia sus humores y decisiones se guiaban por sus estados de ánimo y por el whisky.

Habló, como siempre contenida y con calma, pero George sabía leer en sus ojos, como ya antes durante las cenas en casa de los Greenwood. Vio rabia y rebelión, desesperación y desprecio. Antes, tales sentimientos se habían dirigido hacia su frívola madre, hoy contra el hombre a quien en una ocasión Helen había creído poder amar.

—No se preocupe, Miss Helen. No tiene que decir que vengo de Kiward Station. Basta con que le diga que voy hacia Haldon y que con gusto echaré un vistazo a la granja y le haré un par de propuestas comerciales.

Helen asintió.

—Lo intentaré...

Gwyneira y los niños ya habían salido para enganchar el caballo. Helen oyó las voces de los niños, peleándose por la almohaza y el cepillo. George no parecía tener tanta prisa. Echó un vistazo más a la cabaña antes de hacer el gesto de despedirse. Helen luchaba consigo misma. ¿Debía hablar con él o interpretaría él erróneamente su petición? Al final decidió abordar de nuevo el tema relacionado con Howard. Si George iba a encargarse del comercio de la lana de la región, toda su existencia dependería de él. Y era posible que Howard no tuviera nada mejor que hacer que provocar al visitante de Inglaterra.

—George... —empezó ella vacilante—, cuando mañana hable con Howard, sea por favor indulgente. Es muy orgulloso, todo se lo toma a mal enseguida. La vida no lo ha tratado bien y le cuesta dominarse. Es, es...

«No es un *gentleman*», quería decir, pero no consiguió articularlo.

George asintió con la cabeza y sonrió. En sus ojos, por lo habitual tan irónicos, había una dulzura y un eco de su antiguo amor.

—¡No siga, Miss Helen! Estoy seguro de que con su marido llegaré a un acuerdo satisfactorio para ambas partes. En materia de diplomacia he ido, a fin de cuentas, a las mejores escuelas... —Le guiñó el ojo.

Helen esbozó una tímida sonrisa.

—Entonces hasta mañana, George.

—¡Hasta mañana, Helen! —George quería tenderle la mano, pero pensó otra cosa. Una vez, una única vez la besaría. La rodeó levemente con el brazo y acarició su mejilla con los labios. Helen lo permitió, y luego también ella cedió a su debilidad y se apoyó por unos segundos en su hombro. Tal vez otra persona además de ella sería fuerte. Tal vez había alguien capaz de cumplir su palabra.

4

—Mire, señor O'Keefe, he visitado hasta ahora varias granjas de esta región —dijo George. Estaban sentados en la terraza de la cabaña y Howard acababa de servir whisky. Helen encontró este hecho tranquilizador: su esposo sólo bebía con hombres que le caían bien. Así que la inspección previa de la granja había transcurrido sin contratiempos—. Y debo admitir —prosiguió George con voz mesurada— que estoy preocupado...

—¿Preocupado? —gruñó Howard—. ¿En qué medida? Hay aquí todo tipo de lana para su negocio. No tiene por qué preocuparse. Y si no le gusta la mía..., bueno, a mí no tiene por qué engañarme. Ya me buscaré yo otro comprador. —Vació su vaso de un trago y se sirvió de nuevo.

George levantó las cejas sorprendido.

—¿Por qué iba yo a rechazar sus productos, señor O'Keefe? Por el contrario, estoy muy interesado en una colaboración. Justamente a causa de lo que me preocupa. Mire, he inspeccionado hasta ahora varias granjas y al hacerlo me ha parecido que algunos ganaderos aspiran a monopolizar el negocio, sobre todo Gerald Warden de Kiward Station.

—¡Eso sí que es cierto! —exclamó irritado O'Keefe, tomando el siguiente trago—. Esos tipos quieren todo el mercado para ellos..., sólo los mejores precios para la mejor lana... Ya sólo el nombre que se han puesto: ¡barones de la lana! ¡Atajo de engreídos!

Howard agarró el whisky.

George asintió contenido y dio un sorbo a su vaso.

—Yo lo expresaría con mayor prudencia, pero en el fondo no anda usted equivocado. Y su observación sobre los precios es muy sagaz: Warden y los otros grandes productores los elevan. Es cierto que también aumentan la calidad que se espera, pero en lo que a mí respecta..., bien, mi posición como comerciante sería más ventajosa si hubiera más variedad.

—Entonces, ¿va a elevar usted la compra a los pequeños criadores? —preguntó Howard con ansiedad. En sus ojos había interés, pero también desconfianza. ¿Qué comerciante compraba de forma consciente artículos de menor calidad?

—Me gustaría, señor O'Keefe. Pero la calidad también tiene que ser buena. Si quiere saber mi opinión, debería romperse el círculo vicioso en que se han metido los pequeños granjeros. Usted mismo lo sabe: tiene un poco de tierra y demasiados animales, pero de poca calidad, los beneficios todavía son aceptables de forma cuantitativa, pero mediocres cualitativamente. Así que no quedan suficientes beneficios para adquirir animales de cría mejores y con los que ascendería a largo plazo la calidad de los productos.

O'Keefe asintió con fervor.

—Tiene usted toda la razón. ¡Es lo que intento que comprendan desde hace años esos banqueros de Christchurch! Necesito un préstamo...

George sacudió la cabeza.

—Necesita material de cría de primera clase. Y no sólo usted, sino también otros pequeños granjeros. La inyección de capital puede ayudar, pero no tiene por qué hacerlo. Imagínese que compra usted un carnero que ha ganado premios y al siguiente invierno le...

En realidad, George temía que el préstamo de Howard se perdiera en el pub de Haldon antes que invertirse en un carnero, pero había reflexionado largo tiempo sobre sus argumentos.

—Éste es ahora el ri... riesgo —contestó Howard, a quien ya empezaba a trabársele la lengua.

—Un riesgo que usted no debe asumir, O'Keefe. ¡Tiene usted una familia! No puede arriesgarse a quedarse sin casa ni granja. No, mi sugerencia es otra. Estoy pensando en que mi compañía, Greenwood Enterprises, adquiera un lote de ovejas de primera clase y yo lo ponga a disposición de los criadores como préstamo. En lo que respecta a la compensación, ya nos pondremos de acuerdo. Lo importante es que de ello resulte que usted cuide a los animales y después de un año los pase sanos y salvos al siguiente. Un año durante el cual un carnero cubrirá todo su rebaño de ovejas de cría o en que una oveja madre de pura raza le dará dos corderos que formen la base para un nuevo rebaño. ¿Estaría usted interesado en un tipo de colaboración así?

Howard sonrió con ironía.

—Y con el tiempo, Warden se quedará hecho polvo cuando de repente todos los granjeros que lo rodean tengan ovejas de raza. —Levantó su vaso para brindar con George.

George lo miró con gravedad.

—Bueno, seguro que el señor Warden no será más pobre por eso. Pero usted y yo tendremos mejores oportunidades comerciales. ¿De acuerdo? —tendió la mano al esposo de Helen.

Helen vio desde la ventana que Howard la estrechaba. No sabía de qué se trataba, pero pocas veces se veía a su marido tan satisfecho. Y George tenía esa expresión de pillo de antes y ya guiñaba un ojo en su dirección. El día anterior se había hecho reproches, pero hoy estaba contenta de haberle besado.

George estaba satisfecho consigo mismo cuando el día después dejó Kiward Station y volvió a caballo a Christchurch. Ni siquiera la expresión de desagrado de ese impertinente mozo de cuadra, James McKenzie, iba a aguarle la fiesta. El tipo se había limitado a no ensillarle el caballo después de que el día anterior, cuando George regresó con Gwyneira de la granja de Helen, casi provocara un escándalo. McKenzie había salido con la yegua de Gwyneira equipada con la silla de amazona, después de que Gwyn le hubiera pedido que le preparase la yegua para otro paseo a caballo con el visitante. La señora Warden le había dicho algo desagradable al respecto y él le había dado una respuesta seca, de la cual, George sólo había escuchado las palabras «como una dama». Después, Gwyneira había cogido furiosa a la pequeña Fleur, que McKenzie iba a colocar detrás de ella a lomos de *Igraine* y la puso en volandas delante de George, sentándola en la silla del caballo del joven.

—¿Puede Fleurette ir con usted? —le preguntó dulce como la miel, al tiempo que lanzaba al conductor de ganado una mirada casi triunfal—. En la silla de amazona no se me puede agarrar.

McKenzie había mirado a George con una ira casi asesina cuando puso el brazo en torno a la niña para que estuviera sentada más segura. Algo había entre él y la señora de Kiward Station..., pero no cabía duda de que Gwyneira sabía defenderse si la importunaban. George decidió no entrometerse y, sobre todo, no mencionar nada frente a Gerald o Lucas Warden. Todo eso no era de su incumbencia y, sobre todo, necesitaba que Gerald estuviera del mejor humor posible. Tras una abundante comida de despedida y tres whiskys, le presentó una oferta por un rebaño de ovejas Welsh Mountain de pura raza. Una hora más tarde se había desprendido de una pequeña fortuna, pero la granja de Helen pronto estaría habitada por los mejores animales de cría que Nueva Zelanda podía ofrecer. George sólo tenía que encontrar a unos pocos pequeños granjeros más que necesitaran ayuda para empezar y así no despertar los recelos de Howard. Pero seguramente eso no presentaría dificultades: Peter Brewster le daría los nombres.

Este nuevo segmento empresarial (pues en calidad de tal debía vender George a su padre el compromiso recién adquirido con la cría de ovejas) significaba, además, que el joven Greenwood tenía que prolongar su estancia en la isla Sur. Había que distribuir las ovejas y supervisar a los criadores que participaban en el proyecto. Lo último no era obligatorio: seguramente Brewster le recomendaría socios que conocían su trabajo y que habían caído en la miseria sin ser responsables de ello. Pero si había que ayudar a Helen por un largo tiempo, Howard O'Keefe necesitaría una guía y control constantes, diplomáticamente disfrazados de asesoramiento y ayuda contra su enemigo acérrimo, Warden. Era probable que O'Keefe no siguiera unas simples indicaciones. Sin duda no cuando procedían de un administrador empleado por los Greenwood. Así que George debía quedarse, y la idea le iba gustando cada vez más cuanto más avanzaba a caballo por el aire diáfano de las llanuras de Canterbury. Tantas horas en la grupa le dieron tiempo de reflexionar, incluso sobre su situación en Inglaterra. Transcurrido sólo un año junto con William en la dirección del negocio, éste ya casi lo había llevado a la desesperación. Mientras que su padre apartaba la vista intencionadamente, el mismo George descubrió en sus escasas estancias en Londres los errores de su hermano y las pérdidas, en parte exorbitantes, que la compañía debía asumir. La alegría que George experimentaba en viajar también residía en que la situación le resultaba insoportable: en cuanto ponía pie en suelo inglés, directores y gerentes se dirigían preocupados al director junior: «¡Debe hacer algo, señor George!»... «Tengo miedo de que se me acuse de deslealtad si esto sigue así, pero ¿qué otra cosa puedo hacer?»... «Señor George, he dado los balances al señor William pero casi tengo la impresión de que ni siquiera sabe leerlos»... «¡Hable con su padre, señor George!»

Obviamente, George lo había intentado, pero no había remedio. Greenwood seguía intentando que William interviniera en la compañía de modo provechoso. En lugar de limitar su influencia, intentaba darle cada vez más responsabilidades para ponerlo en el buen camino. Pero George ya estaba harto y además temía tener que recoger él los añicos cuando su padre se retirase del negocio.

Esa filial en Nueva Zelanda, sin embargo, ofrecía alternativas. Si conseguía convencer a su padre de que le cediera el negocio de Christchurch en su totalidad como adelanto, por así decirlo, de su herencia... Entonces podría poner en marcha algo, protegido de las escapadas de William. Al principio, naturalmente, debería vivir de forma más modesta que en Inglaterra, pero las casas señoriales como Kiward Station parecían totalmente fuera de lugar en esa tierra recién colonizada. Además, George no necesitaba lujos. Una casa confortable en la ciudad, un buen caballo para viajar por el país y un pub agradable y en el que relajarse por las noches y charlar animadamente, seguro que encontraría todo eso en Christchurch. Todavía sería mejor tener una familia, claro está. Hasta ese momento, George nunca había pensado en fundar una familia, en cualquier caso, nunca desde que Helen le había dado calabazas. Pero ahora, desde que había vuelto a ver a su primer amor y se había despedido del entusiasmo de su juventud, la idea no se apartaba de su cabeza. Un casamiento en Nueva Zelanda: una «historia de amor» que conmoviera el corazón de su madre y la pudiera llevar a apoyar su proyecto... Sobre todo, sin embargo, un buen pretexto para permanecer en ese país. George decidió quedarse unos días en Christchurch y tal vez pedir consejo a los Brewster y al director del banco. Quizá conocieran a una muchacha adecuada. Pero lo primero que necesitaba era una vivienda. Si bien el White Hart era un hotel agradable, no se ajustaba a una permanencia estable en su nuevo hogar...

George acometió la empresa «Compra o alquiler de casa» al día siguiente. La noche en el White Hart había sido intranquila. Primero, un grupo musical interpretó melodías bailables en la sala inferior, luego los clientes varones se pelearon por las chicas, hecho éste que dejó en George la impresión de que la búsqueda de novia en Nueva Zelanda también tendría, si lugar a dudas, sus dificultades. El anuncio al que había contestado Helen se le apareció de repente desde otro punto de vista. Tampoco buscar un alojamiento resultó ser tan fácil. Quien llegaba allí, no solía comprar una casa, se la construía. Las viviendas edificadas raras veces se ponían a la venta y eran por ello muy solicitadas. Los mismos Brewster habían alquilado a largo plazo su casa en Christchurch hacía tiempo, antes de que llegara George. No querían vender, pues el futuro en Otago todavía les resultaba incierto.

George visitó, pues, las pocas direcciones que le facilitaron en el banco, el White Hart y algunos pubs, pero la mayoría eran alojamientos bastante sórdidos. Por regla general se trataba de familias o ancianas que vivían solas y buscaban subarrendar. Una opción con certeza más barata y conveniente que el hotel, que muchos emigrantes gustaban de aprovechar mientras intentaban echar raíces en el país. Pero George, que estaba acostumbrado a alojamientos señoriales, no iba tras algo así.

Abatido, se arrastró al final hacia el nuevo parque construido en las orillas del Avon. Ahí se celebraban las regatas estivales y había miradores y merenderos, si bien ahora, en primavera, se utilizaban poco. El tiempo inestable de esa estación permitía como mucho detenerse brevemente en uno de los bancos junto al río. Por lo pronto, sólo había gente transitando por los caminos más importantes. Sin embargo, un paseo por ese lugar casi despertaba la sensación de estar en Inglaterra, en Oxford o Cambridge. Las niñeras llevaban de paseo a los pequeños a su cargo, los niños jugaban a la pelota en los prados y algunas parejas de novios buscaban pudorosas las sombras de los árboles. Todo esto ejercía un efecto tranquilizador en George, aunque no lo arrancaba por entero de sus cavilaciones. Acababa de ver el último inmueble para alquilar, un cobertizo que sólo con mucha fantasía podía calificarse de casa y que precisaría de tanto tiempo y dinero para su rehabilitación como la construcción, al menos, de una vivienda nueva. Además, se hallaba mal situado. Si no ocurría un milagro, George tendría que buscar parcelas al día siguiente y tomar en consideración la posibilidad de hacer construir un edificio nuevo. Cómo iba a explicárselo a sus padres, escapaba a su discernimiento.

Cansado y de mal humor deambulaba, contemplando los patos y cisnes del río, cuando inesperadamente una muchacha que cuidaba de dos niños atrajo su atención. La niña debía de tener siete u ocho años, era un poco regordeta y tenía unos bucles espesos y casi negros. Hablaba complacida con su niñera mientras lanzaba al agua pan duro para los patos desde una pasarela segura. El pequeño, un querubín rubio, demostraba, por el contrario, ser una auténtica calamidad. Había dejado la pasarela y deambulaba por el barro junto a la orilla.

La niñera parecía estar preocupada por ello.

—¡Robert, no te acerques tanto al río! ¿Cuántas veces he de decírtelo? ¡Nancy, vigila a tu hermano!

La joven (George calculó que debía de tener como mucho dieciocho años) estaba bastante desamparada al borde de la franja embarrada de la orilla. Llevaba unos zapatos de cordones negros y brillantes y un vestido de paño azul oscuro y modesto. Si tenía que ir en busca del pequeño por el agua salobre se ensuciarían los dos. Lo mismo le ocurriría a la niña que iba delante. Iba limpia y aseada y seguramente le habían indicado que no se ensuciara la ropa.

—No me hace caso, *missy* —respondió obediente la pequeña.

El niño ya se había puesto perdido de barro el traje de marinero.

—Iré cuado me hagas barquitos —gritó travieso a su niñera—. Entonces iremos al lago para hacerlos navegar.

El «lago» no era más que una gran charca que se había formado con la crecida del río en invierno. No estaba limpia, pero al menos no había corrientes peligrosas en ella.

La joven parecía indecisa. Seguro que sabía que era erróneo meterse en negociaciones, pero era evidente que no quería caminar por el lodo y recoger al niño a la fuerza. Al final intentó presentar una contraoferta.

—¡Pero primero repasamos los deberes! No quiero que hoy por la noche tampoco sepas nada cuando te pregunte tu padre.

George sacudió la cabeza. Helen nunca hubiera cedido ante William en situaciones similares. Pero esta institutriz era más joven y al parecer menos experimentada que Helen cuando estaba en casa de los Greenwood. Parecía al borde del desespero, y estaba claro que el niño la superaba. Pese a su expresión malhumorada, era hermosa: George distinguió en el dulce rostro con forma de corazón y de tez muy clara unos ojos azules y diáfanos y unos labios de un rosa pálido. Tenía el cabello fino y rubio, atado en un moño bajo en la nuca, pero que no quedaba firmemente sujeto. O bien tenía un pelo muy suave para mantenerse recogido o bien la joven era una mala peluquera de sí misma. En la cabeza llevaba una pulcra cofia a juego con el vestido. Todo modesto, pero sin llegar a ser el uniforme de una sirvienta. George corrigió su primera impresión. La muchacha era profesora particular, no una niñera.

—¡Hago un problema y me das el barco! —gritó Robert con arrogancia. Acababa de descubrir una pasarela bastante destartalada que se adentraba más en el río y se columpiaba complacido encima de ella. George estaba alarmado. Hasta el momento, el niño sólo había sido rebelde, pero ahora corría un peligro real. La corriente era muy fuerte.

La profesora también era consciente de ello, pero no quería rendirse sin haber luchado.

—Resuelves tres problemas —sugirió. Tenía la voz quebrada.

—¡Dos! —El niño, que debía de tener seis años, se meció como un demonio sobre una tabla suelta.

George ya tuvo suficiente. Llevaba unas recias botas de montar con las que podía pasar fácilmente por el barro. En tres pasos se plantó en la pasarela, atrapó al niño, que protestó, y lo llevó sin más ni más por la orilla hasta su profesora.

—¡Aquí tiene, me parece que se le ha escapado! —George sonrió.

La joven dudó al principio, vacilante respecto a qué hacer en esa situación. Pero luego venció el alivio y también sonrió. Además resultaba cómico ver a Robert pataleando bajo el brazo del desconocido como un cachorro rebelde. Su hermana se reía de su desgracia.

—Tres problemas, jovencito, y te suelto —señaló George.

Robert dijo estar de acuerdo entre quejas y George lo dejó. La profesora lo agarró enseguida del cuello y lo sentó en el banco más cercano.

—Muchas gracias —dijo con los ojos castamente bajados—. Estaba preocupada. A veces es travieso...

George asintió y se dispuso a seguir su paseo, pero algo lo retuvo. Así que también él se buscó un banco no lejos de la profesora, quien obligaba ahora a su discípulo a estarse quieto. Mientras lo sujetaba en el banco, intentó, ya no que resolviera un problema, sino que diera una respuesta a una suma.

—Dos más tres... ¿Cuánto es, Robert? ¿Te acuerdas de que lo hemos visto con cubitos de madera?

—No me acuerdo. ¿Hacemos el barco? —Robert se agitó.

—Después de las cuentas. Mira, Robert, aquí hay tres hojas. Y aquí dos. ¿Cuánto suman?

El niño sólo tenía que contar. Pero era rebelde y no mostraba el menor interés. George volvió a tener a William ante sus ojos.

La joven profesora no perdía la paciencia.

—Basta con que cuentes, Robert.

El niño contó de mala gana.

—Uno, dos, tres, cuatro..., cuatro, *missy*.

La profesora suspiró, al igual que la pequeña Nancy.

—Vuelve a contar, Robert.

El niño era protestón y tonto. La compasión de George por la profesora aumentaba con cada problema para cuya solución ella tenía que avanzar cautelosa y esforzadamente. Sin duda no resultaba fácil seguir siendo amable, pero la joven sonreía estoicamente mientras Robert continuaba gritando: «¡El barquito, el barquito!» Desistió cuando Robert dio por fin la respuesta correcta al tercer y más fácil problema. Para hacer el barquito de papel, no mostró, por el contrario, ni paciencia ni habilidad. El modelo con el que Robert pareció al fin contentarse no parecía hallarse en buen estado para navegar. Como era de esperar, el niño volvió enseguida e interrumpió la clase de cálculo de Nancy. La hermana reaccionó malhumorada. La niña era buena en las sumas y a diferencia de su profesora sí era consciente de que tenía público. Cada vez que disparaba como una pistola la solución de un problema, miraba triunfal a George. Éste, a su vez, se concentraba más bien en la joven profesora. Planteaba los problemas con una voz baja y diáfana, pronunciando la ese con un poco de afectación, como los miembros de la clase alta inglesa o como una muchacha que de joven hubiera ceceado y que controlara ahora de forma consciente la pronunciación. Pero de nuevo, Robert volvía a privarles a ella y a su hermana de la mínima tranquilidad. George sabía perfectamente cómo se sentía la pequeña. Y en los ojos de la profesora leyó la misma reprimida impaciencia que antaño en los de Helen.

—¡Se ha hundido, *missy*! ¡Haz otro! —exigió Robert, y lanzó el barco mojado al regazo de la profesora.

George decidió volver a intervenir.

—Ven aquí, yo sé construir un barquito de papel —le dijo a Robert—. Te enseñaré y luego lo podrás hacer tú solo.

—Pero no es necesario que usted... —La muchacha le arrojó una mirada desvalida—. Robert, estás molestando al señor —dijo con severidad.

—No, no —respondió George con un gesto desdeñoso de la mano—. Al contrario. Me gusta hacer barquitos. Y hace más de diez años que no he construido ninguno. Ya es hora de que lo vuelva a intentar, o me oxidaré.

Mientras la joven seguía haciendo cálculos con Nancy y George arrojaba miradas de soslayo de vez en cuando, éste fue plegando rápidamente el papel hasta construir el barquito. Intentó enseñar a Robert cómo hacerlo, pero el niño sólo se interesaba por el producto acabado.

—¡Ven conmigo, lo haremos navegar! —insistió a George—. ¡En el río!

—¡En el río ni hablar! —La profesora se puso en pie de un salto. Pese a que con ello seguro que ofendía a Nancy, estaba dispuesta, de forma manifiesta, a acompañar a Robert al «lago», siempre que no volviera a correr riesgos. George fue a su lado y admiró sus movimientos livianos y encantadores. Esa muchacha no era ninguna campesina como el par de chicas que estaban bailando la noche anterior en el White Hart. Era una pequeña *lady*.

—Es un joven difícil, ¿verdad? —preguntó George compartiendo sus sentimientos.

Ella asintió.

—Pero Nancy es amable. Tal vez Robert cambie al crecer —dijo esperanzada.

—¿Lo cree así? —inquirió George—. ¿Ha tenido alguna experiencia similar?

La muchacha se encogió de hombros.

—No. Es mi primer empleo.

—¿Tras los estudios de pedagogía? —quiso saber George. Parecía increíblemente joven para ser una profesora con formación.

La muchacha sacudió la cabeza cohibida.

—No he asistido a ninguna escuela. Todavía no las hay en Nueva Zelanda, al menos aquí, en la isla Sur. Pero sé leer y escribir, un poco de francés y muy bien maorí. He leído a los clásicos, aunque no en latín. Y los niños tampoco es que vayan a la universidad.

—¿Y? —preguntó George—. ¿Le gusta?

La joven lo miró y frunció el ceño. George le señaló un banco junto al «lago» y se alegró cuando ella efectivamente tomó asiento.

—¿Si me gusta? ¿Dar clase? Bueno, sí, no siempre. ¿Qué trabajo pagado gusta sin cesar?

George se sentó a su lado e intentó un acercamiento.

—Ya que estamos aquí conversando, ¿me permite que me presente? George Greenwood, de Greenwood Enterprises, Londres, Sidney y desde hace poco Christchurch.

Si quedó impresionada, al menos no lo dejó entrever. En lugar de eso, dijo su nombre tranquila y orgullosamente:

—Elizabeth Godewind.

—¿Godewind? Parece danés. Pero no tiene usted acento escandinavo.

Elizabeth sacudió la cabeza.

—No, soy de Londres. Pero mi madre de acogida era sueca. Me adoptó.

—¿Sólo madre? ¿No tuvo padre? —George se enfadó consigo mismo a causa de su curiosidad.

—La señora Godewind ya era mayor cuando fui a vivir con ella, como una especie de dama de compañía. Luego quiso que heredase la casa y lo más sencillo para eso era adoptarme. La señora Godewind fue lo mejor que me ha pasado... —La joven luchaba por reprimir las lágrimas. George apartó la vista para que ella no se sintiera avergonzada y se quedó mirando a los niños. Nancy recogía flores y Robert hacía cuanto podía para hundir el segundo barco.

Entretanto, Elizabeth encontró el pañuelo y recuperó la calma.

—Lo lamento. Pero apenas hace nueve meses que ha muerto y todavía me duele.

—Pero si es usted una persona acomodada, ¿por qué se ha buscado una colocación? —preguntó George. Hurgar tanto era indecoroso, pero la muchacha le fascinaba.

Elizabeth se encogió de hombros.

—La señora Godewind recibía una pensión de la que vivíamos, pero tras su muerte sólo conservamos la casa. Intentamos alquilarla al principio, pero no era lo correcto. No tengo la autoridad necesaria y Jones, el mayordomo, no la tiene en absoluto. La gente no pagaba el alquiler, era impertinente, ensuciaba la habitación y daba órdenes a Jones y su esposa. Era insoportable. En cierto modo dejaba de ser nuestra casa. Entonces me busqué este puesto. El trato con los niños me gusta mucho más. Sólo estoy con ellos durante el día, por las noches vuelvo a casa.

Así que por las noches estaba libre. George se preguntaba si podía pedirle una cita. Tal vez una cena en el White Hart o un paseo. Pero no, ella lo rechazaría. Era una muchacha bien educada, y esta conversación en el parque ya rayaba en los límites de la decencia. Una invitación sin la mediación de una familia conocida o en un marco adecuado era totalmente inconcebible. ¡Pero, maldita sea, no estaban en Londres. Estaban en el otro extremo del mundo y no quería, en ninguna circunstancia, perderla de vista. Debía simplemente atreverse. Ella debía atreverse... ¡Diablos, Helen también se había atrevido al final!

George se volvió a la muchacha e intentó expresar en su mirada tanto encanto como seriedad le era posible.

—Miss Godewind —dijo circunspecto—. La pregunta que ahora quisiera plantearle rompe todo tipo de convenciones. Naturalmente podría salvar las apariencias si la siguiera con discreción, por ejemplo, descubriera el nombre de las personas para quienes trabaja, me dejara introducir en su casa por algún miembro conocido de la sociedad de Christchurch y luego esperase que en algún momento nos presentaran oficialmente.

»Pero hasta entonces es posible que ya se hubiera casado con otro y a mí no me gusta arreglar mis asuntos dando rodeos. Así pues, si no desea usted pasar el resto de su vida alterándose con niños como Robert, présteme atención: tiene usted justamente lo que yo busco, y es usted una mujer bonita, atractiva y cultivada, con una casa en Christchurch...

Tres meses después, George Greenwood contraía matrimonio con Elizabeth Godewind. Los padres del novio no estaban presentes. Robert Greenwood había tenido que renunciar al viaje a causa de obligaciones laborales, pero dio su bendición a la pareja y sus mejores deseos y transfirió a George, como regalo de bodas, filiales en Nueva Zelanda y Australia. La señora Greenwood contó a todas sus amigas que su hijo se había casado con la hija de un capitán sueco e insinuó cierto parentesco con la casa real de Suecia. Nunca sabría que Elizabeth había nacido en realidad en Queens y que había sido desterrada al nuevo mundo por su propio comité del orfanato. No obstante, de ningún modo se advertían los orígenes de la joven novia. Estaba arrebatadora en su vestido de puntillas blanco, cuya cola Nancy y Robert llevaban solícitamente a sus espaldas. Helen observaba al niño con recelo y George podía estar seguro de que no se atrevería a cometer ninguna insolencia. Puesto que entretanto George ya se había hecho un nombre como comerciante de lana y la señora Godewind era uno de los pilares de la comunidad, el obispo no permitió que fuera otro quien casara a la pareja. Al final el enlace se celebró por todo lo alto en el salón del hotel White Hart, y durante el festejo Gerald Warden y Howard O'Keefe se emborracharon en rincones opuestos de la sala. Helen y Gwyneira no se dejaron aguar la fiesta por ello y lograron imponerse por encima de todas las tensiones logrando que Ruben y Fleur arrojaran juntos flores. Con ello, Gerald Warden fue consciente por vez primera de que el matrimonio de Howard O'Keefe había sido bendecido con un hijo varón saludable, lo que todavía le avinagró más el humor. ¡Así que para la miserable granja de O'Keefe había un heredero! Gwyneira, sin embargo, seguía tan delgada como un junco. Gerald se hundió profundamente en la botella de whisky y Lucas, que observaba su expresión, se alegró de poder retirarse con Gwyneira a una de las habitaciones del hotel antes de que su padre descargara escandalosamente su cólera. De noche intentó de nuevo acercarse a Gwyneira y, como siempre, ella se mostró solícita e hizo todo lo que pudo para animarlo. Pero Lucas fracasó una vez más.

5

Tras la visita de George, tuvo que pasar mucho tiempo antes de que las relaciones entre James McKenzie y Gwyneira volvieran a normalizarse. Ella estaba iracunda y él provocador. Sobre todo, ambos tomaron conciencia de que en realidad no habían superado nada. A Gwyn seguía partiéndosele el corazón cada vez que descubría el desespero con que James la miraba y James no podía soportar imaginarla en brazos de otro. Reanudar la relación era inconcebible: Gwyn sabía que nunca más podría desprenderse de James si volvía a tocarlo otra vez.

Por otra parte, la vida en Kiward Station cada vez se hacía más insoportable. Gerald se emborrachaba a diario y no daba ni un minuto de paz a Lucas y Gwyn. Incluso en presencia de invitados ambos sabían que iba a agredirlos. Entretanto, la joven estaba tan desesperada que se atrevió a hablar con Lucas sobre sus problemas sexuales.

—Mira, amor mío... —le dijo una noche en voz baja, cuando Lucas volvía a estar tendido a su lado, agotado a causa de los esfuerzos y muerto de vergüenza.

Gwyneira había sugerido tímidamente excitarlo acariciándole los genitales: lo más indecente que podían hacer una *lady* y un *gentleman*; pero por su experiencia con James cabía la posibilidad de salir con éxito. Lucas, sin embargo, no sintió la menor excitación, ni siquiera cuando ella acarició su piel lisa y suave y la frotó con delicadeza. Algo tenía que pasar. Gwyneira decidió recurrir a la fantasía de Lucas.

—Si yo no te gusto... a causa de mi cabello rojo o porque prefieres a mujeres más llenas... ¿por qué no tratas de imaginar a otra? No me lo tomaré a mal.

Lucas la besó con dulzura en la mejilla.

—Eres tan preciosa —suspiró—. Tan comprensiva. No te merezco. Lamento muchísimo todo esto. —Avergonzado quería apartarse.

—¡No será por pena que me quede embarazada! —dijo Gwyneira con rudeza—. Es mejor que te imagines algo que te excite.

Lucas lo intentaba. Sin embargo, cuando apareció una imagen ante él que lo excitó, se quedó tan horrorizado que el susto lo desencantó de golpe. ¡No podía ser! No podía dormir con su mujer mientras estaba pensando en el delgado y bien formado George Greenwood...

La situación se agravó una noche de diciembre, una jornada de un verano abrasador en que no corría ni una ligera brisa. Era algo inusual en las llanuras de Canterbury y el bochorno azuzaba los nervios de todos los habitantes de Kiward Station. Fleur se quejaba y Gerald estuvo insoportable todo el día. Por la mañana había echado una bronca a los trabajadores porque las ovejas madres todavía no estaban en las montañas, y eso pese a que había dado antes indicaciones a James de conducir el rebaño después de que hubiera nacido el último cordero. Al mediodía discutió porque Lucas estaba en el jardín con Fleurette dibujando en lugar de trabajar en las cuadras y, al final, se peleó con Gwyneira, quien le dijo que por el momento no había nada que hacer con las ovejas. Lo mejor era dejar los animales en paz con el calor del mediodía.

Todos ansiaban que lloviera y no cabía duda de que se esperaba tormenta. Sin embargo, cuando se puso el sol y se convocó a la cena todavía no había ni una nubecilla en el cielo. Gwyneira se dirigió suspirando a su habitación caliente como un horno para cambiarse. No tenía hambre y lo que más le habría gustado hubiera sido sentarse en la terraza del jardín y esperar allí a que la noche trajera un poco de alivio. Tal vez hasta hubiera sentido los primeros aires de la tormenta (o los hubiera provocado) pues los maoríes creían en la magia del estado del tiempo y Gwyneira llevaba todo el día con la extraña sensación de formar parte del cielo y la tierra, de ser señora sobre la vida y la muerte. Una emoción que siempre la embargaba cuando estaba presente o asistía a la llegada de una nueva vida. Recordaba con todo detalle que lo había sentido por primera vez durante el nacimiento de Ruben. Ese día el motivo era *Cleo*. La perrita había dado a luz cinco cachorros espléndidos. Ahora yacía en su cesto en la terraza, daba de mamar a los pequeños y hubiera agradecido la compañía y admiración de Gwyneira. Sin embargo, Gerald insistió en que estuviera presente a la mesa: tres largos platos en un estado de ánimo amenazado por la continua incerteza. Ya hacía tiempo que Gwyneira y Lucas habían aprendido a medir las palabras en el trato con Gerald, por eso Gwyn sabía que era mejor no hablar de los cachorros de *Cleo* y que Lucas no debía mencionar el paquete de acuarelas que había enviado el día anterior a Christchurch. George Greenwood quería hacerlas llegar a una galería londinense, estaba seguro de que Lucas encontraría allí reconocimiento. Por otra parte debía mantenerse la conversación en torno a la mesa, en caso contrario Gerald elegiría por sí mismo los temas y sin lugar a dudas serían desagradables.

Gwyneira se desprendió enfurruñada de su vestido de tarde. Lamentaba este constante cambiarse de ropa para la cena y el corsé la molestaba con ese calor. Aunque en realidad ya no lo necesitaba: estaba lo suficientemente delgada como para entrar en el holgado vestido de verano que había elegido para la ocasión. Sin esa coraza de espinas se sintió enseguida mejor. Se arregló un momento el cabello y corrió escaleras abajo. Lucas y Gerald estaban ya esperando delante de la chimenea, ambos con un vaso de whisky en la mano. Al menos la atmósfera era sosegada. Gwyneira les sonrió a los dos.

—¿Se ha acostado ya Fleur? —preguntó Lucas—. Todavía no le he dado las buenas noches.

Éste era sin lugar a dudas un tema equivocado. Gwyneira tenía que cambiar de asunto lo antes posible.

—Estaba medio muerta de cansancio. Vuestra clase de pintura en el jardín ha sido emocionante, pero también agotadora a causa del calor. Y por lo mismo, tampoco ha podido dormir al mediodía. Y claro, también está la emoción con los cachorros...

Gwyn se mordió los labios. Era justo la entrada errónea. Tal como se esperaba, Gerald saltó de inmediato.

—Así que la perra ha parido de nuevo —gruñó—. Y otra vez sin dificultades, ¿no? ¡Si la señora aprendiera algo de eso! ¡Qué deprisa lo hace el ganado! En celo, montada, ¡crías! ¿Qué es lo que no te funciona, princesita mía? No estás en celo, o...

—Padre, queremos comer ahora —interrumpió Lucas, como siempre con palabras corteses—. Por favor, tranquilízate y no ofendas a Gwyneira. No puede hacer nada en contra de esto.

—Entonces eres tú... ¡el perfecto *gentleman*! —Gerald escupió esas palabras—. ¿Has perdido las agallas con toda esa educación tan distinguida?

—Gerald, no delante del servicio —intervino Gwyneira, mirando de reojo a Kiri, que acababa de entrar con el primer plato. Algo ligero, una ensalada. Gerald no comería demasiado. Así pasaría la velada más deprisa, esperaba Gwyneira. Tras la cena podría retirarse.

Pero esta vez, precisamente Kiri, por lo general afable y poco problemática, provocó un incidente. La muchacha había pasado todo el día pálida y parecía cansada cuando servía a los señores. Gwyneira quería hablarle de ello, pero desistió. Gerald siempre censuraba las conversaciones confidenciales con el servicio. Así que no comentó que Kiri servía con torpeza y poco esmero. A fin de cuentas todo el mundo podía tener un mal día.

Moana, que entretanto se había convertido en una cocinera realmente diestra, conocía a la perfección lo que deseaban los señores. Conocía el gusto de Gwyn y Lucas por la cocina ligera de verano, pero sabía también que Gerald insistía al menos en comer un plato de carne. Así pues, el plato principal consistió en cordero y Kiri todavía parecía más agotada y rendida que antes cuando entró con la comida. El aromático olor del asado se mezclaba con el fuerte perfume de las rosas que Lucas había cortado antes. Gwyneira encontraba pesado ese cóctel de olores, casi nauseabundo, y a Kiri parecía ocurrirle lo mismo. Cuando quiso servir a Gerald una loncha de cordero, se tambaleó de repente. Gwyn saltó asustada cuando la chica se desplomó junto a la silla del señor de la casa.

Sin pensar siquiera un segundo si era o no conveniente, se arrodilló junto a Kiri y sacudió a la joven, mientras Lucas intentaba recoger los trozos de la bandeja y limpiar a toda prisa la salsa de la carne de la alfombra. Witi, que lo había visto todo, se puso a ayudar a su señor al tiempo que llamaba a Moana. La cocinera llegó corriendo y refrescó la frente de Kiri con un trapo empapado en agua helada.

Gerald Warden observaba ceñudo todo ese jaleo. Su mal humor empeoró con el incidente. ¡Maldita sea, Kiward Station debería ser una casa aristocrática! ¿Pero se había visto alguna vez que en una mansión londinense las chicas del servicio se desmayaran y luego la mitad del servicio, la señora y el señor incluidos, se arremolinaran en torno a ella como criados?

Era evidente que no se trataba de nada grave. Kiri volvió en sí. Horrorizada miró el lío que había montado.

—¡Lo siento, señor Gerald! No volverá a pasar, ¡seguro! —Temerosa, se dirigió al señor de la casa que la observaba sin piedad. Witi limpiaba el traje de Gerald, sucio de salsa.

—No ha sido culpa tuya, Kiri —dijo Gwyn afectuosa—. Son cosas que pueden pasar con este tiempo.

—No es el tiempo, Miss Gwyn. Es el bebé —explicó Moana—. Kiri tendrá un bebé en invierno. Por eso se siente mal todo el día y no soporta el olor de la carne. Yo decir que ella no servir, pero...

—Lo siento mucho, Miss Gwyn... —se lamentó Kiri.

Gwyneira pensó con un silencioso suspiro que ése era realmente el punto culminante de esa noche malograda. ¿Tenía esa desdichada que soltar esa historia justo delante de Gerald? Por otra parte, Kiri no podía evitar sentirse mal. Gwyneira se forzó por sonreír de forma apaciguadora.

—¡Pero ésa no es razón para pedir perdón, Kiri! —dijo cordialmente—. Al contrario, es un motivo de alegría. Pero en las próximas semanas tienes que cuidarte un poco. Ahora ve a casa y acuéstate. Witi y Moana se encargarán de recoger...

Kiri desapareció deshaciéndose en disculpas e hizo al menos tres reverencias delante de Gerald. Gwyneira esperaba que esto lo tranquilizaría, pero su expresión no cambiaba y él no hacía ningún intento de serenar a la chica.

Moana intentó salvar una parte del plato principal, pero Gerald la espantó impaciente.

—¡Déjalo estar, chica! De todos modos, ya no tengo hambre. Largo, vete con tu amiga..., o quédate también preñada. ¡Pero déjame en paz!

El anciano se levantó y se dirigió al mueble bar. Otro whisky doble. Gwyneira temía lo que todavía les aguardaba a su esposo y a ella. De todos modos, el servicio no tenía por qué enterarse.

—Ya has oído, Moana..., y tú también, Witi. El señor os da la noche libre. No os preocupéis demasiado por la cocina. Si luego nos queda tiempo, yo misma recogeré la mesa. Ya limpiaréis la alfombra mañana. Disfrutad de la noche.

—En el pueblo hay danza de la lluvia, Miss Gwyn —explicó Witi, como para disculparse—. Es útil. —Como para dar prueba de ello, abrió la mitad superior de la puerta de la terraza. Gwyneira esperaba que entrase un poco de brisa, pero fuera seguía imperando el calor. Desde el poblado maorí llegaba el percutir del tambor y los cánticos.

—¿Lo ves? —dijo Gwyn amistosamente a su sirvienta—. En el pueblo puedes ser de mayor utilidad que aquí. Ve, no te preocupes. El señor Gerald no se siente bien.

Suspiró aliviada cuando la puerta se cerró tras los sirvientes. Seguro que Moana y Witi no perderían tiempo recogiendo la cocina. Reunirían sus cosas y en pocos minutos desaparecerían.

—¿Un jerez para el susto, cariño mío? —preguntó Lucas.

Gwyn asintió. No era la primera vez que deseaba poder beber con tanto desenfreno como los hombres. Pero Gerald no le daba ni un segundo para disfrutar de su jerez. Había acabado deprisa con su whisky y los miraba a los dos con los ojos inyectados en sangre.

—Conque esa mujerzuela maorí también está embarazada. Y el viejo O'Keefe tiene un hijo. Aquí todos son fértiles, por todos sitios hay balidos, gritos y gañidos. Sólo entre vosotros no hay nada. ¿Cuál es el motivo, Miss Mojigata y señor Blando? ¿En quién está el motivo?

Gwyn miró avergonzada su vaso. Lo mejor era limitarse a no hacer caso. Fuera todavía sonaban los tambores. Gwyn intentó concentrarse en ellos y olvidarse de Gerald. Lucas, por el contrario, intentó serenarlo consolándole.

—No sabemos cuál es el motivo, padre. Debe de ser voluntad divina. Ya sabes que no todos los matrimonios son bendecidos con muchos hijos. Madre y tú sólo me tuvisteis a mí...

—Tu madre... —Gerald cogió otra vez la botella. Ya no se tomaba la molestia de llenarse el vaso, sino que bebía directamente de ella—. Tu maravillosa madre sólo pensaba en ese tipo, ese... Todas las noches me llenaba la cabeza, hasta al mejor amante se le quitan las ganas. —Gerald arrojó una mirada llena de odio al retrato de su fallecida esposa.

Gwyneira lo advirtió con un temor creciente. El viejo nunca se había abandonado tanto. Hasta el momento, sólo se había hablado de la madre de Lucas con respeto. Gwyn sabía que Lucas idolatraba su memoria.

Hasta ahora, Gwyneira había sentido nada más que desagrado, pero ahora la invadió el miedo. Hubiera preferido huir de allí. Buscó un pretexto, pero no había escapatoria. Gerald ni siquiera le hubiera prestado atención. En lugar de eso se dirigió de nuevo a Lucas.

—¡Pero yo no fracasé! —fanfarroneó arrastrando las palabras—. Al menos tú eres varón..., o por lo menos lo pareces. ¿Pero lo eres de verdad, Lucas Warden? ¿Eres un hombre? ¿Tomas a tu mujer como un hombre? —Gerald se puso en pie y se acercó en actitud amenazante a Lucas. Gwyneira veía que los ojos le llameaban de ira.

—Padre...

—¡Contesta, blando! ¿Sabes cómo se hace? ¿O eres marica, como se chismorrea en la cuadra? Ah, sí, chismorrean, Lucas. El pequeño Jonny Oates opina que le lanzas miradas. Apenas si puede defenderse de ti... ¿es cierto?

Gerald miró a su hijo echando chispas.

Lucas se puso rojo como la grana.

—No lanzo miradas a nadie —susurró. Al menos no lo había hecho conscientemente. ¿Podía ser que estos hombres intuyeran sus pensamientos más secretos y pecaminosos?

—¿Y tú, pequeña y pudibunda princesita? ¿No sabes cómo seducirlo? Pero sabes muy bien cómo calentar a los hombres. Me acuerdo con frecuencia de Gales, de cómo me miraste..., una diablilla, pensé, lástima de todos esos aristócratas ingleses... Ella necesita un hombre de verdad. ¡Y en la cuadra todos te miran, princesa! Todos esos tipos están locos por ti, ¿lo sabías? ¿Los estimulas, verdad? ¡Pero con tu distinguido esposo eres fría como el hielo!

Gwyneira se hundió más en la butaca. Las miradas ardientes del anciano la avergonzaban. Desearía haberse puesto un vestido menos escotado, menos ligero. La mirada de Gerald vagaba por su rostro pálido hasta el escote.

—¿Y hoy? —volvió a resonar su voz sarcástica—. ¿No llevas corsé, princesa? ¿Esperas a que un hombre de verdad pase por aquí mientras tu blando está en su camita?

Gwyneira se levantó de un salto cuando Gerald se dirigió a ella. Instintivamente, se apartó de él. Gerald la siguió.

—Ajá, huyes cuando ves a un auténtico hombre. Ya me lo pensaba..., Miss Gwyn. ¡Te haces rogar! Pero un hombre de verdad no arroja la toalla...

Gerald la agarró por el corpiño. Gwyneira tropezó cuando la agarró. Lucas se puso entre los dos.

—Padre, ¡te estás propasando!

—¿Ah, sí? ¡Que yo me insolento! No, mi querido hijo. —El

viejo propinó a Lucas un colérico empujón en el pecho. Lucas no se atrevió a devolvérselo—. Los buenos espíritus me abandonaron cuando compré este caballito purasangre para ti. Demasiado bueno para ti..., demasiado bueno... Me lo tendría que haber quedado yo. Ahora la cuadra rebosaría de herederos.

Gerald se inclinó sobre Gwyneira, que volvió a caer en su butaca. Intentó ponerse en pie y huir, pero de un manotazo la arrojó al suelo y se puso encima de ella antes de que ella pudiera levantarse.

—Ahora te enseñaré... —jadeó Gerald. Estaba completamente borracho y se quedaba sin voz, pero no sin fuerza. Gwyneira distinguió puro deseo en sus ojos.

Llena de pánico intentó recordar. ¿Qué había pasado en Gales? ¿Lo había excitado ella? ¿Había sentido siempre lo mismo por ella y ella había sido tan ciega de no darse cuenta?

—Padre... —Lucas se acercó poco decidido, pero el puño de Gerald fue más rápido. Borracho o no, sus golpes eran certeros. Lucas fue impelido hacia atrás y perdió el conocimiento por unos segundos. Gerald se bajó los pantalones. Gwyneira oyó a *Cleo* ladrar en la terraza. La perra arañaba la puerta alarmada.

—Ahora te enseño, princesa.... Ahora te mostraré cómo se hace...

Gwyneira gimió cuando le desgarró el vestido, le rompió la ropa interior de seda y la penetró de forma brutal. Olía a whisky, sudor y a la salsa del asado que se había derramado en su camisa, y Gwyneira se sintió invadida por el asco. Vio odio y triunfo en los ardientes y malvados ojos de Gerald. La sostuvo con una mano por debajo, le frotó con la otra los pechos y la besó ansioso en el cuello. Ella le mordió e intentó rechazar la lengua del hombre en su boca. Tras el primer *shock* empezó a luchar y quejarse con tal desespero que él tuvo que agarrarla por las dos manos para mantenerla quieta. Pero seguía penetrándola y apenas si podía soportar los dolores. Ahora sabía por fin a qué se refería Helen, y se aferró a las palabras de su amiga: «Al menos se acaba pronto...»

Gwyneira, desesperada, se quedó quieta. Oyó los tambores del exterior, los ladridos histéricos de *Cleo*. Esperaba que no intentase saltar por la mitad abierta de la puerta. Gwyn se obligó a tranquilizarse. En algún momento acabaría....

Gerald notó su resignación y la interpretó como conformidad.

—Qué... ¿te gusta, princesa? —jadeó y empujó más fuerte—. ¡A que te gusta! Ahora no tienes..., no tienes suficiente, ¿verdad? Eso es otra cosa..., un hombre de verdad, ¿eh?

Gwyneira ya no tenía fuerzas para insultarlo. Parecía que el dolor y la humillación no iban a acabar nunca. Los segundos se convirtieron en horas. Gerald gemía, jadeaba y pronunciaba palabras incomprensibles que se mezclaban con los tambores y los ladridos en una cacofonía que aturdía a la mujer. Gwyneira no sabía si había gritado o si había soportado la tortura en silencio. Lo único que quería era que Gerald se apartara de ella, incluso si eso significaba que él...

Gwyneira sintió un asco enorme cuando al final él eyaculó dentro de ella. Se sintió sucia, manchada, humillada. Llena de desesperación, apartó la cabeza cuando él se dejó caer sobre ella, jadeando, y hundió el rostro sofocado en su cuello. El peso dèl cuerpo del hombre la mantenía inmovilizada en el suelo. Gwyn tenía la sensación de no poder respirar. Intentó quitárselo de encima, pero no pudo. ¿Por qué no se movía? ¿Se había muerto sobre ella? Gwyn se habría alegrado. Si hubiera tenido un cuchillo se lo habría clavado.

Pero luego, Gerald se movió. Se levantó sin mirarla. ¿Qué sentía? ¿Satisfacción? ¿Vergüenza?

El viejo estaba en pie tambaleándose y volvió a coger la botella.

—Espero que esto os haya servido de lección... —dijo vacilante. Su tono no era triunfal sino más bien pesaroso. Lanzó una mirada de soslayo a Gwyneira, que gimoteaba—. Has tenido mala suerte, si te ha dolido. Pero al final te ha gustado, ¿verdad, princesa?

Gerald Warden subió dando traspiés las escaleras, sin volver la vista atrás. Gwyneira sollozaba en silencio.

Lucas se inclinó sobre ella.

—¡No me mires! ¡No me toques!

—No voy a hacerte nada, cariño mío... —Lucas quería ayudarla a levantarse, pero ella le rechazó.

—Vete —dijo sollozando—. Ahora es demasiado tarde, ahora ya no puedes hacer nada.

—Pero... —Lucas se detuvo—. ¿Qué debería haber hecho?

A Gwyneira se le habrían ocurrido de golpe un montón de cosas. Ni siquiera hubiera necesitado un cuchillo: el atizador de hierro de la chimenea habría bastado para derribar a su padre.

Pero a Lucas no se le había pasado tal idea por la cabeza. Era evidente que le preocupaban otras cosas.

—Pero..., pero ¿es que no te ha gustado? —preguntó en voz baja—. ¿De verdad que no has...?

Le dolían todos los músculos del cuerpo, pero la ira la ayudó a levantarse.

—¿Y si fuera así, tú..., cobarde? —respondió a Lucas. Nunca antes se había sentido tan ofendida, tan traicionada. ¿Cómo podía ese imbécil imaginar que ella había disfrutado con esa humillación. De repente, lo único que deseaba era herir a Lucas—. ¿Qué sucedería si hubiera otro que realmente lo hiciera mejor? ¿Irías a él y le pedirías explicaciones, al padre de Fleur? ¿Sí? ¿O de nuevo esconderías la cola como ahora, peleando contra un viejo? Maldita sea, ¡estoy harta de ti! Y de tu padre, que tan vigoroso está. ¿Qué es en realidad un «marica», Lucas? ¿Es también algo que vale más ocultar a las *ladies*? —Gwyneira vio el dolor en los ojos del hombre y olvidó su cólera. ¿Qué estaba haciendo ahí? ¿Por qué se vengaba en Lucas por lo que había hecho su padre? Lucas no tenía la culpa de lo que era.

»Está bien, no quiero saberlo —dijo—. Sal de mi vista, Lucas. Desaparece. No quiero verte más. No quiero ver a nadie. Vete, Lucas Warden. ¡Desaparece!

Cautiva en su pena y dolor, no lo oyó marchar. Intentó concentrarse en los tambores para evitar los pensamientos que se agolpaban en su cabeza. Entonces pensó de nuevo en la perra.

Ya no ladraba, *Cleo* sólo gimoteaba. Gwyneira se arrastró hasta la puerta de la terraza, dejó entrar a *Cleo* y tiró también del cesto con los cachorros a través del umbral, cuando las primeras gotas caían en el exterior. *Cleo* lamió las lágrimas del rostro de la joven y ésta escuchó con atención la lluvia que caía con fuerza sobre las baldosas..., *rangi* lloraba.

Gwyneira lloraba.

Consiguió llegar hasta su habitación cuando la tormenta descargó sobre Kiward Station, el aire refrescó y se aclaró su mente. Al final durmió sobre la suave alfombra de color azul pálido que Lucas había elegido para ella, junto a la perra y sus cachorros.

Ni se le ocurrió que Lucas fuera a abandonar la casa al amanecer.

Kiri no hizo ningún comentario acerca de lo que encontró cuando entró en la habitación de Gwyneira por la mañana. No dijo nada sobre la cama sin abrir, el vestido desgarrado o el cuerpo sucio y manchado de sangre de Gwyneira. Sí, esta vez había sangrado.

—Bañarse, Miss. Luego estar mejor, seguro —dijo Kiri compasiva—. El señor Lucas seguro no ser malo. Los hombres beben, muy enfadados, ayer mal día...

Gwyneira asintió y se dejó conducir al baño. Kiri dejó correr el agua y quería verter una esencia de flores; pero Gwyneira lo rechazó. Todavía tenía presente el embriagante aroma de rosas de la noche anterior.

—Yo traer desayuno a la habitación, ¿sí? —preguntó Kiri—. Moana preparar gofres para pedir perdón al señor Gerald. Pero él todavía no despierto...

Gwyneira se preguntaba cómo iba a volver a mirar a Gerald a la cara. Al menos se sentía algo mejor ahora que se había enjabonado varias veces seguidas y se había desprendido del sudor y el mal olor de Gerald.

No obstante, todavía estaba dolorida y cualquier movimiento le hacía daño, pero eso pasaría. La humillación, sin embargo, la sentiría durante toda su vida.

Al final se cubrió con un ligero albornoz y dejó el baño. Kiri había abierto la ventana de la habitación y los jirones de su vestido habían desaparecido. Tras la tormenta, el mundo exterior parecía recién lavado. El aire era fresco y límpido. Gwyneira respiró hondo e intentó serenar su mente. La experiencia de la noche anterior había sido espantosa, pero no peor que la que sufrían muchas mujeres cada noche. Si ponía empeño, conseguiría olvidarla. Debía actuar como si no hubiera pasado nada...

Sin embargo, se sobresaltó cuando oyó la puerta. *Cleo* gruñó. Sentía la tensión de Gwyneira. No obstante sólo entraron Kiri y Fleurette. La pequeña estaba de mal humor, lo que Gwyn podía comprender. Por lo general, ella misma despertaba a la niña con un beso y luego Lucas y Gwyn solían desayunar con ella. Esa «hora en familia» sin Gerald, que todavía dormía su borrachera, era sagrada para ellos y todos parecían disfrutarla. Gwyn había supuesto que Lucas se habría ocupado de Fleur esa mañana, pero era evidente que la niña había sido abandonada a su suerte. De ahí su descabellada vestimenta. Llevaba una faldita que hacía las veces de poncho sobre un vestido mal abrochado.

—Papá se ha ido —anunció la niña.

Gwyn sacudió la cabeza.

—No, Fleur, seguro que papá no se ha ido. A lo mejor se ha marchado a dar una vuelta a caballo. Él..., nosotros... nosotros nos peleamos un poco ayer con el abuelo... —Lo admitió a su pesar, pero Fleur presenciaba con tanta frecuencia sus diferencias con Gerald que eso no podía resultar nada nuevo para ella.

—Sí, puede ser que papá se haya ido a caballo —respondió Fleur—. Con *Flyer*. Él tampoco está, me ha dicho el señor James. ¿Pero por qué papá se ha ido antes del desayuno?

A Gwyneira también le extrañaba esto. Salir a galopar por el monte para aclarar la cabeza respondía más a su estilo que al de Lucas. Pocas veces ensillaba él mismo el caballo. La gente bromeaba porque hacía que los pastores le llevaran la montura incluso cuando estaba trabajando en la granja. ¿Y por qué había escogido al más viejo caballo de trabajo? Lucas no era un jinete apasionado, pero sí bueno. El viejo *Flyer* lo aburriría, sólo Fleur lo montaba de vez en cuando. Pero tal vez Fleur y James se equivocaban y la desaparición de *Flyer* y Lucas no estaba relacionada. El caballo bien podría haberse escapado. Era algo que sucedía a menudo.

—Seguro que papá vuelve pronto —aseguró Gwyneira—. ¿Has mirado ya en el taller? Pero ven, come antes un gofre.

Kiri había dispuesto la mesa del desayuno junto a la ventana y sirvió café a Gwyneira. También Fleur obtuvo su chorrito de café con mucha leche.

—En habitación no está, *miss* —dijo la doncella a Gwyneira—. Witi ha mirado. La cama no tocada. Seguro en otro lugar de la granja, él vergüenza... —Lanzó una expresiva mirada a Gwyneira.

Ésta, por el contrario, estaba preocupada. Lucas no tenía ningún motivo por el que avergonzarse... ¿o sí? ¿Acaso Gerald no lo había humillado tanto como a ella? Y ella misma..., era imperdonable el modo en que había tratado a Lucas.

—Vamos a ir a buscarlo enseguida, Fleur. Lo encontraremos. —Gwyn no sabía si con ello estaba tranquilizando a la niña o a sí misma.

No encontraron a Lucas, ni en la casa ni en la granja. Ni tampoco volvió a aparecer *Flyer*. Además, James informó de que faltaban una silla viejísima y una rienda muchas veces parcheada.

—¿Hay algo que deba saber? —preguntó con voz queda. Miraba el rostro pálido de Gwyneira y su andar cansino.

Gwyn sacudió la cabeza y se contentó con herir a James como antes había herido a Lucas.

—No es nada de tu incumbencia.

James, ella lo sabía, habría matado a Gerald.

6

Lucas siguió desaparecido las semanas posteriores. Circunstancia ésta que conllevó, inesperadamente, a que la relación entre Gwyneira y Gerald se normalizara un poco: a fin de cuentas debían arreglárselas de algún modo aunque fuera sólo por Fleur. Los primeros días tras la partida de Lucas, los dos compartieron la preocupación de que le hubiera ocurrido algo o incluso de que se hubiera él mismo hecho algo. La búsqueda en el entorno de la granja fue vana y, tras reflexionar en profundidad, Gwyneira llegó a la conclusión de que no se había suicidado. Entretanto había examinado las cosas de Lucas y confirmado que faltaba un par de trajes sencillos, justo aquellos, para su asombro, que menos le gustaban a su marido. Lucas se había llevado ropa de trabajo, prendas para la lluvia, ropa interior y muy poco dinero. Eso encajaba con el viejo caballo y la vieja silla: estaba claro que no quería llevarse nada de Gerald. La separación debía efectuarse limpiamente. A Gwyneira le dolía que la hubiera dejado sin decirle nada. Por lo que alcanzaba a ver, no se había llevado ningún recuerdo de ella ni de su hija, sólo una navaja que ella le había regalado una vez. Tenía la sensación de que nunca había significado nada para él, la amistad superficial que había unido a la pareja ni siquiera merecía una carta de despedida.

Gerald se informó en Haldon acerca de su hijo, lo que desencadenó los rumores, así como en Christchurch, de forma más discreta, con ayuda de George Greenwood. De nada sirvió,

Lucas Warden no se había dejado ver en ninguno de los dos sitios.

—Sabe Dios dónde estará —dijo Gwyneira apenada a Helen—. En Otago, en los campos de los buscadores de oro, o en la costa Oeste, tal vez en la isla Norte. Gerald quiere emprender investigaciones, pero no hay esperanza. Si Lucas no quiere que lo encuentren, no lo encontrarán.

Helen hizo un gesto de resignación y sirvió el ineludible té.

—Quizá sea mejor así. Es posible que no le conviniera vivir siempre dependiendo de Gerald. Ahora puede demostrar quién es y Gerald ya no te fastidiará más con la falta de niños. ¿Pero por qué ha desaparecido tan de repente? ¿No ha habido una causa real? ¿Una pelea?

Gwyneira lo negó ruborizada. No había contado a nadie, ni siquiera a su mejor amiga, la violación. Esperaba que si se lo guardaba para sí, el recuerdo empezaría a difuminarse. Entonces sería como si esa noche nunca hubiera existido, como si sólo hubiera sido una horrible pesadilla. Gerald parecía ver el asunto del mismo modo. Era excepcionalmente cortés con Gwyneira, pocas veces la miraba y ponía atención en no tocarla. Ambos se veían en las comidas, para no dar motivo de conversación al servicio, y conseguían al mismo tiempo hablar con reservas entre sí. Gerald seguía bebiendo igual que antes, pero ahora, por lo general, tras la cena, cuando Gwyneira ya se había retirado. La joven empleó a la alumna favorita de Helen, Rongo Rongo, que ahora tenía quince años, como doncella personal, e insistió en que la muchacha durmiera en sus aposentos para estar siempre a su disposición. Esperaba impedir con ello los abusos de Gerald, pero sus inquietudes eran infundadas. La conducta de Gerald era impecable. Hasta ahí podría haber llegado a olvidarse de la funesta noche de verano. Sin embargo, el hecho tuvo sus consecuencias. Cuando por segundo mes no tuvo el período y Rongo Rongo rio elocuentemente y le acarició el vientre, Gwyn tuvo que reconocer que estaba embarazada.

—No quiero tenerlo —dijo entre sollozos después de una fatigosa cabalgada. No habría podido esperar a las horas de clase para hablar con su amiga. Pero Helen ya reconoció en su terrible expresión que algo horrible había tenido que pasar. Dio la tarde libre a los niños, envió a Fleur y Ruben a jugar en el monte y tomó a Gwyneira del brazo.

—¿Han encontrado a Lucas? —preguntó en voz baja.

Gwyneira la miró como si estuviera loca.

—¿Lucas? ¿Cómo Lucas...? ¡Ah, es mucho peor, Helen, estoy embarazada! ¡Y no quiero tener el niño!

—Estás hecha un lío —murmuró Helen, y condujo a su amiga a la casa—. Ven, te haré un té y hablaremos de ello. ¿Se puede saber por qué no te alegras de tener un niño, por el amor de Dios? Lo has intentado durante años y ahora... ¿O tienes miedo de que el niño pueda llegar demasiado tarde? ¿No es de Lucas?

Helen miró inquisitiva a Gwyneira. A veces había sospechado que el nacimiento de Fleur encerraba algo de misterioso: a ninguna mujer se le podía escapar el modo en que se iluminaban los ojos de Gwyn al mirar a James McKenzie. Pero en los últimos tiempos apenas si los había visto juntos. Y Gwyn no sería tan tonta como para tomar un amante justo después de la partida de su esposo. ¿O se había marchado Lucas porque ya tenía un amante? Helen no se lo podía imaginar, Gwyn era una *lady*. ¡Seguro que no infalible, pero sí infaliblemente discreta!

—El niño es un Warden —contestó con firmeza Gwyneira—. De ello no hay duda. ¡Pero no lo quiero!

—Pero esto no lo decides tú —dijo Helen impotente. No podía seguir los pensamientos de Gwyn—. Si se está embarazada, se está embarazada.

—¡Y qué! Debe de haber una posibilidad de desprenderse del niño. Hay abortos continuamente.

—Pero no en mujeres jóvenes y sanas como tú. —Helen sacudió la cabeza—. ¿Por qué no vas a ver a Matahorua? Seguro que te dice si el niño está sano.

—Tal vez pueda ayudarme... —dijo Gwyn esperanzada—. Tal vez conozca una bebida o algo así. Cuando estábamos en el barco, Daphne le contó a Dorothy algo sobre abortos clandestinos...

—¡Gwyn, no debes ni pensar en algo así! —Helen había oído rumores sobre esas personas que practicaban abortos en la clandestinidad. Su padre había sepultado a alguna de las víctimas de tales individuos—. ¡Es un acto impío! ¡Y peligroso! Puedes morirte. ¿Y por qué, Dios mío...?

—¡Iré a ver a Matahorua! —declaró Gwyn—. No intentes disuadirme. ¡No quiero ese niño!

Matahorua pidió a Gwyneira que tomara asiento junto a una hilera de piedras detrás de la casa de la comunidad, donde las dos estaban a solas. También ella debió de notar en su rostro que había sucedido algo grave. Pero esta vez tendrían que apañárselas sin intérprete: Gwyn había dejado a Rongo Rongo en casa. Lo último que necesitaba era una cómplice.

Matahorua hizo una mueca vaga cuando invitó a Gwyn a tomar asiento sobre las piedras. Su expresión debía de ser amistosa, incluso tal vez mostraba una sonrisa, pero para Gwyneira resultaba amenazante. Los tatuajes en el rostro de la anciana hechicera parecían transformar toda mueca y su figura arrojaba extrañas sombras a la luz del sol.

—Bebé. Lo sé de Rongo Rongo. Bebé fuerte..., mucha fuerza. Pero también mucha ira...

—¡No quiero el bebé! —declaró Gwyneira, sin mirar a la hechicera—. ¿Puedes hacer algo?

Matahorua buscó la mirada de la joven.

—¿Qué hacer? ¿Matar al bebé?

Gwyneira se crispó. Hasta el momento no se había atrevido a formularlo de manera tan brutal. Pero se trataba justamente de eso. Sintió que despertaba en ella un sentimiento de culpa.

Matahorua la miraba con atención, su rostro y su cuerpo, y como siempre parecía estar contemplando a través de las personas un lugar alejado que sólo ella conocía.

—¿Para ti importante bebé morir? —preguntó con suavidad.

Gwyneira sintió que de repente montaba en cólera.

—¿Estaría aquí si no fuera así? —espetó.

Matahorua se encogió de hombros.

—Bebé fuerte. Si bebé morir, tú también morir. ¿Tan importante?

Gwyneira se estremeció. ¿Qué es lo que daba tanta seguridad a Matahorua? ¿Y por qué nunca se ponían en duda sus palabras por muy extravagantes que fueran? ¿Podía realmente ver el futuro? Gwyneira reflexionó. No sentía nada por el niño que llevaba en su vientre, en cualquier caso rechazo y odio. Lo mismo que por su padre. ¡Pero el odio no era tan intenso para que valiera la pena morir. Gwyneira era joven y le gustaba la vida. Además la necesitaban. ¿Qué pasaría con Fleurette si perdía a su segundo progenitor? Gwyn decidió esperar a que el asunto se calmara. Igual podía traer al mundo a esa desdichada criatura y luego olvidarse de ella. ¡Que se ocupara Gerald!

Matahorua rio.

—Veo, tú no morir. Tú vivir, bebé vivir..., no feliz. Pero vivir. Y haber alguien que quiere....

Gwyneira frunció el entrecejo.

—¿Que quiere qué?

—Alguien querer al niño. Al fin. Hacer... círculo redondo... —Matahorua trazó con el dedo un círculo y rebuscó en su bolsillo. Al final sacó un trozo casi redondo de jade y se lo tendió a Gwyneira—. Toma, para el bebé.

Gwyneira cogió la pequeña piedra y dio las gracias. No sabía por qué, pero se sentía mejor.

Todo esto no impidió, claro está, que Gwyneira intentara cualquier forma concebible de abortar. Trabajaba hasta la extenuación en el jardín, a ser posible agachada, comía manzanas todavía verdes hasta casi morir de indigestión, y montaba la última hija de *Igraine*, un potro que sin duda era difícil. Para admiración de James consiguió incluso que el rebelde animal se acostumbrara a la silla de amazona: un último y desesperado esfuerzo, pues Gwyneira sabía que la silla lateral no era un asiento más frágil, sino más seguro. Los accidentes con las sillas de amazona se producían casi siempre cuando el caballo caía debajo de la silla y la amazona no podía soltarse del asiento y librarse de las correas. Tales accidentes solían ser, asimismo, mortales. Pero la yegua *Viviane* tenía unas patas tan recias como su madre; dejando de lado que Gwyneira no tenía la menor intención de morir con su hijo. Su última esperanza residía en las fuertes sacudidas que producía el caballo al trote y de las cuales no podía escapar en la silla de montar para damas. Tras media hora de trote, apenas podía mantenerse a lomos del caballo a causa de los dolores de costado, pero al niño eso no le molestaba. Sobrevivió los peligrosos primeros tres meses sin problemas y Gwyneira lloraba de ira cuando veía que su vientre empezaba a hincharse. Al principio intentó dominar la traicionera redondez con bandas, pero a la larga eso resultó inaguantable. Por último se resignó a su destino y se armó contra las inevitables felicitaciones. ¿Quién iba a sospechar cuán indeseado era el pequeño Warden que crecía en su vientre?

Las mujeres de Haldon, como era de esperar, se percataron del embarazo de Gwyneira enseguida y empezaron a chismorrear de inmediato. Esto dio pie a las más fantásticas especulaciones. A Gwyneira le daba igual. Le horrorizaba que Gerald abordara el tema. Y lo que más temía era la reacción de James McKenzie. Pronto se daría cuenta o al menos oiría hablar de ello, y ella no podía contarle la verdad. En realidad se apartaba de su camino desde que Lucas había desaparecido porque en su rostro se plasmaban las preguntas. Ahora querría tener respuestas: Gwyneira estaba preparada para sus reproches y enfados, pero no para su auténtica reacción. Sucedió de forma totalmente inesperada para ella, cuando se lo encontró una mañana en la cuadra, en traje de montar e impermeable, porque volvía a lloviznar, y con las alforjas listas. Había incluso cubierto con una manta los lomos de su huesudo caballo blanco.

—Me voy, Gwyn —dijo cuando ella lo miró interrogante—. Ya puedes imaginar por qué.

—¿Te vas? —Gwyneira no comprendía—. ¿Adónde? Qué...

—Me marcho, Gwyneira. Dejo Kiward Station y busco otro trabajo. —James le dio la espalda.

—¿Me abandonas? —Las palabras escaparon de sus labios antes de que Gwyneira pudiera retenerlas. Pero el dolor había llegado muy de repente, la conmoción había calado fondo. ¿Cómo podía dejarla sola? Ella lo necesitaba, justo ahora.

James se echó a reír, pero parecía más triste que divertido.

—¿Te sorprende? ¿Crees que tienes algún derecho sobre mí?

—Claro que no. —Gwyn buscó apoyo en la puerta de la cuadra—. Pero pensaba que tú...

—No estarás esperando ahora declaraciones de amor, ¿verdad, Gwyn? No después de lo que has hecho. —James iba apretando las cinchas como si estuviera manteniendo una conversación ocasional.

—¡Pero si yo no he hecho nada! —se defendió Gwyneira, consciente de lo falso que sonaba.

—¿Ah, no? —James se dio la vuelta y la miró con frialdad—. Así que se trata de una nueva versión de la inmaculada concepción. —Señaló el vientre de la joven—. ¡No me vengas con cuentos, Gwyneira! Vale más que me cuentes la verdad. ¿Quién fue el semental? ¿Venía de mejor cuadra que yo? ¿Mejor pedigrí? ¿Mejores movimientos? ¿Posiblemente un título de nobleza?

—James, nunca quise... —Gwyn no sabía qué decir. Habría preferido desplegar toda la verdad ante él, abrirle su corazón. Pero entonces él pediría cuentas a Gerald. Entonces habría muertos o al menos heridos y después todo el mundo conocería el origen de Fleurette.

—Fue ese Greenwood, ¿verdad? Un auténtico *gentleman*. Un joven apuesto, cultivado, de buenos modales y seguramente muy discreto. Lástima que no lo hubieras conocido entonces, cuando...

—¡No fue George! ¿Qué te crees? George vino a causa de

Helen. Y ahora tiene esposa en Christchurch. Nunca hubo motivos para tus celos. —Gwyneira odiaba el tono implorante de su propia voz.

—¿Y entonces quién fue? —James se acercó a ella casi amenazador. Irritado la agarró por los brazos como si fuera a zarandearla—. ¡Dímelo, Gwyn! ¿Alguien de Christchurch? ¿El joven Lord Barrington? ¡Ése sí te gusta! Dímelo, Gwyn. ¡Tengo derecho a saberlo!

Gwyn sacudió la cabeza.

—No te lo puedo decir y tampoco tienes derecho...

—¿Y Lucas? Te ha descubierto, ¿verdad? ¿Te ha pillado, Gwyn? ¿En la cama con otro? ¿Te ha hecho vigilar y luego te lo ha dicho claramente? ¿Qué había entre tú y Lucas?

Gwyneira lo miró abatida.

—Nada de este tipo. No entiendes.

—Entonces, ¡explícamelo Gwyn! Explícame por qué un hombre te ha dejado al amparo de la noche y no sólo a ti, sino al viejo, a la niña y su herencia. Me gustaría entenderlo... —La expresión de James se suavizó, aunque todavía se esforzaba por no perder el control. Gwyn se preguntó por qué, a pesar de todo, no tenía miedo. Pero es que nunca había tenido miedo de James McKenzie. Tras la desconfianza y la cólera, siempre veía amor en sus ojos.

—No puedo, James. No puedo. Por favor, acéptalo, no te enfades. Te lo pido, ¡no me dejes! —Gwyneira se hundió en el hombro de él. Quería estar junto a él, daba igual si era bien recibida o no.

James no se lo impidió, pero tampoco la abrazó. Sólo se desprendió de ella y suavemente la apartó hasta que no hubo contacto físico.

—Sea lo que sea lo que haya pasado, Gwyn, no puedo quedarme. Tal vez podría si realmente tuvieras una explicación para todo esto..., cuando realmente confiaras en mí. Pero así no te entiendo. Eres tan obstinada, tan dependiente de nombres y herencias que incluso ahora quieres ser fiel a la memoria de tu marido..., y pese a ello te has quedado embarazada de otro hombre...

—¡Lucas no está muerto! —balbució Gwyneira.

James hizo un gesto de impotencia.

—Eso carece de importancia. Da igual que esté muerto o vivo, tú nunca te unirías a mí. Y, lentamente, esto me está superando. No puedo verte cada día sin pedir nada de ti. Llevo cinco años intentándolo, Gwyn, pero siempre, cuando te dirijo la mirada tengo ganas de tocarte, de besarte, de estar contigo. En lugar de eso están los «Miss Gwyn» y los «señor James», eres cortés y distante, si bien el deseo es tan perceptible en ti como en mí: Esto me está matando, Gwyn. Lo hubiera soportado mientras tú también lo hubieras soportado. Pero ahora..., es demasiado, Gwyn. Lo del niño es demasiado. ¡Dime al menos de quién es!

Gwyn volvió a sacudir la cabeza. La desgarraba por dentro pero no reveló la verdad.

—Lo siento, James. No puedo. Si por eso tienes que irte, entonces vete.

Contuvo un sollozo.

James puso una brida al caballo y ya se disponía a sacarlo al exterior. Como siempre, *Daimon* se unió a él. James acarició el perro.

—¿Vas a llevártelo? —preguntó Gwyn con la voz ahogada.

James dijo que no.

—No es mío. No puedo permitir que el mejor semental de Kiward Station se vaya conmigo.

—Pero te echará de menos... —Gwyneira contempló con el corazón partido cómo ataba al perro.

—Yo también echaré muchas cosas de menos, pero todos aprenderemos a vivir con ello.

—Te lo regalo. —Gwyneira deseó de repente que James se llevara al menos un recuerdo de ella. De ella y de Fleur. De los días en la montaña. De la demostración de los perros el día de su boda. De todas esas cosas que habían hecho juntos, de los pensamientos que habían compartido.

—No me lo puedes regalar, no te pertenece —dijo James en voz baja—. El señor Gerald lo compró en Gales, ¿no te acuerdas?

¡Que si lo sabía! Y recordaba Gales y las palabras amables

que entonces había intercambiado con Gerald. Entonces lo había tenido por un *gentleman*, algo exótico quizá, pero honesto. Y qué bien recordaba esos primeros días con James, cuando ella le enseñó los trucos para adiestrar a los jóvenes perros. Él la respetaba, aunque fuera una mujer...

Gwyneira miró a su alrededor. Los cachorros de *Cleo* eran lo bastante mayores como para separarlos de su madre, si bien seguían corriendo tras ella y, por ello, pululaban ahora en torno a Gwyneira. Se agachó y levantó al cachorro más grande y bonito. Una joven perra casi negra, con la sonrisa típica de los collie de *Cleo*.

—Pero a ésta sí puedo regalártela. Es mía. Acéptala, James. ¡Por favor, acéptala! —Con resolución le puso a James el cachorro entre las manos. La perrita enseguida intentó lamerle la cara.

James sonrió y parpadeó turbado para que Gwyn no viera las lágrimas de sus ojos.

—Se llamará *Friday*, ¿verdad? Viernes, el compañero de Robinson Crusoe en la soledad.

Gwyn asintió.

—No tienes que estar solo... —dijo con un débil tono de voz.

James acarició al animal.

—A partir de ahora, nunca más. Muchas gracias, Miss Gwyn.

—James... —Se acercó y levantó el rostro hacia él—. James, desearía que fuera tu hijo.

James depositó un suave beso en sus labios, con tanta dulzura y serenidad como sólo Lucas la había besado.

—Te deseo suerte, Gwyn. Que tengas suerte.

Gwyneira lloró sin cesar cuando James se hubo ido. Lo siguió con la mirada desde su ventana, lo vio cabalgar por los prados, con la perrita delante de él, en la silla. Partía hacia tierras montañosas. ¿O tal vez iría a Haldon por el atajo que ella había descubierto? A Gwyn le daba lo mismo, lo había perdido. Había perdido a los dos hombres. Salvo Fleur, sólo le quedaban Gerald y ese maldito e indeseado niño.

Gerald Warden no habló del embarazo de su nuera, ni una sola vez, cuando era tan evidente que todos, a primera vista, lo reconocían. Por ello tampoco se habló de la cuestión de la asistencia al parto. Esta vez no se traería a ninguna comadrona a la casa, no se consultaría a ningún médico para que controlara el curso del embarazo. La misma Gwyneira intentaba ignorar en lo posible su estado. Siguió cabalgando hasta las últimas semanas, incluso los caballos más impetuosos, e intentaba no pensar en el nacimiento. Tal vez el niño no sobreviviera si no obtenía la ayuda de un especialista.

En contra de lo que Helen esperaba, los sentimientos de Gwyneira hacia el niño no cambiaron durante el embarazo. Ni siquiera mencionaba los primeros movimientos de la nueva vida que con tanto arrobo había celebrado cuando se trataba de Ruben y Fleur.

Y cuando en una ocasión el niño se agitó tanto que Gwyneira dio un respingo, no surgió después ningún alegre comentario respecto a la manifiesta buena salud del niño, sino sólo un desagradable: «Hoy está otra vez pesado. ¡A ver si esto acaba de una vez!»

Helen se preguntaba a qué se refería Gwyn. A fin de cuentas, con su nacimiento, el niño no desaparecería, sino que reclamaría con más firmeza sus derechos. Tal vez se despertaría entonces de una vez el instinto maternal de Gwyn.

Primero, sin embargo, se acercaba la hora de Kiri. La joven maorí se alegraba de la llegada de su hijo y continuamente intentaba involucrar a Gwyn en ello. Comparaba sonriente el tamaño de los vientres de las dos y bromeaba con su señora diciéndole que su bebé sería más joven pero mucho más grande. En efecto, el vientre de Gwyneira adquirió proporciones enormes. Intentaba ocultarlo en lo posible, pero a veces, en sus horas más oscuras, casi temía llevar mellizos.

—¡Imposible! —dijo Helen—. Matahorua se habría dado cuenta.

También Rongo Rongo se limitaba a reírse de los temores de su señora.

—No, tú sólo un bebé. Pero guapo, fuerte. Un parto no fácil, Miss Gwyn. Pero no peligro. Mi abuela dice que será bebé espléndido.

Cuando Kiri empezó a sentir dolores, Rongo Rongo desapareció. Siendo una discípula aplicada de Matahorua estaba bien considerada como comadrona pese a su juventud y pasaba algunas noches en el poblado maorí. Ese día llegó por la mañana contenta: Kiri había dado a luz a una niña sana.

Apenas tres días después del nacimiento, Kiri llevó orgullosa su hija a Gwyneira.

—Yo la llamo Marama. Bonito nombre para niña bonita. Significa «luna». La traigo al trabajo. ¡Jugar con el hijo de Miss Gwyn!

Seguramente Gerald Warden tendría su propio parecer al respecto, pero Gwyneira no hizo comentarios. Si Kiri quería tener el bebé a su lado, podía traerlo. Gwyn, con el transcurso del tiempo, no encontraba más motivos para contradecir a su suegro. La mayoría de las veces Gerald se retiraba en silencio. Las relaciones de poder en Kiward Station se habían transformado sin que Gwyn comprendiera de hecho la causa de ello.

En esta ocasión no había nadie en el jardín cuando Gwyneira sufrió las contracciones, ni nadie a la espera en el salón. Gwyn no sabía si Gerald estaba informado de que el alumbramiento era inminente y también le daba lo mismo. Era posible que el viejo pasara la noche otra vez con una botella en sus aposentos, y hasta que el parto no hubiera concluido sería incapaz de entender la noticia.

Tal como Rongo Rongo había anunciado, el nacimiento no transcurrió tan exento de complicaciones como el de Fleurette. Era evidente que el niño era más grande y Gwyneira obraba a disgusto. En el caso de Fleurette había anhelado la llegada, prestado atención a cada una de las palabras de la comadrona y se había esforzado por ser una madre por excelencia. Ahora se limitaba a soportarlo todo con apatía, a veces aguantaba los dolores con estoicismo, otras veces protestando. La perseguían los recuerdos de los dolores con que ese niño había sido concebido. Volvía a sentir el peso de Gerald encima, a oler su sudor. Entre los dolores vomitó varias veces, se sintió débil y apaleada, y gritó al final de cólera y dolor. Al terminar estaba totalmente agotada y sólo quería morir. O mejor aún, que muriese ese ser que se aferraba a su vientre como un pernicioso parásito.

—¡Sal de una vez! —gritó—. Sal de una vez y déjame en paz...

Tras casi dos días de tortura absoluta —y al final casi de odio hacia todos los que le habían hecho eso—, Gwyneira dio a luz un hijo. Sólo sintió alivio.

—¡Un niño tan guapo, Miss Gwyn! —exclamó Rongo resplandeciente—. Como Matahorua lo dijo. Espere, lo lavo y luego se lo doy. Darle un poco de tiempo antes de cortar el cordón...

Gwyneira sacudió enloquecida la cabeza.

—No, córtalo, Rongo. Y llévatelo. No quiero tenerlo. Quiero dormir... tengo que descansar...

—Pero después lo hará. Primero ver el bebé. ¿A que es bonito? —Rongo había limpiado con esmero al bebé y lo colocó sobre el pecho de Gwyn. Hacía los primeros movimientos para mamar. Gwyneira lo apartó. Bien, era sano, perfecto con sus diminutos deditos en las manos y en los pies, pero a pesar de eso no lo quería.

—¡Llévatelo, Rongo! —exigió con determinación.

Rongo no entendía.

—¿Pero dónde quiere que lo lleve, Miss Gwyn? Necesita a usted. Necesita a su madre.

Gwyn se encogió de hombros.

—Llévaselo al señor Gerald. Quería un heredero, ahora ya lo tiene. Ya verá como se las apaña. Ahora, déjame tranquila. ¿Lo harás pronto, Rongo? Oh, Dios mío, no, vuelve a empezar... —Gwyneira gimió de dolor—. No puede ser que tengan que pasar tres horas hasta expulsar la placenta...

—Ahora cansada, Miss Gwyn. Es normal —dijo apaciguadora Kiri cuando Rongo llegó, agitada y con el bebé, a la cocina. Kiri y Moana estaban ocupadas recogiendo los platos de la cena que Gerald había tomado solo. La pequeña Marama dormía en una cestita.

—¡No es normal! —protestó Rongo—. Matahorua ha ayudado en miles de nacimientos, pero ninguna madre ha reaccionado como Miss Gwyn.

—Ah, cada madre es distinta... —sostuvo Kiri, y pensó en la mañana en que encontró a Gwyneira con la ropa desgarrada durmiendo en el suelo de su habitación. Había muchos indicios de que el niño había sido concebido esa noche. Gwyn podría tener razones para no quererlo.

—¿Y qué hago ahora con él? —preguntó Rongo vacilante—. No puedo llevarlo al señor Gerald. No le gustan los niños alrededor.

Kiri rio.

—El bebé también necesita leche y no whisky. Es demasiado pronto para empezar con eso. No, no, Rongo, déjalo aquí. —Se desabrochó con toda naturalidad la pulcra ropa de servicio, descubrió sus pechos hinchados y tomó al niño de los brazos de Rongo—. Así está mejor.

El recién nacido se puso de inmediato a mamar. Kiri lo mecía con dulzura. Cuando por fin se durmió junto a su pecho, lo dejó con Marama en la cestita.

—Di a Miss Gwyn que está bien cuidado.

Gwyneira no quería saber nada. Ya dormía y al día siguiente no preguntó por el niño. No mostró la menor emoción cuando Witi le llevó un ramo de flores y le señaló la tarjeta que lo acompañaba.

—Del señor Gerald.

En el rostro de la joven se dibujó una expresión de horror y de odio, pero también de curiosidad. Abrió el sobre.

«Te doy las gracias por Paul Gerald Terence.»

Gwyneira gritó, arrojó las flores al otro lado de la habitación y rompió la tarjeta en pedazos.

—¡Witi! —ordenó al asustado mayordomo—. ¡O mejor, Rongo, a ella no le fallarán las palabras! Ve corriendo al señor Gerald y dile que el niño sólo se llamará Paul Terence o lo estrangularé en la cuna.

Witi no entendió, pero Rongo estaba horrorizada.

—Yo decir —prometió en voz baja.

Tres días más tarde, el heredero de los Warden era bautizado con el nombre de Paul Terence Lucas. Su madre se mantuvo alejada de la celebración, estaba indispuesta. Pero sus criadas sabían que Gwyneira ni siquiera había dedicado una sola mirada al niño.

7

—¿Cuándo me presentarás por fin a Paul? —preguntó Helen impaciente. Gwyneira no había podido montar a caballo justo después de dar a luz, naturalmente, y aun ahora, transcurridas ya cuatro semanas, había llegado con Fleur en el carruaje. Ya era la tercera vez y era evidente que se recuperaba del esfuerzo. Helen se preguntaba simplemente por qué no llevaba al bebé consigo. Tras el nacimiento de Fleur, Gwyn apenas si había logrado esperar a enseñarle su hijita a su amiga. A su hijo, sin embargo, apenas lo mencionaba. E incluso ahora que Helen preguntaba en concreto por él, su amiga sólo hacía un movimiento de rechazo con la mano.

—Ah, otro día. Es cansado cargar con él, además llora todo el tiempo cuando lo alejo de Kiri y Marama. Con ellas se siente bien, así que qué le vamos a hacer.

—Pero me gustaría verlo una vez —insistió Helen—. ¿Qué te pasa, Gwyn? ¿Hay algo que no va bien con el niño?

Fleurette y Ruben se habían ido a la aventura justo después de la llegada de Gwyn, los niños maoríes no asistirían hoy porque había festejos en su poblado. Helen encontraba que era el día ideal para tomar el pulso a su amiga.

Ésta sacudió indiferente la cabeza.

—¿Qué es lo que no iba a ir bien? Lo tiene todo. Es un bebé fuerte, y por fin un niño. Ya he cumplido con mi obligación y ya he hecho lo que se esperaba de mí. —Gwyneira jugaba con la taza de té—. Y ahora, cuéntame las novedades. ¿Ha llegado por fin el órgano para la iglesia de Haldon? ¿Y permitirá el reverendo ahora que lo toques tú si no hay ningún organista varón?

—¡Olvídate de ese absurdo órgano, Gwyn! —Helen se refugiaba fingiendo impaciencia, pero se sentía más bien desorientada—. ¡Te he preguntado por tu bebé! ¿Qué te está pasando? Hablas entusiasmada de todos los cachorros salvo de Paul. Y es tu propio hijo... ¡Tendrías que estar rebosante de alegría! ¿Y qué ocurre con el orgulloso abuelo? En Haldon ya se rumorea que pasa algo raro con el bebé porque Gerald no ha pagado ninguna ronda en el pub para celebrar el nacimiento de su nieto.

Gwyneira se encogió de hombros.

—No sé lo que piensa Gerald. ¿Podríamos ahora cambiar de tema?

En apariencia tranquila, tomó un pastelillo de té.

A Helen le hubiera gustado zarandearla.

—¡No, no podemos, Gwyn! ¡Dime ahora mismo lo que está pasando! ¡A ti, al niño o a Gerald os ha sucedido algo! ¿Estás enfadada con Lucas porque te ha dejado?

Gwyn sacudió la cabeza.

—Bah, ya hace tiempo que lo he olvidado. Sus razones tendría.

De hecho, no sabía bien cuál era su postura frente a Lucas. Por una parte estaba enojada, porque la había dejado sola con su dilema; por otra parte entendía la huida. Pero, de todos modos, los sentimientos de Gwyneira apenas si se agitaban tras la partida de James y el nacimiento de Paul: era como si los guardara bajo una capa de calima. Si no sentía nada, tampoco era vulnerable.

—¿Las razones no tenían nada que ver contigo o con el bebé? —siguió hurgando Helen—. No me engañes, Gwyn, tienes que plantar cara a este asunto. De lo contrario pronto todos hablarán de ello. En Haldon ya chismorrean y los maoríes también hablan. Ya sabes que educan en colectivo a los niños, la palabra «madre» no tiene para ellos el mismo significado que para nosotros y a Kiri no le importa ocuparse también de Paul. Pero tal falta de interés como la que muestras tú por tu hijo... ¡Deberías pedir consejo a Matahorua!

Gwyn sacudió la cabeza.

—¿Y qué habría de aconsejarme? ¿Puede hacer que vuelva Lucas? ¿Puede...? —Se interrumpió asustada. Estaba a punto de decir lo que nadie en el mundo debía saber.

—Quizás ella podría ayudarte a entenderte mejor con el bebé —insistió Helen—. ¿Por qué no le das de mamar? ¿No tienes leche?

—Kiri tiene leche para dos —dijo Gwyneira con desdén—. Y yo soy una *lady*. En Inglaterra no es habitual que las mujeres como yo amamanten a los hijos.

—¡Estás loca, Gwyn! —Helen sacudió la cabeza. Estaba empezando a enfadarse—. Podrías buscarte pretextos mejores. El de que es porque eres una *lady* nadie se lo cree. Así que otra vez: ¿se marchó Lucas porque estabas embarazada?

Gwyn sacudió la cabeza.

—Lucas no sabe nada del bebé... —dijo en voz baja.

—¿Entonces es que lo engañaste? Es lo que se dice por Haldon, y si sigue así...

—Maldita sea, ¿cuántas veces tengo que decírtelo? ¡Ese maldito niño es un Warden! —Toda la ira de Gwyneira estalló de pronto y rompió a llorar. Ella no se había merecido todo eso. Había sido sumamente discreta con la concepción de Fleur. Nadie, nadie en absoluto, dudaba de su legitimidad. ¿Y ahora el auténtico Warden iba a ser tildado de bastardo?

Helen reflexionó en profundidad mientras Gwyneira no dejaba de sollozar. Lucas no sabía nada del embarazo y, según Matahorua, los problemas que hasta entonces tenía para concebir niños residían en él. Así pues, si era un Warden el que había concebido a ese niño, entonces...

—Dios mío, Gwyn... —Helen era consciente de que nunca debía pronunciar lo que sospechaba, pero veía la escena ante sí con claridad. Gerald Warden debía de haber dejado embarazada a Gwyneira, y no parecía que eso hubiera sucedido con el consentimiento de ella. Abrazó a su amiga para consolarla—. Oh,

Gwyn, qué tonta he sido. Lo debería de haber sabido enseguida. Y, sin embargo, te he atormentado con una avalancha de preguntas. ¡Pero tú..., tú debes olvidarlo ahora! Es igual el modo en que haya sido concebido Paul. ¡Es tu hijo!

—¡Lo odio! —dijo sollozando Gwyneira.

Helen sacudió la cabeza.

—Qué tontería. No puedes odiar a un niño pequeño. Sea lo que sea lo que haya sucedido, Paul no tiene nada que ver con ello. Tiene derecho a su madre, Gwyn. Igual que Fleur y Ruben. ¿Crees que disfruté especialmente con su concepción?

—¡Lo hiciste por propia voluntad! —le gritó encolerizada Gwyn.

—Al niño le da igual. Por favor, Gwyn, inténtalo al menos. Tráete al niño, preséntaselo a las mujeres de Haldon, enorgullécete un poco de él. Después ya surgirá el amor.

A Gwyneira le había sentado bien llorar y se sentía aliviada de que Helen supiera lo sucedido y no la juzgara. Era evidente que en ningún momento su amiga había supuesto que Gwyn se había unido de forma voluntaria a Gerald: una pesadilla que la perseguía desde que supo que estaba embarazada. Desde la partida de James corría ese rumor en la cuadra y Gwyn sólo se alegraba de que al menos eso no hubiera llegado a sus oídos. No hubiera soportado que James le hiciera preguntas al respecto. Pese a que el «carácter de criadora» de Gwyn le permitía seguir perfectamente el razonamiento que inducía a trabajadores y amigos a esa suposición. Después de que el fracaso de Lucas fuera evidente, concebir al heredero con Gerald habría sido una solución del todo natural. Gwyn se preguntaba por qué cuando buscaba padre para su primer hijo no se le había ocurrido esa idea..., tal vez porque el padre de Lucas era tan agresivo con ella que temía quedarse a solas o conversar con él. Pero el mismo Gerald debería de haber dado vueltas a esta idea con frecuencia y tal vez ahí residía la razón de que bebiera y estuviera resentido: quizá todo eso había servido para no dar rienda suelta al deseo prohibido y la escandalosa idea de concebir sin más ni más, él mismo, a su propio «nieto».

Gwyn estaba profundamente sumida en sus pensamientos cuando condujo el carro a su casa. Por suerte, no tenía que encargarse de Fleur: la niña cabalgaba orgullosa y feliz junto al carro. George Greenwood había regalado al pequeño Paul, con motivo de su bautismo, un poni. Debía de haber planeado con tiempo pedir la yegua en Inglaterra, en cuanto se enteró del embarazo de Gwyn. Fleurette, por supuesto, había acaparado el caballito de inmediato y desde el primer momento se había entendido con él estupendamente. No cabía duda de que no se desprendería de él cuando Paul creciera. Gwyn tendría que inventarse algo, pero tenía tiempo por delante. Primero debía solucionar el problema de que en Haldon se considerase a Paul un bastardo. Había que evitar los cotilleos en torno al heredero de los Warden. Gwyneira debía defender su honor y el de su familia.

Cuando por fin llegó a Kiward Station, se dirigió sin demora a sus estancias y buscó al niño. Tal como esperaba, encontró la cuna vacía. Tras algunos intentos vanos, descubrió a Kiri en la cocina con un bebé en cada pecho.

Gwyn forzó una sonrisa.

—Ahí está mi niño —dijo afectuosa—. Cuando esté listo, Kiri, ¿podría yo..., podría tenerlo un rato en brazos?

Si Kiri encontró ese deseo raro, no lo dejó entrever. En lugar de ello, sonrió radiante a Gwyn.

—¡Claro! ¡Él contento de ver a su mamá!

Pero Paul no se puso en absoluto contento. Por el contrario, rompió a llorar en cuanto Gwyn lo separó de los brazos de Kiri.

—Lo hace sin querer —murmuró Kiri turbada—. Sólo no está acostumbrado.

Gwyn meció al niño y se esforzó por vencer la impaciencia que no tardó en aflorar. Helen tenía razón, el niño no era culpable de nada. Y visto de forma objetiva, Paul era realmente un jovencito precioso. Tenía ojos grandes y claros, todavía azules y redondos como canicas. El cabello parecía estar oscureciéndosele, ondulado y rebelde, y al observar la línea noble de sus labios Gwyn se acordó de Lucas. No debería ser muy difícil amar a ese niño..., pero primero tenía que aplacar los rumores...

—A partir de ahora me lo llevaré más a menudo para que se acostumbre a mí —explicó a la perpleja pero contenta Kiri—. Y mañana me acompañará a Haldon. Puedes venir si quieres. Como su nodriza...

«Al menos así no llorará todo el tiempo», pensó Gwyn cuando el niño, ni siquiera tras pasar media hora en brazos de su propia madre, no se había tranquilizado aún. Sólo cuando lo volvió a poner junto a Marama en la cestita improvisada (Kiri siempre se hubiera llevado a los niños consigo, pero Gerald no se lo permitía durante el trabajo) el niño se calmó. Moana cantó una canción a los bebés mientras cocinaba. Entre los maoríes, cualquier mujer emparentada de la generación adecuada servía como madre.

La señora Candler y Dorothy se mostraron encantadas cuando por fin les llevaron al heredero de los Warden. La señora Candler regaló a Fleur una piruleta y no se cansó de mirar al pequeño Paul. Gwyneira no tenía la menor duda de que comprobaría que no había discapacidad física y permitió a su vieja amiga que sacara a Paul de sus mantas y paños y lo meciera en sus brazos. El pequeño estaba de buen humor. El traqueteo en el carruaje les había gustado a él y a Marama. Los dos niños habían dormido dulcemente durante el viaje y, poco antes de la llegada, Kiri los había amamantado. Ahora ambos estaban despiertos y Paul contemplaba a la señora Candler con ojos bien abiertos y curiosos. Agitaba las piernas con vigor. Así se habían barrido las dudas de las amas de casa de Haldon respecto a si el niño era tal vez disminuido. Quedaba tan sólo la pregunta sobre su origen.

—¡El cabello oscuro! ¡Y esas pestañas largas! ¡Igual que su abuelo! —le arrulló la señora Candler.

Gwyneira señaló la forma de los labios, así como la marcada zona del mentón propia tanto de Gerald como de Lucas.

—¿Le han llegado noticias al padre de la fortuna que ha tenido? —intervino otra mujer que interrumpió en ese momento sus compras para examinar al bebé—. ¿O todavía está...? Oh, perdón, ¡esto no es en realidad asunto mío!

Gwyneira sonrió alegre.

—¡Pues claro que sí! Aunque todavía no hemos recibido sus felicitaciones. Mi esposo está en Inglaterra, señora Brennerman; si bien no con el consentimiento de mi suegro. De ahí tantos secretos, ya sabe. Pero a Lucas le ha llamado una conocida galería de arte para exponer allí sus obras...

No era del todo mentira. En efecto, George Greenwood había atraído el interés de varias galerías londinenses hacia Lucas; aunque Gwyn había recibido tal información después de que su esposo abandonara Kiward Station. Pero tampoco tenía por qué contarle nada a esa dama.

—Oh, es maravilloso —se alegró la señora Candler—. Y nosotros que pensábamos..., ahora ¡olvídese! ¿Y el orgulloso abuelo? ¡Los hombres han echado de menos su fiesta de celebración!

Gwyneira se forzó por mostrar una expresión relajada, aunque algo afligida.

—En los últimos tiempos, el señor Gerald no se ha sentido muy bien —declaró, lo que no se alejaba demasiado de la verdad; a fin de cuentas su suegro luchaba cada día con los efectos del whisky que había bebido la jornada anterior—. Pero claro que ha planeado celebrar una fiesta. Tal vez una gran fiesta en el jardín; el bautizo fue de lo más espartano. Y vamos a compensarlo, ¿verdad, Pauly? —Cogió de los brazos de la señora Candler al niño y dio gracias al cielo de que éste no se pusiera a llorar.

Realmente había superado el examen. La conversación se desplazó de Kiward Station a la proyectada boda entre Dorothy y el hijo menor de los Candler. Ya hacía dos años que el mayor se había casado con Francine, la joven comadrona, y el mediano estaba recorriendo mundo. La señora Candler informó de que hacía poco que había recibido una carta de él desde Sidney.

—Creo que se ha enamorado —dijo con una sonrisa pícara.

Gwyneira se alegró sinceramente por la joven pareja, aunque se imaginaba muy bien lo que le esperaba a la señora Candler. El rumor: «Leon Candler se casó con una presidiaria de Botany Bay» (lo cual aludía a la procedencia australiana de la mujer) remplazaría la menos jugosa noticia de «Lucas Warden expone en Londres» a toda velocidad.

—Envíe con toda tranquilidad a Dorothy a mi casa para el vestido de novia —se despidió amistosamente—. Le prometí en una ocasión que le prestaría el mío cuando llegara el caso.

Esperemos que al menos se ponga contenta con esto, pensaba Gwyn cuando conducía a Kiri y su familia al carro.

Sea como fuere, lo sucedido había sido un éxito.

Y ahora Gerald...

—¡Celebraremos una fiesta! —anunció Gwyneira en cuanto hubo puesto pie en el salón. Arrancó la botella de whisky de la mano de Gerald con determinación y la guardó en el armario correspondiente—. Lo organizaremos ahora mismo y necesitas tener la cabeza clara.

Gerald ya estaba un poco achispado. Al menos con los ojos húmedos, pero todavía estaba en condiciones de seguir las explicaciones de Gwyn.

—¿Qué... qué es lo que tenemos que celebrar? —preguntó arrastrando la lengua.

Gwyneira lo miró.

—El nacimiento de tu «nieto» —respondió—. ¡A eso se le llama «un feliz acontecimiento», si te dignas a recordarlo!, y todo Haldon está a la espera de que le des el valor que le corresponde.

—Bo... bonita fiesta... Si la ma... madre está de morros y el pa... padre anda vagando por ahí... —apuntó Gerald irónico.

—No eres del todo inocente de la falta de entusiasmo de Lucas y mío —replicó Gwyneira—. Pero ya ves que no pongo morros. Estaré presente y sonreiré, y tú leerás una carta de Lucas, quien, a pesar nuestro, todavía está en Inglaterra. ¡La cosa está que arde, Gerald! En Haldon hablan de nosotros. Se chismorrea que Paul..., bueno, que no es un Warden.

La fiesta se celebró tres semanas más tarde en el jardín de Kiward Station. De nuevo corrió el champán a raudales. Gerald se mostró campechano e hizo que dispararan una salva. Gwyneira no cesó de sonreír y reveló a los invitados que Paul se llamaba como sus dos tatarabuelos. Además de ello señaló a casi todos los miembros de la comunidad el manifiesto parecido existente entre Paul y Gerald. El mismo niño dormitaba feliz en brazos de su nodriza. Gwyn se guardaba, con toda la razón, de presentarlo ella misma. Siempre lloraba a pleno pulmón cuando ella lo cogía, y ella siempre reaccionaba enfadada e impaciente cuando lo hacía. Reconocía que tenía que acoger a ese niño en la familia y reafirmar su posición, pero no podía experimentar unos sentimientos profundos hacia el pequeño. Paul le resultaba ajeno y, aun peor, cada vez que miraba su rostro recordaba la expresión de deseo de Gerald en esa noche nefasta de su concepción. Una vez que por fin hubo superado la celebración, la joven huyó a la cuadra para llorar desconsoladamente en las suaves crines de *Igraine* como había hecho de niña cuando algo parecía ya no tener remedio. Gwyneira sólo deseaba que nada hubiera ocurrido. Añoraba a James, incluso a Lucas. Seguía sin saber nada de su esposo y las pesquisas de Gerald habían sido infructuosas. El país era, simplemente, demasiado grande. Quien deseaba desaparecer, desaparecía.

8

—¡Golpea de una vez, Luke! Una vez, con fuerza, detrás de la cabeza. ¡Ahí no nota nada!

Mientras Roger todavía hablaba, aniquiló a otro cachorro siguiendo todas las normas del oficio de cazar focas: el animal murió sin que la piel se viera dañada. Los cazadores mataban con ayuda de una estaca con la que golpeaban en la nuca de la foca. Si se derramaba sangre, era por la nariz del joven animal. A continuación se ponían a despellejarlo sin comprobar antes que realmente estuviera muerto.

Lucas Warden levantó el garrote, pero no podía, sin más, hacer de tripas corazón y apalear con él el animalito que lo miraba confiado con sus grandes ojos de niño. Y eso sin contar con los lamentos de la foca madre que oía alrededor de él. Los hombres sólo iban en busca de las pieles especialmente blancas y valiosas de los cachorros. Se desplazaban por los bancos de focas donde las madres criaban a sus vástagos y mataban a los cachorros ante las miradas maternas. Las rocas de la bahía de Tauranga ya estaban teñidas de rojo a causa de la sangre y Lucas debía luchar para no vomitar. No podía entender cómo los hombres actuaban con tal falta de sensibilidad. El sufrimiento de los animales no parecía interesarles lo más mínimo; incluso bromeaban respecto a lo pacífica e ingenuamente que las focas esperaban a sus cazadores.

Hacía tres días que Lucas se había unido al grupo, pero hasta ese momento no había matado todavía ningún animal. Al principio, los hombres no advirtieron que se limitaba a ayudar a despellejar y a poner las pieles en los coches y en las estructuras portantes. Pero ahora exigían con vehemencia que también él participara en la matanza. Lucas se sentía mal sin remedio. ¿Era esto lo que haría de él un hombre? ¿Qué es lo que había de más honorable en matar animales indefensos que en pintar y escribir? Pero Lucas no quería planteárselo más. Estaba ahí para demostrarse, decidido, que iba a hacer el mismo trabajo con el que su padre había sentado las bases de su reino. En un principio, Lucas incluso se había enrolado en un ballenero, pero había fracasado vergonzosamente. Aunque no lo asumía de buen grado, había huido, y eso que ya había firmado un contrato y el hombre que lo había reclutado le había caído muy bien...

Lucas había conocido a Cooper, un hombre alto y de cabello oscuro, con el rostro anguloso y curtido por el aire libre típico de los *coasters*, en un pub cerca de Greymouth. Justo después de huir de Kiward Station, cuando todavía lo invadía la ira y el odio hacia Gerald hasta tal punto que apenas lograba pensar con claridad. Entonces se había precipitado hacia la costa Oeste, Eldorado de los «hombres duros» que se autodenominaban con orgullo *coasters* y que ganaban su sustento primero con la pesca de ballenas y la caza de focas y, más recientemente, también buscando oro. Lucas había querido mostrar a todos que sabía ganarse su propio dinero, comportarse como un «auténtico hombre» y luego, en algún momento, regresar a casa envuelto en la gloria y cargado con... ¿con qué? ¿Oro? Entonces más bien tendría que haberse armado con una pala y un tamiz y dirigirse a caballo a las montañas en lugar de enrolarse en un ballenero. Pero Lucas no había reflexionado tanto. Sólo quería estar lejos, muy lejos, a ser posible en alta mar, y quería derrotar a su padre con sus propias armas. Así que, tras una azarosa cabalgada por las montañas, había llegado a Greymouth, una colonia miserable que, salvo una taberna y un muelle, no tenía mucho que ofrecer. No obstante, en el pub había un rinconcito seco en el que Lucas podía instalarse.

Por primera vez en varios días se hallaba de nuevo bajo un techo. Las mantas todavía estaban húmedas y sucias de pernoctar al aire libre. Lucas también habría disfrutado de un baño, pero en Greymouth no estaban equipados para eso. A Lucas no le extrañaba demasiado que los «hombres auténticos» se lavaran pocas veces. En lugar de agua, fluían en abundancia la cerveza y el whisky y, tras unos pocos vasos, Lucas había explicado sus planes a Cooper. Lo animó el hecho de que el *coaster* no lo rechazara de inmediato.

—No tienes aspecto de cazador de ballenas —advirtió, dedicando una larga mirada a la cara delicada de Lucas y sus dulces ojos grises—. Pero tampoco pareces blando... —El hombre agarró los brazos de Lucas y percibió la musculatura—. Por qué no. Otros han aprendido a manejar un arpón. —Rio. Pero luego su mirada se volvió inquisitiva—. ¿Pero conseguirás estar solo durante dos o tres años? ¿No echarás de menos a las guapas muchachas de los puertos?

Lucas ya había oído que en la actualidad había que comprometerse por tres o cuatro años si uno se enrolaba en un ballenero. La época dorada de la pesca de la ballena, cuando era fácil encontrar cachalotes junto a las costas de la isla Sur, cuando los maoríes los pescaban incluso en canoas, había pasado. En el presente, las ballenas ya casi se habían extinguido de las proximidades de la costa. Había que navegar mar adentro para encontrarlas, lo que duraba meses, cuando no años. Sin embargo, a Lucas le daba igual. La compañía masculina incluso le resultaba tentadora, siempre que no volviera a ser el hijo del jefe, como en Kiward Station. Ya se las arreglaría; no, ¡iba a ganarse también respeto y consideración! Lucas estaba firmemente decidido y Cooper no parecía rechazarlo. Al contrario, lo trataba casi con interés, le pasó el brazo por los hombros y le dio unas palmadas con las garras de un experimentado carpintero de barco y ballenero. Lucas se avergonzó un poco de sus cuidadas manos, los pocos callos y las uñas todavía relativamente limpias. En

Kiward Station los hombres se habían burlado de que se las limpiara de forma periódica, pero Cooper no hizo ningún comentario al respecto.

Lucas acabó siguiendo a su nuevo amigo hasta el barco, fue presentado al capitán y había firmado un contrato que lo ataba durante tres años al *Pretty Peg*, un velero panzudo y no demasiado grande que parecía tan robusto como su propietario. El capitán Robert Milford era más bien pequeño, pero un manojo de músculos. Cooper hablaba con gran respeto de él y elogiaba sus habilidades como arponero jefe. Milford saludó a Lucas con un fuerte apretón de manos, le informó acerca de su sueldo (que le pareció escandalosamente bajo) y pidió a Cooper que le asignara un camarote. El *Pretty Peg* zarparía pronto. Lucas todavía contaba con dos días para vender su caballo, llevar sus cosas a bordo del pesquero y ocupar un sucio catre al lado de Cooper. Todo esto respondía a sus deseos. En caso de que Gerald mandara buscarlo, llevaría largo tiempo en alta mar antes de que llegara la noticia al aislado Greymouth.

La estancia a bordo, sin embargo, pronto le decepcionó. Ya la primera noche, las pulgas que pululaban bajo cubierta le impidieron dormir; además, intentaba no marearse. Por mucho que Lucas pretendiera dominarse, su estómago se rebelaba ante el balanceo del barco sobre las olas. En el oscuro espacio interior se estaba peor que en la cubierta, así que al final probó a pasar las noches en el exterior, donde el frío y la humedad (con la mala mar la cubierta estaba empapada) pronto lo empujaron a buscar refugio. Los hombres se rieron de nuevo de él, aunque en esta ocasión no le importó tanto porque Cooper estaba manifiestamente de su parte.

—¡Así que nuestro Luke es un señorito distinguido! —observó con un tono jovial—. Todavía tiene que acostumbrarse. ¡Pero esperad a que lo bautice el aceite de ballena! ¡Lo hará bien, hacedme caso!

Cooper estaba bien considerado entre la tripulación. No sólo era un diestro carpintero, sino también un cazador de primera clase.

A Lucas le hizo bien su amistad e incluso los furtivos contactos que Cooper parecía querer establecer no le resultaban desagradables. Tal vez Lucas habría incluso disfrutado de ellos si las condiciones higiénicas del *Pretty Peg* no fueran tan horrorosas. Había poca agua potable y nadie pensaba en malgastarla para lavarse. Los hombres apenas se afeitaban y carecían de ropa de repuesto. Cuando transcurrieron unas pocas noches, los cazadores y sus alojamientos olían peor que los corrales de Kiward Station. El mismo Lucas intentaba lavarse como mejor podía con agua de mar, pero era difícil y levantaba de nuevo la hilaridad entre el resto de los hombres. Lucas se sentía sucio, tenía el cuerpo repleto de picaduras de pulga y se avergonzaba de estar así. Pero no tenía por qué hacerlo: los otros hombres disfrutaban, al parecer, de su compañía y no hacían caso del mal olor de su cuerpo. Lucas era el único al que eso le molestaba.

Puesto que había poco que hacer, porque el barco podría navegar con una tripulación mucho más reducida y sólo hubo trabajo para todos cuando empezó la caza, transcurrían mucho tiempo juntos. Contaban historias en las que fanfarroneaban sin el menor rubor, cantaban canciones obscenas y pasaban el tiempo jugando a cartas. Hasta hacía poco, Lucas había evitado jugar al póquer y al blackjack por ser juegos poco distinguidos, pero aun así, conocía las reglas y pasaba inadvertido. Por desgracia, no había heredado el talento de su padre. Lucas no conseguía echarse ningún farol ni poner cara de póquer. Se le notaba qué estaba pensando y eso no era agradable ni para los hombres ni para el juego. En un tiempo sumamente corto perdió el poco dinero que llevaba de Kiward Station y tuvo que contraer deudas.

Con toda seguridad habrían surgido nuevas dificultades si Cooper no lo hubiera protegido. El hombre, de más edad, no escondía sus elogios y Lucas empezaba a estar preocupado. No era engorroso, pero acabaría llamando la atención. Lucas todavía recordaba con espanto las indirectas de los conductores de ganado de Kiward Station cuando él se sentía mejor con el joven Dave que con los hombres más experimentados. No obstante, los comentarios de los cazadores del *Pretty Peg* todavía se mantenían en los límites. También entre otros hombres del ballenero había amistades estrechas y a veces, por la noche, surgían sonidos de los catres que ruborizaban a Lucas y despertaban en él deseo y envidia. ¿Era en eso en lo que había soñado en Kiward Station y en lo que había pensado cuando intentaba hacer el amor con Gwyneira? Lucas sabía que al menos algo tenía que ver con ello, pero había algo en él que rechazaba pensar en el amor en ese entorno. No tenía nada de excitante abrazar cuerpos apestosos y sucios, poco importaba si eran de hombres o de mujeres. Y tampoco tenía nada que ver con el único ejemplo literario de su deseo secreto que le era conocido, con el ideal griego del mentor que se encargaba de un niño bien educado para obsequiarlo no sólo con amor, sino también con sabiduría y experiencia.

Si tenía que ser franco, Lucas odiaba cada minuto de su estancia en el *Pretty Peg*. Le resultaba inimaginable pasar cuatro años a bordo de esa embarcación, pero no había ninguna posibilidad de cancelar el contrato. Además, el barco no atracaría durante meses. Cualquier pensamiento de huida era inútil. Lucas esperaba por eso acostumbrarse en algún momento a las estrecheces, el mar bravío y el hedor. Lo último demostró ser lo más fácil. Pasados unos pocos días, Cooper y los demás le repelían menos, tal vez porque él mismo se hallaba impregnado por el mismo olor. También acabó lentamente por no marearse más y había días en los que Lucas sólo vomitaba a lo sumo una vez.

Pero luego llegó la primera caza y con ella todo cambió.

En el fondo fue un hecho insólito y afortunado para el capitán que el timonel del *Pretty Peg* avistara ya, dos semanas después de zarpar, un cachalote. Su grito entusiasmado despertó a la tripulación, que aún dormía a primeras horas del día. La noticia puso de inmediato en pie a los hombres, que se precipitaron a la cubierta a la velocidad de un rayo. Estaban excitados y con la fiebre del cazador, lo que no era extraño. El éxito de la empresa significaba unas primas para los cazadores que mejoraban de forma considerable sus exiguas pagas. Cuando Lucas llegó a cubierta vio primero al capitán contemplando ceñudo la ballena que jugaba con las olas frente a la costa neozelandesa, todavía al alcance de la vista.

—¡Un ejemplar espléndido! —exclamó complacido Milford—. ¡Enorme! ¡Espero que lo consigamos! Si lo hacemos, llenaremos hoy mismo la mitad de los barriles. ¡El bicho está gordo como un cebón antes de la matanza!

Los hombres soltaron una ruidosa carcajada mientras Lucas todavía no podía considerar una presa de caza ese animal majestuoso, que se presentaba ante ellos sin el menor temor. Para Lucas era el primer encuentro con uno de los enormes mamíferos marítimos. El imponente cetáceo, casi tan grande como todo el *Pretty Peg*, surcaba elegantemente las aguas, parecía saltar de alegría en ellas y girar en el aire y voltear como un travieso caballo encabritado. ¿Cómo iban a matar a ese fabuloso animal? ¿Y por qué tenían interés en destrozar tal belleza? Lucas no se cansaba de observar la gracia y ligereza con que se mostraba la ballena pese a su imponente masa.

El resto de los hombres no le dedicó ni un vistazo. Los cazadores se dividieron en grupos y se reunieron en torno a sus respectivos barqueros. Cooper llamó con un gesto a Lucas. Al parecer pertenecía al grupo de hombres escogidos que capitaneaba su propia chalupa.

—¡Ahora es el momento! —El capitán corría excitado por la cubierta, ordenando que prepararan los botes. La tripulación formaba un equipo compenetrado. Los hombres bajaron al agua los pequeños y estables botes de remos, en cada uno de los cuales ocuparon sus lugares seis remeros, además del barquero y el arponero, a veces también un timonel. A Lucas los arponeros se le antojaban diminutos en relación con el animal que querían matar. Pero Cooper se limitó a reír cuando hizo un comentario al respecto.

—¡Es la cantidad lo que vale, joven! Claro, un sólo disparo es como una cosquilla para el animal. Pero seis lo dejan fuera de combate. Luego lo arrastramos junto al barco y le quitamos la grasa. Un trabajo duro pero lucrativo. Y el capitán no es tacaño.

Si lo conseguimos, a todos nos caerá un par de dólares extras. ¡Así que ponle ganas!

El mar no estaba ese día demasiado bravío y los botes de remos no tardaron en acercarse a la ballena. Ésta no parecía tener la intención de escapar. Al contrario, se diría que encontraba divertido el bullicio de los botes que la rodeaban y dio un par de saltos más como si quisiera con ello deleitar a los hombres... hasta que se le clavó el primer arpón. Un arponero del bote uno hundió una lanza en la aleta del animal. Sorprendida y enojada, la ballena se puso a la defensiva y nadó directamente hacia el bote de Cooper.

—¡Cuidado con la cola! Si la herimos de gravedad golpeará con ella alrededor. ¡No nos acerquemos demasiado, chicos!

Cooper daba instrucciones mientras apuntaba hacia el tórax de la ballena. Acertó en el segundo disparo, que situó mucho mejor que el primero. La ballena pareció perder fuerzas. Pero entonces cayó una auténtica lluvia de arpones sobre ella. Lucas contemplaba, con una mezcla de fascinación y espanto, cómo la ballena se rebelaba contra los ataques para huir de ellos mientras era, de hecho, capturada. Los arpones estaban atados con unas cuerdas, con las cuales el animal iba a ser arrastrado, al barco. Ahora la ballena estaba casi enloquecida de dolor y miedo. Tirando de sus ataduras, consiguió liberarse de uno de los arpones. Sangraba a causa de las docenas de heridas y el agua en torno a ella espumeaba teñida de rojo. Lucas sentía repugnancia por la escena y la violencia inmisericorde empleada contra el majestuoso animal. La lucha del coloso con sus rivales duró horas y los hombres agotaron sus fuerzas de tanto remar, disparar y tirar de las cuerdas para vencer su presa. Lucas no advirtió cómo se le formaban ampollas en sus manos y reventaban. No sintió ningún miedo cuando Cooper, dispuesto a distinguirse del resto, osó acercarse cada vez más al animal moribundo que coleaba a su alrededor. Lucas sólo sentía rechazo y compasión por esa criatura dispuesta a luchar hasta su último suspiro. Apenas si podía asimilar que estaba participando en esa lucha desigual, pero tampoco podía dejar en la estacada a la tripulación.

Ahora estaba en ello y su vida dependía de que la ballena fuera abatida. Ya reflexionaría más tarde...

La ballena flotaba inmóvil por fin en el agua. Lucas no sabía si realmente estaba muerta o totalmente extenuada, pero, en cualquier caso, los hombres lograron arrastrarla junto al barco. Y luego todo fue casi peor. Empezó la carnicería. Los hombres clavaron largos cuchillos en el vientre del animal para sacar la grasa, que de inmediato se recocía en el barco para convertirla en aceite. Lucas esperaba que la presa estuviera muerta cuando desgarraron los primeros trozos del cuerpo y los arrojaron a la cubierta. Minutos más tarde, los hombres caminaban entre la grasa y la sangre. Alguien abrió la cabeza del animal para sacar el codiciado blanco de ballena. Cooper había contado a Lucas que de ahí se obtenían velas y productos de limpieza y para el cuidado de la piel. Otros buscaban en el intestino del animal el todavía más preciado ámbar gris, un ingrediente básico de la industria del perfume. El hedor era terrible y Lucas se estremeció cuando recordó todos los perfumes que Gwyneira y él tenían en Kiward Station. Nunca había pensado que una porción de ellos se obtuviera de las entrañas pestilentes de un animal cruelmente sacrificado.

En el ínterin colocaron unas marmitas enormes al fuego y el olor de la grasa de ballena hirviendo invadió el barco. Se diría que el aire estaba cargado de grasa, que parecía pegarse a las vías respiratorias. Lucas se asomó por la borda, pero no podía escapar del hedor a pescado y sangre. Hubiera querido vomitar, pero ya hacía tiempo que tenía el estómago completamente vacío. Antes había sentido sed, pero ahora ya no lograba pensar en otro sabor que el del aceite de ballena. Recordó vagamente que de pequeño se lo habían administrado y lo horrible que lo había encontrado. Y ahora se hallaba en medio de una pesadilla de enormes pedazos de carne y grasa que se arrojaban en fétidas marmitas para luego verter el aceite ya listo en los toneles. El responsable de llenar y ordenar los toneles lo llamó para que lo ayudara a cerrar los recipientes. Lucas lo hizo, intentando no mirar al menos el interior de las marmitas, en las que hervían los trozos de la ballena.

Los demás hombres parecían no sentir ninguna aversión. Al contrario, se diría que el olor despertaba su apetito y ya se alegraban a ojos vistas de una comida a base de carne fresca. Para su pesar, la carne de la ballena no podía conservarse, puesto que se pudría con demasiada rapidez, así que la mayor parte del cuerpo, tras quitarle la grasa, se arrojó al mar. No obstante, el cocinero cortó durante dos días carne del animal y prometió a los hombres un banquete. Lucas sabía con certeza que él no probaría bocado.

Al final avanzaron tanto en la tarea que los restos de la ballena se soltaron del barco. La habían descuartizado considerablemente. La cubierta seguía llena de trozos de grasa y la tripulación se desplazaba en medio de una sustancia viscosa y sanguinolenta. Hervir la carne se prolongó muchas horas y pasarían días hasta que la cubierta quedara limpia. Lucas no lo creía posible, sin lugar a dudas no con las simples escobas y cubos de agua que solían utilizar para fregar la cubierta. Era probable que sólo con la próxima tormenta que cayera con intensidad e inundara la cubierta se borrarían todas las huellas de la matanza. Lucas casi deseaba una tromba de agua de tales proporciones. Cuanto más tiempo encontraba para elaborar mentalmente los acontecimientos de ese día, mayor era el pánico que le atenazaba las tripas. Tal vez podría acostumbrase a las condiciones de vida durante el viaje, al contacto de los cuerpos sin lavar; pero, con toda seguridad, no se acostumbraría a días como ésos. No a ese matar y destripar a un animal imponente, pero sí, de forma manifiesta, pacífico. Lucas no tenía ni idea de cómo iba a sobrevivir a los próximos tres años.

Sin embargo, acudió en su auxilio el hecho de que la primera ballena hubiera «caído en las redes» del *Pretty Peg* tan pronto. El capitán Milford decidió atracar en Westport y descargar el botín antes de volver a zarpar. Al fin y al cabo, esto le llevaría sólo unos pocos días a la tripulación, pero garantizaba un buen precio por el aceite fresco y dejaría los toneles vacíos para otro viaje. Los hombres saltaron de alegría. Ralphie, un hombrecillo rubio de origen sueco, ya soñaba con las mujeres de Westport.

—Todavía es un pueblucho de mala muerte, pero en expansión. Hasta ahora sólo hay balleneros y cazadores de focas, pero también están en camino algunos buscadores de oro. Incluso debe de haber auténticos mineros, alguien dijo algo de yacimientos de carbón. ¡En cualquier caso hay un pub y un par de chicas complacientes! ¡Una vez me tocó una pelirroja..., os aseguro que valía lo que costaba!

Cooper se acercó a Lucas por detrás, quien agotado y asqueado se asomaba por la borda.

—¿También tú estás pensando en el siguiente burdel? ¿O puedes imaginarte celebrando la exitosa caza ya aquí en el barco? —Cooper había descansado la mano en el hombro de Lucas y la desplazaba ahora, despacio, casi como en una caricia, a lo largo del brazo. Lucas no podía fingir que no entendía la invitación que resonaba en las palabras de Cooper; sin embargo, no se decidía. Sin duda le debía algo a Cooper; ese hombre mayor había sido amable con él. ¿Y acaso no había pensado durante toda su vida una y otra vez en compartir su lecho con un hombre? ¿Acaso ante sus ojos no pasaban las imágenes de hombres cuando se masturbaba y (oh, Dios) cuando yacía con su esposa?

Pero esto..., Lucas había leído los textos de los griegos y los romanos. Entonces, el cuerpo masculino había constituido el ideal de belleza por antonomasia; el amor entre hombres y adolescentes no era escandaloso siempre que no se forzara al niño. Lucas había admirado las imágenes de las esculturas que entonces se tallaban de los cuerpos varoniles. ¡Qué bellos habían sido! ¡Qué lisos, qué limpios y tentadores...! El mismo Lucas se había colocado ante el espejo y se había comparado a ellos, había adoptado las posturas que mostraban los adolescentes, había soñado con estar en brazos de un querido mentor. Pero no se parecía a ese ballenero que, en efecto, era amable y bondadoso, pero voluminoso y hediondo. No había la menor posibilidad de lavarse en el *Pretty Peg*. Los hombres deambularían por la cubierta sudados, sucios, embadurnados de sangre y grasa. Lucas evitó la mirada inquisitiva de Cooper.

—No lo sé..., ha sido un largo día..., estoy cansado...

Cooper asintió.

—No te preocupes, ve al camarote. Descansa. Tal vez más tarde..., bien, podría llevarte algo de comer. Incluso puede que encuentre whisky.

Lucas tragó saliva.

—Otro día, Cooper. Quizás en Westport... Tú..., yo... No me malinterpretes, pero necesito un baño.

Cooper soltó una carcajada atronadora.

—¡Mi pequeño *gentleman*! De acuerdo, yo mismo me encargaré en Westport de que las chicas te preparen un baño o, mejor todavía, ¡que nos lo preparen para los dos! ¡Puede que yo también lo necesite! ¿Te gustaría?

Lucas asintió. Lo importante era que el hombre lo dejara en paz al menos ese día. Lleno de odio y asco hacia sí mismo y los individuos con los que se envilecía, se retiró a su cama plagada de pulgas. ¡Quizás ellas al menos se asustaran del hedor a grasa y sudor! Una esperanza que no tardó en mostrarse vana. Por el contrario, eso parecía agradar todavía más a esos bichos inmundos. Lucas aplastó docenas contra su cuerpo y con ello se sintió todavía más mancillado. Sin embargo, mientras yacía despierto, oyó risas y gritos en la cubierta (era evidente que el capitán había repartido whisky) y al final el sonido de las canciones de borrachos de la tripulación hizo madurar un plan en su mente. Abandonaría el *Pretty Peg* en Westport. Poco importaba que de ese modo incumpliera o no el contrato. ¡Todo eso le resultaba insoportable!

La huida había sido en el fondo bastante sencilla. El único problema residía en que debía dejar todas sus cosas en el barco. Habría levantado sospechas si hubiera desembarcado con su saco de dormir y sus escasas prendas de vestir para la breve estancia en tierra que el capitán había permitido a la tripulación. No obstante, tomó algo de ropa para cambiarse, a fin de cuentas Cooper le había prometido un baño, lo que justificaba su acción. Cooper, claro está, se rio de ello; pero a Lucas le daba igual. Ahora sólo buscaba una oportunidad para escabullirse. Ésta pronto se le brindó cuando Cooper negociaba con una hermosa y pelirroja muchacha acerca de si había en algún sitio una bañera. Los otros hombres del pub no prestaron atención a Lucas; sólo pensaban en el whisky o estaban con la mirada fija en las exuberantes curvas de la muchacha. Lucas todavía no había pedido nada y por ello no se le podía acusar de marcharse sin pagar cuando salió del local y se escondió a continuación en la cuadra. Había una salida trasera. Lucas la tomó, pasó a hurtadillas por el patio de un herrero, luego por el taller de un fabricante de ataúdes y por unas cuantas casas más, todavía en construcción. Westport era un pueblucho, en eso Cooper había tenido razón, pero estaba en crecimiento.

La localidad estaba situada a las orillas de un río, el Buller. Ahí, justo en la desembocadura del mar, el río era ancho y tranquilo. Lucas vio unas playas de arena interrumpidas por unos bordes rocosos. Pero sobre todo, justo detrás de Westport, se encontraba el bosque de helechos, una naturaleza de un color verde oscuro que parecía por entero inexplorada y que posiblemente sí fuera virgen. Lucas miró a su alrededor, pero estaba solo allí. Al parecer nadie más buscaba la soledad al margen de las casas. Podría fugarse sin ser visto. Corrió a lo largo de la orilla del río con decisión, buscó refugio entre los helechos, siempre que era factible, y avanzó siguiendo el curso del río durante una hora antes de considerar la distancia lo bastante grande como para relajarse. El capitán tampoco se percataría de su ausencia tan pronto, pues el *Pretty Peg* debía zarpar a la mañana siguiente. Claro que Cooper lo buscaría, pero sin duda no junto al río, al menos, no al principio. Tal vez más tarde miraría en la orilla, pero seguro que se limitaría al entorno de Westport. Sin embargo, Lucas habría preferido internarse ya en la selva si el asco hacia su propio cuerpo sucio no lo hubiera detenido. ¡Había llegado el momento de lavarse! Lucas se desvistió tiritando y escondió su ropa sucia entre un par de piedras; al principio le pasó por la cabeza lavarlas y llevárselas, pero se estremeció sólo de pensar en lavar la sangre y la grasa. Así que conservó sólo la ropa interior, debía dar por perdidos la camisa y los pantalones. Naturalmente era una pena, pues cuando se atreviera a volver a reunirse con seres humanos, no poseería nada más que lo que llevaba puesto. Pero cualquier cosa era preferible a la matanza a bordo del *Pretty Peg*.

Al final, Lucas se deslizó tiritando en las aguas heladas del río Buller. Sintió que el frío se le clavaba en la piel, pero el agua lavó toda la suciedad. Lucas se sumergió en el fondo, cogió un guijarro y empezó a restregarse la piel con él. Se frotó el cuerpo hasta ponerse rojo como un cangrejo y no sentir apenas el frío del agua. Al fin dejó el río, se vistió con ropa limpia y se internó en el bosque. Éste atemorizaba: húmedo, espeso y lleno de plantas desconocidas y enormes. Pero ahí pudo sacar provecho de su interés por la flora y la fauna de su tierra. Había visto en los libros científicos muchos de los formidables helechos cuyas hojas a veces se enroscaban como orugas y casi parecían estar vivas y superó el miedo intentando clasificarlos. Por lo general no eran venenosos e incluso el mayor weta de los árboles era menos agresivo que las pulgas que había a bordo del ballenero. Tampoco los múltiples sonidos de los animales que resonaban por la selva lo asustaban. Ahí no había más que insectos y pájaros, sobre todo papagayos que llenaban la espesura con sus singulares chillidos, pero que eran totalmente inofensivos. Al final, Lucas se hizo una cama de helechos y no sólo durmió en un sitio más mullido, sino con más tranquilidad que las semanas que había pasado en el *Pretty Peg*. Aunque lo había perdido todo, la mañana siguiente se despertó con ánimos renovados; algo sorprendente, si se consideraba que había huido de la persona que le daba trabajo, había incumplido un contrato, había contraído deudas de juego y no las había pagado. «De todos modos —pensó casi divertido—, nadie volverá a llamarme *gentleman*.»

A Lucas le hubiera gustado permanecer en el bosque, pero pese a toda la desbordante fecundidad de esa guarida verde, no había nada comestible. Al menos, no para Lucas; un maorí o un auténtico explorador tal vez lo habrían visto de otro modo. Así que los gruñidos de su estómago lo forzaban a buscar una colonia humana. Pero ¿cuál? En Westport no debía ni pensar. Allí todos sabrían ahora que el capitán buscaba a un marinero fugado. Era incluso posible que el *Pretty Peg* lo estuviera esperando.

Luego recordó que el día anterior Cooper había mencionado Tauranga Bay. Bancos de focas, a veinte kilómetros de Westport. Los cazadores de focas sin duda no sabrían nada del *Pretty Peg* ni tampoco se interesarían por él. La caza, sin embargo, prosperaba en Tauranga: seguro que encontraba trabajo allí. Lucas emprendió animado el camino. La caza de focas no podía ser peor que la pesca de la ballena...

Los hombres de Tauranga lo recibieron de hecho amistosamente y el mal olor de su campamento se mantenía en límites aceptables. A fin de cuentas estaba al aire libre y los hombres no se apelotonaban. Por supuesto, la gente debió de pensar que había algo raro en Lucas, pero nadie le formuló ninguna pregunta acerca de su aspecto desaliñado, la ausencia de equipaje y la falta de dinero. Con un gesto de mano rechazaron las manidas explicaciones de Lucas.

—No pasa nada, Luke, nosotros también te daremos de comer. Tú sé útil, mata un par de crías. El fin de semana llevaremos las pieles a Westport. Entonces volverás a tener dinero. —Norman, el cazador de mayor edad, aspiró con calma una bocanada de humo de su pipa. Lucas sintió la oscura sospecha de que allí no era el único fugitivo.

Hasta podría haberse sentido bien entre esos *coasters* silenciosos y sosegados... ¡si no hubiera existido la caza! Si es que así podía designarse la matanza de crías indefensas ante los ojos de sus horrorizadas madres. Vacilante, miró el palo que tenía en la mano y al animalito que estaba ante él.

—¡Dale, Lucas! ¡Píllate esa piel! ¿O te crees que en Westport van a darte dinero el domingo porque nos hayas ayudado a despellejar los animales? ¡Aquí todos nos ayudamos, pero sólo pagan por las pieles de cada uno!

Lucas no veía otra salida. Cerró los ojos y golpeó.

9

Al concluir la semana, Lucas casi tenía treinta pieles de foca y todavía sentía más vergüenza y odio hacia sí mismo que tras el episodio a bordo del *Pretty Peg*. Estaba firmemente decidido a no regresar al banco de focas después del fin de semana en Westport. Westport era una colonia floreciente, así que alguna colocación debería de haber allí que le resultara más conveniente, aunque con ello admitiera no ser un auténtico hombre.

El comerciante de pieles, un hombre bajito y nervudo, que también administraba las tiendas de Westport, se mostró muy optimista en este sentido. Como Lucas había esperado, no relacionó al nuevo cazador del banco de focas con el ballenero que se había escapado del *Pretty Peg*. Tal vez era incapaz de hacer tal esfuerzo o le era indiferente. En cualquier caso, le dio un par de centavos por cada piel y respondió servicialmente a sus preguntas acerca de la posibilidad de encontrar otro trabajo en Westport. Como era de esperar, Lucas no reconoció que no soportaba la matanza; en vez de ello admitió que le pesaban la soledad y la compañía de hombres.

—Quiero vivir en la ciudad —afirmó—. Tal vez encontrar a una mujer y fundar una familia..., simplemente, no ver más ballenas y focas muertas. —Lucas dejó el dinero por el saco de dormir y la ropa que acababa de comprar en el mostrador para que le devolvieran el cambio.

El comerciante y los nuevos amigos de Lucas estallaron en sonoras carcajadas.

—Bueno, trabajo no te costará encontrar, pero ¿una mujer? Las únicas chicas que hay aquí están en el local de Jolanda, encima del bar. ¡Claro que están en edad casadera!

Los hombres pillaron el chiste. En cualquier caso, apenas lograban dejar de reír.

—¡Puedes preguntar ahora mismo! —dijo Norman en tono alegre—. ¿Te vienes con nosotros al pub?

Lucas no podía negarse. En realidad habría preferido ahorrar sus escasas ganancias, pero no le sentaría mal un whisky: un poco de alcohol tal vez lo ayudaría a olvidar los ojos de las focas y el coleteo desesperado de la ballena.

El comerciante de pieles mencionó a Lucas otras posibilidades de ganarse la vida en Westport. Quizás el herrero necesitara ayuda. ¿Había Lucas trabajado alguna vez con el hierro? Lucas se maldijo por no haber prestado atención en Kiward Station a cómo herraba James McKenzie los caballos. Tener las aptitudes para ello podría haberle proporcionado dinero, pero Lucas nunca había tocado un martillo y un clavo. Sabía montar a caballo, eso era todo.

El hombre interpretó de forma correcta el silencio de Lucas.

—No es un artesano, ¿verdad?, no ha aprendido otro oficio que no sea arrear golpes a las focas en la cabeza. ¡Pero la construcción podría ser una posibilidad! Los carpinteros siempre andan buscando ayuda. No dan de sí para todos los encargos; de repente todo el mundo quiere casas junto al Buller. ¡Nos estamos convirtiendo en una ciudad como es debido! Pero no pagan demasiado. ¡Ni comparación con lo que ganas con esto! —Señaló las pieles.

Lucas asintió.

—Lo sé. Pero a pesar de ello seguiré buscando... Siempre... siempre me había imaginado que trabajaría con la madera.

El pub era pequeño y no estaba especialmente limpio. Pero Lucas comprobó aliviado que ninguno de los parroquianos se acordaba de él. Seguro que no habían dedicado ni un segundo vistazo a los marineros del *Pretty Peg*. Sólo la muchacha pelirroja, que también servía ese día, pareció observarlo de arriba abajo cuando limpió la mesa antes de depositar unos vasos de whisky delante de Norman y Lucas.

—Siento que esto vuelva a tener el aspecto de una pocilga —dijo la muchacha—. Ya le he dicho a Miss Jolanda que el chino no limpia bien... —El «chino» era un empleado de la barra bastante exótico—. Pero mientras nadie se queje... ¿Sólo el whisky o quieren algo también para comer?

A Lucas le habría gustado comer algo. Algo que no oliera a mar y algas marinas y sangre y que no fuera asado en el fuego de los cazadores de focas a toda prisa y a menudo servido medio crudo. Además, parecía que la chica tenía en cuenta la limpieza. Quizá la cocina no estuviera tan sucia como era de temer a primera vista.

Norman rio.

—¿Tienes algo que «tirarse» al coleto, pequeña? Ya podemos comer en el campamento, pero allí no hay postrecitos dulces como tú... —Pellizcó a la muchacha en el trasero.

—Ya sabes que eso cuesta un centavo, ¿verdad, pequeño? —respondió ella—. Se lo digo a Miss Jolanda y te lo cargamos a cuenta. Pero no quiero ser así..., por el centavo también te dejo agarrar esto. —La pelirroja se señaló el pecho. Acompañado por los gritos alborozados del resto de los hombres, Norman puso la mano con ganas, de la que luego se desprendió hábilmente la muchacha—. Después te daré más, cuando hayas pagado.

Los hombres rieron cuando ella se alejó taconeando. Llevaba zapatos altos de un rojo subido y un vestido en distintos tonos de gris. Era viejo y se había remendado con frecuencia, pero estaba limpio y el volante de puntillas, que lo hacía más provocativo, estaba cuidadosamente planchado y almidonado. A Lucas le recordó un poco a Gwyneira. Claro, ella era una *lady*, y esa jovenzuela una puta, pero las dos tenían el cabello rojo y rebelde, la tez clara y ese brillo en los ojos que no anunciaba en absoluto que fuera a conformarse con su destino. Esa muchacha, con toda certeza, no había llegado todavía a la estación término.

—Qué bomboncito, ¿verdad? —observó Norman, que percibió la mirada de Lucas interpretándola de forma no del todo errónea—. Daphne. El mejor caballo de la cuadra de Miss Jolanda además de su mano derecha. Ya te digo yo que, sin ella, aquí nada funciona. Lo tiene todo bajo control. Si la vieja fuera lista, adoptaría al bomboncito. Pero sólo piensa en sí misma. En algún momento la chica se marchará, llevándose los mejores atractivos del local. ¿Qué te parece? ¿La quieres tú primero? ¿O tienes ganas de algo salvaje? —Miró guiñando los ojos alrededor.

Lucas no sabía qué decir.

Por fortuna, Daphne apareció en ese momento con la segunda ronda de whisky.

—Las chicas ya están listas arriba —anunció una vez que hubo repartido los vasos—. Bebed con toda tranquilidad y si queréis os traigo también la botella y luego subís. —Sonrió animosa—. Pero no nos hagáis esperar. Ya sabéis, un poco de alcohol levanta los ánimos, pero cuando se abusa produce flojera. —Y tan deprisa como Norman le había puesto la mano en el trasero, se vengó ella agarrándole la entrepierna.

Norman se sobresaltó, pero luego se echó a reír.

—¿Me darás a mí también un centavo?

Daphne agitó la cabeza haciendo ondear su cabello rojo.

—¿Puede que un vaso? —gorjeó, y desapareció antes de que Norman tuviera tiempo de responder. Los hombres silbaron a sus espaldas.

Lucas bebió su whisky y se sintió mareado. ¿Cómo iba a salir de aquí sin haber fracasado antes una vez más? Daphne no lo excitaba lo más mínimo. Y además parecía que le había echado el ojo. Acababa de posar su mirada sobre su rostro y su figura delgada pero musculosa un poco más de tiempo que sobre los cuerpos de los demás. Lucas sabía que las mujeres lo encontraban atractivo y con las putas de Westport no sucedería de otra forma que con las matronas de Christchurch. ¿Qué iba a hacer si Norman realmente lo arrastraba consigo?

Lucas pensó en otra huida, pero eso no valía la pena ni planteárselo. Sin caballo no tenía ninguna posibilidad de salir de Westport; debía permanecer en la ciudad por ahora. Y esto no iba a funcionar, si ya el primer día se ponía en ridículo huyendo de una prostituta pelirroja.

La mayoría de los hombres ya se tambaleaba un poco cuando Daphne volvió a aparecer y pidió a la compañía, ahora con insistencia, que fueran hacia arriba. En cualquier caso, ninguno estaba lo suficiente borracho para no advertir la ausencia de Lucas en caso de duda. Y además estaban las miradas que Daphne seguía lanzándole...

La muchacha condujo a los hombres a un salón repleto de muebles tapizados y delicadas mesitas que, en todos los aspectos, producían un efecto ordinario. Cuatro muchachas, todas en pomposos *negligés*, ya los estaban aguardando, así como, naturalmente, Miss Jolanda, una mujer bajita y gorda, de mirada fría, que lo primero que hizo fue cobrar un dólar a cada uno de los hombres.

—Así al menos ninguno se me marcha antes de haber pagado —dijo con aplomo.

Lucas pagó el peaje a regañadientes. Pronto no quedaría nada de su sueldo semanal.

Daphne lo condujo hacia un sillón rojo y le puso en la mano otro vaso de whisky.

—Bien, forastero, ¿cómo puedo hacerte feliz? —susurró. Hasta el momento era la única que no llevaba *negligé*, pero se desató como sin querer el corsé—. ¿Te gusto? Pero te lo advierto: ¡el rojo abrasa como el fuego! Ya he quemado a varios... —Mientras hablaba, le pasó una de sus largas mechas de cabello por el rostro.

Lucas no reaccionó.

—¿No? —susurró Daphne—. ¿No te atreves? Vaya, vaya. Pero está bien, quizá los otros elementos se ajusten más a lo que tu deseas. Tenemos para todos los gustos. El fuego, el aire, el agua, la tierra... —Fue señalando a las otras tres muchachas que ya se estaban ocupando del resto de los hombres.

La primera era una criatura pálida, de aspecto casi etéreo,

con el cabello liso y rubio claro. Sus extremidades eran delicadas, casi delgadas, pero, sin embargo, bajo la fina blusa con que se cubría se percibían unos voluminosos pechos. Lucas lo encontró repugnante. Sin duda alguna sería incapaz de hacer el amor con esa chica. El elemento «agua» estaba encarnado por una joven de cabellos castaños vestida de azul y con ojos risueños y de color topacio. Parecía vivaracha y bromeaba con Norman, quien, a ojos vistas, estaba cautivado. La «tierra» era una joven de tez morena y con bucles también oscuros, sin lugar a dudas, la criatura exótica de la galería de Miss Jolanda, aunque no era realmente bonita: los rasgos de su rostro eran toscos y su cuerpo achaparrado. De todos modos, parecía embelesar a los hombres con los que coqueteaba. Lucas se sorprendía, como era frecuente en él, de los criterios según los cuales los individuos de su mismo género escogían a sus compañeras de cama. En cualquier caso, Daphne era la más hermosa de las muchachas. Lucas debería sentirse halagado por ser su elegido. Si al menos lo hubiera excitado, aunque sólo hubiera sido un poco, si ella tal vez...

—Dime, ¿tenéis quizás algo más joven que ofrecer? —preguntó al final Lucas. La pregunta le resultó a sí mismo detestable, pero si esa noche no quería convertirse en el hazmerreír de todos, lo lograría, como mucho, con una muchacha delgada y aniñada.

—¿Todavía más joven que yo? —preguntó Daphne pasmada. Tenía razón, era jovencísima. Lucas calculó que como mucho debería tener diecinueve años. Sin embargo, antes de que él pudiera responder, ella lo miró evaluándolo.

—¡Ahora sé de qué te conozco! ¡Tú eres el tipo que huyó de los balleneros! Mientras que ese gordo marica, Cooper, pedía un baño para vosotros. ¡Casi me parto de la risa con ese tipo que apenas había visto el jabón en toda su vida! En fin, un amor no correspondido...; pero, ¿te gustan los niños?

Lucas se ruborizó de tal manera que se ahorró la respuesta a la observación que la joven había formulado a medias como una pregunta y a medias como una confirmación.

Daphne rio, algo taimada, aunque comprensiva.

—Y además tus distinguidos amigos no lo saben, ¿verdad? Y ahora no querrías llamar la atención. Mira, amigo mío, tengo algo para ti. No, no se trata de un niño, no comerciamos con ellos. Pero algo especial y sólo para mirar, las chicas no se venden. ¿Te interesa?

—¿El... el qué? —titubeó Lucas. Daphne le ofrecía lo que parecía una salida de escape. ¿Algo especial, que le daría prestigio pero que no exigiría hacer el acto? Lucas presintió que en eso invertiría el resto de su salario.

—Es una especie de..., bueno, de danza erótica. Son dos niñas muy jóvenes, de sólo quince años. Mellizas. ¡Te prometo que nunca has visto algo igual!

Lucas se resignó a su suerte.

—¿Cuánto? —preguntó apesadumbrado.

—¡Dos dólares! —respondió Daphne de inmediato—. Uno para cada niña. Y el que ya has pagado para mí. No las dejo solas con los hombres.

Lucas carraspeó.

—Con... conmigo no corren ningún peligro.

Daphne rio. Lucas se maravilló de lo joven y cristalina que resonaba su risa.

—Ya te creo. Está bien, como excepción. ¿No tienes dinero o qué? Todo se quedó en el *Pretty Peg*, ¿verdad? ¡Eres realmente un héroe! Pero ahora, vete arriba, a la habitación uno. Te envío a las chicas. Yo voy a ver si puedo darle una alegría al tío Norman.

Se dirigió pausadamente hacia Norman y, al momento, hizo empalidecer a la rubia «agua». Daphne, sin lugar a dudas, irradiaba; aun más, casi tenía algo así como estilo.

Lucas entró en la habitación número uno, donde se confirmaron sus expectativas. La habitación estaba amueblada como un hotel de tercera clase: mucho tapizado, una cama ancha... ¿debería tenderse en ella? ¿O daría eso miedo a las chicas? Lucas se decidió al final por un sillón tapizado, también porque la cama no pareció merecer su confianza. Por fin había conseguido desembarazarse de las pulgas del *Pretty Peg*.

La llegada de las mellizas se anunció con un murmullo general y exclamaciones de admiración que subían desde el «salón», que las chicas tenían que cruzar. Era evidente que se consideraba un lujo, y seguramente un honor especial, el llamar a las mellizas. Daphne no había dejado el menor asomo de duda de que las chicas estaban bajo su protección.

La atención que se les brindaba no pareció ser del agrado de las mellizas, aunque una amplia capa escondía sus cuerpos de las miradas lujuriosas de los hombres. Se deslizaron en la habitación, apretadas la una contra la otra, y a continuación levantaron ligeramente la amplia capucha bajo la cual se habían guarecido las dos cabezas cuando se creyeron en lugar seguro. Si es que en ese sitio podía hablarse de seguridad... Las dos mantuvieron por un tiempo las rubias cabezas inclinadas; era posible que lo hicieran siempre, hasta que Daphne entraba y las presentaba. Puesto que ese día no era el caso, una de ellas levantó por fin la vista. Lucas contempló un rostro delgado y unos ojos de color azul claro y desconfiados.

—Buenas noches, señor. Nos sentimos honradas de que nos haya contratado —dijo recitando un pequeño discurso que evidentemente había practicado—. Soy Mary.

—Y yo soy Laurie —comunicó la segunda—. Daphne nos ha dicho que usted...

—Sólo os miraré, no os inquietéis —dijo Lucas con amabilidad. Nunca habría tocado a esas niñas, pero en una cosa sí se ajustaban a sus expectativas: cuando Mary y Laurie dejaron caer la capa y quedaron ante él como Dios las había traído al mundo, percibió su aniñada delgadez.

—Espero que disfrute con nuestra representación —dijo Laurie con un dócil tono de voz, y tomó la mano de su hermana. Fue un gesto tranquilizador, más bien una búsqueda de protección que el comienzo de un acto sexual. Lucas se preguntaba cómo habían ido a parar esas niñas allí.

Las pequeñas se dirigieron a la cama, se deslizaron en ella pero no se cubrieron con las sábanas. En lugar de eso se arrodillaron la una frente a la otra y empezaron a abrazarse y besarse.

En la media hora que siguió, Lucas vio gestos y posturas ante los cuales la sangre se le agolpó en el rostro y se le heló en las venas de forma alterna. Lo que las chicas hacían entre sí era indecente en la más extrema medida. Pero Lucas no lo encontró repugnante. Aquello le recordaba demasiado sus propias fantasías en torno a la unión con un cuerpo que semejara al suyo: una unión amorosa digna y respetuosa por ambas partes. Lucas no sabía si las muchachas encontraban satisfacción con esos actos obscenos, pero no lo creía. Sus rostros permanecían demasiado relajados y tranquilos. Lucas no creyó reconocer ni éxtasis ni deseo. No obstante había, sin lugar a dudas, amor en las miradas que las hermanas se lanzaban y ternura en sus caricias. El juego amoroso desconcertaba al observador..., a medida que transcurría el tiempo, las fronteras entre sus dos cuerpos parecían desaparecer, las chicas se semejaban tanto la una a la otra que su unión, en algún momento, creaba la ilusión de que uno se hallaba ante una diosa danzante con cuatro brazos y dos cabezas. Lucas recordó las imágenes al respecto de la colonia de la Corona, la India. Encontró la visión singularmente excitante, incluso si prefería desear dibujar a las muchachas más que hacer el amor con ellas. Su danza tenía casi algo artístico. Finalmente, las dos se detuvieron estrechamente enlazadas sobre la cama y sólo se separaron cuando Lucas aplaudió.

Laurie lanzó una mirada estimativa a su entrepierna cuando salió de su ensimismamiento.

—¿No le ha gustado? —preguntó azorada, cuando notó que Lucas conservaba el pantalón abrochado y su rostro no mostraba la menor señal de haberse masturbado—. Nosotras... nosotras también podemos acariciarle, pero...

La expresión de las niñas daba pruebas de que no eran proclives a hacerlo, pero era evidente que había hombres que exigían su dinero de vuelta si no alcanzaban el clímax.

—Pero suele hacerlo Daphne —prosiguó Mary.

Lucas agitó la cabeza.

—No será necesario, gracias. Vuestra danza me ha gustado mucho. Tal como dijo Daphne, ha sido algo muy especial. ¿Pero cómo habéis llegado hasta aquí? Uno no se espera algo así en un establecimiento como éste.

Las muchachas respiraron aliviadas y volvieron a cubrirse con la capa, aunque se quedaron sentadas en el borde de la cama. Al parecer, ya no consideraban a Lucas una amenaza para ellas.

—¡Oh, fue una idea de Daphne! —respondió Laurie con franqueza. Las dos muchachas tenían unas voces dulces, algo cantarinas; otro signo de que todavía no habían abandonado la infancia.

—Teníamos que ganar dinero —siguió hablando Mary—. Pero nosotras no queríamos..., no podíamos..., es impío dormir con un hombre por dinero.

Lucas se preguntaba si también habrían aprendido esto de Daphne. Ella misma no parecía compartir tal convicción.

—¡Aunque, claro, a veces es necesario! —defendió Laurie a su compañera—. Pero Daphne dice que para ello hay que ser mayor. Sólo que Miss Jolanda no lo creía y entonces...

—Entonces Daphne descubrió algo en uno de sus libros. Un libro extraño lleno... de guarradas. Pero Miss Jolanda dijo que el lugar de donde procede el libro, no es irreverente que...

—¡Y lo que nosotras hacemos no lo es en absoluto! —declaró Mary en tono convencido.

—Sois unas chicas como Dios manda —dijo Lucas, dándoles la razón. De repente deseaba saber más acerca de ellas—. ¿De dónde venís? Daphne no es vuestra hermana, ¿verdad?

Laurie ya iba a contestar cuando la puerta se abrió y entró la joven pelirroja. Era evidente que se sintió aliviada al encontrar a las niñas vestidas y conversando relajadamente con su extraño cliente.

—¿Estás satisfecho? —preguntó, sin poder evitar ella tampoco arrojar una mirada a la entrepierna de Lucas.

Éste asintió.

—He disfrutado mucho con tus protegidas —dijo—. Ahora mismo iban a contarme de dónde venís. De algún sitio os habréis escapado, ¿no? ¿O acaso saben vuestros padres lo que estáis haciendo?

Daphne se encogió de hombros.

—Depende de lo que uno crea. Si mi mamá y la de ellas está sentada en una nube en el cielo tocando el arpa nos podrá ver. Pero si han aterrizado donde suelen terminar normalmente los de nuestra especie, ven los nabos desde abajo.

—Entonces vuestros padres están muertos —dijo Lucas, haciendo caso omiso del cinismo de la joven—. Lo siento. Pero ¿cómo habéis llegado precisamente aquí?

Daphne se plantó con aplomo delante de él.

—Escúchame bien, Luke o como te llamen. Si algo no nos gusta, son los curiosos. ¿Has entendido?

Lucas quería contestar que no lo había hecho con mala intención. Por el contrario, había pensado de qué modo podría ayudar a esas muchachas a salir de la miseria en que habían caído. Laurie y Mary todavía no eran unas putillas, y, para una muchacha tan hábil e inteligente como Daphne, debía de haber también otras salidas. Pero por el momento, al menos, él tenía tan pocos recursos como las tres muchachas. Incluso estaba más necesitado, pues Daphne y las mellizas se habían ganado tres dólares..., de los cuales la avara Jolanda probablemente les dejara como mucho uno.

—Lo siento —contestó por eso Lucas—. No quería ofenderos. Escuchad, yo..., yo necesito un lugar donde dormir esta noche. No puedo quedarme aquí. Por acogedoras que sean estas habitaciones... —Con un gesto señaló el hotel por horas de Miss Jolanda, tras lo cual Daphne emitió su risa cristalina y hasta las mellizas se echaron a reír con ganas—. Pero me resulta demasiado caro. ¿Hay quizá lugar en el corral o en un sitio similar?

—¿No quieres volver al banco de focas? —preguntó sorprendida Daphne.

Lucas sacudió la cabeza.

—Busco un trabajo en el que no corra tanta sangre. Me han dicho que los carpinteros contratan hombres.

Daphne arrojó una mirada a las delgadas manos de Lucas, que ya no estaban en absoluto tan cuidadas como un mes antes, pero que tampoco se encontraban tan encallecidas ni trabajadas como las de Norman o Cooper.

—¡Entonces, presta atención a no pillarte los dedos demasiadas veces! —dijo—. ¡Un martillazo en un dedo provoca más sangre que dar un porrazo a una foca, y tu piel vale menos, compañero!

Lucas no pudo contener la risa.

—Sabré cuidar de mí mismo. Siempre que las pulgas no me dejen antes sin sangre. ¿Me equivoco o también aquí pican un poco? —Se rascó desenfadado en el hombro, lo que, por supuesto, era impropio de un *gentleman*, pero los caballeros tampoco solían pelearse con frecuencia con picadas de insectos.

Daphne se encogió de hombros.

—Debe de ser en el salón. La habitación uno está limpia, la limpiamos nosotras. A fin de cuentas, sería desagradable que las mellizas acabaran su espectáculo llenas de picaduras. Por eso tampoco permitimos que ninguno de esos repugnantes tipos duerman aquí, paguen lo que paguen. Lo mejor es que lo intentes en el corral de alquiler. Allí suelen dormir los muchachos que están de paso. Y David lo mantiene en orden. Creo que te gustará. ¡Pero no lo perviertas!

Con estas palabras se despidió Daphne de su cliente y sacó a las mellizas de la habitación. Lucas permaneció todavía un poco más allí. A fin de cuentas, los hombres, fuera, imaginarían que se había desnudado con las chicas y que necesitaba algo de tiempo para vestirse. Cuando al final entró de nuevo en el salón, lo recibieron unos cuantos vítores de borrachuzos. Norman alzó su vaso y le dedicó un brindis.

—¡Ahí lo tenéis! ¡Nuestro Luke! ¡Se lo monta con las tres mejores muchachas y luego aparece de punta en blanco! ¿Alguno ha hecho algún comentario? ¡Pedid perdón inmediatamente, chicos, antes de que también se tire a vuestras mujeres!

10

Lucas se dejó homenajear unos instantes más y luego salió del pub hacia el corral de alquiler. Daphne no había prometido demasiado. El recinto daba la impresión de orden. Por supuesto olía a caballo, pero el acceso estaba barrido, los caballos se hallaban en boxes amplios y las riendas en la sala de las sillas eran viejas, pero estaban bien cuidadas. Una única linterna de establo bañaba las instalaciones de una débil luz, la suficiente para orientarse y localizar los caballos por la noche, pero no demasiado clara como para molestar a los animales.

Lucas buscó un lugar donde dormir; pero al parecer ese día él era el único huésped nocturno. Reflexionó en si bastaba con prepararse un lecho en algún lugar sin hacerse grandes preguntas. Sin embargo, una voz clara, más asustada que inquisitiva, resonó en el establo oscuro:

—¿Quién anda ahí? ¡Di tu nombre y qué deseas, forastero!

Lucas alzó los brazos temeroso.

—Lucas..., hum..., Denward. No vengo con malos propósitos, sólo estoy buscando un lugar donde dormir. Y esa joven, Miss Daphne, me dijo...

—Aquí dejamos dormir a la gente que ha traído su caballo —respondió la voz, mientras se aproximaba. Al final, también su propietario se dejó ver. Un joven rubio, de unos dieciséis años tal vez, asomó la cabeza por el tabique de un box—. ¡Pero usted va sin montura!

Lucas asintió.

—Es cierto. Pero a pesar de ello podría pagar dos centavos. Y tampoco necesito todo un box. Un rinconcito bastará.

El muchacho asintió.

—¿Cómo ha llegado hasta aquí sin caballo? —preguntó entonces curioso, dejándose ver de cuerpo entero. Era alto, pero flaco, y todavía tenía un rostro infantil. Lucas vio unos ojos redondos y claros, cuyo color no alcanzó a distinguir en la penumbra. Pero el joven parecía franco y amable.

—Vengo de los bancos de focas —explicó Lucas, como si eso fuera una aclaración de cómo cruzar los Alpes sin montura. Pero tal vez el joven dedujera por sí mismo que el visitante debía de haber llegado por barco. Lucas esperaba que no recordara de golpe al desertor del *Pretty Peg*.

—¿Ha cazado focas? Yo también quería hacerlo antes, se gana con ello mucho dinero. Pero era incapaz..., cómo te miran esos animales...

Lucas se enterneció.

—Precisamente por eso yo también estoy buscando otro trabajo —le confesó al joven.

El muchacho hizo gesto de entender.

—Puede ser de ayuda para los carpinteros o los leñadores. Hay suficiente trabajo. Venga conmigo el lunes. Yo también estoy en la construcción.

—Pensaba que eras el mozo de cuadra de aquí —replicó Lucas perplejo—. ¿Cómo te llamas? ¿David?

El joven se encogió de hombros.

—Así me llaman. En realidad, mi nombre es Steinbjörn, Steinbjörn Sigleifson. Pero nadie sabe pronunciarlo aquí. Así que esa chica, Daphne, me llamó simplemente David. Como David Copperfield. Creo que una vez escribió un libro.

Lucas sonrió y una vez más sintió admiración por Daphne. ¿Una camarera que leía a Dickens?

—¿Y en qué lugar llaman a sus hijos «Steinbjörn Sigleifson»? —preguntó Lucas. Entretanto, David lo había conducido a un cobertizo que había arreglado para hacerlo acogedor. Balas de paja hacían las veces de mesas y asientos, y el heno se había convertido en una cama. Había más en una esquina y David indicó a Lucas que se sirviera de él.

—En Islandia —contestó, y se puso manos a la obra para ayudar a Lucas—. Vengo de ahí. Mi padre era ballenero, pero mi madre siempre quería marcharse, era irlandesa. Para ella, lo mejor hubiera sido volver a su isla, pero luego su familia inmigró a Nueva Zelanda y ella también quería venir a toda costa, pues no podía soportar el clima de Islandia, siempre oscuro, siempre frío... Entonces enfermó y en el viaje en barco hacia aquí murió. Un día de sol. Creo que eso era importante para ella... —David se secó los ojos con disimulo.

—¿Pero tu padre todavía estaba contigo? —preguntó Lucas con calidez, al tiempo que desplegaba su saco de dormir.

David asintió.

—Pero no por mucho tiempo. En cuanto oyó que aquí se cazaban ballenas se puso loco de contento. Así que nos desplazamos de Christchurch a la costa Oeste y se enroló enseguida en el primer ballenero. Quería llevarme como grumete, pero no necesitaban a ninguno. Eso fue lo que sucedió.

—¿Y se limitó a dejarte solo? —Lucas estaba horrorizado—. ¿Qué edad tenías? ¿Quince?

—Catorce —respondió David sin inmutarse—. Lo suficiente mayor para sobrevivir solo, pensaba papá. Y yo ni siquiera sabía inglés. Pero ya ve, tenía razón. Aquí estoy, vivo, y no creo que fuera la persona adecuada para cazar ballenas. Me mareaba cada vez que llegaba mi padre a casa y olía a aceite de ballena.

Mientras que los dos se acomodaban en sus sacos de dormir, el joven contó con toda franqueza sus experiencias con los rudos hombres de la costa Oeste. Al parecer, se sentía tan incómodo entre ellos como Lucas y se había alegrado mucho de encontrar ahí un puesto como mozo de cuadra. Mantenía los establos en orden y además podía dormir. Durante el día trabajaba en la construcción.

—Me gustaría hacerme carpintero y construir casas —le dijo al final a Lucas.

Éste sonrió.

—Para construir casas tienes que ser arquitecto, David. Pero no es sencillo.

El chico le dio la razón.

—Lo sé. Cuesta mucho dinero y hay que ir durante un largo tiempo a la escuela. Pero no soy tonto, incluso sé leer.

Lucas decidió regalarle el próximo ejemplar que encontrara de *David Copperfield*. Se sentía feliz, sin motivo alguno, cuando los dos al final se desearon las buenas noches y se acurrucaron en sus lechos. Lucas oía los ruidos del joven mientras dormía, su respiración regular, y pensó en sus movimientos flexibles pese a su delgadez, la voz viva y cristalina. Habría podido amar a un joven así...

David cumplió su palabra y ya al día siguiente presentó a Lucas al propietario de la cuadra, quien amablemente le asignó un lugar donde dormir y no le pidió que pagara por ello.

—Ayuda un poco a David en el establo, el chico ya trabaja demasiado. ¿Sabes de caballos?

Lucas contó, fiel a la verdad, que sabía limpiar los animales, ensillarlos y montar, lo que, al parecer, era suficiente para el propietario del lugar. David pasaba el domingo limpiando a fondo los establos (durante la semana no siempre lo conseguía) y Lucas lo ayudaba de buen grado. Mientras se ocupaban de tal tarea, el joven hablaba todo el tiempo, contaba sus aventuras, sus sueños y deseos, y Lucas lo escuchaba con atención. Mientras, agitaba la horquilla del estiércol con un vigor insospechado. ¡Nunca le había divertido tanto una tarea!

El lunes, David lo condujo al trabajo en la obra y el jefe enseguida le asignó una brigada de leñadores. Para las nuevas obras había que roturar bosques y las maderas preciosas que se encontraban al hacerlo se depositaban a continuación en Westport y más tarde se empleaban para la construcción o se vendían en otros lugares de la isla e incluso en Inglaterra. El precio de la madera era elevado y seguía subiendo; además, en la actualidad había vapores que circulaban entre Inglaterra y Nueva Zelanda que simplificaban la exportación también de artículos más voluminosos.

Sin embargo, los carpinteros de Westport no pensaban más allá de la nueva casa que tenían que construir. Prácticamente ninguno de ellos había aprendido su oficio, y menos aún oído hablar de arquitectura. Construían sencillas casas de madera para las cuales tallaban también muebles igual de sencillos. Lucas lamentaba el despilfarro de maderas nobles; además, el trabajo en el monte era duro y peligroso, siempre se producían accidentes a causa de las sierras o cuando caían los árboles. Pero Lucas no se quejaba. Desde que conocía a David, tenía la impresión de que se tomaba la vida de una forma mucho más despreocupada y fácil, y siempre estaba de buen humor. También el joven parecía, a su vez, buscar su compañía. Hablaba durante horas con Lucas y, obviamente, pronto se percató de que ese compañero de más edad sabía sobre muchos más temas y podía dar respuesta a muchas más preguntas que todos los otros hombres que lo rodeaban. A veces Lucas tenía que esforzarse para no revelar demasiado sobre su origen. Entretanto, apenas se distinguía ya, al menos en su aspecto, de los demás *coasters*. Su indumentaria estaba raída y no tenía prácticamente nada para cambiarse. Constituía una demostración de fuerza mantenerse, pese a todo, limpio. Para su satisfacción, también David se preocupaba de la higiene corporal y se bañaba con regularidad en el río. A ese respecto, se diría que el joven no conocía el frío. Mientras que Lucas ya se ponía a temblar con sólo acercarse al agua, David nadaba a la otra orilla riendo.

—¡Pero si no está fría! —bromeaba con Lucas—. ¡Deberías ver los ríos de mi país! ¡Los cruzaba con nuestro caballo cuando todavía flotaban témpanos por allí!

Luego, cuando el joven desnudo y mojado llegaba a la orilla y se tendía allí, Lucas creía que sus amadas estatuas de los adolescentes griegos habían cobrado vida ante él. Para él, no era el David de Dickens, sino el David de Miguel Ángel. Hasta el momento, el joven había oído tan poco del pintor y escultor italiano, como del escritor inglés. Pero en eso Lucas le prestaba su ayuda. Con unos rápidos trazos hizo un esbozo de las esculturas más famosas sobre una hoja.

Dave apenas si lograba salir de su asombro, aunque no eran tanto los adolescentes de mármol lo que le interesaban, sino el arte de dibujar de Lucas en sí mismo.

—Siempre intento dibujar casas —confesó a su amigo de mayor edad—. Pero nunca me sale bien del todo.

Lucas se sentía alegre mientras explicaba a Dave dónde residía el problema y luego le introducía en el arte de la perspectiva. David aprendía deprisa. A partir de entonces invertían cada minuto que tenían libre en las clases. Cuando el maestro de obras los vio en una ocasión, se apresuró a separar a Lucas del grupo de los leñadores y lo colocó en la construcción. Hasta entonces, Lucas no había sabido gran cosa de estática y construcción, sólo los conceptos básicos que cualquier auténtico amante del arte adquiere de forma inevitable cuando se interesa por iglesias románicas y palacios florentinos. Tan sólo eso ya era mucho más que lo que la mayoría de la gente sabía en la obra; además, Lucas era un matemático dotado. No tardó nada en ayudar a trazar los bocetos de los edificios y dar indicaciones mucho más precisas en los aserraderos que las que habían dado los obreros de la construcción hasta ese momento. Sin embargo, no era muy diestro en el manejo de la madera, pero David dio muestras de gran talento en ese ámbito y pronto intentó hacer los muebles siguiendo los diseños de Lucas. Los futuros inquilinos de la nueva casa, el comerciante de pieles y su esposa, apenas si podían dar crédito a lo que veían cuando les mostraron las primeras piezas.

Es innegable que Lucas pensaba con frecuencia en aproximarse también físicamente a su joven discípulo y amigo. Soñaba con abrazos íntimos y despertaba con una erección o, peor aún, entre las sábanas húmedas. Pero se reprimía con obstinación. En la antigua Grecia hubiera sido totalmente normal que surgiera una relación amorosa entre el mentor y el adolescente; pero en el moderno Westport ambos serían condenados por ello. Sin embargo, David se aproximaba a su amigo sin prejuicios. Cuando a veces, tras el baño, yacía a su lado desnudo para secarse al todavía tímido sol, solía acariciarle un brazo o una pierna y, cuando pasado el invierno hizo más calor y Lucas también disfrutaba chapoteando en el agua, el joven lo animaba a enzarzarse en fogosas peleas. No escondía ninguna intención cuando rodeaba a Lucas con las piernas o apretaba su tórax contra la espalda de Lucas. Éste agradecía entonces que el río Buller también llevara aguas frías en verano que no le permitieran mantener durante largo tiempo su erección. La relación se hubiera consumado compartiendo el lecho con David, pero Lucas sabía que no tenía que ser demasiado ambicioso. Lo que en ese tiempo experimentaba ya era más de lo que nunca había esperado. Pedir todavía más habría sido una temeridad. Lucas también era consciente de que su fortuna no podía durar para siempre. En algún momento, David crecería, tal vez se enamoraría de una muchacha y le olvidaría. Pero Lucas esperaba que para entonces el joven hubiera aprendido a asegurarse el sustento como ebanista. Él haría cuanto estuviera en su mano para ello. Intentaba enseñar también al chico los conceptos básicos de las matemáticas y el cálculo, para no ser sólo un buen artesano, sino también un comerciante listo. Lucas amaba a David desinteresada, apasionada y tiernamente. Se alegraba de cada día que pasaba con él e intentaba no pensar en el inevitable fin. ¡David era tan joven! Todavía les quedaban años para estar juntos.

Sin embargo, David —o Steinbjörn, como él mismo todavía se consideraba— no estaba tan satisfecho de su situación como Lucas. El joven era listo, aplicado y estaba sediento de logros y de vida. Pero, sobre todo, estaba enamorado, un secreto que no había revelado a nadie, ni siquiera a Lucas, su paternal amigo. El amor de Steinbjörn también era la razón por la que había adoptado tan dócilmente el nuevo nombre y por la que utilizaba cada minuto que tenía libre para empeñarse en leer *David Copperfield*.

Por fin podría hablar acerca de él con Daphne, con toda naturalidad e inocencia, y nadie sospecharía de cuánto se consumía por la muchacha. Por supuesto, era consciente de que nunca tendría la menor posibilidad con ella. Era probable que ella ni siquiera se lo llevara a su habitación cuando él consiguiera reunir el dinero para pasar una noche a su lado. Para Daphne no era más que un niño al que había que proteger como a las mellizas, por quien se preocupaba, pero, con toda certeza, no era un cliente.

En el fondo, el joven tampoco pretendía serlo. No veía a Daphne como una puta, sino como una esposa digna de respeto junto a él. Un día ganaría mucho dinero, le compraría a Jolanda los derechos sobre la joven y convencería a Daphne de que merecía llevar una vida respetable. Podría llevarse a las mellizas con ella... En sus fantasías, David también podía mantenerlas económicamente.

Pero para que eso se convirtiera algún día en realidad, necesitaba ganar dinero, mucho dinero, y deprisa. Le partía el corazón ver a Daphne sirviendo en el pub y luego desapareciendo con cualquier hombre en el primer piso. Ella no iba a hacer eso siempre, no iba, sobre todo, a quedarse ahí para siempre. Daphne maldecía estar bajo el yugo de Jolanda. Tarde o temprano se marcharía y comenzaría de cero en otro lugar.

A no ser que David se presentara ante ella con una proposición de matrimonio.

Ahora el joven tenía claro que en ningún caso iba a obtener el dinero necesario trabajando en la construcción o como ebanista. Debía amasar su fortuna más deprisa y el destino quería que justo en ese momento y en esa región de la isla Sur surgieran nuevas oportunidades. Muy cerca de Westport, a pocos kilómetros, remontando el río Buller, se había encontrado oro. Cada vez eran más los buscadores que inundaban la ciudad, se abastecían de provisiones, palas y tamices y desaparecían en el bosque o en las montañas. Al principio, nadie los tomaba demasiado en serio; sin embargo, cuando regresaron los primeros con el pecho henchido de orgullo y una pequeña fortuna en pepitas de oro guardadas en bolsas de tela colgadas al cinto, la fiebre del oro también se apoderó de los *coasters* establecidos en torno a Westport.

—¿Por qué no probamos nosotros también, Luke? —preguntó David un día, cuando estaban sentados a la orilla del río y otro grupo más de buscadores de oro pasaron a su lado remando en una canoa.

Lucas le estaba explicando al joven en ese momento una técnica de dibujo especial y alzó la vista sorprendido.

—¿Probar el qué? ¿Ir a cavar en busca de oro? No seas ridículo, Dave, eso no está hecho para nosotros.

—¿Pero por qué no? —La mirada ávida de los ojos redondos de David agitó el corazón de Lucas. No había nada en ella de la codicia de los astutos buscadores de oro que ya habían recorrido unos yacimientos antes de que la noticia de que se habían encontrado otros nuevos los empujara hacia Westport. No se hallaba en ella ninguna reminiscencia de antiguas decepciones, de inviernos interminables en campamentos primitivos, de veranos abrasadores en los que se excavaba, desviaba arroyos y se contemplaban cantidades ingentes de arena pasando por el tamiz esperando, esperando, esperando..., hasta que de nuevo eran otros los que encontraban las pepitas del grueso de un dedo en el río o en las ricas vetas de oro de las rocas. No, la mirada de David era la de un niño ante un fabricante de juguetes. Ya se veía en posesión de los nuevos tesoros, si el padre reacio a comprar no contrariaba sus proyectos. Lucas suspiró. Le habría gustado satisfacer el deseo del joven, pero no veía perspectivas de éxito.

—David, no sabemos nada de yacimientos de oro —dijo pacientemente—. Ni siquiera sabríamos dónde buscar. Además, yo no soy ningún trampero ni me gustan las aventuras. ¿Cómo nos las apañaríamos por allí?

Para ser francos, Lucas ya había tenido suficiente con las horas pasadas en el bosque tras huir del *Pretty Peg*. Por mucho que le fascinara la rara flora del entorno, no dejaba de inquietarle la idea de que tal vez se extraviaran por ese entorno. Al menos, había tenido entonces el río como ayuda para orientarse. Para emprender una nueva aventura, debería alejarse mucho de ahí. Bien, quizá podía seguirse un arroyo, pero Lucas no compartía la idea de David de que, luego, el oro simplemente les llovería.

—Por favor, Luke, ¡intentémoslo al menos! Tampoco tenemos que abandonarlo todo aquí. ¡Démonos un fin de semana! Seguro que el señor Miller me presta un caballo. Podemos ir con él la noche del viernes remontando el río y echar un vistazo el sábado por ahí arriba...

—Ese «por ahí arriba», ¿dónde se supone que está, Dave? —preguntó con cautela Lucas—. ¿Tienes alguna idea?

—Rochford ha encontrado oro en Lyell Creek y en Buller Gorge. Lyell Creek está a sesenta y cinco kilómetros río arriba...

—Y es probable que allí ya haya buscadores de oro a rebosar —señaló escéptico Lucas.

—¡No tenemos que buscarlo allí! Es probable que haya oro por todas partes, ¡necesitamos de todos modos nuestra propia concesión! Venga, Luke, ¡no seas cenizo! ¡Sólo un fin de semana! —David suplicó tanto que Lucas se sintió halagado. A fin de cuentas, el joven podría haberse unido a algún grupo de buscadores, pero era evidente que quería estar con él. No obstante, Lucas dudaba. La aventura le parecía demasiado arriesgada. Lucas, prudente por naturaleza, tenía presentes los peligros de una incursión a lomos de un caballo por el bosque de lluvia, por senderos desconocidos lejos de la colonia más cercana. Tal vez nunca habría aceptado, pero entonces aparecieron Norman y un par de cazadores de focas más en el corral de alquiler. Saludaron complacidos a Lucas, sin desaprovechar la oportunidad de recordarse a sí mismos y a él, a voz en grito, la noche con las mellizas. Norman le dio unas joviales palmadas en la espalda.

—¡Hombre, y nosotros que habíamos pensado que no tenías lo que hay que tener! ¿A qué te dedicas ahora? ¡He oído decir que estás hecho un as de la construcción! Me alegro por ti. Pero no te harás rico. ¡Oye, vamos a remontar el Buller para buscar oro! ¿Te vienes? ¿No quieres probar tú también suerte?

David, que acababa de aprovisionar con sillas y alforjas los mulos que el grupo de Norman había alquilado, miró al hombre más maduro con los ojos centelleantes.

—¿Ya lo ha hecho alguna vez? Me refiero a lavar oro —preguntó emocionado.

Norman sacudió la cabeza.

—Yo no. Pero Joe sí, en algún lugar de Australia. Él nos enseñará. No debe de ser difícil. ¡Tú aguantas el tamiz en el agua y las pepitas entran solas! —Rio.

Lucas, por el contrario, suspiró. Ya sospechaba lo que iba a sucederle.

—¡Lo ves, Luke, todos dicen que es fácil! —observó como era inevitable David—. ¡Probémoslo, por favor!

Norman vio el entusiasmo en sus ojos y sonrió por igual a Lucas y Dave.

—Bien, ¡el muchacho arde de ganas de ir! ¡A éste no le retendrá nada aquí por mucho tiempo, Luke! ¿Y ahora qué, venís con nosotros o lo pensáis un poco más?

Si había algo que a Lucas seguro que no lo motivaba, era salir a buscar oro con todo el grupo. Por otra parte, sin embargo, le resultaba atractivo dejar en manos de otro la organización del asunto o al menos repartirla entre varios. Era probable que algunos hombres tuvieran más experiencia como cazadores, aunque seguro que no tenían ni idea de mineralogía. Fuera como fuese, si encontraban oro, sería por puro azar y luego, con toda certeza, se producirían peleas. Lucas rechazó la oferta.

—No podemos irnos de golpe y porrazo —contestó—. Pero tarde o temprano... ¡Nos veremos, Norman!

Norman rio y se despidió con un apretón de manos que dejó los dedos de Luke doloridos por unos minutos.

—¡Nos vemos, Luke! ¡Y es posible que para entonces seamos ricos los dos!

Se levantaron el sábado al amanecer. En efecto el señor Miller le había prestado un caballo a David, de todos modos sólo quedaba uno disponible. Así que David arrojó sobre la grupa desnuda del animal un par de alforjas y se montó detrás de Lucas. No avanzarían deprisa, pero el caballo era fuerte y el bosque de helechos, además, pronto se espesaría, de modo que no se podría ni trotar ni galopar. Lucas, que en un principio se había montado de mala gana, empezó a disfrutar del paseo a caballo. Había llovido en los días pasados, pero ese día relucía el sol. Sobre el bosque ascendían vapores de niebla, cubrían la cima de la montaña y envolvían la tierra de una luz extraña e irreal. El caballo era de paso seguro y tranquilo y Lucas disfrutaba sintiendo el cuerpo de David detrás de sí. El joven no tenía otra opción que estrecharse contra él y lo rodeaba con los brazos. Luke sentía el movimiento de sus músculos, y el roce del aliento del joven en la nuca le ponía la piel de gallina. Con el tiempo, el muchacho llegó incluso a adormilarse y hundió la cabeza en el hombro de Lucas. La niebla se disipó y el río brillaba a la luz del sol, reflejando las paredes rocosas que ahora a menudo se elevaban muy cerca de la orilla. Al final se acercaron tanto al río que era imposible proseguir y Lucas tuvo que retroceder un trecho para encontrar un lugar para iniciar el ascenso. Descubrió una especie de camino de herradura —tal vez abierto por maoríes o por anteriores buscadores de oro— por el cual podía seguir el curso del río por encima de las rocas. Avanzaron con lentitud hacia el interior. En algún lugar, expediciones anteriores habían descubierto yacimientos de oro y carbón. Cómo y con qué procedimiento seguía siendo para Lucas, de todos modos, un enigma. Para él, ahí todo tenía el mismo aspecto: un paisaje montañoso en el que había menos rocas que colinas de bosques de helechos. De vez en cuando se veían paredes que conducían a una altiplanicie, arroyos que con frecuencia desembocaban en mayores o menores cascadas en el río Buller. En alguna ocasión aparecían también playas de arena abajo, junto al río, que invitaban al descanso. Lucas se preguntaba si no habría sido mejor emprender la excursión con una canoa en lugar de a caballo. Probablemente la arena de las playas contenía también oro, pero Lucas debía asumir que no tenía conocimientos al respecto. ¡Si se hubiera interesado antes por la geología o la mineralogía en lugar de por las plantas y los insectos! Sin lugar a dudas las formaciones terrestres, la tierra o el tipo de rocas permitían deducir la presencia de oro. Pero no, ¡él no había encontrado nada mejor que hacer que dibujar wetas! Así que, lentamente, Lucas llegó a la conclusión de que las personas que se hallaban en su entorno —sobre todo Gwyneira— no estaban del todo equivocadas. Sus intereses correspondían a profesiones poco lucrativas; sin el dinero que su padre había cosechado en Kiward Station, él era un don nadie y sus posibilidades de administrar la granja con éxito siempre habían sido limitadas. Gerald estaba en lo cierto: Lucas había fracasado de plano.

Mientras que Lucas daba vueltas a tales oscuros pensamientos, David, a sus espaldas, despertó.

—¡Eh, creo que me he dormido! —dijo con tono alegre—. Pero, Luke, ¡vaya vista! ¿Es esto Buller Gorge?

Más abajo del sendero, el río quebraba su curso entre paredes rocosas. La visión del valle fluvial y las montañas que lo rodeaban era arrebatadora.

—Lo supongo —contestó Lucas—. Pero quien haya encontrado oro por aquí, no ha colocado letreros indicadores.

—¡Entonces hubiera sido demasiado fácil —respondió complacido David—. ¡Y seguramente ya habrían desaparecido todos, ¡con lo que hemos tardado! Oye, ¡tengo hambre! ¿Hacemos un descanso?

Lucas hizo un gesto de aprobación. Sin embargo, el camino en el que estaban no le parecía ideal para hacer una pausa; era rocoso y no había hierba para el caballo. Así que ambos acordaron seguir avanzando media hora y buscar un lugar mejor.

—Aquí no parece que haya oro —observó David—. Y si paramos, echaré un vistazo alrededor.

La paciencia de ambos pronto halló recompensa. Poco tiempo después encontraron una altiplanicie en la que no sólo crecían los siempre presentes helechos, sino también hierba abundante para el caballo. El Buller seguía su curso muy por debajo de ellos, pero justo bajo el lugar donde se habían instalado había una pequeña playa de arena dorada.

—¿Se le habrá ocurrido a alguien alguna vez lavarla? —David mordió el bocadillo y desarrolló la misma idea que antes se le había ocurrido a Lucas—. ¡Tal vez esté llena de pepitas!

—¿No sería demasiado sencillo? —sonrió Lucas. El entusiasmo del joven le divertía. Pero David no deseaba dejar pasar así una oportunidad.

—¡Justo! ¡Por eso mismo todavía no lo ha intentado nadie! ¿Qué te apuestas a que abren los ojos como platos si encontramos ahora, como si nada, un par de pepitas?

Lucas rio.

—Inténtalo en una playa a la que sea más fácil acceder. Aquí deberías saber volar para bajar.

—Otra razón más por la que nadie lo haya intentado antes. ¡Aquí, Luke, está nuestro oro! ¡Estoy totalmente convencido! ¡Voy a bajar!

Lucas agitó preocupado la cabeza. El chico parecía firme en su propósito.

—Dave, la mitad de todos los buscadores de oro avanzan río arriba. Ya han pasado por aquí y seguramente han descansado en la playa, como nosotros aquí. ¡Hazme caso, allí no hay oro!

—¿Cómo puedes saberlo? —David se levantó de un brinco—. ¡En cualquier caso, yo creo en mi suerte! Voy a bajar y a echar un vistazo.

El joven buscó un buen punto de partida para el descenso, mientras Lucas miraba horrorizado el precipicio.

—David, ¡aquí hay al menos cuarenta y cinco metros! ¡Y esto desciende en picado! ¡No puedes bajar por ahí!

—¡Claro que puedo! —El chico ya desaparecía por el borde de la peña.

—¡Dave! —Lucas tenía la impresión de que estaba chillando—. ¡Dave, espera! ¡Deja que al menos te ate!

Lucas no tenía la menor idea de si las cuerdas que habían cogido eran lo suficientemente largas, pero buscó lleno de pánico en las alforjas.

Sin embargo, David no esperó. No parecía advertir el peligro. El descenso parecía divertirle y era evidente que no sentía ningún vértigo. No obstante, no era un alpinista experimentado y no podía reconocer si el saledizo de una roca era firme o quebradizo, y no calculó que la tierra del saliente, aparentemente seguro, en el que incluso crecía hierba y en el que dejó caer sin preocupación alguna todo su peso, todavía estaba húmeda a causa de la lluvia y era resbaladiza.

Lucas oyó el grito antes de que hubiera reunido todas las cuerdas. Su primer impulso fue correr hacia el precipicio, pero luego tomó conciencia de que David debería de estar muerto. Nadie sobreviviría a una caída desde tal altura. Lucas empezó a temblar y apoyó la frente por unos segundos contra las alforjas que todavía estaban sobre el paciente caballo. No sabía si reuniría el valor para mirar el cuerpo destrozado de su amado.

De repente oyó una voz débil y ahogada.

—¡Luke..., ayúdame! ¡Luke!

Lucas corrió. No podía ser verdad, era imposible que él...

Entonces divisó al joven sobre un saliente rocoso, tal vez veinte metros por debajo de él. Le sangraba una herida sobre el ojo y tenía la pierna extrañamente torcida; pero estaba vivo.

—Luke, creo que me he roto la pierna. Me hace tanto daño...

David parecía asustado, luchando por contener las lágrimas; ¡pero vivía! Y su situación tampoco era muy peligrosa. La peña ofrecía espacio suficiente para una e incluso dos personas. Lucas se descolgaría, ataría al joven consigo en la cuerda y lo tendría que ayudar durante el ascenso. Reflexionó acerca de si emplear o no el caballo, pero sin silla, en cuyo cuerno debería anudar la cuerda, no resultaba viable. Además, no conocía al animal. Si se desbocaba cuando estaban colgados de la cuerda, podía matarlos. ¡Entonces una de las rocas! Lucas la rodeó con la cuerda. No era lo suficientemente larga para descolgarse hasta el valle del río, pero sí llegaría con facilidad hasta el lugar donde se hallaba David.

—¡Ahora voy, Dave! ¡Tranquilo! —Lucas avanzó hacia el borde de la roca. El corazón le latía con fuerza y tenía la camisa empapada de sudor. Lucas nunca había escalado, las alturas elevadas le daban miedo. Sin embargo, descolgarse fue más sencillo de lo que pensaba. La roca no era lisa e iba encontrando apoyo en salientes, lo que le daba valor para el posterior ascenso. Lo único que debía evitar era mirar abajo...

David se había arrastrado al borde del saliente y esperaba a Lucas con los brazos extendidos. Éste, sin embargo, no había calculado correctamente la distancia. Había llegado demasiado a la izquierda del joven, a la altura del saliente. Debería hacer oscilar la cuerda hasta que el chico la agarrara. Lucas se sintió mal sólo de pensarlo. Hasta el momento siempre había encontrado un poco de apoyo en las rocas, pero para balancearse tenía que renunciar a todo contacto con la piedra.

Inspiró una profunda bocanada de aire.

—¡Voy, David! Coge la cuerda y tira de mí hacia ti. En cuanto pueda apoyar un pie, avanzas hacia arriba y yo te recojo. ¡Yo te aguanto, no tengas miedo!

David asintió. Tenia el rostro pálido y bañado en lágrimas. Sin embargo, obró con serenidad y destreza. Seguro de que conseguiría alcanzar la cuerda.

Lucas se separó de las rocas. Se dio impulso para llegar a Dave enseguida, a ser posible sin tener que oscilar largo tiempo. La primera vez, no obstante, se balanceó en la dirección errónea y quedó demasiado lejos del chico. Colgado de las manos, buscó apoyo para los pies y luego lo intentó una segunda vez. En esta ocasión lo logró. David agarró la cuerda, mientras el pie de Lucas intentaba hallar apoyo.

¡Pero entonces la cuerda cedió! O bien la roca que estaba en lo alto del precipicio se había movido, o el nudo que Lucas había hecho con torpeza se había soltado. Al principio, su cuerpo pareció resbalar un trozo. Gritó. Luego todo sucedió en cuestión de segundos. La cuerda que estaba por encima de la roca se desprendió del todo. Lucas cayó y David se agarró a la cuerda. El joven intentó desesperadamente detener la caída del amigo, pero en la posición en que se encontraba, tendido, era imposible. La cuerda se deslizaba entre sus dedos cada vez más deprisa. Cuando llegara al final, no sólo caería Lucas al fondo, sino que también David habría perdido su última oportunidad. Con la cuerda tal vez podría todavía descolgarse hasta el lecho del río. Sin ella se moriría de hambre y sed en el saliente. Los pensamientos se agolpaban en la mente de Lucas al tiempo que seguía resbalando hacia abajo. Debía tomar una determinación: David no lograría detenerlo y si conseguía llegar abajo con vida, lo haría sin lugar a dudas herido. Entonces la cuerda no serviría de ayuda a ninguno de los dos. Lucas decidió hacer lo correcto por una vez en la vida.

—¡No sueltes la cuerda! —gritó a David—. ¡Agárrala fuerte y no la sueltes pase lo que pase!

Arrastrada por su peso, la cuerda se deslizaba cada vez más deprisa entre los dedos de David. Ya debían de estar quemados, por lo que era posible que pronto tuviera que soltarla de dolor.

Lucas alzó la vista hacia él, vio el rostro joven, desesperado y, sin embargo, hermoso, que él tanto amaba, y se dispuso a morir por él. Entonces Lucas se soltó.

El mundo era un mar de dolor clavándose como puñales en su espalda. No estaba muerto, pero deseaba estarlo en cada uno de esos espantosos segundos. La muerte no tardaría mucho en sorprenderlo. Tras una caída de casi veinte metros, Lucas había llegado a la «playa dorada» de David. No podía mover las piernas y tenía el brazo izquierdo paralizado: una rotura abierta, los huesos astillados habían atravesado la carne. Con tal de que acabara pronto...

Lucas apretó los dientes para no gritar y oyó la voz de David desde arriba.

—¡Lucas! ¡Aguanta, ya voy!

Y, en efecto, el joven había conservado la cuerda y la había atado hábilmente a algún lugar de la peña. Lucas rezaba para que David no resbalara también, pero sabía en el fondo de su corazón que los nudos de David aguantaban...

Temblando de miedo y dolor, contempló al joven mientras se descolgaba. Pese a la pierna rota y los dedos, sin duda desollados, descendió diestramente por la roca y llegó por fin a la playa. Con prudencia, descansó el peso en la pierna sana, pero tuvo que arrastrarse hasta llegar al lugar donde se hallaba Lucas.

—Necesito una muleta —dijo con fingida alegría—. Y luego

intentamos volver a casa a lo largo del río, o por el río, si así hay que hacerlo. ¿Qué te pasa, Luke? ¡Estoy contento de que vivas! El brazo se curará y...

El joven se agachó junto a Lucas y examinó el brazo.

—Yo... yo me muero, Dave —susurró Lucas—. No es sólo el brazo. Pero tú... tú regresa, Dave. Prométeme que no te rendirás...

—¡Nunca me rindo! —replicó David, si bien no consiguió sonreír al decirlo—. Y tú...

—Yo..., escúchame, Dave, ¿lo harías..., podrías... abrazarme? —El deseo surgió de Lucas, él no pudo dominarse—. Yo... deseo...

—¿Quieres ver el río? —preguntó David solícito—. Es precioso y brilla como el oro. Pero... tal vez sea mejor que permanezcas quieto...

—Me muero, Dave —repitió Lucas—. Un segundo antes o después..., por favor...

Cuando David lo irguió, el dolor era rabioso, pero pareció desaparecer de repente. Lucas no sentía nada más que el brazo del muchacho en torno a su cuerpo, su aliento y su hombro, sobre el que se inclinó. Olió su sudor, que le pareció más dulce que el jardín de rosas de Kiward Station, y oyó el sollozo que en ese momento David era incapaz de seguir reprimiendo. Lucas inclinó la cabeza hacia un lado y depositó un beso furtivo en el pecho de David. El joven no lo percibió, pero estrechó al moribundo más firmemente contra sí.

—¡Todo irá bien! —susurró—. ¡Todo irá bien! Duerme ahora un poco y luego...

Steinbjörn meció al hombre agonizante entre sus brazos como había hecho con él su madre cuando todavía era pequeño. También él halló consuelo en ese abrazo, lo alejó del temor a ser abandonado en ese momento, solo, herido y sin refugio ni provisiones en esa playa. Al final, hundió el rostro en el cabello de Lucas buscando protección.

Lucas cerró los ojos y se abandonó a esa espléndida sensación de felicidad. Todo iba bien. Tenía lo que había deseado. Estaba en el lugar que le pertenecía.

11

George Greenwood condujo su caballo al corral de alquiler de Westport e indicó al propietario que lo alimentara bien. El hombre parecía de confianza y el recinto daba la impresión de estar relativamente cuidado. Esa pequeña ciudad en la desembocadura del río Buller no le gustaba en absoluto. Hasta entonces había sido una aldea diminuta, de apenas doscientos habitantes, pero cada vez afluían más buscadores de oro y, a la larga, también llegarían en pos del carbón. En cuanto a George, se interesaba mucho más por esta materia prima que por el oro. Los descubridores de los yacimientos de carbón buscaban inversores que se ocuparan a largo plazo de la construcción de una mina, pero que antes lo hicieran de un enlace ferroviario. Mientras no hubiera la posibilidad de transportar el carbón a buen precio, su explotación no resultaría rentable. George quería aprovechar su visita a la costa Oeste para obtener, entre otras cosas, una impresión acerca de la zona y de la posibilidad de establecer comunicaciones en ella. Siempre era positivo para un comerciante observar las condiciones que lo rodeaban y ese verano, por primera vez, su floreciente empresa le permitía viajar de una granja de ovejas a otra sin intereses comerciales inmediatos. En enero, después de esquiladas las ovejas y de que ya hubiera pasado el período agotador en que éstas parían, podía atreverse a abandonar a su propia suerte durante dos semanas el siempre problemático caso de Howard O'Keefe.

¡George suspiraba sólo de pensar en el esposo sin remedio de Helen! Gracias a su apoyo, a los valiosos animales de cría y al asesoramiento intensivo, la granja de O'Keefe daba por fin algún beneficio; pero Howard seguía siendo un candidato incierto. El hombre tendía a encolerizarse y beber y no escuchaba consejos de buen grado, y si los aceptaba, sólo tenían que proceder del mismo George, no de sus subordinados, y ni hablar de Reti, el antiguo discípulo de Helen que, paulatinamente, se había ido convirtiendo en la mano derecha de George. Cada conversación, cada exhortación, por ejemplo a conducir de una vez las ovejas en abril para no perder ningún animal con la llegada brusca del invierno, exigía una cabalgada de Christchurch a Haldon. Y por mucho que George y Elizabeth disfrutaran de la compañía de Helen, el exitoso y joven comerciante tenía otras cosas que hacer que arreglar los asuntos de un pequeño granjero. Además, le molestaba la obstinación de Howard y el modo en que trataba a Helen y Ruben. Ambos atraían siempre la cólera del respectivo esposo y padre, paradójicamente porque, según la opinión de Howard, Helen se ocupaba demasiado de los intereses de la granja y Ruben demasiado poco. Ya hacía tiempo que la mujer había comprendido que la ayuda de George era la única que no sólo podía salvar su existencia económica, sino mejorar en lo sucesivo, de forma drástica, sus condiciones de vida: estaba en disposición, contrariamente a su marido, de entender las sugerencias de George y sus motivos. Ella siempre instaba a Howard a llevarlas a la práctica, lo que a él lo encolerizaba de inmediato. La relación empeoraba cuando George salía en defensa de ella. Asimismo, la evidente admiración del pequeño Ruben por «tío George» era como un incordio para O'Keefe. Greenwood era generoso suministrando al joven los libros que deseaba, y le había regalado una lupa y un contenedor de muestras botánicas para fomentar sus intereses científicos. Howard, por el contrario, opinaba que eso era absurdo: Ruben tenía que hacerse cargo de la granja y para ello bastaba con los conocimientos básicos de lectura, escritura y cálculo. Ruben, de todos modos, no se interesaba en absoluto por los quehaceres de la granja y sólo, de forma limitada, por la flora y la fauna. A este respecto era más bien su pequeña amiga Fleur quien emprendía tales «investigaciones». Ruben compartía más las dotes intelectuales de su madre. Ya leía a los clásicos en sus lenguas originales y su marcado sentido de la justicia lo predestinaban para el sacerdocio o también para la carrera de Derecho. George no se lo imaginaba como granjero: se preveía un conflicto fuerte entre padre e hijo. Greenwood temía que incluso su propia colaboración con O'Keefe fracasara con el tiempo y ni quería plantearse las consecuencias que ello tendría para Helen y Ruben.

Pero ya se ocuparía más tarde de ello. Su excursión actual a la costa Oeste constituía para él una especie de vacaciones: quería conocer la isla Sur más de cerca y descubrir nuevos mercados. Además, le motivaba otra tragedia entre un padre y un hijo: aunque no se lo había confesado a nadie, George iba en busca de Lucas Warden.

Ya había pasado más de un año desde que el heredero desapareciera de Kiward Station y las habladurías en Haldon se habían apaciguado mucho. Los rumores acerca del hijo de Gwyneira se habían acallado, se aceptó en general que el esposo estaba en Londres. Dado que de todos modos la gente del lugar no había llegado a ver a Lucas Warden, no lo echaron en falta. Además, el banquero local no era el más discreto, por lo que siempre circulaban noticias de los inmensos logros financieros de Lucas en la madre patria.

La gente de Haldon aceptó de forma natural que Lucas ganaba ese dinero pintando nuevos cuadros. De hecho, sin embargo, las galerías compraban en la capital las obras que ya existían largo tiempo atrás. Accediendo a los ruegos de George, Gwyneira había enviado una tercera selección de acuarelas y óleos a Londres, donde cada vez aumentaban de valor, y George participaba en las ganancias; otra razón, junto a la curiosidad, para seguir las huellas del artista perdido.

No obstante, la curiosidad desempeñaba también una función. En opinión de George Greenwood las pesquisas de Gerald tras su hijo habían sido demasiado superficiales. Se preguntaba por qué el viejo Warden no había enviado al menos a mensajeros para que buscaran a Lucas o por qué no se había puesto él mismo en camino, lo que no hubiera constituido ningún problema dado que Gerald conocía la costa Oeste como la palma de su mano y Lucas probablemente no había pensado en muchos otros «escondites». Si Lucas no había conseguido en algún lugar documentación falsa (lo que George consideraba improbable), no había abandonado la isla Sur, pues las listas de pasajeros de los barcos eran fiables y el nombre de Lucas no constaba en ellas. En cualquier caso, no se encontraba en las granjas de ovejas de la costa Este, porque se habría hablado al respecto. Y para refugiarse en una tribu maorí, Lucas era, sencillamente, demasiado inglés. No podría haberse adaptado a la forma de vida indígena y no hablaba ni una palabra de la lengua autóctona. Así que la costa Oeste era el lugar, y allí sólo había un puñado de colonias. ¿Por qué Gerald no las había investigado a fondo? ¿Qué había pasado antes para que fuera obvio que el viejo Warden estuviera contento de haberse librado de su hijo? ¿Y por qué había reaccionado primero con tanto retraso y casi de forma forzada ante el nacimiento de su nieto? George quería saberlo, y Westport era la tercera colonia en la que pensaba preguntar por Lucas. ¿Pero a quién? ¿Al propietario del establo? Por algún sitio había que empezar.

Miller, el encargado del establo de alquiler sacudió, sin embargo, la cabeza.

—¿Un joven *gentleman* con un viejo caballo castrado? No, que yo sepa. Por aquí no pasan muchos caballeros. —Rio—. Pero también puede ser que me haya pasado por alto. Hasta hace poco tenía un mozo de cuadra, pero él..., bueno, es una larga historia. En cualquier caso era muy de fiar y con frecuencia atendía solo a la gente que únicamente se quedaba una noche. Lo mejor es que pregunte en el pub. ¡A la pequeña Daphne no se le escapa, con toda seguridad, nada que tenga que ver con hombres!

George rio, como se esperaba que hiciera, por lo que evidentemente era una broma, si bien no la había entendido del todo y acto seguido dio las gracias por la información. De todos modos, quería ir al bar. A fin de cuentas, allí tendrían habitaciones para alquilar y, además, estaba hambriento.

El local le causó tan buena impresión como el establo de alquiler. Reinaba allí también un orden y una limpieza relativos. De todos modos, la taberna y el burdel no parecían estar separados. La joven pelirroja que en cuanto George entró le preguntó qué deseaba iba muy maquillada y llevaba la llamativa ropa de una chica de bar.

—Una cerveza, algo que comer y una habitación si es que hay —pidió George—. Y busco a una muchacha llamada Daphne.

La pelirroja sonrió.

—Enseguida le sirvo la cerveza y el bocadillo, pero sólo alquilamos habitaciones por horas. En cualquier caso, si quiere reservarme a mí también y no es estrecho de miras, le dejaré que descanse. ¿Quién le ha aconsejado tan vivamente que pregunte por mí sólo al entrar?

George le devolvió la sonrisa.

—Así que tú eres Daphne. Pero tengo que desengañarte. No me has sido recomendada por tu gran discreción, sino más bien porque al parecer conoces a todo el mundo aquí. ¿Te dice algo el nombre de Lucas Warden?

Daphne frunció el ceño.

—Así de golpe, no. Pero me suena... Voy a buscar su comida y me lo pienso.

Entretanto, George había sacado un par de monedas del bolsillo con las que esperaba aumentar la disposición de Daphne para darle información. Sin embargo, no tuvo que recurrir a ellas: la joven no parecía fingir. Por el contrario, salió resplandeciente de la cocina.

—¡Había un señor Warden en el barco con el que llegué de Inglaterra! —informó solícita—. Sabía que conocía el nombre. Pero ese hombre no se llamaba Lucas, sino Harald o algo así. Ya era mayor. ¿Por qué pregunta por él?

George se quedó desconcertado. No había contado en absoluto con tal respuesta. Pero bien, era evidente que Daphne y su familia habían zarpado en el *Dublin* hacia Christchurch con Helen y Gwyneira. Una extraña coincidencia, pero que no tenía que servirle forzosamente de ayuda.

—Lucas Warden es el hijo de Gerald —respondió George—. Un hombre alto, delgado, rubio, con ojos grises y muy buenos modales. Hay razones para suponer que se encuentra en algún lugar de la costa Oeste.

La expresión de Daphne manifestó desconfianza.

—¿Y lo está buscando? ¿Es usted policía o algo así?

George agitó la cabeza.

—Un amigo —explicó—. Un amigo con muy buenas noticias para él. Estoy convencido de que el señor Warden se alegraría de verme. Así que en caso de que sepa algo...

Daphne se encogió de hombros.

—Lo mismo daría —murmuró—. Pero por si le interesa, corría por aquí un hombre llamado Luke, no conozco su apellido, pero se ajusta a la descripción. Lo cual es, como decía, indiferente ahora. Luke está muerto. Pero si lo desea, puede hablar con David..., en caso de que él quiera hacerlo con usted. Hasta ahora apenas habla con nadie. Está bastante destrozado.

George se estremeció y supo, en ese mismo momento, que la joven tenía razón. Con toda certeza no había muchos hombres como Lucas Warden en la costa Oeste y esta muchacha era una aguda observadora. George se levantó. Aunque el bocadillo que Daphne le había llevado tenía buen aspecto, había perdido el apetito.

—¿Dónde puedo encontrar a ese David? —preguntó—. Si Lucas..., si está realmente muerto, quiero saberlo. Enseguida.

Daphne asintió.

—Lo lamento, señor, si es el Lucas al que busca. Era un hombre amable. Un poco extraño, pero legal. Venga conmigo, lo acompañaré a ver a David.

Para sorpresa de George no lo condujo fuera del local, sino escaleras arriba. Ahí debían de estar las habitaciones por horas...

—Pensaba que no alquilaban a largo plazo —dijo cuando la muchacha cruzó decidida un salón tapizado del que partían varias habitaciones numeradas.

Daphne asintió.

—Por eso Miss Jolanda puso el grito en el cielo cuando hice venir a David. ¿Pero, adónde iban a llevarlo estando tan enfermo? Todavía no tenemos médico. El barbero le entablilló la pierna, ¡pero no iban a dejarlo en un establo con fiebre y medio muerto de hambre! Así que puse mi cuarto a su disposición. Comparto ahora los clientes con Mirabelle y la vieja se queda con la mitad de mi sueldo por el alquiler. Pero los clientes pagan con gusto el doble y seguro que yo no estoy ganando menos. Bueno, la vieja racanea que da gusto. En cuanto pueda me voy de aquí. Cuando Dave esté bien, cojo a mis niñas y me busco algo nuevo.

Así que también tenía hijos. George suspiró. ¡La muchacha debía de llevar una vida muy dura! Pero luego concentró su atención en la habitación que en ese momento abría Daphne y en cuya cama yacía un joven.

David no era un niño. Parecía pequeño en la cama doble y tapizada, y la pierna derecha, entablillada y con un grueso vendaje, que se mantenía en alto sobre una complicada construcción de puntales y cuerdas, reforzaba todavía más esa impresión. El joven tenía los ojos cerrados. Su hermoso rostro, bajo un cabello rubio y enmarañado, estaba pálido y se veía afligido.

—¿Dave? —saludó Daphne cariñosa—. Tienes visita. Un señor de...

—Christchurch —concluyó George.

—Dice que conoció a Luke. Dave, ¿cómo se llamaba de apellido? ¿Te acuerdas?

Para George, que había echado entretanto un breve vistazo a la habitación, la pregunta ya estaba contestada. Sobre la mesilla de noche del joven había un cuaderno de bocetos con dibujos realizados con un estilo absolutamente particular.

—Denward —respondió el joven.

Una hora más tarde, George sabía toda la historia. David contó los últimos meses de Lucas como trabajador de la construcción y encargado de los planos de las obras y describió al final la fatal expedición en busca del oro.

—¡Todo fue culpa mía! —se lamentó entristecido—. Luke no quería..., y luego tuve que intentar bajar por esas rocas. ¡Yo lo maté! ¡Soy un asesino!

George sacudió la cabeza.

—Cometiste un error, muchacho, puede que varios. Pero si ocurrió tal como tú lo has contado, fue un accidente. Si Lucas hubiera anudado mejor la cuerda, todavía estaría con vida. No debes hacerte reproches eternamente, de ese modo no le haces ningún favor a nadie.

En silencio pensaba que ese accidente se ajustaba a la personalidad de Lucas. Un artista, irremediablemente falto de habilidad para la vida práctica. ¡Con tanto talento, qué pérdida!

—¿Y cómo te salvaste? —quiso saber George—. Me refiero a que, si he entendido bien, ambos estabais muy lejos de aquí.

—Nosotros... Nosotros no estábamos tan lejos —le respondió David—. Los dos calculamos mal. Yo pensaba que habíamos cabalgado más de sesenta kilómetros, pero sólo eran veinticuatro. De todos modos, no lo habría conseguido a pie... con la pierna rota. Estaba seguro de que iba a morir. Pero primero... primero enterré a Luke. Justo en la playa. No muy profundamente, me temo, pero... pero aquí no hay lobos, ¿verdad?

George le aseguró que no había ningún animal salvaje en Nueva Zelanda que fuera a desenterrar el cadáver.

—Y luego esperé... esperé mi muerte. Tres días, creo..., en algún momento perdí el conocimiento, tenía fiebre y no podía llegar al río para beber agua... Pero entretanto nuestro caballo llegó a casa y el señor Miller pensó que algo no había salido bien. Quería enviar un equipo de salvamento de inmediato, pero los hombres se rieron de él. Luke... Luke no era tan hábil con los caballos, ¿sabe? Todos creyeron que simplemente no lo había atado bien y que se le había escapado. Pero como no regresábamos, enviaron una barca. Hasta el barbero los acompañó. Y enseguida me encontraron. Sólo dos horas remando, dijeron. Pero yo no me enteré de nada. Cuando desperté, estaba aquí...

George asintió y acarició el cabello del joven. David parecía muy joven. A George le resultaba inevitable pensar en el niño que Elizabeth llevaba dentro de sí. Tal vez en pocos años, él también tuviera un hijo así: tan valiente y aplicado, pero era de esperar que con mejor fortuna que el muchacho de esa habitación. ¿Qué debía de haber visto Lucas en David? ¿El hijo que hubiera deseado? ¿O más bien el amante? George no era un necio y procedía de una gran ciudad. El que alguien tuviera preferencia por personas de su mismo sexo no le resultaba extraño, y la conducta de Lucas (además de todos los años de Gwyneira sin hijos) había despertado desde el principio la sospecha de que el joven Warden prefería los muchachos en lugar de las muchachas. Pero eso a él le era indiferente. Y en cuanto a David, las miradas enamoradas que arrojaba a Daphne no dejaban lugar a dudas respecto a su orientación sexual. Pero Daphne no correspondía a tales miradas. Otro inevitable desengaño para el joven.

George reflexionó unos minutos.

—Escúchame, David —dijo entonces—. Lucas Warden..., Luke Denward..., no estaba tan sólo en el mundo como tú habías pensado. Tenía familia, y creo que su esposa tiene derecho a saber cómo murió. Cuando vuelvas a encontrarte bien, un caballo en el establo de alquiler te estará esperando. Dirígete con él a las llanuras de Canterbury y pregunta por Gwyneira Warden en Kiward Station. ¿Lo harás..., por Luke?

David asintió con una expresión de seriedad.

—Si usted cree que él así lo habría querido...

—Estoy seguro de ello, David —contestó George—. Luego viajas a Christchurch y vienes a mi compañía: Greenwood Enterprises. Allí no encontrarás oro, pero sí un trabajo más lucrativo como mozo de cuadra. Si eres un joven listo, y no me cabe duda de que lo eres, pues si no Lucas no te habría tomado bajo su protección, a la larga prosperarás.

David volvió a asentir, aunque esta vez de mala gana.

Daphne, por el contrario, miró a George con una expresión amistosa.

—Le dará un trabajo que pueda realizar sentado, ¿verdad? —preguntó cuando acompañó después a George de vuelta—. El barbero dice que cojeará para siempre, la pierna está rota. No podrá volver a trabajar en la construcción ni en el establo. Pero si le consigue el trabajo en un despacho..., entonces también cambiará de idea respecto a lo que toca a las chicas. Le hizo bien no huir de Luke, pero yo no soy la novia adecuada para él.

Habló tranquila y sin amargura, y George sintió una tenue pena de que esa solícita e inteligente criatura fuera una muchacha. Como hombre, Daphne podría haber encontrado la felicidad en esa tierra nueva. Como mujer, sin embargo, sólo podía ser lo que también en Londres habría sido: una puta.

Pasaría más de medio año hasta que Steinbjörn Sigleifson realmente encaminase los pasos de su caballo hacia Kiward Station. El joven había pasado mucho tiempo en cama y luego había vuelto a aprender a caminar con esfuerzo. Además, la despedida de Daphne y las mellizas le había resultado dura, aunque las chicas lo animaban cada día para que se fuera. Al final, sin embargo, no le había quedado otro remedio. Miss Jolanda le exigía con insistencia que abandonara la habitación del burdel y, pese a que el señor Miller le permitió que volviera a instalarse en el establo, ya no podía ofrecer nada como contrapartida. Para un tullido no había ningún trabajo en todo Westport; los endurecidos *coasters* ya se lo habían comunicado sin la menor piedad. Si bien el joven volvía a moverse con soltura, sufría una fuerte cojera y no podía permanecer largo tiempo de pie. Así que se había marchado a lomos de su caballo y se hallaba, desconcertado a causa de la sorpresa, frente a la fachada de la casa señorial en que había vivido Lucas Warden. Seguía sin tener la menor idea de por qué su amigo había abandonado Kiward Station, pero debería de haber tenido razones de peso para renunciar a tal lujo. ¡Gwyneira Warden debía de ser un ogro! Steinbjörn (después de haber dejado a Daphne no veía ningún motivo para seguir conservando el nombre de David) pensó seriamente en marcharse con las manos vacías. ¡A saber lo que le diría la esposa de Luke! Era posible que ella también lo hiciera responsable de la muerte del amigo.

—¿Qué haces aquí? ¡Di tu nombre y qué te trae por estas tierras!

Steinbjörn se sobresaltó cuando oyó a sus espaldas la vocecita cantarina. Procedía de un arbusto bajo y el joven islandés, educado en la creencia de hadas y elfos que habitaban bajo las piedras, pensó en un primer momento que se trataba de un espectro.

La niñita que apareció detrás de él a lomos de un poni daba de hecho esa impresión, y más cuando amazona y montura producían un efecto tiernamente mágico. Steinbjörn nunca había visto un poni tan pequeño, ni en su isla de origen, donde los caballos no eran grandes. Sin embargo, esa diminuta yegua roana, el color de cuyo pelaje tan bien armonizaba con el cobrizo de su amazona, daba la impresión de un purasangre en miniatura. La niña acercó la yegua al muchacho.

—¿Vas a tardar mucho? —preguntó con insolencia.

Steinbjörn no pudo reprimir la risa.

—Mi nombre es Steinbjörn Sigleifson y busco a Lady Gwyneira Warden. Esto es Kiward Station, ¿verdad?

La niña asintió con gravedad.

—Sí, pero ahora es temporada de esquileo y mamá no está en casa. Ayer se encargó del cobertizo tres y hoy le toca el número dos. Alterna con el capataz. El abuelo se encarga del cobertizo uno.

Steinbjörn no sabía de qué le hablaba la niña, pero estaba convencido de que tenía razón.

—¿Puedes dejarme entrar? —preguntó.

La niña frunció el ceño.

—Eres una visita, ¿no? Entonces, en realidad tengo que llevarte a la casa y tendrás que dejar una tarjeta en la bandeja de plata. Luego vendrá Kiri y te dará la bienvenida, y luego Witi, y luego pasarás al saloncito y te darán té..., bueno, y yo tengo que entretenerte, dice Miss Helen. Significa que tenemos que hablar. Sobre el tiempo y esas cosas. ¿Eres un *gentleman* o qué? —Steinbjörn seguía sin entender nada, pero no podía negar que la niña tenía una cierta disposición para dar conversación—. Además, soy Fleurette Warden, y ella es *Minty* —añadió señalando el poni.

Steinbjörn contempló a la niña con mayor interés. Fleurette Warden... ¡tenía que ser la hija de Luke! Así que también había abandonado a esa niña encantadora... Steinbjörn cada vez entendía menos a su amigo.

—Creo que no soy un *gentleman* —comunicó a la pequeña—. En cualquier caso, no tengo tarjeta. ¿No podríamos simplemente..., quiero decir, no podrías llevarme simplemente hasta donde está tu madre?

Fleurette tampoco parecía tener muchas ganas de proseguir una conversación cortés y cedió. Colocó su poni delante del caballo de Steinbjörn, que tuvo que esforzarse para seguirle el paso. La pequeña *Minty* daba pasos cortos pero muy rápidos y Fleurette la dirigía de forma magistral. En el breve camino hasta los cobertizos de esquileo informó a su nuevo amigo de que acababa de llegar de la escuela, adonde en realidad no debía ir sola, pero que en el período en que se esquilaban las ovejas no había nadie disponible para acompañarla. Le habló de su amigo Ruben y de su hermanito Paul, al que encontraba bastante tonto porque no hablaba, sólo chillaba cuando Fleurette lo cogía en brazos.

—No nos quiere, sólo quiere a Kiri y Marama —dijo—. Mira, ése es el cobertizo dos. ¿A que mamá está dentro?

Los cobertizos de esquileo eran edificios alargados que daban acogida a varios corrales y que permitían esquilar a los animales tanto si llovía como si apretaba el sol. Delante y detrás se encontraban otras cercas en las que esperaban las ovejas que todavía no estaban esquiladas y las que ya estaban listas para ser conducidas de nuevo a los prados. Steinbjörn sabía poco de esos animales, pero había visto muchos en su tierra y, en comparación con éstos, hasta un lego en la materia se percataba de que se hallaba ante unos especímenes de primera categoría. Antes del esquileo, las ovejas de Kiward Station semejaban ovillos de lana limpios y suaves sobre patas. Luego las bañaban y se diría que estaban desplumadas, pero bien alimentadas y vivaces. Mientras tanto, Fleurette había desmontado y atado su poni delante del cobertizo con un nudo digno de un profesional.

Steinbjörn la imitó y la siguió hacia el interior, donde enseguida le golpeó el penetrante olor a estiércol, sudor y juarda. Fleurette no pareció notarlo. Se desplazó decidida a través del ordenado caos de hombres y ovejas. Steinbjörn observaba fascinado cómo los esquiladores agarraban los animales con la velocidad de un rayo, los tendían de espaldas y los desprendían a toda velocidad de la lana. Parecía como si apostaran entre ellos. No dejaban de gritarse unos a otros, y sobre todo al supervisor del cobertizo, nuevas cifras en tono triunfal.

Quien llevara ahí las cuentas debía de andarse con muchísimo cuidado. Pero la mujer joven que paseaba entre los hombres y que anotaba sus resultados no parecía superada por la situación. Bromeaba relajada con los esquiladores y no producía la impresión de que se cuestionaran sus anotaciones. Gwyneira Warden llevaba un sencillo vestido de montar de color gris y había recogido descuidadamente su largo cabello rojo en una trenza. No era alta, pero a ojos vistas era igual de enérgica que su hija, y cuando volvió el rostro hacia Steinbjörn él se quedó pasmado ante su belleza. ¿Qué es lo que habría llevado a Luke Warden a abandonar a esa mujer? Steinbjörn no se cansaba de contemplar su rasgos nobles, la sensualidad de sus labios y los fascinantes ojos de color índigo. Se dio cuenta de que la estaba mirando fijamente cuando la sonrisa de la mujer cedió el paso a una mueca irritada y el joven apartó de inmediato la vista.

—Es mamá. Y éste es Stein..., Stein..., algo con Stein —anunció Fleur, intentando proceder a la presentación según la norma.

Steinbjörn había recobrado la serenidad entretanto y se dirigió cojeando hacia Gwyneira.

—¿Lady Warden? Soy Steinbjörn Sigleifson. Vengo de Westport. El señor Greenwood me pidió..., bueno, yo estaba junto a su fallecido esposo, cuando... —Estrechó la mano de la mujer.

Gwyneira asintió.

—Señora Warden, no *lady* —lo corrigió de forma mecánica mientras lo saludaba—. Pero sea usted bienvenido. George mencionó de hecho..., pero éste no es lugar para conversar. Espere un momento.

La joven buscó a su alrededor y distinguió a un hombre mayor, de cabello oscuro, entre los esquiladores, con el que intercambió un par de palabras. Luego informó a los hombres del cobertizo de que Andy McAran se ocuparía del control a partir de ese momento.

—¡Y espero que mantengáis la ventaja! Hasta ahora este cobertizo va claramente por delante del uno y del tres. ¡Que no os la arrebaten! Ya sabéis: ¡a los ganadores les espera un tonel de whisky de la mejor categoría! —Saludó a los hombres amistosamente y se dirigió a Steinbjörn—. Venga, vayamos a casa. Pero antes iremos a buscar a mi suegro. También él debe escuchar lo que usted tiene que contarnos.

Steinbjörn siguió a Gwyn y su hija hacia los caballos. Allí Gwyneira montó velozmente y sin ayuda sobre una sólida yegua castaña. El joven se percató también entonces de los perros que la seguían a todas partes.

—*Finn* y *Flora*, ¿es que no os necesitan? Corriendo a los cobertizos. Tú te vienes, *Cleo*. —La joven envió dos de los collies a donde se hallaban los esquiladores y el tercero, una perra vieja, cuyo pelo empezaba a encanecer alrededor del morro, se unió a los jinetes.

El cobertizo uno, donde Gerald llevaba el control, se encontraba en el lado oeste del edificio principal. Los jinetes habían recorrido apenas un kilómetro y medio. Gwyneira cabalgaba en silencio y Steinbjörn tampoco le dirigía la palabra. Sólo Fleur se ocupaba de la conversación general, contando emocionada lo que había sucedido en la escuela, donde era evidente que se había producido una pelea.

—El señor Howard estaba muy enfadado con Ruben porque se había quedado en la escuela y no le había ayudado con las ovejas. Aunque los esquiladores llegarán en un par de días, el señor Howard todavía tiene ovejas en los prados de montaña y Ruben tendría que haber ido a buscarlas, ¡pero Ruben es terriblemente torpe con las ovejas! Le he dicho que mañana iré a ayudarlo. Me llevaré a *Finn* o a *Flora* y todo irá la mar de bien.

Gwyneira suspiró.

—Exceptuando que O'Keefe no estará especialmente contento de que una Warden conduzca sus ovejas con un par de collies Silkham mientras su hijo aprende latín... ¡Vigila que no te pegue un tiro!

Steinbjörn encontró la forma de expresarse de la madre tan extraña como la de la hija, pero, al parecer, Fleur entendió.

—Dice que a Ruben debería gustarle hacer todo eso porque es un chico —señaló Fleurette.

Gwyn volvió a suspirar y detuvo su caballo delante del siguiente cobertizo de esquileo, que era idéntico al otro.

—En eso no es el único. Por aquí..., venga señor Sigleifson, aquí trabaja mi suegro. O mejor espere, voy a buscarlo. Ahí dentro reina el mismo alboroto que en el mío...

Pero Steinbjörn ya había desmontado y la seguía hacia el recinto. No hubiera sido cortés saludar al anciano desde la silla. Además, odiaba que la gente le tratara con miramientos a causa de su cojera.

En el cobertizo uno reinaba la misma intensa y ruidosa actividad que en el edificio de Gwyneira, pero la atmósfera era distinta, más tensa y no tan amigable. Los hombres parecían estar menos motivados, más presionados y azuzados. Y el hombre de edad avanzada y complexión fuerte que se movía entre los esquiladores censuraba en lugar de bromear. Además, junto a la tabla donde anotaba los resultados había una botella de whisky medio llena y un vaso. Tomó incluso un trago cuando Gwyneira entró y habló con él.

Steinbjörn observó un rostro hinchado y marcado por el whisky y unos ojos inyectados en sangre.

—¿Qué haces tú aquí? —ladró a Gwyneira—. ¿Ya has terminado con las cinco mil ovejas del cobertizo dos?

Gwyneira sacudió la cabeza. Steinbjörn se percató de la mirada, a un mismo tiempo preocupada y llena de reproches, que la joven lanzaba a la botella.

—No, Gerald, Andy se encarga del control. He dejado el puesto. Y creo que tú también deberías venir.

»Gerald, éste es el señor Sigleifson. Ha venido para contarnos cómo murió Lucas —presentó a Steinbjörn, pero el rostro del anciano sólo reflejaba desprecio.

—¿Y por eso dejas el cobertizo? ¿Para oír lo que el amiguito de tu blando esposo tiene que contar?

Gwyneira se alarmó, pero para su alivio el joven visitante no daba la impresión de haber comprendido. Ella ya se había percatado antes de su acento nórdico y probablemente no había prestado atención a sus palabras o no las había entendido.

—Gerald, el joven fue el último que vio a Lucas con vida... —Lo intentó de nuevo con calma, pero el anciano la miró furioso.

—Y os disteis un beso de despedida, ¿no? Ahórrame estas historias, Gwyn. Lucas está muerto. Que descanse en paz, ¡pero déjame también a mí en paz! Y a ese tipo no quiero verlo en mi casa cuando haya terminado con esto.

Warden le dio la espalda.

Gwyneira condujo a Steinbjörn fuera del recinto con el rostro compungido.

—Perdone a mi suegro, es el whisky el que habla. Nunca ha olvidado que Lucas fuera..., bueno, que fuera como era, que al final dejara la granja, que desertara, según la expresión de Gerald. Dios sabe que él también fue responsable de ello. Pero todo esto son viejas historias, señor Sigleifson. En cualquier caso le agradezco que esté aquí. Vayamos a casa, seguro que no le vendrá mal un trago...

Steinbjörn apenas si osaba entrar en la casa señorial. Estaba seguro de que cometería un error tras otro. Luke le había enseñado a comportarse con corrección a la mesa y las reglas de cortesía, y también Daphne parecía desenvolverse bien a ese respecto. Pero él mismo no tenía ni idea de cómo actuar y temía ponerse en ridículo delante de Gwyneira. Ella, por su parte, lo condujo con toda naturalidad por una puerta lateral, le cogió la chaqueta, no llamó a la criada, sino que se topó enseguida con la nodriza, Kiri, en el salón. En los últimos tiempos, Gerald ya no se oponía a que la joven llevara siempre consigo a los niños mientras limpiaba o realizaba otras labores domésticas. Si desterraba a Kiri a la cocina, al final Paul crecería con toda certeza en ese lugar.

Gwyneira saludó afablemente a Kiri y sacó a uno de los bebés de la canasta.

—Señor Sigleifson, mi hijo Paul —le presentó, pero las últimas palabras fueron apagadas por un grito ensordecedor del bebé. A Paul no le gustaba que lo arrancaran del lado de su hermana de leche, Marama.

Steinbjörn reflexionó de nuevo. Paul era otro bebé. Debería de haber nacido durante la ausencia de Luke.

—Me rindo —gimió Gwyneira, y volvió a dejar al niño en la canasta—. Kiri, podrías llevarte a los niños, también a Fleur, todavía tiene que comer y no está bien que escuche lo que tenemos que hablar. Y tal vez podrías prepararnos un té... ¿o prefiere café, señor Sigleifson?

—Llámeme Steinbjörn, por favor... —dijo el joven con timidez—. O David. Luke me llamaba David.

La mirada de Gwyneira se posó en sus rasgos y en su cabello revuelto. Luego sonrió.

—Siempre sintió un poco de envidia de Miguel Ángel —observó después—. Venga, tome asiento. Ha sido un largo viaje a caballo...

Para sorpresa de Steinbjörn la conversación con Gwyneira Warden se desarrolló con fluidez. Al principio había temido que todavía no supiera nada sobre la muerte de Lucas, pero George

Greenwood ya la había preparado. Gwyneira había superado hacía tiempo la primera pena y sólo preguntó compasivamente por el tiempo que Steinbjörn había pasado con su marido, cómo lo había conocido y cómo habían sido los últimos meses de su vida.

Finalmente, Steinbjörn describió las circunstancias de su muerte, no sin culpabilizarse de nuevo por ello.

Sin embargo, Gwyneira consideró el asunto del mismo modo que Greenwood y se expresó incluso de forma más tajante.

—Usted no tiene la culpa de que Lucas no supiera hacer un nudo. Era una buena persona, sabe Dios que yo lo apreciaba. Y al parecer también era un artista de mucho talento. Pero carecía de destreza para desenvolverse en la vida. Pero... creo que siempre había deseado ser un héroe. Y al final lo consiguió, ¿no es cierto?

Steinbjörn asintió.

—Todos hablan de él con mucho respeto, señora Warden. La gente está pensando en poner su nombre a la roca. La roca de la que... caímos.

Gwyneira estaba conmovida.

—Creo que es todo cuanto podía desear —dijo en voz baja.

Steinbjörn se temía que fuera a romper en llanto y no tenía la menor idea de cómo consolar educadamente a una *lady*. Pero ella se tranquilizó y planteó nuevas preguntas al joven. Para sorpresa del muchacho, preguntó mucho por Daphne, a la que todavía recordaba muy bien. Después de que Greenwood le contara su encuentro con la muchacha, Helen había escrito de inmediato a Westport, pero todavía no había obtenido ninguna respuesta. Steinbjörn confirmó ahora su suposición de que la pelirroja Daphne de Westport era idéntica a su pupila. Gwyneira se puso fuera de sí cuando oyó hablar de Laurie y Mary.

—¡Así que Daphne encontró a las niñas! ¿Cómo lo consiguió? ¿Y están todas bien? ¿Daphne se ocupó de ellas?

—Bueno, ella... —Steinbjörn se puso un poco rojo—. Ellas... ellas también hacen algo. Bailan..., aquí..., aquí, Luke las retrató.

El joven llevaba unas alforjas y buscó una carpeta en la que se puso a hojear acto seguido. En cuanto sacó los dibujos, tuvo claro que no eran los adecuados para los ojos de una dama. Gwyneira, sin embargo, los miró sin pestañear. Gwyneira había ordenado a fondo el estudio de Lucas y ya no era tan ignorante como un par de meses atrás. Lucas ya había pintado desnudos antes: al principio jóvenes cuyas poses semejaban las del «David», pero también hombres en posturas más inequívocas. Algunas imágenes mostraban huellas de haberse manoseado con frecuencia. Lucas las había cogido en repetidas ocasiones, las había mirado y...

Gwyneira advirtió que también los desnudos de las mellizas y, sobre todo, un estudio de la joven Daphne, presentaba huellas digitales. ¿Lucas? ¡Ni hablar!

—¿Le gusta Daphne? —preguntó con cautela al joven visitante.

Steinbjörn todavía se sonrojó más.

—¡Oh, mucho! Quería casarme con ella. Pero no me quiere. —En la voz del muchacho resonaba todo el dolor del amante despechado. Ese joven ¡nunca había sido el «amiguito» de Lucas!

—Se casará con otra muchacha —dijo Gwyneira para consolarlo—. ¿A usted... a usted le gustan las chicas?

Steinbjörn se la quedó mirando como si esa fuera la pregunta más absurda que una persona pudiera hacerle. Luego dio de buena gana más información sobre sus proyectos de futuro. Buscaría a George Greenwood y entraría en su compañía.

—En realidad hubiera preferido construir casas —confesó afligido—. Quería ser arquitecto. Luke decía que tenía talento. Pero para eso tendría que ir a Inglaterra, estudiar en academias y no me lo puedo permitir. Pero aquí hay algo más... —Steinbjörn cerró la carpeta con los bocetos de Lucas y se la tendió a Gwyneira—. Le he traído los dibujos de Luke. Todos..., el señor Greenwood opina que es posible que tengan valor. No quiero enriquecerme con ellos. Si sólo pudiera conservar uno... El de Daphne...

Gwyneira sonrió.

—Puede conservarlos todos, naturalmente... —Reflexionó durante unos breves segundos, y pareció tomar una determinación—. Póngase la chaqueta, David, y vayamos a Haldon. Allí hay algo que Lucas habría querido.

El director del banco de Haldon pareció pensar que Gwyneira se había confundido. Encontró mil razones para oponerse a sus deseos, pero al final se sometió a sus exigencias. En contra de su voluntad, puso la cuenta en que se reunían las ganancias de Lucas por la venta de los cuadros a nombre de Steinbjörn Sigleifson.

—Se arrepentirá, señora Warden. Hay una fortuna acumulada ahí. Sus hijos...

—Mis hijos ya tienen fortuna. Son los herederos de Kiward Station y, al menos mi hija, no se preocupa lo más mínimo por el arte. No necesitamos el dinero, pero ese joven era el discípulo de Lucas. Un hermano del alma... por decirlo de alguna manera. ¡Necesita el dinero, sabe valorarlo y debe tenerlo! Aquí, David, tiene que firmar. Con el nombre completo, es importante.

Steinbjörn se quedó sin respiración cuando vio la suma que había en la cuenta. Pero Gwyneira le hizo un gesto amistoso.

—Ahora haga lo que tenga que hacer, yo debo ir a mis cobertizos para aumentar la fortuna de mis hijos. Y lo mejor es que se preocupe usted mismo de las galerías en Londres. Para que no le den gato por liebre cuando venda el resto de los cuadros. Es usted, por así decirlo, el administrador de la herencia artística de Lucas. ¡Sáquele pues partido!

Steinbjörn no dudó largo tiempo, sino que puso su nombre en el documento.

El «David» de Lucas había encontrado su mina de oro.

LLEGADA

Llanuras de Canterbury, Otago

1870-1877

1

—Paul, Paul, ¿dónde te has vuelto a meter?

Helen llamaba al más rebelde de sus discípulos, aunque sabía perfectamente que el niño no la oiría. Paul Warden estaría jugando, y no de forma pacífica, con los niños maoríes en los alrededores inmediatos de su improvisada escuela. Por regla general sus desapariciones acarreaban problemas. O bien estaba peleándose en algún lugar con su enemigo mortal, Tonga (el hijo del jefe de la tribu del poblado maorí establecido en Kiward Station), o bien acechaba a Ruben y Fleurette para hacerles una mala pasada. Además, sus travesuras no siempre eran divertidas. Ruben había estado bastante afligido cuando Paul, pocos días antes, le había derramado un tintero sobre su libro nuevo. No sólo se había disgustado porque el joven hacía tiempo que deseaba ese código de leyes que George Greenwood acababa de traerle de Inglaterra, sino también porque el libro era sumamente caro. Gwyneira, por supuesto, les había restituido el dinero, pero ella estaba igual de escandalizada que Helen por lo que su hijo había hecho.

—¡Ya no es tan pequeño! —exclamó enfadada, mientras que Paul, de once años de edad, permanecía como si no hubiera pasado nada a su lado—. ¡Paul, sabías lo que costaba el libro! ¡Y no ha sido por descuido! ¿Crees que el dinero crece de los árboles en Kiward Station!

—No, ¡pero sí de las ovejas! —respondió Paul, no del todo

falto de razón—. ¡Y nosotros nos podemos permitir un tocho así de tonto cada semana si nos da la gana! —Al decirlo miró iracundo y con maldad a Ruben. El niño sabía de buena tinta cuál era la situación económica de las llanuras de Canterbury. Si bien Howard O'Keefe había incrementado de forma considerable sus beneficios desde que Greenwood Enterprises lo protegía, se hallaba muy lejos de obtener el título honorífico de barón de la lana que ostentaba Gerald. Los rebaños y la fortuna de Kiward Station tampoco habían dejado de aumentar en los últimos diez años y, de hecho, no había deseo de Paul Warden que quedara insatisfecho. Los libros no solían estar entre sus debilidades. Paul prefería el poni más veloz y disfrutaba con rifles de juguete y pistolas, y ya habría tenido su propia escopeta de aire comprimido si George Greenwood no se la hubiera vuelto a «olvidar» en sus pedidos a Inglaterra. Helen contemplaba preocupada el modo en que estaba creciendo Paul. En su opinión, no se le marcaban suficiente los límites. Aunque tanto Gwyneira como Gerald le hacían regalos caros, apenas se ocupaban de él. Paul ya era lo bastante mayor para alejarse de la influencia de su ama de leche, Kiri. Hacía tiempo que había hecho propia la opinión de su idolatrado abuelo de que la raza blanca era superior a la de los maoríes. Esto se había convertido recientemente en el desencadenante de las eternas peleas con Tonga. El hijo del jefe se sentía tan seguro de sí mismo como el heredero del barón de la lana, y los jóvenes luchaban de manera encarnizada por la propiedad de la tierra en la que habitaban el pueblo de Tonga y los Warden. A Helen también la intranquilizaba este asunto. Era muy probable que Tonga sucediera a su padre, al igual que Paul sería el heredero de Gerald. Si persistía la rivalidad cuando fueran hombres la situación se complicaría. Cada nariz ensangrentada con la que los chicos llegaban a sus casas, ahondaba el abismo que los separaba.

Al menos estaba Marama. Esto tranquilizaba un poco a Helen, pues la hija de Kiri, la «hermana de leche» de Paul, tenía una especie de sexto sentido para las confrontaciones de los chicos y procuraba aparecer en los campos de batalla para mediar entre ellos. Si en esos momentos jugaba brincando inocentemente con un par de amigas, eso significaba que Paul y Tonga no estarían enredados en una pelea. Marama dirigió una sonrisa apaciguadora a Helen. Era una criatura encantadora, al menos según el criterio de Helen. Su rostro era más fino que el de la mayoría de las chicas maoríes y su tez aterciopelada tenía el color del chocolate. Todavía no llevaba tatuajes, pero era probable que no la adornaran según las costumbres tradicionales. Los maoríes se desprendían cada vez más de ese hábito y apenas llevaban la indumentaria tradicional. Era evidente que se habían esforzado por adaptarse a los *pakeha*, lo que para Helen era por una parte motivo de alegría, pero por otra, a veces, de cierta tristeza.

—¿Dónde está Paul, Marama? —le preguntó directamente Helen a la chica. Paul y Marama solían llegar juntos a la clase desde Kiward Station. Si Paul se hubiera enfadado por algo y hubiera regresado antes a su casa, ella lo sabría.

—Se ha ido a caballo, Miss Helen. Anda tras la pista de un secreto —reveló Marama con su voz cristalina. La pequeña cantaba bien, una virtud que su gente apreciaba.

Helen suspiró. Acababan de leer un par de libros en los que se hablaba de piratas y tesoros escondidos, tierras y jardines misteriosos y ahora todas las chicas intentaban hallar jardines de rosas encantados, mientras que los chicos trazaban emocionados mapas del tesoro. También Ruben y Fleur habían actuado así cuando tenían esa edad, pero con Paul siempre cabía el temor de que sus secretos no fueran del todo inofensivos. Poco antes, por ejemplo, había puesto a Fleurette fuera de sí cuando secuestró a su querida yegua *Minette*, hija de la poni *Minty* y el semental *Madoc*, y la escondió en el jardín de rosas de Kiward Station. Desde la muerte de Lucas, esa parcela apenas recibía cuidados y a nadie se le ocurrió, obviamente, buscar allí el caballo, sobre todo porque *Minette* había sido secuestrada en la granja de los O'Keefe y no en su propio corral. Helen estaba muerta de angustia pensando en que Gerald hiciera responsable a su marido de la pérdida del valioso animal. Al final, la misma *Minette* había llamado la atención relinchando y galopando por el jardín. Pero esto ocurrió después de que se hubiera hartado de comer la abundante hierba que crecía en la parcela, es decir, horas en las cuales la desesperada Fleurette creía que su caballo estaría vagando en la montaña o que lo habían robado los ladrones de ganado.

Sobre todo los ladrones de ganado..., éste también era un tema que desde hacía pocos años inquietaba a los granjeros de las llanuras de Canterbury. Mientras que apenas una década antes los neozelandeses eran famosos por no descender de presidiarios, como los australianos, sino por formar una sociedad de colonos honrados, estaban apareciendo ahora, allí también, delincuentes. En el fondo no era extraño, la elevada cantidad de ganado en granjas como Kiward Station y el aumento constante de la fortuna de su propietario despertaban la codicia. Sobre todo porque a los nuevos inmigrantes ya no les resultaba tan sencillo su ascenso social en esos días. Las primeras familias se habían establecido, la tierra ya no se conseguía por nada o casi por nada y hacía tiempo que se había agotado la pesca de la ballena y los bancos de focas. No obstante, todavía se producían espectaculares hallazgos de oro. Al igual que antes, todavía era factible, pues, amasar una fortuna de la nada, pero no necesariamente en las llanuras de Canterbury. Sin embargo, justo las tierras de las estribaciones de los Alpes y los rebaños de los grandes barones de la lana se habían convertido en los últimos tiempos en campo de operaciones y presa de brutales ladrones de ganado. Y todo ello había comenzado con un hombre que era un antiguo conocido de Helen y los Warden: James McKenzie.

Helen, al principio, no había querido dar crédito cuando Howard llegó maldiciendo a casa desde el pub y mencionó el nombre del que una vez fuera capataz de Gerald.

—Sabe Dios por qué Warden mandó a ese tipo a tomar vientos y ahora lo tenemos que pagar todos. Los trabajadores hablan de él como si fuera un héroe. Sólo roba los mejores animales, dicen, los de los ricos. Deja en paz los bichos de los pequeños granjeros. ¡Qué tontería! ¿Cómo los va a distinguir? Pero disfruta robando. No me extrañaría que pronto se formara una banda alrededor de ese tipo.

Como Robin Hood, fue lo primero que pensó Helen; pero luego se censuró por sus accesos de romanticismo. Glorificar el robo de ganado entre la gente humilde era, a su entender, también parte del reino de la fantasía.

—¿Cómo se las debe arreglar un hombre solo? —observó hablando con Gwyn—. Reunir las ovejas, seleccionarlas, esquilarlas, llevarlas a la montaña... Para eso se necesita toda una tropa...

—O un perro como *Cleo*... —contestó Gwyneira incómoda, pensando en el cachorro que había regalado a James de despedida. McKenzie era un dotado adiestrador de perros. *Friday* seguramente estaría, en el tiempo que había transcurrido, a la altura de su madre o aun más; ya hacía tiempo que la habría aventajado. *Cleo* había envejecido mucho y estaba casi sorda. Seguía pegándose a Gwyn como si fuera su sombra, pero ya no podía realizar ninguna labor.

No hubo que esperar mucho a que los himnos de alabanza en honor a James McKenzie incluyeran a su genial perro pastor. Gwyn salió de dudas cuando se mencionó por primera vez el nombre de *Friday*.

Por fortuna, Gerald no hizo ningún comentario sobre las habilidades de James como pastor y la ausencia del cachorro, que, en realidad, ya debería de haber notado antaño. Por otra parte, en ese desafortunado año, Gerald y Gwyneira tenían otras cosas en que pensar. Era probable que el barón de la lana hubiera simplemente olvidado al perrito. En cualquier caso, y debido a las acciones de McKenzie, estaba perdiendo cada año algunas cabezas de ganado y lo mismo les sucedía a Howard, los Beasley y a todos los grandes ganaderos. A Helen le hubiera gustado saber qué pensaba Gwyneira al respecto, pero su amiga no pronunciaba el nombre de aquel hombre si podía evitarlo.

Helen ya estaba harta de andar buscando absurdamente a Paul. Empezaría la clase tanto si el niño estaba como si no. La probabilidad de que apareciera en algún momento era, de todos modos, bastante alta. Paul respetaba a Helen, tal vez ella era la única persona a quien solía escuchar y a veces ella pensaba que sus continuos ataques a Ruben, Fleurette y Tonga estaban causados por los celos. El espabilado hijo del jefe era uno de sus discípulos preferidos y Ruben y Fleurette ya ocupaban, de por sí, un lugar especial. Paul, a su vez, no era tonto pero no destacaba por unos especiales logros escolares. Prefería convertirse en el payaso de la clase y con ello creaba problemas a Helen y a sí mismo.

Ese día, no obstante, no existía la posibilidad de que Paul apareciera en la escuela durante la clase. Estaba demasiado lejos. En cuanto Ruben se había acercado a Fleur para irse con ella, Paul se había pegado a los talones de los dos mayores. Ya sabía que los secretos casi siempre giraban en torno a algo prohibido y para Paul no había nada más hermoso que sorprender a Fleur en cualquier pequeña infracción. No tenía entonces el menor reparo en divulgarlo todo, incluso si los resultados que obtenía de ese modo pocas veces eran satisfactorios. Kiri, en especial, nunca castigaba realmente a los niños y también la madre de Paul era bastante indulgente cuando pillaba a Fleurette diciendo alguna mentirijilla o si ésta rompía algún jarrón o vidrio jugando a lo loco. Tales contratiempos pocas veces le ocurrían a Paul. Era hábil por naturaleza y, además, había crecido prácticamente con los maoríes. Al igual que su rival Tonga, había aprendido a caminar con la agilidad del cazador y a acercarse a su presa con sigilo. Los hombres maoríes no hacían ninguna diferencia entre el pequeño *pakeha* y su propio descendiente. Cuando había niños, se ocupaban de ellos, y entre las labores del cazador se hallaba la de instruir a los jóvenes en sus artes, al igual que las mujeres enseñaban a las chicas. Paul siempre había estado entre los alumnos aventajados y ahora esas habilidades le servían para seguir furtivamente a Fleurette y Ruben. Lástima que se tratara, casi con toda probabilidad, de un secreto del joven O'Keefe en lugar de un error de Fleur. Seguramente, el castigo de Miss Helen no sería tan duro como para que valiera la pena que lo sermoneara por ser un chivato. El resultado habría sido mejor si hubiera delatado a Ruben a su padre, pero Paul no se atrevía con Howard

O'Keefe. Sabía que ese hombre y su abuelo no se caían bien, y Paul no iba a ponerse al servicio del rival de Gerald, ¡era una cuestión de honor! Paul sólo esperaba que su abuelo supiera apreciarlo. Siempre intentaba impresionar a Gerald, pero la mayoría de las veces el viejo Warden no reparaba en él. Paul no se lo tomaba a mal. Su abuelo tenía cosas más importantes que hacer que jugar con niños pequeños: a fin de cuentas, Gerald Warden era en Kiward Station casi como Dios. Pero en algún momento Paul haría una gran jugada y a Gerald no le quedaría más remedio que prestarle atención. Lo único que el niño deseaba era ganarse la admiración de Gerald.

Pero ¿qué habrían tramado Ruben y Fleurette? Paul desconfió en cuanto Ruben no cogió su propio caballo, sino que montó a *Minette* delante de Fleur. Después de todo, ¡qué forma tan rara de cabalgar! *Minette* iba sin ensillar, así que los dos jinetes se sentaban a lomos del animal. Ruben iba delante y llevaba las riendas; Fleurette se había colocado detrás y estrechaba el torso contra el del chico, incluso tenía las mejillas apretadas contra su espalda y los ojos cerrados. Sus cabellos de color rojo y dorado se desparramaban sobre los hombros. Paul recordó que uno de los conductores de ganado había dicho que la pequeña estaba para comérsela. Eso significaba que al tipo le habría gustado montárselo con ella. Algo de cuyo significado Paul, por el momento, sólo tenía una vaga idea. Pero una cosa era segura: Fleurette era la última en la que Paul hubiera pensado para montárselo. Relacionar la palabra belleza con su hermana le resultaba inconcebible. ¿Por qué se acurrucaba así contra Ruben? ¿Tenía miedo a caerse? Era del todo impensable, pues era una amazona sumamente competente.

No había más remedio, Paul tenía que acercarse más y escuchar lo que los dos andaban cuchicheando. ¡Qué tontería que su poni *Minty* diera esos pasos tan cortos y rápidos! Resultaba casi imposible ir al compás de *Minette* y pasar desapercibido. Al menos, era evidente que Fleurette y Ruben no sospechaban nada. Deberían de haber oído el sonido de los cascos, pero no prestaron atención. *Gracie*, la perra pastora de Fleur, que seguía siempre a su ama como *Cleo* a Gwyneira, era la única que lanzaba recelosas miradas de soslayo a los matorrales. Pero *Gracie* no ladraría porque conocía a Paul.

—¿Crees que encontraremos esas dichosas ovejas? —preguntó justo entonces Ruben. Su voz tenía un timbre nervioso, casi asustado.

Fleurette alzó la cabeza de mala gana de la espalda del muchacho.

—Sí, seguro —murmuró—. No te preocupes. *Gracie* las reunirá en un santiamén. Puede que... hasta tengamos tiempo para hacer un descanso.

Paul observó desconcertado que las manos de su hermana jugueteaban por la camisa de Ruben y sus dedos avanzaban con cautela entre botón y botón por el pectoral desnudo del muchacho.

Éste no parecía poner trabas. Incluso se volvió un momento y acarició el cuello de Fleur.

—Ah, no sé..., las ovejas..., mi padre me mata si no las llevo a casa.

Eso era. Otra vez se le habían escapado las ovejas a Ruben. Paul ya se imaginaba muy bien de cuáles se trataban. El día anterior, camino de la escuela, había visto de qué forma tan chapucera se había parcheado la cerca del corral de los jóvenes carneros.

—¿Has arreglado al menos la cerca? —preguntó Fleur. Los dos jinetes llegaron en ese momento a un arroyo y pasaron por un lugar de la orilla especialmente bello y cubierto de hierba que estaba protegido por rocas y palmeras de Nikau. Las manitas morenas de Fleurette se separaron del pecho de Ruben y agarraron con destreza las riendas. Detuvo a Minette, se deslizó de sus lomos y se tendió en la hierba, donde se estiró de modo provocativo. Ruben ató el caballo a un árbol y se tendió junto a ella.

—Sujétala bien, si no se marchará enseguida... —indicó Fleur. Pese a tener los ojos entrecerrados se percató de que Ruben no había atado bien las riendas. La muchacha amaba a su amigo, pero también se desesperaba a causa de su torpeza, como había hecho antaño Gwyneira con el hombre al que Fleur consideraba su padre. No obstante, Ruben no sentía inclinación por el arte, sino que anhelaba viajar a Dunedin para estudiar Derecho en la universidad. Helen lo apoyaría; pero a Howard todavía no le había contado nada por si acaso.

El joven se levantó ahora de mala gana y se ocupó del caballo. Nunca se tomaba a mal la firmeza de la chica. Conocía sus propias debilidades y admiraba sin reservas la eficacia de ella.

—Mañana arreglaré el cercado —murmuró en esos momentos, lo que provocó que Paul, en el escondite que acababa de encontrar tras las rocas, sacudiera la cabeza. Si Ruben volvía a encerrar los carneros en el corral roto, éstos se escaparían de nuevo al día siguiente.

Fleurette opinó lo mismo.

—Te ayudaré —prometió, y luego los dos callaron por un tiempo. Paul se impacientó porque desde donde se encontraba no podía ver nada, así que acabó rodeando a hurtadillas las piedras situándose en un lugar desde donde tenía mejor visión. Lo que descubrió casi lo dejó sin respiración. Los besos y caricias que Ruben y Fleur se prodigaban en el lecho bajo los árboles se acercaban bastante a lo que Paul entendía por «montárselo». Fleur estaba tendida en la hierba, con el cabello desparramado como una resplandeciente maraña de hilos y una expresión extasiada en su rostro. Ruben le había desabotonado la blusa y acariciaba y besaba sus pechos, que Paul, a su vez, observaba con atención. Hacía cinco años, de eso estaba seguro, que no veía desnuda a su hermana. También Ruben parecía feliz; era evidente que se tomaba su tiempo y que no tenía prisa por moverse hacia delante y hacia atrás como el hombre de la pareja maorí que Paul había visto desde lejos. Tampoco estaba completamente encima de Fleur, sino más bien junto a ella: así que no se lo estaban montando del todo. Sin embargo, Paul estaba seguro de que Gerald Warden encontraría el dato de sumo interés.

Fleurette rodeaba con sus brazos a Ruben y le acariciaba la espalda. Al final los dedos de la chica avanzaron por debajo de la cintura de sus pantalones de montar y lo tocaron. Ruben gimió de placer y se colocó totalmente encima de ella.

Así que...

—No, déjalo, amor mío... —Fleurette lo apartó con suavidad. No parecía tener miedo, pero obraba con determinación—. Tenemos que reservarnos un poco para la noche de bodas... —Ahora había abierto los ojos y sonreía a Ruben. El joven le devolvió la sonrisa. Ruben era un muchacho apuesto, que había heredado de su padre los rasgos faciales un poco rudos, pero viriles, y el cabello oscuro y ondulado. Por lo demás se parecía a Helen. El conjunto de su cara era más delicado que el de Howard y tenía los ojos grises y soñadores. Era más alto, más esbelto que macizo, y fibroso. En su dulce mirada había deseo, pero se trataba de alegría anticipada más que de pura lascivia. Fleurette suspiró feliz. Se sentía amada.

—Si es que en efecto hay noche de bodas... —observó Ruben con preocupación—. No me imagino que tu abuelo y mi padre se alegren de la noticia.

Fleurette se encogió de hombros.

—Pero nuestras madres no se opondrán —replicó con optimismo—. Deberán hacer frente común. ¿Qué es lo que tienen en contra el uno del otro? Me refiero a que una hostilidad de tantos años... ¡es enfermiza!

Ruben le dio la razón. Era de natural conciliador, mientras que Fleurette estallaba más deprisa. Así visto podría esperarse de ella que mantuviera con alguien una pelea de por vida. Ruben era capaz de imaginarse muy bien a Fleurette con una espada en llamas. Sonrió, pero luego se puso serio de nuevo.

—¡Yo sé la historia! —le reveló al final a su amiga—. Tío George se la sonsacó a ese banquero parlanchín de Haldon y luego se la contó a mi madre. ¿Quieres saberla? —Ruben jugueteaba con una mecha de cabello cobrizo.

Paul aguzó el oído. ¡Eso iba a mejor! Al parecer, ese día no sólo iba a descubrir los secretos de Fleur y Ruben, sino también los detalles de la historia familiar.

—¿Bromeas? —preguntó Fleurette—. ¡Estoy deseándolo! ¿Por qué no me lo has contado nunca?

Ruben se encogió de hombros.

—¿Será porque siempre tenemos otras cosas que hacer? —preguntó con picardía, y le dio un beso.

Paul suspiró. ¡Ahora basta de demoras! Lentamente tenía que ponerse en camino si quería llegar más o menos puntual a casa. Si Marama regresaba sola, Kiri y su madre empezarían a preguntar y entonces averiguarían que se había saltado la clase.

Pero también Fleur estaba más deseosa de oír la historia que de renovar las caricias. Apartó con dulzura a Ruben y se sentó. Se estrechó contra él, mientras él iba contando, pero aprovechó la ocasión para abotonarse la blusa. También ella debía de haberse dado cuenta de que había llegado el momento de salir en busca de las ovejas.

—Pues bien, mi padre y tu abuelo ya estaban en los años cuarenta aquí, cuando todavía no había colonos, sólo balleneros y cazadores de focas. Pero entonces se ganaba mucho dinero de esa forma y, además, los dos jugaban muy bien al póquer y al blackjack. Sea como fuere, ambos llevaban una fortuna en el bolsillo cuando llegaron a las llanuras de Canterbury. Mi padre sólo iba de paso, quería dirigirse a los alrededores de Otago, donde había oído hablar del oro. Pero Warden pensó en construir una granja de ovejas y trató de convencer a mi padre para que invirtiera dinero en ella. Y en el terreno. Gerald enseguida entabló buenas relaciones con los maoríes. Enseguida empezó a trapichear con ellos. A lo que los kai tahu no fueron del todo contrarios. La tribu ya había vendido tierra en una ocasión y llegaron a un acuerdo con los compradores.

—¿Y? —preguntó Fleur—. Así que compraron la tierra...

—No tan deprisa. Mientras que se prolongaban las negociaciones y Howard no acababa de decidirse, estuvieron viviendo con unos colonos..., Butler se llamaban. Y Leonard Butler tenía una hija: Barbara.

—¡Pero ésa era mi abuela! —El interés de Fleur se reavivó en ese momento.

—Exacto. Pero en realidad tendría que haber sido mi madre —explicó Ruben—. Sea como fuere, mi padre se enamoró de Barbara y ella también de él. Pero el padre de ella no estaba tan entusiasmado con Howard, y éste pensó que necesitaba todavía más dinero para ganarse sus simpatías...

—Así que se marchó a Otago y encontró oro y... ¿entretanto Barbara se casó con Gerald? ¡Oh, qué triste, Ruben! —Fleur gimió fantaseando sobre la supuesta historia romántica.

—No del todo —respondió Ruben sacudiendo la cabeza—. Howard quería hacer dinero aquí y ahora. Jugaron a las cartas...

—¿Y perdió? ¿Gerald se llevó todo el dinero?

—Fleurette, déjame acabar de hablar —protestó Ruben con firmeza, y esperó a que Fleurette le diera la razón y se disculpara. A ojos vistas ardía en deseos de que siguiera con la historia.

Howard ya se había declarado antes de asociarse con Gerald para criar ovejas, incluso tenían un nombre para la granja: Kiward Station, por Warden y O'Keefe. Pero entones no sólo se jugó su propio dinero, sino también el que Gerald le había dado para pagar la tierra de los maoríes.

—¡Oh, no! —exclamó Fleur, entendiendo de golpe por qué Gerald estaba tan enfurecido—. ¡Seguro que mi abuelo lo habría matado!

—Se produjeron escenas horribles —explicó Ruben—. Al final, el señor Butler le prestó algo de dinero a Gerald, lo necesario para no defraudar a los maoríes a quienes se les había prometido comprar la tierra. Gerald adquirió una parte de ella, que es la que constituye hoy en día Kiward Station, y Howard no quiso tirar la toalla. Conservaba la esperanza de que se casaría con Barbara. Invirtió entonces sus últimos centavos en un trozo de tierra pedregosa y un par de ovejas medio muertas de hambre. Pero ya hacía tiempo que Barbara se había prometido a Gerald. El dinero era su dote. Y claro, más tarde heredó las tierras del viejo Butler. No es de extrañar que Gerald ascendiera como un cohete a la categoría de barón de la lana.

—¡Y que Howard lo odie! —señaló Fleur—. Oh, qué historia tan terrible. ¡Y la pobre Barbara! ¿Quería a Gerald?

Ruben hizo un gesto de ignorancia.

—Tío George no contó nada al respecto. Pero si lo que realmente deseaba era casarse con mi padre..., su amor por Gerald no debió de ser muy grande.

—Lo que Gerald le reprochó a Howard. ¿O puede que no fuera de su agrado tener que casarse con Barbara? No, ¡qué horrible habría sido! —Fleur había empalidecido. Las buenas historias siempre la afectaban.

—Éstos son, en cualquier caso, los secretos de Kiward y O'Keefe Station —concluyó Ruben—. Y con este legado vamos a llegar y decirles a mi padre y a tu abuelo que queremos casarnos. Unas condiciones previas insuperables, ¿no crees? —Rio con amargura.

Y todavía serán peores cuando Gerald oiga sonar campanas, pensó Paul alegrándose ya de la tristeza ajena. ¡Había merecido la pena la excursión a los pies de los Alpes! Pero ahora debía marcharse. Volvió sin hacer ruido a su caballo.

2

Paul llegó a la granja de los O'Keefe justo cuando la clase estaba finalizando, pero no se atrevió a penetrar en el campo visual de Helen, sino que esperó a los otros niños de Kiward Station en el recodo más próximo del camino. Marama le sonrió alegre y montó en el poni detrás de él sin hacerle grandes preguntas.

Tonga observaba con expresión amarga. El hecho de que Paul tuviera un caballo, mientras que él tenía que recorrer el largo camino a la escuela a pie o alojarse en otro poblado durante el período escolar, echaba más sal a su herida. Por regla general, Tonga prefería lo primero, pues se situaba en el centro de los acontecimientos y no quería de ninguna de las maneras perder de vista a su enemigo. Al mismo tiempo, el cariño que Marama profesaba a Paul era como llevar una espina clavada. Sentía la inclinación de la niña hacia el joven como una traición; un punto de vista que los adultos de la tribu no compartían con él. Para los maoríes, Paul era el hermano de leche de Marama, y ella, como era natural, lo quería. No consideraban a los *pakeha* rivales, ni tampoco a sus hijos. Tonga cada vez se apartaba más de tal opinión. En los últimos tiempos anhelaba muchas cosas de las que Paul y los otros blancos ya disponían. Le habría gustado tener caballos, libros y juguetes de colores y vivir en una casa como Kiward Station. Su familia y su tribu, incluida Marama, no lo entendían, pero Tonga se sentía engañado.

—¡Le diré a Miss Helen que has hecho novillos! —gritó a su enemigo mortal, mientras Paul se alejaba trotando. Pero el joven sólo se burló. Tonga hizo rechinar los dientes. Era factible que no llegara a chivarse. No era digno del hijo de un jefe descender al rango de soplón. El castigo, relativamente suave, que Paul se ganaría no era proporcionado.

—¿Dónde estabas? —preguntó Marama con su voz cantarina cuando los dos se hubieron alejado lo suficiente de Tonga—. Miss Helen te buscaba.

—¡He descubierto secretos! —contestó Paul dándose importancia—. ¡No te podrás creer lo que he encontrado!

—¿Has encontrado un tesoro? —inquirió Marama con dulzura. No parecía que el asunto le resultara especialmente interesante. Como la mayoría de los maoríes no se preocupaba demasiado por las cosas que los *pakeha* consideraban de valor. Si hubieran tendido a Marama un lingote de oro y una piedra de jade, seguramente se habría decantado por la segunda.

—No, ya te lo he dicho, ¡un secreto! Sobre Ruben y Fleur. ¡Se lo montan! —Paul esperaba impaciente la reacción de Marama. Ésta no tardó en llegar.

—¡Ah, ya sé que se quieren! ¡Todo el mundo lo sabe! —afirmó con toda tranquilidad Marama. Probablemente consideraba algo natural que los dos pasaran de los sentimientos a los actos. En las tribus, la moral sexual era muy laxa. Mientras una pareja se amara a puerta cerrada, la gente se limitaba a no prestar atención. Sin embargo, si los dos se preparaban un lecho común en la casa de la comunidad, el matrimonio quedaba establecido. Esto ocurría de forma discreta la mayoría de las veces, sin las gestiones preliminares de los padres. Asimismo, las grandes celebraciones para festejar un enlace no solían ser habituales.

—¡Pero no pueden casarse! —dijo fanfarroneando Paul—. Hay un viejo litigio entre mi abuelo y el padre de Ruben.

Marama rio.

—¡Pero los que se casan no son el señor Gerald y el señor Howard, sino Ruben y Fleur!

El chico resopló.

—¡No lo entiendes! ¡Se trata del honor de la familia! Fleur traiciona a sus antepasados...

Marama frunció el ceño.

—¿Qué tienen que ver aquí los antepasados? Los antepasados velan por nosotros, nos desean lo mejor. No se los puede traicionar. Al menos eso es lo que yo creo. En cualquier caso, nunca lo he oído decir. Además, todavía no se está hablando de boda.

—¡Pero pronto se hablará! —replicó Paul huraño—. En cuanto le diga al abuelo lo de Fleur y Ruben, todo el mundo hablará de ello. ¡Hazme caso!

Marama suspiró. Esperaba no estar en la casa grande en ese momento, siempre sentía un poco de miedo cuando el señor Gerald andaba vociferando por ahí. Le gustaba Miss Gwyn y, en realidad, también Fleur. No entendía qué tenía Paul en contra de ella. Pero el señor Gerald... Marama decidió marcharse inmediatamente al poblado y ayudar allí a preparar la comida en lugar de echar una mano a su madre en Kiward Station. Así al menos quizá tuviera ocasión de apaciguar a Tonga. La había mirado con mucha rabia cuando había montado con Paul en el caballo. Y Marama detestaba que se enfadaran con ella.

Gwyneira aguardaba a su hijo en el recibidor, que en el tiempo transcurrido había transformado en una especie de despacho. A fin de cuentas, las visitas nunca dejaban ahí su tarjeta para esperar luego a que la familia las invitara a tomar un té. Así que podía darse otra utilidad a ese espacio. Ya había perdido un poco el miedo a las reacciones de su suegro. En el ínterin, Gerald le dejaba manos libres en casi todas las decisiones que afectaban a la casa si no se mezclaban con los asuntos de la granja. Aunque, también en ese ámbito, ambos trabajaban bien en colaboración. Tanto Gerald como Gwyneira eran granjeros y ganaderos natos, y después de que, años atrás, Gerald también hubiera adquirido bueyes, las competencias se iban cristalizando cada vez más con mayor claridad: Gerald se ocupaba de los

Longhorn, Gwyneira se cuidaba de la cría de ovejas y caballos. En el fondo, esto último es lo que requería más trabajo, pero no se mencionaba que Gerald solía estar demasiado borracho para tomar decisiones rápidas y complejas. En lugar de eso, los trabajadores se limitaban a dirigirse a Gwyn cuando no les parecía conveniente hablar con el propietario de la finca y recibían entonces instrucciones claras. Gwyneira, en realidad, había hecho las paces con su existencia y con Gerald. En especial, a partir del momento en que conoció la historia de él y Howard, fue incapaz de odiarlo profundamente, como en los primeros años tras el nacimiento de Paul. Para ella estaba claro que él nunca había amado a Barbara Butler. Sus pretensiones, sus expectativas acerca de la vida en una casa señorial y educar a su hijo como un *gentleman* tal vez le habían fascinado, pero al final seguro que también le habían desalentado. Gerald carecía de la naturaleza del aristócrata rural, era un jugador, un viejo soldado y aventurero..., y además, también un hábil granjero y hombre de negocios. Nunca sería ni nunca había querido ser el honorable *gentleman* con quien Barbara contraía un matrimonio por conveniencia tras haber tenido que renunciar a su auténtico amor. El encuentro con Gwyneira le había puesto frente a los ojos el tipo de mujer que él realmente ansiaba, y sin duda le había exasperado que Lucas no supiera qué hacer con ella. En el tiempo que había transcurrido, Gwyneira había tomado conciencia de que Gerald había sentido por ella algo así como amor cuando la llevó a Kiward Station y que, aquella funesta noche de diciembre, no sólo había descargado su cólera por la apatía de Lucas, sino también la presión de todos esos años en que había estado forzado a limitarse a ser un «padre» para la mujer que deseaba.

Gwyn también había comprendido que Gerald se arrepentía de su comportamiento, incluso si nunca había salido una palabra de disculpa de sus labios. Su constante forma de beber sin medida, su reserva, su indulgencia para con ella y Paul hablaban por sí mismas.

Gwyn alzó entonces la cabeza de los documentos relativos a la cría de ovejas y vio cómo su hijo se precipitaba al interior.

—¡Hola, Paul! ¿Por qué tienes tanta prisa? —preguntó sonriendo. Al hacerlo, le resultó difícil, como siempre, alegrarse sin reservas del regreso a casa de Paul. Su acuerdo de paz con Gerald era una cosa, las relaciones con Paul, otra. No conseguía amar al muchacho. No como quería a Fleur, de forma tan natural y sin condiciones. Si quería sentir algo por Paul, debía recurrir a la razón: tenía una buena apariencia, con su cabello abundante de color castaño oscuro con matices rojizos; de Gwyneira sólo había heredado el color, no la forma. En lugar de ricitos, su cabellera tenía la espesura que todavía hoy caracterizaba el cabello de Gerald. El rostro recordaba al de Lucas, pero tenía rasgos más resueltos, menos suaves y soñadores que los de su hermanastro. Era inteligente, pero las dotes de Paul destacaban más en el ámbito de las matemáticas que en el del arte. Con certeza se convertiría en un buen comerciante. Y era espabilado. Gerald no podría haber deseado un heredero mejor para la granja. Sin embargo, Gwyneira encontraba que el chico carecía de sentimientos hacia los animales y, sobre todo, hacia la gente de Kiward Station, y se reprochaba a sí misma por tener esa sensación. Quería ver lo bueno de Paul, quería amarlo, pero cuando lo miraba no sentía más que lo que sentía por Tonga: un chico amable, inteligente y educado para asumir las tareas para las que estaba destinado. Pero no era el amor profundo y desgarrador que sentía por Fleurette.

Sólo esperaba que Paul no se percatara de tal carencia y se esforzaba sin cesar en ser especialmente afable y benévola. También en ese momento estaba dispuesta a disculpar que pretendiera pasar por su lado sin saludarla.

—¿Ha sucedido algo, Paul? —preguntó preocupada—. ¿Ha pasado algo en la escuela? —Gwyn sabía que para Helen el trato con Paul no siempre era fácil y también conocía su rivalidad con Tonga.

—No, nada. Tengo que hablar con el abuelo, mamá. ¿Dónde puede estar? —Paul no se detuvo en cortesías.

Gwyn alzó la vista a un reloj de pie que dominaba una pared del despacho. Todavía faltaba una hora para la cena. Gerald ya debía de haber empezado con el aperitivo.

—Donde siempre está a estas horas —observó—. En el salón. Y ya sabes que ahora es mejor no hablarle. Sobre todo si uno está sin lavar ni peinar como tú. Si quieres seguir mi consejo, ve primero a tu habitación y cámbiate antes de presentarte ante él.

No obstante, ya hacía tiempo que el mismo Gerald no daba especial importancia al acto de cambiarse de ropa para cenar, y tampoco Gwyneira se ponía otro vestido a no ser que hubiera estado en los establos. Conservaría el vestido de tarde que llevaba en esos momentos también para la cena. Pero con los niños, Gerald era severo, precisamente a esa hora del día buscaba siempre un motivo para pelearse con alguien. De ahí que la hora que precedía a la cena en familia fuera la más peligrosa. En cuanto se servía la comida, el nivel de alcohol de Gerald solía haber llegado a un punto que ya no posibilitaba ningún estallido mayor.

Paul calculó en unos segundos sus posibilidades. Si corría a Gerald con la novedad, éste explotaría; pero en ausencia de la «víctima» eso no surtiría gran efecto. No cabía la menor duda de que era mejor delatar a Fleur cara a cara, entonces tal vez Paul tendría la oportunidad de observar con todo detalle el enfrentamiento subsiguiente. Además, su madre estaba en lo cierto: si Gerald estaba realmente de mal humor, quizá ni le dejara comunicarle la noticia, sino que descargaría su cólera de inmediato sobre Paul.

Así que el joven decidió encaminarse primero a su habitación. Aparecería vestido de forma adecuada para la comida, mientras que Fleur llegaría tarde con toda seguridad y, encima, con el traje de montar. Entonces él balbucearía una disculpa y al final... ¡haría explotar la bomba! Paul subió las escaleras satisfecho de sí mismo. Vivía en la antigua habitación de su padre, que en la actualidad no estaba hasta los topes de útiles de dibujo y libros, sino de juguetes y utensilios de pesca. El joven se cambió de ropa con esmero. Rebosaba de alegría anticipada.

Fleurette no había exagerado en sus promesas. En efecto, su perra *Gracie* reunió las ovejas descarriadas en un abrir y cerrar de ojos en cuanto Ruben y la muchacha las encontraron. Pero tampoco eso resultó difícil. Los jóvenes carneros se dirigían a las montañas, a los pastizales de las ovejas madre. Flanqueados por *Gracie* y *Minette* regresaron de buen grado hacia la granja. *Gracie* no estaba para bromas y enseguida devolvía al redil a cualquier animal fugitivo. El grupo era, asimismo, reducido y abarcable. Así que Fleurette pudo cerrar la puerta del corral detrás de los animales antes de que oscureciera y, sobre todo, mucho antes de que Howard regresara del campo, tras ocuparse de sus últimos bueyes. Por fin iban a venderse los animales, después de que Howard, siempre desoyendo los consejos de George, se hubiera aferrado a la cría de ganado vacuno como segundo puntal donde apoyarse. O'Keefe Station no era una tierra apropiada para bueyes; ahí sólo podían crecer ovejas y cabras.

Fleurette observó la posición del sol. Todavía no era tarde, pero si ahora se ponía a ayudar a Ruben a reparar la cerca, como de hecho le había prometido, no llegaría puntual a la cena. Pero eso tampoco era grave: después de comer, su abuelo solía retirarse enseguida a sus habitaciones con un último vaso de whisky, era seguro que Kiri y su madre le guardarían algo de comer. Fleur, sin embargo, odiaba dar al personal más trabajo del que era necesario.

Además, no tenía ningún interés en toparse con Howard y luego (¡para colmo!) irrumpir en medio de la cena en casa. Por otra parte, no podía dejar que Ruben arreglara solo la cerca. Estaba garantizado que los carneros se escaparían de nuevo al día siguiente camino de las montañas.

Para alivio de Fleurette, la madre de Ruben se acercaba ahora con su obediente mulo, que ya había cargado con herramientas de trabajo y material para el cercado.

Helen le guiñó un ojo.

—Vete tranquila a casa, Fleur, nosotros lo haremos —le indicó con afabilidad—. Has sido muy amable ayudando a Ruben a traer de vuelta las ovejas. De verdad que no mereces una regañina cuando llegues a casa. Y te la darán seguro si llegas tarde.

Fleurette asintió agradecida.

—Entonces volveré mañana a la escuela, Miss Helen —dijo. Un pretexto que siempre utilizaba para estar junto a Ruben cada día. En sí, Fleurette ya casi había terminado la escuela. Sabía aritmética y había leído a los clásicos más importantes, al menos el comienzo; aunque no en la lengua original como Ruben. Fleur consideraba superfluos por entero los conocimientos del griego y el latín. Por lo tanto, Helen apenas podía enseñarle ya nada más. Por otra parte, tras la muerte de Lucas, Gwyneira había llevado muchos de los manuales de botánica y zoología a la escuela de Helen. Fleur los leía con interés, mientras Ruben se concentraba en sus estudios secundarios. El año próximo debería ir a Dunedin si realmente quería estudiar. Helen todavía no quería pensar en cómo presentárselo a Howard de forma que viera un aspecto positivo. Y por añadidura no tenían dinero para pagar la carrera: Ruben debería aceptar la generosa ayuda de George Greenwood, al menos hasta que no se distinguiera lo suficiente como para obtener una beca. Sin embargo, la carrera en Dunedin separaría por primera vez a Ruben y Fleurette. Helen veía con la misma claridad que Marama el manifiesto amor entre los dos y ya había hablado de ello con Gwyn. En principio, ninguna de las madres tenía nada que oponer al enlace, pero, como era natural, temían las reacciones de Warden y de O'Keefe y estaban de acuerdo, asimismo, en que el asunto debería esperar un par de años más. Ruben acababa de cumplir diecisiete años y Fleur todavía no había llegado a los dieciséis. Helen y Gwyn convenían en que los dos eran muy jóvenes para una unión fija.

Ruben la ayudó a ensillar de nuevo la yegua, pues habían cabalgado juntos a pelo.

La besó a escondidas antes de montar.

—¡Hasta mañana, te quiero! —dijo el chico en voz baja.

—¿Sólo hasta mañana? —respondió ella sonriendo.

—No, hasta el cielo. ¡Y un par de estrellas más lejos! —Ruben le acarició la mano y Fleurette sonrió resplandeciente al abandonar la granja. Ruben la siguió con la mirada hasta que el último resplandor de su cabello rojo dorado y la cola ruana de su yegua se fundieron con la luz del atardecer. Sólo la voz de Helen lo sacó de su arrobamiento.

—Venga, Ruben, la cerca no se levantará sola. ¡Tenemos que acabar antes de que tu padre llegue a casa!

Fleurette guio a su caballo a paso alegre y casi habría llegado puntual a la cena de Kiward Station, pero no encontró a nadie en el establo que guardara a *Minette* y tuvo, por consiguiente, que hacerlo todo ella sola. Cuando hubo cepillado la yegua, ésta hubo bebido y la hubo abastecido de forraje, ya se habría servido con toda seguridad el primer plato. Fleurette suspiró. Claro que podía entrar en la casa sin que nadie se percatara de ella y saltarse la cena, pero, aun así, temía que Paul la hubiera visto cuando llegaba a la granja: había distinguido movimientos tras la ventana de su hermano y seguro que la delataría. Así que Fleurette se enfrentó con lo inevitable. Siempre le darían algo de comer. Decidió tomarse el asunto con optimismo y esbozó una sonrisa deslumbrante cuando entró en el comedor.

—¡Buenas noches, abuelo, buenas noches, mamá! Hoy llego un poquito de nada tarde, porque me he pasado un poquito de nada calculando el tiempo cuando..., hum... bueno...

Demasiado tonto, tan deprisa no se le ocurriría ningún pretexto. Además, era inconcebible que le contara a Gerald que había pasado el día reuniendo las ovejas de Howard O'Keefe.

—¿Cuando has ayudado a tu amado a buscar las ovejas? —preguntó Paul con una sonrisa sardónica.

Gwyneira montó en cólera

—¿Qué es esto, Paul? ¿Es que siempre tienes que meterte con tu hermana?

—¿Lo has hecho o no lo has hecho? —preguntó Paul con insolencia.

Fleurette enrojeció.

—Yo...

—¿Con quién has estado buscando ovejas? —preguntó Gerald. Estaba bastante bebido. Tal vez no le hubiera armado ningún alboroto especial a la joven, pero había captado parte de los comentarios de Paul.

—Con..., bueno, con Ruben. Se les habían escapado a él y a Miss Helen un par de carneros.

—A él y a su honrado padre, quieres decir —ironizó Gerald—. Es típico del viejo Howard: demasiado tonto o demasiado tacaño para encerrar a sus animales. Y su distinguido hijito tiene que pedirle a una chica que le ayude a conducir el ganado... —El anciano se echó a reír.

Paul frunció el ceño. Las cosas no se desarrollaban en absoluto como él se había imaginado.

—¡Fleur se lo monta con Ruben! —soltó, y al principio le respondió con unos silenciosos segundos de desconcierto.

La primera en reaccionar fue de nuevo Gwyneira.

—Paul, ¿dónde has aprendido esta expresión? Pide perdón inmediatamente y...

—¡Un... un momento! —Gerald la interrumpió con una voz vacilante pero enérgica—. ¿Qué... qué ha dicho el chico? Se... se lo está montando con... con el hijo de O'Keefe?

Gwyneira esperaba que Fleurette se limitara a negarlo, pero bastaba con mirar a la muchacha para distinguir que en el malintencionado comentario de Paul había algo de verdad.

—¡No es lo que tú piensas, abuelo! —protestó Fleur—. Nosotros..., bueno..., claro que nosotros no nos lo montamos, nosotros...

—¿Ah, no? ¿Entonces qué? —tronó Gerald.

—¡Lo he visto, lo he visto! —canturreó Paul.

Gwyneira le ordenó con determinación que se callara.

—Nosotros... nosotros nos queremos. Queremos casarnos —declaró Fleur. Ahora, al menos, ya lo había dicho. Incluso si no era la situación ideal para hacer tal revelación.

Gwyneira intentó quitar hierro al asunto.

—Fleur, cariño, ¡todavía no has cumplido dieciséis años! ¡Y Ruben irá el año que viene a la universidad!

—¿Que queréis qué? —vociferó Gerald—. ¿Casaros? ¿Con el vástago de ese O'Keefe? ¿A quién se le ocurre?

Fleur se encogió de hombros. En cualquier caso no se la podía acusar de cobarde.

—No es algo que uno escoja, abuelo. Nos queremos. Es así y no se puede cambiar.

—¡Ya veremos si eso se puede o no cambiar! —replicó Gerald—. En cualquier caso, ¡tú no vuelves a ver a ese tipo! Por ahora quedas bajo arresto domiciliario. Basta de escuela. ¡Ya me estaba preguntando, de todos modos, qué más le queda por enseñarte a la esposa de O'Keefe! Ahora mismo me voy a Haldon y agarro a ese O'Keefe. ¡Witi! ¡Tráeme la escopeta!

—Gerald, estás exagerando. —Gwyneira intentó conservar la calma. Quizá podría convencer a Warden de que abandonara esa idea descabellada de arreglar cuentas ese mismo día con Ruben, ¿o tal vez con Howard?—. La niña apenas tiene dieciséis años y es la primera vez que se enamora. Nadie está hablando todavía de boda...

—¡La niña heredará una parte de Kiward Station, Gwyneira! Está claro que el viejo O'Keefe está pensando en boda. ¡Pero aclararé este asunto de una vez por todas! Y tú, encierra a la niña. ¡Pero ya! No necesita comer más, que ayune y piense en sus pecados. —Gerald agarró la escopeta que el horrorizado Witi le había llevado y se puso el abrigo encerado. Luego se precipitó fuera de la casa.

Fleurette hizo el gesto de seguirlo.

—Debo marcharme para advertir a Ruben —dijo.

Gwyneira sacudió la cabeza.

—¿De dónde vas a sacar un caballo? Todos están en el establo y montar uno de los potros sin silla por el monte..., no, no te lo permito, Fleur, te harás daño a ti y al caballo. Sin contar con que Gerald te alcanzaría. ¡Deja que esos hombres se las arreglen entre sí! Estoy segura de que nadie saldrá malherido. Cuando se encuentre con Howard se gritarán y quizá se rompan la nariz...

—¿Y si se encuentra con Ruben? —preguntó Fleur con el rostro blanco.

—¡Entonces lo matará! —intervino alegremente Paul.

Fue un error. En ese momento atrajo la atención de madre e hija.

—¡Soplón asqueroso! —gritó Fleurette—. ¿Eres realmente consciente de lo que has hecho, desgraciado?

—Fleurette, tranquilízate, tu amigo sobrevivirá —la sosegó Gwyneira con total convencimiento de lo que decía. Conocía el temperamento impetuoso de Gerald. Además volvía a estar muy borracho. Por otra parte confiaba en el carácter conciliador de Ruben. Seguro que el hijo de Helen no se dejaba provocar—. Y tú, Paul, vete ahora mismo a tu habitación. No quiero volver a verte aquí, al menos hasta pasado mañana. Estás bajo arresto domiciliario...

—¡Fleur también, Fleur también! —Paul no quería arrojar la toalla.

—Es algo totalmente distinto —respondió Gwyneira con severidad, y de nuevo le resultó difícil sentir aunque fuera una chispa de simpatía por el niño que había dado a luz—. El abuelo ha castigado a Fleur porque cree que se ha enamorado del chico equivocado. Pero a ti te castigo yo porque eres malo, porque espías a la gente y la traicionas y, además, porque te alegras de hacerlo. Así no se comporta un *gentleman*, Paul Warden. ¡Así sólo se comporta un monstruo! —Gwyneira supo en el momento en que pronunció esa palabra que Paul nunca se lo perdonaría. Pero había salido de sus labios. Aun ahora, sólo podía sentir odio por ese niño que le habían forzado a tener, que había sido la causa última de la muerte de Lucas y que ponía todo de su parte para hacer tambalear los cimientos de la ya de por sí vacilante armonía de la familia de Helen y destrozar también la vida de Fleur.

Paul miró a su madre con una palidez cadavérica ante el abismo que distinguió en los ojos de ella. No era un acceso de rabia como el de Fleurette. Gwyneira parecía creer en lo que decía. Paul rompió a llorar, aunque hacía un año al menos que había decidido ser un hombre y no volver a llorar nunca más.

—¿Vas a tardar mucho? ¡Desaparece! —Gwyneira se odió a sí misma por hablar así, pero no logró contenerse—. ¡Vete a tu habitación!

Paul se marchó corriendo. Fleurette miró a su madre desconcertada.

—Ha sido duro —observó desolada.

Gwyneira cogió su copa de vino con dedos temblorosos, pero se lo pensó mejor, se dirigió al armario y se sirvió una copa de brandy.

—¿También tú, Fleurette? Creo que las dos necesitamos tranquilizarnos. Y luego sólo nos queda esperar. En algún momento regresará Gerald, si es que no se cae del caballo por el camino y se rompe la crisma.

Se bebió el brandy de un trago.

—Y en lo que respecta a Paul..., lo siento.

Gerald Warden cruzó el bosque como alma que lleva el diablo. La rabia que sentía por el joven Ruben O'Keefe parecía querer desgarrarlo. Hasta el momento nunca había contemplado a Fleurette como una mujer. Para él, siempre había sido una niña, la hijita de Gwyneira, mona pero relativamente carente de interés. Y ahora resultaba que la pequeña se independizaba, ahora alzaba la cabeza orgullosa igual que su madre cuando tenía diecisiete años e incluso contestaba con la misma seguridad que aquélla. Y Ruben, ese cabroncete, se atrevía a acercarse a ella. ¡A una Warden! ¡A su propiedad!

Gerald volvió a calmarse un poco cuando llegó a la granja de O'Keefe y comparó los miserables graneros, establos y sobre todo la casa con la suya. Howard no pensaría en serio que él fuera a permitir que su nieta se casara con su hijo.

Tras la ventana de la casa había luz encendida. El caballo de Howard y el mulo estaban en el corral delante del edificio. Así que el cabrón estaba en casa. Y su degenerado hijo también, pues Gerald distinguió las siluetas de tres personas en torno a la mesa, en la cabaña. Arrojó sin cuidado las riendas de su caballo sobre uno de los postes del cercado y sacó la escopeta de la funda. Un perro ladró cuando fue hacia la casa, pero dentro nadie reaccionó.

Gerald abrió la puerta de par en par. Como había esperado, vio a Howard, Helen y su hijo a la mesa, donde en ese momento se servía un cocido. Los tres miraron sobresaltados hacia la puerta, incapaces de reaccionar al momento. Gerald aprovechó la ventaja que le daba la sorpresa. Entró en la habitación y volcó la mesa cuando se precipitó en dirección a Ruben.

—¡Confiesa, niñato! ¿Qué tienes con mi nieta?

Ruben se volvió.

—Señor Warden... ¿no podríamos hablar... como personas razonables?

Gerald montó en cólera. Justo así habría reaccionado su degenerado hijo Lucas ante una acusación de ese tipo. Golpeó. Con el impulso del gancho de izquierda Ruben salió disparado a través de media habitación. Helen gritó. En ese mismo instante, Howard alcanzó a Gerald. Aunque poco certeramente. O'Keefe acababa de llegar del pub de Haldon. Tampoco él estaba sobrio. Gerald evitó sin esfuerzo el golpe de O'Keefe y se concentró de nuevo en Ruben, que se levantaba sangrando por la nariz.

—Señor Warden, por favor...

Howard hizo una llave a Gerald antes de que lograra alcanzar una vez más a su hijo.

—¡Ya basta! ¡Hablemos como personas razonables! —siseó—. ¿Qué pasa, Warden, para que aterrices aquí y te pongas a zurrar a mi hijo?

Gerald intentó darse la vuelta para mirarlo.

—¡El maldito desgraciado de tu hijo ha seducido a mi nieta! ¡Esto es lo que pasa!

—¿Que tú has hecho qué? —Howard dejó a Gerald y se volvió hacia Ruben—. ¡Dime ahora mismo que esto no es verdad!

El rostro de Ruben era tan expresivo como poco antes lo había sido el de Fleur.

—¡Claro que no la he seducido! —aclaró de inmediato—. Sólo...

—¿Sólo qué? ¿Sólo la has desflorado un poco? —tronó Gerald.

Ruben estaba blanco como un cadáver.

—¡Le pido que no hable de Fleur en este tono —dijo sosegadamente—. Señor Warden, amo a su nieta. Me casaré con ella.

—¿Que vas a hacer qué? —bramó Howard—. Ya veo que esa bruja te ha sorbido el seso...

—¡En ningún caso vas a casarte con Fleurette, mocoso de mierda! —amenazó furioso Gerald.

—¡Señor Warden! Quizá podríamos encontrar una forma de expresarnos menos drástica —intervino Helen conciliadora.

—Claro que me casaré con Fleurette, da igual lo que vosotros dos tengáis en contra... —Ruben habló tranquilo y con convencimiento.

Howard agarró a su hijo y lo sujetó por la pechera, igual que Gerald había hecho antes.

—¡Ahora mismo vas a cerrar el pico! Y tú, Warden, ¡lárgate! Rápido. Y te guardas a la putilla de tu nieta. No quiero volver a verla por aquí, ¿entiendes? Que te quede claro, o yo mismo tomaré cartas en el asunto y luego no podrá seducir a nadie más...

—Fleurette no es...

—¡Señor Warden! —Helen se interpuso entre los dos hombres—. Por favor, márchese. Howard no quería decir eso. Y en lo que concierne a Ruben..., aquí todos tenemos a Fleurette en gran estima. Tal vez los chicos se hayan dado algún beso, pero...

—¡Nunca más volverás a tocar a Fleurette! —Gerald hizo el gesto de volver a golpear a Ruben, pero luego desistió al ver al chico desamparado entre las garras de su padre.

—Te prometo que no volverá a tocarla nunca más. ¡Y ahora sal! ¡Ya ajustaré yo las cuentas con él, Warden, puedes confiar en esto!

De repente, Helen ya no estuvo tan segura de si realmente quería que Gerald se marchara. La voz de Howard era tan amenazadora que temía seriamente por la seguridad de Ruben. Howard ya estaba iracundo antes de que apareciera Gerald. Había tenido que volver a reunir los jóvenes carneros al llegar a casa, pues los esfuerzos de Helen y Ruben por arreglar el cercado no habían reprimido las ansias de libertad de los animales. Por suerte, Howard había podido conducir los carneros al establo antes de que huyeran a la montaña. No obstante, esa tarea adicional no había servido, precisamente, para mejorar su humor. En cuanto Gerald abandonó la cabaña, lanzó a su hijo una mirada asesina.

—Así que te lo montas con la pequeña Warden —afirmó—. Y acaricias grandes planes, ¿no es eso? Acabo de encontrarme con el chico maorí de Greenwood en el pub y me ha «felicitado» porque la universidad de Dunedin te ha aceptado. ¡Para estudiar Derecho! ¡Sí, todavía no lo sabes, esas cartas te las envían a través de tu querido tío George! Pero ahora mismo voy a quitarte esta costumbre, hijo mío. Haz cuentas, Ruben O'Keefe, a contar sí que has aprendido. Y el derecho estudia la justicia, ¿no? Ojo por ojo, diente por diente. Vamos a estudiar derecho ahora. ¡Éste va por las ovejas!

Propinó un golpe a su hijo.

—¡Y éste por la chica! —Un gancho con la derecha—. ¡Éste por tío George! —Un gancho izquierdo. Ruben cayó al suelo.

»¡Por la carrera de Derecho! —Howard le propinó una patada en las costillas. Ruben emitió un fuerte gemido.

»¡Y éste por tu arrogancia! —Otra patada brutal, esta vez en la zona de los riñones; Ruben se acurrucó. Helen intentó separarlos.

»¡Y éste es para ti, porque siempre estás haciendo cosas con ese tío de mierda! —Howard propinó el siguiente golpe en el labio superior de Helen. Ella se desplomó, pero siguió intentando proteger a su hijo.

Sin embargo, Howard pareció volver en sí entonces. La sangre en el rostro de Helen disipaba las brumas del alcohol.

—No valéis nada... vosotros... —balbuceó, y se dirigió dando traspiés al armario de la cocina en que Helen guardaba el whisky. Una botella de calidad, no el más barato. Lo tenía preparado para las visitas; George Greenwood, en especial, necesitaba un trago cuando había terminado de hablar con Howard. En esos momentos, Howard había echado unos buenos tragos y quería volver a colocar la botella en su sitio. Pero cuando iba a cerrar el armario, cambió de opinión y se la llevó.

—Voy a dormir al establo —informó—. No soporto veros más...

Helen suspiró cuando desapareció.

—Ruben, ¿te duele mucho? Estás...

—Todo está bien, mamá —susurró Ruben, si bien su aspecto transmitía lo contrario. Le sangraban las heridas en los ojos y el labio, la hemorragia de la nariz había empeorado, y tenía dificultades para incorporarse. El ojo izquierdo estaba hinchado. Helen lo ayudó a levantarse.

—Ven, tiéndete en la cama. Te curaré —se ofreció. Pero Ruben sacudió la cabeza.

—¡No quiero meterme en su cama! —rechazó con firmeza, y en lugar de ello se arrastró al pequeño catre que había junto a la chimenea y en el que solía dormir en invierno. Desde hacía años, en verano, se buscaba un sitio para dormir en el establo, para no molestar a sus padres.

Temblaba cuando Helen se acercó a él con un cuenco de agua y un paño para lavarle la cara.

—No es nada, mamá..., Dios mío, espero que no le pase nada a Fleur.

Helen lavó con cuidado la sangre de los labios.

—A Fleur no le pasará nada. Pero ¿cómo se ha enterado? Maldita sea, no tendría que haberle sacado el ojo de encima a ese Paul.

—De todos modos, en algún momento lo habrían sabido —contestó Ruben—. Y ahora..., mañana me voy de aquí, mamá. Acéptalo. No me quedo ni un día más en su casa... —Señaló hacia el lugar por donde Howard había desaparecido.

—Mañana estarás enfermo —dijo Helen—. Y no deberíamos precipitarnos. George Greenwood...

—Tío George ya no puede ayudarnos más, madre. No iré a Dunedin. Iré a Otago. Allí hay oro. Yo... yo encontraré algo y luego recogeré a Fleur. Y a ti también. Él... ¡él no tiene que pegarte nunca más!

Helen guardó silencio. Cubrió las heridas de su hijo con un ungüento frío y se quedó sentada junto a él hasta que se durmió.

Entonces recordó todas las noches que había pasado así a su lado, cuando estaba enfermo, una pesadilla lo había asustado o simplemente quería que le hiciera compañía. Ruben siempre la había hecho feliz. Pero también esto lo había destrozado Howard. Helen no durmió esa noche.

Lloró.

3

También Fleurette pasó la noche llorando. Tanto ella como Gwyneira y Paul oyeron llegar a Gerald ya entrada la noche, pero ninguno tuvo valor para preguntarle al anciano qué había ocurrido. Por la mañana, Gwyneira fue la única que bajó a desayunar, como de costumbre. Gerald dormía la mona y Paul no osaba dejarse ver mientras no tuviera oportunidad de que su abuelo se pusiera de su parte y lo liberase del encierro. Fleurette estaba acurrucada y apática en un rincón de su cama, con *Gracie* pegada a ella como *Cleo* se estrechaba antaño contra Gwyn, y atormentada por las más horribles sospechas. Ahí la encontró Gwyneira una vez que Andy McAran le informara de que tenía una visita no anunciada en el corral. Gwyn se cercioró escrupulosamente de que ni Gerald ni Paul se hubieran levantado, antes de deslizarse a la habitación de su hija.

—¿Fleurette? ¡Fleurette, son las nueve! ¿Qué haces todavía en la cama? —Gwyneira agitó la cabeza con la misma determinación que si fuera un día completamente normal y Fleur se hubiera dormido y llegara tarde a la escuela—. Ahora vístete, pero deprisa. Hay una persona esperándote en el establo. Y seguro que no puede esperarte una eternidad.

Dedicó a su hija una sonrisa cómplice.

—¿Hay una persona, mamá? —Fleurette se puso en pie de un brinco—. ¿Quién? ¿Es Ruben? Ay, ojalá sea Ruben, ojalá esté vivo...

—Claro que vive, Fleurette. Tu abuelo es un hombre que enseguida lanza amenazas y saca los puños. ¡Pero no mata a nadie! Al menos no de inmediato... Si ahora encuentra al joven en el granero, no me hago responsable de sus actos. —Gwyneira ayudó a Fleur a ponerse el vestido de montar.

—Tú vigila que no venga, ¿vale? Ni Paul... —Fleurette parecía temer casi tanto a su hermano como a su abuelo—. ¡Es tan canalla! No creerás de verdad que nosotros...

—Considero al chico lo bastante inteligente como para no correr el riesgo de dejarte embarazada —respondió Gwyneira con sensatez—. Y tú, Fleurette, eres tan lista como él. Ruben quiere ir a estudiar a Dunedin y tú todavía tienes que crecer un par de años antes de empezar a pensar en un matrimonio. Y entonces las oportunidades para un joven abogado que posiblemente trabaje para la compañía de George Greenwood serán mucho mejores que para un joven granjero cuyo padre vive al día. Tenlo presente también esta mañana, cuando te reúnas con el chico. Aunque..., por lo que me ha contado McAran, hoy no está en situación de dejar a nadie embarazada...

El último comentario de Gwyneira reavivó los peores temores de Fleur. En lugar de coger su abrigo encerado, pues llovía a mares, sólo se puso un chal sobre los hombros y corrió escaleras abajo. Tampoco se había cepillado el cabello. Desenredarlo habría durado horas. Solía peinárselo y trenzarlo por las noches, pero el día anterior no había tenido ánimos para hacerlo. En ese momento revoloteaba en torno a su delicado rostro, pero a Ruben O'Keefe le parecía, pese a ello, la muchacha más hermosa que jamás había visto. El joven se hallaba más tendido que sentado sobre un montón de heno. Cualquier movimiento seguía produciéndole dolor. Su rostro estaba hinchado y los ojos cerrados, y todavía estaban húmedas las heridas.

—¡Por Dios, Ruben! ¿Ha sido mi abuelo? —Fleurette quería arrojarse en sus brazos, pero Ruben la detuvo.

—Cuidado —advirtió—. Las costillas..., no sé si están rotas o sólo con alguna fisura..., en cualquier caso me hacen un daño de mil demonios.

Fleurette lo abrazó con más suavidad. Se deslizó junto a él y él posó su rostro arañado sobre el hombro de la muchacha.

—¡Que se lo lleve el diablo! —maldijo ella—. ¡O es que te crees eso de que no mata a nadie! Casi lo consigue contigo.

Ruben negó con la cabeza.

—No fue el señor Warden. Fue mi padre. Y casi lo hacen los dos en perfecta armonía. Ambos se odian a muerte, pero en lo que a nosotros respecta están totalmente de acuerdo. Me marcho, Fleur. ¡Ya no lo soporto más!

Fleurette lo miró desconcertada.

—¿Te vas? ¿Y me abandonas?

—¿Debo esperar aquí hasta que nos maten a los dos? No vamos a estar viéndonos a escondidas toda la eternidad... No, desde luego, con el pequeño topo que tienes en casa. ¿Ha sido Paul, verdad, quien nos ha delatado?

Fleur asintió.

—Y siempre lo hará. Pero tú... ¡No puedes marcharte! ¡Voy contigo! —Se enderezó decidida y ya parecía estar empaquetando sus cosas mentalmente—. Espérame aquí, no necesito casi nada. ¡En una hora ya estaremos lejos!

—Ah, Fleur, así no se hace. Pero no te abandono. Cada minuto, cada segundo, pensaré en ti. Te quiero. Pero de ninguna de las maneras puedo llevarte conmigo a Otago... —Ruben la acarició con unos torpes movimientos, mientras que Fleur seguía pensando febril. Si quería huir con él, todo acabaría en una cabalgada salvaje: sin lugar a dudas, Gerald enviaría un equipo de salvamento en cuanto se percatara de su ausencia. Pero Ruben no podía en absoluto, en su estado actual, cabalgar deprisa..., ¿y qué estaba diciendo sobre Otago?

—¿No querías ir a Dunedin? —preguntó, besándole en la frente.

—He cambiado de parecer —le explicó Ruben—. Siempre habíamos pensado que tu abuelo permitiría que te casaras conmigo cuando fuera abogado. Pero nunca dará su autorización, ayer por la noche me quedó definitivamente claro. Si tenemos que hacer algo juntos, debo ganar dinero. No un poco, sino una fortuna. Y en Otago se ha encontrado oro...

—¿Quieres intentarlo excavando en una mina? —preguntó sorprendida Fleur—. Pero... ¿quién te dice que vayas a encontrarlo?

Para sus adentros, Ruben encontró que era una buena pregunta, pues no tenía ni la menor idea de cómo empezar a buscar oro. Pero, diablos, ¡otros lo habían conseguido!

—En el área de Queenstown todos encuentran oro —aseguró—. Allí hay pepitas tan grandes como la uña de un dedo.

—¿Y están simplemente por ahí? —preguntó recelosa Fleurette—. ¿No necesitas una concesión para explotar la mina? ¿Un equipo? ¿Llevas dinero, Ruben?

Ruben asintió.

—Un poco. Unos ahorros. Tío George me pagó cuando el año pasado lo ayudé en la compañía y también por hacer de intérprete con los maoríes cuando Reti no estaba disponible. Claro que no es mucho.

—Yo no tengo nada —dijo Fleurette preocupada—. Si no te lo daría. ¿Y un caballo? ¿Cómo quieres llegar al lago Wakatipu?

—Tengo el mulo de mi madre —contestó Ruben.

Fleurette alzó los ojos al cielo.

—¿*Nepumuk*? ¿Quieres ir por la montaña con el viejo *Nepumuk*? ¿Cuántos años tiene ahora? ¿Veinticinco? Es totalmente imposible, Ruben, ¡coge uno de nuestros caballos!

—¿Para que el viejo Warden me persiga por ladrón? —preguntó Ruben con amargura.

Fleurette sacudió la cabeza.

—Llévate a *Minette*. Es pequeña pero fuerte. Y es mía. Nadie puede prohibirme que te la preste. Pero debes cuidar bien de ella, ¿me oyes? Y tienes que devolvérmela.

—Sabes que regresaré en cuanto pueda. —Ruben se levantó con esfuerzo y tomó a Fleurette entre sus brazos. Ella notó el sabor de su sangre cuando la besó—. Vendré a buscarte. Es... es tan seguro como que mañana saldrá el sol. Encontraré oro y después vendré a buscarte. ¿Confías en mí, verdad Fleurette?

Ella asintió y le devolvió el abrazo tierna y cuidadosamente. No dudaba de su amor. Si al menos estuviera segura respecto a su futura riqueza...

—¡Te amo y te esperaré! —contestó con dulzura.

Ruben la besó una vez más.

—Me daré prisa. No hay tantos buscadores de oro en Queenstown. Todavía es algo así como si me hubieran soplado la información. Así que todavía habrá buenas concesiones y montones de oro, y...

—¿Pero volverás de todos modos, aunque no encuentres oro, verdad? —insistió Fleurette—. ¡Entonces ya pensaremos otra cosa!

—¡Encontraré oro! —afirmó Ruben—. No hay otra posibilidad. Pero tengo que marcharme. Ya he pasado demasiado tiempo aquí. Si tu abuelo me ve...

—Mi madre está vigilando. Quédate un poco más aquí, Ruben, voy a ensillar a *Minette*, apenas te tienes en pie. Lo mejor es que primero te busques un refugio y te cures. Podríamos...

—No, Fleurette. No más riesgos, nada de largas despedidas. Me las apañaré, no es tan malo como parece. Mira sólo de intentar de algún modo devolver el mulo a mi madre. —Ruben se levantó con dificultad e hizo, al menos, el gesto de ayudar a Fleurette a ensillar. Cuando ya estaba poniéndole las bridas al caballo, apareció Kiri por la puerta con dos alforjas llenas a rebosar en la mano. Sonrió a Fleurette.

—Toma, lo envía tu madre. Para el joven que en realidad no está ahí. —Kiri atravesó con la mirada, siguiendo instrucciones, a Ruben—. Algo de comida para el viaje para un par de días y ropa de abrigo del señor Lucas. Dice que lo necesitará.

Al principio Ruben quiso rechazarlo, pero la maorí no le hizo caso, dejó las alforjas y se volvió acto seguido para marcharse. Fleurette sujetó las alforjas a la silla y luego condujo a *Minette* al exterior.

—¡Cuida de él! —le susurró a la yegua—. ¡Y tráemelo de vuelta!

Ruben montó con esfuerzo en la silla, pero consiguió inclinarse sobre Fleurette y darle un beso de despedida.

—¿Cuánto me quieres? —preguntó él a media voz.

Ella sonrió.

—Hasta el cielo y un par de estrellas más allá. ¡Nos veremos pronto!

—¡Hasta pronto! —afirmó Ruben.

Fleurette lo siguió con la mirada hasta que desapareció tras la cortina de lluvia que ese día tapaba la vista de los Alpes. Le dolía el corazón ver a Ruben tan inclinado y encogido a causa del dolor a lomos del caballo.

La huida juntos habría fracasado. Ruben sólo podía avanzar sin estorbos.

Paul también lo vio alejarse a caballo. Había vuelto a hacer guardia en su ventana y pensaba en si tenía que ir a despertar a Gerald. Pero para cuando llegara hasta él, Ruben ya habría alcanzado las montañas; sin contar con que su madre debía de estar controlándolo. Todavía tenía presente el arrebato de ésta, la noche anterior. Había confirmado lo que Paul siempre había sabido: Gwyneira quería a su hermana mucho más que a él. No tenía nada que esperar de ella. Por parte de su abuelo, sin embargo, todavía tenía esperanzas. Su abuelo era previsible y si Paul aprendía a tratarlo como era debido, lo apoyaría. A partir de ese momento, Paul decidió que había dos facciones opuestas en la familia Warden: su madre con Fleur, y Paul con Gerald. ¡Sólo tenía que convencer a Gerald de lo útil que podía resultarle!

Gerald se enfureció al descubrir adónde había ido a parar la yegua *Minette*. A Gwyneira le costó esfuerzo refrenarlo para que no pegara a Fleurette.

—¡Al menos ese tipo se ha marchado! —se consoló él al final—. A Dunedin o a donde sea, poco me importa. Si aparece por aquí otra vez, le disparo como a un perro rabioso, que te quede claro, Fleurette. Pero entonces ya no estarás aquí. Te casaré con el primer hombre que resulte más o menos conveniente.

—Todavía es demasiado joven para casarse —intervino Gwyneira. En el fondo también ella daba gracias al cielo de que Ruben hubiera abandonado las llanuras de Canterbury. Fleur no le había contado hacia dónde se había marchado, pero ella ya se lo figuraba. Lo que en tiempos de Lucas habían sido la pesca de la ballena y la caza de focas, ahora se había convertido en fiebre del oro. Quien quisiera hacer fortuna deprisa y demostrar su hombría, partía hacia Otago. De todos modos valoraba las aptitudes de Ruben como minero con el mismo pesimismo que Fleurette.

—Era lo bastante mayor como para entregarse en el bosque a ese cabrón. También podrá compartir cama con un hombre honorable. ¿Cuántos años tiene? ¿Dieciséis? El año que viene diecisiete. Ya puede prometerse. Me acuerdo muy bien de una muchacha que a la edad de diecisiete años se vino a Nueva Zelanda...

Gerald se quedó mirando a Gwyneira, que empalideció y percibió una sensación rayana en el pánico. Cuando tenía diecisiete años, Gerald se había enamorado de ella y se la había traído a ultramar para su hijo. ¿Acaso el anciano empezaba a mirar también a Fleur con otros ojos? Gwyneira no se había preocupado demasiado hasta el momento de que la joven se pareciera mucho a ella. Si se prescindía de que Fleurette era todavía más grácil que su madre, su cabello algo más oscuro y el color de sus ojos distinto, podrían haber confundido a Fleur y la joven Gwyneira... ¿Habría conseguido Paul con su estúpido chivatazo que Gerald se diera cuenta de ello?

Fleurette sollozó e intentó replicar con valentía que ella nunca y bajo ninguna circunstancia se casaría con otro hombre que no fuera Ruben O'Keefe, pero Gwyneira se superpuso y la hizo callar haciéndole una indicación con la cabeza y un gesto de la mano. De nada servía pelearse. Además, encontrar a un hombre que fuera «más o menos conveniente» no sería fácil. Los Warden pertenecían a las familias más antiguas y respetadas de la isla Sur, sólo unos pocos eran de su alcurnia. Sus hijos se contaban con los dedos de las dos manos y ya estaban todos comprometidos, casados o eran demasiado pequeños para Fleurette. El hijo del joven Lord Barrington, por ejemplo, había acabado de cumplir diez años y el primogénito de George

Greenwood tenía cinco. Cuando la cólera de Gerald se hubiera disipado, él mismo caería en la cuenta. A Gwyn le parecía mucho más real el peligro que corría en su propia casa, pero tal vez se tratara de imaginaciones suyas. En todos esos años, Gerald sólo la había tocado una sola vez, completamente borracho y en un arrebato, y parecía arrepentirse de ello hasta el día de hoy. Así que no había razón para que el caballo se desbocara.

Gwyneira se forzó a mantener la calma y exhortó también a Fleurette para que se tranquilizara. Ese lamentable asunto estaría olvidado en pocas semanas.

Pero se equivocaba. Al principio no sucedió nada, pero ocho semanas después de la partida de Ruben, Gerald se encaminó a una reunión de ganaderos en Christchurch. El motivo oficial para ese «banquete con la borrachera subsiguiente» como lo llamaba Gwyneira era el constante aumento de robos de ganado en las llanuras de Canterbury. En los últimos meses habían desaparecido alrededor de mil ovejas sólo en la región y el nombre de McKenzie seguía en boca de todos.

—¡Sabe Dios dónde se meterá con los animales! —vociferaba Gerald—. ¡Pero seguro que anda detrás de esto! El tipo conoce las tierras altas como la palma de su mano. Tendremos que enviar todavía más patrullas, ¡formaremos una milicia como Dios manda!

Gwyneira se encogía de hombros y esperaba que nadie se percatara de lo fuerte que su corazón aún latía cuando pensaba en James McKenzie. En silencio se reía de los soldaditos de Gerald y de que tuviera que mandar a dos patrullas más a las montañas. Por el momento sólo estaban explotadas algunas partes de las tierras situadas a los pies de los Alpes; pero la región era enorme y debía de esconder grandes valles y pastizales. Vigilar las ovejas allí era por entero imposible, aunque los criadores de ganado enviaban, al menos formalmente, guardianes a la montaña. Éstos pasaban medio año en unas cabañas de madera rudimentarias y construidas en especial para ello, por lo general en número de dos para no estar del todo solos. Pasaban el tiempo jugando a cartas, cazando y pescando, por completo fuera del control de las personas que los habían empleado. Los más dignos de confianza vigilaban las ovejas, los otros se cuidaban tanto como nada de ellas. Un hombre y un buen perro podían llevarse cada día una docena de animales sin que nadie se percatara. Si era cierto que James había encontrado un lugar donde huir y, sobre todo, un sistema de venta del ganado robado, los barones de la lana nunca lo encontrarían, a no ser que fuera por azar.

No obstante, las acciones de McKenzie constituían tema de conversación y un buen motivo para convocar reuniones de ganaderos o expediciones en grupo a las montañas. También en esta ocasión se hablaría mucho y se lograría poco. Gwyneira estaba contenta de que nunca hubieran solicitado su intervención. Dirigía de facto la cría de ovejas de Kiward Station, pero el único que disfrutaba de consideración era Gerald. Suspiró cuando salió de la granja, llevando a remolque, sorprendentemente, a Paul. El joven y Gerald estaban más unidos desde el asunto de Ruben y Fleurette. Al parecer, Gerald había por fin comprendido que no bastaba con procrear un heredero. El futuro propietario de Kiward Station debía también ser instruido en las tareas de la granja e introducido en la comunidad de sus semejantes. Así que Paul cabalgaba orgulloso junto a Gerald hacia Christchurch y Fleurette podía por fin relajarse un poco. Gerald seguía dándole órdenes severas acerca de adónde ir y cuándo debía volver a casa. Paul vigilaba a Fleur y contaba a su abuelo cualquier mínima infracción de sus órdenes. Después de las primeras sartas de insultos, Fleurette lo soportaba con serenidad, pero era un fastidio. Aun así la muchacha disfrutaba mucho con su nuevo caballo. Gwyneira le había confiado la doma de la última hija de *Igraine*, *Niniane*. El potro de cuatro años semejaba en temperamento y aspecto a su madre, y cuando Gwyn vio a su hija volar a lomos de *Niniane* por los prados, la sobrecogió de nuevo la desagradable sensación que había experimentado poco tiempo atrás en el salón: también a Gerald debería parecerle tener ante los ojos a la joven Gwyneira. Tan hermosa, tan indómita y tan totalmente fuera de su alcance como sólo una muchacha podía estarlo.

El modo en que él reaccionaba aumentaba sus temores: se

mostraba de peor humor que de costumbre, albergaba una ira inexplicable hacia cualquiera que lo tratara y consumía todavía más whisky. Únicamente Paul parecía sosegarlo esas noches.

A Gwyn se le hubiera helado la sangre en las venas si hubiese sabido lo que ambos decían en la sala de caballeros.

Todo empezaba con Gerald animando a Paul a que le contara cosas de la escuela y de sus aventuras en el monte y terminaba con el joven hablando de Fleur, a quien el muchacho no describía, por supuesto, como la presa encantadora e ingenua que antaño Gwyn había sido, sino como alguien perverso, traicionero y malvado. Gerald soportaba así mejor sus fantasías prohibidas en torno a su nieta, dado que éstas giraban en torno a una bestezuela; pero, obviamente, era consciente de que tenía que librarse de la muchacha lo antes posible.

En Christchurch se presentó una oportunidad para ello. Cuando Gerald y Paul regresaban de la reunión de ganaderos, los acompañaba Reginald Beasley.

Gwyneira saludó al viejo amigo de su familia con gentileza y le expresó sus condolencias de nuevo por la muerte de su esposa. La señora Beasley había fallecido de forma repentina a finales del pasado año: un ataque de apoplejía en su jardín de rosas. Gwyneira encontraba que la anciana dama no habría podido morir de forma más hermosa, lo que no impedía, claro está, que el señor Beasley la echara dolorosamente en falta. Gwyn pidió a Moana que preparase una comida especialmente sabrosa y eligió un vino de primera categoría. Beasley era famoso por su buen paladar y sus conocimientos sobre el vino, y su cara redonda y rubicunda destelló cuando Witi descorchó la botella en la mesa.

—Yo también acabo de recibir un envío de un vino de primera calidad de Ciudad del Cabo —contó, dirigiéndose, a ojos vistas, a Fleurette en especial—. Muy ligero, a las damas les encantará. ¿Qué prefiere usted, Miss Fleur? ¿Vino blanco o tinto?

Fleurette no había reparado en este asunto. Pocas veces consumía vino y, cuando lo hacía, bebía el que se servía en la mesa.

Pero Helen le había enseñado, claro está, a comportarse como una dama.

—Depende del tipo, señor Beasley —contestó educada—. Los tintos suelen ser muy pesados, y los blancos resultan en general ácidos. Me contentaría con cederle a usted la elección de la bebida adecuada.

El señor Beasley pareció quedar sumamente complacido con tal respuesta y a continuación procedió a contar con todo detalle por qué en el transcurso del tiempo había empezado a preferir los vinos sudafricanos a los franceses.

—Ciudad del Cabo también está mucho más cerca —dijo Gwyneira al final para concluir con el tema—. Y el vino es también más barato allí.

Fleur rio para sus adentros. También a ella era ésta la primera idea que se le había ocurrido; pero Miss Helen le había enseñado que bajo ninguna circunstancia hablaba una dama con un caballero acerca del dinero. Su madre, desde luego, no era de la misma escuela.

Beasley se extendió en explicaciones acerca de que la economía no desempeñaba en realidad ninguna función a ese respecto y desvió la conversación hacia otras inversiones en el fondo más elevadas que había realizado en los últimos tiempos. Había importado más ovejas, aumentado la cría de bueyes y demás.

Fleurette se preguntaba por qué el pequeño barón de la lana no dejaba de mirarla entretanto como si ella albergara algún interés personal por sus rebaños de Cheviot. Sólo se despertó su curiosidad cuando la conversación viró en torno a la cría de caballos. Beasley seguía criando purasangres.

—Por supuesto que podríamos cruzarlos con uno de sus caballos de trabajo si para usted un purasangre resultara demasiado fuerte —explicó solícito a Fleurette—. Sería un comienzo interesante...

Fleurette frunció el ceño. No podía imaginarse un purasangre más dócil que *Niniane*, aunque fuera, claro está, más rápido. Pero, por todos los cielos, ¿por qué iba ella a tener algún interés por los purasangres? Según la opinión de su madre eran demasiado sensibles para las largas y duras cabalgadas por el monte.

—Se hace en Inglaterra con frecuencia —interrumpió Gwyneira que, entretanto, estaba igual de sorprendida que Fleurette por el comportamiento de Beasley. ¡Era ella la criadora de caballos de la familia! ¿Por qué entonces Beasley no se dirigía a ella cuando se hablaba de cruces de razas?—. En parte se convierten en buenos cazadores. Pero también suelen adquirir la cabezonería y resistencia de los caballos como los suyos, unidas al carácter explosivo y asustadizo de los purasangres. En realidad, no es lo que yo desearía para mi hija.

Beasley sonrió transigente.

—Oh, era sólo una sugerencia. Miss Fleurette gozará, por supuesto, de total libertad en lo que a su caballo se refiere. Podríamos organizar de nuevo una cacería. En los últimos tiempos he descuidado este asunto, pero... ¿Le gustaría participar en una cacería, Miss Fleur?

Fleurette asintió.

—Claro, ¿por qué no? —contestó con moderado interés.

—Si bien siempre faltarán los zorros —señaló Gwyn sonriendo—. ¿Ha pensado alguna vez en importarlos?

—¡Por todos los cielos! —intervino exaltado Gerald, con lo cual la conversación dio un giro en torno a la escasa fauna neozelandesa.

También Fleurette pudo aportar algo al respecto, con lo que al final la comida transcurrió en animada conversación. Fleur se disculpó pronto para retirarse a sus habitaciones. Pasaba últimamente las tardes escribiendo largas cartas a Ruben y viajaba esperanzada a Haldon, aunque el encargado de correos se mostraba poco optimista: «Ruben O'Keefe, Minas de oro, Queenstown» no le parecía ser una dirección de fiar. Las cartas, de todos modos, no eran devueltas.

Gwyneira se ocupó al principio de la cocina, pero luego decidió reunirse un rato con los caballeros. Se sirvió una copa de oporto en el salón y se deslizó con ella a la habitación contigua en la que los caballeros solían, tras la comida, fumar, beber y, a veces, jugar a las cartas.

—Tenía usted razón, ¡es encantadora!

Gwyneira se detuvo interesada frente a la puerta entreabierta cuando oyó la voz de Beasley.

—Al principio era un poco escéptico: una chica tan joven, casi una niña. Pero ahora que la he visto: es muy madura para su edad. ¡Y tan bien educada! ¡Una auténtica pequeña dama!

Gerald asintió.

—Ya se lo había dicho. Está totalmente madura para el matrimonio. Entre nosotros le diré que debemos andarnos con cuidado. Usted mismo ya sabe lo que pasa con tantos hombres circulando por las granjas. Algunas gatas pierden la razón cuando están en celo.

Beasley soltó unas risitas.

—Pero si es... No confunda mis palabras, me refiero a que no estoy obsesionado con ello, yo me habría interesado sino por una..., bueno, quizá por una viuda, más bien de mi edad. Pero si ya en esa edad tiene relaciones...

—¡Reginald, se lo suplico! —lo interrumpió con vehemencia Gerald—. La virtud de Fleur está fuera de cualquier duda. Y es sólo para que así se conserve que pienso en un matrimonio temprano. La manzana está madura, si entiende a qué me estoy refiriendo.

Beasley volvió a reírse.

—¡Una imagen ciertamente paradisíaca! ¿Y qué dice la muchacha al respecto? ¿Será usted quien le comunique mi proposición o debo... declararme yo mismo?

Gwyneira apenas si podía dar crédito a lo que estaba escuchando. ¿Fleurette y Reginald Beasley? El hombre debía de haber superado los cincuenta o era más bien sexagenario. ¡Tan viejo como para ser su abuelo!

—Déjelo en mis manos, ya me encargo yo. Le caerá un poco por sorpresa. Pero estará de acuerdo, no se preocupe. A fin de cuentas es una *lady*, como usted mismo ha dicho. —Gerald volvió a levantar la botella de whisky—. ¡Por la unión de nuestras familias! —rio—. ¡Por Fleur!

—¡No, no y otra vez no!

La voz de Fleurette resonó desde la sala de caballeros, donde Gerald la había convocado para hablar, a través de todo el salón hasta el despacho de Gwyneira. Su tono no era el propio de una damisela, tanto más cuanto la joven Fleurette le estaba haciendo a su abuelo la escena de su vida. Gwyneira había preferido no intervenir de inmediato en ese episodio. Gerald tenía que enfrentarse solo a Fleur y luego ella podría mediar. Al final, Beasley sería rechazado sin herir sus sentimientos. A pesar de que un pequeño desaire no le haría daño a ese hombre maduro. ¿Cómo podía pensar en una novia de dieciséis años? De todos modos, Gwyneira se había cerciorado de que Gerald no estuviera demasiado borracho cuando llamó a Fleur, y había advertido previamente a su hija.

—Recuérdalo, Fleur, no puede forzarte. Puede que lo hayan comentado por ahí y que se produzca un pequeño escándalo. Pero te aseguro que Christchurch ya ha superado otros asuntos. Limítate a permanecer tranquila y deja claro tu punto de vista.

No obstante, Fleurette no permaneció tranquila.

—¿Tengo que conformarme? —le replicó a Gerald también—. ¡Ni pensarlo! Antes de casarme con ese viejo me tiro al agua. ¡En serio, abuelo, me tiro al lago!

Gwyneira no pudo evitar una sonrisa. ¿De dónde había sacado Fleur esa vena dramática? Seguramente de los libros de Helen. De hecho, un remojón en las charcas de Kiward Station no le sentaría mal. En primer lugar, no había corrientes, y en segundo lugar, Fleur sabía nadar estupendamente gracias a los amigos maoríes de ella y Ruben.

—¡O me meto en un convento! —proseguía Fleurette. No había ninguno en Nueva Zelanda, pero le pareció adecuado para la situación. Gwyneira conseguía tomárselo por el lado cómico. Pero luego oyó la voz de Gerald y volvió a alarmarse. Arrastraba algo las palabras..., el anciano había bebido, con toda certeza, más de lo que Gwyneira creía. ¿Mientras ella había preparado a Fleur? ¿O justo ahora mientras Fleur lanzaba sus pueriles amenazas?

—¡Tú no quieres meterte en un convento, Fleurette! Es el último lugar al que te marcharías. Ahora que le has encontrado el gusto a revolcarte por la paja con el guarro de tu amiguito. Pero espera, pequeña, otros han acabado domados. Necesitas un hombre, Fleur, tú...

Fleurette pareció sentir también ahora la amenaza.

—Mi madre tampoco permite que me case ahora... —dijo en voz mucho más baja. Pero esto todavía encolerizó más a Gerald.

—¡Tu madre hará lo que yo quiera! A partir de ahora las cosas van a cambiar. —Gerald empujó dentro a la muchacha, que acababa de abrir la puerta en ese momento para huir de él—. ¡Todos vais a hacer de una vez por todas lo que yo diga!

Gwyneira, que entretanto se había acercado llena de miedo a la sala de caballeros, se precipitó al interior. Todavía vio cómo Fleurette era arrojada a un sillón y permanecía allí sentada sollozante y amedrentada. Gerald hizo el gesto de abalanzarse sobre ella, con lo que la botella de whisky se rompió. No fue una pérdida, la botella estaba vacía. A Gwyneira le cruzó por la mente que poco antes estaba llena en sus tres cuartas partes.

—Es respondona la yegüita, ¿eh? —siseó Gerald a su nieta—. ¿Todavía sin domar? Bueno, esto lo arreglaremos ahora. Vas a aprender a obedecer a tu jinete...

Gwyneira lo apartó con violencia del lado de su hija. La rabia y el miedo por Fleur hizo crecer en ella una fuerza enorme. Reconoció con exactitud ese brillo en los ojos de Gerald que la perseguía en sus peores pesadillas desde la concepción de Paul.

—¡Cómo te atreves a tocarla! —le dijo—. ¡Déjala inmediatamente en paz!

Gerald temblaba.

—¡Apártala de mi vista! —farfulló entre dientes—. Está bajo arresto domiciliario. Hasta que haya pensado el asunto con Beasley. ¡Está prometida a él! ¡No voy a romper mi palabra!

Reginald Beasley había esperado arriba en sus habitaciones, pero era evidente que la escena no le había pasado del todo inadvertida. Penosamente conmovido salió a la puerta y se topó con Gwyneira y su hija en la escalera.

—Miss Gwyn..., Miss Fleur..., les pido por favor que me disculpen.

Beasley estaba sobrio ese día y una mirada al joven y alterado rostro de la muchacha y a los ojos brillantes de ira de su madre le dijeron que no tenía posibilidades de salir airoso.

—Yo... yo no podía sospechar que iba a significar para usted tal... hum, tal exigencia aceptar mi proposición. Mire usted, ya no soy joven, pero tampoco tan viejo... Yo le rendiría todos los honores.

Gwyneira le miró furiosa.

—Señor Beasley, mi hija no quiere que le rindan honores, sino crecer primero. Y entonces es probable que elija a un hombre de su edad; al menos un hombre que se le declare él mismo y no que le envíe como anticipo a otro viejo chivo para que la obligue a meterse en su cama. ¿Me he explicado con claridad?

En realidad querría haber conservado los modales, pero la visión del rostro de Gerald sobre Fleurette la había asustado profundamente. Debía librarse antes de nada de ese viejo verde. Pero eso no iba a ser difícil. Y luego tenía que ocurrírsele alguna cosa respecto al asunto con Gerald. Ni ella misma se había dado cuenta de sobre qué volcán estaba sentada. ¡Pero tenía que proteger a Fleurette!

—Miss Gwyn, yo..., lo dicho, Miss Fleur, lo siento. Y en estas circunstancias estaré desde luego dispuesto..., hum, a renunciar al compromiso.

—¡Yo no estoy comprometida con usted! —respondió Fleur con voz temblorosa—. No puedo en absoluto, yo....

Gwyneira siguió tirando de su hija.

—Esta decisión me alegra y le honra —comunicó a Reginald Beasley con una sonrisa forzada—. Tal vez podría informar también de ello a mi suegro para acabar con este lamentable asunto. Siempre le he tenido en gran consideración y no sería de mi agrado perderlo como amigo de la casa.

Con un porte majestuoso, pasó por el lado de Beasley. Fleurette quiso detenerse. Parecía querer añadir algo más, pero Gwyneira no le permitió que se quedara parada.

—No le cuentes nada de Ruben, si no también se sentirá herido en su honor —le susurró a su hija—. Quédate ahora en tu habitación, y lo mejor es que permanezcas ahí hasta que se haya ido. Y, por todos los cielos, no salgas mientras tu abuelo esté borracho.

Gwyneira cerró temblorosa la puerta tras su hija. Habían logrado parar el golpe. Esa noche, Gerald y Beasley beberían juntos, no habría que temer más arrebatos. Y al día siguiente se avergonzaría profundamente de su acceso. ¿Pero qué pasaría luego? ¿Cuánto tiempo servirían para mantenerlo alejado de su nieta los reproches que el mismo Gerald se hacía? ¿Y bastaría la seguridad de la puerta de la habitación para detenerlo cuando estuviera demasiado borracho y posiblemente se le metiera en la cabeza que tenía que «domar» a la chica para su futuro esposo?

Gwyn ya había tomado una decisión. Debía sacar de allí a su hija.

4

Poner en práctica esa decisión resultó difícil, sin embargo. O bien no se encontraba un pretexto para alejar a la joven o no se daba con la familia adecuada para que la acogiera. Gwyn había pensado en una familia con niños: en Christchurch seguían faltando institutrices y una hija de buena familia tan guapa y cultivada como Fleur sería bien recibida en cualquier hogar. De hecho, sólo se podía tomar en consideración a los Barrington y los Greenwood, y Antonia Barrington, una joven poco agraciada, enseguida rechazó tal oferta cuando Gwyn se la presentó cautelosamente. Gwyn no podía reprochárselo. Ya las primeras miradas que el joven *lord* arrojó a la hermosa Fleurette la convencieron de que en esa casa su hija iría de mal en peor.

Elizabeth Greenwood, por otra parte, habría acogido con agrado a Fleur. El amor que George Greenwood sentía por ella y su fidelidad estaban fuera de cualquier duda. Para Fleur era también un «tío» estimado y en su casa, por añadidura, habría aprendido más sobre contabilidad y administración de empresas. Sin embargo, los Greenwood estaban a punto de marcharse a Inglaterra. Los padres de George querían conocer de una vez a sus nietos y Elizabeth apenas si podía contener su impaciencia.

—Sólo espero que su madre no me reconozca —dijo a Gwyneira, confiándole sus temores—. Se cree que procedo de Suecia. Si ahora comprueba que...

Gwyneira sacudió riendo la cabeza. Era totalmente imposible reconocer en la joven, bella y de buena presencia de hoy, cuyas maneras impecables la habían convertido en uno de los puntales de la sociedad de Christchurch, aquella huérfana medio muerta de hambre y tímida que casi veinte años atrás había dejado Londres.

—Te querrá —aseguró Gwyneira a la joven—. Y no hagas ninguna tontería ni intentes hablar con acento sueco o algo así. Les dices que has crecido en Christchurch, y es cierto. Así que hablas inglés y se acabó.

—Pero se darán cuenta de que hablo *cockney* —replicó preocupada Elizabeth.

Gwyn se echó a reír.

—Elizabeth, comparados contigo, todos hablamos un inglés horrible, exceptuando, naturalmente, a Helen, de quien tú has aprendido. Así que no te inquietes.

Elizabeth asintió insegura.

—Bueno, de todos modos George dice que no tendré que hablar demasiado. Su madre es la que lleva la voz cantante.

Gwyneira volvió a reír. Los encuentros con Elizabeth siempre resultaban refrescantes. Era mucho más inteligente que la obediente y algo aburrida Dorothy de Haldon y la bonita Rosemary, que entretanto se había prometido con el socio de la panadería de su padre adoptivo. De nuevo volvió a preguntarse qué habría sucedido con las otras tres niñas que zarparon con ellos en el *Dublin*. Helen había recibido por fin respuesta de Westport. Una Mistress Jolanda respondió disgustada que Daphne, junto con las mellizas (y los ingresos de todo un fin de semana), habían desaparecido sin dejar rastro. La dama había tenido la desfachatez de reclamar el dinero a Helen. Ésta no contestó la carta.

Al final, Gwyn se despidió cariñosamente de Elizabeth, no sin antes entregarle la lista de compras que toda mujer de Nueva Zelanda ponía en las manos de una amiga que viajaba a la madre patria. Claro que a través de la compañía de George podía pedirse prácticamente todo lo que había de adquirible en Londres, pero siempre había un par de deseos íntimos que no se confiaban de buena gana a esa lista de encargos. Elizabeth prometió vaciar las tiendas londinenses siguiendo las órdenes de Gwyn y ésta se marchó en perfecta armonía; pero sin haber hallado una solución para Fleurette.

De todos modos, en el transcurso de los siguientes meses, la situación en Kiward Station también se relajó. Después de haber agredido a Fleur, Gerald estaba más sobrio. Evitaba a su nieta y Gwyneira se ocupaba de que Fleurette hiciera lo mismo con él. En cuanto a Paul, el anciano puso mayor empeño en que se familiarizase con las tareas de la granja. Ambos desaparecían con frecuencia de buena mañana en algún lugar de los pastizales y no volvían a presentarse de vuelta hasta el anochecer. Tras ello, Gerald bebía su whisky de la tarde, pero nunca alcanzaba el nivel de embriaguez de sus anteriores borracheras, que duraban un día entero. La relación con su abuelo también le sentó bien a Paul, mientras que Kiri y Marama más bien manifestaban preocupación. Gwyneira oyó una conversación entre su hijo y la muchacha maorí que la inquietó bastante.

—Wiramo no es un mal tipo, Paul. Es diligente, un buen cazador y un buen pastor. Despedirlo es una injusticia.

Marama limpiaba la plata en el jardín. A diferencia de su madre, lo hacía con agrado, le gustaba que el metal reluciera. A veces cantaba mientras lo hacía, pero a Gerald no le gustaba oírla porque no soportaba la música de los maoríes. A Gwyn le sucedía en cierto modo lo mismo, pero porque ella recordaba los tambores de aquella nefasta noche. Aun así, las baladas de Marama, interpretadas con dulce voz, sin embargo, la complacían y, sorprendentemente, también Paul parecía escucharlas con agrado. Pero ese día tenía que jactarse ante su amiga contándole la excursión que había hecho con su abuelo el día antes. Los dos habían estado controlando los carneros mientras iban camino a la montaña. Ahí se encontraron al joven maorí Wiramu. Éste llevaba a su tribu de Kiward Station el botín de una pesca sumamente exitosa. No había razón en sí para castigarlo, pero el joven pertenecía a una de las patrullas de guardianes de ganado que Gerald había nombrado hacía poco para poner fin a las acciones de James McKenzie. Por eso, Wiramu tendría que haber estado en la montaña, y no en el pueblo con su madre. Gerald había sido presa de una ataque de rabia y había echado una reprimenda al chico. A continuación pidió a Paul que decidiera el castigo que había que darle al maorí. Paul decidió despedir a Wiramu sin sueldo.

—¡El abuelo no le paga para que esté pescando! —explicó Paul con arrogancia—. ¡Tiene que quedarse en su sitio!

Marama sacudió la cabeza.

—Pero yo pienso que, de todos modos, las patrullas no están quietas. En realidad da igual dónde esté Wiramu. Y todos los hombres pescan. Tienen que pescar y cazar. ¿O les dais vosotros provisiones?

—¡Esto es igual! —respondió Paul con presunción—. McKenzie no roba las ovejas al lado de la casa, sino en la montaña. Ahí es donde los hombres deben patrullar. Pueden pescar y cazar para satisfacer sus propias necesidades. Pero no para cubrir las de todo el pueblo. —El joven estaba firmemente convencido de que tenía la razón.

—¡Es que no lo hacen! —Marama insistió. Intentaba con todas sus fuerzas que Paul comprendiera el punto de vista de su gente. No entendía por qué resultaba tan difícil. Paul había crecido prácticamente con los maoríes. ¿Era posible que no hubiera aprendido nada con ellos salvo las técnicas de caza y pesca?—. Pero acaban de descubrir el río y la tierra de esa zona. Nadie había pescado antes allí, las nasas estaban llenas. No podían comérselo todo ni dejar secar el pescado, a fin de cuentas tienen que patrullar. Si nadie hubiera ido al pueblo, el pescado se habría podrido. ¡Y Paul, tú ya sabes que eso es una vergüenza! ¡No hay que dejar que la comida se eche a perder, los dioses no lo permiten!

Wiramu había sido elegido por el grupo, formado en su mayoría por maoríes, para que llevara la captura al poblado e informara a los más ancianos acerca de la abundante pesca que había en las aguas recién descubiertas. También la tierra de la región debía de ser fértil y rica en animales de caza. Era muy posible que la tribu pronto se pusiera en marcha y pasara un tiempo allí pescando y cazando. Eso habría sido una forma de actuar ventajosa para Kiward Station. Nadie robaría ganado en ese entorno si los maoríes estaban allí vigilando. Pero ni Gerald ni su nieto habían podido, o no habían querido, ir hasta tan lejos con sus pensamientos. En lugar de eso habían enojado a los maoríes. Con toda seguridad, la gente de Wiramu que estaba en las montañas pasaría por alto los robos de ganado y la tarea de la patrulla, en el futuro, sería menos efectiva.

—El padre de Tonga dice que reclamará la nueva tierra para sí y su tribu —explicó Marama además—. Wiramu lo empujará a ello. Si el señor Gerald hubiera sido amable con él, os la habría enseñado y vosotros habríais podido apearla.

—¡Ya nos arreglaremos! —contestó Paul dando muestras de superioridad—. Nosotros no necesitamos ser amables con un bastardo cualquiera.

Marama sacudió la cabeza; desistió, sin embargo, de informar al joven de que Wiramu no tenía nada de bastardo, sino que era el respetado sobrino del jefe de la tribu.

—Tonga dice que los kai tahu se inscribirán como propietarios de las tierras en Christchurch —prosiguió ella—. Puede leer y escribir tan bien como tú, y Reti les ayudará también. Ha sido una tontería despedir a Wiramu, Paul. ¡Una gran tontería!

Paul se levantó iracundo y tiró el cajón con los cubiertos de plata que Marama acababa de limpiar. No cabía duda de que lo había hecho con mala intención, pues siempre solía moverse con más agilidad.

—Eres una chica y sólo eres una maorí. ¿Cómo vas a saber tú lo que es tonto?

Marama rio y recogió con toda tranquilidad los cubiertos de plata. No era fácil hacerla enfadar.

—¡Ya verás quién se queda al final con las tierras! —contestó sin inmutarse.

Esa conversación reafirmó los temores de Gwyneira. Paul se

granjeaba innecesariamente enemigos. Confundía la fuerza con la dureza, lo que tal vez fuera normal a su edad. Pero Gerald habría tenido que reprenderlo en lugar de barrer para su propia casa. ¿Cómo podía permitir que un chico de doce años decidiera si había que despedir o no a un trabajador?

•

Fleurette volvió a su vida cotidiana e incluso fue a visitar a Helen en O'Keefe Station, claro que sólo cuando Gerald y Paul estaban de viaje y no era previsible que Howard apareciera de repente. Gwyn lo encontraba imprudente y prefería que las mujeres se reuniesen en Haldon. Ya había devuelto el mulo *Nepumuk* a Helen.

Fleurette seguía escribiendo largas cartas a Queenstown, pero sin obtener respuesta. A Helen le sucedía lo mismo: también ella estaba muy preocupada por su hijo.

—Si al menos hubiera ido a Dunedin... —suspiraba. En Haldon se había abierto recientemente una tetería en la que también podían entrar mujeres respetables, encontrar un sitio donde sentarse e intercambiar novedades—. Podría haber ocupado un puesto como mozo de los recados en un despacho. Pero ir a buscar oro...

Gwyn se encogió de hombros.

—Quiere hacerse rico. Y tal vez tenga suerte, los yacimientos de oro parecen ser realmente enormes.

Helen puso los ojos en blanco.

—Gwyn, amo a mi hijo por encima de todas las cosas. Pero el oro debería crecer de los árboles y caérsele en la cabeza para que lo encontrara. Es como mi padre, Gwyn, y él sólo era feliz cuando se encerraba en su estudio y estaba inmerso en los textos bíblicos. En el caso de Ruben son los códigos legales. Creo que sería un buen abogado o un buen juez, posiblemente un buen comerciante también. George Greenwood dijo que se desenvolvía bien con la clientela: es un hombre complaciente. Pero desviar arroyos para lavar oro o cavar galerías o lo que haya que hacer, no es lo suyo.

—¡Lo hará por mí! —intervino Fleur con una expresión iluminada en el rostro—. Por mí lo hace todo. ¡Al menos lo intentará!

Por el momento, en Haldon se hablaba menos de los hallazgos de oro de Ruben O'Keefe que de los cada vez más audaces robos de ganado de James McKenzie. Un criador de ovejas de nombre John Sideblossom, era la última mayor víctima de los asaltos de McKenzie.

Sideblossom vivía en el extremo occidental del lago Pukaki, ya en lo alto de las montañas. Visitaba pocas veces Haldon y prácticamente nunca Christchurch, pero era propietario de unos terrenos enormes en las estribaciones de los Alpes. Vendía los animales en Dunedin, por lo que no se contaba entre la clientela de George Greenwood.

Sin embargo, Gerald parecía conocerlo. De hecho se alegró como un niño cuando un día recibió la noticia de que Sideblossom quería reunirse en Haldon con ganaderos de su mismo parecer para plantear formar una nueva expedición de castigo a las montañas contra James McKenzie.

—¡Está totalmente convencido de que ese McKenzie se ha establecido en su región! —explicó Gerald mientras se tomaba el obligado whisky previo a las comidas—. En algún lugar por encima de los lagos, y que debe de estar explotando nuevas tierras. John apuesta a que desaparece por un pasaje que nosotros no conocemos. Y saca provecho de extensas superficies. Debemos reunir a nuestros hombres y acabar con ese sujeto de una vez por todas.

—¿Sabe Sideblossom de qué está hablando? —preguntó Gwyneira impasible.

En los últimos años, casi todos los barones de la lana habían proyectado batidas junto al fuego de su chimenea. La mayoría, no obstante, jamás llegaba a realizarse porque nunca había gente suficiente para peinar las tierras de sus vecinos. Se precisaba de una figura carismática como Reginald Beasley para reunir a los aislados criadores de ovejas.

—¡Yo mismo te lo puedo asegurar! —vociferó Gerald—. Johnny Sideblossom es el perro más salvaje que puedas haberte encontrado. Lo conozco de la pesca de ballenas, era un novato total, de la misma edad que Paul ahora... —El chico aguzó el oído—. Se enroló como grumete con su padre. Pero el viejo bebía como una cuba y un día, mientras se lanzaban los arpones y la ballena iba dando coletazos alrededor como una loca, el animal lo tiró del barco, dicho con más precisión, volcó el bote y todos cayeron al agua. Sólo el niño se quedó hasta el último segundo y disparó los arpones antes de que la barcucha zozobrara. ¡Johnny Sideblossom acabó con la ballena! ¡Con diez años! A su padre lo pilló, pero a partir de entonces perdió el miedo. Se convirtió en el arponero más temido de la costa Oeste. Pero en cuanto oyó que había oro en Westport, ahí estaba él. Al final compró tierras arriba, junto al lago Pukaki. Y ganado de la mejor calidad, aparte del mío. Si no me equivoco, ese bribón de McKenzie le condujo uno de mis rebaños a la montaña. Pronto hará veinte años de eso.

Diecisiete, pensó Gwyneira. Se acordaba de que James se había encargado de esa misión sobre todo para no cruzarse en su camino. ¿Habría ya entonces explorado nuevas rutas durante el recorrido y encontrado la tierra de sus sueños?

—Le informaré por carta de que nos reuniremos aquí. ¡Sí, es una buena idea! Invitaré a un par de personas más y haremos que de una vez por todas las cosas se hagan bien. Cogeremos a ese tipo, no hay que preocuparse. Todo lo que Johnny empieza acaba bien. —Gerald habría preferido coger la pluma y el tintero en ese mismo instante, pero Kiri apareció con la comida. No obstante, al día siguiente puso manos a la obra y Gwyn suspiró ante la idea del festín y la borrachera que precedería a la gran expedición de castigo. A pesar de eso, Johnny Sideblossom la había intrigado. Si eran ciertas sólo la mitad de las historias que Gerald había contado durante la comida en torno a la mesa, Sideblossom debía de ser un diablo, y posiblemente un peligroso rival para James McKenzie.

Casi todos los ganaderos de la región aceptaron la invitación de Gerald y, en esta ocasión, parecía realmente no interesarles la fiesta. No cabía duda de que James McKenzie había ido demasiado lejos. Y John Sideblossom parecía tener, en efecto, las aptitudes para ponerse a la cabeza de los hombres. Gwyneira lo encontró totalmente imponente. Cabalgaba a lomos de un semental negro y fuerte, con una bella estampa, pero también bien domado y de fácil manejo. Era probable que supervisara sus pastizales con ese caballo y vigilara la conducción del ganado. Además era alto, les pasaba casi una cabeza incluso a los barones de la lana más corpulentos. Su cuerpo era macizo y musculoso, el rostro quemado por el sol y de rasgos hermosos, el cabello oscuro, abundante y ondulado. Lo llevaba medio largo, lo que resaltaba su rudeza. Al mismo tiempo era de carácter chispeante y seductor. Enseguida tomó el mando de la conversación, palmeó en el hombro a los viejos amigos, soltó unas fuertes carcajadas con Gerald y parecía capaz de consumir whisky como si de agua se tratara sin que nadie se diera cuenta.

Con Gwyneira y las pocas otras mujeres que habían acompañado a sus esposos al encuentro fue de una cortesía exquisita. No obstante, a Gwyn no le gustó sin que pudiera acertar el porqué. Ya a primera vista, sintió cierto rechazo. ¿Era porque tenía los labios finos y duros y su sonrisa no se le reflejaba en los ojos? ¿O eran esos ojos en sí, tan oscuros que casi parecían negros, fríos como la noche y calculadores? Gwyneira notó que su mirada claramente se posaba en ella y que la repasaba de arriba abajo, evitando el rostro, observando la figura, todavía delgada, y las formas femeninas. En su juventud se habría ruborizado, pero en la actualidad le devolvió una mirada llena de aplomo. Ella era allí la dueña de la casa, y él un invitado, y ella no estaba interesada en ningún tipo de contacto que pudiera surgir del encuentro. Habría preferido mantener alejada a Fleurette del viejo amigo y compañero de borracheras de Gerald, pero, naturalmente, era imposible, pues se esperaba que la muchacha participara del banquete nocturno. Aun así, Gwyn rechazó la idea de advertir a su hija: Fleur haría todo lo que estuviera en su mano por parecer poco atractiva y probablemente volvería a despertar la cólera de Gerald.

Así que Gwyn observó recelosa a su singular huésped cuando Fleur apareció escaleras abajo, tan resplandeciente y bellamente engalanada como Gwyneira la primera noche en Kiward Station. La joven llevaba un sencillo vestido de color crema que realzaba el ligero bronceado de su tez, por lo demás clara. En las mangas, el escote y la cintura estaba adornado con unas aplicaciones doradas y marrones que conjugaban con ese color bastante singular, avellana casi dorado, de sus ojos. No se había recogido el cabello, sino que se había trenzado unos finos mechones a ambos lados de la cabeza y los había unido por detrás. Era un peinado bonito, pero sobre todo práctico porque le despejaba el rostro. Fleurette se peinaba ella misma; a ese respecto, siempre había rechazado la ayuda de la doncella.

La dulce figura de Fleur y su cabello suelto le daban un carácter élfico. Por mucho que su aspecto y temperamento semejaran a los de su madre, Fleurette irradiaba algo distinto por completo. La muchacha era más cariñosa y dócil que la joven Gwyn y de los ojos de color castaño dorado surgía antes una sonrisa que un destello provocador.

Los hombres reunidos en el salón se quedaron arrobados ante su aparición, y mientras que la mayoría parecía encantada, Gwyneira reconoció en la mirada de John Sideblossom una expresión de deseo. A su entender, el hombre retuvo la mano de Fleurette un momento demasiado largo al saludarla cortésmente.

—¿Existe también una señora Sideblossom? —preguntó Gwyn cuando los invitados y el anfitrión se hubieron por fin sentado a comer. Gwyneira se había situado como compañera de mesa junto a John Sideblossom, pero el hombre le hacía tan poco caso que casi rayaba en la mala educación. En lugar de eso, sólo tenía ojos para Fleur, quien mantenía una aburrida conversación con el anciano Lord Barrington. El *lord* había cedido sus negocios en Christchurch a su hijo y se había retirado a descansar en una granja de las llanuras de Canterbury donde criaba con mucho éxito caballos y ovejas.

John Sideblossom miró a Gwyn como si se percatara por vez primera de su presencia.

—No, ya no existe ninguna señora Sideblossom —respondió a la pregunta de Gwyn—. Mi esposa murió hace tres años cuando nació mi hijo.

—Lo siento —dijo Gwyn, y nunca había expresado una fórmula de cortesía con tanta franqueza—. Y también por el niño, ¿he entendido bien que el niño sobrevivió?

El granjero asintió.

—Sí, mi hijo crece prácticamente con los empleados domésticos maoríes. No es una solución del todo acertada, pero mientras sea pequeño bastará. A la larga tendré que buscarme algo distinto. Pero no es fácil encontrar a la mujer adecuada... —Al tiempo que hablaba seguía contemplando a Fleur, sacando con ello de sus casillas a Gwyn. Ese individuo hablaba de una mujer como si se tratara de un pantalón de montar—. ¿Está su hija prometida a alguna persona? —preguntó completamente en serio—. Parece ser una muchacha muy bien educada.

Gwyn estaba tan perpleja que no sabía qué responder. Sea como fuere, ese hombre no se andaba con rodeos.

—Fleurette todavía es muy joven... —respondió al final, eludiendo el tema.

Sideblossom se encogió de hombros.

—Esto no dice nada en su contra. Siempre he sido de la opinión de que nunca es demasiado pronto para casar a esas pollitas, en caso contrario empiezan a ocurrírseles tonterías. Y mientras son jóvenes dan a luz con mayor facilidad. Me lo dijo la comadrona cuando murió Marylee. Ella ya había cumplido veinticinco años.

Dicho esto apartó la vista de Gwyneira. Algo de lo que estaba diciendo Gerald debía de haber atraído su atención y pocos minutos después estaba inmerso en una animada charla con algunos de los otros ganaderos.

Gwyneira conservó la calma, pero en su interior ardía de cólera. Estaba acostumbrada a que las jóvenes no fueran cortejadas por su personalidad, sino por razones dinásticas o financieras.

Pero era obvio que ese sujeto se pasaba de la raya. Ya sólo por el modo que tenía de hablar de su fallecida esposa: «Marylee ya había cumplido veinticinco años.» Sonaba como si hubiera muerto prematuramente por los achaques de la vejez sin importar si antes le había dado o no un hijo a Sideblossom.

Cuando los invitados se reunieron más tarde para charlar en grupos sueltos en el salón y dar por terminado el último tema tratado a la mesa, antes de que las damas se retirasen al salón de Gwyneira para tomar té y licor y los hombres se encaminaran al refugio de Gerald para fumar sus puros y tomar whisky, Sideblossom dirigió sus pasos directamente hacia Fleurette.

Gwyneira, que no podía interrumpir la conversación con Lady Barrington, observaba nerviosa cómo le hablaba a Fleur. Al parecer era cortés y prodigaba sus encantos. Fleurette sonreía turbada y luego participó de buen grado en la conversación. Por la expresión de su rostro, el tema giraba en torno a perros y caballos. De otro modo, a Gwyneira no le habría llamado la atención que Fleur estuviera tan atenta e interesada. Cuando por fin logró librarse de Lady Barrington y deslizarse discretamente en dirección a Sideblossom confirmó su suposición.

—Claro que gustosamente le mostraré la yegua. Si lo desea podemos dar juntos un paseo a caballo mañana. He visto su semental, ¡es realmente bonito! —Fleurette parecía encontrar simpático al invitado—. ¿O ya se marcha mañana?

La mayoría de los presentes volvería a sus granjas ya al día siguiente. Habían acabado de organizar la expedición de castigo y los hombres se proponían encontrar en los alrededores a la gente que estuviera lista para participar. Algunos criadores de ovejas querían formar parte ellos mismos de la expedición, al menos contribuir con un par de jinetes armados.

No obstante, John Sideblossom sacudió la cabeza.

—No, me quedaré un par de días aquí, Miss Warden. Hemos acordado reunir a la gente de la región de Christchurch aquí y luego cabalgar todos juntos hacia mi granja. Será el punto de partida de todas las demás actividades. En estas condiciones, acepto su oferta. El semental lleva además sangre árabe. Hace un par de años pude adquirir un caballo del desierto en Dunedin y he cruzado con él los caballos de nuestra granja. El resultado es muy hermoso, pero a veces algo ligero.

Gwyn se tranquilizó en un principio. Mientras que ambos hablaran de caballos, Sideblossom se comportaría. Y era posible que a Fleurette de hecho le gustara. La unión sería adecuada: Sideblossom era respetado y poseía casi más tierras que Gerald Warden, si bien eran menos fértiles. Claro que el hombre era bastante viejo para Fleur, pero se mantenía en los límites. ¡Si no fuera porque no le producía una buena impresión! ¡Si el sujeto no pareciera tan frío y falto de sentimientos! Y luego estaba también el asunto con Ruben O'Keefe. Con toda seguridad, Fleurette no estaría dispuesta a despedirse de su amor.

Sin embargo, en los días que siguieron, la joven pareció disfrutar de la compañía de John Sideblossom. Era un jinete osado, lo que a Fleur le gustaba, un narrador cautivador y un buen oyente. Por añadidura tenía encanto y una malicia que la muchacha encontraba atractivos. Fleur rio cuando, practicando el tiro al pichón con Gerald, Sideblossom no apuntó al pichón sino que disparó al tallo de una de las rosas abandonadas del jardín para regalarle la flor.

—¡La rosa de la rosa! —dijo; aunque poco original, Fleur pareció sentirse halagada.

Paul, por el contrario, se disgustó. Admiraba a John Sideblossom desde que Gerald le había hablado de él y en cuanto lo conoció en persona, empezó a idolatrarlo. Sideblossom no prestaba atención al muchacho. O bien bebía y conversaba con Gerald o bien se ocupaba de Fleur. Paul reflexionaba sobre cómo iba a lograr contarle la cruda verdad sobre su hermana. De momento, a su pesar, no había encontrado la oportunidad.

John Sideblossom era un hombre de decisiones rápidas y acostumbrado a conseguir lo que quería. Había visitado Kiward Station, sobre todo, para movilizar de una vez a los criadores de ovejas. Pero cuando conoció a Fleurette, pronto tomó la decisión de aprovechar la oportunidad de solucionar otro problema. Necesitaba una nueva esposa y ahí había salido a su paso, de improviso, una buena candidata. Joven, deseable, de buena familia y a todas luces bien educada. Al menos podría ahorrarse los primeros años el profesor particular del pequeño Thomas. La unión con los Warden le abriría nuevas puertas en la buena sociedad de Christchurch y Dunedin. Si había entendido bien, la madre de Fleurette procedía incluso de la nobleza inglesa. La muchacha parecía, de todos modos, algo asilvestrada y resultaba evidente que la madre era dominante. Sideblossom en ningún caso habría permitido que una mujer se inmiscuyera en la dirección de la granja e incluso en la conducción del ganado. Pero eso era asunto de Warden; ya se encargaría él de enderezar a Fleurette. Por añadidura, ella podría aportar ese animal que evidentemente tanto quería: la yegua traería al mundo unos potros fantásticos y también la perra pastora era, sin lugar a dudas, un hallazgo. Pero cuando la muchacha estuviera embarazada, era obvio que no podría montarla ella misma. Sideblossom se esforzó ya por engatusar a *Gracie*, lo que aumentaría la simpatía de Fleurette hacia él. Tres días después, el granjero estaba convencido de que Fleur no lo rechazaría. Y Gerald Warden seguramente estaría satisfecho de casar tan bien a la joven.

Gerald había observado con sentimientos encontrados el modo en que John se ganaba los favores de Fleurette. Esta vez la joven no parecía poner reparos; Gerald encontró incluso que su nieta coqueteaba de forma bastante desvergonzada con su viejo amigo. Sin embargo, su alivio se mezclaba con los celos. John tendría lo que Gerald no podía obtener. Sideblossom habría de conseguir a Fleur sin violencia, ella se entregaría por voluntad propia. Gerald ahogó sus pensamientos prohibidos en el whisky.

Al menos estaba preparado cuando Sideblossom se reunió con él el cuarto día de su estancia en Kiward Station y le comunicó sus intenciones de casarse.

—Ya sabes, viejo amigo, que conmigo estará bien cuidada

—dijo Sideblossom—. Lionel Station es grande. Si admitimos que la mansión tal vez no es tan estupenda como ésta, sí es muy confortable. Tenemos servicio en abundancia. Cuidaremos de la muchacha en todos los aspectos. Claro que ella misma tendrá que ocuparse del niño. Pero seguro que pronto tiene hijos propios y todos caerán en el mismo saco. ¿Tienes algo que objetar a que le haga una proposición de matrimonio? —Sideblossom se sirvió un whisky.

Gerald sacudió la cabeza y dejó que le sirviera un vaso a él también. Sideblossom tenía razón, lo que sugería era la mejor solución.

—No tengo nada que oponer. Pero la granja no dispone de mucho dinero líquido para la dote. ¿Te bastaría con un rebaño de ovejas? También podríamos contar con dos yeguas de cría...

Los dos hombres pasaron la hora siguiente pactando apaciblemente cuál sería la dote de Fleurette. Ambos se las sabían todas en lo que al comercio de ganado concernía. Las ofertas iban de un lado a otro. Gwyneira, que de nuevo prestaba oídos a lo que decían, no se inquietó: entendía que se iba a renovar la sangre de los rebaños de Lionel Station. El nombre de Fleurette no se mencionó ni una sola vez.

—¡Pero... pero te lo tengo que advertir! —dijo Gerald una vez que se hubieron puesto de acuerdo y el importe de la dote quedó determinado con un apretón de manos y sellado con mucho más whisky—. La pe... pequeña no es fácil. Se ha... se ha obsesionado con un asunto con... con un joven vecino... es pura tontería, el chico también se ha... largado ahora. Pero tú... ya co... conoces a las mujeres...

—En realidad no tenía la impresión de que Fleurette fuera a oponerse —contestó asombrado Sideblossom. También ahora parecía, como siempre, totalmente sobrio, si bien ya hacía rato que la primera botella de whisky estaba vacía—. ¿Por qué no hacemos las cosas bien ahora mismo y se lo preguntamos a ella? Vamos, ¡llámala! ¡Estoy de humor para un beso de compromiso! Y mañana estarán de vuelta otros ganaderos. Así se lo podremos comunicar enseguida.

Fleurette, que acababa de llegar de un paseo a caballo y se disponía a cambiarse para la cena, se sorprendió de que Witi llamara tímidamente a su puerta.

—Miss Fleur, el señor Gerald desearía hablar con usted. Él... ¿cómo lo ha dicho? Le pide que se presente sin la menor tardanza a su habitación. —Era evidente que el sirviente maorí quería introducir una observación más, y al final se decidió—: Lo mejor es que se dé prisa. Los hombres mucho whisky, poca paciencia.

Tras lo sucedido con Reginald Beasley, Fleur recelaba de las invitaciones repentinas de Gerald a su habitación. De forma instintiva decidió no hacer gala de sus atractivos y se puso de nuevo el traje de montar en lugar del vestido de seda verde oscuro que Kiri le había preparado. Habría preferido consultar a su madre, pero no sabía dónde se había metido. Tantas visitas y el trabajo adicional de la granja requerían a Gwyneira mucha dedicación. En la actualidad no había, sin embargo, mucho que hacer: era enero. Había concluido la esquila y los corderos habían nacido, las ovejas ya vagaban en su mayoría libres por los pastizales de la montaña. Pero el verano de ese año era inusualmente húmedo y había que hacer constantes reparaciones; además, la recolección del heno se convertiría en un juego de azar. Fleur decidió no esperar a Gwyn y, sobre todo, no malgastar el tiempo buscándola. Fuera lo que fuese lo que Gerald quisiera, ella misma debía arreglarlo con él. Y no había que temer ningún acto de violencia. A fin de cuentas, Witi se había referido a «los hombres». Sideblossom estaría también presente y haría de moderador.

John Sideblossom se llevó una desagradable sorpresa cuando Fleur entró en la sala de caballeros con el traje de montar todavía y el cabello alborotado. Podría haberse arreglado un poco mejor, si bien su aspecto era, sin duda, encantador. No, no le resultaría difícil comportarse con cierto romanticismo.

—Miss Fleur —dijo—, ¿me permite que tome la palabra? —Sideblossom se inclinó educadamente ante la muchacha—. A fin de cuentas soy yo el más interesado y no soy de ese tipo de hombres que envían antes a otro para presentar una petición de matrimonio. —Miró los ojos asustados de Fleur y creyó que el centelleo nervioso que en ellos descubrió era una forma de estímulo—. Hace sólo tres días que la vi por primera vez, Miss Fleur, y desde el primer momento me sentí cautivado por usted, por sus maravillosos ojos y su dulce sonrisa.

»La amabilidad que ha tenido para conmigo en los últimos días ha alimentado mi esperanza de que tampoco usted rechazaba mi compañía. Y por eso (soy un hombre de decisiones osadas, Miss Fleur, y creo que sabrá apreciarlo en mí), por eso me he decidido a pedirle a su abuelo su consentimiento para que nos unamos en matrimonio. Él ha aceptado con satisfacción nuestro enlace. Así pues, me permito aquí, con el beneplácito de su tutor, pedir formalmente su mano.

Sideblossom sonrió y se hincó sobre una rodilla delante de Fleur. Gerald reprimió la risa cuando se dio cuenta de que Fleur no sabía hacia dónde mirar.

—Yo..., señor Sideblossom, es muy amable por su parte, pero yo amo a otra persona —respondió al final—. Mi abuelo ya debería habérselo dicho, en realidad, y...

—Miss Fleur —la interrumpió Sideblossom con resolución—, sea quien sea aquel a quien usted cree amar, no tardará en olvidarlo entre mis brazos.

Fleurette sacudió la cabeza.

—Nunca lo olvidaré, *sir*. Le he prometido que me casaré con él...

—¡Fleur, deja de decir tonterías! —estalló Gerald—. ¡John es el hombre que te conviene! Ni demasiado joven, ni demasiado viejo, apropiado por su nivel social y también rico. ¿Qué más quieres?

—¡Tengo que amar a mi marido! —replicó llena de desesperación Fleurette—. Y yo...

—El amor nace con el tiempo —explicó Sideblossom—. ¡Venga, muchacha! ¡Has pasado los tres últimos días conmigo! ¡No debo resultarte tan desagradable!

En sus ojos brillaba la impaciencia.

—Usted... usted no me resulta desagradable, pero... pero no por eso voy a... casarme con usted. Lo encuentro amable, pero... pero...

—¡Déjate de remilgos, Fleurette! —intervino Sideblossom, interrumpiendo el balbuceo de la joven. Los reparos de Fleur no le importaban en absoluto—. Di que sí, y luego ya hablaremos de los detalles. Creo que podremos celebrar la boda este otoño, justo después de que hayamos solventado del todo ese penoso asunto de James McKenzie. Tal vez puedas marcharte ya conmigo a Lionel Station..., naturalmente, acompañada de tu madre, todo debe desarrollarse de la forma correcta...

Fleurette tomó una profunda bocanada de aire, atrapada entre el enfado y el pánico. ¿Por qué, maldita sea, nadie la escuchaba? Decidió decir claramente y sin ambages lo que opinaba. Esos hombres tenían que ser capaces de aceptar hechos sencillos.

—Señor Sideblossom, abuelo... —Fleurette alzó la voz—. Ya lo he dicho varias veces y siento tener que repetirme. ¡No me casaré con usted! Le agradezco su proposición y aprecio el afecto que me tiene, pero yo ya estoy comprometida. Y ahora me retiraré a mi habitación. Disculpa que no asista a la cena, abuelo, pero estoy indispuesta.

Fleur se obligó a no salir corriendo de la habitación sino a darse la vuelta despacio y comedidamente. Salió de allí con la cabeza alta y orgullosa y no cerró la puerta tras de sí. Pero luego se precipitó, como alma que lleva el diablo, a través del salón y escaleras arriba. Lo mejor sería que se enclaustrara en su habitación hasta que Sideblossom se hubiera marchado. No le había gustado en absoluto el brillo de sus ojos. Seguro que ese hombre no estaba acostumbrado a que lo rechazaran. Y algo le decía que podía ser peligroso si algo no salía como él pensaba.

5

El día siguiente, Kiward Station estaba atestada de hombres y caballos. Los barones de la lana de las llanuras de Canterbury eran generosos: el número de los participantes en la «expedición de castigo» había crecido en refuerzos. Entre ellos, pocos fueron los hombres reclutados por los amigos de Gerald que resultaron del agrado de Gwyneira. Apenas había pastores maoríes y había relativamente pocos trabajadores de las granjas. En vez de eso, los criadores parecían haber buscado gente en los bares o en las cabañas de los nuevos colonos, y muchos de ellos tenían aspecto de aventureros cuando no de gentuza aun más ruin. También por ello se felicitó de que Fleurette se mantuviera alejada de los establos ese día. Sobre todo porque Gerald se mostraba desprendido y permitió que saquearan las reservas de alcohol. Los hombres bebían y festejaban en los cobertizos de esquileo, mientras que los pastores de ganado de Kiward Station, en general viejos amigos de McKenzie, se retiraban avergonzados.

—Por Dios, Miss Gwyn. —Andy McAran llegó al quid de la cuestión cuando expuso sus pensamientos—. Vamos a perseguir a James como si fuera un lobo sarnoso. ¡Hablan en serio de matarlo! No se merece que esta chusma se le tire al cuello. ¡Y todo por un par de ovejas!

—La chusma no conoce las tierras altas —respondió Gwyneira, y con ello no sabía si quería tranquilizar al viejo pastor o a sí misma—. ¡Andarán tropezando unos con otros y McKenzie se tronchará de risa de ellos! Espera y verás, todo quedará en nada. ¡Si al menos ya se hubieran ido! A mí tampoco me gusta tener a esa gente en la granja. Ya he echado a Kiri y Moana y a Marama también. Y espero que los maoríes vigilen sus campamentos. ¿Le estáis echando un ojo a nuestros caballos y los arreos? No quiero que desaparezca nada.

En cuanto a este tema, a Gwyn le esperaba, sin embargo, otra sorpresa muy desagradable. Una parte de los hombres había acudido a pie y Gerald, en un principio con mucha resaca, borracho de nuevo al mediodía y sumamente exasperado por el nuevo rechazo de Fleur, prometió cederles los caballos de Kiward Station. Sin embargo, no se lo comunicó enseguida a Gwyn para que no tuviera tiempo de mandar a recoger los caballos de tiro de las cercas de verano. En lugar de ello, por la tarde Warden puso a disposición de los hombres, a voz en cuello, sus preciados caballos. Fleurette observaba impotente desde su ventana cómo uno tras otro intentaban quedarse con *Niniane*.

—Madre, ¡no puede simplemente dársela! ¡Es nuestra! —se lamentó.

Gwyneira puso un gesto de impotencia.

—¡Sólo se la está prestando, no tienen que quedársela! Aunque yo tampoco estoy de acuerdo. La mayoría de esos tipos ni siquiera sabe montar bien. Pero eso es también una ventaja. Ya verás cómo los caballos se los sacan de encima. Cuando regresen, deberemos repetir toda la doma.

—Pero *Niniane*...

—No puedo hacer nada, hija. También quieren llevarse a *Morgaine*. Puede que mañana tenga oportunidad de hablar otra vez con Gerald, pero hoy está totalmente enloquecido. Y ese Sideblossom se comporta como si fuera su socio como mínimo: distribuye las habitaciones de la gente y va dando órdenes de un lado para otro, y a mí me trata como si no existiera. Me alegraré de que se vaya. Además, hoy por la noche no vendrás al banquete. Estás dispensada. Estás enferma. ¡No quiero que Sideblossom vuelva a verte otra vez!

Naturalmente, Gwyneira había planeado para sus adentros

poner a buen resguardo los caballos durante la noche. De ninguna manera iba a enviar sus valiosas yeguas de cría a la montaña con la patrulla. En vez de eso había convenido con Andy McAran, Poker Livingston y otros hombres de confianza que se llevarían las yeguas. Que disfrutaran en algún pastizal, ya tendrían tiempo suficiente después para volver a reunirlas. Los hombres las sustituirían por caballos de tiro que colocarían en los boxes. Tal vez eso levantara algunas protestas por la mañana, pero Sideblossom no postergaría su empresa sólo porque de repente habían aparecido otros caballos que no eran los prometidos.

Aun así no le confesó nada a Fleurette. Tenía demasiado miedo de que la muchacha quisiera participar de la acción.

—¡A más tardar, *Niniane* estará pasado mañana de nuevo aquí! —consoló a Fleur—. Tirará al fanfarrón de su jinete y volverá a casa. Tales tonterías son inadmisibles. Pero ahora debo cambiarme de ropa: cena con los cabecillas de la expedición de guerra. ¡Qué despliegue por un solo hombre!

Gwyn se marchó y Fleurette se quedó enfurruñada y meditabunda. No podía resignarse a su impotencia. Dar a *Niniane* era pura maldad por parte de Gerald. Entonces Fleur urdió un plan: pondría el caballo a salvo mientras los hombres se emborrachaban en el salón. Eso la obligaría a deslizarse a toda prisa fuera de su habitación, pues para llegar a los establos no había otro remedio que pasar por el salón, que ahora, no obstante, estaría completamente vacío. Los invitados al banquete se estaban cambiando y fuera reinaba un caos total. Tampoco llamaría la atención si se cubría el cabello con un pañuelo y se apresuraba. Desde la puerta de la cocina hasta el granero sólo había unos pasos. Si alguien la veía, la tomaría por una empleada de la cocina.

Tal vez el plan de Fleur habría resultado si Paul no hubiera estado vigilando a su hermana. El chico volvía a estar de mal humor. Su ídolo, John Sideblossom, no le prestaba atención y Gerald había rechazado con brusquedad su petición de que le permitiera reunirse con la expedición de castigo. Así que no tenía nada bueno que hacer, ganduleaba por las caballerizas y, claro está, se sintió sumamente interesado cuando vio que Fleurette se escondía en el granero. Paul podía deducir lo que ella tenía planeado, pero ya se cuidaría él de que Gerald la pillara con las manos en la masa.

Gwyneira tuvo que hacer acopio de toda su paciencia e indulgencia para aguantar el banquete nocturno. Salvo ella, sólo había hombres presentes y todos sin excepción estaban bebidos a la hora de empezar a cenar. Ya habían vaciado antes un par de vasos y durante la cena se sirvió vino, y pronto empezaron todos a balbucear. Todos se reían por la más mínima sandez, intercambiaban obscenidades y se comportaban, incluso frente a Gwyneira, con unas maneras que andaban muy lejos de ser consideradas.

Aunque se sintió incómoda de verdad cuando John Sideblossom se dirigió directamente a ella tras el primer plato.

—Tenemos que hablar de un par de cosas, Miss Gwyn —dijo sin rodeos, como era su estilo, y de nuevo pareció ser el único sobrio en medio de esa horda de borrachines. Pese a su apariencia, Gwyneira había aprendido en lo que iba de tiempo a reconocer los signos de la embriaguez. Sus miembros colgaban un poco más y su mirada no era fría y distante, sino suspicaz y centelleante. Sideblossom refrenaba sus sentimientos, pero bullían bajo la superficie en calma.

—Creo que sabe que ayer pedí la mano de su hija. Fleurette me ha rechazado.

Gwyneira se encogió de hombros.

—Está en su derecho. En las regiones civilizadas se consulta a las jóvenes antes de casarlas. Y si usted no le ha gustado a Fleur, no hay nada que podamos hacer.

—Usted podría mediar en mi favor... —contestó Sideblossom.

—Me temo que no serviría para nada —respondió Gwyn, y sintió cómo también en su interior los sentimientos pugnaban por salir a la superficie—. Y yo tampoco lo haría sin más. No lo conozco muy bien, señor Sideblossom, pero por lo que he visto, usted no es de mi agrado.

Sideblossom soltó una carcajada sardónica.

—¡Mira por dónde! ¡Así que no le gusto a la señora! ¿Y qué tiene que decir de mí, Lady Warden? —preguntó con frialdad.

Gwyneira suspiró. En realidad no quería embarcarse en una discusión..., pero bueno, ¡si ése era su deseo!

—Esta guerra contra un único hombre —empezó— no me parece conveniente. Y ejerce usted una mala influencia sobre los otros ganaderos. Sin sus insinuaciones un Lord Barrington jamás se hubiera rebajado a reunirse con tal tropa de pendencieros como la que aguarda ahí fuera. Su comportamiento hacia mí es ofensivo y no hablemos de Fleurette. Un *gentleman*, señor Sideblossom, en su situación se esforzaría por convencer a una joven. Por el contrario, usted la desairó iniciando ese asunto con el caballo. Pues ésa era su intención, ¿verdad? ¡Gerald está demasiado borracho para intrigar!

Gwyneira habló deprisa y con rabia. Todo eso le destrozaba los nervios. Y encima estaba Paul, que se había reunido con ellos y seguía con atención su arrebato.

Sideblossom rio.

—¡*Touché*, querida! Una pequeña reprimenda. No me gusta que me desobedezcan. Pero espere. Todavía conseguiré a su niña. Cuando hayamos vuelto, proseguiré con la petición. ¡En contra, incluso, de su voluntad, *lady*!

Lo único que ansiaba Gwyneira era poner punto final a la conversación.

—Entonces le deseo mucho éxito —respondió secamente—. Y tú, Paul, ven por favor conmigo arriba ahora mismo. ¡Odio que te escondas tras de mí y pongas el oído!

El chico se sobresaltó. Pero lo que había oído ahí, bien valía una bronca. Tal vez Gerald no fuera el interlocutor adecuado para tratar el asunto de Fleurette. Haría mucho más daño si le comunicaba a ese hombre el «robo del caballo».

Mientras Gwyneira se retiraba a su habitación, Paul volvió sobre sus pasos y buscó a John Sideblossom. El granjero parecía aburrirse cada vez más en compañía de los otros. No era extraño; excepto él, los otros estaban completamente borrachos.

—¿Usted... usted quiere casarse con mi hermana? —le dijo Paul.

—Tengo la intención, sí. ¿Hay alguien más que se interponga a ello? —preguntó ligeramente divertido.

Paul sacudió la cabeza.

—Por mí, puede usted quedársela. Pero debe saber algo. Fleurette parece muy afectuosa; pero en realidad ya tenía un novio: Ruben O'Keefe.

Sideblossom asintió.

—Lo sé —respondió sin el menor interés.

—¡Pero ella no se lo ha contado todo! —contestó presumiendo de sus conocimientos el chico—. ¡Lo que no le ha dicho es que ya se lo ha montado con él! ¡Yo lo vi!

El interés de Sideblossom se reavivó.

—¿Qué estás diciendo? ¿Tú hermana ya no es virgen?

Paul se encogió de hombros. El concepto «virgen» no significaba nada para él.

—Pregúnteselo a ella —respondió—. Está en el granero.

John Sideblossom encontró a Fleurette en el box de la yegua *Niniane*, donde la muchacha se estaba preguntando en ese momento qué era lo mejor que podía hacer. ¿Dejar simplemente a *Niniane* en libertad? Corría entonces el riesgo de que no se marchara de la cuadra, sino que se quedara junto a los demás caballos. Tal vez fuera mejor alejarla de ahí y guardarla en uno de los cercados distantes. A Fleurette le pareció demasiado osado. Al final tendría que regresar a pie y pasar por todos los edificios anejos que estaban a rebosar de borrachos de la patrulla.

Mientras reflexionaba, acariciaba al caballo debajo del flequillo y hablaba con él. Los demás animales se inquietaron y *Gracie* husmeó en la paja. Pese a ello, Fleurette no se dio cuenta de que alguien abría la puerta sigilosamente. Cuando *Gracie* se percató y ladró, era demasiado tarde. John Sideblossom estaba en el corredor del establo y sonreía, irónico, a Fleurette.

—Vaya, vaya, si es mi pequeña. Así que por las noches rondamos los establos. Me sorprende un poco encontrarla sola por aquí.

Fleur se asustó y se escondió tras el caballo de forma instintiva.

—Son nuestros establos —respondió con valentía—. Puedo venir aquí cuando quiera. Y no estoy rondando por aquí, he venido a ver a mi caballo.

—Conque vienes a ver a tu caballo. Qué conmovedor... —Sideblossom se acercó. Para Fleurette, el modo cauteloso de aproximarse semejaba al de un ladrón de ganado y en los ojos del hombre volvía a resplandecer el peligroso brillo que había visto antes—. ¿No tendrás que ir a ver a nadie más después?

—No sé a qué se refiere —contestó Fleurette, esperando que su voz no temblara.

—Lo sabes perfectamente. No finjas conmigo ser un corderito inocente que se ha prometido con un joven novato y que de hecho se lo monta con él en el pajar. No te esfuerces, Fleurette, lo sé de fuentes fidedignas, incluso si hoy no os he pillado in fraganti. Pero tienes suerte, tesoro. También acepto artículos usados. No me interesan tanto las solteronas tímidas. Cuesta demasiado hincarles el diente. Así que no te preocupes, irás de blanco al altar. Pero podré disfrutar antes de una prueba, ¿verdad?

Con un rápido movimiento sacó a Fleurette de detrás del caballo. *Niniane* se espantó y huyó a un rincón del box. *Gracie* empezó a ladrar.

—¡Suélteme! —La joven empezó a dar patadas a su atacante, pero Sideblossom se limitaba a reír. Sus fuertes brazos la apretaban contra la pared del establo y sus labios recorrían el rostro de la muchacha.

—¡Está usted borracho, suélteme! —Fleur intentó morderlo, pero pese a todo el whisky, los reflejos del hombre seguían reaccionando con velocidad. Éste hizo un movimiento brusco hacia atrás y golpeó a la joven en la cara. Fleur cayó de espaldas fuera del box sobre una bala de paja. Sideblossom ya estaba encima de ella antes de que pudiera levantarse y huir.

—Enséñame ahora lo que tienes que ofrecerme... —Sideblossom le desgarró la blusa y admiró sus todavía pequeñas redondeces.

—Hermoso... ¡justo para llenar la mano! —Riendo, la agarró. Fleurette intentó propinarle otra patada, pero él puso la pierna sobre su rodilla, manteniéndola sujeta.

—Y ahora deja de encabritarte como un caballo al que se monta por primera vez. Me han dicho que ya tienes experiencia. Así que déjame. —Buscó el cierre de la falda, pero no lo encontró fácilmente dado el refinado corte de la prenda de montar. Fleurette intentó gritar y le mordió la mano cuando él se lo impidió.

—¡Me gusta que una mujer tenga temperamento! —balbuceó él sonriendo.

Fleur rompió a llorar. Los ladridos de *Gracie*, histéricos y estridentes, no cesaban. Y entonces una voz cortante se alzó por encima del tumulto en el establo.

—¡Deje a mi hija antes de que pierda el control! —Junto a la puerta estaba Gwyneira con una escopeta en la mano y apuntando a John Sideblossom. Fleur reconoció a sus espaldas a Andy McAran y Poker Livingston.

—Despacio, yo... —Sideblossom se separó de Fleurette y movió apaciguador las manos.

—Ahora mismo hablaremos. Fleur, ¿te ha hecho algo? —Gwyn le tendió el arma a Andy y abrazó a su hija.

Fleurette sacudió la cabeza.

—No. Él... él acababa de agarrarme. ¡Oh, mamá, ha sido horrible!

Gwyneira asintió.

—Lo sé, hija. Pero ahora ya ha pasado. Ve corriendo a casa. Por lo que he visto, la fiesta en el salón ha terminado. Pero podría ser que tu abuelo todavía estuviera en la sala de caballeros con el núcleo duro, así que sé prudente. Vendré enseguida.

Fleurette no esperó a que se lo dijeran dos veces. Tiritando se cubrió el pecho con los jirones de la blusa y huyó. Los hombres la dejaron pasar respetuosamente cuando salió al granero y de allí corrió a la puerta de la cocina. Ansiaba la seguridad de su habitación: y su madre confiaba en que cruzaría el salón volando...

—¿Dónde está Sideblossom? —Para Gerald Warden todavía no había llegado el momento de concluir la velada. Claro que estaba muy borracho, al igual que los demás criadores que todavía brindaban en la sala de caballeros. Pero eso no impidió que todavía propusiera jugar a cartas. Reginald Beasley ya había aceptado, tan borracho como pocas veces lo había estado, y tampoco Barrington había declinado la invitación. Sólo faltaba el cuarto hombre. Y John Sideblossom había sido el compañero favorito de Gerald cuando se trataba de jugar en parejas al blackjack.

—Ya hace rato que se ha marchado. Posiblemente a la cama —informó Barrington—. Eshtos novatosh no... no shoportan nada...

—Johnny Sideblossom todavía no se ha escaqueado jamás de una ronda —afirmó Gerald, saliendo en defensa de su amigo—. Hasta ahora, él siempre ha aguantado mientras los demás ya estaban debajo de las mesas. Debe de estar por alguna parte... —Gerald estaba lo suficiente borracho como para buscar a Sideblossom debajo de la mesa. Beasley echó un vistazo en el salón, pero ahí sólo estaba Paul (a primera vista inmerso en un libro, pero en realidad a la espera). En algún momento iban a volver Fleur y Sideblossom. Y ahí se presentaba otra oportunidad de poner a su hermana en un compromiso.

—¿Está buscando al señor Sideblossom? —preguntó amablemente y, en voz lo bastante clara para que todos pudieran oírlo desde el salón, añadió—: Está con mi hermana en el establo.

Gerald Warden se precipitó fuera de la sala de caballeros llevado por una furia tan intensa como sólo el whisky podía desencadenar.

—¡Esa putilla! Al principio hace como sin nunca hubiera roto un plato y luego desaparece con Johnny en el pajar. Sabiendo a la perfección que eso aumenta la dote. Ahora sólo se la llevará si obtiene también la mitad de la granja.

Beasley lo siguió apenas menos escandalizado. Había rechazado su petición. ¿Y ahora se revolcaba con Sideblossom en la paja?

Al principio, los hombres parecían indecisos acerca de si debían ir por la puerta principal o por la de la cocina para atrapar a la pareja en el granero, así que por unos segundos reinó el silencio, que rompió el sonido de la puerta de la cocina: Fleurette se deslizó al salón y se quedó asustada frente a su abuelo y su compañero de borracheras.

—¡Tú, mujerzuela indecente! —Gerald le propinó la segunda bofetada de la noche—. ¿Dónde has dejado a tu amante, eh? ¿Dónde está Johnny? Diablo de hombre está hecho, ¡llevarte al huerto delante de mis narices! ¡Pero éstos no son modales, Fleurette, no lo son! —Le dio un empujón en el pecho, pero ella no cayó. Sin embargo, no consiguió sujetar los jirones de su camisa. Sollozó cuando la fina tela cayó dejando sus pechos a la vista de todos los hombres.

La visión pareció devolver a Gerald la sobriedad. Si hubiera estado solo, seguramente habría despertado en él otro sentimiento que el del pudor, pero antes que nada se avivó su sensato interés comercial. Después de esta historia, nunca podría desprenderse de Fleurette dejándola en manos de un hombre decente. Sideblossom tenía que quedarse con ella y eso significaba que la dignidad de la joven debía mantenerse más o menos salvaguardada.

—¡Ahora, tápate y ve a tu habitación! —ordenó, mientras retiraba la mirada de ella—. Mañana comunicaremos tu compromiso, incluso si debo llevar a ese tipo frente al altar apuntándolo con una pistola. ¡Y a ti también! ¡Y ahora basta de tonterías!

Fleurette estaba demasiado asustada y agotada para responder nada. Se recogió la blusa y huyó escaleras arriba.

Gwyneira se reunió con ella una hora más tarde, sollozaba y temblaba bajo las sábanas. La misma Gwyn temblaba, pero de rabia. Primero contra sí misma, porque antes había llamado a capítulo a Sideblossom y luego había puesto a salvo los caballos en vez de acompañar a Fleurette. Por otra parte, eso no habría servido para mucho. Las dos mujeres simplemente habrían tenido que escuchar juntas la perorata de Gerald, pero una hora más tarde. Pues los hombres, claro está, todavía no se habían retirado. John Sideblossom se había reunido con ellos después de que Gwyn le soltara el sermón en el establo y les había explicado sabe Dios qué. En cualquier caso, Gerald ya estaba esperando a Gwyneira para arrojar sobre ella más o menos los mismos reproches y amenazas que antes había lanzado contra Fleur. Era obvio que mostraba tan poco interés como sus «testigos» por que le describieran los hechos desde otro punto de vista. Al día siguiente, insistió el anciano, Fleur y John se prometerían en matrimonio.

—Y... y lo peor es, que tiene razón... —balbuceó Fleur—. A mí... a mí no me creerá nadie más ahora. Lo contarán por... por toda la región. Si ahora digo que no delante del... del sacerdote, todos se reirán de mí.

—¡Pues que se rían! —respondió con firmeza Gwyn—. ¡No te casarás con ese Sideblossom, ni por encima de mi cadáver!

—Pero... pero el abuelo es mi tutor. Me forzará a hacerlo —replicó Fleur llorando.

Gwyneira tomó una resolución. Fleur debía marcharse de ahí. Y sólo se marcharía si le revelaba la verdad.

—Escucha, Fleur, Gerald Warden no puede obligarte a nada. En rigor, ni siquiera es tu tutor...

—Pero...

—Hace las veces de tutor porque se considera tu abuelo. Pero no es así. Lucas Warden no era tu padre.

Ya lo había dicho. Gwyneira se mordió los labios.

El llanto de Fleurette se interrumpió de pronto.

—Pero...

Gwyn se sentó a su lado y la cogió entre sus brazos.

—Escucha, Fleur: Lucas, mi esposo, era una buena persona. Pero él... él no podía concebir hijos. Lo intentamos, pero no salió bien. Y tu abu..., y Gerald Warden nos hacía la vida imposible porque no tenía heredero para Kiward Station. Y entonces yo... yo...

—¿Engañaste a mi pad..., a tu marido, quiero decir? —La voz de Fleurette reflejaba su desconcierto.

Gwyn sacudió la cabeza.

—No sé si me entiendes, pero no lo engañé con el corazón. Sólo para tener un hijo. Luego siempre le fui fiel.

Fleurette frunció el ceño. Gwyn veía lo que estaba pasando realmente por la cabeza de la joven.

—¿Y de dónde viene Paul? —preguntó al final.

Gwyn cerró los ojos... Y ahora eso todavía...

—Paul es un Warden —dijo—. Pero no hablemos de Paul, Fleurette, creo que tendrías que marcharte de aquí...

Fleur no parecía estar escuchándola.

—¿Quién es mi padre? —preguntó en voz baja.

Gwyneira reflexionó por unos segundos. Pero decidió contar la verdad.

—El que antes fuera nuestro capataz: James McKenzie.

Fleurette la miró con ojos desorbitados.

—¿«Ese» McKenzie?

Gwyneira asintió.

—Precisamente él. Lo siento, Fleur...

En un principio, Fleurette pareció enmudecer. Pero luego sonrió.

—Qué emocionante. Romántico de verdad. ¿Te acuerdas de cuando Ruben y yo jugábamos a Robin Hood? Y ahora resulta que soy, por así decirlo, ¡la hija de un pequeño propietario!

Gwyneira puso los ojos en blanco.

—Fleurette, ¡madura! La vida en las tierras altas no es romántica, es dura y peligrosa. Ya sabes lo que quiere hacer Sideblossom con James cuando lo encuentre.

—¿Lo amabas? —preguntó Fleurette con los ojos resplandecientes—. Me refiero a tu James. ¿Lo amabas de verdad? ¿Te pusiste triste cuando se marchó? ¿Y por qué se fue? ¿Por mi culpa? No, no puede ser por eso. Me acuerdo de él. Un hombre alto con el cabello castaño, ¿verdad? Me montaba en su caballo y siempre reía...

Gwyneira asintió con dolor. Pero no debía fomentar las fantasías de Fleurette.

—No lo amé. Sólo era un acuerdo, una especie de... negocio entre nosotros. Cuando naciste, ya había concluido. Y no tuvo nada que ver conmigo el hecho de que se marchara.

En rigor no era del todo mentira. La partida había tenido que ver con Gerald y Paul. Gwyneira seguía sintiendo dolor. Pero Fleurette no debía saber nada de eso. ¡No debía saberlo!

—Y ahora dejemos este tema, Fleur, si no se nos habrá pasado la noche. Debes salir de aquí antes de que mañana se festeje un gran compromiso matrimonial y lo empeore todo aún más. Empaqueta un par de cosas. Te traigo dinero del despacho. Puedes quedarte con todo lo que tengo, pero no es mucho porque la mayoría de los ingresos se hacen directamente en el banco. Andy todavía estará despierto e irá a buscar a *Niniane*. Y luego ¡vuela!, así ya estarás lejos cuando mañana los hombres hayan dormido la mona.

—¿Tienes algo en contra de que me reúna con Ruben? —preguntó Fleurette sin aliento.

Gwyneira suspiró.

—Preferiría estar segura de que lo encontrarás. Pero es la única posibilidad, al menos mientras los Greenwood permanezcan en Inglaterra. Maldita sea, ¡debería haberte enviado allí con ellos! Pero ahora es demasiado tarde. ¡Busca a Ruben, cásate con él y sé feliz!

Fleur la abrazó.

—¿Y tú? —preguntó en voz baja.

—Yo me quedo aquí —contestó Gwyn—. Alguien tiene que ocuparse de la granja y, como tú ya sabes, a mí me gusta. Gerald y Paul..., bueno, a ellos tengo que aceptarlos como son.

Una hora más tarde, Fleurette galopaba hacia las montañas a lomos de la yegua *Niniane*. Había acordado con su madre que cabalgaría directa hacia Queenstown. Gerald podría pensar que saldría en busca de Ruben y enviar a sus hombres tras ella.

—Escóndete un par de días en la montaña, Fleur —le aconsejó Gwyn—. Y luego avanzas por las estribaciones de los Alpes hacia Otago. Tal vez encuentres a Ruben por el camino. Por lo que sé, Queenstown no es el único lugar donde han descubierto oro.

Fleurette era más bien escéptica.

—Pero Sideblossom se dirige a la montaña —respondió temerosa—. Si me busca...

Gwyn sacudió la cabeza.

—Fleur, el camino a Queenstown está trillado, pero las tierras altas son extensas. No te encontrará, sería como buscar una aguja en un pajar. Y ahora, vuela.

Al final, Fleur lo había comprendido, pero sentía un miedo de muerte cuando se encaminó hacia Haldon y luego a los lagos, donde en algún lugar se encontraba la granja de Sideblossom.

Y donde también acampaba su padre... La idea le produjo una extraña alegría. No estaría sola en las tierras altas. También James McKenzie era un perseguido.

6

Las tierras situadas por encima de los lagos Tekapo, Pukaki y Ohau eran maravillosas. Fleurette no se hartaba de contemplar las aguas cristalinas de los lagos y arroyos, las caprichosas formaciones rocosas y el aterciopelado verdor de los prados. Justo detrás se alzaban los Alpes. Sideblossom tenía razón: no podía excluirse la posibilidad de que ahí todavía quedaran valles y lagos aguardando a quien los descubriese.

Loca de alegría, Fleurette dirigió su yegua montaña arriba. Tenía tiempo. ¡Tal vez encontrara oro! De todos modos, no tenía ni idea de la mejor manera de buscarlo. Una observación más precisa de los arroyos fríos como el hielo donde bebió y en los que apenas si se remojó tiritando, no le había revelado la existencia de ninguna pepita de oro. Pero como contrapartida, había pescado y, tres días después, se había atrevido a encender un fuego para asar sus presas. Al principio había tenido demasiado miedo para hacerlo y había estado constantemente a la espera de que aparecieran los hombres de Sideblossom. En el ínterin se había aproximado a la opinión de su madre: esa región era demasiado grande para peinarla. Sus perseguidores no sabrían por dónde empezar y, además, también había llovido. Incluso si quienes iban en su busca empleaban sabuesos (y al menos en Kiward Station no había ningún animal apropiado), las huellas ya hacía tiempo que habrían desaparecido y estarían frías.

Mientras tanto, Fleur se desenvolvía segura de sí misma por las tierras altas. Había jugado con frecuencia con niños maoríes de su edad y visitado a amigos en sus poblados. Por eso sabía perfectamente dónde encontrar raíces comestibles, cómo amasar la harina de takakau y cocerla, pescar y encender hogueras. No dejó rastros de su presencia. Cubrió con meticulosidad los fuegos apagados con tierra y enterró los desperdicios. No cabía duda de que nadie la seguía. En un par de días giraría al este, hacia el lago Wakatipu, donde se hallaba Queenstown.

¡Si al menos no tuviera que vivir esa aventura completamente sola! Tras casi dos semanas de cabalgada, Fleur se sentía sola. Era bonito acurrucarse por las noches junto a *Gracie*, pero ansiaba mucho más disfrutar de compañía humana.

Al parecer no era la única que añoraba a representantes de su misma especie. También *Niniane* relinchaba a veces perdida en esa amplitud de espacio, pese a que seguía obedientemente las instrucciones de Fleurette.

Al final fue *Gracie* la que encontró compañía. La perrita se había adelantado mientras *Niniane* se aventuraba por un paso accidentado. También Fleurette tenía que concentrarse en el camino, así que cuál no fue su sorpresa cuando detrás de una roca, donde la tierra pedregosa de nuevo desembocaba en una planicie cubierta de hierba, vio jugar a dos perros tricolores. Fleurette creyó al principio que se trataba de una alucinación. Pero si hubiera visto a *Gracie* por duplicado, ¡ambos animales deberían moverse a la par! Sin embargo, los dos saltaban uno al lado del otro, se perseguían y disfrutaban a ojos vistas de estar juntos. ¡Y se parecían como dos gotas de agua!

Fleurette se aproximó para llamar a *Gracie*. Distinguió entonces las diferencias entre los dos perros. Uno era algo más grande que *Gracie* y con el hocico más largo. Pero no había duda de que se trataba de un Border collie de pura raza. ¿A quién debía de pertenecer? Fleur estaba segura de que los Border collies no vagabundeaban ni cazaban por allí. Sin su amo no se desplazarían hasta tan lejos por la montaña. Además, ese animal daba la impresión de estar cuidado.

—*¡Friday!* —Era una voz masculina—. *Friday*, ¿dónde te has metido? ¡Ya es hora de que las reúnas!

Fleur se dio la vuelta, pero no pudo ver al hombre que gritaba. *Friday*, la perra, se volvió hacia el oeste, donde la llanura se extendía hasta el infinito. Pero entonces debería distinguirse también a su amo. A Fleur le pareció extraño. *Friday*, por su parte, no parecía dispuesta a separarse de *Gracie* de buen grado. Pero de repente ésta se puso a olfatear, volvió los ojos brillantes hacia Fleurette y su caballo, e inmediatamente los dos perros se pusieron en movimiento como tirados por unos hilos invisibles.

Fleur los siguió a lo que parecía ser la nada, pero de golpe cayó en la cuenta de que era presa de una ilusión óptica. En ese lugar el prado no se extendía hasta el horizonte, sino que descendía en terrazas. *Friday* y *Gracie* corrieron hacia abajo. Luego, también Fleur reconoció lo que de forma tan mágica atraía a los perros. En la terraza inferior, ahora perfectamente visibles, pastaban unas cincuenta ovejas guardadas por un hombre que tiraba de un mulo por las riendas. Cuando vio a *Friday* llevando a remolque a *Gracie*, pareció tan desconcertado como antes Fleur, y luego dirigió la vista con desconfianza hacia el lugar de donde procedían las perras. Fleurette dejó que *Niniane* saltara terraza abajo.

Sentía más curiosidad que temor. A fin de cuentas, el desconocido pastor no tenía aspecto de ser peligroso y mientras ella se mantuviera a lomos de su caballo, él no lograría hacerle ningún daño. El mulo, con su pesada carga, no podría perseguirla.

Entretanto, *Gracie* y *Friday* se habían puesto a reunir las ovejas. Trabajaban con tanta destreza y autonomía, formando un equipo, que parecían haberlo hecho toda la vida.

El hombre se quedó de piedra cuando vio que Fleur y su yegua se acercaban saltando.

Fleur contempló un rostro anguloso y curtido por el tiempo con una abundante barba castaña, como el cabello, en el que ya asomaban algunas hebras grises. El hombre era fuerte, pero delgado, vestía una ropa desgastada, como las alforjas del mulo, pero limpia y cuidada. Sin embargo, los ojos del pastor miraban a Fleurette como si hubieran visto un fantasma.

—No puede ser —dijo en voz baja, cuando la muchacha detuvo el caballo delante de él—. No es posible..., y el perro tampoco. Pronto... pronto tendrá veinte años. ¡Dios mío... —El hombre pareció intentar calmarse. Como buscando apoyo, se agarró a su silla de montar.

Fleur se encogió de hombros.

—No sé quién dice que no soy. Pero usted sí tiene un bonito perro.

El hombre intentaba recobrar la calma. Respiraba hondo y todavía miraba a Fleur con incredulidad.

—No me queda más remedio que devolverle el elogio —respondió un poco más sosegado—. ¿Está... está adiestrado? Me refiero si como perro pastor.

Fleur tuvo la impresión de que el hombre no se interesaba realmente por *Gracie*, sino que quería ganar tiempo mientras su mente seguía trabajando de manera febril. Pero Fleur asintió y buscó una tarea adecuada con la que probar a los perros. Luego sonrió y dio una orden a *Gracie*. La perrita salió volando.

—¿Ve el carnero ese grande de la derecha? Lo conducirá entre esas dos rocas. —Fleurette se acercó a las rocas. *Gracie* ya había separado el carnero y esperaba más instrucciones. *Friday* permanecía al acecho, dispuesta en todo momento para saltar junto a la otra perra.

Pero ésta no necesitaba ayuda. El carnero trotó relajadamente entre las piedras.

El hombre asintió y también él sonrió. Parecía mucho más tranquilo. Era evidente que había llegado a una conclusión.

—La oveja madre de ahí —dijo señalando a un animal preñado y silbó a *Friday*. Acto seguido la perrita salió volando para rodear el rebaño, separar la oveja indicada y llevarla a las rocas. Pero la oveja madre era menos dócil que el carnero de *Gracie*. *Friday* requirió tres intentos hasta conducirla felizmente entre las rocas.

Fleurette sonrió complacida.

—¡He ganado! —exclamó.

Los ojos del hombre centellaron y Fleur creyó reconocer en ellos ternura.

—Tiene usted unas bonitas ovejas —prosiguió atropelladamente—. Sé de qué estoy hablando. Yo soy..., vengo de una granja donde se crían ovejas.

El hombre volvió a asentir.

—Usted es Fleurette Warden, de Kiward Station —dijo él—. Por Dios, en un principio pensaba estar viendo fantasmas..., Gwyneira, *Cleo*, *Igraine*... Es usted realmente la imagen misma de su madre. Cabalga con la misma elegancia. Pero ya se preveía. Todavía recuerdo cuánto refunfuñaba de pequeña hasta que la dejaba montar —sonrió—. Pero usted no se acordará de mí. Permita que me presente..., James McKenzie.

Fleurette se lo quedó mirando a su vez, hasta que bajó la vista turbada. ¿Qué esperaba el hombre de ella? ¿Debía ella actuar como si no conociera su fama de ladrón de ganado? ¿Silenciar el hecho, todavía inconcebible, de que ese hombre era su padre?

—Yo..., escuche, no tiene que creer que yo..., que yo he venido hasta aquí porque quiera apresarlo o algo así... —añadió al final—. Yo...

McKenzie soltó una carcajada, se repuso luego y respondió a la adulta Fleur tan en serio como antaño respondía a la niña de cuatro años.

—Nunca lo hubiera esperado de usted, Miss Fleur. Siempre tuvo una debilidad por los bandidos. ¿Acaso no permaneció durante un tiempo en la banda de un tal Ruben Hood? —Ella descubrió el brillo travieso de sus ojos y lo reconoció de repente. De niña lo había llamado señor James y para ella siempre había sido un amigo especial.

Fleurette abandonó su reserva.

—¡Todavía! —respondió siguiendo la broma—. Ruben Hood y yo nos hemos prometido... Ésta es la razón de que esté aquí.

—Ajá —respondió McKenzie—. El bosque de Sherwood es demasiado pequeño para el creciente número de vuestros partidarios. Entonces, puedo serle de ayuda, Lady Fleur..., aunque ahora deberíamos llevar las ovejas a un lugar seguro. Este sitio se está volviendo muy peligroso para mí. ¿Desea acompañarme, Miss Fleur, para contarme más acerca de usted y su madre?

Fleurette asintió solícita.

—Con gusto. Pero... lo mejor sería que se pusiera usted en marcha hacia un lugar donde esté realmente a salvo. Y devolver simplemente las ovejas. El señor Sideblossom está en camino con un grupo de búsqueda..., medio ejército, dice mi madre. Mi abuelo también está con ellos. Quieren atraparlo a usted y a mí...

Fleurette echó una mirada alerta alrededor de ella. Hasta el momento se había sentido segura, pero si las sospechas de Sideblossom eran ciertas, se encontraba ahora en el terreno de Lionel Station, la zona de Sideblossom. Y posiblemente tenía el punto de referencia para saber dónde se hallaba McKenzie.

McKenzie volvió a reírse.

—¿A usted, Miss Fleur? ¿Qué habrá hecho usted para que le envíen un grupo de búsqueda?

Fleur suspiró.

—Ah, es una larga historia.

McKenzie asintió.

—Bien, entonces dejémoslo mejor para cuando estemos a buen recaudo. Sígame, y su perra puede ir con *Friday*. Nos marcharemos a toda prisa. —Dio un silbido a *Friday*, que de inmediato pareció entender lo que se esperaba de ella. Condujo las ovejas por la terraza hacia un lado, hacia el oeste, en dirección a los Alpes.

McKenzie se subió al mulo.

—No tiene que preocuparse, Miss Fleur. En las tierras por las que ahora cabalgaremos está fuera de cualquier peligro.

Fleurette se unió a él.

—Llámeme simplemente Fleur —le pidió—. Aunque sea... muy extraño, pero todavía resulta más raro que mi..., bueno, que alguien como usted me llame Miss.

McKenzie le lanzó una mirada inquisitiva.

Ambos cabalgaron durante un rato, uno al lado del otro, en silencio, mientras los perros conducían las ovejas por un terreno al principio poco atractivo y accidentado. Allí crecía poca hierba y el camino iba pendiente arriba. Fleur se preguntaba si

McKenzie la estaría llevando realmente a la montaña, pero le costaba imaginárselo.

—Cómo es que usted..., me refiero a cómo ha llegado usted... —explotó al final curiosa, mientras *Niniane* se adentraba hábilmente por el camino pedregoso. Éste cada vez era más difícil y se extendía ahora por el angosto cauce de un arroyo flanqueado por paredes rocosas—. Usted era capataz de Kiward Station y...

McKenzie esbozó una sonrisa irónica.

—¿Te refieres a por qué un trabajador respetado y con un sueldo aceptable se convierte en ladrón de ganado? Ésta también es una larga historia...

—Pero el camino también es largo.

McKenzie posó en ella de nuevo una mirada casi tierna.

—Pues bien, Fleur. Cuando me marché de Kiward Station lo que en realidad había planeado era comprar mi propia tierra y empezar con la cría de ovejas. Había ahorrado un poco y los dos años anteriores habían sido exitosos. Pero ahora...

—¿Pero ahora? —preguntó Fleur.

—Es casi imposible adquirir pastizales a precios aceptables. Los grandes criadores de ovejas (Warden, Beasley, Sideblossom) lo roban todo. La tierra maorí es, desde hace un par de años, propiedad de la Corona. Sin la autorización del gobernador, los maoríes no pueden comprarla. Y esa autorización sólo la obtienen unas escogidas personas interesadas. Por añadidura, las fronteras están poco definidas. A Sideblossom, por ejemplo, le pertenece el pastizal entre el lago y las montañas. Hasta ahora reclama el terreno que llega hasta las terrazas en las que nos hemos encontrado. Pero si se descubre más, sostendrá asimismo, naturalmente, que ese terreno también es suyo. Y nadie protestará a no ser que los maoríes se animen y reclamen sus derechos de propiedad. Pero casi nunca lo hacen. Su actitud frente a la tierra difiere por completo de la nuestra.

»Precisamente aquí, al pie de los Alpes, pocas veces se instalan por largo tiempo. A lo sumo, vienen un par de semanas en verano para pescar y cazar. Al menos los criadores de ovejas no se lo impiden, si son listos. Los menos listos se enfadan. Éstos son los incidentes que califican en Inglaterra de «guerras de los maoríes».

Fleurette asintió. Miss Helen había hablado de levantamientos, pero habían acaecido sobre todo en la isla Norte.

—En cualquier caso, en aquel tiempo no encontré tierras. El dinero hubiera alcanzado, como mucho, para una granja diminuta y yo no habría podido comprarme ganado. Así que me marché a Otago en busca de oro. Sin embargo, yo prefería un proyecto distinto. Sé un poco de qué estoy hablando, Fleur, pues conocí la fiebre del oro en Australia. Así que pensé en dar un rodeo y echar un vistazo..., así lo hice, y entonces encontré esto.

McKenzie abarcó el paisaje con un gesto amplio y enfático de los brazos y Fleurette abrió los ojos como platos. Durante los últimos minutos de cabalgada, el cauce del río se había ensanchado: la vista se extendía por una altiplanicie. Había hierba en abundancia y pastizales que se dilataban por las suaves pendientes. Las ovejas enseguida se esparcieron por el terreno.

—Permítame: ¡McKenzie Station! —anunció James sonriendo—. Ocupada hasta el momento por mí y una tribu maorí que pasa por aquí una vez al año, y que tanto pueden conceder a Sideblossom como a mí. Recientemente él está cercando grandes pastizales y con ello ha cortado a los maoríes el paso a uno de sus santuarios. De todos modos tienen buenas relaciones conmigo. Acampamos juntos, intercambiamos regalos..., no me delatarán.

—¿Y dónde vende usted las ovejas? —preguntó curiosa Fleur.

James rio.

—¡Realmente quieres saberlo todo! Pues bueno, tengo un comerciante en Dunedin. No investiga a fondo si le llegan animales de calidad. Y sólo vendo los que he criado yo mismo. Cuando los animales de cría ya están quemados, no los doy, se quedan aquí, primero me desprendo de los corderos. Ven, aquí cerca está mi campamento. Es bastante básico, pero no quiero construir una cabaña. Por si acaso un pastor se extravía. —McKenzie condujo a Fleurette a una tienda y un fogón—. Puedes atar allí al caballo, he tendido una cuerda entre los árboles. Hay mucha hierba y se llevará bien con el mulo. Una yegua preciosa. ¿Emparentada con la de Gwyn?

Fleurette asintió.

—Su hija. Y *Gracie* es la hija de *Cleo*. Naturalmente, son iguales.

McKenzie rio.

—Un auténtico encuentro familiar. *Friday* también es hija de *Cleo*. Gwyn me lo dio como regalo de despedida.

De nuevo asomó una expresión de ternura en sus ojos al hablar de Gwyneira.

Fleur meditó. ¿Había sido el asunto de su concepción una simple relación comercial? El rostro de James expresaba otra cosa. Y Gwyneira le había regalado un cachorro de despedida, de ahí que tuviera los rasgos típicos de la prole de *Cleo*. Para Fleur había que examinar el asunto más a fondo...

—Mi madre debía de tenerle bastante estima... —dijo con cautela.

James se encogió de hombros.

—Tal vez no la suficiente... Pero cuenta, Fleur, ¿cómo le va? ¿Y al viejo Warden? He oído decir que el joven murió. ¿Pero tienes un hermano?

—¡Desearía no tener ninguno! —soltó irritada, y en el mismo momento se sintió contenta del hecho de que Paul fuera sólo su hermanastro.

McKenzie sonrió.

—Vaya, esa larga historia. ¿Quieres un té, Fleur, o prefieres whisky? —Prendió el fuego, puso agua a calentar y sacó una botella de las alforjas—. Bien, yo me permitiré tomar uno ahora. ¡Por el susto que me ha dado el fantasma! —Vertió whisky en un vaso y brindó a la salud de la muchacha.

Fleurette reconsideró su decisión.

—Un traguito —dijo entonces—. Mi madre dice que a veces sirve de medicina...

James McKenzie era un buen oyente. Estaba sentado relajadamente junto al fuego mientras Fleur le contaba la historia de Ruben y Paul, de Beasley y Sideblossom y de que no quería que ninguno de estos últimos se convirtieran en su esposo.

—Entonces, ahora vas camino de Queenstown —concluyó él al final—. Para ir a buscar a tu Ruben... Dios mío, si tu madre hubiera tenido entonces tantas agallas... —Se mordió los labios y luego siguió hablando más tranquilo—. Si quieres, podemos recorrer un trecho del camino juntos. Se diría que el asunto de Sideblossom no carece de peligro. Creo que llevaré las ovejas a Dunedin y desapareceré por un par de meses. Ya veremos, ¡tal vez pruebe suerte en los yacimientos de oro!

—Estaría bien —murmuró Fleur.

McKenzie parecía saber de qué hablaba cuando se trataba de yacimientos de oro. Si lo convencía para que colaborase con Ruben, la aventura tal vez llegara incluso a buen puerto.

McKenzie le estrechó la mano.

—Entonces, ¡por una buena colaboración! Pero ya sabes, claro está, en qué te estás embarcando. Si nos pillan, te verás involucrada, pues soy un ladrón de ganado. En derecho, deberías entregarme a la policía.

Fleurette sacudió la cabeza.

—No debo entregarle —le rectificó ella—. No como miembro de la familia. Diré simplemente que usted... es mi padre.

El rostro de James McKenzie se iluminó.

—¡Entonces, Gwyneira te lo ha dicho! —respondió con una sonrisa resplandeciente—. ¿Y te ha explicado lo que sucedió entre nosotros, Fleur? ¿Te ha dicho tal vez que..., te ha dicho al final que ella me amó?

Fleur se mordió el labio inferior. No podía repetirle lo que Gwyn había dicho. Pero también ella estaba convencida de que no había sido la verdad. En los ojos de su madre había resplandecido el mismo brillo que veía ahora en el rostro de James.

—Ella... ella se preocupa por ti —respondió al final. Y no faltaba a la verdad—. Estoy segura de que le gustaría volver a verte.

Fleurette pasó la noche en la tienda de James. Él se quedó

durmiendo junto al fuego. Al día siguiente quería ponerse temprano en marcha, pero se tomaron algo de tiempo para pescar en un arroyo y cocer pan ácimo para el camino.

—No quiero descansar al menos hasta que hayamos dejado a nuestras espaldas los lagos —explicó McKenzie—. Cabalgaremos durante la noche y pasaremos las zonas habitadas durante las horas más oscuras. Fleur, será cansado, pero hasta ahora no era peligroso. Las grandes granjas están apartadas. Y en las pequeñas, la gente mantiene los ojos cerrados y las orejas tapadas. A veces encuentran una cría como recompensa entre sus ovejas, cuyos orígenes no se remontan a las grandes granjas ovejeras, sino que ha nacido aquí. La calidad de los pequeños rebaños en torno a los lagos no deja de mejorar.

Fleur rio.

—¿Sólo se puede salir de esta zona por el cauce del río, en realidad? —preguntó.

McKenzie sacudió la cabeza.

—No, también puedes ir a caballo por el pie de la montaña hacia el sur. Es el recorrido más fácil, hay una suave pendiente cuesta abajo y en algún momento basta con seguir el curso de un riachuelo hacia el oeste. De todos modos es el camino más largo. Conduce más bien a Fiordland que a las llanuras de Canterbury. Un camino de huida, pero no apto para recorrer todos los días. Así que, ensilla tu caballo. Vayámonos antes de que Sideblossom descubra nuestro rastro.

McKenzie no parecía preocupado en absoluto. Condujo las ovejas, una cantidad considerable, por el mismo camino que había tomado el día antes. Los animales no reaccionaron de buen grado al hecho de que los alejaran de sus pastizales habituales. Sobre todo las ovejas de cría «propias» de McKenzie emitieron unos balidos de protesta cuando las perras las reunieron.

En Kiward Station, Sideblossom no había perdido nada de tiempo buscando los caballos que habían sido sustituidos. A él le daba igual que a los hombres se les proporcionara caballos de tiro o de cría: lo principal era que avanzaran. Esto último todavía le pareció más importante cuando los hombres descubrieron que Fleurette había huido.

—¡Los atraparé a los dos! —vociferó iracundo Sideblossom—. A ese tipo y a la chica. ¡Que lo cuelguen el día de la boda! Y ahora, en marcha, Warden, nos vamos... ¡No, no después del desayuno! Quiero ir tras ese bichejo mientras la pista todavía esté caliente.

Naturalmente, sus esperanzas se frustraron. Fleur no había dejado rastro tras de sí. Los hombres sólo podían esperar estar realmente tras su pista si la joven se había dirigido hacia los lagos y la granja de Sideblossom. Warden sospechaba, no obstante, que Fleur había escapado a las tierras altas. Aunque envió un par de hombres a lomos de caballos rápidos directos hacia Queenstown, no contaba seriamente con salir airoso de la empresa. *Niniane* no era un caballo de carreras. Si Fleur quería alejarse de sus perseguidores, sólo lo haría por las montañas.

—¿Y por dónde quiere usted ahora buscar a ese McKenzie? —preguntó Reginald desalentado, cuando al final el grupo llegó a Lionel Station. La granja estaba situada en un lugar idílico a la orilla del lago, detrás se elevaban las interminables montañas de los Alpes. McKenzie podía estar en cualquier rincón de aquella zona.

Sideblossom rio con ironía.

—Tenemos un pequeño explorador —confesó a los hombres—. Creo que ya debe de estar listo para guiarnos. Antes de que me marchara todavía era algo..., cómo diría..., poco cooperativo...

—¿Un explorador? —preguntó Barrington—. ¡Hable usted claro, hombre de Dios!

Sideblossom saltó de su caballo.

—Poco antes de partir hacia las llanuras de Canterbury, envié a un chico maorí a recoger un par de caballos a las tierras altas. Pero no los encontró. Dijo que se habían escapado. Cuando lo... presionamos un poco nos contó algo de un paso o del cauce de un río o algo así, en cualquier caso, detrás de eso parece que todavía hay tierra sin explorar. Mañana nos lo enseñará. ¡O lo tengo a pan y agua hasta que el cielo caiga sobre nuestras cabezas!

—¿Ha encerrado al chico? —preguntó sorprendido Barrington—. ¿Qué dice la tribu de ello? No incomode a sus maoríes...

—Ah, ya hace una eternidad que el muchacho trabaja para mí. Es probable que no pertenezca a las tribus de la región, y si es así no me importa. Sea como fuere, mañana nos conducirá al paso.

El chico resultó ser un niño y estar desnutrido y muerto de miedo. En efecto, durante la ausencia de Sideblossom había permanecido todos los días encerrado en un cobertizo oscuro y sólo era un ovillo tembloroso. Barrington suplicó a Sideblossom que dejara de inmediato en libertad al niño, pero éste se limitó a reír.

—Si ahora lo dejo ir, desaparecerá. Que se largue mañana, cuando nos haya enseñado el camino. Nosotros nos pondremos en marcha pronto, cuando despunte el primer rayo de sol. ¡Así que conténganse con el whisky, si no lo aguantan bien!

Era de imaginar que comentarios como ése no fueran bien recibidos por los granjeros de las llanuras, aunque algunos representantes moderados de los barones de la lana, como Barrington y Beasley, ya hacía tiempo que no se sentían entusiasmados por el carismático guía. A diferencia de las anteriores expediciones tras los pasos de McKenzie, ésta no parecía una relajada cacería, sino una operación militar.

Sideblossom había peinado las estribaciones de los Alpes, por encima de las llanuras de Canterbury, de forma sistemática, para lo que había dividido a su gente en grupos más reducidos y realizado un minucioso control. Hasta el momento, los hombres habían pensado que se trataba en primer lugar de buscar a McKenzie. Pero ahora, cuando era evidente que Sideblossom tenía puntos de referencia concretos acerca de dónde se escondía el ladrón de ganado, cayeron en la cuenta de que en realidad había estado todo el tiempo tras Fleurette Warden, lo que una parte de los hombres encontró exagerado. La mitad era simplemente de la opinión de que Fleur volvería a aparecer motu proprio. Y si ella no quería casarse con Sideblossom, pues bien, había que dejar que ella decidiera.

No obstante, obedecieron de mala gana las indicaciones del granjero y se despidieron de la idea de encontrar ahí, antes de detener a McKenzie, una buena cena y un whisky de primera calidad.

—La fiesta —Sideblossom lo dejó bien claro— se celebrará tras la cacería.

Por la mañana el granjero ya estaba esperando a los hombres en los establos con el niño maorí, sucio y lloroso, a su lado. Sideblossom dejó que el chico los precediera no sin antes amenazarlo con unos castigos horribles en el caso de que se escapara.

Eso parecía poco probable ya que, a fin de cuentas, todos iban a caballo y el niño a pie.

Aun así, el muchacho demostró ser un buen corredor de fondo y brincaba con pies ligeros por las tierras pedregosas de las estribaciones de los Alpes, donde los purasangres de Barrington y Beasley, en especial, tenían dificultades.

En algún momento pareció dudar del camino, pero un par de imprecaciones de Sideblossom lograron someterlo. El pequeño maorí guio a la patrulla por un arroyo hasta el lecho seco de un río que parecía haber sido cortado a cuchillo entre las paredes de piedra...

McKenzie y Fleur tal vez habrían escapado si los perros, que los precedían, no hubieran conducido las ovejas precisamente en ese momento por un recodo del río, donde además el lecho se ensanchaba. Por añadidura, las ovejas balaban de forma cada vez más desgarradora: una ventaja más para los perseguidores que, a la vista del rebaño en el cauce del río, se abrieron en forma de abanico para cortar el avance.

La mirada de McKenzie cayó directamente sobre Sideblossom, cuyo caballo iba a la cabeza del destacamento. El ladrón de caballos detuvo el mulo. Se quedó inmóvil.

—¡Ya los tenemos! ¡Son dos! —gritó de repente alguien de la patrulla. El grito arrancó a McKenzie de su inmovilismo. Tendría una ventaja si se daba la vuelta: los hombres deberían pasar entre un rebaño de trescientas cabezas de ovejas que se apelotonaban en el cauce. Pero llevaban caballos veloces y él sólo un mulo, que además cargaba con todas sus pertenencias. No había esperanzas. Pero sí para Fleurette...

—Fleur, ¡da la vuelta! —le gritó James—. Ve por donde te he dicho. Intentaré pararlos.

—Pero tú..., nosotros...

—¡Ve, Fleurette! —McKenzie se llevó la mano corriendo a la riñonera, ante lo cual un par de hombres abrieron fuego. Por suerte lo hicieron con poca decisión y sin apuntar bien. El ladrón sacó una pequeña bolsa y se la arrojó a la muchacha.

—¡Toma! ¡Y ahora, ve, maldita sea, vete!

Mientras, Sideblossom se había abierto camino entre las ovejas a lomos de su semental y ya casi estaba a la altura de McKenzie. En pocos segundos distinguiría a Fleurette, que hasta el momento se ocultaba tras un par de rocas. La muchacha venció el intenso deseo de permanecer junto a McKenzie: él tenía razón, no le quedaba otro remedio.

Todavía algo insegura, pero dando instrucciones claras a *Niniane*, se volvió mientras McKenzie se dirigía despacio hacia Sideblossom.

—¿De quién son estas ovejas? —preguntó lleno de odio el criador.

McKenzie lo miró impasible.

—¿Qué ovejas?

Fleur todavía vio con el rabillo del ojo que Sideblossom desmontaba del mulo a James y empezaba a golpearlo, fuera de sí. Luego siguió su camino. *Niniane* regresaba a galope tendido a «las tierras altas de McKenzie». *Gracie* la seguía, pero no así *Friday*. Fleur se reprochó no haber llamado a las perras, pero ya era demasiado tarde. Respiró aliviada cuando dejó tras de sí las peligrosas y rocosas tierras del lecho fluvial y los cascos de *Niniane* de nuevo pisaron la hierba. Cabalgó hacia el sur tan deprisa como le permitía su montura.

Nadie volvería a alcanzarla.

7

Queenstown, Otago, yacía en una bahía natural a orillas del lago Waikatipu, rodeada de montañas imponentes y escarpadas. La naturaleza del entorno era espléndida, el lago enorme y de un azul acerado, los bosques de helechos y los prados, extensos y de un verde brillante, las montañas majestuosas y salvajes y, seguramente, todavía totalmente vírgenes. Sólo la ciudad en sí era diminuta. Incluso Haldon se veía como una gran ciudad en comparación con ese puñado de edificios de un solo piso que, como era evidente, se construían a toda prisa allí. El único inmueble que destacaba era una construcción de madera de dos pisos con el rótulo «Hotel de Daphne».

Fleurette se esforzó por no desanimarse cuando pasó a caballo por la polvorienta calle Mayor. Había esperado una colonia más grande; a fin de cuentas, se tenía a Queenstown en esos momentos por el centro de la fiebre del oro en Otago. Por otra parte, no podía lavarse oro en la calle principal. Era probable que los mineros vivieran en sus concesiones, en algún lugar del bosque que rodeaba la ciudad. Y si el lugar era abarcable, también tenía que resultar fácil encontrar a Ruben. Fleur se aventuró a detenerse en el hotel y ató a *Niniane* delante de él. De hecho, había esperado que el establecimiento dispusiera de sus propias cuadras, pero al penetrar en el local, advirtió que ofrecía un aspecto totalmente distinto al del hotel de Christchurch en el que a veces se había alojado con la familia. En lugar de una recepción, había una taberna. Saltaba a la vista que el negocio del hotel estaba vinculado al del bar.

—¡Todavía está cerrado! —resonó la voz de una muchacha detrás de la barra cuando Fleur se internó más en el lugar. Distinguió a una joven rubia que trajinaba diligente. Cuando vio a Fleur, se quedó impresionada.

—¿Es usted... una chica nueva? —preguntó pasmada—. Pensé que vendría con la diligencia. No antes de la semana próxima... —La muchacha tenía unos ojos azules y dulces y una piel clara y suave.

Fleurette le sonrió.

—Necesito una habitación —anunció un poco vacilante a causa del extraño recibimiento—. ¿Esto es un hotel, no?

La muchacha miró a Fleur desconcertada.

—Quiere... ¿ahora? ¿Sola?

Fleurette se ruborizó. Naturalmente era inusual que una chica de su edad viajara sola.

—Acabo de llegar. Vengo en busca de mi prometido.

La joven pareció aliviada.

—Entonces no tardará en llegar el... prometido. —Pronunció la palabra «prometido» como si Fleur no la hubiera dicho en serio.

Fleur se preguntaba si su aparición era de hecho tan rara. ¿O estaba esa chica un poco mal de la cabeza?

—No, mi prometido no sabe que he venido. Y yo tampoco sé con exactitud dónde está él. Por eso necesito una habitación. Me gustaría saber al menos dónde voy a dormir esta noche. Y puedo pagar la habitación, llevo dinero.

Eso era cierto. Fleurette no sólo tenía el poco dinero de su madre, sino también la bolsa que McKenzie le había lanzado en el último momento y que contenía una pequeña fortuna en dólares de oro, al parecer todo cuanto su padre había «ganado» en los últimos años con el robo de ovejas. Fleur sólo ignoraba si debía guardárselo a él o si era para ella. Pero ya se ocuparía más tarde de este asunto. Abonar la factura del hotel, en cualquier caso, no le supondría ningún problema.

—¿Entonces quiere quedarse toda la noche? —preguntó la muchacha, que a todas luces no estaba en sus cabales—. ¡Voy a buscar a Daphne! —Claramente aliviada por esta idea, la muchacha rubia desapareció en la cocina.

Un par de minutos más tarde apareció una mujer algo mayor. Su rostro ya mostraba las primeras arrugas y huellas dejadas por las noches demasiado largas y el exceso de whisky. Sin embargo, sus ojos eran de un verde brillante y despiertos, y sus cabellos rojos y abundantes estaban recogidos con coquetería.

—¡Vaya, una pelirroja! —exclamó sonriendo cuando vio a Fleur—. ¡Y con ojos dorados, una extraña joyita! Bien, si lo que quieres es empezar a trabajar conmigo, te contrataría de inmediato. Pero Laurie me ha dicho que sólo te interesaba una habitación...

Fleurette volvió a contar su historia.

—No sé qué encuentra su empleada tan raro en esto —concluyó un poco irritada.

La mujer rio.

—No hay nada de raro en ello, lo que sucede es que Laurie no está acostumbrada a tener clientes de hotel. Mira, pequeña, no sé de dónde has salido, pero apuesto a que debe de ser de Christchurch o Dunedin, donde la gente rica se aloja en hoteles finos para dormir por la noche. Aquí se trata más bien de «no dormir», si entiendes lo que te digo. La gente alquila la habitación por una o dos horas, y nosotras ponemos la compañía.

Fleurette se puso roja como un tomate. ¡Había ido a parar en medio de unas prostitutas! Eso era un..., no, no quería ni pensar en la palabra.

Daphne se la quedó mirando sonriente y la detuvo cuando intentó salir corriendo del local.

—¡Pero espera, pequeña! ¿Adónde quieres ir? Aquí nadie abusará de ti.

Fleur permaneció en el interior. Puede que fuera realmente absurdo escapar de ahí. Daphne no le infundía miedo, y la otra muchacha en absoluto.

—¿Dónde puedo dormir entonces? ¿Hay aquí una... una...?

—¿Pensión respetable? —preguntó Daphne—. Lamentablemente, no. Los hombres que pasan por aquí duermen en el establo, con sus caballos. O se marchan enseguida a uno de los campamentos. Allí los nuevos siempre encuentran un lugar donde dormir.

Fleur asintió.

—Bien. Entonces..., es lo que haré ahora. Tal vez encuentre allí a mi prometido. —Y cogió su bolsa de viaje con resolución, dispuesta a volver a marcharse.

Daphne sacudió la cabeza.

—¡De esto ni hablar, chica! Una niña como tú, sola entre cien, doscientos tipos, hambrientos a más no poder, que como mucho ganan lo suficiente para permitirse venir aquí dos veces al año para disfrutar de una muchacha, ésos no son unos *gentlemen*, señorita. Y tu «prometido»... ¿Cómo has dicho que se llama?..., tal vez lo conozca.

Fleurette volvió a ruborizarse, esta vez de indignación.

—Ruben nunca..., nunca...

Daphne rio.

—Entonces será un extraño ejemplar de su género. Hazme caso, niña, todos acaban viniendo por aquí. A no ser que sean maricas. Pero en tu caso no lo tendremos en consideración.

Fleur no sabía el significado de esa palabra, pero de todos modos estaba segura de que Ruben nunca había entrado en ese establecimiento. Pese a ello, le dijo a Daphne el nombre. La mujer reflexionó un largo rato y al final sacudió la cabeza.

—Nunca lo he oído. Y tengo buena memoria para los nombres. Parece que tu amor todavía no se ha hecho rico por aquí.

Fleur asintió.

—Si se hubiera hecho rico habría ido a buscarme —dijo con convicción—. Pero ahora debo marcharme, pronto oscurecerá. ¿Dónde ha dicho que se encuentran los campamentos?

Daphne suspiró.

—No puedo enviarte ahí, muchacha, con la mejor de las intenciones. Y menos aún siendo de noche. Seguro que no saldrías de ahí intacta. Así que no me queda otro remedio que alquilarte una habitación. Toda la noche.

—Pero yo..., yo no quiero... —Fleur no sabía cómo salir del atolladero. Por otra parte parecía no haber ninguna alternativa más.

—Pequeña, las habitaciones tienen puertas y las puertas tienen llave. Puedes quedarte en la habitación número uno. Suele ser de las mellizas, pero pocas veces reciben clientes. Ven, te la enseñaré. El perro... —contempló a *Gracie*, que yacía delante de Fleur y le dirigía su suplicante y familiar mirada de collie—. Puedes llevarlo contigo. No debes tener miedo —prosiguió al ver que Fleurette vacilaba. Luego se encaminó escaleras arriba.

Fleurette la siguió nerviosa, pero el segundo piso del Hotel de Daphne se parecía, para su alivio, más al White Hart de Christchurch que a un semillero de vicios. Otra muchacha rubia, que se parecía sorprendentemente a la de abajo, sacaba brillo al pasillo. Saludó asombrada cuando Daphne pasó a su lado con la huésped.

Daphne se detuvo y le sonrió.

—Ésta es Miss... ¿Cómo te llamas? —preguntó—. Urge que consiga formularios de ingreso como Dios manda si quiero alquilar las habitaciones en lo sucesivo por más horas. —Guiñó un ojo.

Fleurette reflexionó a toda prisa. Seguro que no era conveniente dar su auténtico nombre.

—Fleurette —respondió al final—. Fleur McKenzie.

—¿Pariente o familiar de un cierto James? —inquirió Daphne—. Él también tiene un perro así.

Fleur se ruborizó una vez más.

—Ah..., no que yo sepa... —balbuceó.

—Por cierto, que lo han atrapado, al pobre. Y ese Sideblossom de Lionel Station quiere colgarlo —explicó Daphne, pero luego recordó la idea que tenía en la cabeza—. Ya lo has oído, Mary: Fleur McKenzie. Una vez alquiló nuestra habitación.

—¿Para... para toda la noche? —se informó también Mary.

Daphne suspiró.

—Para toda la noche, Mary, nos estamos volviendo honradas. Bien, ésta es la habitación número uno. ¡Entra, pequeña!

Abrió la puerta de la habitación y Fleurette entró en un pequeño cuarto amueblado de forma admirablemente acogedora. Los muebles eran sencillos y de maderas autóctonas toscamente labradas y la cama era ancha y de sábanas impolutas. El establecimiento relucía por su limpieza y orden. Fleur decidió no darle más vueltas.

—¡Es bonita! —exclamó, y lo pensaba de verdad—. Muchas gracias, señorita Daphne. ¿O señora?

Daphne sacudió la cabeza.

—Señorita, *miss*. En mi oficio, pocas veces nos casamos. Aunque por todas las experiencias que he tenido con hombres (y son muchas, hija mía), te juro no me he perdido nada digno de mención. Así que te dejo ahora sola para que te refresques. Mary o Laurie te traerán enseguida agua para que te laves. —Quiso cerrar la puerta, pero Fleurette la detuvo.

—Sí..., no..., debo ocuparme primero de mi caballo. ¿Dónde dijo que había un establo de alquiler? ¿Y dónde puedo preguntar por mi... por mi prometido?

—El establo de alquiler está a la vuelta de la esquina —respondió Daphne—. Ahí puedes informarte, pero no creo que el viejo Ron sepa nada. De todos modos, no es que sea un portento, estoy segura de que nunca se fija en sus clientes, como mucho en sus caballos. Quizá sepa algo Ethan, el empleado de correos. Se encarga tanto de la tienda como de la oficina de telégrafos. No te perderás, está enfrente en diagonal. Pero date prisa, Ethan cierra pronto. Siempre es el primero en entrar en el pub.

Fleurette volvió a dar las gracias y siguió a Daphne escaleras abajo. Tenía también interés en acabar pronto. Más le valía atrincherarse en la habitación cuando se pusiera en marcha el bar.

La tienda, en efecto, era fácil de encontrar. Ethan, un hombre de mediana edad, seco y calvo, estaba justamente arreglando los escaparates para cerrar.

—De hecho, conozco a todos los buscadores de oro —respondió a la pregunta que le había formulado Fleurette—. Yo recibo sus cartas. Y en general ahí no se lee nada más que «John Smith. Queenstown». Las recogen aquí, por lo que a veces hay dos muchachos que pelean diciendo ser John Smith...

—Mi amigo se llama Ruben. Ruben O'Keefe —explicó diligente Fleur, aunque su razón le advertía que no llegaría muy lejos en ese lugar. Si era cierto lo que Ethan decía, sus cartas habrían acabado ahí. Y era evidente que nadie las había recogido.

El empleado reflexionó.

—No, *miss*, lo siento. Conozco el nombre..., todo el tiempo llegan cartas para él. Las tengo todas aquí. Pero al joven...

—¿Quizás haya dado otro nombre? —se le ocurrió a Fleurette tratando de aliviarse—. ¿Y Davenport? ¿Qué hay de Ruben Davenport?

—Tengo tres Davenport —respondió reposado Ethan—. Pero ningún Ruben.

Amargamente desilusionada, Fleur ya iba a salir cuando decidió hacer otro intento más.

—Tal vez se acuerde de él por su aspecto. Un hombre alto y delgado..., bueno, más bien un muchacho, tiene dieciocho años. Y tiene los ojos grises, un poco como el cielo antes de que llueva. Y el cabello castaño oscuro, revuelto, con un matiz rojizo... Nunca consigue llevarlo bien peinado. —La muchacha sonreía soñadora mientras lo describía, pero la expresión del empleado de correos enseguida la hizo volver a la realidad.

—No lo conozco. ¿Y tú, Ron? ¿Te suena? —Ethan se volvió a un hombre bajo y gordo que acababa de entrar y que esperaba apoyado en el mostrador de la tienda.

El gordo se encogió de hombros.

—¿Cómo es el mulo que lleva?

Fleurette recordó que Daphne había llamado Ron al propietario del establo de alquiler y volvió a alimentar esperanzas.

—¡Tiene un caballo, señor! Una yegua pequeña, muy maciza, parecida a la mía... —Señaló por la puerta abierta a *Niniane*, que seguía esperando frente al hotel—. Pero más pequeña y de pelaje rojizo. Se llama *Minette*.

Dan asintió pensativo.

—Elegante caballo —dijo, con lo cual no dejó adivinar si se refería a *Niniane* o a *Minette*. Fleurette apenas si podía controlar su impaciencia.

—Suena como si fuera el pequeño Rube Kays. Ese que tiene con Stue Peters la parcela esa rara, arriba junto al río Shotover. A Stue sí lo conoces. Es aquel...

—Ese que siempre se queja de que no le sirven mis herramientas. ¡Ah, sí, de ése me acuerdo! Y del otro también, pero no cuenta mucho. Es verdad, tiene un caballo así. —Se volvió hacia Fleur—. Pero ahí ya no puede ir hoy, *lady*. Son seguro dos horas por la montaña.

—¿Y se alegrará de verte...? —inquirió Ron—. No quiero decir nada, pero cuando un tipo pone tanto empeño en cambiar su nombre y largarse al último rincón de Otago para escaparse de ti...

Fleurette se encendió, pero estaba demasiado feliz de su hallazgo para enfadarse.

—Seguro que se alegra de verme —aseveró—. Pero hoy ya es realmente demasiado tarde. ¿Puedo alojar mi caballo en su establo, señor... señor Ron?

Fleur pasó una noche inesperadamente tranquila en su habitación del Hotel de Daphne. Pese a que resonaba la música de piano procedente de abajo y en el bar también había baile (además de que hasta la media noche más o menos se sucedieron en el hotel entradas y salidas constantes). Nadie molestó a Fleur, y en algún momento ella concilió apaciblemente el sueño. A la mañana siguiente se despertó pronto y no se extrañó demasiado del hecho de que, salvo ella, nadie más se hubiera levantado. Para su sorpresa, abajo la esperaba una de las muchachas rubias.

—Tengo que prepararle el desayuno, Miss Fleur —anunció servicialmente—. Daphne dice que la espera una larga cabalgada, Shotover arriba, para ir en busca de su prometido. ¡Laurie y yo lo encontramos muy romántico!

Entonces, ésta era Mary. Fleur dio las gracias por el café, el pan y el huevo y no se sintió molesta cuando Mary se sentó confiada con ella después de haber servido también a *Gracie* un platito con restos de carne.

—Qué perro más mono, *miss*. Una vez conocí uno igual. Pero hace mucho tiempo de eso... —El rostro de Mary casi adoptó una expresión soñadora. La joven no respondía en absoluto a la idea que Fleur tenía de una prostituta—. Antes, nosotras también pensábamos que encontraríamos a un muchacho amable —siguió hablando Mary, mientras acariciaba a *Gracie*—. Pero lo absurdo es que un hombre no puede casarse con dos chicas. Y nosotras no queremos separarnos. Tendríamos que encontrar unos mellizos.

Fleurette rio.

—Pensaba que en su profesión no se casaban —apuntó, repitiendo el comentario que había hecho Daphne el día anterior.

Mary le dirigió una mirada grave con sus redondos ojos azules.

—Ésta no es nuestra profesión, *miss*. Somos chicas como Dios manda y todo el mundo lo sabe. De acuerdo, bailamos un poco, pero no hacemos nada indecente. Es decir, nada «realmente» indecente. Nada con hombres.

Fleurette se extrañó. ¿Podía permitirse un establecimiento como el de Daphne dos cocineras?

—También limpiamos las casas del señor Ethan y del peluquero, el señor Fox, para ganar algo más. Pero siempre trabajamos de forma respetable; ya se encarga Daphne de ello. Si alguien nos pone un dedo encima, arma un alboroto. ¡Un escándalo de padre y muy señor mío! —Los ojos de niña de Mary se iluminaron. Parecía de hecho un poco retrasada. ¿Sería por eso que Daphne se cuidaba de ellas? Pero ahora tenía que irse.

Mary se negó a cobrarle la habitación.

—Ya lo arreglará usted con Daphne, *miss*, cuando vuelva a pasar por aquí. Tengo que decirle que puede usted volver otra vez esta noche. En caso de que suceda algo con su... con su amigo.

Fleurette asintió agradecida y sonrió para sus adentros. Era evidente que ya se había convertido en la comidilla de Queenstown. Y la comunidad no parecía ser muy optimista respecto a su asunto amoroso. Fleurette, a su vez, estaba aun más contenta cuando cabalgó a lo largo del lago, rumbo al sur, y luego remontó el ancho río hacia el oeste. No pasó por grandes campamentos de buscadores de oro. Se hallaba en los terrenos de viejas granjas de ovejas, la mayoría más cercanas a Queenstown que la concesión de Ruben. Los hombres habían construido allí barracones, pero a ojos de Mary se trataban más bien de una especie de versión nueva de Sodoma y Gomorra. La joven se lo había explicado de forma muy plástica; por lo visto, conocía muy bien la Biblia. Sea como fuere, Fleur estaba contenta de no tener que buscar a Ruben entre una horda de toscos compañeros. Dirigió a *Niniane* por la orilla del río y disfrutó del aire limpio y bastante frío. En las llanuras de Canterbury todavía hacía calor a finales de verano, pero esa región era más alta y los árboles que bordeaban el camino ya anticipaban los colores del otoño que aparecerían en esa zona. En pocas semanas los lupinos estarían en flor.

Fleur encontró extraño que hubiera tan pocos seres humanos en la zona. Si ahí se podían obtener concesiones, eso debería de estar hecho un hervidero de buscadores de oro.

Ethan, el empleado de correos, había realizado unos detallados apuntes sobre la situación de cada una de las concesiones y le había descrito con precisión el área de excavaciones de Ruben y Stue. Pero no debería de ser muy difícil de encontrar. Los hombres acampaban junto al río, y tanto *Gracie* como también *Niniane* se percataban más de su presencia que Fleur. *Niniane* erguía las orejas y emitía un relincho estridente que enseguida era respondido. También *Gracie* husmeaba y corría de un lado a otro deseosa de saludar a Ruben.

Lo primero que vio Fleur fue a *Minette*. La yegua estaba algo alejada de la orilla del río, atada al lado de un mulo y la miraba excitada. Junto al río, Fleur distinguió un fogón y una tienda primitiva. Demasiado cerca del río, le pasó por la cabeza. Si el

Shoover sufría una crecida repentina —y eso sucedía con frecuencia en los ríos de montaña— arrastraría consigo el campamento.

—¡*Minnie!* —Fleurette llamó a su yegua y *Minette* le contestó con un profundo y alegre relincho. *Niniane* aceleró el paso. Fleur descendió de la silla para abrazar a su caballo. ¿Pero dónde estaba Ruben? Desde el interior del bosque, que empezaba justo detrás del campamento, oyó el ronquido de una sierra y un martilleo, que de repente enmudecieron. Fleurette sonrió: *Gracie* debía de haber descubierto a Ruben.

En efecto, el joven salió corriendo de inmediato del bosque. Fleurette vio su sueño convertido en realidad. ¡Ahí estaba Ruben, lo había encontrado! A primera vista, tenía buen aspecto. Su rostro delicado estaba bronceado y los ojos le brillaban como siempre que la veía. Sin embargo, cuando la estrechó entre sus brazos, ella le notó las costillas, estaba muchísimo más delgado. Además se advertían en sus rasgos las huellas del cansancio y el agotamiento, y tenía las manos ásperas y llenas de heridas y arañazos. Ruben seguía siendo poco diestro en trabajos manuales.

—¡Fleur, Fleur! ¿Cómo has llegado hasta aquí? ¿Cómo me has encontrado? ¿Has perdido la paciencia o te has escapado? ¡Eres tremenda, Fleurette! —Sonrió a la muchacha.

—He pensado en encargarme yo misma de eso de hacerse rico! —contestó Fleurette, y sacó la bolsa de su padre del bolsillo de su traje de montar—. Mira, ya no necesitas encontrar oro. Pero no me he escapado por eso. Tuve que... que...

Ruben no hizo ni caso de la bolsa, sino que le cogió la mano.

—Ya me lo explicarás más tarde. Primero te enseño el campamento. Éste es un lugar maravilloso, mucho mejor que esas horribles granjas donde crían ovejas y donde malvivimos al principio. Ven, Fleur...

Se encaminó hacia el bosque, pero Fleur sacudió la cabeza.

—¡Primero tengo que atar el caballo, Ruben! ¿Cómo has conseguido no perder a *Minette* en todos estos meses?

Ruben hizo una mueca.

—Es ella quien se ha encargado de no perderme a mí. Era su tarea, ¡admítelo, Fleur! ¡Le dijiste que cuidara de mí! —Acarició a *Gracie*, que saltó gimoteando hacia él.

Al final, *Niniane* quedó amarrada junto a *Minette* y el mulo, y Fleurette siguió al emocionado Ruben a través del campamento.

—Aquí es donde dormimos..., nada del otro mundo, pero limpio. No puedes ni imaginarte lo que era en esas granjas..., y aquí, el arroyo. ¡Que lleva oro! —Señaló un arroyuelo angosto pero vivaz que fluía hacia el Shotover.

—¿Cómo lo ves? —preguntó Fleur.

—¡No se ve, se sabe! —explicó Ruben—. Hay que lavarlo para que salga. Después te enseño cómo se hace. Pero estamos construyendo un lavadero. ¡Ah..., éste es Stue!

El compañero de Ruben también había dejado ahora su lugar de trabajo y se dirigía a su encuentro. Fleurette lo encontró simpático a la primera. Se trataba de un gigante musculoso, de claros y rubios cabellos, cara ancha y risueña y ojos azules.

—Stuart Peters, para servirla, *ma'am*. —Se presentó, dando a Fleurette un fuerte apretón que hizo desaparecer la mano de la muchacha en las suyas.

—Es usted tan hermosa como Ruben me había contado, si me permite la observación.

—Es usted un adulador, Stue. —Fleurette rio y echó un vistazo a la obra en la que Stuart había estado trabajando. Se trataba de un canalón de madera apoyado en postes y alimentado por un pequeña cascada.

—¡Esto es un lavadero de oro! —explicó Ruben con fervor—. Se llena de tierra y se vierte agua. Ésta empuja la arena y el oro se queda aquí en los nervios.

—En los canales —corrigió Stuart.

Fleurette estaba impresionada.

—¿Sabe usted algo sobre la extracción de oro, señor Peters? —preguntó.

—Stue. Llámeme simplemente Stue. Bueno, en realidad soy herrero —admitió Stuart—. Pero ya he ayudado a construir este tipo de cosas antes. De hecho es muy fácil. Aunque los viejos mineros hacen de ello toda una ciencia. Por la velocidad de la corriente y eso...

—¡Es absurdo! —exclamó Ruben dándole la razón—. Si algo pesa más que la arena, enseguida se extrae por lavado, es lógico. Da igual lo deprisa que fluya el agua. ¡Así que el oro permanece aquí!

Fleurette no estaba de acuerdo. La velocidad de la corriente también arrastraría las pepitas pequeñas al menos. Pero claro que eso dependía del tamaño de las pepitas que los chicos querían encontrar. Tal vez uno podía permitirse allí filtrar sólo las más grandes. Así que asintió dócilmente y siguió a los dos de vuelta hacia el campamento. Stue y Ruben pronto se pusieron de acuerdo en hacer un descanso. Poco después, el café hervía en un tosco recipiente sobre el fuego. Mientras, Fleurette tomaba nota de lo austero que era el hogar de ambos buscadores de oro. Sólo había una cazuela y dos cubiertos, y tuvo que compartir su taza de café con Ruben. Nada indicaba que la búsqueda de oro hubiera sido exitosa.

—Bueno, acabamos de empezar —se defendió Ruben cuando Fleur le hizo, en este sentido, una prudente observación—. Hace apenas dos semanas que conseguimos la concesión y ahora acabamos de construir nuestro lavadero.

—¡Lo que hubiera ido mucho más deprisa si ese Ethan, el usurero de Queenstown, no nos hubiera vendido una porquería de herramientas! —gruñó Stuart—. En serio, Fleur, en tres días hemos gastado tres hojas de sierra. Y anteayer volvió a romperse una pala. ¡Una pala! Esas cosas suelen durar toda una vida. Y ya puedo ir cambiando el mango cada dos días, no hay manera de que se quede fijo en la pala. No tengo ni idea de dónde saca el material Ethan, pero es caro y no dura nada.

—Pero la concesión es bonita, ¿verdad? —preguntó Ruben, y miró con los ojos iluminados los terrenos situados en la orilla. Fleur le dio la razón. Pero a ella todavía le hubiera parecido más bonito si también hubiera visto oro.

—Esto... ¿quién os ha recomendado que pidieseis la concesión? —preguntó con cautela—. Me refiero a que por el momento estáis solos. ¿Fue una especie de soplo?

—¡Fue inspiración! —explicó Stuart con orgullo—. Vimos el lugar y nos gustó. Es nuestra concesión. ¡Aquí nos haremos ricos!

Fleurette frunció el entrecejo.

—Significa esto que... hasta ahora nadie ha encontrado todavía oro en esta zona.

—No mucho —reconoció Ruben—. ¡Pero nadie lo ha buscado aún!

Los dos muchachos la miraron con entusiasmo. Fleur sonrió incómoda y decidió hacerse cargo ella misma del asunto.

—¿Ya habéis intentado lavar el oro? —preguntó—. En el arroyo, me refiero. Querías enseñarme cómo se hace.

Ruben y Stuart asintieron a la vez.

—Ya hemos encontrado un poco allí —afirmaron, y cogieron solícitos un tamiz.

—Ahora te lo enseñamos y luego puedes lavar un poco de oro mientras nosotros seguimos trabajando en el lavadero —dijo Ruben—. ¡Seguro que nos traes suerte!

Puesto que era evidente que Fleurette no necesitaba dos profesores y Stuart quería darles la oportunidad de estar solos, se retiró de nuevo río arriba. En las horas que siguieron no volvieron a oír nada más de él, salvo algún que otro improperio cuando una herramienta se rompía.

Fleurette y Ruben aprovecharon la intimidad para saludarse adecuadamente primero. Tenían que volver a comprobar lo dulces que eran sus besos y cómo reaccionaban sus cuerpos.

—¿Te casarás ahora conmigo? —preguntó Fleurette somnolienta al final—. Quiero decir que... no puedo quedarme a vivir con vosotros si no estamos casados.

Ruben asintió con gravedad.

—Es cierto, no puede ser. Pero el dinero..., Fleur, quiero ser franco. Hasta ahora no he podido ahorrar nada. Lo poco que gané en los yacimientos de oro de Queenstown se gastó en el equipo de aquí. Y lo poco que hemos ganado aquí hasta ahora, lo invertimos en herramientas nuevas. Un par de viejos mineros todavía tienen tamices, picos y palas que se han traído desde Australia, pero lo que compramos aquí dura sólo un par de días. ¡Y cuesta una pequeña fortuna!

Fleur rio.

—Entonces, mejor que nos gastemos esto en otra cosa —dijo, y sacó por segunda vez en ese día la bolsa de su padre. Esta vez Ruben prestó atención y se quedó extasiado ante la visión de los dólares de oro.

—¡Fleur! ¡Esto es maravilloso! ¿De dónde lo has sacado? ¡No me digas que se lo has robado a tu abuelo! ¡Tanto dinero! Con él podemos acabar de montar bien el lavadero, construir una cabaña de madera y quizás emplear a un par de ayudantes. Fleur, con esto sacaremos de la tierra todo el oro que hay en ella.

Fleurette no dijo nada respecto a estos planes, sino que le contó la historia de su huida.

—¡No lo entiendo! ¡James McKenzie es tu padre!

Fleurette había abrigado la pequeña sospecha de que Ruben quizá ya lo supiera. A fin de cuentas, sus madres no tenían secretos entre sí y Helen solía filtrar la información de que disponía a Ruben. Pero el joven no estaba al corriente y supuso que tampoco lo estaba Helen.

—Siempre pensé que algo misterioso había en torno a Paul —dijo, sin embargo—. Ahí sí que parece que mi madre sabe algo. Pero sólo ella. Nunca me ha contado nada.

Entretanto, los dos se habían puesto en serio a trabajar junto al río y Fleur aprendió el manejo del tamiz. Hasta entonces siempre había pensado que el oro se tamizaba, pero de hecho también se trabajaba con el método de extracción sumamente sencillo que seguía el principio de lavado con abundancia de agua. Exigía algo de destreza para inclinar el tamiz y sacudirlo de modo que los componentes más ligeros de la tierra fueran arrastrados por el agua hasta que, al final, sólo quedaba primero una masa oscura, llamada «arena negra» y luego, por fin, salía a la luz el oro. Ruben no era muy habilidoso, pero Fleurette pronto se desenvolvió con soltura. Tanto Ruben como Stuart expresaron su admiración por su manifiesto talento natural. Pero poco importaba la destreza con que lavara: sólo muy de vez en cuando quedaban en el tamiz unas diminutas huellas de oro. Por la tarde llevaba casi seis horas trabajando de forma intensiva, mientras los jóvenes habían roto dos hojas de sierra más construyendo el lavadero sin haber realizado ningún auténtico avance.

En el ínterin, Fleurette dejó de preocuparse. Consideraba que buscar oro con un tamiz era, sin más, inútil. Los insignificantes rastros del preciado metal que había lavado ese día habrían sido fruto de la corriente del río. ¿Valía la pena el esfuerzo? Stuart estimó el valor de lo que ella había obtenido en menos de un dólar.

Aun así, los chicos seguían fantaseando con los grandes hallazgos de oro mientras asaban los pescados que Fleurette había capturado, de paso, en el río. Con la venta de los pescados, pensó ella con amargura, seguro que habría ganado más dinero que con todo el tamizado del oro.

—Mañana tenemos que ir primero a Queenstown para comprar nuevas hojas de sierra —gimió Stuart, cuando al final se retiró, comprensivo de nuevo con la pareja. Sostenía que podía dormir tan bien bajo los árboles, junto a los caballos, como en la tienda.

—¡Y para casarnos! —anunció Ruben con gravedad, tomando a Fleurette en sus brazos—. ¿Crees que sería muy malo si anticipáramos la noche de bodas?

Fleur sacudió la cabeza y se estrechó contra él.

—Bastará con no decírselo a nadie.

8

El sol salió por las montañas como concebido para un día de boda. Los Alpes parecían resplandecer en tonos dorados tirando a rojos y malvas, el perfume del bosque flotaba en el aire y el murmullo del arroyo se mezclaba con el susurro del río en una singular felicitación. Fleurette se sentía feliz y satisfecha tras despertar en brazos de Ruben y sacó la cabeza fuera de la tienda. *Gracie* la saludó con un húmedo beso canino.

Fleur la acarició.

—Malas noticias, *Gracie*, pero ¡he encontrado a alguien que besa mejor que tú! —dijo sonriendo—. Venga, despierta tú a Stuart mientras yo me encargo del desayuno. ¡Hoy tenemos muchas cosas que hacer, *Gracie*! ¡No permitas que estos hombres pasen este gran día durmiendo!

El bonachón de Stuart hizo la vista gorda al hecho de que durante los preparativos del viaje a caballo Fleurette y Ruben apenas pudieran separarse el uno del otro. Sin embargo, los dos chicos encontraron extraño que Fleur insistiera en llevarse la mitad de la casa.

—A más tardar, mañana estaremos de nuevo aquí —observó Stuart—. Claro, si realmente nos detenemos en ello, compramos para la mina y eso, tal vez tardemos algo más, pero...

Fleur sacudió la cabeza. Esa noche no sólo había conocido nuevas delicias del placer, sino que también había reflexionado profundamente. No pretendía en absoluto invertir el dinero de su padre en una mina sin futuro. Por supuesto, se lo tendría que comunicar a Ruben con mucha diplomacia.

—Oídme, chicos, lo de la mina no dará resultado —planteó con cautela—. Vosotros mismos decíais que el almacén de material es insuficiente. ¿Creéis que algo va a cambiar porque ahora tengamos un poco más de dinero?

Stuart resopló.

—Seguro que no. El viejo Ethan nos volverá a vender uno de sus artículos inservibles.

Fleur asintió.

—Entonces hagamos las cosas bien. Tú eres herrero. ¿Puedes distinguir una herramienta buena de otra mala? ¿No cuando ya estás trabajando con ella, sino cuando la estás comprando?

Stuart asintió.

—A eso me refiero. Si tengo la elección...

—Bien —le interrumpió Fleur—. Así que alquilaremos o incluso compraremos un carro en Queenstown. Engancharemos los caballos y seguro que consiguen tirar de él. Y luego nos vamos a... ¿cuál es la ciudad grande más cercana? ¿Dunedin? Nos vamos a Dunedin. Y allí compramos vuestras herramientas y el material que haga falta y que necesiten aquí los buscadores de oro.

Ruben convino admirado.

—Muy buena idea. La mina no se nos escapará. Pero no necesitaremos un carro de inmediato, Fleur, podemos cargar el mulo.

Fleurette sacudió la cabeza.

—Compraremos el carro más grande del que puedan tirar los caballos y lo cargaremos con tanto material como haya. Lo traeremos a Queenstown y lo venderemos a los mineros. Si es cierto que todos están descontentos con la tienda de Ethan, sacaremos partido de ello.

Ese día por la tarde, el juez de paz de Queenstown casó a Fleurette McKenzie y Ruben Kays, quien recuperó su auténtico nombre de O'Keefe. Fleurette se puso su traje color crema que, pese al viaje, no tenía ni una arruga. Mary y Laurie insistieron en plancharlo antes del enlace. Las dos también adornaron emocionadas el cabello de Fleur con flores y pusieron guirnaldas en lo arreos de *Niniane* y *Minette* para el trayecto al pub, donde, a falta de iglesia o de una sala de asambleas, se celebró el acontecimiento. Stuart hizo las veces de padrino de bodas de Ruben, y Daphne fue la madrina de Fleur, mientras que Mary y Laurie lloraron sin cesar de la emoción.

Ethan entregó a Ruben todo el correo del último año como regalo de boda. Ron no cabía en sí de orgullo porque Fleurette le había contado a todo el mundo que el feliz encuentro con su esposo se había producido sólo gracias a su gran conocimiento sobre caballos. Al final, Fleurette aflojó unas monedas e invitó a toda la ciudad de Queenstown a festejar su boda, no sin haber calculado que eso le daría la oportunidad no sólo de conocer a todos los habitantes, sino de tantearlos un poco. No, en la zona de la concesión de Ruben nadie había encontrado oro, le aseguró el peluquero, que se había instalado cuando se fundó la ciudad y que al principio, por supuesto, también había acudido en busca de oro.

—Pero de todos modos hay poco que ganar, Miss Fleur —explicó—. Demasiada gente para tan poco oro. Es cierto que siempre hay alguien que encuentra una pepita enorme. Pero la mayoría de las veces malgasta el dinero. ¿Y qué queda? Doscientos o trescientos dólares para el gran afortunado. Eso no llega ni para una granja y un par de bueyes. Sin contar con que el tipo no se vuelva loco e invierta todo el dinero en otras concesiones, todavía más lavaderos y todavía más ayudantes maoríes. Al final, se gastan todo el dinero pero no descubren nuevos yacimientos. Por el contrario, como peluquero y barbero... Por esta región deambulan miles de hombres y todos tienen que cortarse el pelo. Y siempre hay alguno que se clava el pico en la pierna o que se pelea o que se pone enfermo...

De igual modo lo veía Fleurette. Las preguntas que había dirigido a los buscadores, una docena de los cuales había entrado entretanto en el Hotel de Daphne y bebido whisky gratis en abundancia, desencadenaron casi un levantamiento. La sola mención del material que suministraba Ethan calentó los ánimos. Al final, Fleur estaba convencida de que, abriendo su planeada tienda de artículos de ferretería, no sólo se harían ricos, sino que habrían salvado una vida: si no se hacía algo pronto, los hombres acabarían linchando a Ethan.

Mientras Fleurette seguía recabando información, Ruben hablaba con el juez de paz. El hombre no era abogado, sino que trabajaba en realidad haciendo ataúdes y de sepulturero.

—Alguien tenía que encargarse —respondió con un gesto resignado a la pregunta de Ruben acerca de cómo había elegido esa profesión—. Y los tipos pensaron que yo estaría interesado en evitar que se mataran entre sí. Porque me ahorra trabajo...

Fleurette miró con buenos ojos la conversación de ambos hombres. Si Ruben encontraba allí la oportunidad de cursar estudios de abogacía, no insistiría a la vuelta de Dunedin en volver a su concesión.

Fleurette y Ruben pasaron su segunda noche de bodas en la confortable cama doble del Hotel de Daphne.

—En el futuro la llamaremos la Suite de la Boda —anunció la dueña.

—De todos modos, aquí no es frecuente desvirgar a nadie —bromeó Ron.

Stuart, que ya había consumido bastante whisky, le hizo una expresiva mueca.

—¡Pues ha ocurrido! —reveló.

Al día siguiente, hacia mediodía, los amigos se pusieron en camino rumbo a Dunedin. Ruben había conseguido un carro gracias a su nuevo amigo: «Cógelo con toda tranquilidad, chico, también puedo transportar los ataúdes hasta el cementerio con la carretilla.» Y Fleurette había entablado otras conversaciones interesantes. Esta vez con las pocas mujeres respetables del lugar: la esposa del juez de paz y la del peluquero. Al final llevaba otra lista de la compra para Dunedin.

Cuando dos semanas después regresaron con el carro cargado hasta los topes, sólo faltaba un almacén para empezar con la venta. Fleurette no se había preocupado antes al respecto porque había contado con que haría buen tiempo. Sin embargo, el otoño en Queenstown era lluvioso y en invierno nevaba. En los últimos tiempos no se había producido en Queenstown ninguna muerte. Por consiguiente, el juez de paz puso a disposición su almacén de ataúdes para realizar la venta. Fue el único que no pidió ninguna herramienta nueva. En lugar de ello dejó que Ruben le hablara sobre los libros de leyes, a cuya compra fueron destinados algunos dólares de la fortuna de McKenzie.

Con la venta de la carga pronto se recuperó el dinero. Los buscadores de oro acudían en masa al negocio de Ruben y Stuart. Ya al segundo día de su apertura se habían agotado algunas herramientas. Las damas necesitaron algo más de tiempo para hacer su selección, aun más por cuanto la esposa del juez de paz dudó un poco al principio sobre si poner el salón de su casa a disposición de todas las mujeres del lugar... como probador.

—Pero pueden utilizar la habitación contigua del almacén de ataúdes —propuso, lanzando una mirada de desaprobación a Daphne y sus chicas, que ardían en deseos de probarse los vestidos y la lencería que Fleur había comprado en Dunedin—. Es donde Frank a veces amortaja a los muertos.

Daphne se encogió de hombros.

—Si ahora está libre, a mí me da igual. Ya, y además, ¿qué te apuestas a que hasta ahora ninguno de esos tipos ha tenido una muerte tan bonita?

No resultó difícil convencer a Stuart y Ruben de emprender una vez más el camino a Dunedin y, tras la segunda venta, Stuart estaba totalmente colado por la hija del peluquero y no quería de ninguna de las maneras volver a las montañas. Ruben había asumido la contabilidad del pequeño negocio y confirmó, para su sorpresa, lo que Fleurette ya hacía tiempo sabía: con cada viaje entraba mucho más dinero en caja que en todo un año en el yacimiento de oro. Sin contar con que él se desenvolvía mucho mejor como comerciante que como buscador del preciado metal. Cuando las últimas ampollas y heridas de las manos curaron, y tras seis semanas de manejar una pluma en lugar de un pico y una pala, era partidario total de la idea de abrir una tienda.

—Tenemos que construir un cobertizo —dijo al final—. Una especie de gran almacén. De este modo podríamos aumentar también el surtido.

Fleurette asintió.

—Artículos domésticos. Las mujeres necesitan urgentemente cazos como es debido y cubertería bonita... No digas que no enseguida, Ruben. A la larga la demanda de estos artículos aumentará, porque habrá más mujeres aquí. ¡Queenstown se está convirtiendo en una ciudad!

Seis meses más tarde, los O'Keefe celebraron la inauguración de los Almacenes O'Kay en Queenstown, Otago. El nombre se le había ocurrido a Fleurette y estaba muy orgullosa de ello. Además de las nuevas dependencias comerciales, la joven empresa disponía de dos carros más y seis caballos de tiro de sangre fría. La muchacha podía montar de nuevo a lomos de sus caballos y los muertos de la comunidad volvieron a ser elegantemente transportados al cementerio por caballos en lugar de por una carretilla. Stuart Peters había consolidado los vínculos comerciales con Dunedin y abandonó su puesto de jefe de compras. Quería casarse y estaba cansado de los constantes viajes a la costa. En lugar de ello, abrió con la parte de las ganancias que le correspondía una herrería en Queenstown, que no tardó en demostrar ser una «mina de oro» mucho más productiva que las minas del entorno. Fleurette y Ruben emplearon para sustituirlo como jefe de transportes a un antiguo buscador de oro. Leonard McDunn era un hombre tranquilo, sabía de caballos y también sabía tratar con la gente. Fleurette sólo estaba preocupada por los suministros de las damas.

—Realmente no puedo dejar que elija él la ropa interior —explicó quejumbrosa a Daphne, de la cual, para horror de las mujeres respetables de Queenstown, ahora ya en número de tres, se había hecho amiga—. Se pondrá rojo en cuanto me traiga el catálogo. Al menos tendré que acompañarlo cada dos o tres viajes...

Daphne hizo un gesto despreocupado.

—Que lo hagan mis mellizas. No brillan por su inteligencia y no hay que dejar a su cargo las negociaciones, pero tienen buen gusto, y eso siempre lo he valorado. Saben cómo se viste una dama y también, claro está, lo que necesitamos en el «hotel». Además, así salen y ganan su propio dinero.

Al principio Fleurette reaccionó con cierto escepticismo, pero luego no tardó en convencerse. Mary y Laurie llevaron una combinación ideal de ropa decente y unas fantásticas y perversas prendas menudas que, para sorpresa de Fleur, se vendieron como rosquillas, y no sólo entre las prostitutas. La joven esposa de Stuart adquirió ruborizada un corsé negro, y un par de montañeros creyeron que alegrarían a sus mujeres maoríes con ropa interior de colores. Fleur dudaba, sin embargo, de que las cautivara, pero el negocio era el negocio. Y también había, naturalmente, unos discretos probadores, provistos de espejos grandes en lugar de la deprimente tarima para los ataúdes.

El trabajo en la tienda todavía dejaba a Ruben tiempo suficiente para sus estudios de Derecho, que seguían interesándole aunque hubiera enterrado ya su sueño de convertirse en abogado. Para su satisfacción, pronto pudo poner en práctica lo que había aprendido: el juez de paz solicitaba cada vez más sus consejos y al final le pidió que colaborase en la resolución de los pleitos. Ruben demostró ser diligente y correcto, y cuando se convocaron elecciones, el juez en activo quiso darle una sorpresa. En lugar de presentarse para ser reelegido, propuso al joven como sucesor.

—Consideradlo de este modo, chicos —explicó el viejo constructor de ataúdes en su discurso—. Siempre sufrí un conflicto de intereses. Cuando he evitado que la gente se matara entre sí, no necesitábamos más ataúdes. Visto así, yo mismo he echado a perder mi propio negocio. Con el joven O'Keefe ocurre de otro modo, pues quien se rompa la crisma, no volverá a comprarse una herramienta. Así pues, por su propio interés, se encargará de que reinen la paz y el orden. ¡Votadlo pues y a mí dejadme vivir en paz!

Los ciudadanos de Queenstown siguieron su consejo y Ruben fue elegido, por una mayoría aplastante, nuevo juez de paz.

Fleurette se alegró por él, pero no veía claro el argumento:

—También puede uno romperse la crisma con una de nuestras herramientas —le dijo por lo bajo a Daphne—. Y espero de corazón que Ruben no haga desistir a sus clientes con demasiada frecuencia de cometer tan loable acto.

Las únicas gotas de amargura que empañaban la felicidad de Fleurette y Ruben en la floreciente ciudad de los yacimientos de oro era la falta de contacto con sus familias. A ambos les hubiera gustado escribir a sus madres, pero no se atrevían.

—No quiero que mi padre sepa dónde estoy —declaró Ruben cuando Fleurette ya se disponía a escribir a su madre—. Y es mejor que tu abuelo no se entere. Quién sabe lo que harían esos dos. No cabe duda de que cuando nos casamos eras menor de edad. Puede que se les ocurra causarnos problemas. Además temo que mi padre descargue su furia en mi madre. No sería la primera vez. Así y todo, no puedo ni pensar en qué habrá ocurrido allí tras mi partida.

—¡Pero de algún modo tenemos que informarlas! —dijo Fleurette—. ¿Sabes qué? Escribiré a Dorothy. Dorothy Candler. Ella se lo contará a mi madre.

Ruben se llevó las manos a la cabeza.

—¿Estás loca? Si escribes a Dorothy también lo sabrá la señora Candler. Y luego ya puedes anunciarlo a gritos en la plaza del mercado de Haldon. Si lo deseas, escribe mejor a Elizabeth Greenwood. Confío en su discreción.

—Pero tío George y Elizabeth están en Inglaterra —replicó Fleurette.

Ruben se encogió de hombros.

—¿Y qué? En algún momento tendrán que regresar. Hasta entonces, nuestras madres habrán de esperar. Y quién sabe, tal vez Miss Gwyn tenga noticias sobre James McKenzie. Está en alguna cárcel de Canterbury. Es posible que se ponga en contacto con él.

9

James McKenzie fue procesado en Lyttelton. El principio fue algo caótico porque John Sideblossom recomendó que el juicio se hiciera en Dunedin. Presentó como argumento el hecho de que allí habría más posibilidades de descubrir al colaborador del ladrón de ganado y desmontar así todo el entramado criminal.

Sin embargo, Lord Barrington se declaró enérgicamente en contra. Según su opinión, Sideblossom sólo pretendía llevar a la víctima a Dunedin porque allí conocía mejor al juez y albergaba esperanzas de que al final el ladrón de ganado fuera condenado a la horca.

Sideblossom habría preferido resolverlo todo enseguida y sin llamar más la atención, justo después de haber atrapado a McKenzie. Se adjudicó este triunfo sólo a sí mismo, pues a fin de cuentas él había derrotado y apresado a McKenzie. En opinión de los otros hombres la reyerta en el cauce del río había sido innecesaria se mirase por donde se mirase. Por el contrario, si Sideblossom no hubiera tirado al ladrón del mulo y no le hubiera golpeado, habrían podido perseguir a su cómplice. Así que el segundo hombre (algunos de los miembros de la patrulla sostenían que era una muchacha) no habría huido.

Los demás barones de la lana tampoco habían aprobado que Sideblossom vejara a McKenzie haciéndole caminar junto al caballo, una vez reducido, como si fuese un esclavo. No veían ninguna razón para que el hombre, ya gravemente maltrecho, tuviera que ir a pie cuando disponía de un mulo. En algún momento, hombres sensatos como Barrington y Bealey asumieron la responsabilidad y censuraron a Sideblossom por su forma de proceder. Puesto que McKenzie había cometido la mayoría de sus hurtos en Canterbury, se decidió casi por unanimidad que respondiera allí de sus actos. A pesar de las protestas de Sideblossom, los hombres de Barrington liberaron al ladrón el día después de haberlo detenido, aceptaron su palabra de honor de que no escaparía y lo condujeron, desprovisto casi de ataduras, a Lyttelton, donde fue encarcelado hasta su juicio. No obstante, Sideblossom insistió en quedarse con el perro de James, lo que a éste pareció dolerle más que las contusiones que siguieron a la pelea y las cadenas con que Sideblossom le había atado de pies y manos incluso durante la noche que pasó encerrado en un cobertizo. Pidió a los hombres con voz ronca que permitieran que el perro lo acompañara.

Pero Sideblossom no cedió.

—El animal puede trabajar para mí —declaró—. Ya encontraré pronto a alguien que pueda impartirle instrucciones. Un perro pastor de primera clase como éste es caro. Me lo quedaré como una pequeña compensación por los daños que me ha ocasionado ese tipo.

Así que *Friday* se quedó atrás y aulló de forma lastimera cuando los hombres se llevaron a su amo de la granja.

—John no sacará demasiado provecho de esto —opinó Gerald—. Esos chuchos obedecen a un solo pastor.

Durante la polémica en torno de McKenzie, Gerald apenas tomó partido. Por una parte, Sideblossom era uno de sus más antiguos amigos; por otra parte, debía llegar a un entendimiento con los hombres de Canterbury. Y, como casi todos los demás, también él tenía, a su pesar, en gran estima al genial ladrón. Claro que estaba rabioso por las pérdidas que había sufrido, pero, por su naturaleza de jugador, entendía que alguien se ganara la vida no siempre de la manera más honrada. Y si esa persona conseguía además que durante más de diez años no lo atraparan, merecía todo su respeto.

Tras la pérdida de *Friday*, McKenzie se sumergió en un hermético silencio que ni una sola vez rompió hasta que las rejas de la cárcel de Lyttelton se cerraron tras él.

Los hombres de Canterbury estaban decepcionados: les habría gustado saber de primera mano cómo había realizado McKenzie los hurtos, cómo se llamaba su agente de compras y quién era el cómplice que había huido. No obstante, no tuvieron que esperar demasiado al juicio. Éste se fijó, bajo la presidencia del honorable juez de justicia Stephen, para el mes siguiente.

Lyttelton disponía ya de su propia sala de audiencias y los juicios ya no se realizaban en el pub o al aire libre como había sido usual durante los primeros años. No obstante, durante el proceso contra James McKenzie, la sala demostró ser demasiado reducida para acoger a todos los ciudadanos de Canterbury ansiosos por conocer al famoso ladrón. Incluso los barones de la lana que habían salido perjudicados viajaron con sus familias y se pusieron temprano en camino para conseguir un buen asiento. Gerald, Gwyneira y el emocionado Paul se alojaron el día antes en el hotel White Hart de Christchurch para dirigirse luego en carro a Lyttelton a través del Bridle Path.

—Iremos a caballo —dijo Gwyneira sorprendida cuando Gerald le comunicó sus planes—. ¡A fin de cuentas pasaremos el Bridle Path!

Gerald rio satisfecho.

—Te sorprenderás de cómo ha cambiado el camino —respondió alegremente—. Con el tiempo se ha ampliado y se puede circular fácilmente por él. Así que iremos en el coche de caballos, descansados y convenientemente vestidos.

El día en que se celebraba el juicio se puso sus mejores prendas. Y Paul, vestido con un terno, parecía muy mayor.

Gwyneira, por el contrario, se atormentó cavilando qué significaba ir convenientemente vestido. Si tenía que ser franca, hacía tiempo que no se preocupaba por qué ropa llevaba. Pero por mucho que se dijera que a fin de cuentas poco importaba lo que vistiera una dama de edad madura en un juicio, mientras fuera arreglada y no llamara demasiado la atención, su corazón latía con fuerza al pensar en que iba a volver a ver a James McKenzie. Aunque él también la vería a ella, y, naturalmente, la reconocería. ¿Pero qué sentiría al contemplarla? ¿Volverían a brillar los ojos del hombre como entonces, como cuando ella no supo apreciarlo? ¿O sentiría él compasión porque ella había envejecido, porque las primeras arrugas surcaban su rostro, porque las preocupaciones y el miedo habían dejado en él sus huellas? Tal vez sólo sintiera indiferencia; tal vez ella sólo fuera un recuerdo pálido y lejano, difuminado por diez años de vida salvaje. ¿Y si el misterioso «cómplice» era una mujer? ¡Su mujer!

Gwyneira se reprendió por dar vueltas a unos pensamientos que a veces se convertían en fantasías propias de una adolescente, al volver a recordar las semanas que había pasado con James. ¿Habría olvidado él los días a la orilla del lago? ¿Las maravillosas horas en el círculo de piedras? Pero no, se habían separado peleados. Él nunca la perdonaría por haber dado a luz a Paul. Algo más de todo lo que Paul también había destrozado...

Gwyneira se decidió al final por un vestido azul oscuro con pelerina, abrochado por delante, con botones de broquel que eran como pequeñas joyas. Kiri le recogió el cabello en un moño, un peinado sobrio que fue soltándose con el coqueto sombrerito que acompañaba el vestido. Gwyneira tenía la impresión de estar pasando horas delante del espejo para recoger sus rizos, cambiar un poco de sitio el sombrerito y arreglar los puños de las mangas del vestido para que los botones quedaran a la vista. Cuando al final tomó asiento en el coche de caballos estaba pálida de impaciencia, miedo y también por una especie de alegría anticipada. Si seguía así tendría que pellizcarse las mejillas para darles un poco de color antes de entrar en la sala. Pero prefería eso a ruborizarse: Gwyn esperaba no sonrojarse en presencia de McKenzie. Temblaba y se convenció de que era a causa del frío día de otoño. No podía tener las manos quietas y fruncía con dedos crispados las cortinillas del coche.

—¿Qué sucede, madre? —le preguntó Paul al cabo de un rato, y Gwyn se sobresaltó. Paul tenía un sexto sentido para las debilidades humanas. De ninguna de las maneras debía descubrir que había algo entre ella y James McKenzie—. ¿Estás nerviosa por el señor McKenzie? —insistió—. El abuelo me ha contado que lo conociste, también él. Era capataz de Kiward Station. Madre, qué locura que se marchara de repente de allí y se pusiera a robar ovejas, ¿verdad?

—Sí, ¡una completa locura! —balbuceó Gwyneira—. Ojalá no hubiera..., no hubiéramos todos confiado en él.

—¡Y ahora es posible que lo cuelguen! —observó complacido Paul—. ¿Iremos a ver cómo lo ahorcan, abuelo?

Gerald resopló.

—No colgarán a ese canalla. Ha tenido suerte con el juez. Stephen no es un ganadero. A él le deja frío que haya empujado a la gente al borde de la ruina...

Gwyneira esbozó una sonrisa. Por lo que ella sabía, los robos de McKenzie no eran, para ninguno de los afectados, más que una leve picadura.

—Pero pasará un par de años tras los barrotes. Y quién sabe, puede que hoy nos cuente algo sobre los individuos que están detrás de él. Parece que no lo ha hecho todo solo... —Gerald no creía en esas historias que afirmaban que una mujer acompañaba a McKenzie. Más bien pensaba que era un joven cómplice, pero sólo habían divisado su silueta.

—Sería especialmente interesante conocer al intermediario. Desde este punto de vista, habríamos tenido mejores posibilidades si el tipo se hubiera presentado ante el tribunal de Dunedin. En eso Sideblossom tenía razón. ¡Por cierto, ahí está! ¡Mirad! Ya sabía yo que no iba a perderse el juicio contra el ladrón.

John Sideblossom pasó galopando con su semental negro junto al coche de Warden y saludó con cortesía. Gwyneira gimió. ¡Cuánto le hubiera gustado evitar el reencuentro con el barón de la lana de Otago!

Sideblossom no se había disgustado porque Gerald tomara partido por los hombres de Canterbury e incluso había reservado sitio para él y su familia. Saludó calurosamente a Gerald, algo condescendiente a Paul y de forma gélida a Gwyneira.

—¿Ya ha vuelto a aparecer su encantadora hija? —preguntó sarcástico, cuando ella se sentó lo más lejos posible de él en los cuatro asientos que tenían reservados.

Gwyneira no respondió. Pero Paul se apresuró a asegurar a su ídolo que no habían vuelto a tener noticias de Fleurette.

—En Haldon se dice que ha caído en una especie de semillero de vicios.

Gwyneira no reaccionó. En las últimas semanas se había acostumbrado a no contradecir apenas a Paul. El chico ya hacía tiempo que estaba fuera de su influencia, si es que alguna vez había ejercido alguna sobre él. Él sólo se guiaba por Gerald y apenas acudía ya a las clases de Helen. Gerald siempre hablaba de contratar a un profesor privado para el joven, pero Paul era de la opinión que ya había aprendido en la escuela lo suficiente para ser granjero y ganadero. Mientras trabajaba en la granja, seguía absorbiendo como una esponja los conocimientos sobre la conducción del ganado y el esquileo. Sin lugar a dudas era el heredero que Gerald había deseado; aunque no el socio con que soñaba George Greenwood. Reti, el joven maorí que dirigía los negocios de George mientras éste se hallaba en Inglaterra, se había quejado a Gwyneira. A su parecer, Gerald recurría a un segundo, tan ignorante como Howard O'Keefe, pero con menos experiencia y más poder.

—Al chico no puede hacérsele la menor indicación —se lamentó Reti—. Desagrada a los trabajadores de la granja y los maoríes lo odian sin más. Pero el señor Gerald se lo tolera todo. ¡La supervisión de un cobertizo de esquileo! ¡A un chico de doce años!

Los mismos esquiladores le habían confesado a Gwyneira que se sentían injustamente tratados. En su afán por hacerse el importante y ganar la tradicional competición entre los cobertizos, Paul se había anotado más ovejas esquiladas que las que en realidad había habido. A los esquiladores les convenía, pues a fin de cuentas se les pagaba por unidad. Pero luego las cantidades de lana no se ajustaban con las anotaciones. Gerald montó en cólera y culpó a los esquiladores. Los otros esquiladores se quejaron porque la apuesta estaba manipulada y los premios se habían distribuido mal. En conjunto se armó un lío horrible y Gwyn, al final, tuvo que pagar a todos un sueldo mucho más elevado para garantizar que las cuadrillas de esquiladores regresaran al año siguiente.

En realidad, Gwyneira ya estaba harta de las fechorías de Paul. Habría preferido enviarlo a un internado en Inglaterra por dos años, o al menos a Dunedin. Pero Gerald no quería ni oír hablar de ello, así que Gwyneira hizo lo que siempre había hecho desde que Paul había nacido: ignorarlo.

Gracias a Dios, en esos momentos y en la sala de la audiencia, se mantenía callado. Escuchaba la conversación entre Gerald y Sideblossom y los fríos saludos que dedicaban los otros barones de la lana al visitante de Otago. La sala pronto estuvo llena y Gwyn saludó a Reti, que fue el último en colarse dentro de la habitación: le pusieron algún obstáculo, pues algunos *pakeha* no querían dejar sitio al maorí, pero la sola mención del nombre Greenwood le abría a Reti todas las puertas.

Por fin dieron las diez y el honorable juez Sir Stephen entró puntualmente en la sala y abrió el juicio. El interés de la mayoría de los espectadores se despertó, no obstante, cuando el imputado fue conducido al interior. La aparición de James McKenzie desencadenó una mezcla de improperios y vítores. El mismo James no reaccionó ni a unos ni a otros, sino que mantuvo la cabeza hundida y pareció alegrarse de que el juez pidiera silencio al público.

Gwyneira se asomaba por encima de los corpulentos granjeros tras los cuales se había sentado, una elección equivocada, pues tanto Gerald como Paul disfrutaban de mejor visión, pero había querido evitar la cercanía de Sideblossom. James McKenzie llegaría a vislumbrarla cuando fuera conducido junto a su abogado defensor de oficio, que parecía bastante abatido. El inculpado alzó finalmente la vista ante todos, una vez que hubo ocupado su sitio.

Hacía días que Gwyneira se preguntaba qué sentiría cuando volviera a ver a James. Si lo reconocería de verdad y volvería a ver en él lo que entonces..., sí ¿qué? ¿Lo que entonces la había impresionado, cautivado? Fuera lo que fuese lo que había sido, se remontaba a doce años atrás. Tal vez su excitación estuviera de más. Tal vez sería sólo un extraño para ella al que siquiera hubiese reconocido por la calle.

Sin embargo, ya la primera mirada sobre el hombre alto que se hallaba en el banquillo de los acusados la iluminó. James McKenzie no había cambiado nada, al menos para Gwyneira. Por las ilustraciones de los periódicos que habían informado sobre su detención, había contado con encontrarse a un individuo barbudo y asilvestrado, pero ahora McKenzie estaba recién afeitado y llevaba ropa limpia y sencilla. Al igual que antes, seguía siendo delgado y fibroso, pero, bajo la camisa blanca y algo gastada, la musculatura revelaba un cuerpo vigoroso. Tenía el rostro quemado por el sol, salvo en los lugares que antes había cubierto la barba. Los labios parecían más finos, señal de que estaba preocupado. Gwyneira había visto con frecuencia esa expresión en su rostro. Y sus ojos... Nada, nada en absoluto había cambiado en su expresión osada y despierta. Claro que ahora no mostraba aquella sonrisa sardónica, sino tensión y tal vez algo parecido al miedo, pero las arruguitas de entonces seguían estando allí, aunque algo más marcadas, dando a todo el semblante de James un aspecto más duro, más maduro y mucho más grave. Gwyneira lo habría reconocido a primera vista. Ah, sí, lo habría reconocido entre todos los hombres de la isla Sur, cuando no de todo el mundo.

—¡James McKenzie!

—¿Señoría?

Gwyneira también habría reconocido su voz. Esa voz oscura y cálida que podía ser tan tierna, pero firme y segura cuando daba instrucciones a sus hombres o a sus perros pastores.

—Señor McKenzie, se le acusa de haber cometido numerosos robos de ganado tanto en las llanuras de Canterbury como en la región de Otago. ¿Se declara usted culpable?

McKenzie se encogió de hombros.

—En la región se roba mucho. No sabría, en lo que a mí concierne...

El juez aspiró una profunda bocanada de aire.

—Existen declaraciones de personas respetables que afirman que fue usted sorprendido con un rebaño de ovejas robadas por encima del lago Wanaka. ¿Admite esto al menos?

James McKenzie repitió el mismo gesto.

—Hay muchos McKenzie. ¡Hay muchas ovejas!

Gwyneira casi se echó a reír; pero en realidad estaba preocupada. Ése era el mejor método para que el honorable juez Sir Stephen montara en cólera. Además no tenía ningún sentido negarlo. El rostro de McKenzie todavía mostraba las señales de la pelea con Sideblossom y también Sideblossom debía de haberse llevado una buena paliza. Gwyn encontró cierta satisfacción en que el ojo de éste estuviera todavía mucho más morado que el de James.

—¿Puede alguien en la sala dar fe de que se trata aquí del ladrón de ganado McKenzie y no, por azar, de otra persona que responde a este nombre? —preguntó el juez suspirando.

Sideblossom se levantó.

—Yo lo puedo atestiguar. Y tenemos una prueba aquí que puede disipar cualquier duda. —Se volvió hacia la entrada de la sala, donde había apostado a un ayudante—. ¡Suelta al perro!

—*¡Friday!* —Una sombra pequeña y oscura pasó volando por la sala de audiencias directa hacia James McKenzie. Éste pareció olvidarse al instante del papel que había pensado jugar delante del tribunal. Se inclinó, cogió a la perrita y la acarició—. *¡Friday!*

El juez puso los ojos en blanco.

—Podría haber sido una irrupción menos dramática, pero sea. Haga constar en el acta que el hombre fue confrontado con el perro pastor que conducía el rebaño de ovejas robadas y que ha reconocido al animal como suyo. Señor McKenzie, ¿no me contará que el perro también tiene un doble?

James esbozó su vieja sonrisa.

—No —respondió—. ¡Este perro es único! —*Friday* jadeaba y lamía las manos de James—. Su señoría, nosotros... nosotros podríamos detener un momento este juicio. Lo diré todo y lo admitiré todo mientras usted me asegure que *Friday* puede quedarse conmigo. También en la prisión. Eche un vistazo al animal, es evidente que apenas ha comido desde que lo separaron de mí. La perra no le sirve a ese..., al señor Sideblossom, no obedece a nadie...

—Señor McKenzie, ¡no estamos deliberando aquí sobre su perro! —contestó con firmeza el juez—. Pero si es así como está dispuesto a confesar... Los robos en Lionel Station, Kiward Station, Beasley Farms, Barrington Station... ¿corren todos de su cuenta?

McKenzie reaccionó con el ya conocido encogimiento de hombros.

—Hay muchos robos. Lo dicho, puede que de vez en cuando me haya apropiado de alguna oveja... Un perro como éste necesita adiestramiento. —Señaló a *Friday*, lo que desencadenó una fuerte carcajada en la sala—. Pero mil ovejas...

El juez volvió a suspirar.

—Bien. Si así lo quiere. Llamaremos a los testigos. El primero será Randolph Nielson, capataz de Beasley Farms...

La intervención de Nielson abrió una ronda de testimonios de trabajadores y ganaderos que sin excepción confirmaron que habían robado cientos de animales en las granjas mencionadas. Muchos habían sido recuperados en el rebaño de McKenzie. Todo eso era agotador y James habría podido abreviar el proceso, pero se mostraba obstinado y negó todo conocimiento sobre el ganado robado.

Mientras los testigos recitaban monótonamente cifras y fechas, McKenzie paseaba los dedos por el pelaje de *Friday*, acariciándola y sosegándola, dejando errar la mirada por la sala. Había cosas que antes de ese procedimiento le habían tenido más ocupado que el miedo a la soga. El juicio se celebraba en Lyttelton, en las llanuras de Canterbury, relativamente cerca de Kiward Station. ¿Estaría ella también ahí? ¿Acudiría Gwyneira? En las noches que precedieron al juicio, James recordó cada momento, cada acontecimiento por diminuto que fuera relacionado con ella. Desde su primer encuentro en el establo hasta la despedida, cuando ella le regaló a *Friday*. ¿Después de que lo hubiera engañado? Desde entonces no había pasado día sin que James pensara en ello. ¿Qué sucedió entones? ¿A quién había preferido antes que a él? ¿Y por qué parecía tan desesperada y triste cuando él la presionaba para que hablase? En realidad debería de haberse sentido satisfecha. El pacto con el otro había sido igual de efectivo que el que había cerrado con él...

James vio a Reginald Beasley en la primera fila, junto a los Barrington; también había sospechado del joven *lord*, pero Fleurette le había asegurado, respondiendo a sus cautas preguntas, que no mantenía ningún contacto con los Warden. ¿No se habría interesado más por Gwyneira si fuera el padre de su hijo? Al menos parecía ocuparse de forma conmovedora de los niños que estaban sentados entre él y su invisible esposa. George Greenwood no estaba presente. Pero según las declaraciones de Fleur, tampoco él entraba en consideración. Si bien mantenía un vivo contacto con todos los granjeros, siempre había protegido más a Ruben, el hijo de Helen O'Keefe.

Y ahí estaba ella. En la tercera fila. Casi escondida por un par de robustos ganaderos que se sentaban delante y que probablemente todavía tenían que declarar. Se inclinaba hacia delante y debía torcerse un poco para mantenerlo en su campo de visión, pero lo conseguía sin esfuerzo, delgada y ágil como estaba. ¡Sí, era hermosa! Igual de hermosa, despierta y vigilante como siempre. Su cabello se liberaba una y otra vez del rígido peinado con que había intentado domarlo. Tenía el semblante pálido y los labios entreabiertos. James intentó no cruzar su mirada con la de ella, habría sido demasiado doloroso. Tal vez más tarde, cuando su corazón dejara de latir frenético y cuando ya no temiera que sus ojos revelaran lo que todavía sentía por ella...

Primero se obligó a apartar la vista de la mujer y seguir paseándola por los bancos de los asistentes. Junto a Gwyneira esperaba ver a Gerald, pero ahí había un niño, un muchacho, quizá de doce años. James contuvo el aliento. Claro, debía de ser Paul, su hijo. Paul ya debía de ser lo bastante mayor para acompañar a su abuelo y su madre al juicio. James contempló al chico. Tal vez semejaba a su padre en los rasgos... Fleurette apenas se parecía a él, pero con cada hijo ocurría de modo distinto. Y con éste...

McKenzie se quedó helado al contemplar el rostro del joven con mayor detenimiento. ¡Era imposible! Pero así era: el hombre a quien Paul se parecía como si fueran dos gotas de agua estaba sentado justo a su lado: Gerald Warden.

McKenzie distinguió en ambos el mismo mentón anguloso, los ojos castaños y vivos, situados muy cerca en el rostro, la nariz carnosa. Rasgos marcados, una expresión igual de decidida en el semblante del anciano y en el del joven. No cabía duda, ese niño era un Warden. Los pensamientos de James se agolpaban en su cabeza. Si Paul era hijo de Lucas, ¿por qué entonces el padre se había marchado a la costa Oeste? O...

El descubrimiento le cortó la respiración, como si le hubieran propinado un puñetazo inesperado en el estómago. ¡El hijo de Gerald! No podía ser de otro modo, el niño no se parecía en nada al esposo de Gwyneira. Y ésa debía de ser la razón de que Lucas huyera. Había sorprendido a su mujer engañándolo, pero no con un desconocido, sino con su propio padre... ¡pero eso era totalmente imposible! Gwyneira nunca se habría entregado de buen grado a Gerald. Y si lo hubiera hecho, habría actuado con discreción. Lucas nunca lo habría sabido. Entonces..., Gerald tenía que haber forzado a Gwyneira.

James sintió un profundo arrepentimiento y rabia contra sí mismo. Ahora por fin veía con claridad por qué Gwyn no había podido hablar de ello, por qué se había sentido frente a él enferma de vergüenza e impotente ante el miedo. No podía contarle la verdad, todo habría empeorado aún más. James habría matado al viejo.

En lugar de eso, él, James, había abandonado a Gwyneira. Todavía lo había empeorado todo dejándola sola con Gerald y obligándola a criar a ese niño nefasto del que Fleurette había hablado con una aversión total. James sintió que crecía en él la desesperación. Gwyn nunca se lo perdonaría. Debería haberlo sabido o haber aceptado al menos su rechazo a hablar de ello sin plantearle preguntas. Debería de haber confiado en ella. Pero así...

James dirigió de nuevo una mirada de soslayo hacia su delicado rostro y se sobresaltó cuando ella levantó la cabeza y clavó la vista en él. Y entonces, de repente, todo desapareció. Se disolvió la sala de la audiencia ante sus ojos y los de Gwyneira; nunca había existido Paul Warden. En un círculo mágico sólo Gwyn y James estaban uno frente a otro. La vio como la muchacha que se había lanzado sin miedo a la aventura de Nueva Zelanda pero que no sabía cómo conseguir tomillo para preparar un plato inglés. Todavía recordaba con todo detalle el modo en que ella le sonrió cuando le tendió el ramito de hierbas. Y luego la insólita petición de si quería ser el padre de su hijo..., los días juntos en el lago y las montañas. La increíble sensación que experimentó el primer día que vio a Fleur en brazos de Gwyn.

Entre Gwyneira y James, en ese momento, se cerró un lazo largo tiempo roto, y nunca más volvería a soltarse.

—Gwyn... —Los labios de James dibujaron de forma inaudible su nombre, y Gwyneira sonrió aliviada, como si le hubiera comprendido. No, no tenía nada en contra de él. Se lo había perdonado todo y era una mujer libre. Ahora estaba por fin libre para él. ¡Si sólo hubiera podido hablar con ella! Tenían que volver a intentarlo, se pertenecían el uno al otro. ¡Ojalá no existiera ese juicio funesto! Por todos los cielos, si no lo colgaran...

—Señoría, creo que podemos abreviar este asunto. —James McKenzie pidió la palabra justo cuando el juez iba a llamar al siguiente testigo.

El juez Stephen alzó la vista sin esperanzas.

—¿Quiere usted declarar?

McKenzie asintió. En las próximas horas informó con tono pausado acerca de sus robos y también del modo en que llevaba las ovejas a Dunedin.

—Pero debe usted comprender que no puedo dar el nombre

del intermediario que compraba los animales. Nunca preguntó de dónde sacaba los míos, ni yo pregunté por los suyos.

—¡Pero debe de conocerlo! —exclamó enojado el juez.

De nuevo, McKenzie se encogió de hombros.

—Conozco un nombre, pero ¿será el suyo...? Además, no soy un delator, su señoría. El hombre no me ha engañado y me ha pagado como convenido, no me exija que me convierta en un traidor.

—¿Y tu cómplice? —gritó alguien de la sala—. ¿Quién era el tipo que se escapó?

McKenzie consiguió parecer desconcertado.

—¿Qué cómplice? Siempre he trabajado solo, su señoría, solo con mi perro. Lo juro por Dios.

—¿Y quién era el hombre que estaba con usted cuando lo detuvieron? —preguntó el juez—. Algunos también opinan que se trataba de una mujer.

McKenzie asintió con la cabeza hundida.

—Sí, correcto, su señoría.

Gwyneira se estremeció. ¡Entonces, sí se trataba de una mujer! James se había casado o al menos vivía con una mujer. Pero... cuando la había mirado... había pensado que todavía...

—¿Qué significa eso de «sí, correcto»? —preguntó el juez irritado—. ¿Un hombre, una mujer, un fantasma?

—Una mujer, su señoría. —McKenzie seguía con la cabeza baja—. Una muchacha maorí con la que estoy viviendo.

—¡Y le das el caballo a ella cuando tú vas en mulo y se escapa como alma que lleva el diablo! —gritó alguien de la sala provocando una carcajada general—. ¡Eso se lo contarás a tu abuela!

El juez pidió silencio en la sala.

—Debo admitir —observó entonces— que esta historia suena también un poco extraña a mis oídos.

—La muchacha me era muy preciada —contestó McKenzie con calma—. Es lo... lo más valioso que me ha ocurrido. Siempre le daría el mejor caballo, lo haría todo por ella. Daría mi vida. ¿Y por qué no iba a saber montar a caballo?

Gwyneira se mordió los labios. Así que era cierto que James

había encontrado un nuevo amor. Y si sobrevivía, volvería con ella...

—Ajá —intervino el juez con sequedad—. Una chica maorí. ¿Tiene esa hermosa muchacha un nombre y una tribu?

McKenzie pareció pensar unos segundos.

—No pertenece a ninguna tribu. Tendríamos que remontarnos muy lejos para contarlo todo aquí, pero procede de la unión de un hombre y una mujer que nunca compartieron el lecho en una casa común. Su unión fue, empero, bendecida. Tuvo lugar para... para... —Buscó los ojos de Gwyn—. Para secar las lágrimas de un dios.

El juez frunció el ceño.

—Bien, no he pedido una introducción en las ceremonias de procreación paganas. ¡Hay menores en la sala! La muchacha fue desterrada de la tribu y no tiene nombre...

—No, sí tiene nombre. Se llama Pua..., Pakupaku Pua —McKenzie miró a Gwyn a los ojos cuando pronunció el nombre y ella esperó que nadie le dirigiera la mirada, pues pasaba alternativamente de la palidez al rubor. Si era cierto lo que ella había creído entender...

Cuando el juzgado se retiró para deliberar unos minutos más tarde, salió corriendo entre las filas, sin disculparse antes de Gerald o Sideblossom. Necesitaba a alguien que se lo confirmara, a alguien que supiera maorí mejor que ella. Ya sin aliento, encontró a Reti.

—¡Reti! ¡Qué suerte que estés aquí! Reti, ¿qué... qué significa *pua*? ¿Y *pakupaku*?

El maorí rio.

—Eso realmente debería saberlo usted, Miss Gwyn. *Pua* significa flor y *pakupaku*...

—Significa pequeña... —susurró Gwyneira. Tenía la sensación de que podría haber gritado de alivio, llorado, bailado. Pero sólo sonrió.

La muchacha se llamaba Florecita. Ahora entendía Gwyn lo que la mirada evocadora de James quería decirle. Debía de haber encontrado a Fleurette.

James McKenzie fue condenado a cinco años de encierro en una prisión de Lyttelton. Naturalmente, no pudo conservar el perro. John Sideblossom debía ocuparse del animal, siempre que eso le interesara. Al juez Stephen le daba totalmente igual. El tribunal, volvió a subrayar, no era responsable de animales domésticos.

Lo que siguió fue odioso. Los alguaciles y los agentes de policía tuvieron que separar usando la violencia a McKenzie y *Friday*. La perrita, a su vez, mordió a Sideblossom cuando éste le puso la correa. Paul contó después, alegrándose del pesar ajeno, que el ladrón de ganado había llorado.

Gwyneira no le hizo caso. Tampoco estuvo presente cuando se falló la sentencia, estaba demasiado alterada. Paul haría preguntas cuando la viera así y temía su intuición, que con frecuencia era sorprendente.

En lugar de eso esperó fuera con el pretexto de tomar aire fresco y de necesitar moverse un poco. Para evitar a la multitud que esperaba delante del edificio del juzgado la sentencia, caminó alrededor de la audiencia, y, sin haberlo esperado, tuvo un último encuentro con James McKenzie. El condenado se retorcía entre dos hombres corpulentos que lo arrastraban de malos modos por una salida posterior hasta el vehículo carcelario que estaba aguardándolo. Había estado luchando acaloradamente hasta ese momento, pero a la vista de Gwyn se sosegó.

—Volveré a verte —dibujaron sus labios—. ¡Gwyn, volveré a verte!

10

Apenas habían pasado seis meses desde el proceso de James McKenzie, cuando Gwyneira vio interrumpidas sus labores diarias por una excitada niña maorí. Como siempre, tenía a sus espaldas una mañana ajetreada y enturbiada una vez más a causa de otra discusión con Paul. El joven había vuelto a ofender a dos pastores maoríes, y eso justo antes del esquileo y de que las ovejas fueran conducidas a los pastizales de la montaña, para lo que se necesitaban todas las manos disponibles. Ambos hombres eran insustituibles, experimentados, leales y no había la menor razón para violentarlos por que hubieran aprovechado el invierno para realizar una de las tradicionales migraciones de su tribu. Era normal: cuando se agotaban las provisiones que la tribu había almacenado para el invierno, los maoríes desaparecían para ir a cazar a otras zonas de la región. Las casas junto al lago se abandonaban de la noche a la mañana y nadie acudía a trabajar a excepción de unos pocos empleados domésticos de confianza. Para los recién llegados *pakeha* esto resultaba al principio insólito, pero los colonos que llevaban allí largo tiempo, ya hacía mucho que se habían acostumbrado. Aun más cuanto las tribus tampoco desaparecían en cualquier época, sino sólo cuando no encontraban nada más que comer cerca de sus asentamientos o cuando habían ganado lo suficiente con los *pakeha* para ir a comprar. Cuando era la estación de la siembra en sus campos y el esquileo y la conducción del ganado ofrecían abundante trabajo, regresaban. Así también los dos trabajadores de Gwyneira, que no entendían en absoluto por qué Paul los reprendía rudamente por su ausencia.

—¡El señor Paul ya debe saber que regresamos! —dijo uno de los hombres enfadado—. Ha compartido mucho tiempo el campamento con nosotros. Era como un hijo cuando era pequeño, como el hermano de Marama. Pero ahora..., sólo problemas. Sólo porque problemas con Tonga. Dice que no obedecemos a él, sólo a Tonga. Y Tonga querer que él marcharse. Pero es absurdo. ¡Tonga todavía no llevar *tokipoutangata*, hacha de jefe..., y el señor Paul todavía no señor de la granja!

Gwyneira suspiró. Por el momento, el último comentario de Ngopinis le dio una buena arma para tranquilizar a los hombres. Al igual que Tonga todavía no era jefe, a Paul todavía no le pertenecía la granja, así que no debía amonestar ni despedir a nadie. Bastaban como disculpa unas semillas, dijeron los maoríes, dispuestos al final a seguir trabajando para Gwyn. Pero cuando Paul tomara las riendas del negocio la gente se le iría. Probablemente Tonga trasladaría todo el campamento, cuando un día tuviera la dignidad de jefe, para no tener que ver más a Paul.

Gwyneira salió en busca de su hijo y le reprochó todo eso, pero Paul sólo hizo un gesto de indiferencia.

—Entonces, me limitaré a contratar a colonos recién llegados. ¡Son más fáciles de dirigir! Y de todos modos, Tonga no se atreverá a marcharse. Los maoríes necesitan el dinero que ganan aquí y la tierra en la que viven. ¿Quién va a permitirles que ocupen sus propiedades? Ahora toda la tierra pertenece a los ganaderos blancos. ¡Y lo menos que necesitan es a alguien que provoque disturbios!

Enfadada, Gwyn tuvo que admitir que Paul tenía razón. La tribu de Tonga no sería bien recibida en ningún lugar. Pero ese pensamiento no la tranquilizaba, sino que más bien le producía temor. Tonga era una persona impulsiva. Nadie podía predecir lo que ocurriría cuando fuera consciente de lo que Paul acababa de mencionar.

Y ahora llegaba esa muchacha a la cuadra, donde Gwyn estaba ensillando su caballo. Otra maorí a ojos vistas turbada. Esperaba que no tuviera más quejas contra Paul.

Pero la muchacha no pertenecía a la tribu vecina. Gwyn reconoció a una de las pequeñas pupilas de Helen. Se acercó con timidez e hizo una pequeña inclinación delante de Gwyn como una aplicada alumna inglesa.

—Miss Gwyn, me envía Miss Helen. Tengo que decirle que en O'Keefe Farm la espera alguien. Y tiene que ir deprisa, antes de que oscurezca, antes de que vuelva el señor Howard, si hoy por la noche no se va al bar. —La niña hablaba un inglés excelente.

—¿Quién puede estar esperándome ahí, Mara? —preguntó Gwyneira desconcertada—. Todo el mundo sabe dónde vivo...

La pequeña adoptó una expresión seria.

—¡Es un secreto! —respondió gravemente—. Y no se lo debo decir a nadie más, sólo a usted.

El corazón de Gwyneira empezó a palpitar con fuerza.

—¿Fleurette? ¿Es mi hija? ¿Fleur ha regresado? —No daba crédito, aunque esperaba que su hija ya hiciera tiempo que viviera con Ruben en algún lugar de Otago.

Mara sacudió la cabeza.

—No, *miss*, es un hombre..., hum, un *gentleman*. Y tengo que decirle que se dé usted prisa. —Al pronunciar las últimas palabras volvió a hacer una reverencia.

Gwyneira asintió.

—Bien, pequeña. Coge deprisa unos dulces de la cocina. Moana ha preparado antes galletas. Mientras, voy a enganchar el cabriolé. Así podrás volver conmigo.

La chica sacudió la cabeza.

—Yo iré a pie, Miss Gwyn. Es mejor que coja su caballo. Miss Helen dice que se dé mucha... mucha prisa.

Gwyneira no entendía absolutamente nada, pero acabó de ensillar obedientemente el caballo. Así que hoy, nada de inspeccionar los cobertizos de esquileo, sino visita a casa de Helen. ¿Quién sería el misterioso individuo? Puso las riendas a *Raven*, una hija de la yegua *Morgaine*, a toda prisa, un ritmo que agradaba a la joven yegua. *Raven* se pasó diligente al trote en cuanto Gwyneira dejó tras de sí los edificios de Kiward Station. En lo que iba de tiempo, el atajo que unía las granjas estaba tan batido que casi no tenía que tirar de las riendas del caballo para ayudarle a pasar los tramos complicados. *Raven* saltó el arroyo con un poderoso brinco. Gwyneira pensó con una sonrisa triunfal en la última cacería que había organizado Reginald Beasley. El hombre había contraído segundas nupcias con una viuda de Christchurch cuya edad se ajustaba a la de él. Administraba la casa de forma excelente y cuidaba sin descanso del jardín de rosas. No obstante, no parecía ser muy apasionada, así que Beasley seguía entreteniéndose con la cría de caballos de carreras. Su rabia era pues mayor por el hecho de que Gwyneira y Raven hubieran ganado todas las cazas con rastro simulado. El hombre planeaba para el futuro la construcción de un hipódromo. ¡Entonces los caballos de Gwyn no volverían a dejar atrás a los purasangres!

Poco antes de llegar a la granja de Helen, Gwyn tuvo que tirar de las riendas del caballo para no atropellar a ninguno de los niños que salían de la escuela.

Tonga y uno o dos maoríes más de la colonia del lago la saludaron desabridos, sólo Marama sonrió tan amistosamente como siempre.

—¡Estamos leyendo un libro nuevo, Miss Gwyn! —le explicó complacida—. ¡Uno para adultos! De Edward Bulwer-Lytton. ¡Es muy famoso en Inglaterra! Se trata de un campamento de romanos, es una tribu muy antigua de Inglaterra. Su campamento está junto a un volcán y entra en erupción. Es taaan triste, Miss Gwyn... sólo espero que las chicas no se mueran. ¡Con lo que Glauco quiere a Iona! Pero en serio que la gente debería ser más lista. Nadie monta su campamento tan cerca de un volcán. Y encima uno tan grande, con dormitorios y todo. ¿Cree que a Paul le gustaría leer también este libro? Lee muy poco últimamente y esto no es bueno para un *gentleman*, dice Miss Helen. ¡Después iré a buscarlo y le llevaré el libro! —Marama se marchó dando brincos y Gwyneira sonrió para sus adentros. Todavía sonreía cuando se detuvo ante la granja de Helen.

—Tus niños dan muestras de tener sentido común —le dijo de broma a Helen, que salió de la casa en cuanto oyó el golpeteo de los cascos. Pareció aliviada al reconocer a Gwyn y no a otro visitante—. Nunca supe qué era lo que me disgustaba de Bulwer-Lytton, pero Marama ha dado en el clavo: todo es culpa de los romanos. Si no se hubieran instalado junto al Vesuvio, Pompeya no habría sido destruida y Edwar Bulwer-Lytton se podría haber ahorrado las quinientas páginas. Sólo tendrías que haber enseñado a los niños que todo eso no sucede en Inglaterra...

La sonrisa de Helen parecía forzada.

—Marama es un chica inteligente —dijo—. Pero ven, Gwyn, no debemos perder tiempo. Si Howard lo encuentra aquí, lo matará. Todavía está furioso de que Warden y Sideblossom no contaran con él al reunir la patrulla de búsqueda.

Gwyneira frunció el ceño.

—¿Qué patrulla? ¿Y a quién matará?

—Bueno, a McKenzie. ¡James McKenzie! Ah, es cierto, no le he dicho el nombre a Mara, por seguridad. Pero está aquí, Gwyn. ¡Y quiere hablar urgentemente contigo!

Gwyneira tuvo la impresión de que le flaqueaban las piernas.

—Pero..., James está en Lyttelton en la cárcel. No puede...

—¡Se ha escapado, Gwyn! Y ahora ve, dame el caballo. McKenzie está en el granero.

Gwyneira se dirigió volando al granero. Se le agolpaban los pensamientos en la mente. ¿Qué iba a decirle a James? ¿Qué quería decirle él a ella? Pero James estaba ahí..., estaba ahí, y ellos...

En cuanto Gwyneira entró en el granero, James McKenzie la estrechó entre sus brazos. Ella no tuvo tiempo de resistirse y tampoco quiso hacerlo. Sin aliento se estrechó contra el hombro de James. Habían pasado trece años, pero era una sensación tan maravillosa como la de antes. Ahí estaba segura. Daba igual lo que sucediera a su alrededor, cuando James la rodeaba con sus brazos, se sentía protegida de todo.

—Gwyn, cuánto tiempo... No hubiera debido abandonarte

—susurró James en su cabello—. Debería haber sabido lo de Paul. En lugar de eso...

—Yo tendría que habértelo dicho —respondió Gwyneira—. Pero no me atreví a contártelo... Pero dejémonos ahora de disculpas, siempre supimos lo que queríamos... —Le dirigió una sonrisa pícara. McKenzie no se hartaba de contemplar la expresión feliz en su rostro sofocado por la cabalgada. Naturalmente, aprovechó la oportunidad y besó la boca que de buen grado se le ofrecía.

—¡Bien, vayamos al grano! —dijo luego resueltamente, mientras que un brillo travieso danzaba en sus ojos—. Antes que nada aclaremos un tema, y sólo quiero oír la verdad y nada más que la verdad. Ahora que ya no existe ningún esposo a quien debas tu lealtad y ningún hijo al que haya que engañar: ¿se trató entonces sólo de un pacto, Gwyn? ¿Se trataba sólo de tener un hijo? ¿O me amaste? ¿Aunque fuera un poco?

Gwyneira sonrió, frunció el ceño como si tuviera que meditar la respuesta.

—¿Un poco? Bueno, pensándolo bien, un poco sí que te quise.

—Bien. —James a su vez se puso serio—. ¿Y ahora? Puesto que has reflexionado largo tiempo sobre ello y has criado a una hija tan preciosa. Puesto que eres libre, Gwyneira, y nadie puede darte más órdenes, ¿sigues queriéndome todavía un poco?

Gwyneira sacudió la cabeza.

—No creo —respondió lentamente—. ¡Ahora te quiero mucho más!

James la volvió a estrechar entre sus brazos y ella saboreó su beso.

—¿Me quieres lo suficiente como para venir conmigo? —preguntó—. ¿Lo suficiente como para huir? La prisión es horrible, Gwyn. ¡Debo escapar de eso!

Gwyneira sacudió la cabeza.

—¿Qué te imaginas que vamos a hacer? ¿Adónde quieres ir? ¿A robar ovejas otra vez? Si vuelven a atraparte, ¡esta vez te ahorcarán! Y a mí me meterán en la cárcel.

—¡No me han pillado en más de diez años! —protestó él.

Gwyn suspiró.

—Porque encontraste esas tierras y ese paso. El escondite ideal. Ahora lo llaman McKenzie Highland. Seguramente seguirá llamándose así cuando nadie más se acuerde de John Sideblossom y Gerald Warden.

McKenzie sonrió irónico.

—Pero ¡no puedes creer en serio que vayamos a encontrar otra vez algo así! Debes pasar los cinco años que te quedan en prisión, James. Cuando recuperes realmente la libertad, ya veremos qué hacemos. De todos modos, tampoco podría marcharme de aquí tan fácilmente. Las personas de este lugar, los animales, la granja..., James, todo depende de mí. Toda la cría de las ovejas. Gerald bebe más de lo que trabaja y, cuando lo hace, sólo se ocupa de la cría de los bueyes. Pero también en eso delega cada vez más en Paul...

—Con lo que el niño no es especialmente apreciado... —gruñó James—. Fleurette me ha contado un poco, incluso el agente de policía de Lyttelton. Lo sé todo sobre las llanuras de Canterbury. Mi celador se aburre y yo soy el único con quien puede pasar todo el día charlando.

Gwyn sonrió. Conocía vagamente al policía de haberlo visto en acontecimientos sociales y sabía que le gustaba hablar.

—Sí, Paul es difícil —reconoció—. Y por ello, todavía me necesita más la gente. Al menos por ahora. Dentro de cinco años todo será distinto. Entonces Paul casi será mayor de edad y no permitirá que le diga nada. Todavía no sé si quiero vivir en una granja administrada por él. Pero tal vez podamos quedarnos con un trozo de tierra. Después de todo lo que he hecho por Kiward Station, me corresponde.

—¡No será tierra suficiente para la cría de ovejas! —apuntó James entristecido.

Gwyn se encogió de hombros.

—Pero tal vez para la cría de perros o caballos. Tu *Friday* es famoso, y mi *Cleo*..., todavía vive, pero pronto morirá. Los granjeros se pelearían por un perro adiestrado por ti.

—Pero cinco años, Gwyn...

—¡Sólo cuatro y medio! —Gwyneira se estrechó de nuevo contra él. También a ella le parecían cinco años eternos, pero no podía imaginarse otra solución. Y, de ninguna de las maneras, una huida a las montañas o la vida junto a un yacimiento de oro.

McKenzie suspiró.

—De acuerdo, Gwyn. ¡Pero debes darme ahora una oportunidad! Ahora soy libre. No me gusta pensar en volver a una celda. Si no me cogen, me abriré paso en los yacimientos. Y, hazme caso, Gwyn, ¡encontraré oro!

Gwyneira sonrió.

—Es cierto que también has encontrado a Fleurette. ¡Pero no vuelvas a hacerme lo de la chica maorí delante de un juzgado! ¡Pensé que se me paraba el corazón cuando hablaste de tu gran amor!

James hizo una mueca irónica.

—¿Pues qué iba a hacer? ¿Confesarles que tenía una hija? Nunca buscarán a la chica maorí, saben exactamente que no tienen la menor posibilidad de encontrarla. Si bien Sideblossom sostenía, como es natural, que ella se ha quedado con todo el dinero.

Gwyn frunció el ceño.

—¿Qué dinero, James?

McKenzie le dedicó una sonrisa más ancha.

—Bueno, me he permitido darle a mi hija una dote suficiente, dado que en este aspecto los Warden no han sido generosos. Es todo el dinero que he ganado con las ovejas en estos años. ¡Créeme, Gwyn, era un hombre rico! Y espero que Fleur haga un sensato uso de él.

Gwyn sonrió.

—Esto me tranquiliza. Ella y su Ruben me tenían asustada. Ruben es un buen chico, pero no es hábil en trabajos manuales. Ruben como buscador de oro..., sería como si tú pretendieras ponerte a trabajar de juez de paz.

McKenzie le arrojó una mirada de reproche.

—¡Oh, tengo un marcado sentido de la justicia, Miss Gwyn! ¿Por qué te crees que me comparan con Robin Hood? ¡Sólo he robado los sacos de los ricos, nunca a la gente que gana el pan con el sudor de su frente! Bueno, tal vez mi forma de actuar sea poco convencional...

Gwyneira rio.

—Digamos que no eres ningún *gentleman* y que yo ya he dejado de ser una *lady* después de todo lo que me he permitido hacer contigo. Pero ¿sabes qué? ¡Me da igual!

Se besaron de nuevo y James condujo suavemente a Gwyneira hacia el heno; pero entonces Helen les interrumpió.

—Me desagrada molestaros, pero acaban de estar aquí unas personas de la oficina de policía. He sudado sangre, pero sólo andan preguntando por los alrededores y no han dado señales de ir a registrar la granja. Sin embargo, parece que se ha armado mucho alboroto. Los barones de la lana ya se han enterado de su huida, señor McKenzie, y se han apresurado a enviar gente para capturarlo. Dios mío, ¿no podría haber esperado usted un par de semanas más? En medio del esquileo nadie lo hubiera perseguido, pero ahora sobran trabajadores que desde hace meses no tienen nada concreto que hacer. ¡Están deseando lanzarse a la aventura! En cualquier caso debería quedarse aquí hasta que oscurezca y luego desaparecer lo antes posible. Lo mejor es que vuelva a la cárcel. Lo más seguro sería que se entregara. Pero eso debe decidirlo usted mismo. Y tú, Gwyn, regresa a casa lo antes posible. No es momento para que tu familia recele. No va de broma, señor McKenzie, los hombres que han estado aquí tenían orden de dispararle.

Gwyneira temblaba de pavor cuando dio a James un beso de despedida. Otra vez más debería temer por su suerte. Y justo ahora que por fin se habían reencontrado.

También ella le sugirió, por supuesto, que regresara a Lyttelton, pero James se negó. Quería ir a Otago. Primero a recoger a *Friday* y luego dirigirse a los campamentos de oro.

—¡Qué insensatez! —comentó Helen.

—¿Le darás al menos algo de comer? —preguntó Gwyn con tristeza cuando su amiga la acompañó al exterior—. Y muchas gracias, Helen. Soy consciente del riesgo que has corrido.

Helen hizo un gesto de rechazo.

—Si todo sucede con nuestros hijos como está planeado, acabará siendo el suegro de Ruben... ¿O seguirás negando que es el padre de Fleurette?

Gwyn sonrió.

—¡Siempre lo has sabido, Helen! Tú misma me enviaste a Matahorua y oíste su consejo. ¿Y acaso no elegí un hombre bueno?

James McKenzie fue detenido la noche siguiente, con lo que tuvo suerte dentro de la desgracia. Cayó en manos de una patrulla de búsqueda de Kiward Station dirigida por sus viejos amigos Andy McAran y Poker Livingston. Si ambos hubieran estado solos, con toda seguridad lo hubieran dejado huir, pero habían emprendido la marcha con dos nuevos trabajadores y no quisieron correr el riesgo. No hicieron ningún intento de disparar a James, pero el sensato McAran compartía la opinión de Helen y Gwyn.

—Si alguien de las granjas de Beasley o Barrington te encuentra, te matará a tiros como si fueras un perro. ¡Y no hablemos de Sideblossom! El mismo Warden (dicho entre nosotros) es un estafador y, en cierto modo, todavía te entiende un poco. Pero a Barrington le has decepcionado profundamente. A fin de cuentas le habías dado tu palabra de honor de que no te escaparías.

—Pero sólo en el trayecto hasta Lyttelton! —protestó James, defendiendo su honor—. ¡Eso no era válido para cinco años de cárcel!

Andy se encogió de hombros.

—En cualquier caso, está enfadado. A Beasley le horroriza perder todavía más ovejas. Los dos sementales que ha traído de Inglaterra valen una fortuna. Bastantes preocupaciones tiene ya la granja. ¡Ése no conoce el perdón! Lo mejor es que cumplas la condena.

Aun así, el policía no estaba enfadado cuando McKenzie regresó.

—Ha sido por mi propia culpa —gruñó—. ¡En lo sucesivo lo encerraré, McKenzie! ¡Esto es lo que ha conseguido!

McKenzie permaneció obedientemente tres semanas enteras en la prisión; sin embargo, cuando escapó de nuevo se dieron unas circunstancias especiales que obligaron al agente a llamar a la puerta de Gwyneira en Kiward Station.

Gwyneira estaba examinando una última vez un grupo de ovejas madres y sus corderos antes de que fueran conducidos a la montaña, cuando vio llegar a Laurence Hanson, máximo guardián de la ley del condado de Canterbury. Hanson avanzaba lentamente debido a que arrastraba con una correa algo pequeño y negro. El perro se resistía con vehemencia y sólo daba un par de pasos hasta que corría el peligro de estrangularse. Luego plantaba de nuevo las cuatro patas en el suelo.

Gwyn frunció el ceño. ¿Se había escapado uno de los perros de su granja? De hecho, algo así no sucedía jamás. Y si ocurría, no se hacía cargo el jefe de la policía. Despidió a toda prisa a los dos pastores maoríes y los envió con las ovejas a la montaña.

—¡Os veré en otoño! —dijo a los hombres que iban a pasar el verano con los animales en una de las cabañas del pastizal—. ¡Cuidaos sobre todo de que mi hijo no os vea antes del otoño! —Suponer que los maoríes fueran a quedarse todo el verano en los pastos, sin visitar en ese período a sus mujeres, era pura fantasía. Pero tal vez las mujeres se reunirían con ellos en las tierras altas. Nunca se sabía con certeza: las tribus se movían. Gwyneira sólo sabía que Paul desaprobaría una u otra solución.

Acto seguido, no obstante, se dirigió a la casa para saludar al acalorado agente de policía, que ya iba a su encuentro. Sabía dónde estaban los establos y al parecer quería guardar allí su caballo. Así que no tenía prisa. Gwyn suspiró. En realidad tenía otras cosas que hacer antes que pasar el día charlando con Hanson. Pero, por otra parte, éste seguro que la informaría de todos los pormenores acerca de James.

Cuando Gwyn entró en las cuadras, Hanson estaba desatando al perro, cuya correa había ligado a la silla. No cabía duda de que el animal era un collie, pero se hallaba en un estado digno de compasión. El pelaje no tenía brillo y estaba apelmazado, y el animal estaba tan flaco que se le marcaban las costillas pese a la longitud del pelo. Cuando el sheriff se inclinó junto a él, enseñó los dientes y gruñó. Un hocico tan agresivo no era normal en un Border. Sin embargo, Gwyneira reconoció de inmediato a la perrita.

—¡*Friday!* —dijo con ternura—. Déjeme, sheriff, a lo mejor me recuerda. A fin de cuentas era mía cuando tenía cinco meses.

Hanson mostró cierto escepticismo ante la hipótesis de que la perra realmente recordara a la mujer que le había dado las primeras lecciones en la guía de ganado; pero *Friday* reaccionó a la voz de Gwyneira. Al menos no se resistió cuando ella la acarició y desató la correa de la silla de montar.

—¿De dónde la ha sacado? Es...

Hanson asintió.

—Es la perra de McKenzie, en efecto. Llegó hace dos días a Lyttelton totalmente agotada. Ya ve qué aspecto tiene. McKenzie la ha visto desde la ventana y ha armado un escándalo. Pero qué iba a hacer yo, ¡no puedo dejarla entrar en la cárcel! ¿Cómo acabaríamos? Si él puede tener un perro, el siguiente querrá un gato y si el gato se come al canario del tercero habrá un motín en la cárcel.

—Bueno, no será para tanto. —Gwyn sonrió. La mayoría de los presidiarios de Lyttelton no pasaban tiempo suficiente en la cárcel para comprarse un animal doméstico. En general dormían la mona y estaban en la calle al día siguiente.

—En cualquier caso eso es inadmisible —dijo el sheriff con determinación—. Me llevé el animal a casa pero no quería quedarse ahí. En cuanto se abría la puerta, corría de nuevo a la cárcel. Por la noche, McKenzie se ha escapado. Esta vez ha forzado un cerrojo y ha robado carne para el chucho rápidamente. Por suerte no ha sido nada grave. El carnicero sostuvo después que se trataba de un regalo y no habrá otro juicio..., y a McKenzie ya lo tenemos de vuelta a la cárcel. Pero, naturalmente, esto no puede seguir así. El hombre lo arriesga todo por el perro. En fin, entonces he pensado que..., como usted crio al animal y el suyo acaba de morir...

Gwyneira tragó saliva. Incluso ahora no podía pensar en *Cleo* sin que las lágrimas no humedecieran sus ojos. Todavía no había elegido un nuevo perro. La herida era demasiado reciente. Pero ahí estaba *Friday*. Y se parecía a su madre en el pelaje.

—¡Ha dado en el clavo! —dijo serenamente—. *Friday* puede quedarse aquí. Dígale al señor McKenzie que yo cuidaré de ella. Hasta que él nos..., hum, hasta que la recoja. Pero ahora venga y tómese un refresco, agente. Debe de estar sediento tras la larga cabalgada.

Friday yacía jadeando a la sombra. Todavía llevaba la correa y Gwyn sabía que corría un riesgo cuando se inclinó sobre ella y desató la cuerda.

—¡Ven, *Friday*! —dijo dulcemente.

Y la perra la siguió.

11

Un año después de que James McKenzie fuera procesado, George y Elizabeth Greenwood regresaron de Inglaterra y Helen y Gwyneira por fin recibieron noticias de sus hijos. Fleur había rogado a Elizabeth que fuera discreta y ésta se tomó la advertencia en serio, así que ella misma se dirigió en su pequeño cabriolé a Haldon para entregar las cartas en mano. Ni siquiera había informado a su marido cuando se reunió con Helen y Gwyn en la granja de los O'Keefe. Naturalmente, ambas mujeres la asaltaron con preguntas acerca de su viaje, que, por su aspecto, debería de haberle sentado bien. Elizabeth parecía relajada y tranquila consigo misma.

—¡Londres estaba maravilloso! —contó con la mirada iluminada—. La madre de George, la señora Greenwood, es un poco..., bueno, necesita hacerse a la idea. ¡Pero reconoció que me encontraba muy bien educada! —Elizabeth resplandecía como la muchacha de antaño y miró a Helen buscando aprobación—. Y el señor Greenwood es encantador y muy amable con los niños. El que no me gusta nada es el hermano de George. ¡Y con qué mujer se ha casado! Es realmente ordinaria. —Elizabeth arrugó la naricita de forma autocomplaciente y plegó la servilleta. Gwyneira observó que seguía haciendo exactamente los mismos gestos que Helen les había inculcado tiempo atrás a las muchachas—. Pero ahora, al encontrar las cartas, me ha sabido mal que hayamos prolongado tanto el viaje —se disculpó Elizabeth—.

Deben de haber estado muy preocupadas, Miss Helen y Miss Gwyn. Pero al parecer, Fleur y Ruben están bien de salud.

En efecto, Helen y Gwyneira se sintieron muy aliviadas, no sólo por las noticias acerca de Fleur, sino también por lo que explicaba con todo detalle acerca de Daphne y las mellizas.

—Daphne debió de encontrar a las niñas en algún lugar de Lyttelton —leyó en voz alta Gwyn en una de las cartas de Fleur—. Al parecer vivían en la calle y se mantenían a flote gracias a pequeños hurtos. Daphne se ha hecho cargo de las chicas y se ha ocupado de ellas de un modo conmovedor. Miss Helen, puede estar orgullosa de ella, aunque, naturalmente..., la palabra debe más bien deletrearse..., es una p-u-t-a. —Gwyneira rio.

—Así que has encontrado de nuevo a todas tus ovejitas. Pero ¿ahora qué hacemos con las cartas? ¿Las quemamos? Me daría mucha pena, pero ni Gerald ni Paul deben encontrarlas de ninguna de las maneras, ¡y Howard tampoco!

—Tengo un escondite —dijo Helen en tono conspirador, y se dirigió a uno de los armarios de la cocina. En la pared del fondo había una tabla suelta tras la cual podían depositarse pequeños objetos que no llamaran la atención. Helen también guardaba allí algo de dinero ahorrado y un par de recuerdos de cuando Ruben era pequeño. Enseñó emocionada a las otras dos mujeres unos dibujos y un rizo de su hijo.

—¡Qué mono! —exclamó Elizabeth, y confesó a las dos amigas que llevaba un mechón de George en un medallón.

Gwyneira casi habría envidiado esa prueba tangible del amor de Elizabeth, pero luego arrojó una mirada a la perrita que descansaba delante de la chimenea y que la miraba con adoración. Nada podía unirla más estrechamente a James que *Friday*.

Un año más tarde, Gerald y Paul regresaron encrespados de una reunión de ganaderos celebrada en Christchurch.

—¡El gobierno no sabe lo que hace! —protestó Gerald, sirviéndose un whisky. Tras pensarlo unos segundos llenó también un vasito para Paul, que ya tenía catorce años—. ¡Destierro a perpetuidad! ¿Quién va a controlarlo? Si ahí no le gusta, volverá en el próximo barco.

—¿Quién volverá? —preguntó Gwyneira sin mucho interés.

Enseguida iba a servirse la comida y Gwyneira se llenó un vaso de oporto para acompañar a los hombres y no perder de vista a Gerald. No le gustaba nada que ya invitara a Paul a tomar una copa. El joven aprendería demasiado pronto. Por añadidura, su temperamento era difícil de controlar estando sobrio y bajo la influencia del alcohol se complicaría aún más.

—¡McKenzie! ¡El maldito ladrón de ganado! ¡El gobernador lo ha indultado! —gritó Gerald, y Gwyneira sintió cómo la sangre se agolpaba en su rostro. ¿James estaba libre?—. Pero con la condición de que abandone el país de inmediato. Lo embarcan con el próximo barco rumbo a Australia. Cuanto mayor sea la distancia, mejor: nunca estará lo bastante lejos. Pero ahí será un hombre libre. ¿Quién le impedirá que regrese? —vociferó.

—¿No sería poco inteligente? —preguntó Gwyneira sin dejar traslucir ninguna emoción en la voz. Si James se marchaba realmente para siempre a Australia... Se alegraba por él a causa del indulto, pero ella, entonces, lo había perdido.

—En los próximos tres años, sí —respondió Paul. Dio un sorbo al whisky y miró con atención a su madre.

Gwyn luchó por mantener la calma.

¿Pero luego? Su condena se habría cumplido. Un par de años más y estaría prescrita. Paul dijo:

—Y si todavía tiene suficiente cabeza para no pasar por Lyttelton, sino por Dunedin tal vez... También puede cambiar de nombre, nadie hace caso de la lista de pasajeros. ¿Qué pasa, madre? No tienes buen aspecto...

Gwyneira se aferró a la idea de que Paul sin duda tenía razón. James encontraría una oportunidad de regresar. ¡Pero debía verlo una vez más! Debía escuchar de su propia boca que regresaría antes de que ella albergara alguna esperanza.

Friday se apretó contra Gwyn, quien la acarició distraída. De repente se le ocurrió una idea.

¡La perra, claro! Gwyn se dirigiría al día siguiente a Lyttelton para devolver a *Friday* al policía y que éste, a su vez, se la diera a James. Entonces le pediría si podía ver a James. A fin de cuentas había cuidado del animal durante casi dos años. Seguro que Hanson no se lo negaba. Era un tipo bondadoso y con toda certeza ignoraba totalmente su relación con McKenzie.

¡Si al menos eso no significara que tenía que separarse de *Friday*! A Gwyn se le encogía el corazón sólo de pensar en ello. Pero eso no servía de nada, *Friday* pertenecía a James.

Como era de esperar, Gerald se enfadó cuando Gwyn explicó que al día siguiente devolvería el animal a su amo.

—¿Para que ese tipo se ponga enseguida a seguir robando? —preguntó sarcástico—. ¡Estás loca, Gwyneira!

La mujer puso un gesto de impotencia.

—Puede ser, pero él es su dueño. Y le resultará más fácil encontrar un empleo respetable si se lleva al perro pastor.

Paul resopló.

—¡Ése no se busca ningún empleo respetable! Si uno ha sido un buscavidas, buscavidas se queda.

Gerald ya se proponía darle la razón, pero Gwyn sólo sonrió.

—Sé de jugadores profesionales que luego han ascendido al honorable nivel de barones de la lana —replicó ella con serenidad.

Al día siguiente partió de madrugada hacia Lyttelton. Era un largo trayecto, e incluso la briosa *Raven* sólo trotaba, tras cinco horas de intensa cabalgada por el Bridle Path. *Friday*, que las seguía, ya estaba hecha polvo.

—Podrás descansar en comandancia —le dijo Gwyn afablemente—. Quién sabe, quizás Hanson hasta te deje reunirte con tu amo. Y yo reservaré una habitación en el White Hart. Por un día que yo no esté, Paul y Gerald no harán ninguna de las suyas.

Laurence Hanson estaba justo ordenando su despacho, cuando Gwyn abrió la puerta de la oficina de policía, tras la cual también se hallaban las celdas de los presos. Nunca había estado ahí, pero bullía por dentro de alegría anticipada. ¡Pronto vería a James! ¡Por vez primera en casi dos años!

Hanson resplandeció al reconocerla.

—¡Señora Warden! ¡Miss Gwyn! Ésta sí es una sorpresa. Espero que su presencia no se deba a ningún hecho desagradable. ¿No querrá denunciar un robo? —El policía guiñó un ojo. Al parecer eso le parecía imposible: una mujer respetable habría enviado a un miembro varón de la familia—. ¡Y qué perra más guapa está hecha la pequeña *Friday*! ¿Qué tal, pequeña, todavía quieres morderme?

Se inclinó sobre la perra, que esta vez se acercó confiada a él.

—¡Qué pelaje más suave tiene! De verdad, Miss Gwyn, está muy bien cuidada.

Gwyneira asintió y le devolvió rápidamente el saludo.

—El perro es la causa de que esté aquí, agente —dijo, yendo directa al grano—. He oído que el señor McKenzie ha sido indultado y que pronto estará libre. Quería devolverle el perro.

Hanson frunció el ceño. Gwyn, que lo que en realidad quería era pedirle que la dejara pasar a ver a James, se contuvo cuando vio su expresión.

—Es muy loable por su parte —respondió el policía—. Pero llega usted demasiado tarde. El *Reliance* ha zarpado esta mañana rumbo a Botany Bay. Y por orden del gobernador tuvimos que embarcar al señor McKenzie.

A Gwyneira se le cayó el alma a los pies.

—¿Pero no quería él esperar a que yo llegara? Seguro que no... que no quería irse sin el perro...

—¿Qué le sucede, Miss Gwyn? ¿No se siente bien? ¡Tome asiento, por favor, con gusto le prepararé un té! —Hanson, preocupado, enseguida le acercó una silla. Acto seguido respondió a su pregunta.

—No, naturalmente que no quería marcharse sin su perro. Me pidió que fueran a buscarlo, pero es evidente que yo no podía acceder a sus deseos. Y luego..., luego es cierto que dijo que usted vendría. Nunca lo hubiera pensado..., todo este camino por este canalla. ¡Y también usted se ha encariñado con el perro en lo que va de tiempo! Pero McKenzie estaba seguro. Me suplicó que aplazara la orden, pero ésta era clara: se lo expulsaba en el siguiente barco, y era el *Reliance*. Y no podía perder esta oportunidad. ¡Pero espere, le ha dejado una carta! —El oficial inició una afanosa búsqueda. Gwyn habría podido estrangularlo. ¿Por qué no se lo había dicho enseguida?

—Aquí está, Miss Gwyn. Supongo que le da las gracias por cuidar del perro... —Hanson le puso en las manos un sobre sencillo pero cerrado como es debido y esperó intrigado. Sin duda no había abierto hasta el momento la carta porque suponía que ella la leería en su presencia, pero Gwyn no le hizo tal favor.

—Ha dicho... ha dicho usted el *Reliance*... ¿Y es seguro que ya ha zarpado? ¿No podría ser que aún estuviera en el puerto? —Gwyneira guardó la carta en la bolsa de viaje fingiendo despreocupación—. A veces se retrasa la partida.

Hanson se encogió de hombros.

—No lo he comprobado. Pero si es así, no está en el muelle, sino anclado en algún lugar de la bahía. Ahí no podrá usted subir, como mucho en un bote de remos...

Gwyneira se puso en pie.

—Echaré un vistazo de todos modos, agente, nunca se sabe. Pero antes de nada, muchas gracias. También por... el señor McKenzie. Creo que él es perfectamente consciente de lo que usted ha hecho por él.

Gwyneira había abandonado el despacho antes de que Hanson pudiera reaccionar. Montó en *Raven*, que esperaba en el exterior, y dio un silbido a la perra.

—Venga, vamos a intentarlo. ¡Al puerto!

Gwyn enseguida se percató, al llegar al muelle, de que había perdido la partida. Ahí no había anclado ningún barco apto para surcar alta mar y hasta Botany Bay había más de mil millas marinas. A pesar de eso, preguntó a uno de los pescadores que andaban por el puerto.

—¿Hace rato que ha zarpado el *Reliance*?

El hombre echó un breve vistazo a la acalorada mujer. Luego señaló al agua.

—¡Lo tiene ahí al fondo, *ma'am*! Ahora mismo se marcha. A Sidney, dicen...

Gwyneira asintió. Le escocían los ojos al ver el barco a lo lejos. *Friday* se apretó contra ella y gimoteó como si supiera exactamente lo que estaba sucediendo. Gwyn la acarició y sacó la carta de la bolsa.

Mi querida Gwyn,

Sé que vendrás para verme otra vez antes de este funesto viaje, pero es demasiado tarde. Deberás conservar todavía mi imagen en tu corazón. En cualquier caso, yo veo la tuya sólo al pensar en ti y no pasa ni una hora en la que no lo haga. Gwyn, en los próximos años nos separarán unos cuantos kilómetros más que los que hay entre Haldon y Lyttelton, pero para mí eso no marca ninguna diferencia. Te he prometido que volvería y siempre he cumplido mi palabra. Así que espérame, no pierdas la esperanza. Volveré en cuanto me parezca seguro hacerlo. Si al menos cuentas conmigo, ¡yo estaré allí! Mientras *Friday* esté contigo, ella te hará pensar en mí. Sé feliz y dichosa, *Milady*, y dile a Fleur, cuando tengas noticias de ella, que no dude de que la quiero.

Te amo,

JAMES

Gwyneira estrechó la carta contra sí y siguió contemplando el barco que lentamente se perdió en la inmensidad del mar de Tasmania. Volvería, si es que sobrevivía a esta aventura. Pero ella sabía que James consideraba el destierro como una oportunidad. Prefería la libertad en Australia que la monotonía de la celda.

—Y esta vez ni siquiera hemos tenido la posibilidad de acompañarle —suspiró Gwyn, acariciando el suave pelaje de *Friday*—. Ven, volvamos a casa. ¡Ya no alcanzaremos el barco por muy rápido que nademos!

Los años en Kiward y O'Keefe Station transcurrieron con su rutina habitual. Gwyneira seguía disfrutando del trabajo en la granja, mientras Helen lo detestaba. Precisamente ella debía realizar cada vez más tareas del campo: todo eso lo soportaba gracias a la enérgica ayuda de George Greenwood.

Howard O'Keefe no se sobrepuso a la pérdida de su hijo. Sin embargo, apenas había dirigido ninguna palabra amable a su hijo mientras había estado allí y, de hecho, tendría que haberse dado cuenta de que el joven no era diestro en el trabajo de la granja. Pero era el heredero y Howard había supuesto que en algún momento Ruben entraría en razón y se encargaría de la granja. Además, durante años había pensado en el hecho de que O'Keefe Station tenía un heredero, a diferencia de la espléndida granja de Gerald Warden. Ahora, no obstante, Gerald había vuelto a tomarle la delantera. Su nieto Paul cogía con ímpetu las riendas de Kiward Station, mientras que el heredero de Howard llevaba años desaparecido. Una y otra vez atormentaba a Helen para que le revelara el lugar donde vivía el joven. Estaba convencido de que ella sabía algo, pues ya no lloraba cada noche contra su almohada como había hecho en los primeros años de la huida de Ruben y, en lugar de hacerlo, parecía orgullosa y confiada. Helen, sin embargo, se mantenía en silencio, no le importaba que la acosara y que no siempre actuase con delicadeza. En especial, las noches en que regresaba tarde del pub y había visto a Gerald y Paul orgullosamente apoyados en la barra y discutiendo sobre algún tema concerniente a Kiward Station, necesitaba una válvula de escape para su cólera.

¡Si al menos Helen le confesara por dónde andaba el chico! Se dirigiría allí y lo arrastraría de vuelta por los cabellos. Lo apartaría de esa putilla que se había escapado poco después que él y le haría entrar a bastonazos la palabra «deber». Sólo de pensar en ello, Howard cerraba los puños de alegría anticipada.

Por el momento, sin embargo, no encontraba sentido a conservar la herencia para Ruben. Que reconstruyera él la granja cuando volviera. ¡Bien se merecía tener que renovar las cercas y reparar las cubiertas de los barracones de esquila! Howard se dedicaba en esos tiempos a ganar dinero rápidamente. Entre las tareas para conseguirlo estaba la de vender la nueva generación de animales, que prometía mucho, antes que correr el riesgo de seguir criándolos él mismo y de perder los animales en la montaña. Era una pena que George Greenwood y ese soberbio chico maorí, en quien George tanto confiaba y al que le plantaba siempre delante de la nariz como consejero, no lo entendieran.

—¡Howard, el resultado de la última esquila fue totalmente insuficiente! —señaló George a Howard, motivo constante de sus preocupaciones, para que reflexionara—. La lana ni siquiera llegaba a un nivel medio de calidad y además estaba bastante sucia. ¡Y, sin embargo, habíamos alcanzado una calidad realmente alta! ¿Dónde están todos los rebaños de excelente clase que usted tenía? —George se esforzaba en no perder los estribos. Y eso porque Helen estaba sentada junto a ellos y ya parecía apenada y habiendo abandonado sus esperanzas.

—Hace un par de meses se vendieron los tres mejores carneros a Lionel Station —intervino Helen acongojada—. A Sideblossom.

—¡Eso es! —presumió Howard, sirviéndose un whisky—. Los quería a toda costa. ¡Según su opinión eran mejores que todos los animales de cría que Warden le había ofrecido! —Y buscando aprobación, miró a su interlocutor.

George Greenwood suspiró.

—Seguro. Porque Gwyneira Warden se guarda los mejores carneros, como es lógico, para ella. Sólo vende la segunda selección. ¿Y qué pasará ahora con los bueyes, Howard? Ha vuelto a adquirir otros más. Pero nos habíamos puesto de acuerdo en que su terreno no es...

—¡Gerald Warden gana mucho dinero con sus bueyes! —repitió Howard pese a los repetidos argumentos en contra.

George tuvo que hacer un esfuerzo para no zarandearlo, así como para no caer él mismo en los viejos reproches. Howard no lo entendía, era así de sencillo: vendía unos valiosos animales de cría, para comprar con ello forraje adicional para los bueyes. Obviamente, a éstos los vendía por el mismo precio que alcanzaban los de los Warden y que, a primera vista, parecía bastante elevado. Sólo Helen, que veía que la granja estaba al borde de la ruina, como un par de años antes, podía entenderlo.

Pero también los socios más inteligentes en el ámbito del comercio, como los Warden de Kiward Station, daban que pensar a George en los últimos tiempos. Si bien la cría de ovejas, al igual que la de bueyes, seguía prosperando, algo se cocía bajo la superficie. George se había dado cuenta sobre todo por el hecho de que Gerald y Paul Warden no incluían a Gwyneira en sus negociaciones. Como consecuencia, Gerald había tenido que introducir a Paul en los negocios y la madre de éste, al parecer, suponía para ellos más un estorbo que una ayuda.

—¡Es que no da cuerda al chico, si entiende a qué me refiero! —explicó Gerald mientras se servía más whisky—. Ella siempre lo sabe todo mejor, me pone de los nervios. ¿Cómo va a aprender Paul, que acaba de empezar?

George no tardó en comprobar, al hablar con los dos, que Gerald ya hacía tiempo que había perdido la visión global de la cría de ovejas en Kiward Station. Y a Paul le faltaban el conocimiento y la perspicacia, lo que no era de extrañar en un chico que acababa de cumplir los dieciséis años. En cuestiones de crianza desarrollaba unas teorías fantásticas que contradecían toda experiencia. En su opinión, por ejemplo, era preferible criar ovejas merinas.

—La lana fina está bien. Cualitativamente es mejor que la de tipo Down. Si cruzamos suficientes ovejas merinas, obtendremos una mezcla nueva por completo que lo revolucionará todo.

Ante esta postura, George sólo podía sacudir la cabeza, pero Gerald escuchaba con atención al joven y con los ojos iluminados. Justo lo contrario que Gwyneira, que montaba en cólera.

—Si permito que el chico haga lo que quiere, todo se irá a la ruina —se acaloró cuando George se reunió con ella un día más tarde y le contó bastante inquieto la conversación que había mantenido con Gerald y Paul—. Bueno, a la larga él heredará la granja y entonces ya no tendré nada más que decir. Pero hasta entonces tiene un par de años todavía para entrar en razón. ¡Si

Gerald fuera sólo un poco más razonable y lo influyera de forma consecuente! No entiendo qué le pasa. Dios mío, ¡era un hombre que entendía de la cría de ovejas!

George hizo un gesto de impotencia.

—Ahora entiende mucho más de whisky. Se está emborrachando el entendimiento. Disculpe que lo diga así, pero cualquier otra cosa sería disimular. Por eso necesito urgentemente apoyo. El problema de Paul con sus ideas sobre la cría no es el único. Por el contrario, es el más pequeño. Gerald disfruta de buena salud, pasarán años hasta que Paul se encargue de la granja. Y hasta si se le pierden un par de ovejas, el negocio resistirá. Pero los conflictos con los maoríes están por desgracia a la orden del día. Entre ellos no existe algo así como la mayoría de edad, o la definen de otro modo. En cualquier caso, han elegido ahora a Tonga como jefe de la tribu...

—Tonga es el joven a quien Helen ha dado clases, ¿lo recuerdo correctamente? —preguntó George.

Gwyneira asintió.

—Un chico muy inteligente. Y el enemigo del alma de Paul. No me pregunte por qué, pero ambos se han estado peleando desde que eran bebés. Creo que se trata de Marama. Tonga le ha echado el ojo, pero ella adora a Paul desde que dormían juntos en la cuna. Incluso ahora: ningún maorí quiere establecer relaciones con él, pero Marama siempre está ahí. Habla con él, intenta arreglar las cosas. ¡Paul no se da cuenta del tesoro que tiene a su lado! Tonga, sin embargo, lo odia y creo que anda tramando un plan. Los maoríes están mucho más reservados desde que Tonga lleva el hacha sagrada. Todavía vienen a trabajar, pero ya no son tan diligentes, tan... inofensivos. Tengo la sensación de que algo se está cocinando, aunque todos me tachan de loca.

George reflexionó.

—Podría decirle a Reti que se acercara. Tal vez él averigüe algo. Entre ellos seguro que serán más locuaces. Pero el conflicto entre la dirección de Kiward Station y la tribu maorí que está junto al lago siempre será crítico. ¡Necesita a los trabajadores!

Gwyneira le dio la razón.

—Además los aprecio. Kiri y Moana, mis sirvientas, hace tiempo que se hicieron amigas mías, pero ahora casi no hablan de nada personal conmigo. Sí, Miss Gwyn; no, Miss Gwyn, eso es todo lo que sale de ellas. Lo odio. Ya he pensado en dirigirme yo misma a Tonga...

George negó con la cabeza.

—Veamos primero qué descubre Reti. Si están maquinando alguna acción contra Paul y Gerald, usted no mejorará las cosas.

Greenwood montó la guardia y lo que descubrió fue tan alarmante que una semana después ya estaba de vuelta en Kiward Station acompañado de su asistente Reti.

Esta vez insistió en que Gwyneira participara en la conversación con Gerald y Paul, aunque habría preferido hablar sólo con el primero y Gwyn. El viejo Warden, sin embargo, insistió en que su nieto estuviera presente.

—Tonga ha presentado una demanda en la oficina del gobernador de Christchurch, pero es obvio que a la larga llegará a Wellington. Se refiere al tratado de Waitangi. Según éste, los maoríes fueron engañados en la adquisición de Kiward Station. Tonga exige que se declare nulo el documento de propiedad o que se llegue al menos a un acuerdo. Esto significa una devolución de la tierra o un pago compensatorio.

Gerald tragó un sorbo de whisky.

—¡Tonterías! ¡Los kai tahu ni siquiera firmaron entonces el contrato!

George asintió.

—Eso no cambia para nada su validez. Tonga se referirá a que hasta el momento el contrato se cumplió en beneficio del *pakeha*. Ahora reclama los mismos derechos para los maoríes. Sin importar lo que decidiera su abuelo en 1840.

—¡Ese imbécil! —exclamó Paul furioso—. Lo...

—¡Cierra el pico! —le interrumpió Gwyneira con severidad—. Si no hubieras empezado con esta pelea infantil, no habría surgido todo el problema. ¿Tienen posibilidades de ganar los maoríes, George?

Greenwood se encogió de hombros.

—No es imposible.

—Incluso es muy posible —intervino Reti—. El gobernador está muy interesado en que haya buen entendimiento entre maoríes y *pakeha*. La Corona tiene en gran estima el hecho de que los conflictos se mantengan dentro de los límites. No se arriesgará a que se produzca un levantamiento a causa de una granja.

—¡Levantamiento es mucho decir! Nos hacemos con un par de fusiles y fumigamos a todo el equipo —amenazó Gerald iracundo—. Esto pasa por ser demasiado bueno. Durante años he dejado que ocuparan la zona del lago, podían moverse libremente por mis tierras y...

—Y han trabajado siempre para usted por un mísero sueldo —lo interrumpió Reti.

Paul hizo gesto de abalanzarse sobre él.

—No se engañe, un joven inteligente como Tonga puede, por supuesto, provocar un levantamiento —convino también George—. Si instiga también a las otras tribus... empezará con la que está al lado de O'Keefe cuyos terrenos fueron adquiridos, asimismo, antes de 1840. ¿Y qué sucederá con los Beasley? Dejando este tema aparte, ¿cree que gente como Sideblossom han manejado algún contrato antes de quedarse con la tierra de los maoríes a base de trapicheos? Si Tonga empieza a comprobar los libros de cuentas, desatará un incendio que se propagará con facilidad. Y lo último que necesitamos es a un joven... —lanzó una mirada a Paul— o un viejo impulsivo que dispare a Tonga por la espalda. Entonces se desencadenará la tormenta. El gobernador hará bien apoyando un acuerdo.

—¿Hay ya propuestas? —preguntó Gwyn—. ¿Ha hablado usted con Tonga?

—En cualquier caso reclama la tierra donde se encuentra el asentamiento —empezó Reti, levantando de inmediato las protestas de Gerald y Paul.

—¿La tierra justo al lado de la granja? ¡Imposible!

—¡No quiero tener a ese tipo por vecino! ¡Nunca funcionará!

—De lo contrario, preferiría dinero... —prosiguió Reti.

Gwyn reflexionó.

—Bueno, lo del dinero es difícil, se lo tenemos que dejar claro. Mejor tierra. Tal vez se podría lograr un trueque. Vivir al lado de unos gallos de pelea no es, con toda certeza, muy inteligente...

—¡Esto pasa de castaño oscuro! —exclamó Gerald montando en cólera—. ¡No dirás en serio que vamos a negociar con ese tipo, Gwyn! Ni hablar de ello. No obtendrá ni el dinero ni la tierra. ¡Si acaso, una bala entre los ojos!

El conflicto se agravó aún más cuando, al día siguiente, Paul derribó a un trabajador maorí. El hombre afirmaba no haber hecho nada, como mucho había obedecido una orden con demasiada lentitud. Paul, por el contrario, aseguraba que el trabajador se había insolentado y había aludido a las reivindicaciones de Tonga. Un par de maoríes más atestiguaron a favor de su hermano de tribu. Esa noche, Kiri se negó a servirle la cena a Paul, e incluso Witi le hizo el vacío. Gerald, de nuevo borracho como una cuba, despidió a continuación a todo el personal doméstico. Aunque Gwyn esperaba que no se lo tomaran en serio, ni Kiri ni Moana acudieron al trabajo al día siguiente. También el resto de maoríes se mantuvieron a distancia de los establos y de los jardines, sólo Marama se ocupó, más bien con torpeza, de la cocina.

—No sé cocinar bien —confesó a Gwyneira disculpándose, aunque siempre conseguía preparar las galletas favoritas de Paul para desayunar. No obstante, y dentro de sus limitaciones, para el mediodía consiguió servir pescado con boniatos. Por la noche hubo de nuevo pescado con boniatos y al mediodía del día siguiente boniatos con pescado.

Esto también contribuyó a que Gerald, la tarde del segundo día, se dirigiera iracundo al poblado maorí. Sin embargo, ya a mitad del camino hacia el lago, se encontró con unos guardias apostados y armados con lanzas. Los dos maoríes le informaron con firmeza que en ese momento no podían dejarlo pasar. Tonga no estaba en el poblado y nadie más tenía atribuciones para llevar a término las negociaciones.

—¡Es la guerra! —dijo impasible uno de los jóvenes guardias—. ¡Tonga decir, desde ahora guerra!

—Tendrá que buscarse nuevos trabajadores en Christchurch o Lyttelton —le dijo apenado Andy McAran dos días después a Gwyn. El trabajo se retrasaba sin que nada pudiera hacerse por remediarlo, pero Gerald y Paul sólo reaccionaban con ira cuando uno de los hombres lo atribuía a la huelga de los maoríes—. La gente del poblado no se dejará ver más por aquí antes de que el gobernador haya tomado una decisión respecto al asunto de la tierra. ¡Y usted, Miss Gwyn, no le quite los ojos de encima, por Dios, a su hijo! El señor Paul está a punto de explotar. Y Tonga está alborotando el poblado. Si uno levanta la mano contra el otro, ¡habrá muertos!

12

Howard O'Keefe quería ganar dinero. Hacía mucho tiempo que no estaba tan furioso. ¡Si esa noche no iba al pub, se asfixiaría! O pegaría a Helen, pese a que esta vez ella no podía poner remedio. El culpable de todo ese asunto era más bien ese Warden, que había soliviantado a sus maoríes. ¡Y Ruben, ese mal hijo que vagaba por algún lugar en vez de estar ayudando a su padre a esquilar las ovejas y llevarlas a los pastizales!

Howard registró febril la cocina de su mujer. Estaba seguro de que Helen guardaba el dinero en algún lugar seguro, sus reservas intocables, como ella las llamaba. ¡A saber cómo lo desviaba del escaso dinero para la casa! ¡Seguro que allí había algo turbio! Y además, a fin de cuentas, el dinero era suyo. ¡Todo lo que allí había le pertenecía!

Howard abrió otro armario, al tiempo que maldecía también a George Greenwood. Ese día el comerciante de lana había sido portador de malas noticias. La cuadrilla de esquiladores que normalmente trabajaba en esa parte de las llanuras de Canterbury y que solía visitar primero Kiward Station y luego la granja de O'Keefe se negaba a trabajar para los Warden. No tenían nada contra Howard, pero en los últimos años los esquiladores se habían sentido tan maltratados y cargados con tanto trabajo adicional que rechazaron hacer el rodeo.

—¡Gente consentida! —les maldijo Howard, y no le faltaba del todo razón: los barones de la lana mimaban a los esquiladores, que se consideraban a sí mismos la *crème de la crème* de los trabajadores de la granja. Los grandes ganaderos se superaban otorgando premios a los mejores cobertizos de esquileo, velaban para que la comida de esos especialistas fuera de primera calidad y les preparaban fiestas al finalizar el trabajo. Naturalmente, los esquiladores a destajo no hacían otra cosa que blandir las tijeras; eran los pastores de las granjas los que se encargaban del conducir de un lado a otro las ovejas y reunirlas antes del esquileo. O'Keefe era el único que no podía competir en eso. Tenía sólo unos pocos ayudantes, en general jóvenes e inexperimentados maoríes de la escuela de Helen, por lo que los esquiladores tenían que ayudar a reunir las ovejas y a volver a repartirlas por los corrales después de la esquila para dejar sitio en los cobertizos. Howard, sin embargo, no les pagaba por eso, sino sólo por la esquila. Incluso había rebajado los sueldos el último año, pues la calidad de los vellones no era suficiente, de lo que en parte se les culpaba a ellos. Ese día estaba pagando el precio por eso.

—Tendrá que ver si encuentra ayuda en Haldon —dijo George, con un gesto de resignación—. Aunque en Lyttelton la mano de obra sea más barata, la mitad de los trabajadores procede de la gran ciudad y en su vida han visto una oveja. Hasta que haya enseñado el oficio a un número de personas suficiente, habrá pasado el verano. Y dese prisa. Los Warden también se informarán en Haldon. Pero ellos siguen teniendo la cantidad habitual de trabajadores y todos saben esquilar. Bien, necesitarán tres o cuatro veces más de tiempo para concluir el esquileo, pero Miss Gwyn lo conseguirá.

Helen se había animado a pedir ayuda a los maoríes. En realidad era la mejor idea, pues desde que la tribu de Tonga no quería trabajar para los Warden, había muchos pastores con experiencia y sin ocupación. Howard refunfuñó porque la idea no se le había ocurrido a él, pero no protestó cuando Helen se encaminó presta hacia el poblado. Él, por su cuenta, se marcharía a Haldon... ¡y para eso necesitaba dinero!

Entretanto, había revuelto ya el tercer armario de cocina,

con lo que había echado a perder dos tazas y un plato. Irritado, arrojó todos los platos del último armario de pared directamente al suelo. De todos modos, no había más que tazas de té desportilladas..., pero ahí; espera, ¡ahí había algo! Lleno de avidez, Howard desprendió la última tabla de la pared trasera del armario. ¡Vaya, tres dólares! Satisfecho, se metió el dinero en el bolsillo! Pero... ¿qué más debería esconder Helen aquí? ¿Guardaba secretos?

Howard echó un vistazo al dibujo de Ruben y su rizo, luego los tiró a un lado. ¡Cursiladas sentimentales! Pero esto: cartas. Howard metió la mano dentro del escondite y sacó una pila de cartas pulcramente atadas.

Howard se sentó a la mesa con las cartas y las sostuvo junto a la lámpara de petróleo. Por fin podía distinguir quién era el emisor.

«Ruben O'Keefe, Almacenes O'Kay, Calle Mayor, Queenstown, Otago.»

¡Lo había pillado! ¡Y a ella! Había estado en lo cierto: ¡ya hacía tiempo que Helen estaba en contacto con el desgraciado de su hijo! Durante cinco años le había estado tomando el pelo. Vaya, ¡se las iba a ver con ella en cuanto volviera!

Pero primero Howard se dejó llevar por la curiosidad. ¿Qué hacía Ruben en Queenstown? Howard esperaba ardientemente que el muchacho estuviera, como mínimo, muriéndose de hambre..., y no tenía la menor duda de que así era. Sólo algunos buscadores de oro conseguían enriquecerse, y sin lugar a dudas Ruben no era de los más hábiles. Impaciente, abrió la última carta.

Querida madre,

Tengo la gran alegría de informarte del nacimiento de tu primera nieta. La pequeña Elaine Florence vino al mundo el doce de octubre. Fue un alumbramiento fácil y Fleurette se encuentra en buen estado de salud. El bebé es tan pequeño y delicado que al principio no podía creer que un ser tan diminuto estuviera vivo y capacitado para la vida. La comadrona, sin embargo, nos aseguró que todo está en orden y tras el potente grito que lanzó Elaine debo reconocer que tanto por su delicada figura como por su capacidad de imponerse será igual que mi querida esposa. El pequeño Stephen está totalmente fascinado con su nueva hermana e insiste en mecerla para que duerma. Fleurette teme que pueda volcar la cuna, pero a Elaine parece gustarle que la balanceen y gorjea complacida cuanto más fuerte la columpia su hermano.

Por lo demás, sólo puedo darte buenas noticias de nuestra empresa. Almacenes O'Kay prospera, así como el departamento de señoras. Fleurette tenía razón cuando propuso su creación. Queenstwon está convirtiéndose en una ciudad y la población femenina no deja de aumentar.

Mi actividad como juez de paz me satisface ampliamente. En breve se creará el puesto de oficial de policía, este lugar está cambiando en todos los aspectos.

Lo único que enturbia nuestra felicidad es la falta de contacto contigo y la familia de Fleurette. Tal vez el nacimiento de nuestro segundo hijo sea una buena oportunidad para poner al corriente a padre. Cuando oiga que nos hemos desenvuelto con éxito en Queenstown, reconocerá que hice bien en marcharme de O'Keefe Station. El almacén produce muchos más beneficios que los que yo habría podido obtener en la granja. Entiendo que padre siga aferrado a su tierra, pero aceptará que yo prefiera otro tipo de vida. A Fleurette le gustaría, además, visitaros. Según su parecer, *Gracie* está desesperadamente desocupada desde que sólo cuida de niños y de ninguna oveja más.

Te saludan a ti, y quizá también a padre, tu hijo Ruben que te quiere, tu nuera Fleurette y los niños.

Howard resoplaba encolerizado. ¡Unos almacenes! Así que Ruben no había seguido su ejemplo, sino, cómo no, ¡el de su idolatrado tío George! Era probable que éste le hubiera prestado incluso el capital para empezar..., y todo a la chita callando.

¡Él era el único que no sabía nada! ¡Y los Warden burlándose de él! Ya podían estar contentos con el yerno en Queenstown que, por azar, se llamaba O'Keefe. ¡Ellos ya tenían su heredero!

Howard tiró las cartas de la mesa y se puso en pie de un salto. Ya le enseñaría él esa noche a Helen lo que pensaba de su querido hijo y del próspero negocio. ¡Pero primero iría al bar! Echaría un vistazo a ver si encontraba a un par de esquiladores como es debido y tomaría unos buenos tragos. En caso de que ese Warden anduviera por ahí...

Howard agarró su escopeta, que colgaba junto a la puerta. ¡Ése iba a enterarse! ¡Todos iban a enterarse!

Gerald y Paul Warden estaban sentados a una mesa en el rincón del pub de Haldon e inmersos en negociaciones con tres jóvenes que acababan de ofrecerse como esquiladores. Dos de ellos entraban seriamente en consideración, uno incluso había trabajado en una patrulla de esquiladores. La razón de por qué no lo habían conservado pronto quedó clara: el hombre vaciaba la botella de whisky todavía más deprisa que Gerald. Pero en el momento de emergencia en que se encontraban, era un tesoro, sólo habría que vigilarlo con atención. El segundo hombre había trabajado en distintas granjas como pastor y aprendido entretanto a esquilar. Seguro que no era tan rápido, pero serviría. En cuanto al tercer hombre, Paul no estaba seguro. Hablaba mucho, pero no mostraba indicios de sus conocimientos. Paul decidió ofrecer un contrato fijo a los dos primeros y hacer una prueba con el tercero. Los dos elegidos aceptaron enseguida cuando les hizo la propuesta. El tercero, sin embargo, miró interesado a la barra.

Howard O'Keefe estaba comunicando en ese momento que buscaba esquiladores. Paul mostró indiferencia. Bueno, si no estaba interesado en hacer una prueba en Kiward Station, que se lo quedara O'Keefe.

De todos modos, O'Keefe ya había echado un vistazo a la primera elección de los Warden. Joe Triffles, *el Bebedor*. Al parecer los hombres se conocían. Aun así, O'Keefe se acercó a ellos y saludó a Triffles sin dirigir ni una mirada a Paul y Gerald.

—¡Qué tal, Joe! Estoy buscando a un par de buenos esquiladores. ¿Te interesa?

Joe Triffles hizo un gesto de impotencia.

—Me gustaría, pero acabo de aceptar un puesto aquí. Una buena oferta, cuatro semanas a sueldo fijo y un extra por cada oveja esquilada.

Howard se inclinó iracundo sobre la mesa.

—Yo pago más —anunció.

Joe sacudió apenado la cabeza.

—Demasiado tarde, Howie, he dado mi palabra. No sabía que habría una subasta, en ese caso hubiera esperado...

—¡Y habrías pringado! —rio Gerald—. Este hombre va fanfarroneando por ahí, pero el año pasado no pudo pagar a los esquiladores. Por eso este año nadie quiere ir con él. Además, su cobertizo tiene goteras.

—Por eso pido un suplemento —intervino el tercer hombre, a quien George todavía no había aceptado—. Uno acaba con reuma.

Todos los hombres rieron y Howard echaba chispas.

—¿Así que yo no puedo pagar? —vociferó—. Puede ser que mi granja no rinda tanto como tu distinguida Kiward Station. Pero yo no tuve que arrastrar a la fuerza a mi cama a la heredera de los Butler. ¿Lloró por mí, Gerald? ¿Te contó lo feliz que era conmigo? ¿Y eso te puso cachondo?

Gerald se puso en pie de un salto y miró a Howard con una expresión sarcástica.

—¿Que si me puso cachondo? ¿Barbara, esa llorona? ¿Esa minucia sin color ni agallas? ¡Presta atención, Howard, si por mí fuera te podrías haber quedado con ella! Ni con unas tenazas habría tocado yo a esa cosa tan flaca. ¡Pero tú te tuviste que jugar la granja! ¡Mi dinero, Howard! El dinero que yo había ganado con mi esfuerzo. Y tan cierto como hay Dios, que antes de volver a la pesca de la ballena preferí montar a la pobre Barbara.

Y luego, después de que pasara la noche de bodas berreando, me importó un comino.

Howard se lanzó sobre él.

—¡Estaba prometida a mí! —le gritó a Gerald—. ¡Era mía!

Gerald le paró el golpe. Ya estaba muy bebido, pero consiguió todavía evitar los poco certeros puñetazos de Howard. Entonces distinguió la cadenita con el trozo de jade que Howard siempre llevaba al cuello. Se la arrancó de un tirón y la sostuvo en alto para que todos en el bar la vieran.

—¡Por eso sigues llevando su regalo! —se burló—. ¡Qué conmovedor, Howie! ¡Un signo de amor eterno! ¿Qué dice Helen de esto?

Los hombres del pub se echaron a reír. En su rabia impotente, Howard intentó recuperar su recuerdo, pero Gerald no estaba dispuesto a devolvérselo.

—Barbara no se había prometido a nadie —prosiguió Gerald sin hacerle caso—. Por muchas baratijas que intercambiarais. ¿Crees que Butler se la habría dado a un don nadie y jugador como tú? ¡Podrías haber acabado con tus huesos en la cárcel por malversación de fondos! Pero gracias a la indulgencia mía y de Butler obtuviste tu granja, tuviste tu oportunidad. ¿Y qué has hecho de ella? Una casa ruinosa y un par de ovejas mal cuidadas. De nada sirves a la mujer que te agenciaste en Inglaterra. ¡No es extraño que tu hijo huyera de ti!

—¡Así que tú también lo sabes! —O'Keefe se abalanzó sobre él y propinó un puñetazo a Gerald en la nariz—. Todo el mundo sabe de mi maravilloso hijo y su maravillosa mujer... ¿Acaso los has financiado, Warden? ¿Para jugarme una mala pasada?

Anegado por la cólera, Howard pensaba que todo era posible. Sí, debía de haber sucedido así. Los Warden estaban detrás del matrimonio que había alejado a su hijo de él, detrás de los almacenes que habían dado a Ruben la posibilidad de ignorar a Howard y su granja...

O'Keefe se inclinó ante el gancho de derecha de Gerald, bajó la cabeza y la hundió con ímpetu en el estómago de Warden.

Éste se encogió. Howard aprovechó la oportunidad para lanzarle un gancho certero en la mandíbula que envió a Gerald hasta el centro del bar. Se oyó un horrible crujido cuando golpeó con la cabeza el borde de la mesa.

En el local reinaba un silencio aterrador cuando Gerald se desplomó en el suelo.

Paul vio fluir un delgado reguero de sangre de la oreja de Gerald.

—¡Abuelo! ¡Abuelo, escúchame! —Horrorizado, Paul se acuclilló al lado del hombre que gemía en voz baja. Gerald abrió despacio los ojos, pero parecía mirar fijamente a través de Paul y de todo el decorado del bar. Haciendo un esfuerzo, intentó incorporarse.

—Gwyn... —susurró. Luego sus ojos se tornaron vidriosos.

—¡Abuelo!

—¡Gerald! ¡Dios mío, no era mi intención, Paul! ¡No era mi intención!

Howard se hallaba de pie, atenazado por el horror, delante del cadáver de Gerald Warden.

—Dios mío, Gerald...

Los demás hombres empezaron a salir con lentitud de su inmovilismo. Alguien llamó a un médico. La mayoría, no obstante, sólo tenía ojos para Paul, que se estaba levantando de forma pausada y con una mirada, fija y letalmente gélida, clavada en Howard.

—¡Usted lo ha matado! —dijo Paul en voz baja.

—Pero yo... —Howard retrocedió. Casi podía sentir en su cuerpo el frío y el odio de los ojos de Paul. Howard no sabía en qué ocasión había experimentado un miedo así. Instintivamente tendió la mano hacia la escopeta, que antes había apoyado en una silla. Pero Paul se adelantó. Desde la revuelta maorí en Kiward Station ostentaba un revólver. Él sostenía que en defensa propia, pero, al fin y al cabo con él en cualquier momento podía atacar a Tonga. Pero hasta entonces, Paul nunca había sacado el arma. Tampoco ahora se precipitó. No era uno de esos pistoleros de las revistas malas que su madre había devorado de joven, sólo un asesino frío que desenvainó sin prisas el arma, apuntó y disparó. Howard O'Keefe no tuvo oportunidad de reaccionar. Sus ojos todavía reflejaban miedo e incredulidad cuando la bala lo tiró de espaldas. Estaba muerto antes de chocar contra el suelo.

—¡Paul, por todos los cielos, qué has hecho! —George Greenwood había sido el primero en entrar en el bar después de que corriera la voz de la riña entre Gerald y Howard. Ahora quiso intervenir, pero Paul dirigió el arma hacia él. Su mirada centellaba.

—Yo he... ¡ha sido en defensa propia! ¡Todos lo habéis visto! ¡Ha cogido la escopeta!

—Paul, ¡aparta el revólver! —Lo único que George todavía esperaba era evitar otro baño de sangre—. Podrás explicárselo todo al oficial. Iremos a buscar al señor Hanson.

El pacífico y pequeño Haldon todavía no tenía un guardián de la ley.

—¡Que venga Hanson! Ha sido en defensa propia, todos pueden dar fe de ello. ¡Ha matado a mi abuelo! —Paul se arrodilló junto a Gerald—. ¡Yo lo he vengado! Es lo justo. ¡Te he vengado, abuelo! —Los sollozos sacudían los hombros de Paul.

—¿Tenemos que coger a Paul? —preguntó en voz baja Clark, el propietario del pub, a los presentes.

Richard Candler se negó horrorizado.

—¡En absoluto! Mientras vaya armado... ¡Queremos seguir vivos! Ya se las apañará Hanson con él. Lo primero es que vayamos a buscar al doctor. —Haldon sí disponía de médico y, por lo visto, ya había sido informado. Apareció enseguida en el pub y confirmó la muerte de Howard O'Keefe. No se atrevió a acercarse a Gerald mientras Paul lo tenía entre sus brazos sollozando.

—¿Puede hacer algo para separarlos? —preguntó Clark, dirigiéndose a George Greenwood. Era evidente que tenía interés en sacarse de encima lo antes posible el cadáver. A ser factible, antes de la hora de cierre: el tiroteo seguro que reavivaría el local.

Greenwood se encogió de hombros.

—Déjelo. Al menos mientras llore, no disparará. Y no lo irrite más. Si dice que fue en defensa propia, entonces es que fue en defensa propia. Lo que mañana cuente al oficial ya es otro asunto.

Paul se recompuso lentamente y permitió que el médico examinara a su abuelo. Con una última chispa de esperanza, observó cómo el doctor auscultaba al anciano.

El doctor Miller sacudió la cabeza.

—Lo siento, Paul, no hay nada que hacer. Fractura craneal. Se ha golpeado contra el borde de la mesa. El puñetazo en la mandíbula no lo ha matado, pero sí esa desafortunada caída. En el fondo, fue un accidente, chico, lo siento. —Dio unas palmadas de consuelo a Paul. Greenwood se preguntó si sabía que el joven había disparado a Howard.

—Llevémoslos al sepulturero, Hanson les dará allí un vistazo —convino Miller—. ¿Hay alguien que pueda acompañar al chico a su casa?

George Greenwood se ofreció, mientras los ciudadanos de Haldon reaccionaban con cierta reserva. No estaban acostumbrados a tiroteos, hasta los disparos en sí eran escasos. Por lo general enseguida se habría separado a los dos gallos de pelea, pero, en este caso, la disputa entre Gerald y Howard había sido demasiado fascinante. Probablemente cualquiera de los presentes se habría alegrado de ir a contar el intercambio de improperios a sus esposas. Al día siguiente, pensó George, lo ocurrido sería la comidilla del pueblo. Pero en el fondo eso no desempeñaba ningún papel. Ahora tenía que acompañar a Paul a su casa y luego reflexionar acerca de qué hacer. ¿Un Warden en un juicio por asesinato? George se resistía en su interior. Tenía que haber una posibilidad para zanjar esta cuestión.

Por regla general, Gwyneira no habría esperado despierta el regreso de Paul y Gerald. En los últimos meses todavía estaba más agotada que de costumbre, pues junto al trabajo de la granja también dependían ahora de ella las tareas domésticas. Si bien Gerald había tenido que aprobar a la fuerza que se contrataran trabajadores blancos en la granja, no admitió personal doméstico. Así que Marama seguía echándole una mano. Pese a que la muchacha había ayudado en la casa a su madre, Kiri, desde que era pequeña, Marama no era hábil en esas labores. Su talento residía en el ámbito artístico: desempeñaba ahora las funciones de pequeña *tohunga* en su tribu, instruía a otras niñas en las disciplinas del canto y la danza y contaba unas historias llenas de fantasía en las que se mezclaban las sagas de su pueblo y las leyendas *pakeha*. Era capaz de administrar una casa maorí, encender un fuego y cocer los alimentos sobre piedras calientes o sobre las brasas. No era lo suyo pulir muebles, sacudir alfombras y servir los platos con elegancia. Pero Gerald concedía extrema importancia precisamente a la cocina y, para no irritarlo, Gwyn y Marama intentaron aprender las recetas de la difunta Barbara Warden. Por fortuna, Marama leía con fluidez en inglés. Así que la Biblia ya había dejado de ser necesaria en la cocina.

Esa noche, Paul y Gerald ya habrían cenado en Haldon. Marama y Gwyn se habían contentado con pan y fruta. Después aprovecharon para sentarse juntas delante de la chimenea.

Gwyn le preguntó si los maoríes se tomaban a mal que ella no apoyara la huelga, pero Marama respondió negativamente.

—Claro que Tonga está enfadado —explicó con su voz cantarina—. Quiere que todos hagan lo que él dice. Pero eso no es costumbre entre nosotros. Cada uno decide por sí mismo y yo todavía no me he acostado nunca con él en la casa de la comunidad, aunque él cree que un día lo haré.

—¿Tienen tu madre y tu padre algo que opinar al respecto? —Gwyneira todavía no acababa de comprender las tradiciones de los maoríes. Seguía sin entender que las muchachas escogieran por sí mismas a sus hombres y que incluso que cambiaran de compañía con frecuencia.

Marama sacudió la cabeza.

—No. Lo único que dice mi madre es que sería extraño que me acostara con Paul porque somos hermanos de leche. Sería indecente si fuera uno de nosotros, pero es un *pakeha* y eso lo cambia todo..., no es en absoluto un miembro de nuestra tribu.

Gwyneira casi podría haberse atragantado al oír hablar de

forma tan sensata a Marama del hecho de dormir con su hijo de diecisiete años. Sin embargo, despertaba ahora en ella la sospecha de por qué Paul reaccionaba con agresividad frente a los maoríes. Quería que lo expulsaran. ¿Para poder dormir un día junto a Marama? ¿O simplemente para que no lo considerasen «diferente» entre los *pakeha*?

—Entonces, ¿te gusta Paul más que Tonga? —preguntó con cautela Gwyn.

Marama asintió.

—Amo a Paul —respondió simplemente—. Igual que *rangi* amaba a *papa*.

—¿Por qué? —La pregunta salió de los labios de Gwyneira antes de que pudiera reflexionarla. Entonces se sonrojó. Al final había admitido que en su propio hijo no encontraba nada digno de ser amado—. Me refiero —añadió para suavizar la respuesta—, a que Paul es difícil y...

Marama volvió a asentir.

—El amor tampoco es fácil —explicó—. Paul es como un río impetuoso que primero hay que vadear para llegar luego a los mejores caladeros. Pero es una corriente de lágrimas, Miss Gwyn. Hay que sosegarlo con amor. Sólo entonces podrá... podrá convertirse en un ser humano...

Gwyn había meditado largo tiempo sobre las palabras de la muchacha. Como era frecuente, se avergonzaba de todo lo que le había hecho a Paul al privarlo de su amor. ¡Pero en realidad había tenido pocas razones para ello! Mientras seguía dando vueltas en la cama sin conciliar el sueño, *Friday* ladró. Era algo inusual. Si bien se oían voces masculinas en la planta baja, la perra no solía reaccionar cuando Paul y Gerald regresaban. ¿Habrían traído a un invitado?

Gwyneira se cubrió con una bata y salió.

Todavía no era tarde y quizá los hombres todavía estaban lo suficientemente sobrios para informarla sobre el éxito de su búsqueda de esquiladores. Y en caso de que se hubieran traído un contertulio, sabría al menos lo que le esperaba al día siguiente.

Para poder retirarse en caso de duda sin ser vista se dirigió a hurtadillas escaleras abajo y se asombró de ver a George Greenwood en el salón. Estaba conduciendo a Paul, que presentaba un aspecto agotado, a la sala de caballeros de Gerald y encendió allí las luces. Gwyneira los siguió.

—Buenas noches, George..., ¿Paul? —les saludó—. ¿Dónde está Gerald? ¿Qué ha pasado?

George Greenwood no respondió al saludo. Había abierto con determinación la vitrina del bar, de donde sacó una botella de brandy, que prefería al omnipresente whisky, y llenó tres vasos con el líquido ambarino.

—Toma, Paul, bebe. Y usted, Miss Gwyn, también necesitará un poco. —Tendió un vaso a la mujer—. Gerald está muerto, Gwyneira. Howard O'Keefe le golpeó. Y Paul ha matado a Howard O'Keefe.

Gwyneira necesitó tiempo para entenderlo todo. Se bebió pausadamente el brandy, mientras George la ponía en antecedentes.

—¡Fue en defensa propia! —se defendió Paul. Oscilaba entre el sollozo y una obstinada resistencia.

Gwyn miró a George de forma inquisitiva.

—Puede considerarse de este modo —dijo Greenwood vacilante—. Es cierto que O'Keefe cogió su escopeta. Pero en la práctica habría durado una eternidad hasta que la hubiera levantado, quitado el seguro y apuntado con ella. Los otros hombres podrían haberlo desarmado en ese tiempo. El mismo Paul podría haberle detenido con un puñetazo certero o al menos podría haberle arrancado el arma. Me temo que sea así como los testigos describan los hechos.

—¡Entonces fue una venganza! —se vanaglorió Paul, bebiéndose un trago de brandy—. ¡Él fue el primero en matar!

—Entre un puñetazo de desdichadas consecuencias y un tiro

certero en el pecho hay una diferencia —contestó George, también algo enojado en ese momento. Tomó la botella de brandy antes de que Paul se sirviera de nuevo—. No cabe duda de que O'Keefe habría sido acusado como mucho de homicidio. Si acaso. La mayoría de la gente del bar declarará que la muerte de Gerald fue accidental.

—Y por lo que yo sé, uno no tiene derecho a vengarse —gimió Gwyn—. Lo que tú has hecho, Paul, es tomarte la justicia por tu mano..., y eso se castiga.

—¡No pueden encerrarme! —A Paul se le quebró la voz.

George asintió.

—Claro que sí. Y me temo que eso sea justamente lo que haga el oficial cuando mañana se presente aquí.

Gwyneira cogió de nuevo su vaso. No recordaba haber tomado nunca más de un sorbo de brandy, pero ese día lo necesitaba.

—¿Y ahora qué, George? ¿Podemos hacer algo?

—¡Yo no me quedo aquí! —gritó Paul—. Huiré, me marcho a la montaña. ¡Sé vivir como los maoríes! ¡Nunca me encontrarán!

—¡Deja de decir tonterías, Paul! —le increpó Gwyneira.

George Greenwood jugueteaba con su vaso entre las manos.

—Tal vez no esté tan equivocado, Gwyneira —intervino—. Es probable que no tenga otro remedio que desaparecer de aquí hasta que se haya echado algo de tierra sobre este asunto. En uno año más o menos, los parroquianos del bar se habrán olvidado de lo sucedido. Y, dicho entre nosotros, no creo que Helen O'Keefe se ocupe con mucha energía de este caso. Está claro que cuando Paul regrese se abrirá un juicio. Pero entonces podrá defender la teoría de la defensa propia de forma más verosímil. ¡Ya sabe usted cómo es la gente, Gwyn! Mañana todavía recordarán que uno llevaba una vieja escopeta y el otro un revólver de tambor. En tres meses contarán que los dos iban armados con cañones...

Gwyneira le dio la razón.

—Al menos nos ahorraremos el escándalo en torno a un

proceso, mientras ese delicado tema de los maoríes todavía coletee. Tonga le sacará el jugo a todo esto..., sírvame un poco más de brandy, George, por favor. No doy crédito a todo esto. ¡Estamos aquí sentados y charlando sobre qué ingeniosa estrategia seguir mientras han muerto dos seres humanos!

Mientras George volvía a llenar su vaso, *Friday* ladró una vez más.

—¡La policía! —Paul se llevó la mano al revólver, pero George lo agarró por el brazo—. ¡Por todos los cielos, no hagas de ti un desgraciado, chico! Si matas a otra persona o simplemente amenazas a Hanson, te ahorcarán, Paul Warden. Y de nada servirá ni tu fortuna ni tu apellido.

—Tampoco puede ser el agente de policía —intervino Gwyneira, y se levantó tambaleándose ligeramente. Aun si la gente de Haldon había enviado un mensajero a Lyttelton, era imposible que Hanson llegara antes del día siguiente por la tarde.

En lugar de ello, Helen O'Keefe estaba tiritando y empapada por la lluvia en la puerta que unía la cocina con el salón. Desconcertada por las voces que se oían en la sala de caballeros, no había osado entrar y pasaba ahora insegura la mirada de Gwyneira a George Greenwood.

—George... ¿Qué haces...? Da igual, Gwyn, esta noche tienes que hospedarme en algún lugar. No me importa dormir en el establo, si me das un par de mantas secas. Estoy totalmente empapada. *Nepumuk* no va muy deprisa.

—¿Pero qué haces tú aquí? —Gwyneira abrazó a su amiga. Helen nunca había estado en Kiward Station.

—Yo..., Howard ha encontrado las cartas de Ruben..., las ha tirado por la casa y ha roto la vajilla..., Gwyn, si esta noche regresa borracho a casa, ¡me matará!

Cuando Gwyn informó a su amiga de la muerte de Howard, ésta se mostró muy serena. Las lágrimas que derramaba más bien respondían a toda la pena, dolor e injusticia que había experimentado y contemplado. Hacía ya tiempo que el afecto por su marido había desaparecido. Manifestó mucha más preocupación por el hecho de que Paul fuera juzgado de asesinato.

Gwyneira reunió todo el dinero que pudo encontrar en la casa e indicó a Paul que se dirigiera a su habitación y empaquetara sus cosas. Sabía que debería ayudarle a hacerlo, pues el joven estaba demasiado confuso y extenuado. Era indudable que no tenía la mente clara. Sin embargo, mientras Paul estaba subiendo por la escalera, Marama salió a su encuentro con un hatillo.

—Necesito tus alforjas, Paul —dijo con dulzura—. Y luego iremos a la cocina, tendremos que llevarnos algo que comer, ¿no te parece?

—¿Nosotros? —preguntó Paul de mal humor.

Marama asintió.

—Claro. Yo voy contigo. Estoy a tu lado.

13

No fue poca la sorpresa que se llevó el oficial Hanson cuando al día siguiente no se encontró a Paul Warden en Kiward Station sino a Helen O'Keefe. Como es obvio, la situación no le entusiasmó demasiado.

—Miss Gwyn, en Haldon hay gente que acusa a su hijo de asesinato. Y ahora también ha eludido la investigación del caso. No sé qué opinar de esto.

—Estoy convencida de que volverá —respondió Gwyn—. Todo lo ocurrido..., la muerte de su abuelo y, aún más, que Helen se presentara de golpe aquí... Se ha avergonzado enormemente ante su presencia. Todo esto le ha superado.

—Bueno, entonces esperemos a que ocurra lo mejor. No se tome usted este asunto a la ligera, Miss Gwyn. Al parecer disparó al hombre directamente en el pecho. Y O'Keefe, en eso todos los testigos están de acuerdo, estaba prácticamente desarmado.

—Pero él le obligó —intervino Helen—. Mi marido, que en paz descanse, podía ser muy provocador, sheriff. Y estoy segura de que el joven no estaba sobrio.

—Es probable que el chico no pudiera calibrar bien la situación —añadió George Greenwood—. La muerte de su abuelo le desconcertó totalmente. Y al ver que Howard O'Keefe agarraba el arma...

—¡No pretenderá en serio echarle la culpa a la víctima! —lo reprendió Hanson con severidad—. ¡Esa antigua escopeta de caza no representaba ninguna amenaza!

—Es cierto —respondió George cambiando de tono—. Me refería más bien a que..., bueno, las circunstancias eran sumamente adversas. Esa estúpida pelea, el horrible accidente. Todos deberíamos haber intervenido antes. Pero pienso que la investigación puede esperar hasta que Paul regrese.

—¡Si es que regresa! —refunfuñó Hanson—. No tengo ningunas ganas de enviar tras él una patrulla de búsqueda.

—Mis hombres se pondrán de buen grado a su disposición —anunció Gwyneira—. Créame, preferiría ver a mi hijo bajo su segura custodia que en algún lugar montaña arriba. Sobre todo cuando no puede esperar ningún apoyo de las tribus maoríes.

No cabía duda de que en eso tenía razón. Si bien el sheriff había renunciado en un principio a emprender una investigación y no había cometido el error de interrumpir a los barones de la lana en medio del esquileo para formar una patrulla de búsqueda, Tonga no se conformó tan fácilmente. Paul tenía a Marama. No importaba si ella había ido con él de forma voluntaria o a la fuerza: Paul tenía a la muchacha que Tonga quería para sí. Y ahora, por fin, las paredes de las casas *pakeha* habían dejado de proteger a Paul. El rico ganadero y el joven maorí a quien nadie tomaba realmente en serio ya no existían. Ahora sólo había dos hombres en la montaña. Para Tonga, Paul era libre como un pájaro. Pero primero esperó. No era tan tonto como los blancos para ponerse a perseguir sin más al forajido. En algún momento se enteraría de dónde se escondían Paul y Marama. Y entonces lo encontraría.

Gwyneira y Helen dieron sepultura a Gerald Warden y Howard O'Keefe. A continuación, ambas reanudaron sus vidas, con lo cual la de Gwyneira no experimentó muchos cambios. Organizó el esquileo y luego propuso a los maoríes restablecer la paz.

Llevando a Reti como intérprete, se dirigió al poblado y emprendió las negociaciones.

—Podéis quedaros con la tierra en la que está situado vuestro poblado —anunció con una sonrisa vacilante. Tonga, de pie frente a ella, la miraba fijamente, protegido por el hacha santa, signo de su condición de jefe tribal—. En caso contrario deberemos pensar otra cosa. No tengo mucho dinero en efectivo, pero después del esquileo la situación mejorará un poco y tal vez podamos vender otras propiedades de valor. Todavía no he llegado a fondo en lo que a los bienes del señor Gerald se refiere. Pero si no... ¿Se podría llegar a algún acuerdo con las tierras que se extienden entre los prados de nuestra propiedad y los de O'Keefe Station?

Tonga alzó una ceja.

—Miss Gwyn, aprecio su buena voluntad, pero no soy tonto. Sé exactamente que usted carece de autoridad para venir a hacer aquí cualquier tipo de oferta. No es usted la heredera de Kiward Station; de hecho, la granja le pertenece a su hijo Paul. ¿No pretenderá hacerme creer que le ha dado poderes para negociar en su nombre?

Gwyneira bajó la mirada.

—No, no lo ha hecho. Pero Tonga, convivimos aquí. Y siempre hemos vivido en paz...

—¡Su hijo ha roto la paz! —replicó con dureza Tonga—. Nos ha ofendido a mí y a mi gente..., el señor Gerald, además, engañó a mi tribu. Soy consciente de que hace mucho de ello, pero hemos requerido más tiempo para descubrirlo. Hasta el momento nadie nos ha ofrecido sus disculpas...

—¡Lo lamento! —dijo Gwyn.

—¡Usted no lleva el hacha sagrada! Yo la acepto, no obstante, Miss Gwyn, como *tohunga*. Usted entiende más de la crianza de ganado que la mayoría de sus hombres. Pero desde el punto de vista legal usted no es nada y no tiene nada. —Señaló a una muchachita, que jugaba junto al lugar donde negociaban—. ¿Puede hablar esta niña en nombre de los kau tahu? No. Pues en igual medida representa usted, Miss Gwyn, a la tribu de los Warden.

—Entonces, ¿qué hacemos? —preguntó Gwyn desesperada.

—Lo mismo que antes. Nos encontramos en estado de guerra. No la vamos a ayudar, al contrario, le causaremos dificultades en lo que sea posible. ¿Acaso no le extraña que nadie quiera esquilar sus ovejas? Lo impediremos. También cerraremos sus vías de comunicación, pondremos obstáculos al transporte de su lana, no dejaremos en paz a los Warden, Miss Gwyn, hasta que el gobernador haya pronunciado una sentencia y su hijo esté dispuesto a aceptarla.

—No sé cuánto tiempo estará Paul ausente —contestó impotente Gwyn.

—Entonces, tampoco nosotros sabemos cuánto tiempo lucharemos. Lo siento, Miss Gwyn —concluyó Tonga, volviéndole la espalda.

Gwyneira gimió.

—Yo también.

Durante las semanas siguientes, la mujer salió airosa del período de esquileo firmemente apoyada por sus hombres y los dos trabajadores que Gerald y Paul habían contratado en Haldon. Aunque no había que quitarle el ojo de encima a Joe Triffle, cuando se le mantenía alejado del alcohol rendía como tres pastores normales. Helen, quien hasta entonces nunca había tenido asistentes, envidiaba a Gwyn por contar con ese hombre.

—Te lo cedería —dijo Gwyn—. Pero hazme caso, tú sola no puedes controlarlo, sólo funciona si todo el batallón tira de la misma cuerda. De todos modos, te los enviaré a todos en cuanto hayamos terminado aquí. Lo que sucede es que dura una eternidad. ¿Podrás alimentar las ovejas durante todo este tiempo?

En esa época los animales ya se habían comido casi toda la hierba de los prados que circundaban las granjas. Los animales se conducían en verano a las tierras altas.

—Más mal que bien —susurró Helen—. Les doy el forraje que estaba destinado a los bueyes. A éstos, George los vendió en Christchurch, de otro modo no habría podido pagar el entierro.

A la larga tendré que desprenderme de la granja. Yo no soy como tú, Gwyn, no lo lograré sola. —Acarició con torpeza al primer joven perro pastor que Gwyn le había regalado. Era un animal completamente adiestrado y le prestaba una enorme ayuda en el trabajo de la granja. No obstante, Helen no lo controlaba lo suficiente.

La única ventaja con que contaba respecto a Gwyn consistía en que sus relaciones con los maoríes seguían siendo amistosas. Sus discípulos la ayudaban de forma espontánea en el trabajo en el jardín y gracias a ellos Helen tenía al menos verdura en el huerto, huevos, leche y carne en abundancia cuando los jóvenes practicaban la caza o sus padres les daban pescado con que obsequiar a su maestra.

—¿Ya has escrito a Ruben? —preguntó Gwyn.

Helen asintió.

—Pero ya sabes cuánto tarda. El correo se distribuye primero en Christchurch y luego en Dunedin...

—Pese a ello, los coches de los almacenes O'Key pronto podrían recogerlo —observó Gwyneira—. Fleur contaba en su última carta que se espera una entrega en Lyttelton. Deberán enviar a alguien a recogerla. Es probable que ya estén en camino. Pero hablemos ahora de mi lana: los maoríes amenazan con cerrar los caminos que conducen a Christchurch y creo que Tonga es capaz de robar simplemente la lana como un pequeño anticipo de las compensaciones que el gobernador le asignará. Bueno, creo que nos aguará la fiesta. ¿Estás de acuerdo en que lo llevemos todo a tu granja, lo almacenemos en tu establo hasta que hayas terminado tú el esquileo y luego lo transportemos todo junto a Haldon? Pondremos el producto a la venta algo más tarde que el resto de los ganaderos, pero no podemos hacer más...

Tonga se enfureció, pero el plan de Gwyn funcionó. Mientras los hombres vigilaban los caminos, con cada vez menor atención, George Greenwood transportó la lana de Kiward Station y O'Keefe Station a Haldon. La gente de Tonga, a la que él había prometido unos pingües beneficios, empezó a impacientarse y le reprochó que en esa época solían ganar dinero con los *pakeha*.

—¡Casi lo suficiente para todo el año! —se quejó el marido de Kiri—. En vez de eso, ahora tendremos que cambiar de lugar y cazar como antes. ¡Kiri no se alegra de pasar el invierno en la montaña!

—Puede que allí se reúna otra vez con su hija —respondió Tonga de mal humor—, y con su marido *pakeha*. Que se le queje a él; a fin de cuentas, él es el responsable.

Tonga todavía no había oído nada acerca de Paul y Marama. Pero era paciente. Permanecía a la espera. Y entonces, al cerrar los caminos cayó en las redes un carro entoldado. Éste, sin embargo, no procedía de Kiward Station sino de Christchurch. No contenía vellones, sino ropa de señora y en realidad no había razón justificada para detenerlo. Pero los hombres de Tonga se iban descontrolando de forma paulatina. Y con ello desencadenaron unos acontecimientos que Tonga nunca habría sospechado.

Leonard McDunn conducía su pesado vehículo por la todavía bastante accidentada carretera que unía Christchurch a Haldon. Hacía, sin lugar a dudas, un rodeo, pero su patrón, Ruben O'Keefe, le había encargado que entregara un par de cartas en Haldon y echara un vistazo a una granja de la zona.

—¡Pero con discreción, McDunn, por favor! Si mi padre descubre que mi madre está en contacto conmigo la pondré en un apuro. Mi esposa opina que es arriesgarse demasiado, pero tengo una desagradable sensación... No puedo creer que la granja esté prosperando tanto en realidad como afirma mi madre. Probablemente bastará con que pregunte un poco por Haldon. Todos se conocen en la región y al menos la dueña de la tienda es muy parlanchina...

McDunn había asentido amistosamente y había anunciado con una sonrisa que en ese caso practicaría un poco la técnica de la audición discreta. En el futuro, así pensaba de nuevo satisfecho, la necesitaría. Era su último viaje como transportista para O'Keefe. La población de Queenstown lo había elegido poco antes *constable* de la policía. McDunn, un hombre tranquilo, rechoncho y en la cincuentena, sabía valorar el honor y la mayor estabilidad que comportaba esa ocupación. Llevaba cuatro años encargado del transporte con O'Keefe y ya tenía suficiente.

Además, disfrutaba de ese paseo a Christchurch gracias también a la amable compañía de que disfrutaba. Laurie estaba sentada a su derecha en el pescante y Mary, a la izquierda, o al revés, pues aún ahora no conseguía distinguir a las mellizas entre sí. No obstante, a ellas no parecía importarles lo más mínimo. Tanto la una como la otra se dirigían con igual alegría a McDunn, preguntaban con avidez y miraban con los ojos curiosos de un niño el paisaje que los rodeaba. McDunn sabía que Mary y Laurie realizaban una tarea de valor inestimable como chicas para todo y compradoras en los Almacenes O'Kay. Eran amables y estaban bien educadas e incluso sabían leer y escribir. De natural, sin embargo, eran simples: se impresionaban con la misma facilidad con que se ponían contentas, y también podían caer en profundas crisis cuando no se las trataba de la forma idónea. Pero eso ocurría pocas veces, en general las dos estaban de un humor óptimo.

—¿Tenemos que parar pronto, señor McDunn? —preguntó alegremente Mary.

—¡Hemos comprado comida para hacer un picnic, señor McDunn! Hasta muslo de pollo asado de esa tienda china de Christchurch... —prosiguió Laurie.

—¿Es realmente pollo, señor McDunn? ¿No es perro? En el hotel nos han contado que en China se come carne de perro.

—¿Se imagina que alguien se comiera a *Gracie*, señor McDunn?

McDunn sonrió satisfecho al tiempo que se le hacía la boca agua. El señor Lin, el chino de Christchurch, sin duda no ofrecía a sus clientes ningún muslo de perro, sino de pollo.

—Los perros pastores como *Gracie* son demasiado caros

para comérselos —respondió—. ¿Qué más lleváis en los cestos? También habéis ido a la panadería, ¿verdad?

—¡Ah, sí, hemos visitado a Rosemary! Recuerde, señor McDunn, que vinimos a Nueva Zelanda en el mismo barco.

—Y ahora está casada con el panadero de Christchurch. ¿A que es sensacional?

McDunn no encontraba que estar casado con el panadero de Christchurch fuera especialmente emocionante, pero se abstuvo de hacer comentarios. En vez de hacerlo buscó un lugar adecuado para descansar. No tenían prisa. Si encontraba algún lugar acogedor, desengancharía los caballos y los dejaría pastar dos horas.

Pero entonces sucedió algo imprevisto. La carretera hacía un recodo que dejaba a la vista un pequeño lago y una especie de barrera. Alguien había atravesado el tronco de un árbol en la vía, que estaba siendo supervisada por unos guerreros maoríes. Los hombres ofrecían un aspecto marcial y atemorizante. Sus rostros estaban cubiertos de tatuajes o pinturas similares, presentaban el dorso desnudo y brillante y llevaban una especie de taparrabo que concluía justo encima de las rodillas. Iban además armados con lanzas que alzaron de forma amenazadora frente a McDunn.

—¡Poneos detrás, chicas! —advirtió a Mary y Laurie intentando no asustarlas.

Se detuvo al llegar al lugar.

—¿Qué querer en Kiward Station? —preguntó uno de los guerreros maoríes con un tono de voz intimidatorio.

McDunne se encogió de hombros.

—¿No es éste el camino a Haldon? Llevo mercancías a Queenstown.

—¡Tú mentir! —le increpó el guerrero—. El camino a Kiward Station, no a Wakatipu. Tú comida para los Warden.

McDunn puso los ojos en blanco y mantuvo la calma.

—En absoluto llevo comida a los Warden, sean quienes sean. Ni siquiera transporto víveres, sólo ropa de mujer.

—¿Mujer? —El guerrero frunció el entrecejo—. ¡Enseñar!

Con un veloz movimiento saltó en medio del pescante y

desgarró el toldo. Mary y Laurie chillaron asustadas. Los otros guerreros lanzaron vítores a su vez.

—¡Con cuidado! —gruñó McDunn—. ¡Van a romperlo todo! De buen grado les mostraré el interior, pero...

Entretanto, el guerrero había sacado un cuchillo y cortado el toldo desprendiéndolo del fijador. Para regocijo de sus compañeros la carga yacía expuesta ante él, así como las mellizas, que se estrechaban la una contra la otra temblorosas.

McDunn estaba ahora preocupado de verdad. Por fortuna no había en el carro armas u objetos de hierro que pudieran ser utilizados como tales. Él mismo contaba con una escopeta pero, mucho antes de que pudiera servirse de ella, los hombres lo habrían desarmado. Sacar su cuchillo también resultaba demasiado arriesgado. Además, los muchachos no parecían realmente salteadores de caminos profesionales, sino más bien pastores jugando a la guerra. Al menos no se les veía peligrosos.

Entre la ropa interior que el maorí sacaba ahora del carro para embeleso de todos sus hermanos de tribu y que se ponía delante del pecho mientras reía, había también artículos explosivos. Si los hombres encontraban los barriles de brandy de primera calidad y lo probaban in situ, la situación se pondría crítica. Entretanto otra gente se había ido acercando a observar. Al parecer, se encontraban en las proximidades de un poblado maorí. Sea como fuere, un par de adolescentes y hombres mayores, la mayoría de los cuales iban vestidos al estilo occidental y no estaban tatuados, se aproximaron. Uno de ellos descubrió justo entonces una caja de un exquisito Beaujolais (un encargo privado del señor Ruben) bajo una capa de corsés.

—¡Vosotros venir! —dijo con determinación uno de los recién llegados—. Esto vino para los Warden. Yo antes criado, ¡conocer! ¡Os llevamos al jefe! Tonga saber qué hacer.

McDunn contuvo su entusiasmo ante el hecho de ser conducido en presencia del jefe de la tribu. Seguía sintiéndose fuera de peligro, pero si ahora dirigía el carro hacia el campamento de los sublevados, ya podía dar por perdida la carga y, posiblemente, también el carro y los caballos.

—¡Seguir a mí! —insistió el que antes fuera sirviente, y se puso en marcha. McDunn lanzó una mirada estimativa al paisaje. Era una superficie considerablemente plana y a unos casi doscientos metros de distancia el camino se bifurcaba: seguramente era allí donde habían tomado la dirección equivocada. Ése debía de ser un pasaje privado y los maoríes estarían peleados con el propietario. El hecho de que el acceso a Kiward Station estuviera en mejor estado que la carretera pública había inducido a McDunn a apartarse de la dirección correcta. Pero si ahora conseguía escaparse a campo traviesa por la izquierda volvería a llegar, de hecho, al camino oficial que conducía a Haldon... Lamentablemente, el guerrero maorí seguía estando frente a él, esta vez posando con un sujetador en la cabeza y con una pierna en el pescante y la otra en el interior del carro.

—Culpa tuya si te haces daño —farfulló McDunn, mientras ponía en movimiento el carro. Los pesados Shires tardaban un poco en echarse a andar, pero una vez que arrancaban, y Leonard era consciente de ello, eran fogosos. Una vez que los caballos hubieron dado los primeros pasos, los azuzó con el látigo al tiempo que giraba bruscamente hacia la izquierda. El guerrero que bailaba con la ropa interior perdió el equilibrio cuando la montura se puso al trote de forma inesperada. Sin embargo, no consiguió mover la lanza antes de que McDunn lo empujara fuera del carro. Laurie y Mary gritaron. Leonard esperaba no atropellarlo con el carro.

—¡Agachaos, chicas, y agarraos fuerte! —gritó hacia atrás, donde una lluvia de lanzas cayó sobre las cajas de ropa interior. Sin embargo, las ballenas de los corsés lo soportarían. Los dos Shires galopaban ahora y la tierra se estremecía bajo sus cascos. Con un caballo de carreras se podría haber alcanzado fácilmente el carro, pero, para alivio de McDunn, nadie los seguía.

—¿Todo bien, chicas? —preguntó a gritos a Mary y Laurie, mientras espoleaba a los caballos por si se relajaban, al tiempo que rezaba para que el terreno no se hiciera de golpe irregular. No podría detener tan repentinamente a los caballos de sangre fría y lo último que podía permitirse en tales circunstancias era que se le rompiera un eje. No obstante, la superficie seguía siendo plana y pronto tuvo a la vista un camino. McDunn ignoraba si ése era realmente el que conducía a Haldon, ya que era demasiado estrecho y tortuoso. Sin embargo, era transitable y mostraba huellas de vehículos tirados por caballos, en realidad *bugys* ligeros en lugar de carros entoldados, pero cuyos conductores, con toda certeza, tampoco se arriesgarían a romper los ejes de las ruedas introduciéndose por caminos accidentados. McDunn siguió espoleando a los caballos. Sólo cuando creyó que el campamento maorí se encontraba al menos a dos kilómetros a sus espaldas, puso las monturas al paso.

Laurie y Mary se asomaron tomando aliento.

—¿Qué ha sido esto, señor McDunn?

—¿Querían hacernos algo?

—Los indígenas suelen ser amistosos.

—Sí, Rosemary dice que son amables.

McDunn suspiró aliviado cuando las mellizas reanudaron su animosa charla. Parecía que habían salido bien librados. Ahora sólo tenía que averiguar hacia dónde conducía ese camino.

Una vez superada la prueba, Mary y Laurie recuperaron el apetito, pero los tres estuvieron de acuerdo en que era preferible disfrutar del pan, el pollo y los deliciosos pastelitos de té de Rosemary sin bajar del pescante. A McDunn cada vez le resultaba más extraño lo sucedido con los maoríes. Había oído que se producían levantamientos en la isla Norte. ¿Pero ahí? ¿En medio de las pacíficas llanuras de Canterbury?

La pista seguía dirigiéndose hacia el oeste. No se trataba en absoluto de un camino oficial, más bien parecía un paso transitado durante años y trillado por el uso. Tanto arbustos como arboledas se rodeaban en lugar de haber sido destruidos. Y ahora aparecía otro riachuelo...

McDunn suspiró. El vado no parecía peligroso y seguramente lo habían cruzado poco antes. Sin embargo, era probable que nunca lo hubieran hecho con un carro tan pesado como el suyo. Por si acaso, pidió a las chicas que bajaran e introdujo con prudencia los caballos y el carro en el agua. Luego se detuvo para que las mellizas volvieran a subir y se sobresaltó al oír que Mary soltaba un grito.

—¡Allí, señor McDunn! ¡Maoríes! ¡Seguro que no traen buenas intenciones!

Las chicas se encogieron aterrorizadas bajo la carga, mientras McDunn buscaba dónde estaban los guerreros. No obstante, sólo divisó a dos niños que conducían una vaca.

Ambos se acercaron curiosos al ver el carro.

McDunn les sonrió y los niños saludaron con timidez. Luego, para su sorpresa, los pequeños lo saludaron en un inglés muy correcto.

—Buenos días, señor.

—¿Podemos ayudarle, señor?

—¿Es usted un viajante de comercio, señor? ¡Hemos leído historias sobre buhoneros! —La niña observó con curiosidad en el interior del toldo, sujeto ahora de forma provisional.

—Qué va, Kia, seguro que son más vellones de los Warden. Miss Helen les ha dejado que los guardaran en su casa —dijo el niño, y evitó con destreza que la vaca escapara.

—¡Tonterías! Los esquiladores llevan tiempo aquí y se lo han traído todo. ¡Seguro que esto es un Tinker! ¡Sólo que los caballos no tienen pintas!

McDunn sonrió.

—Somos comerciantes, señorita, no buhoneros —dijo, dirigiéndose a la niña—. Queríamos llegar en carro a Haldon, pero creo que nos hemos perdido.

—No mucho —le consoló la niña.

—Si coge el camino adecuado al lado de la casa, después de recorrer tres kilómetros estará en la carretera de Haldon —explicó el niño con mayor precisión al tiempo que miraba admirado a las mellizas, que entretanto habían osado salir de nuevo a la luz—. ¿Por qué las dos mujeres son iguales?

—Ésta sí es una buena noticia —dijo McDunn, sin responder al niño—. ¿Podrías también decirme dónde estoy? Esto ya no es... ¿cómo se llamaba? ¿Kiward Station?

Los niños soltaron una risita, como si hubiera dicho un chiste.

—No, esto es O'Keefe Station. Pero el señor O'Keefe está muerto.

—¡Lo ha matado el señor Warden! —intervino la niña.

McDunn pensó divertido que, como oficial de policía, no podía desearse seres más dispuestos a suministrar información que ésos. En Haldon la gente era comunicativa, en eso Ruben tenía toda la razón.

—Y ahora está en la montaña, y Tonga lo está buscando.

—Chisss, Kia, ¡no tienes que contarlo!

—¿Quiere ver a Miss Helen, señor? ¿La vamos a llamar? Está en el cobertizo de esquileo o...

—No, Mati, está en casa. ¿No te acuerdas? Ha dicho que tenía que preparar la comida para toda la gente...

—¿Miss Helen? —gritó Laurie.

—¿Nuestra Miss Helen? —resonó la voz de Mary como un eco.

—¿Siempre dicen lo mismo también? —preguntó el niño maravillado.

—Creo que es mejor que nos lleves a esa granja —dijo McDunn con toda calma—. Al parecer acabamos de encontrar justo lo que estábamos buscando.

Y el señor Howard, pensó con una sonrisa irónica, ya no pondría ni el más mínimo obstáculo.

Media hora más tarde, habían desenganchado los caballos y estaban en la cuadra de Helen. Ésta, totalmente arrebatada por la alegría y la sorpresa, estrechaba entre sus brazos a las pupilas del *Dublin* que ya había dado por perdidas. Todavía no acababa de creerse que las dos niñas medio muertas de hambre de aquel entonces se hubieran convertido en las dos jóvenes tan alegres, e incluso algo gorditas, que ahora se hacían cargo con toda naturalidad del regimiento que tenía en la cocina.

—¿Esto tiene que servir para toda una compañía de hombres, Miss Helen?

—De ninguna de las maneras, Miss Helen, lo tenemos que estirar.

—¿Pensaba hacer pastelitos de carne, Miss Helen? Entonces más nos vale poner más boniatos y no tanta carne.

—Los hombres tampoco la necesitan, se animan demasiado. Las mellizas se rieron complacidas.

—¡Y así no tiene que amasar pan, Miss Helen! Espere, primero prepararemos un té.

Mary y Laurie habían cocinado durante años para la clientela del Hotel de Daphne. Abastecer a un pelotón de esquiladores no les suponía ninguna dificultad. Mientras ellas se afanaban canturreando en la cocina, Helen se sentó con Leonard McDunn a la mesa de la cocina. Éste le contó el peculiar asalto de los maoríes que le había conducido hasta allí, mientras ella le informaba de las circunstancias de la muerte de Howard.

—Claro que lloro la muerte de mi marido —dijo, y alisó el modesto vestido azul oscuro que, tras la muerte de su esposo, siempre vestía—. Pero en cierto modo también representa para mí un alivio... Discúlpeme, debe de pensar usted que soy una persona totalmente despiadada...

McDunn sacudió la cabeza. En absoluto encontraba a Helen O'Keefe falta de corazón. Por el contrario, no se había cansado de observar la alegría con la que había estrechado entre sus brazos a las mellizas. Además, con su cabellera castaña y brillante, su delicado rostro y sus serenos ojos de color gris, le había parecido sumamente atractiva. Aun así, parecía rendida y sin fuerzas, y estaba pálida pese a la piel tostada por el sol. Se notaba que la situación la superaba. Era evidente que se desenvolvía tan mal en la cocina como en el establo. Antes se había sentido muy aliviada cuando los niños maoríes se ofrecieron a ordeñar la vaca.

—Su hijo ha dejado entrever que su padre no siempre ha sido un hombre fácil. ¿Qué quiere hacer ahora con la granja? ¿Venderla?

Helen se encogió de hombros.

—Si alguien la quiere... Lo más sencillo sería anexarla a Kiward Station. Howard nos maldeciría desde la tumba, pero a mí me da igual. En el fondo, la granja, como empresa individual, no es rentable. Aunque tiene mucho terreno, éste no es suficiente para alimentar a los animales. Pese a ello, si se quiere explotar, es necesario tener conocimientos especializados y un capital de entrada. La granja se está desmoronando por una mala administración, señor McDunn. Ésta es la dolorosa realidad.

—Y su amiga de Kiward Station... ¿es la madre de Fleurette, verdad? —preguntó Leonard—. ¿No estaría ella interesada en el traspaso?

—Interesada, sí... ¡Oh!, muchas gracias, Laurie, sois simplemente maravillosas. ¡Qué habría hecho sin vosotras! —Helen tendió la taza a Laurie, que se acercó a la mesa con té recién hecho.

Laurie se la llenó con la destreza con que Helen le había enseñado a hacerlo en el barco.

—¿Cómo sabe que es Laurie? —preguntó Leonard desconcertado—. No conozco a nadie que pueda distinguirlas.

Helen rio.

—Si no se les da instrucciones, Mary se encarga de poner la mesa y Laurie de servir. Ponga atención: Laurie es la más extrovertida, a Mary no le importa mantenerse en un segundo plano.

Leonard nunca se había percatado de ello, pero admiró la capacidad de observación de Helen.

—¿Qué sucederá ahora con su amiga?

—Bueno, Gwyneira ya tiene sus propios problemas —contestó Helen—. Usted mismo acaba de caer de lleno en ellos. Ese jefe maorí intenta someterla y ella no tiene ninguna posibilidad de actuar sin contar con Paul. Tal vez cuando el gobernador por fin tome una decisión...

—¿Y existe la posibilidad de que ese Paul regrese y resuelva sus problemas por sí mismo? —preguntó Leonard. Le parecía bastante poco correcto dejar a las dos mujeres solas en medio de toda esa miseria. No obstante, todavía no había conocido a Gwyneira Warden. Si era igual que su hija, sería capaz de apañárselas con medio continente lleno de obstinados salvajes.

—Resolver problemas no es, justamente, el punto fuerte de

los varones Warden. —Helen sonrió con tristeza—. Y en lo que al regreso de Paul se refiere..., en Haldon los ánimos se van calmando, en eso George Greenwood tenía razón. Al principio todos querían lincharlo, pero en lo que va de tiempo ha tomado más peso la compasión por Gwyn. Creen que necesita un hombre en la granja y ahora ya están dispuestos a hacer la vista gorda a una minucia como un asesinato.

—¡Qué cínica es usted, Miss Helen! —la censuró Leonard.

—Soy realista. Paul disparó al pecho sin previo aviso a un hombre desarmado. Delante de veinte testigos. Pero dejémoslo, tampoco quiero verlo colgado. ¿Qué cambiaría eso? Si es que viene, el conflicto con el jefe de la tribu adquirirá mayores dimensiones. Y entonces es probable que lo ahorquen por otro asesinato.

—El joven parece, en efecto, andar coqueteando con la soga —señaló Leonard, suspirando—. Yo...

Le interrumpieron unas llamadas a la puerta. Laurie abrió. Inmediatamente, un perrito se deslizó al interior pasando entre sus piernas. *Friday* saltó jadeante sobre Helen.

—¡Mary, ven corriendo! ¡Creo que es Miss Gwyn! ¡Y *Cleo*! ¡Miss Gwyn!

Pero Gwyneira no parecía ver a las mellizas. Estaba tan furiosa, que no las reconoció.

—Helen —soltó—, ¡voy a matar a ese Tonga! Todavía he sido capaz de contenerme para no ir a caballo y con la escopeta al pueblo. Andy me ha contado que su gente ha asaltado un carro entoldado, sabe Dios qué querían y dónde estarán ahora. Aun así, en el poblado se lo están pasando en grande y van por ahí con sostenes y bragas... Oh, discúlpeme, señor, yo... —Gwyneira se puso colorada cuando vio que Helen tenía una visita masculina.

McDunn se echó a reír.

—No se preocupe, señora Warden. Estoy informado acerca de la existencia de ropa interior femenina y ni que decir tiene que soy yo quien la he perdido. El carro es mío. Permita que me presente: Leonard McDunn, de Almacenes O'Kay.

—¿Por qué no se viene simplemente conmigo a Queenstown? —preguntó McDunn un par de horas después, contemplando a Helen.

Gwyneira se había tranquilizado y con Helen y las mellizas había dado de comer a los hambrientos esquiladores. A todos los alabó por el buen resultado de su trabajo, si bien se quedó bastante sorprendida de la calidad de la lana. Ya había oído decir que O'Keefe producía mucho desecho, pero no se había imaginado que el problema fuera tan grave. Ahora estaba sentada con Helen y McDunn delante de la chimenea y acababa de abrir una de las botellas de Beaujolais que por fortuna había quedado intacta.

—¡Por Ruben y su exquisito gusto! —brindó alegremente—. ¿Dónde lo habrá aprendido, Helen? ¡Ésta es, con toda certeza, la primera botella de vino que se descorcha en años en esta casa!

—En las obras de Edward Bulwer-Lytton, que suelo leer con mis alumnos, se consume de vez en cuando vino en los círculos refinados, Gwyn —respondió Helen con afectación.

McDunn tomó un sorbo y luego insistió en su propuesta de llevarla a Queenstown:

—En serio, Miss Helen, seguro que desea ver a su hijo y sus nietos. Ésta es la oportunidad. En un par de días habremos llegado.

—¿Ahora, en pleno esquileo? —Helen rechazó la idea con un gesto.

Gwyneira rio.

—¡Helen, no irás a creerte en serio que mis empleados vayan a esquilar una oveja de más o de menos porque tú estés aquí! Y no querrás conducir las ovejas a la montaña, ¿no?

—Pero..., pero alguien tendrá que abastecer a la gente... —Helen estaba indecisa. La propuesta había surgido de forma repentina, no podía aceptarla. ¡Y, sin embargo, era sumamente tentadora!

—También en mi granja se las han apañado ellos mismos. O'Toole sigue preparando un cocido irlandés mucho mejor del que Moana y yo hayamos hecho jamás. De ti mejor no hablar. Eres mi amiga más querida, pero tu cocina...

Helen se ruborizó. En una situación normal ese comentario no la habría afectado. Pero delante del señor McDunn le resultaba penoso.

—Permita que los hombres maten un par de ovejas y dejémosles también un par de botellitas de esas que yo defendería con mi propia vida. Aunque sea un pecado, porque la bebida es demasiado buena para esa pandilla, ¡al final se habrá ganado usted para siempre su cariño! —propuso McDunn con toda tranquilidad.

Helen sonrió.

—No sé —respondió dudosa.

—¡Pero yo sí! —intervino decidida Gwyn—. A mí me encantaría ir, pero nadie puede sustituirme en Kiward Station. Así que te nombramos nuestra común delegada. Mira cómo andan las cosas en Queenstown. Temo que Fleurette no haya adiestrado como es debido al perro. Además, llévales el poni a los nietos. ¡Para que no sean unos jinetes tan torpes como tú!

14

Helen amó Queenstown en el mismo momento en que vio brillar la pequeña ciudad a la orilla del imponente lago Wakatipu. Las casitas nuevas y primorosas se reflejaban en la superficie plana del lago y el pequeño puerto daba acogida a barcos de remo y vela. Las montañas, con sus cumbres nevadas, enmarcaban la imagen. ¡Y sobre todo, durante medio día, Helen no había tenido ante su vista ni una sola oveja!

—Te resignas —confesó a Leonard McDunn, a quien tras pasar ocho días en el carro había contado más cosas sobre sí misma que a Howard durante todos los años de matrimonio—. Cuando hace un montón de tiempo llegué a Christchurch lloré porque la ciudad no tenía nada en común con Londres. Y ahora me alegro de ver una ciudad diminuta, porque allí me relacionaré con seres humanos y no con rumiantes.

Leonard rio.

—Oh, Queenstown tiene mucho en común con Londres, ya verá. Claro que no en tamaño, pero sí en vitalidad. ¡Algo está sucediendo aquí, Miss Helen, aquí siente usted el progreso, el arranque! Christchurch es hermosa, pero allí se trata más de conservar los antiguos valores y de ser más inglés que los ingleses. ¡Piense sólo en la catedral y la universidad! ¡Uno cree estar en Oxford! Pero aquí todo es nuevo, todo prospera. No cabe duda de que los buscadores de oro son unos salvajes y causan alborotos. ¡Es inconcebible tener la comisaría de policía más cercana a sesenta y cinco kilómetros de distancia! Pero esos muchachos también aportan dinero y vida a la ciudad. ¡Le encantará, Miss Helen, hágame caso!

A Helen ya le gustó cuando el carro pasó traqueteando por la calle Mayor que estaba tan poco pavimentada como Haldon, pero poblada de seres humanos: ahí un buscador de oro discutía con el empleado de correos porque éste, supuestamente, había abierto una carta. Ahí dos muchachas se reían por lo bajo y curioseaban en la barbería, donde un joven apuesto se hacía un nuevo corte de pelo. En la herrería se herraban caballos, y dos viejos mineros hablaban de asuntos profesionales a lomos de un mulo. Y el «Hotel» estaba siendo pintado de nuevo. Una mujer pelirroja con un llamativo vestido verde supervisaba a los pintores, mientras juraba en latín.

—¡Daphne! —gritaron alegres las mellizas, y casi se cayeron del carro—. ¡Daphne, hemos traído a Miss Helen!

Daphne O'Rouke se dio la vuelta. Helen contempló el conocido rostro felino. Daphne parecía envejecida, tal vez un poco gastada por la vida e iba muy maquillada. Cuando vio a Helen en el carro, sus miradas se cruzaron. Conmovida, Helen se percató de que Daphne se ruborizaba.

—Buenos... buenos días, Miss Helen.

McDunn no daba crédito, pero la decidida Daphne hizo una inclinación ante su profesora como si fuera una niña pequeña.

—¡Deténgase, Leonard! —gritó Helen. No pudo ni esperar a que McDunn tirase de las riendas de los caballos, ya había saltado del pescante y abrazado a Daphne.

—Aquí, no, Miss Helen, si alguien lo ve... —dijo Daphne—. Es usted una dama. No tienen que verla con alguien como yo. —Bajó la mirada—. Lamento haberme convertido en esto, Miss Helen.

Helen rio y la rodeó de nuevo con sus brazos.

—¿Qué hay de horrible en lo que tú eres, Daphne? ¡Una mujer de negocios! Una maravillosa madre de acogida para las mellizas. Nadie podría desear una mejor discípula que tú.

Daphne volvió a sonrojarse.

—Quizá nadie le ha explicado el tipo de... de negocio que llevo —contestó en voz baja.

Helen la estrechó contra sí.

—Los negocios se construyen según la oferta y la demanda. Esto lo he aprendido de otro de mis discípulos, George Greenwood. Y en lo que a ti respecta..., si la demanda hubiera sido de biblias, seguro que habrías vendido biblias.

Daphne soltó una risita.

—Con el mayor placer, Miss Helen.

Mientras Daphne saludaba a las mellizas, McDunn llevó a Helen a los Almacenes O'Kay. Por mucho que Helen hubiera disfrutado del reencuentro con su antigua pupila y las mellizas, aún más hermoso fue estrechar en sus brazos a su propio hijo, Fleurette y sus nietos.

El pequeño Stephen enseguida se agarró a sus faldas, aunque Elaine mostró a todas luces mayor entusiasmo cuando descubrió el poni.

Helen miró su melena rojiza y los vivos ojos que ya ahora mostraban un azul profundo distinto al de la mayoría de los niños.

—Definitivamente, la nieta de Gwyn —dijo Helen—. No tiene nada de mí. ¡Ten cuidado, para su tercer cumpleaños pedirá un par de ovejas!

Leonard McDunn saldó concienzudamente las cuentas de su último viaje comercial con Ruben O'Keefe antes de emprender sus nuevas tareas. Primero había que pintar la oficina de policía y proveer de barrotes la cárcel con ayuda de Stuart Peters. Helen y Fleur colaboraron con colchones y sábanas del almacén para que las celdas estuvieran habilitadas de forma adecuada.

—¡Sólo falta que pongáis flores! —gruñó McDunn, y también Stuart se quedó impresionado.

—¡Me quedo con la copia de una llave! —bromeó el herrero—. Por si un día tengo huéspedes que alojar.

—Puedes hacer la prueba ahora mismo —le amenazó McDunn—. Pero ahora en serio: me temo que hoy mismo ya las llenaremos. Miss Daphne ha planeado una velada irlandesa. ¿Qué te apuestas a que al final la mitad de los parroquianos se pelean?

Helen frunció el ceño.

—¿Pero no será peligroso, verdad Leonard? ¡Tenga usted cuidado! Yo..., nosotros..., nosotros... ¡necesitamos a nuestro *constable* por mucho tiempo!

McDunn resplandeció. Que Helen se preocupara de él le encantaba sobremanera.

Apenas tres semanas después, McDunn tuvo que enfrentarse con un problema más grave que las acostumbradas riñas entre buscadores de oro.

Esperaba en los Almacenes O'Kay a que Ruben dispusiera de tiempo para él y pudiera prestarle su ayuda. De las habitaciones traseras del cobertizo salían voces y risas, pero Leonard no quería importunar. Y aún menos estando en misión oficial. A fin de cuentas, Leonard no aguardaba a su amigo, sino al juez de paz. No obstante, respiró aliviado cuando Ruben por fin abandonó lo que estaba haciendo y se acercó a él.

—¡Leonard! Disculpa que te haya hecho esperar. —O'Keefe tenía un aire un tanto achispado—. Es que tenemos algo que celebrar. ¡Al parecer, voy a ser padre por tercera vez! Pero ahora dime qué sucede. ¿En qué puedo ayudarte?

—Se trata de un problema de carácter oficial. Y una especie de dilema legal. Ha aparecido en mi despacho un tal John Sideblossom, un granjero acomodado que quiere invertir en las minas de oro. Estaba muy excitado. Ha dicho que tenía que arrestar urgentemente a un hombre que había visto en el campamento de oro. A cierto James McKenzie.

—¿James McKenzie? —preguntó Ruben—. ¿El ladrón de ganado?

McDunn asintió.

—Enseguida me sonó el nombre. Lo detuvieron hace un par de años en la montaña y lo condenaron a prisión en Lyttelton.

Ruben asintió.

—Lo sé.

—¡Siempre has tenido buena memoria, señor Juez! —lo elogió Leonard—. ¿Sabes también que lo indultaron? Sideblossom afirma que lo enviaron a Australia.

—Lo desterraron —informó Ruben—. Australia era lo que estaba más cerca. Los barones de la lana hubieran preferido enviarlo a la India o a otra parte. Y aún más que se lo hubieran dado a comer a los leones.

McDunn rio.

—Justamente, ésa era la impresión que causaba Sideblossom. Pues bueno, si es cierto lo que dice, McKenzie está de vuelta aunque debía de mantenerse alejado de aquí por el resto de su vida. Dice Sideblossom que ésta es la razón por la que debo arrestarlo. ¿Pero qué hago con él? No puedo tenerlo encerrado para siempre. Y tampoco tiene el menor sentido que lo encarcele durante cinco años pues, en rigor, ésos ya los ha cumplido. Sin contar con que no tengo sitio. ¿Se te ocurre qué hacer, señor Juez?

Ruben fingió estar meditando algo. Sin embargo, para McDunn su expresión reflejaba más bien alegría. Pese a ese McKenzie. ¿O era gracias a él?

—Fíjate bien, Leonard —dijo Ruben al final—. Primero de todo, averigua si ese McKenzie es realmente el mismo al que se refiere Sideblossom. Luego lo encarcelas exactamente el tiempo que ese tipo permanezca en la ciudad. Dile que está en arresto preventivo. Que Sideblossom lo ha amenazado y que no quieres alborotos. —McDunn hizo una mueca irónica—. ¡Pero no le cuentes a mi esposa nada de esto! —le advirtió Ruben—. Será una sorpresa. Ah, sí, y si es necesario, antes de encerrarlo regálale al señor McKenzie un afeitado y un corte de pelo como es debido. ¡Recibirá la visita de unas damas justo después de su entrada en tu Grand Hotel!

Si Fleurette había pasado llorando la primera semana de su embarazo, también los ojos se le anegaron en lágrimas cuando visitó a McKenzie en la cárcel. No concretó si eran de alegría por el reencuentro o de pena a causa de su nueva encarcelación.

Por el contrario, James McKenzie no parecía muy conmovido. Por el contrario, había estado de un humor excelente hasta que Fleurette rompió a llorar. Ahora la estrechaba entre sus brazos y le acariciaba la espalda con torpeza.

—No llores, pequeña, aquí no me pasará nada. Es más peligroso estar fuera. Con ese Sideblossom todavía tengo algo pendiente.

—¿Por qué has tenido que caer de nuevo en sus manos? —gimió Fleurette—. ¿Qué has hecho en los campamentos de oro si puede saberse?

McKenzie sacudió la cabeza. Su aspecto no era, de ninguna de las maneras, el de un buscavidas de los que montaban sus campamentos en las antiguas granjas de ovejas al lado de los yacimientos de oro, y McDunn no había tenido que obligarle a que se bañara y afeitara ni que prestarle dinero. James McKenzie más bien parecía un ranchero de viaje, una persona bien situada. Por su vestimenta y pulcritud no se le habría podido distinguir de su viejo enemigo Sideblossom.

—A lo largo de mi vida ya he obtenido concesiones suficientes e incluso he sacado buenos beneficios de una de ellas en Australia. El secreto reside en no despilfarrar las ganancias de inmediato en un establecimiento como el de Miss Daphne. —Sonrió a su hija—. Como es natural, busqué en los yacimientos de oro de esta área a tu marido. Hasta descubrir al final que había acabado residiendo en la calle Mayor y que mete en chirona a viajeros inofensivos. —Guiñó el ojo a Fleurette. Antes del encuentro había conocido a Ruben y estaba muy contento con su yerno.

—¿Y ahora qué pasará? —preguntó Fleurette—. ¿Volverán a enviarte a Australia?

McKenzie gimió.

—Espero que no. Aunque puedo permitirme pagar el pasaje sin esfuerzo..., bueno, no me mires así, Ruben, ¡me he ganado honradamente ese dinero! ¡Juro que no he robado en Australia ni una sola oveja! Pero representaría una nueva pérdida de tiempo. Está claro que regresaría de inmediato, aunque esta vez con otra documentación. No volverá a sucederme lo que ha pasado con Sideblossom. Sin embargo, Gwyn tenía que esperar mucho tiempo. Y estoy seguro de que lamenta la espera..., igual que yo.

—La documentación falsa tampoco resolvería nada —intervino Ruben—. Funcionaría si quisiera quedarse en Queenstown, en la costa Oeste o en algún lugar de la isla Norte. Pero si le he entendido correctamente, desea regresar a las llanuras de Canterbury y casarse con Gwyneira Warden. Sólo que ahí lo conoce todo el mundo.

McKenzie puso un gesto de impotencia.

—Esto también es cierto. Tendría que secuestrar a Gwyn. ¡Pero esta vez no tendré escrúpulos!

—Lo mejor sería legalizar su situación —replicó Ruben con firmeza—. Escribiré al gobernador.

—¡Pero es lo que está haciendo Sideblossom! —Fleurette parecía estar a punto de echarse a llorar de nuevo—. El señor McDunn nos ha contado que ha montado en cólera porque tratamos a mi padre como si fuera un conde...

Sideblossom había pasado al mediodía por la oficina de policía, cuando las mellizas servían una opípara comida a los celadores y a los prisioneros. Y no había reaccionado con mucho entusiasmo.

—Sideblossom es un ranchero y un viejo jugador. Es su palabra contra la mía y el gobernador sabrá qué hacer —dijo Ruben tranquilizador—. Le describiré la situación con todos los detalles, incluidos su estable situación económica, sus vínculos familiares y su proyecto de contraer matrimonio. Así destacaré sus aptitudes y ganancias. De acuerdo, robó un par de ovejas. No obstante, también se le debe el descubrimiento de las tierras altas de McKenzie, donde están pastando ahora las ovejas de Sideblossom. ¡Debería estar dándole las gracias, James, en lugar de tramar su asesinato! Además es usted un pastor y criador de ganado experimentado, y su presencia será realmente beneficiosa para Kiward Station justo ahora, tras la muerte de Gerald Warden.

—¡También podríamos ofrecerle un empleo! —intervino

Helen—. ¿Le gustaría ser el administrador de O'Keefe Station, James? Sería una alternativa en caso de que Paul pusiera en la calle a Gwyneira en breve.

—O Tonga —señaló Ruben. Había estudiado recientemente desde el punto de vista legal el enfrentamiento de Gwyneira con los maoríes y era poco optimista. De hecho, lo que Tonga reivindicaba era justo.

James McKenzie se encogió de hombros.

—Para mí es lo mismo O'Keefe Station que Kiward Station. Sólo quiero estar junto a Gwyneira. Además, tengo la impresión de que *Friday* necesita un par de ovejas.

La carta que Ruben dirigió al gobernador salió al día siguiente, pero, obviamente nadie contaba con que la respuesta llegara de inmediato. Así que James McKenzie se aburría en la celda, mientras Helen disfrutaba de unos días maravillosos en Queenstown. Jugaba con sus nietos, observaba con el corazón en un puño cómo Fleurette sentaba por vez primera a Stephen sobre la grupa del poni e intentaba consolar a Elaine, que protestaba por ello. Llena de leves esperanzas, inspeccionó la pequeña escuela que acababa de inaugurarse. Tal vez existiera la posibilidad de ser útil allí y quedarse para siempre en Queenstown. Hasta el momento sólo había diez alumnos y con ellos se las apañaba la mar de bien la joven profesora, una simpática muchacha de Dunedin. Tampoco en la tienda de Ruben y Fleurette podía Helen ocuparse de gran cosa; las mellizas competían entre sí por liberar a su adorada Miss Helen de cualquier tarea. Helen se enteró por fin de toda la historia de Daphne. Invitó a la joven a tomar el té, aunque las damas respetables de Queenstown se rasgaron las vestiduras por ello.

—Cuando me deshice de ese tipo me marché a Lyttelton —contó Daphne acerca de su huida del vicioso Morrison—. Habría preferido embarcarme en el primer barco y regresar a Londres, pero, naturalmente, eso era inviable. Nadie se habría llevado a una chica como yo. También pensé en Australia. Pero bien sabe

Dios que allí ya tienen..., bueno, suficientes muchachas de costumbres ligeras que no encontraron un empleo de vendedoras de biblias. Y entonces me topé con las mellizas. Compartíamos la misma obsesión: fuera de aquí, y «fuera» significaba «barco».

—¿Cómo consiguieron reunirse? —preguntó Helen—. Estaban en zonas totalmente distintas.

Daphne se encogió de hombros.

—Por eso son mellizas. Lo que se le ocurre a una, también se le ocurre a la otra. Créame, hace más de veinte años que están conmigo y no han dejado de ser un misterio para mí. Si comprendí correctamente, se encontraron en Bridle Path. Cómo lograron llegar hasta allí, no lo sé. Sea como fuere, deambulaban por el puerto, robaban juntas algo que comer y querían embarcarse de polizones. ¡Absurdo, enseguida las habrían descubierto! ¿Qué tenía que hacer? Me las quedé. Fui un poco amable con un marinero y me dio los documentos de una muchacha que en el viaje de Dublín a Lyttelton había muerto. Mi nombre oficial es Bridey O'Rourke. Como soy pelirroja, todos lo creyeron. Pero las mellizas, claro está, me llamaban Daphne, así que conservé el nombre. Es también un buen nombre para una... Quiero decir que es un nombre bíblico y uno se desprende de mala gana de él.

Helen rio.

—Un día te harán santa.

Daphne soltó una risita y adquirió el aspecto de la niña que había sido.

—Así que llegamos a la costa Oeste. Dimos algunas vueltas al principio y finalmente acabamos en un burdel..., hum, un establecimiento administrado por una tal Madame Jolanda. Bastante decrépito. Lo primero que hice fue poner orden y encargarme de que el negocio tuviera beneficios. Ahí fue donde dio conmigo el señor Greenwood, aunque él no fue el causante de mi marcha. Fue más por el hecho de que Jolanda no estaba contenta con nadie. ¡Un día llegó a comunicarme que quería subastar a mis mellizas el siguiente sábado! Dijo que ya era hora de que las montaran por primera vez..., bueno, de que conocieran varón en el sentido bíblico.

Helen no pudo reprimir la risa.

—Realmente, tienes tu Biblia en la cabeza, Daphne —observó—. Luego comprobaremos tus conocimientos sobre *David Copperfield*.

—En cualquier caso, el viernes me fui de juerga como es debido y luego cogimos lo que había en la caja y nos marchamos. Está claro que no como hubiera partido una dama.

—Digamos: ojo por ojo, diente por diente —señaló Helen.

—Pues sí, y luego acudimos a la «llamada del oro» —prosiguió Daphne con una mueca—. ¡Gran éxito! Diría que el setenta por ciento de los ingresos de todas las minas de oro del entorno van a parar a mí.

Ruben se sintió desconcertado y hasta un poco inquieto cuando, seis semanas después de haber escrito la carta al gobernador, recibió un sobre de aspecto muy oficial. El encargado de correos le tendió la misiva casi ceremoniosamente.

—¡De Wellington! —anunció con solemnidad—. ¡Del gobierno! ¿Van a hacerte noble, Ruben? ¿Pasará la reina por aquí?

Ruben rio.

—Es improbable Ethan, sumamente improbable. —Contuvo el deseo de rasgar el sobre ahí mismo, pues Ethan lo miraba lleno de curiosidad y por encima del hombro y también Ron, de la cuadra de alquiler, que andaba ganduleando por ahí.

Poco después, Ruben, McDunn y McKenzie se inclinaban impacientes sobre la carta. Todos se quejaron de los largos preámbulos del gobernador, que aprovechaba para elogiar todas las aportaciones de Ruben al desarrollo de la joven ciudad de Queenstown. Pero luego el gobernador fue por fin al grano.

> ... nos alegramos de poder responder de forma positiva a su petición de indulto del ladrón de ganado James McKenzie, cuyo caso ha expuesto de forma tan esclarecedora. También nosotros somos de la opinión de que McKenzie podría prestar sus servicios a la joven comunidad de la isla Sur, siempre que en el futuro se limite al empleo legal de las apti-

tudes de que sin duda dispone. Esperamos con ello obrar también y en especial en interés de la señora Gwyneira Warden, a quien, desafortunadamente, acabamos de comunicar una mala noticia respecto a otro caso presentado que determinar. Le rogamos que mantenga todavía el silencio acerca del antes mencionado asunto, pues la sentencia todavía no se ha hecho saber a las partes interesadas...

—Maldita sea, ¡esto es el litigio con los maoríes! —gimió James—. Pobre Gwyn..., y al parecer sigue estando totalmente sola en este asunto. Debería marcharme inmediatamente a Canterbury.

McDunn le dio la razón.

—Por mi parte, no hay nada en contra —dijo con una sonrisa irónica—. Al contrario, volveré a tener, por fin, una habitación libre en mi Grand Hotel.

—En realidad debería marcharme ahora mismo con usted, James —dijo Helen con cierto pesar. Las diligentes mellizas habían acabado de servir el último plato de un gran banquete de despedida. Fleurette había insistido en convidar a su padre una vez más antes de que desapareciera, posiblemente por años, en Canterbury. Naturalmente, él había jurado volver a visitarlos lo antes posible con Gwyneira, pero Fleur conocía cómo iban las cosas en una gran granja de ovejas: siempre surgía algo en lo que ocuparse.

—Esto ha sido maravilloso, pero debo empezar lentamente a retomar el trabajo en la granja. Y no quiero ser una carga para vosotros. —Helen plegó su servilleta.

—¡No eres una carga para nosotros! —protestó Fleurette—. ¡Al contrario! ¡No sé cómo nos las arreglaremos sin ti, Helen!

Helen rio.

—No mientas, Fleur, nunca lo has sabido hacer. En serio, pequeña, por mucho que me guste estar aquí, tengo que ocuparme en algo. Toda mi vida he dado clases. Estar por ahí mano sobre mano y jugando un poco con los niños es malgastar el tiempo para mí.

Ruben y Fleurette se miraron. Parecían vacilar respecto a cómo entrar en materia. Al final, Ruben tomó la palabra.

—Pues bien, en realidad queríamos consultártelo más tarde, cuando hubiéramos rematado el asunto —dijo, mirando a su madre—. Pero es mejor que lo expongamos antes de que te vayas de forma precipitada. Fleurette y yo, y también Leonard McDunn, no nos olvidemos, ya habíamos pensado en qué podrías hacer tú aquí.

Helen sacudió la cabeza.

—Ya he ido a ver la escuela, Ruben...

—¡Pero olvídate de la enseñanza, Helen! —intervino Fleur—. ¡Ya has hecho suficiente por ella! Hemos pensado que..., bueno, lo primero es que hemos planeado comprarnos una granja en las afueras de la ciudad. O mejor dicho, una casa, no pensábamos tanto en poner en marcha una granja.

»Aquí en la calle Mayor hay para nosotros demasiada actividad. Demasiado ruido, demasiado tráfico..., desearía que mis hijos tuvieran más libertad. ¿Puedes imaginarte, Helen, que Stephen todavía no ha visto nunca un weta?

Helen pensó que su nieto también podía crecer sin perjuicio alguno sin haber pasado por esa experiencia.

—En cualquier caso, vamos a mudarnos de esta casa —explicó Ruben, abarcando con un amplio movimiento el hermoso edificio urbano de dos pisos. Hasta el año anterior no se había concluido la construcción y no se había ahorrado nada en su equipamiento—. Por supuesto que podríamos venderla. Pero Fleurette pensó que sería el lugar ideal para un hotel.

—¿Un hotel? —preguntó Helen desconcertada.

—¡Sí! —exclamó Fleurette—. Mira, tiene muchas habitaciones porque habíamos contado con formar una familia grande. Si tú vives en la planta baja y alquilas las habitaciones de arriba...

—¿Quieres que me ponga a dirigir un hotel? —preguntó Helen—. ¿Estás en tu sano juicio?

—Tal vez una pensión —intervino McDunn, dirigiendo a Helen una mirada animosa.

Fleurette asintió.

—No debes confundir la palabra hotel —se apresuró a puntualizar—. Se trataría de una casa respetable. No como el tabernucho de Daphne, donde anidan bandidos y muchachas de costumbres ligeras. No, pensaba que..., si atraemos a gente como es debido, un médico o un empleado de banco que tiene que instalarse en algún lugar... Y también..., bueno, pues mujeres jóvenes... —Fleurette jugueteó con un periódico que como por azar había puesto sobre la mesa, la hoja informativa de la parroquia anglicana de Christchurch.

—No será lo que estoy pensando, ¿verdad? —preguntó, y le arrancó de la mano el delgado folleto. Estaba abierto en la página de pequeños anuncios.

> Queenstown, Otago. Qué muchacha cristiana, de creencias sólidas y animada por el espíritu pionero tiene interés en establecer una relación decente con un miembro respetable y bien situado de la comunidad...

Helen sacudió la cabeza. No sabía si ponerse a reír o a llorar.

—¡Entonces eran balleneros y hoy buscadores de oro! ¿Sabrán en realidad esas honorables esposas de los párrocos y puntales de la comunidad, lo que les están haciendo a las chicas con esto?

—Bueno, es Christchurch, madre, no es Londres. Si a las chicas no les gusta, en tres días están de vuelta en su casa —la tranquilizó Ruben.

—¡Y luego les creerán cuando digan que siguen siendo tan castas y virtuosas como antes de partir! —se burló Helen.

—No, si se hospedan en el Hotel de Daphne —respondió Fleurette—. No tengo nada en contra de ella, aunque me hubiera contratado cuando llegué aquí —dijo riendo—. ¿Pero y si las chicas se hospedan en una pensión limpia y arreglada, dirigida por Helen O'Keefe, una de las notables del lugar? Querida Helen, se hablará de ello. ¡Se informará a las chicas y quizá también a sus padres en Christchurch!

—Y tendrá la oportunidad, Helen, de sentarles la cabeza a

esas jovencitas —observó Leonard McDunn, quien parecía tener la misma opinión que Helen de la idea de reclutar novias—. Sólo ven las pepitas de oro que hoy lleva en el bolsillo un hombre de rompe y rasga y ojos ardientes, pero no las miserables cabañas a las que llegarán al día siguiente cuando se vaya al próximo yacimiento de oro.

Helen miró risueña.

—¡Puede usted confiar en ello! No haré de madrina de boda de ninguna pareja después de tres días.

—¿Te encargas entonces del hotel? —preguntó Fleurette ansiosa—. ¿Te atreves?

Helen le lanzó una mirada ofendida.

—Querida Fleurette, en esta vida he aprendido a leer la Biblia en maorí, a ordeñar una vaca, matar pollos e incluso a amar un mulo. Puedes estar segura de que conseguiré sacar adelante una pequeña pensión.

Los demás rieron, pero McDunn hizo tintinear las llaves para llamar la atención. La señal de la partida. Mientras todavía no existiera el hotel de Helen, había permitido a un antiguo preso que pernoctara en la celda. Según su opinión, ningún pecador por mucho que hubiera purgado, podía superar una noche con Daphne sin reincidir.

Cualquier otro día, Helen habría acompañado a Leonard al exterior para charlar un poco con él en la terraza, pero en esta ocasión McDunn prefirió buscar la compañía de Fleurette. Casi avergonzado se dirigió a la joven mientras James se despedía de Helen y Ruben.

—Yo..., hum, no quiero ser indiscreto, Miss Fleur, pero..., ya sabe usted de mi interés por Miss Helen...

Fleur prestó oídos a ese balbuceo con el ceño fruncido. Por todos los cielos, ¿qué querría McDunn? Si se trataba de una petición de matrimonio, más le valía que se dirigiera directamente a Helen.

Al final, Leonard reunió fuerzas y planteó la pregunta.

—Esto..., hum, Miss Fleur: por todos los demonios, ¿a qué se refería Miss Helen con eso del mulo?

15

Paul Warden nunca se había sentido tan feliz.

En el fondo, ni siquiera él mismo entendía qué le había pasado. A fin de cuentas conocía a Marama desde que era un niño, ella siempre había formado parte de su vida y a veces hasta había sido una carga para él. Incluso había permitido, con sentimientos encontrados, que le acompañara en su huida a la montaña y, el primer día, había realmente montado en cólera al ver que el mulo que ella montaba trotaba lentamente y sin remedio detrás de su caballo. Marama era un fastidio para él, no la necesitaba.

Se avergonzaba ahora al pensar en todo lo que le había reprochado durante esa cabalgada. Sin embargo, la muchacha no parecía prestarle atención, nunca parecía escucharlo cuando Paul hacía maldades. Marama sólo veía su lado bueno. Sonreía cuando él era amable y callaba cuando él se dejaba ir. Descargar la ira en Marama no era divertido. Paul ya lo sabía desde niño, por eso ella nunca se había convertido en blanco de sus travesuras. Y ahora..., en esos últimos meses, en algún momento, Paul había descubierto que amaba a Marama. En algún momento, cuando comprobó que ella le daba libertad, no lo criticaba, ella no se horrorizaba al mirarlo. Marama lo había ayudado con toda naturalidad a encontrar un buen lugar donde acampar. Lejos de las llanuras de Canterbury, en el recientemente descubierto territorio que llamaban McKenzie Highlands. Marama le contó que los maoríes ya lo conocían. Ella ya había estado en ese lugar con su tribu cuando era pequeña.

—¿No te acuerdas de lo mucho que lloraste, Paul? —preguntó Marama con su voz cantarina—. Hasta entonces siempre habíamos estado juntos y llamabas mamá a Kiri, igual que yo. Pero entonces hubo una mala cosecha y el señor Warden empezó a beber cada vez más y tenía arrebatos de cólera. Había muchos hombres que no querían trabajar para él y todavía faltaba mucho para el esquileo...

Paul asintió. En esos años, Gwyneira solía dar a los maoríes un anticipo para conservarlos hasta los atareados meses de primavera. Aun así, era un riesgo: una parte de los hombres, no obstante, se quedaba y recordaba también el dinero que les había pagado; la otra parte cogía el dinero y desaparecía, y aun había otros que olvidaban el adelanto después del esquileo y exigían de malos modos toda la paga. Por eso Gerald y Paul habían desistido. Que los maoríes migraran tranquilamente. Cuando llegara la esquila ya habrían regresado y, si no era así, encontrarían otros refuerzos. Paul no recordaba haberse convertido él mismo en víctima de esa política.

—Kiri te puso en los brazos de tu madre, pero tú sólo llorabas y gritabas. Y tu madre dijo que, por ella, podíamos quedarnos contigo, y el señor Gerald se enfadó con ella. Yo tampoco lo sé todo, Paul, pero Kiri me lo contó más tarde. Me dijo que siempre te disgustó que te dejáramos cuando nos íbamos. ¿Pero qué podíamos hacer? Seguro que Miss Gwyn no tenía mala intención, te tenía cariño.

—¡Nunca me ha querido! —respondió Paul con dureza.

Marama sacudió la cabeza.

—No, erais como dos ríos que no fluyen juntos. Tal vez os encontréis un día. Todos los ríos van al mar.

Paul sólo pretendía levantar un campamento sencillo, pero Marama deseaba una auténtica casa.

—¡No tenemos nada más que hacer, Paul! —dijo sosegadamente—. Y tendrás que permanecer mucho tiempo lejos. ¿Por qué vamos a morirnos de frío?

Así que Paul cortó un par de árboles, había un hacha en las

pesadas alforjas que cargaba el mulo de Marama. La había transportado con ayuda del paciente mulo hasta una altiplanicie que estaba junto a un arroyo. Marama había elegido el lugar porque justo al lado surgían del suelo varias rocas enormes. Ahí están contentos los espíritus, afirmaba ella. Y los espíritus felices sentían afecto por los nuevos colonos. Pidió a Paul que hiciera un par de tallas de madera en la casa para decorarla y que *papa* no se sintiera ofendido. Cuando la casa hubo por fin satisfecho sus expectativas, la muchacha condujo con solemnidad a Paul al interior, un espacio relativamente grande y vacío.

—¡Ahora te tomo por esposo! —anunció con gravedad—. Dormiré contigo en la casa del sueño, aunque la tribu no esté presente. Nuestros ancestros estarán aquí para dar testimonio. Yo, Marama, su descendiente, que llegué a Aotearoa con la *uroao*, te quiero, Paul Warden. ¿Así lo decís vosotros, verdad?

—Bueno, es un poco más complicado.

Paul no sabía del todo qué tenía que pensar de todo eso, pero ese día Marama estaba preciosa. Llevaba una cinta de colores en la frente, se había atado a las caderas una manta y llevaba los pechos descubiertos. Paul nunca la había visto así, en casa de los Warden y en la escuela siempre iba decorosamente vestida al estilo occidental. Sin embargo, en esos momentos se hallaba frente a él, medio desnuda, con la tez brillante y morena, una chispa de dulzura en los ojos, y lo miraba con la misma adoración con que *papa* había contemplado a *rangi*. Ella lo amaba. Sin reservas, sin importar lo que él era y lo que había hecho.

Paul la rodeó con sus brazos. No sabía con exactitud si los maoríes se besaban en tales ocasiones, así que se limitó a frotar suavemente su nariz contra la de ella. Marama soltó una risita, como si fuera a estornudar. Luego se desprendió de la manta. Paul contuvo la respiración cuando ella se quedó totalmente desnuda. Si bien era de complexión más delicada que la mayoría de las mujeres de su raza, tenía las caderas anchas, los pechos rotundos y las nalgas respingonas. Paul tragó saliva, pero Marama extendió con naturalidad la manta en el suelo y tiró de Paul para que se tendiera encima.

—Quieres ser mi esposo, ¿verdad? —preguntó.

Paul debería haber contestado que nunca había pensado en ello. Hasta entonces raramente había pensado en el matrimonio y, cuando lo había hecho, imaginaba un enlace concertado con una muchacha amable y blanca, tal vez una hija de los Greenwood o de los Barrington hubiera sido lo adecuado. Pero ¿qué expresión habría visto en los ojos de esta muchacha? ¿Lo habría detestado como su propia madre? Al menos habría tenido sus reservas. A más tardar ahora, tras el asesinato de Howard. ¿Y sería capaz él de amarla? ¿No estaría siempre alerta, receloso?

Por el contrario, era sencillo amar a Marama. Ahí estaba ella, benévola y tierna, totalmente rendida a él...

No, eso tampoco era cierto, era independiente. Él nunca había podido forzarla a hacer algo. Pero tampoco había querido hacerlo. Tal vez eso fuera la esencia del amor: tenía que darse por propia voluntad. Un amor forzado como el de su madre no valía nada.

Así que Paul hizo un gesto afirmativo. Pero eso no le pareció suficiente. No era noble confirmar su amor según el rito de ella, él también debía reafirmarlo con el suyo.

Paul Warden recordó los votos del matrimonio.

—Yo, Paul, te tomo a ti, Marama, ante Dios y los hombres..., y los ancestros..., como legítima esposa...

A partir de ese momento, Paul fue un hombre feliz. Vivía con Marama igual que las parejas maoríes. Él cazaba y pescaba mientras ella cocinaba e intentaba cultivar un huerto. La muchacha había llevado algunas semillas, razones había para que el mulo, con la pesada carga, no pudiera seguir el paso del caballo, y Marama se alegró como una niña cuando las semillas brotaron. Por las noches, entretenía a Paul con leyendas y canciones. Le contaba historias de sus ancestros quienes, en tiempos remotos, partieron de Polinesia con la canoa *uruao* rumbo a Aotearoa. Reveló a Paul que todos los maoríes se sentían orgullosos de esa canoa con la que los antepasados habían emprendido el viaje. En los acontecimientos oficiales, la embarcación formaba parte de su propio nombre. Obviamente, todos conocían la crónica del descubrimiento de la nueva tierra.

—Procedíamos de un país llamado Hawaiki —le contó Marama, y su historia sonaba como una canción—. Vivía entonces un hombre llamado Kupe que amaba a una muchacha cuyo nombre era Kura maro tini. Pero no podían casarse porque ella ya había dormido en la casa del sueño con su primo Hoturapa.

Paul se enteró de que Kupe ahogó a Hoturapa y por eso tuvo que huir de su país. Y de que Kura maro tini, que se marchó con él, vio sobre el mar una preciosa nube blanca que luego se reveló como el país de Aotearoa. Marama cantó las peligrosas gestas con pulpos y espíritus que acontecieron al tomar esa tierra, así como el regreso de Kupe a Hawaiki.

—Allí habló a los hombres de Aotearoa, pero él nunca regresó. Nunca regresó...

—¿Y Kura maro tini? —preguntó Paul—. ¿Kupe simplemente la abandonó?

Marama asintió con tristeza.

—Sí. Se quedó sola... pero tuvo dos hijas. Y eso debió de consolarla. ¡Pero Kupe no se comportó nada bien!

Las últimas palabras eran tan propias de la alumna ejemplar de Miss Helen que Paul no pudo reprimir la risa. Atrajo a la muchacha entre sus brazos.

—Yo jamás te dejaré, Marama. ¡Aunque nunca me haya comportado bien!

Tonga supo de Paul y Marama gracias a un joven que había huido del duro régimen laboral de John Sideblossom en Lionel Station. El joven había oído hablar del «alzamiento» de Tonga contra los Warden y ardía en deseos de unirse a los supuestos guerrilleros contra los *pakeha*.

—Arriba, en tierras altas, vive otro —informó irritado—. Con una mujer maorí. Parecen ser buenas personas. El hombre es hospitalario. Comparte la comida con nosotros cuando migramos. Y la muchacha es cantante. *¡Tohunga!* Pero yo digo. ¡Todos los *pakeha* están podridos! Y no tienen que quedarse con nuestras muchachas.

Tonga asintió.

—Tienes razón —dijo con gravedad—. Ningún *pakeha* debería deshonrar a nuestras mujeres. Serás mi guía y marcharás a la cabeza del hacha del jefe para vengar la injusticia.

El joven resplandeció. Al día siguiente mismo condujo a Tonga a las tierras altas.

Tonga y su guía encontraron a Paul delante de su casa. El joven había reunido leña y ayudaba a Marama a cavar un hoyo para el fuego. En su poblado eso no hubiera sido habitual, pero ambos habían oído hablar de esa costumbre maorí y querían llevarla a la práctica. Marama reunía satisfecha piedras y Paul clavaba una laya en la tierra todavía reblandecida por la última lluvia.

Tonga surgió de detrás de las rocas que, según Marama, hacían dichosos a los dioses.

—¿A quién estás cavando la fosa, Warden? ¿Has vuelto a matar?

Paul se dio la vuelta y sostuvo la laya frente a él. Marama dejó escapar un leve grito de sorpresa. Ese día estaba preciosa, sólo llevaba una falda y se había recogido el cabello con una cinta bordada. Su piel brillaba tras el esfuerzo realizado y un instante antes había estado riendo. Paul se puso delante de ella. Sabía que era una niñería, pero no quería que nadie la viera tan ligera de ropa, incluso si los maoríes no iban a escandalizarse por ello.

—¿Qué pasa, Tonga? Asustas a mi mujer. ¡Vete de aquí, ésta no es tu tierra!

—¡Más mía que tuya, *pakeha*! Pero por si te interesa, Kiward Station no va a pertenecerte por mucho más tiempo. Vuestro gobernador se ha decidido por mí. Si no puedes pagarme, tendremos que repartir. —Tonga se apoyó con dejadez en el hacha de jefe que había llevado consigo para dar la debida solemnidad a su aparición.

Marama se puso entre los dos. Reconoció en Tonga el maquillaje del guerrero y no estaba simplemente pintado, sino que, en los últimos meses, el joven jefe se había tatuado de la forma tradicional.

—Tonga, vamos a negociar de manera justa —sugirió con suavidad—. Kiward Station es grande, cada uno recibirá su parte. Y Paul ya no será tu enemigo. Es mi esposo y me pertenece a mí y a mi pueblo. También es, pues, tu hermano. ¡Haz las paces, Tonga!

Tonga rio.

—¿Ése? ¿Mi hermano? ¡Entonces también debe vivir como hermano mío! Tomaremos sus propiedades y arrasaremos su hogar. Los dioses recuperarán la tierra en la que se levanta la casa. Claro está que los dos podréis vivir en nuestra casa del sueño... —Tonga se acercó a Marama. Deslizó una expresiva mirada sobre los pechos desnudos—. Pero puede que para entonces quieras compartir el campamento también con otro. Todavía no está nada decidido...

—¡Tú, desgraciado!

Cuando Tonga tendió la mano hacia Marama, Paul se abalanzó sobre él. Minutos después se revolcaban por el suelo los dos enzarzados en una pelea, gritando e insultándose. Se golpeaban, se retorcían, arañaban y mordían ahí donde podían herir al otro. Marama contemplaba la contienda con serenidad. No sabía cuántas veces había observado a ambos rivales en tan indigno enfrentamiento. ¡Qué tontos!

—¡Basta! —gritó al final—. Tonga, eres el jefe de una tribu. Piensa en tu dignidad. Y tú, Paul...

Pero ninguno de los dos le prestaba atención, sino que seguían inmersos en esa lucha encarnizada. Marama tendría que esperar hasta que uno de ellos hubiera sometido al otro. Los dos tenían aproximadamente la misma fuerza.

Marama sabía que la suerte no estaba echada, así que hasta el final de su vida tendría que pensar en qué hubiese sucedido si el desenlace hubiera sido otro y la fortuna no se hubiera decantado por Paul, pues al final Tonga yació vencido con la espalda contra el suelo. Paul estaba sentado sobre él, jadeante, con la cara ensangrentada y llena de arañazos. Pero con un aire triunfal. Sonriendo, alzó el puño.

—¿Vas a seguir dudando que Marama es mi esposa, miserable? ¿Para siempre? —preguntó, zarandeando a Tonga.

El joven que había acompañado al jefe de la tribu contemplaba el combate, lleno de ira y desconcierto a diferencia de Marama. Para él no se trataba de una pelea infantil, sino de una guerra de poder entre maoríes y *pakeha*, entre guerreros tribales y explotadores. Y la chica tenía razón, ese tipo de enfrentamiento no era propio del jefe de una tribu. Tonga no debería pelear como un niño. ¡Y encima había sido derrotado! Estaba a punto de perder lo que le quedaba de dignidad... El joven no podía permitirlo. Alzó la lanza.

—¡No! ¡No, chico, no! ¡Paul! —Marama gritó y quiso detener el brazo del joven maorí. Pero ya era tarde. Paul Warden, que estaba acuclillado sobre el rendido rival, se desplomó con el pecho atravesado por una lanza.

16

James McKenzie silbó complacido. Si bien le aguardaba una misión delicada, nada había ese día que pudiera afectar su buen humor. Hacía dos días que había regresado a las llanuras de Canterbury y su reencuentro con Gwyneira había colmado todos sus deseos. Era como si todos los malentendidos y los años que habían transcurrido desde su amor de juventud no hubieran pasado. James sonreía ahora satisfecho al pensar en los esfuerzos que había hecho Gwyn antaño para evitar siempre hablar de amor. Ahora lo hacía con toda naturalidad y, además, ya nada se percibía en ella de aquella mojigatería de princesa galesa.

¿Ante quién iba ahora a avergonzarse Gwyn? La gran mansión de los Warden les pertenecía a ella y a él. James experimentaba una extraña sensación al entrar en la casa ya no como un empleado al que se le toleraba el acceso, sino tomando posesión de ella. Así como de las butacas del gran salón, los vasos de cristal, el whisky y los nobles cigarros de Gerald Warden. James, sin embargo, todavía seguía sintiéndose más a sus anchas en la cocina o en los establos, y ahí era donde pasaba más tiempo con Gwyneira. Seguían sin tener empleados maoríes y los pastores blancos eran demasiado caros y, sobre todo, demasiado orgullosos para realizar labores sencillas. Gwyneira transportaba por sí misma el agua, cosechaba las verduras del huerto y recogía los huevos del gallinero. Todavía no tenía carne y pescado frescos, carecía de tiempo para pescar y no conseguía romperles el pescuezo a los pollos. Por eso el menú era más variado desde que James estaba junto a ella. Él se alegraba de hacerle la vida más fácil, aun si todavía se sentía como un invitado cuando entraba en su dormitorio, más propio de una muchacha. Gwyneira le había contado que Lucas había decorado la habitación para ella. Aunque las coquetas cortinas de puntillas y los delicados muebles no se correspondían en realidad con el estilo de Gwyn, ella los conservaba para honrar la memoria de su marido.

¡Lucas Warden debía de ser una persona peculiar! Ahora se percataba James de lo poco que lo había conocido y de lo mucho que se habían aproximado los comentarios de los trabajadores a la verdad. Pero Lucas había amado algo a Gwyneira o, al menos, la había respetado. Y también los recuerdos que Fleurette conservaba de su supuesto padre estaban llenos de cariño. James empezaba a sentir pena y compasión por Lucas. Un ser bueno, aunque vulnerable, nacido en el tiempo y el lugar equivocados.

James dirigió su caballo hacia el poblado maorí que yacía junto al lago. En realidad podría haber ido a pie hasta allí, pero se presentaba en misión oficial, como negociador de Gwyneira, por decirlo de algún modo, y se sentía más seguro, y sobre todo más importante, a lomos del símbolo de estatus de los *pakeha*. Y por añadidura, le encantaba su caballo. Fleurette se lo había regalado: un hijo de la yegua *Niniane* y un caballo de carreras, semental de sangre árabe.

A decir verdad, McKenzie había esperado encontrarse antes con una barrera en el camino entre Kiward Station y el poblado maorí. A fin de cuentas, McDunn había contado algo así y también Gwyn estaba enfadada porque intentaban cortarle el acceso a Haldon.

Sin embargo, James llegó al poblado sin obstáculos. Pasó junto a los primeros edificios y ante su vista apareció la gran casa de asambleas. No obstante se respiraba un ambiente extraño en el lugar.

Nada había del rechazo abierto y provocador del que habían

hablado no sólo Gwyneira, sino también Andy McAran y Poker Livingston. Sobre todo, no se respiraba ningún aire triunfal a causa de la sentencia del gobernador. James percibía más bien una tensa espera. La gente no lo rodeaba amistosa y parlanchina como en anteriores visitas, pero su actitud no era amenazadora. Si bien distinguió algunos hombres aislados con tatuajes de guerra, llevaban en general pantalones y camisas, y no el traje tradicional ni tampoco lanzas. Un par de mujeres realizaban las labores cotidianas y se esforzaban por no dirigir la mirada al visitante.

Finalmente, Kiri salió de una de las casas.

—Señor James, he oído decir que usted volver —saludó de manera formal—. Es una gran alegría para Miss Gwyn.

James sonrió. Siempre había sospechado que Kiri y Moana lo sabían.

Pero Kiri no le devolvió la sonrisa, sino que miraba a James con expresión grave mientras seguía hablándole. Elegía las palabras con cuidado, incluso con cautela.

—Y quiero decirle..., me da pena. También lo sienten Moana y Witi. Si ahora hay paz, nosotros volver con gusto a la casa. Y sentir señor Paul. Marama dice él cambiar. Buen hombre. Para mí, buen hijo.

James asintió.

—Gracias, Kiri. Es algo bueno también para el señor Paul. Miss Gwyn espera que vuelva pronto. —Se sorprendió cuando Kiri le volvió la espalda.

Nadie más le dirigió la palabra hasta que James llegó ante la casa del jefe. Desmontó. Estaba seguro de que Tonga ya estaría al corriente de su llegada, pero era evidente que el joven jefe quería hacerse rogar.

James alzó la voz.

—¡Tonga! ¡Debemos hablar! Miss Gwyn ha recibido el fallo del gobernador. Quiere negociar.

Tonga salió lentamente de la casa. Llevaba la indumentaria y los tatuajes de guerrero, pero ninguna lanza, sino el hacha sagrada de su cargo. James reconoció en su rostro las huellas de una pelea. ¿Acaso el joven jefe ya no era incuestionable? ¿Tenía competidores en su propia tribu?

James le tendió la mano, pero Tonga no se la estrechó.

James se encogió de hombros. Si no quería... En su opinión, Tonga se comportaba de modo infantil, pero ¿qué cabía esperar de un hombre tan joven? James decidió no participar en el juego y actuar, en cualquier circunstancia, de manera afable. Tal vez sirviera de algo apelar al honor del muchacho.

—Tonga, pese a tu juventud, ya eres jefe. Esto significa que tu gente te considera un hombre razonable. También Miss Helen te aprecia mucho y lo que has conseguido con el gobernador es digno de admiración. Has dado prueba de valor y de capacidad de resistencia. Pero ahora debemos llegar a un acuerdo. El señor Paul no está, pero Miss Gwyn negociará por él. Y responde a que él se atendrá a lo convenido. Así deberá hacerlo, pues el gobernador ya ha declarado su sentencia. Así pues, ¡demos por terminada esta guerra, Tonga! Incluso por el bien de tu propia gente. —James mostró las manos extendidas, no iba armado. Tonga tenía que reconocer que acudía en son de paz.

El joven jefe se irguió todavía más, en la medida que ello era posible considerando su ya elevada estatura. Aun así, era más bajo que James. Incluso más bajo que Paul, algo que le había preocupado durante los años de su infancia. Pero ahora le correspondía la dignidad de jefe. ¡No tenía que avergonzarse de nada! Ni siquiera del asesinato de Paul...

—Dile a Gwyneira Warden que estamos preparados para negociar —anunció con frialdad—. No nos cabe la menor duda de que los acuerdos serán respetados. Desde la última luna llena, Miss Gwyn es la voz de los Warden. Paul Warden está muerto.

—No fue Tonga... —James sostenía a Gwyneira entre sus brazos y le contaba la muerte de su hijo. Ella gemía sin llorar. Era incapaz de derramar ni una sola lágrima y se odiaba por ello. Paul había sido su hijo, pero no podía llorar por él.

Kiri depositó ante ellos, en silencio, una tetera sobre la mesa.

Ella y Moana habían acompañado a James a la casa. Con toda naturalidad, ambas mujeres tomaron posesión de la cocina y de las salas.

—No debes recriminárselo a Tonga o es probable que fracasen las negociaciones. Creo que él mismo se hace reproches. Por lo que he entendido, uno de sus guerreros perdió el dominio de sí mismo. Vio que peligraba el honor de su jefe y clavó la lanza a Paul, por la espalda. Tonga tiene que estar muerto de vergüenza. Y además, el asesino ni siquiera pertenece a la tribu de Tonga. Éste no tiene pues ninguna autoridad sobre él. Por eso no pudieron castigarlo. Sólo lo ha enviado de vuelta con su gente. Si quieres, puedes investigar este asunto de forma oficial. Tanto Tonga como Marama fueron testigos y no mentirían ante un tribunal. —James sirvió té y mucho azúcar en una taza e intentó que Gwyneira la cogiera.

Gwyneira rechazó con un gesto.

—¿Qué cambiaría esto? —preguntó en voz baja—. El guerrero vio amenazado su honor, Paul vio amenazada a su esposa, Howard se sintió ofendido..., Gerald se casó con una muchacha a la que no quería... Una cosa lleva a la otra y esto nunca se detiene. Todo esto me entristece tanto, James. —Temblaba de la cabeza a los pies—. Y me hubiera gustado tanto decirle a Paul que lo quería...

James la estrechó contra él.

—Él habría sabido que mentías —susurró—. Y no lo puedes cambiar, Gwyn.

Ella asintió.

—Tendré que vivir con eso y me odiaré cada día que pase. Hay algo extraño en el amor. Yo no podía sentir nada por Paul, pero Marama le amó..., con la misma naturalidad con la que respiraba, sin poner reparos, sin importarle lo que Paul hiciera. ¿Has dicho que era su esposa? ¿Dónde está? ¿Le ha hecho Tonga algo?

—Supongo que de modo oficial era la esposa de Paul. Tonga y Paul, en cualquier caso, se pelearon por ella. Tu hijo, por lo tanto, se lo había tomado en serio. No sé nada del paradero de

Marama. No conozco la ceremonia del duelo de los maoríes. Probablemente enterró a Paul y se marchó. Tendremos que preguntar a Tonga o a Kiri.

Gwyneira se enderezó. Con manos todavía temblorosas consiguió calentarse los dedos con la taza y acercársela a los labios.

—Debemos averiguarlo. No debemos permitir que le suceda algo a la muchacha. De todos modos, he de ir al poblado lo antes posible, quiero acabar con esto. Pero por hoy es suficiente. No esta noche. Necesito esta noche para mí. Quiero estar sola, James..., debo reflexionar. Mañana, cuando el sol esté en lo alto, hablaré con Tonga. ¡Lucharé por Kiward Station, James! Tonga no se quedará con ella.

James abrazó a Gwyneira y la condujo, protector, a su dormitorio.

—Lo que tú quieras, Gwyn. Pero no te dejaré sola. Yo estaré ahí, también esta noche. Puedes llorar o hablar de tu hijo..., también debes de guardar buenos recuerdos. Alguna vez te habrás sentido orgullosa de él. Cuéntame cosas de Paul y Marama. O deja simplemente que te tenga entre mis brazos. No tienes por qué hablar si no lo deseas. Pero no estás sola.

Gwyneira vistió de negro cuando se reunió con Tonga a la orilla del lago, entre Kiward Station y el poblado maorí. Las negociaciones no se desarrollaban en espacios cerrados, pues dioses, espíritus y ancestros debían presenciarlas. Detrás de Gwyneira se encontraban James, Andy, Poker, Kiri y Moana. Detrás de Tonga unos veinte guerreros de miradas feroces.

Tras intercambiar unos saludos formales, el jefe comunicó a Gwyn sus condolencias por la muerte de su hijo con solemnidad y en perfecto inglés. Gwyneira reconoció las marcas de la educación de Helen. Tonga era una extraña mezcla de salvaje y caballero.

—El gobernador ha decidido —dijo a continuación Gwyneira con voz firme— que la venta de la tierra que hoy recibe el nombre de Kiward Station no siguió en todos los aspectos las directivas del tratado de Waitangai...

Tonga rio sarcástico.

—¿No en todos los aspectos? La venta fue ilegal.

Gwyneira sacudió la cabeza.

—No, no lo fue. Se realizó antes de que se cerrara el acuerdo que garantizaba a los maoríes un precio mínimo. Es imposible faltar a un contrato que todavía no se había aprobado, y que los kai tahu, por añadidura, nunca han firmado. Sin embargo, el gobernador ha considerado que Gerald Warden os engañó. —Tomó una profunda bocanada de aire—. Y tras un análisis a fondo de la documentación, yo he de daros la razón. Gerald Warden os despachó con unas cuantas monedas. Sólo habéis recibido dos tercios de la suma que os corresponde como mínimo.

»El gobernador ha decidido que debemos pagaros esa suma o devolveros los terrenos que os corresponden. Lo último me parece más justo porque la tierra ha aumentado ahora de precio.

Tonga la miró con una expresión mordaz.

—¡Nos sentimos muy honrados, Miss Gwyn! —respondió al tiempo que hacía una reverencia—. ¿Desea realmente repartir su preciada Kiward Station con nosotros?

Gwyneira habría querido dar una lección a ese arrogante petimetre, pero no era el momento. Así que se contuvo y siguió hablando de forma comedida, como había empezado.

—Quisiera ofreceros como compensación la granja que se conoce como O'Keefe Station. Sé que soléis migrar allí y que en la montaña la pesca y la caza son más abundantes que en Kiward Station. Por el contrario, es poco adecuada para la cría de ovejas. Todos saldríamos ganando. En lo que respecta a las dimensiones de la superficie, O'Keefe es la mitad de grande que Kiward Station. Así que obtendréis más tierra que la que os ha asignado el gobernador.

Gwyneira había trazado este plan en cuanto conoció el fallo del gobernador. Helen quería vender. Iba a quedarse en Queenstown y Gwyneira le pagaría la granja a plazos. Las cuotas no representarían para Kiward Station una gran suma que desembolsar de golpe y, asimismo, no cabía duda de que el fallecido Howard O'Keefe hubiera preferido ver las tierras en manos de los maoríes que en las de los odiados Warden.

Los hombres que estaban a espaldas de Tonga murmuraron entre sí. A ojos vistas, la propuesta había levantado entre ellos gran interés. Sin embargo, Tonga sacudió la cabeza.

—¡Qué honor, Miss Gwyn! Un trozo de tierra de mínima calidad, una granja en ruinas y ya tenemos contentos a los tontos de los maoríes, ¿no? —rio—. No, yo me lo había imaginado un poco distinto.

Gwyneira suspiró.

—¿Qué es lo que quieres? —preguntó.

—Lo que quiero..., lo que realmente quería..., era la tierra en la que estamos. Desde la carretera que lleva a Haldon hasta las Piedras que Danzan... —Así llamaban los maoríes el círculo de piedras situado entre la granja y las tierras altas.

Gwyneira frunció el ceño.

—¡Pero ahí está nuestra casa! ¡Es imposible!

Tonga hizo un gesto irónico.

—Estoy diciendo que es lo que quería..., pero tenemos con usted cierta deuda de sangre, Miss Gwyn. Su hijo murió por mi culpa aunque no por obra mía. No era mi intención, Miss Gwyn. Quería verlo sangrar, no que muriese. Quería que contemplara cómo yo demolía su casa o cómo me instalaba en ella. Con Marama, mi esposa. Eso le habría dolido más que cualquier lanza. Pero da igual. He decidido respetarla.

»Conserve su casa, Miss Gwyn. Pero quiero toda la tierra que se extiende desde las Piedras que Danzan hasta el arroyo que separa Kiward Station de O'Keefe Station. —La miró inquisitivo.

Gwyneira tuvo la sensación de perder pie. Apartó la mirada de Tonga y la posó en James. En sus ojos se reflejaba desconcierto y desesperación.

—Son nuestros mejores pastizales —dijo—. Además, ahí se encuentran dos de los tres cobertizos para la esquila. ¡Casi todo está cercado!

James le pasó un brazo alrededor y miró con fijeza al joven jefe.

—Tal vez deberíais reflexionar los dos acerca de esto una vez más... —respondió con calma.

Gwyneira se irguió. Sus ojos lanzaban chispas.

—Si os damos lo que pedís —replicó iracunda—, ya os podemos dar también Kiward Station. ¡Tal vez deberíamos hacerlo! ¡De todos modos ya no tiene heredero! Y tú y yo, James, también nos las arreglaremos en la granja de Helen...

Gwyneira tomó aire y dejó vagar la mirada por la tierra que durante veinte años había protegido y cuidado.

—Todo se desmoronará —dijo como para sí misma—. La planificación de la cría de ganado, la granja de ovejas, también los Longhorns..., y hay tanto esfuerzo detrás de ello... Teníamos los mejores animales de Canterbury, si no de toda la isla. ¡Maldita sea, Gerald Warden tenía sus defectos, pero no se merece algo así! —Se mordió el labio inferior para no echarse a llorar. Por primera vez tenía la sensación de que podía derramar lágrimas por Gerald. Por Gerald, Lucas y Paul.

—¡No! —Era una voz suave pero penetrante. Una voz cristalina, la voz de la incipiente narradora y cantante.

Detrás de Tonga, el grupo de guerreros se dividió en dos para dejar paso a Marama. La muchacha caminó pausadamente entre ellos.

Marama no iba tatuada, pero ese día había pintado sobre su piel los signos de su tribu: decoraban su mentón y recorrían la piel entre la boca y la nariz, dando a su delicado rostro el aspecto de una máscara divina que Gwyn conocía de la casa de Matahorua. Marama se había recogido la melena en lo alto, como hacen las mujeres adultas cuando se arreglan para una celebración. Llevaba el torso desnudo, pero cubría sus hombros con un paño y rodeaba su cintura con una falda amplia y de color blanco que Gwyneira le había regalado en una ocasión.

—¡No oses llamarme esposa tuya, Tonga! Nunca he yacido a tu lado ni nunca lo haré. Fui y soy la esposa de Paul Warden. Y ésta fue y es la tierra de Paul Warden. —Marama se había expresado todo el tiempo en inglés; ahora lo hizo en su propia lengua. Nadie en el séquito de Tonga debía malinterpretar lo que decía. Pero, al mismo tiempo, habló lo suficientemente despacio para que Gwyneira y James no se perdieran ni una palabra. Todos, en Kiward Station, debían saber lo que Marama Warden tenía que decir—. Ésta es la tierra de los Warden pero también la de los kai tahu. Y nacerá un niño cuya madre pertenece a la tribu de aquellos que llegaron a Aotearoa con la canoa *uruao* y cuyo padre procedía de la tribu de los Warden.

»Paul nunca me contó qué canoa condujeron los antepasados de su padre, pero los ancestros de los kai tahu bendecirían nuestra unión. Las madres y padres de la *uruao* darán la bienvenida a este niño. Y ésta será su tierra.

La joven se llevó las manos al vientre y alzó los brazos con un gesto que lo abarcaba todo, como si quisiera abrazar con él los valles y las montañas.

En las filas de guerreros, detrás de Tonga, se alzaron voces. Voces de aprobación. Nadie disputaría al hijo de Marama la granja, en especial si toda la tierra de O'Keefe Station retornaba a manos de las tribus maoríes.

Gwyneira sonrió y se concentró para formular una respuesta. Se sentía un poco mareada pero, por encima de todo, estaba serena. Ahora sólo esperaba escoger las palabras adecuadas y pronunciarlas de la forma correcta. Era la primera vez que hablaba en maorí de un asunto que superaba los temas cotidianos y quería que todos la comprendieran.

—Tu hijo pertenece a la tribu de aquellos que llegaron a Aotearoa en el *Dublin*. También la familia de su padre le dará la bienvenida. Como heredero de esta granja que llaman Kiward Station y que se erige en tierra de los kai tahu.

Gwyneira intentó imitar los gestos que Marama había dibujado antes, pero encerró entre sus brazos a Marama y al nieto todavía no nacido.

Agradecimientos

Doy las gracias a mi correctora Melanie Blank-Schröder, que enseguida creyó en esta novela, y, sobre todo, a mi genial agente Bastian Schlück.

Gracias a Heike, que me facilitó el contacto con Pawhiri, y a Pawhiri y Sigrid, que respondieron a mis interminables y cuantiosas preguntas sobre la cultura maorí. Si a pesar de ello se han deslizado algunos errores en mis descripciones, éstos corren sólo de mi cuenta.

Muchas gracias a Klara por facilitarme información especializada acerca de las distintas calidades de lana y razas de ovejas, así como por su ayuda en la búsqueda por Internet de información referente a la emigración en Nueva Zelanda en el siglo XIX y por la «prueba de lectura» cualificada.

Naturalmente también doy las gracias a los caballos que dieron «rienda suelta» a mi mente y a *Cleo* por sus miles de sonrisas de collie.

SARAH LARK